LOS
EXTRAORDINARIOS

‣ **Título original:** *The Extraordinaries*
‣ **Edición:** Melisa Corbetto con Stefany Pereyra Bravo
‣ **Coordinadora de Arte:** Valeria Brudny
‣ **Coordinadora Gráfica:** Leticia Lepera
‣ **Armado de interior**: Florencia Amenedo
‣ **Arte y diseño de portada:** David Curtis

un sello de
VR Editoras

Publicado bajo acuerdo con The Knight Agency, a través de International Editors & Yáñez Co' S.L.

MÉXICO: Dakota 274, colonia Nápoles,
C. P. 03810, alcaldía Benito Juárez, Ciudad de México.
Tel.: 55 5220-6620 · 800-543-4995
e-mail: editoras@vreditoras.com.mx

ARGENTINA: Florida 833, piso 2, oficina 203
(C1005AAQ), Buenos Aires.
Tel.: (54-11) 5352-9444
e-mail: editorial@vreditoras.com

Primera edición: agosto de 2023

ISBN: 978-607-8828-74-6

Impreso en México en Litográfica Ingramex, S. A. de C. V.
Centeno No. 195, colonia Valle del Sur, C. P. 09819,
alcaldía Iztapalapa, Ciudad de México.

Traducción: Julián Alejo Sosa

LOS EXTRAORDINARIOS

TJ KLUNE

Para las personas neurodivergentes que piensan y sueñan en grande:
son superhéroes y superheroínas, y sus poderes son infinitos.
Nunca permitan que nadie les diga lo contrario.

Título: Aquí es dónde quemamos la Tierra.

Autor: ShadowStar744.

Capítulo 67 de ? (¡CADA VEZ SE HACE MÁS LARGO!).

267.654 palabras (¡¡O SEA, MUY LARGO!!).

Pareja: Shadow Star / Personaje masculino original.

Clasificación: PG-13 (La clasificación puede subir, pero no sé si me saldría bien, agh).

Etiquetas: amor verdadero, anhelo, shadow star suave, violencia, final feliz, primer beso, quizás un poco de obscenidades si me convenzo de hacerlo, pero quién sabe.

Subido originalmente a Tumblr.

Capítulo 67: Atrapado en la tormenta

Nota del autor: ¡Hola! Perdón por no subir nada últimamente. Tuve problemas con mi computadora y estuve ocupado casi todo el verano. También tuve un bloqueo de escritor y es lo peor. No era mi intención dejar la historia en espera por cuatro (¡!!!) meses, pero sus preguntas sobre cuándo subiría la próxima parte me dieron la inspiración que necesitaba. ¡Gracias por eso! No les puedo decir con certeza cuándo saldrá el próximo capítulo, porque estoy empezando mi primer año de preparatoria (agh), y probablemente esté superocupado. Con suerte, no me tomará mucho tiempo. ¡Y perdón por cualquier error! Mi corrector aparentemente estaba "ocupado" (lo que sea que eso signifique) y yo no soy muy bueno con la edición. Tan solo comenten lo que crean que esté mal y trataré de arreglarlo. ¡¡¡¡¡Gracias!!!!!

Nate Belen no era una damisela en peligro, ni siquiera aunque estuviera atado a un puente esperando a que Shadow Star lo salvara. Cuando empezó a recobrar la conciencia, despertándose lentamente, lo único que sintió fue dolor. Gruñó. Le dolía todo. El cuello, las piernas, la mano derecha.

Y el corazón.

El corazón era lo que más le dolía.

Porque había estallado en mil pedazos.

Las palabras que Shadow Star le había dicho furioso aún resonaban en su cabeza.

Te quiero, Nate, pero no puedo estar contigo. Ciudad Nova necesita un héroe. Y yo debo ser ese héroe. No puedo arriesgarme a que mis enemigos descubran cuánto me importas. Podrían usarte en mi contra. Lo nuestro se acabó.

Una única lágrima descendió por la mejilla de Nate. ¡Pero no porque fuera un llorón! No, él no lloraba por nada. Él era fuerte y valiente, y nunca derramaba una lágrima.

Excepto cuando el estúpido de su casi-novio superhéroe terminó con él.

—Veo que despertaste —dijo una voz siniestra.

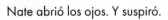

Nate abrió los ojos. Y suspiró.

El viento sacudía su cabello tupido, mientras luchaba inútilmente contra los amarres que tenía alrededor de su cuerpo. Estaba atrapado.

En la cima de una de las torres del puente McManus, el más grande de *toda Ciudad Nova*.

Las aves pasaban volando a su lado y las estrellas brillaban con mucha intensidad sobre su cabeza. Y frente a él, con su capa negra al viento, estaba Pyro Storm.

Tenía una máscara y solo dejaba a la vista su boca. Sus ojos estaban cubiertos por unos lentes rojos y su traje se veía bastante ajustado (negro con ribetes rojos) sobre su cuerpo fuerte y musculoso. Se le marcaban los abdominales, su pecho se veía inflado y fuerte, sus muslos firmes, y sus botas lucían fantásticas. En el pecho llevaba un símbolo que hacía que los buenos ciudadanos de Ciudad Nova se encogieran del miedo: un tornado de fuego.

Nate sintió cómo su corazón se empezó a acelerar, pero él nunca dejaría que Pyro Storm notara su temor. De ninguna manera. Intentó librarse de los amarres que lo sujetaban.

—¿Qué quieres de mí? —le preguntó con valentía al supervillano.

Pyro Storm llevó la cabeza hacia atrás y rio.

—Ah, Nate. No es a *ti* a quien quiero.

—Entonces, ¿por qué estoy aquí? —preguntó Nate con heroísmo. Pyro Storm voló un poco más cerca de él con los ojos entrecerrados detrás de su máscara y la capa meciéndose al viento de un lado a otro.

—Tú sabes bien por qué.

—No tengo idea de qué estás hablando.

—Creo que sí —replicó Pyro Storm—. Todos saben a quién le pertenece tu corazón. Y dado que te atrapé con mi plan diabólico, ambos sabemos quién vendrá a rescatarte. Siempre viene.

Nate sintió una gota de sudor deslizándose por su frente.

—Ya no le importo.

Pyro Storm movió la cabeza de lado a lado.

—Te equivocas. Eres lo único que le importa. Incluso sabiendo que puede tener a cualquier persona de la ciudad, hombre o mujer, él te eligió a ti. Debes ser alguien extraordinario para él para que cayera a tus pies de esa manera. Y ahora sé cómo atacarlo, cómo ponerlo de rodillas.

—Tú nunca ganarás —respondió Nate con valentía—. Los villanos solo existen para una cosa: para ser *derrotados*.

—Guau —dijo Pyro Storm muy impresionado—. ¿De verdad crees todo eso?

Nate asintió.

—Sí.

—Muy bien, ahora veo por qué te quiere tanto.

Y luego oyó una voz grave y furiosa.

—No deberías haberlo tocado.

—¡Shadow Star! —exclamó Nate, casi sin aliento.

Porque, sí, era él. Shadow Star había venido.

Se veía fantástico como siempre. No era tan musculoso como Pyro Storm y su traje no estaba obscenamente ajustado, pero aun así era el Extraordinario más atractivo que Nate

jamás había visto, incluso aunque no pudiera verle la cara, dado que estaba oculta detrás de una máscara que cubría toda su cabeza excepto su boca. Su traje brillaba como un cielo estrellado y no le importaba lo que dijeran los haters, de *ninguna* manera parecían lentejuelas. De hecho, era como si estuviera cubierto por pequeñas joyas.

Una vez, Shadow Star se había acercado tanto a Nate que, justo cuando estaba seguro de que daría el primer beso de su vida, Shadow Star giró y empezó a correr y trepar por las paredes de un rascacielos para que Nate no pudiera alcanzarlo. Pero aquí estaba ahora, colgado de una mano en la otra torre del puente, mientras con la otra mano formaba un puño sobre el río que pasaba decenas de metros abajo. Las sombras crecían a su alrededor como si tuvieran consciencia propia, tentáculos de oscuridad que se movían desde atrás hacia adelante. Nate deseaba saber cuál era la identidad secreta de Shadow Star más que cualquier cosa en el mundo.

—Ah —dijo Pyro Storm, girando hacia su mayor archienemigo—. Veo que recibiste mi mensaje, Shadow Star.

—Así es —contestó Shadow Star con una voz profunda que le provocó escalofríos a Nate—. Aunque estoy seguro de que la ciudad hubiera apreciado más que me hubieras enviado un mensaje en lugar de dejarlo escrito con fuego en la pared de la oficina del alcalde.

—Tenía que asegurarme de tener tu atención —justificó Pyro Storm.

—Y ahora la tienes, aunque no estoy seguro de que la quieras —contestó Shadow Star y miró a Nate—. ¿Te encuentras bien?

Nate asintió.

—Yo... estoy bien.

—Ya te bajaré.

—Me vendría bien.

—Tengo que hablar contigo.

Nate no sabía si eso era algo bueno o malo.

—¿Está... bien?

Shadow Star lo miró con intensidad. O, al menos, Nate creyó que lo miró con intensidad, dado que, de hecho, no podía verle los ojos. Se preguntaba si eran azules. Esperaba que lo fueran. Un azul cerúleo como un océano exótico. Estaba seguro de que eran hermosos y candentes, y estaban llenos de dolor y angustia por verlo prisionero de Pyro Storm.

—Guau —dijo Pyro Storm—. Se puede cortar la tensión sexual con un cuchillo. ¿Son almas gemelas? Porque parece que sí.

Shadow Star volteó y miró a la distancia, cargado de una ira silenciosa y fuerza.

—No sé si puedo creer en el amor. Ya me han... lastimado. En el pasado.

Pyro Storm asintió.

—Ah, ya veo, eso apesta, ¿verdad? Pero a veces uno tiene que dejar atrás las cosas que lo lastimaron. O las personas.

—Tú no sabes de lo que estás hablando, villano —dijo Shadow Star, cerrando con fuerza su puño—. No es tan fácil como crees. Amar a alguien, sin importar que seas un Extraordinario o no, siempre trae dolor.

Ah, el poder silencioso de Shadow Star. A Nate se le retorció el estómago dolorosamente.

—Lo vale —agregó—: Porque sin amor, no seríamos nada.

Shadow Star lo miró antes de apartar la vista.

—No eres tú, Nate. Tienes que saberlo. No me importa que tengas TDAH y que creas que tienes una cabeza caótica o que sufras unas terribles migrañas. Incluso cuando decepcionaste a tu padre el año pasado con tus malas calificaciones, sé que lo intentaste. Lo intentas, más que cualquier otra persona que jamás haya conocido. Es una de las cosas que yo... yo... —Sacudió la cabeza—. Nate, tengo mucho para decirte. Cosas que debería haberte contado hace mucho tiempo. Pero me asusta la idea de abrirle la puerta a alguien, de permitirle que se acerque. Y que vea al hombre detrás de la máscara.

—Pero yo te veo —dijo Nate con fervor—. Todo, con o sin máscara. Y es por eso que debo mantenerte a salvo.

Pyro Storm se distrajo cuando Shadow Star empezó su lamento, diciendo que había ignorado su corazón cuando descubrió que estaba hecho para romperse. Pyro Storm no vio que Nate había logrado liberar uno de sus brazos. Estaba muy alto, muy, muy alto, pero no tenía miedo. Nada le daba miedo.

Nate saltó desde la torre del puente directo hacia la espalda de Pyro Storm. El villano gritó furioso mientras Nate envolvía sus piernas alrededor de su cintura e intentaba levantarle la capa sobre su cabeza.

—Y por eso no tienes que usar capa, idiota —gritó Nate con fuerza, como todo un tipo rudo.

Pyro Storm maldijo mientras luchaba por salir de debajo de

su capa. Nate intentó sujetarlo lo mejor que pudo, pero Pyro Storm era más grande y fuerte, por lo que no pudo evitar el codazo que lanzó hacia atrás. Lo golpeó a un lado de la cara. Y Nate vio las estrellas.

Soltó a Pyro Storm.

Y empezó a caer.

—¡Nate! —gritó Shadow Star.

Continuará...

Comentarios:

SuperFanDeLosExtraordinarios 14:45: ¡AH, POR DIOS! ¡Esto es FANTÁSTICO! ¡¡¡¿Por qué tuviste que dejar ese FINAL ABIERTO?!!! AAAAAAAAH.

PyroStarEsVida 15:13: Ya sé que no querías que te lo repitieran, pero creo que Pyro Storm y Shadow Star están enamorados. ¡¡¡Hay mucha tensión!!! Deberían besarse y ver si les gusta. ¡Nate lo entendería!

MagmaArdiente 16:04: ¿Cuánto falta para que termine? Llevas escribiendo esto desde hace un año. Solo quiero que Nate y Shadow Star terminen juntos. Es el trabajo más largo de todo el *fandom*.

ChicaExtraordinaria 16:14: ¡¡¡¡JLKHGSLKDHT!!!! ME ENCAAAANTA DEMASIADO. ES MI *FANFIC* FAVORITO DE TODO ESTE SITIO GAAAAAAAAAAAAAAAAAAHHHHHH.

ShadowStarPrecioso 16:25: ¿¿¿Por qué de pronto Nate tiene TDAH y migrañas??? Nunca mencionaste nada de eso antes. Sin ofender, pero esto es MUY poco realista. ¿Cómo hizo para soltarse de los amarres? ¿Cómo hizo para saltar

sobre Pyro Storm? Me gusta, pero tienes que ser más realista si quieres hablar de la vida real de los Extraordinarios.

FireStoner 16:36: SHADOW STAR ES HETEROSEXUAL. ÉL AMA A REBECCA FIRESTONE. DEJA DE HACERLO GAY, ES RARO. ÉL NO ES GAY. NO TODO TIENE QUE SER GAY TODO EL TIEMPO. NO ENTIENDO A ESTOS NIÑOS QUE ESTÁN OBSESIONADOS CON ARMAR RELACIONES. ¡¡¡¡¡DEJEN DE HACER TODO GAY!!!!!

ElRetornoDelGray 17:15: Perdón por no revisar esto. Me surgieron cosas. Hiciste un buen trabajo. Me gustó mucho. Pero hiciste mucho énfasis en que Pyro Storm es mucho más musculoso que Shadow Star. ¿Por qué? Te escribo más tarde.

1

Nick Bell miró su teléfono mientras se movía en su cama.

–No es gay –murmuró para sí mismo–. Tiene *lentejuelas* en su tra-je –pensó en borrar el comentario, pero ya había varios que le habían respondido para vengarse de FireStoner, por lo que decidió no hacerlo. Quienquiera que fuera aprendió rápido que nadie comentaba un *fanfic* de *ShadowStar744* de ese modo. Después de todo, Nick era uno de los es-critores más populares entre los seguidores de los Extraordinarios (inclu-so aunque tuviera que usar el nombre de usuario ShadowStar744 porque los que iban del 1 al 743 ya los habían tomado otros malditos bastardos) y las relaciones de ese estilo siempre serían más populares que las tonte-rías heterosexuales que FireStoner parecía querer. *Heterosexuales*, pensó Nick, mientras sacudía la cabeza. Nunca los entendería.

Y los otros cuarenta y dos comentarios no estaban tan mal. En espe-cial para un capítulo tan corto que terminaba con el décimo tercer final abierto seguido. Gracias a Dios que sus seguidores lo entendían. Eran la única razón por la que seguía escribiendo lo que podía considerarse una oda masturbatoria de un cuarto de millón de palabras para Shadow Star. Sin ellos, el *fanfic* probablemente habría terminado hace rato, o peor, habría sido uno de esos trabajos inconclusos que se convierten en un cuento con moraleja para personas nuevas del *fandom*. Podía lidiar con idiotas aislados como FireStoner.

Abrió Tumblr y reblogueó algunas cosas hasta que encontró un dibujo algo provocativo de Shadow Star en una pose evocativa que era físicamente imposible y erótica, pero decidió no rebloguearla. Desde que su papá descubrió Tumblr y que su hijo había subido por accidente un dibujo que aparentemente *ningún menor de dieciocho años debería ver*, intentó mantener las cosas más ordenadas. Era la única manera de que su papá le permitiera conservar su página de Tumblr, incluso luego de que las autoridades decidieran que mostrar algo tan inconsecuente como un par de pezones fuera considerado pornografía. Eso y que su papá le pidió la contraseña. Nick tenía pesadillas en las que su papá ingresaba a su cuenta y le escribía a todos sus seguidores que lo castigaría si llegaba a ver algo remotamente explícito en su página, tal como lo había amenazado.

Nick se había sentido completamente perdido.

Lo que, por supuesto, empeoró cuando su papá lo miró con el ceño fruncido, como si la idea le hubiera llegado más tarde, y le dijo, "También creo que debemos hablar sobre por qué hay un hombre desnudo en tu página, Nicky. A menos que sea algo artístico. No entiendo al arte".

Y lo que Nick le respondió no fueron palabras, sino más bien una combinación de sonidos dignos de un documental sobre los hábitos de apareamiento de los ciervos de la región del Noroeste del Pacífico. Su cerebro se había apagado mientras intentaba encontrar una explicación lógica a por qué había decidido rebloguear una imagen de Shadow Star con un bulto cómicamente gigante que lo hacía ver como si necesitara atención médica de inmediato.

Su papá esperó.

Finalmente, Nick habló.

—Sí, eso. Ehm.

—Está bien. ¿Tuviste sexo? —preguntó su papá.

—*No*, papá, por favor, ¿por qué siquiera...? —respondió Nick.

—¿Sabes lo que es un condón? -insistió.

—*Sí*, papá, por Dios, sé lo que es un *condón*...

—Bien. Eso significa que lo usarás cuando decidas tener sexo. Y ya veo que no falta mucho para eso.

—*Sí*, papá, por Di... Ehm, quiero decir, *no*, no voy a tener sexo, ¿por qué tienes que *decir* eso?

—Si fuera con una chica te diría lo mismo. Envuélvelo bien, Nicky. Siempre envuélvelo bien antes de meterlo en cualquier lado. —Inclinó la cabeza hacia un lado y miró a su único hijo—. O de que te metan algo a ti también. No me importa si eres pasivo o lo otro. Usa protección.

Nicky estaba al borde del colapso: la sinapsis estaba descontrolada, tenía los ojos casi desorbitados y la respiración quedó atrapada en su pecho mientras empezaba a hiperventilar. Su papá había estado para él, por supuesto, como siempre cuando Nick perdía la cabeza. Se sentó a su lado y pasó un brazo sobre sus hombros y esperó a que la cabeza de su hijo se empezara a despejar.

No hablaron mucho más del tema después de eso. Los hombres Bell no eran los mejores para comunicar sus *sentimientos*, pero Aaron Bell le dejó *bien en claro* que había perversos por todas partes y que, si bien algunas de las personas con las que Nick interactuaba en línea parecían agradables, también podían ser cuarentones que todavía vivían en el sótano de sus madres y acechaban adolescentes distraídos para cometer actos atroces como convertir a sus víctimas en títeres o vestirse con su piel.

Y si bien Nick no creía que algo como eso le fuera a suceder a él, no estaba tan seguro. Después de todo, era el hijo de un policía. Conocía las estadísticas y había crecido escuchando historias horribles sobre lo que su papá había visto en su trabajo. No quería terminar siendo el títere de nadie, así que decidió dejar de rebloguear pornografía, sin importar lo bien que se viera.

(Lo que significaba que también tuvo que cerrar su *otra* cuenta de Tumblr que era considerablemente más adulta, pero cuanto menos se hablara de eso, mejor).

Y así fue cómo a los quince años le contó la verdad a su papá.

Gracias a la pornografía de Extraordinarios.

Era tan joven en ese entonces, tan ingenuo. Ahora tenía dieciséis. Era un hombre. Aunque quizás, un hombre que una vez había comprado una almohada en Etsy con la cara de Shadow Star. O que había revisado el recorrido del paquete cada una hora para asegurarse de que, ni bien estuviera en su puerta, fuera él quien lo recibiera. No porque se sintiera avergonzado (incluso aunque ahora estuviera escondida debajo de su cama), sino porque… le harían muchas preguntas y Nick no había estado de humor para responderlas.

(Sí, hace falta decir que tres días después de recibir la almohada, la besó… aunque sabía que no era algo precisamente normal).

Pero seguía siendo un hombre. Había prometido tomar buenas decisiones este nuevo año escolar, borrón y cuenta nueva para los dos. Nuevo día, nuevo amanecer, bla, bla, bla.

Se estaba calzando sus zapatillas desgastadas cuando alguien llamó a la puerta. Eso también había sido parte del trato: debía confiar en Nick y lo dejaría tener la puerta cerrada si era lo suficientemente responsable para lavar su propia ropa, de modo que su papá no encontrara ninguna evidencia de que Nick había estado... *explorando* su cuerpo. Nick lo quería mucho, pero su singular talento para hacer que su vida fuera un infierno era algo que no debía pasarse por alto.

—Desayuno —gritó desde el otro lado de la puerta—. Será mejor que te estés preparando, Nicky.

Nick puso los ojos en blanco.

—*Sí*.

—Ajá. Deja de "tumblerear" y baja de inmediato. El pan tostado no esperan a nadie.

—Ya bajo. Y no se dice *tumblerear*, hombre inculto. Dios, es como si no supieras nada de nada.

Oyó las pisadas de su papá a medida que se alejaban por el pasillo hacia la escalera. Las tablas del suelo crujían, algo que habían pensado reparar hacía años. Pero eso fue... bueno. Antes. Cuando las cosas estaban bien y todo tenía sentido. Sí, su papá trabajaba tanto como ahora, pero ella siempre había estado ahí para refrenarlo y decirle con firmeza que debía cenar en su casa al menos *tres* veces a la semana como una familia. Ella le decía que no pedía demasiado. Pero todos entendían que no era solo un simple pedido.

Su papá seguía trabajando mucho.

Nick se levantó de la cama. Puso su teléfono en vibrador (mientras se quejaba una y otra vez en voz baja por eso de tumblerear) y cruzó su habitación hacia su escritorio para colgarse la mochila.

Ahí estaba ella, como siempre, atrapada en una fotografía. Le sonreía y dolía, incluso ahora. Sospechaba que siempre sería así, al menos un poco. Pero ya no era el vacío que había sentido hacía dos años ni el dolor constante del año pasado. Seth, Jazz y Gibby ya no tenían que andar con cuidado cerca suyo, como si la más mínima mención de una madre lo hiciera largarse a llorar.

Su papá había tomado la foto. Fue durante uno de sus viajes de verano fuera de la ciudad. Habían ido a la costa de Maine a una cabaña pequeña junto al mar. Fue un viaje extrañamente frío y la playa estaba cubierta de rocas en lugar de arena, pero había estado... bien. Nick se había quejado sin parar por estar lejos de sus amigos, porque no había Wi-Fi, y se preguntaba constantemente si sus padres podían siquiera ser *más* barbáricos. Su papá reía y su mamá le daba unas palmadas sobre la mano, repitiéndole que sobreviviría.

Aunque él no estaba tan seguro.

Pero bueno, tenía trece años y era obvio que sería así de dramático. La pubertad fue una perra y hacía que su voz se quebrara cuando hablaba, sin mencionar los granos que habían decidido anidar a cada lado de su nariz. Era torpe y raro, y tenía pelo que le crecía por todos lados, así que estaba en su naturaleza ser dramático.

Solo un tiempo más tarde, Nick descubrió que su papá había tomado la foto.

Había sido en la mitad del viaje, cuando decidieron buscar el faro que se suponía que sería pintoresco, lo que en realidad significaba aburrido. Les había tomado algunas horas llegar hasta allí porque estaba en medio de la nada y el mapa de papel que ella insistía en usar era completamente inútil. Pero entonces casi pasan de largo un cartel oculto detrás de un árbol viejo. Fue en ese instante que ella gritó "*¡Allí!*" con mucha fuerza y llena de entusiasmo. Su papá clavó los frenos y Nick rio por primera vez desde que puso un pie en el estado de Maine. Ella lo miró

con una enorme sonrisa, su cabello claro caía sobre su cara. Le guiñó un ojo cuando su papá gruñó y avanzó en reversa lentamente con el auto.

Encontraron el faro a los pocos minutos.

Era más pequeño de lo que esperaba, pero había algo exhilarante en la forma en que Jenny Bell abrió la puerta del auto ni bien se detuvieron en el aparcamiento vacío, mientras las olas rompían como telón de fondo. Dejó la puerta abierta y les dijo "¿Vieron? Sabía que lo encontraríamos. *Sabía* que estaba aquí".

Los hombres Bell la siguieron. Como siempre.

El pesado marco de la fotografía era de roble. La había tomado sin pensarlo dos veces de la mesita de noche de su mamá. Su papá no le dijo nada cuando la vio en su escritorio por primera vez. Era algo de lo que no hablaban.

Una de las tantas cosas.

Ella le sonreía todos los días. Debió haberlo visto a su papá con la cámara porque estaba mirando justo en esa dirección con la cabeza apoyada sobre el hombro de su hijo. Nick había levantado la cabeza hacia el cielo, sus ojos cerrados.

Se parecían mucho. Su tez pálida y sus ojos verdes, su cabello rubio y sus cejas que parecían tener vida propia. No cabía duda de dónde venía. Su papá era mucho más grande de lo que Nick jamás sería, tenía tez morena y cabello oscuro, y más músculos sobre sus músculos, aunque ahora eran más suaves de lo que solían ser. Nick era flacucho y tenía brazos largos, mal coordinados en sus mejores días y completamente peligrosos en los peores. Los había heredado de ella, aunque en ella la torpeza se veía adorable; en él, por el contrario, lo volvía propenso a romper una mesa o uno de sus huesos. Le había contado que había conocido a su papá luego de haberse caído literalmente sobre él en la biblioteca. Estaba subida a una escalera, intentando alcanzar el estante más alto, justo cuando él pasó por debajo en el momento en que ella se resbaló y cayó. Según su papá, la atrapó en el aire, pero *ella* decía, "Sí, claro, seguro, aunque la verdad es que *no lo hiciste* porque caí justo sobre ti y los dos quedamos tendidos en el suelo". Y luego empezaban a reír sin parar.

Nick se parecía a ella.

Se comportaba como ella.

No podía entender cómo hacía su padre para mirarlo.

—Voy a ser mejor —dijo en voz baja, sin querer que su papá lo escuchara. El hecho de que le hablara a la fotografía de su mamá probablemente significaría volver al psiquiatra, algo que Nick quería evitar a toda costa—. Un nuevo Nick. Ya lo verás. Te lo prometo.

Apoyó los dedos sobre sus labios y luego sobre la fotografía.

Ella siguió sonriendo.

✳ ✳ ✳

Su papá estaba en su pequeña cocina con un trapo viejo sobre el hombro. Se había quitado el uniforme en algún momento desde que llegó del turno nocturno del trabajo. El desayuno era el único momento del día que pasaban juntos, a menos que su papá tuviera el día libre. Por lo general, era el único momento en que se veían durante semanas. Y ahora la situación sería más complicada porque habían empezado las clases, pero ya encontrarían una solución. Luego de los eventos de la primavera pasada, trabajaban juntos como un equipo.

La mesa estaba servida, con los platos, utensilios y vasos de jugo listos para ellos. Y, por supuesto, la píldora blanca y alargada con el nombre ridículo de Concentra. "La Concentra ayudará a que Nick se concentre", había dicho el médico sin reír. Su papá había asentido y Nick tuvo que, de algún modo, mantener la boca cerrada y no decir *nada*, ya que, probablemente, nadie lo aceptaría.

Su papá guardaba las píldoras en un lugar seguro en su habitación. Le había dicho a Nick que no era porque no confiara en él, sino porque conocía los peligros de la presión social y no quería que Nick terminara en el mundo de las drogas, vendiéndolas bajo las gradas del campo de fútbol.

"Gracias por no dejar que me convierta en narcotraficante", le había dicho a su papá. "Sentía que las garras del crimen ya me estaban atrapando, pero tú me salvaste".

Nick tomó la píldora y, justo cuando su papá volteó para mirarlo con una ceja levantada, la tragó con un poco de jugo de naranja. Un asco. Se acababa de lavar los dientes y ahora tenía gusto a putrefacción en la boca. Hizo una mueca de repulsión y sacó la lengua para mostrarle que había tragado la píldora.

Su papá volteó nuevamente hacia las hornallas y la creciente montaña de pan tostado.

Había un televisor viejo en un rincón cerca del refrigerador que siempre usaban para ver las noticias. Nick estaba a punto de ignorarlo cuando el presentador de peinado impoluto anunció que tenían a Rebecca Firestone en vivo.

De inmediato, Nick puso toda su atención en la pantalla, mientras agarraba el control remoto de la mesa y subía el volumen.

Nada más importaba. Ni el sabor amargo de la píldora. Ni que su papá parecía estar tostando pan como para alimentar a una familia de treinta y cuatro integrantes. Ni siquiera el hecho de que Nick estaba seguro de que se había olvidado de ponerse desodorante luego de bañarse. Nada. Lo único que le importaba era Rebecca Firestone. Porque si Rebecca Firestone estaba en la pantalla, solo podía significar una cosa.

Shadow Star.

Y ahí estaba, con su maquillaje perfecto, su cabello castaño peinado estilo pixie, sus ojos grandes y sus dientes tan blancos como los de una estrella de Hollywood que le sonreía a la cámara. Detrás de ella, una fila de patrulleros con las luces que destellaban sobre la acera.

—Gracias, Steve. Me encuentro en la intersección de la Calle 48 y Lincoln Street frente a la Torre Burke, donde anoche se llevó a cabo un intento de robo espantoso. —La imagen cambió y mostró el inmenso rascacielos que se elevaba sobre Ciudad Nova—. Algunas fuentes nos confirmaron que se trató de un golpe comando que se lanzó en paracaídas sobre la azotea de la Torre Burke. Si bien todavía se desconocen sus intenciones, sus planes fueron inmediatamente trastocados cuando se encontraron con el Extraordinario protector de Ciudad Nova, Shadow Star.

—Inmediatamente trastocados —musitó Nick, haciendo una mueca—. Como si *eso* sonara natural. Consíguete un editor, Firestone. Por Dios.

La imagen regresó a Rebecca Firestone. Esbozaba una amplia sonrisa y tenía las mejillas sonrosadas.

—Tuve la oportunidad de hablar con Shadow Star fuera de cámara esta mañana y me contó que, si bien los delincuentes estaban preparados, no siguieron adelante con su plan de ingresar a través del sistema de ventilación. Los siete fueron neutralizados en cuestión de segundos y ya han sido entregados a las autoridades. Ningún civil salió herido.

Nick no estaba para nada embelesado. Y, si ese fuera el caso, no tenía nada que ver con Rebecca Firestone. Ella era un parásito retorcido colgado del maravilloso Shadow Star. Casi todos creían que hubo algo entre ellos en algún momento. Y, si bien Nick sabía que Rebecca Firestone no era nada más que una reportera entrometida que vivía para hacer el papel de damisela en peligro, Shadow Star siempre estaba ahí para salvarla, sin importar qué hubiera hecho para meterse en problemas.

Nick no admiraba para nada a la autoproclamada reportera intrépida. Era evidente que ella solo estaba usando a Shadow Star para hacerse un nombre en el mundo despiadado de los reportajes de los Extraordinarios. Puede que Shadow Star tendiera a darle exclusivas que no le daba a nadie más y *puede ser* que quizás haya aparecido esa fotografía cuando la había salvado del edificio en llamas, donde Rebecca abrazaba sus brazos musculosos y mantenía la cara presionada contra su cuello. Sí, Nick la había impreso y la usaba como blanco de dardos en su habitación, pero no porque estuviera celoso. Solo era un acérrimo defensor de la ética en el mundo del periodismo.

—Aquí tenemos al jefe de la policía de Ciudad Nova, Rodney Caplan.

La cámara se movió hacia la izquierda y encuadró a un gran hombre negro parado junto a Rebecca Firestone. Transpiraba profusamente y su bigote denso estaba levemente caído. Su uniforme lucía bastante ajustado a la altura de la barriga y, cuando la cámara lo enfocó, se secó la cara e intentó sonreír, aunque fue más bien una mueca de incomodidad.

—Parece que a Cap le vendrían bien unas vacaciones —dijo Nick sin apartar la vista del televisor.

—Todos las necesitamos, hijo —respondió su papá—. Quizás la próxima vez que venga a cenar puedes decírselo. Para ver qué opina.

—Ya lo hice la última vez y se me rio en la cara.

—Eso fue porque no tenía sentido que se lo recordaras.

—Refuerzo positivo —le recordó Nick.

—Está bien, lo siento. No tenía sentido, pero lo dijiste con buenas intenciones. Estoy orgulloso de ti.

—Gracias.

—¿Qué tiene para contarnos, jefe? —preguntó Rebecca Firestone.

—Absolutamente nada —contestó Cap—. De hecho, ya sabes más de lo que deberías. Quizás más que nosotros.

Rebecca Firestone apenas titubeó. Algunos dirían que era profesional, pero Nick no era una de esas personas.

—Este es el tercer operativo criminal contra la Torre Burke en los últimos cinco meses. Sin duda, todos fueron frustrados gracias a Shadow Star, pero...

—No, nada de *agradecerle* a Shadow Star —la interrumpió Cap, mirando a la cámara—. Esto se logró gracias al arduo trabajo de los hombres y mujeres del departamento de policía de Ciudad Nova. Definitivamente, no necesitamos a estos justicieros disfrazados, volando con sus capas y sus poderes, intentando...

—Shadow Star no usa capa —dijeron Nick y Rebecca Firestone al unísono.

Cap volteó y miró a Rebecca Firestone.

Su papá volteó y miró a Nick. Nick lo ignoró.

—Pero ¿no es verdad que Shadow Star...? —preguntó Rebecca Firestone.

—Lo único que sabemos es que Shadow Star es el *responsable* de estos crímenes —agregó Cap con su bigote más caído y con el ceño fruncido—. Y lo utiliza como un medio para mejorar su reputación. Estos grupos podrían estar trabajando para él, como una especie de puesta en escena para hacerlo quedar como un héroe. Ciudad Nova era más segura antes de que reaparecieran los Extraordinarios y yo haré todo lo posible para verlos a todos tras las rejas.

—Sí —dijo Nick—. Invita a Cap de nuevo. Tengo algunas cosas que me gustaría discutir con él.

En lugar de responderle, su papá pasó un brazo por encima del hombro de Nick y apagó el televisor. Fue una respuesta efectiva y Nick estaba impresionado. Molesto, pero impresionado.

—Estaba mirando.

—Desayuno —dijo como si Nick no hubiera dicho nada.

Como se suponía que Nick tendría un mejor año, no se opuso, al menos, no en voz alta. Dentro de su cabeza, la respuesta fue dura y devastadora.

—¿Por qué no estabas ahí? —preguntó, moviendo la silla y sentándose.

Su papá se rascó la cara y se sentó al otro lado de la mesa.

—Si te digo que estuve ahí, solo podrás hacerme dos preguntas, solo dos.

Nick se quedó boquiabierto.

Su papá se sirvió dos rebanadas de pan tostado en su plato.

—Pero… quiero… no puedes…

—Dos preguntas, Nicky. No las desperdicies.

Su padre era fantástico. Duro, pero agradable. Era bueno en lo que hacía. Cuando reía, sus ojos se arrugaban, las líneas alrededor de su boca se profundizaban y eso lo hacía feliz, aunque ya no lo hiciera tan seguido como antes. Era valiente, justo y, a veces, Nick no sabía qué haría sin él.

Pero también podía ser el mayor desgraciado de todos. Como en este momento.

—Siete preguntas.

—Ninguna pregunta —respondió, pasándole la mantequilla.

—¡Seis preguntas!

—Ya me cansé.

—Eres horrible para negociar. ¿Cómo se supone que voy a aprender a ser adulto cuando mi figura paterna se rehúsa a trabajar conmigo?

–La vida apesta, muchacho. Quédate con lo que tiene para ofrecerte.

–*Está bien*. Dos preguntas.

Señaló a Nick con su tenedor.

–Mientras comes. Acabas de tomar la píldora. Necesitas tener comida en el estómago.

–Se supone que tengo que esperar treinta minutos antes de…

–Nicky.

–¿Qué querían? –preguntó, metiéndose un rodaja de pan en la boca.

–No sé. No hablé con ninguno de ellos cuando los bajaron. Cap me pidió que volviera a casa porque sabía que era tu primer día de clases. Me dijo que te recuerde que hay una celda vacía con tu nombre esperándote si aparece una calificación más baja que una B menos en tu libreta de calificaciones, en cualquier momento del año.

–Me pregunto si el alcalde sabe que los oficiales en su departamento de policía amenazan a menores.

–Sí –contestó su papá–. Y está completamente de acuerdo. Te queda una pregunta.

Como si no supiera lo que Nick estaba a punto de preguntarle.

–¿Lo viste?

–Sí –contestó, vertiendo una cantidad asquerosa de jarabe.

Nick esperó. Su papá no dijo nada.

Nick podía jugar a este juego.

O, pensándolo bien, no podía.

–¿Y?

–¿Esa es otra pregunta?

Nick apenas se contuvo de arrojarle el tenedor por la cabeza.

–¿Por qué eres *así*?

Su papá esbozó una sonrisa.

—Porque tu angustia adolescente me hace feliz como padre.

—¡Pa!

—Sí, Nick. Vi a Shadow Star. Incluso, *hablé* con él. De hecho, le pedí un autógrafo para ti. Y su número de teléfono. Me lo dio cuando le dije que estás enamorado de él. Dijo que le encantaría tener una cita contigo porque le pareciste encantador cuando le mostré una fotografía tuya…

—Por favor, dime que soy adoptado —rogó Nick—. Es lo único que podría salvarme de esta vida en ruinas.

—Lo siento, muchacho. Saliste de mi entrepierna.

Nick soltó un quejido y dejó caer la cabeza sobre la mesa.

—¿Por qué tienes que decirlo de ese modo?

Nick sintió una mano sobre su nuca que lo acarició con suavidad.

—Porque te ves adorable cuando estás incómodo. En especial, cuando hablo de tu novio.

—No es mi novio —musitó Nick sin levantar la cabeza de la mesa—. Ni siquiera sabe que *existo*.

—Y quizás sea para mejor. De seguro, quedará horrorizado cuando vea lo que tumblereas sobre él. A nadie le gustan los acosadores, Nicky.

Nick apartó la mano de su padre cuando se incorporó en la silla.

—Yo no soy un acosador…

—No, no lo vi. Nadie lo vio. Y por suerte para él porque lo habríamos arrestado ahí mismo. Malditos Extraordinarios. Lo único que hacen es…

—Hacer su trabajo más difícil, sí, sí, ya lo sé. Lo dices todo el tiempo. Pero, *papá*. Él puede trepar por las paredes y controlar las sombras. Creo que no entiendes lo increíble que es eso.

—Ah, claro que lo entiendo, por supuesto. Pero tiene que dejarnos hacer nuestro trabajo. La vida no es una de tus historietas, Nick. Esto es real. La gente puede salir herida.

–¡Él es uno de los *buenos*!

–¿Quién lo dice? –preguntó su padre tras resoplar.

–*Todos*.

Su padre sacudió la cabeza.

–La vida no es blanco o negro. No es sobre héroes y villanos. Shadow Star es un dolor de culo igual que el tipo de fuego…

–Pyro Storm, y no te *atrevas* a compararlos de ese modo. Pyro Storm es el archienemigo de Shadow Star y el destino de Ciudad Nova se mantendrá en equilibrio siempre y cuando Shadow Star luche por nosotros contra la tiranía de…

–Son todos unos idiotas que usan ropa ajustada de segunda mano.

Nick se lo quedó mirando fijo.

Su papá se encogió de hombros.

Nick decidió ser misericordioso.

–Voy a hacer de cuenta que nunca dijiste eso.

–Guau, qué afortunado soy.

Quizás no *tan* misericordioso.

–Este va a ser el peor comienzo de clases de toda mi vida.

–Lo que me recuerda…

Sí, eso fue su culpa. Debería haberlo anticipado.

–No vamos a hacer esto de nuevo.

–Creo que sí –respondió su papá, reclinándose sobre la silla y cruzándose de brazos. Nick notó las ojeras que tenía debajo de sus ojos y las arrugas en su frente, marcas que no habían estado allí hacía un par de años. Sintió la punzada en su pecho. Se obligó a no mirar a todos los fantasmas que aún acechaban la cocina: el especiero que ninguno se animaba a tocar, los trapos favoritos de su mamá frente al horno, aquellos con los gatitos bordados–. Solo para saber que estamos en la misma página.

Mejor terminar con esto de una vez por todas.

—Prestaré atención.

—¿Y?

—Haré mi tarea todas las noches.

—¿Y?

—Si tengo problemas, te pediré ayuda.

—¿Y?

—Si todo empieza a superarme, te lo diré.

—¿Por qué?

Nick apenas contuvo una queja.

—Porque es más fácil afrontar las cosas juntos que solo.

Su papá asintió lentamente.

—Muy bien —y luego agregó—: Ya sé que ha sido duro, Nick. Y yo no fui la persona más fácil de tener cerca.

Nick estaba alarmado.

—Eso no…

Su papá levantó una mano y Nick se quedó en silencio.

—Cometí errores. Errores que no debería haber cometido. Te prometí ser mejor y voy a intentarlo. Puede que necesite que me lo recuerdes de vez en cuando, pero yo sé que lo harás. Y tú sabes que yo haré lo mismo por ti. Debemos ser un equipo, muchacho. Es… es lo que ella hubiera querido. Lo sabes tanto como yo.

Nick asintió, ya que no confiaba lo suficiente como para hablar.

—Bien, choca esos cinco. —Levantó una mano.

Dios, su papá era tan vergonzoso.

Pero Nick le chocó los cinco de todas formas. Habría sido irrespetuoso no hacerlo.

2

Gibby y Jazz lo estaban esperando en la estación de la calle Franklin cuando Nick se bajó del tren. Estaban sentadas en un banco de metal bastante cerca la una de la otra. Gibby miraba a la multitud que bajaba por las escaleras hacia la calle y Jazz hacía un globo rosado con su goma de mascar, mientras enrollaba su cabello oscuro y desaliñado entre sus dedos. Tenía el teléfono sobre su regazo y los auriculares conectados, uno en su oreja y el otro en la de Gibby.

Gibby se había identificado como lesbiana butch hacía poco tiempo, lo que la llevó a raparse y usar una cadena para su cartera. Se aseguraba de que todos supieran que, si la llamaban Lola, recibirían una patada en las pelotas. Todo aquel que creyeran que no era en serio recibía una valiosa lección, como cuando un deportista idiota le había guiñado un ojo y ella hizo exactamente eso. El tipo tuvo que sentarse sobre una bolsa de hielo durante varios días. Gibby fue castigada por una semana.

Pero valió la pena, o eso aseguraba ella. Decía que el mundo necesitaba más lesbianas negras y no toleraría ninguna de esas mierdas de nadie, nunca más.

Desde ese momento, Nick decidió apoyarla al cien por ciento en cada decisión que tomara. Ayudaba que se viera bien con la cabeza rapada, algo que Nick nunca probaría, dado que lo haría ver muy cabezón.

El globo de Jazz reventó cuando lo vio acercarse y le esbozó una sonrisa mientras volvía a meter la goma de mascar en su boca.

—Nicky, vi una paloma comiéndose un burrito en el tren. Iba a tomarle una fotografía porque me pareció artístico, pero después un vagabundo con un saco naranja le pegó una patada y arruinó la toma.

Nick se tropezó suavemente con uno de sus zapatos robustos que, probablemente, costaban más que toda su habitación.

—¿Le pegó una patada al burrito o a la paloma?

Jazz se encogió de hombros.

—A los dos, creo. Después iba a tomarle una foto al vagabundo, pero empezó a mear en un rincón, así que decidí que sería mejor cambiarme de vagón y no sufrir por mi arte.

—Eres toda una Van Gogh.

—Pero él se cortó la oreja en un ataque de pánico y se la entregó a una trabajadora sexual llamada Rachel —agregó Jazz con seriedad—. Todavía no estoy a ese nivel. No me gusta el dolor y la única trabajadora sexual que conozco es Amanda.

—¿Cómo está? —preguntó Nick.

—Bien, supongo. —Jazz se encogió de hombros—. No la veo desde que mamá decidió que papá fuera a terapia en lugar de usar sus servicios.

—Para que conste, me gustan tus partes, así como las tienes —agregó Gibby, presionando la rodilla de Jazz.

—Te daría mi oreja si me la pidieras —dijo Jazz, con sus ojos azules bien abiertos mientras chasqueaba su goma de mascar—. Pero mi cara no va a quedar perfectamente simétrica. —Frunció el ceño—. Quizás no quede tan mal.

—Ajá —dijo Nick—. Fascinante. En serio. Entonces, Gibby, sobreviviste al Verano del Amor. Felicitaciones.

Durante los últimos meses, se había ido de viaje con sus padres cuando decidieron que su familia necesitaba alquilar una vieja camioneta y recorrer el país con el pretexto de visitar universidades, aunque en realidad era para conocer distintas comunidades hippies, mientras aceptaban su crisis de mediana edad (según Gibby) y creían que eran mejores hippies que contadores. Supuestamente, decían que la comunidad del amor libre necesitaba más gente negra.

Nick no sabía qué hacer con eso, por lo que simplemente le dio una palmada en el brazo en junio y le dijo que se divirtiera.

Había logrado evitar una patada en las pelotas. Pero solo por muy poco.

Lola Gibson era feroz en ese sentido.

A su novia, Jazmine Kensington, no le había gustado la idea de que Gibby se fuera por tanto tiempo. De hecho, no ayudaba a su ansiedad que Gibby estuviera en su último año a punto de graduarse y entrar al mundo real antes que ella. Le dijo a Gibby que no tenía permitido enamorarse de ninguna hippie que usara faldas de cáñamo que luego se fumaría. Gibby estuvo de acuerdo de inmediato y ni se molestó en aclararle que la mayoría de los hippies no fumaban su ropa.

A Nick les resultaba desagradablemente dulces. O dulcemente desagradables. La verdad era que dependía del día.

Gibby había regresado hacía una semana, pero Jazz había dejado bien en claro que pasaría todo el tiempo posible con Gibby antes de que empezaran las clases. Lo que estaba bien, considerando que Nick había estado ocupado intentando terminar el más reciente capítulo de *Aquí es dónde quemamos la Tierra*. Ellas tenían sus prioridades y él las suyas.

Además, pasar tiempo con Jazz y Gibby, mientras reconectaban luego de meses y meses de separación, habría significado, probablemente, verlas besarse y susurrarse cositas tiernas al oído todo el tiempo. Nick no era lo suficientemente masoquista como para presenciar eso por mucho tiempo. Quería mucho a sus amigas queer, pero no quería verlas tragarse sus lenguas. Por eso les había dado su espacio. Era un acto altruista si lo veía de ese modo.

—Verano del Amor —repitió Gibby. No parecía muy entusiasmada.

Nick dio un paso hacia atrás para proteger sus pelotas. Sus botas se veían nuevas y no quería descubrir si tenían punta de acero. Además, la cadena para su cartera era más grande que la que tenía antes y no conocía tanto el idioma de las lesbianas como para saber si significaba algo.

Gibby puso los ojos en blanco.

—Si tengo que sentarme en un círculo de percusión otra vez en mi vida, seguramente me convierta en una asesina serial.

—¿Ya escogiste una universidad?

Jazz frunció el ceño y Gibby intensificó su mirada. Nick dio otro paso hacia atrás.

—Todavía no me decido —respondió Gibby entre dientes—. Pero gracias por preocuparte por mi futuro y mencionarlo justo en este momento.

—Sí —agregó Nick—. Suelo hablar antes de pensar. Solo…

—Puedo soportarlo —agregó Jazz con seriedad—. Quiero decir, claro, probablemente llore mucho y se me corra el maquillaje y todo sea tu culpa, pero puedo soportarlo. Tengo pelotas de mujer.

–Sé que las tienes –dijo Gibby–. Pero todavía no tomé ninguna decisión. Tú serás la primera en enterarte.

Jazz pareció tranquilizarse por un momento y Nick se preguntó cuánto tiempo duraría.

Pero luego Gibby le esbozó una sonrisa y entendió que debería haber mantenido su bocota cerrada. Lola Gibson tenía tres sonrisas: la amorosa que siempre se reservaba para Jazz, la que usaba cuando intentaba contener una risa y la que hacía cuando estaba a punto de ser una cretina importante. Él se había llevado la peor parte de la última sonrisa varias veces y nunca fallaba en hacerle sentir escalofríos en la nuca.

–Entonces, Nicky –dijo y Nick pensó seriamente perderse entre la multitud y desaparecer para siempre–. Hablando del Verano del Amor, ¿cómo está Owen?

–No tengo idea de qué hablas. –Nick la miró con el ceño fruncido.

–Ajá. ¿Y Seth?

Frunció el ceño aún más.

–En serio, no tengo idea de qué estás hablando.

Jazz, quien nunca entendía estas situaciones, agregó:

–Creí que Owen y Nick habían terminado. ¿Se acuerdan? Nick dijo que Owen era un estúpido y Owen, como siempre, dijo que no podía dejarse dominar por una sola persona, y luego Seth dijo que *él*…

Gibby le tapó la boca con una mano para callarla.

Nick sabía que estaba sonrojado, pero hizo todo para sobreponerse.

–¿Qué dijo Seth?

Lo ignoraron y mantuvieron una conversación en silencio en la que abundaban las miradas de sospecha y los movimientos de cejas. Prosiguió así por más tiempo del que hacía sentir cómodo a Nick. Finalmente, Jazz asintió y Gibby dejó caer su mano sobre su propio regazo.

—O sea, ni siquiera sé de qué estamos hablando. ¿Te conté sobre la paloma y el burrito? Era un burrito de desayuno —agregó Jazz y lo miró con los ojos entrecerrados—. Y una paloma gorda.

Nick se cruzó de brazos.

—Ya pasaron varios meses. No estábamos… No eramos novios ni nada. Owen era… —Nick no sabía muy bien cómo terminar la oración. De hecho, gran parte del tiempo, ni siquiera sabía cómo describir a Owen Burke. Ah, claro, era atractivo, popular y todos parecían adorar todo lo que hacía, solo porque tenía la fuerza gravitacional de un planeta gigante. Lo único que tenía que hacer era sonreír descaradamente y casi todos (queer o no) terminarían haciendo lo que él quisiera.

Incluido Nick, para su consternación.

Antes de la navidad pasada, Owen se había acercado a su mesa con una amplia y blanca sonrisa y su devastadora chaqueta de cuero que, de seguro, había sido el bovino más fino de todo el campo. Sabían quién era, por supuesto; todos lo sabían. Venía de una familia muy adinerada (quizás la más rica de todas). Su padre era Simon Burke, CEO de las Farmacéuticas Burke. Seth estaba convencido de que solo era la fachada de algo más siniestro, pero Seth siempre creía que cualquier cosa era la fachada de algo más siniestro. Incluido Owen.

Nick, por otro lado… Había estado… bueno… No *enamorado*, no precisamente. Pero tenía quince años y las hormonas muy alteradas, y Owen, probablemente, era el chico más atractivo de toda la escuela y, por alguna razón, había decidido hacer que Nick fuera el centro de toda su atención.

Lo que significó que Nick hiciera el ridículo bastante seguido.

Jazz estaba confundida. Gibby estaba molesta. ¿Y Seth?

Seth se había apartado. Solo un poco al principio, pero debió haber sido suficiente para encender todas las alarmas internas de Nick. Pero

Nick parecía haber sido succionado por el Planeta Owen y no fue hasta que Seth se volvió sumamente hostil (algo que Nick no esperaba de su mejor amigo desde hacía casi una década) que entendió que algo no andaba bien. Nunca frente a Owen, pero ¿cuando solo eran Nick y Seth, y Nick mencionaba a Owen por enésima vez en los últimos treinta y seis minutos? Sí. Seth podía ser bastante hostil.

—No fue nada —dijo Nick finalmente—. Apenas lo vi este verano. Estuve muy ocupado.

—Ajá —dijo Gibby, aburrida de todo eso—. Acosar a un Extraordinario lleva mucho tiempo, supongo.

—No lo estoy *acosando*.

—Hola, perdón por llegar tarde.

Nick volteó y una de las mejores personas del mundo entero apareció a su lado, levantando sus gafas grandes que se habían caído levemente sobre su nariz, como siempre, un mechón de su cabello negro meciéndose sobre su frente. Seth Gray, la persona en la que Nick confiaba más que nadie en el mundo. Llevaba su suéter suelto como de costumbre sobre una camisa de la que solo se veía el cuello y que usaba por debajo de sus pantalones estilo chinos. Y hoy, por alguna razón, había decidido usar un *moño* y Nick no sabía qué otra cosa hacer con ese moño que no fuera intentar acomodárselo durante al menos tres horas seguidas, mientras le susurraba que era demasiado bueno para este mundo.

Mantuvo las manos alejadas.

Y luego notó algo…

—¿Estás más alto?

Seth lo miró con los ojos bien abiertos.

—¿Desde la última vez que nos vimos hace unos días? ¿No creo? Quiero decir, es posible, no me mido desde hace varias horas, pero…

—Te ves más alto.

—Ah —dijo Seth y apartó la vista, acomodándose el cuello de su camisa—. Ehm, ¿gracias?

—Ah, por Dios —balbuceó Gibby—. ¿Esto sigue pasando?

—A mí me parecen hermosos —le susurró Jazz al oído.

Nick ignoró lo que fuera que estuvieran hablando. Seguía impactado por el hecho de que sus ojos ahora estaban casi a la *misma* altura, lo que le causaba un nivel de consternación para el que no estaba preparado. No cuando Seth siempre había sido pálido y regordete, con su cabello rizado que debería ser ilegal por lo perfectamente desordenado que se veía. Pero siempre había sido más *bajo* que Nick y…

—¿Estás usando plantillas?

Seth se movió como si estuviera nervioso.

—No, no estoy usando plantillas. Quizás tú te estás encogiendo.

—No me estoy *encogiendo*. Ni siquiera es posible.

Seth empezó a decir algo, pero lo interrumpió con un bostezo. Nick frunció el ceño.

—¿Estás cansado? ¿Por qué estás cansado? Te ves cansado. ¿No dormiste mucho anoche?

Seth lo sujetó de los hombros.

—Estoy bien, Nicky. Solo me acosté tarde.

—¿Por qué?

—Porque no dejaba de moverme de un lado a otro. Supongo que estaba ansioso por hoy. Primer día de clases y todo eso. Ya sabes cómo me pongo.

Nick lo sabía. A veces, Seth se preocupaba mucho por nada y Nick se frustraba un montón, porque significaba que había algo que lo hacía sentir mal y no podía hacer nada para destruirlo con sus manos.

Gibby se puso de pie y llevó a Jazz consigo.

—Por más divertido que sea verlos hacer… lo que sea que estén haciendo, vamos a llegar tarde.

—No puedo llegar tarde —agregó Jazz, guardando sus auriculares en la mochila—. Papi me dijo que, si llego a tiempo durante todo el primer mes, me comprará los zapatos de Alexander McQueen con la calavera en la punta que necesito para seguir existiendo.

—Suena mentira, pero está bien —murmuró Nick, siguiendo a sus amigas hacia las escaleras del metro.

✳ ✳ ✳

Las calles de Ciudad Nova estaban repletas de gente mientras avanzaban hacia la preparatoria Centennial High School, hogar de "Los increíbles wómbats luchadores". El tráfico estaba atascado y los taxis amarillos tocaban sus cláxones como si pudieran hacer que el resto de los autos se movieran. Jazz y Gibby caminaban por delante tomadas de la mano. Jazz hablaba con mucho entusiasmo mientras Gibby miraba con ferocidad a todos los que chocaban con ella.

Seth y Nick caminaban lado a lado, apenas rozando sus hombros. Nick intentaba ver, a escondidas, si Seth de verdad tenía plantillas, pero seguían siendo los mismos mocasines adorables que siempre usaba.

—¿Qué? —preguntó Nick cuando notó que Seth le había dicho algo.

—Dije que lamento no haber tenido tiempo de revisar el capítulo antes de que lo subieras —repitió Seth, acomodando una de las tiras de su mochila.

—Está bien. Estaba bastante perfecto.

Seth rio.

–Supongo.

No fue el elogio que esperaba.

–¿Supones?

–Estaba bien, Nicky.

Nick quería creerle.

–Vi tu comentario. Dijiste que te surgieron cosas. ¿Qué cosas?

–Ah –dijo Seth–. Bueno, ya sabes. Cosas.

–Ajá. Suena muy creíble –contestó Nick con un pensamiento horrendo en su cabeza, aunque no podía entender *por qué* era tan horrendo–. ¿Tuviste una cita o algo?

Seth empezó a toser explosivamente.

Nick le dio algunas palmadas en la espalda como cualquier buen amigo haría.

–No –logró responder, secándose la boca–. ¿Por qué…? ¿Por qué yo…?

–No sé, amigo. Quizás tienes una novia secreta. O un novio. –Eso le dejó un sabor raro en la boca.

Seth le había contado la verdad sobre su sexualidad a Nick cuando tenían catorce años, cuando le dijo que creía que era bisexual. Nick, en un intento de sonar tranquilo y comprensivo, soltó un chillido y se cayó del banco del parque donde estaban dándoles de comer palomitas de maíz a algunos pájaros. A Nick le había tomado más tiempo descubrir su sexualidad, pero *él* fue el primero en tener novio (o algo por el estilo). No quería verlo como una competencia, pero eso tenía que contar para algo, ¿verdad?

Seth no había estado tan disponible durante el verano, para la total consternación de Nick. ¿Qué tal si había conocido a una muchacha adinerada en la avenida Luxor o algún mecánico fornido con las manos llenas de aceite? Nick leía *fanfics* sobre universos paralelos. Cosas como esas pasaban todo el tiempo.

—¿Sigues siendo virgen? —preguntó Nick de un modo casi histérico—. Se suponía que debíamos contarnos cuando tuviéramos relaciones por primera vez. Hicimos una promesa.

Seth se lo quedó mirando con los ojos bien abiertos detrás de sus gafas.

—No tuve relaciones con nadie. ¿De qué estás hablando?

—No lo sé —confesó Nick—. Tienes la misma altura que yo y me pone nervioso.

—¡No puedo controlarlo!

—Bueno, *inténtalo*. Se supone que yo debo ser el hombre escultural de los dos. Es lo único que me queda, Gray. Ya lo *sabes*. Eso y mi extraña habilidad para contar historias de amor retorcidas basadas en personas reales, aunque probablemente no sea para nada sano. —Y hablando de historias…—. ¿Viste a la bruja malvada de las noticias esta mañana? Dios, no dejaba de salivar cuando nombraba a Shadow Star. Alguien debería avisarle que necesita conseguir una orden de restricción contra ella.

Seth suspiró.

—Dudo que pase algo entre Shadow Star y Rebecca Firestone.

—Yo lo sé. Tú lo sabes. Todos lo sabemos. Pero ¿ella lo sabe? Porque no creo que lo sepa. Hoy tenía los labios más pintados que otras veces, como si eso la hiciera verse más atractiva. Solo porque Superman tenga a Louis Lane no significa que Rebecca Firestone pueda hacer el papel de reportera intrépida que necesita que la salven todo el tiempo. Además, todo el mundo sabe que Superman está enamorado de Batman. Aunque *alguien* haya decidido *shippearlos* con el nombre de SuperBat en lugar de la bellísima oportunidad de llamarlos ManMan. O sea, ¡vamos! ¿No crees que ManMan sería icónico? SuperBat suena a algo que encontrarías en una cueva sucia en medio de un pantano —agregó Nick y frunció el ceño—. ¿De qué estábamos hablando?

—¿Honestamente? No tengo idea. Estabas hablando de Shadow Star y después de Firestone…

—*Cierto*. Firestone. Consigue todas esas notas exclusivas con Shadow Star y nadie sabe cómo lo hace.

—Déjame adivinar. Tienes una nueva teoría.

—¡Por supuesto que sí! —exclamó Nick, victorioso—. Y esta podría ser completamente verdad. —Esquivó la que parecía ser la boda de alguien que, aparentemente, había decidido que pararse en medio de la acera para tomarse fotos, un lunes por la mañana, era una gran idea. Soltó un quejido cuando pisó un charco de agua sucia. La novia le lanzó una mirada fulminante y Nick le deseó lo mejor. Pero ella no parecía agradecida.

Seth lo llevó consigo antes de que la mujer con velo y vestido blanco lo derribara de un golpe.

—A diferencia de la última vez, cuando creías que ella era Pyro Storm, aunque es evidente que Pyro Storm es un hombre. Hablando de Pyro Storm, creo que necesitamos hablar de sus descripciones…

—No, pero esta teoría probablemente sea verdad —lo interrumpió Nick—. ¿Qué tal si conoce su identidad secreta y lo está usando en su contra? Eso explicaría por qué habla solo con ella y le cuenta todas esas cosas. Porque lo está *chantajeando*.

—¿Tienes pruebas?

—No. Es solo una *teoría*. Lo descubriré eventualmente. Es solo cuestión de tiempo.

Seth parecía tener sus dudas.

—¿Cómo vas a hacerlo?

—No tengo idea. Pero algo se me ocurrirá. Ya verás. Será épico.

Seth suspiró.

—Cada vez que dices eso, me empiezan a sudar las manos. ¿No puedes dejarlo ir?

Nick lo miró con sospechas.

—¿Por qué? ¿Ella… te *gusta*? —Fue el pensamiento más horrible que Nick jamás había tenido. Nunca se había sentido tan engañado.

—¿Qué? *No*.

—Porque si te gusta, te apoyaría en lo que sientas por ella. —Era mentira, pero una que no lo hacía sentir mal a Nick.

—Hubiera sido más creíble si no lo hubieras dicho con los dientes apretados. No. No me gusta. Ni siquiera la conozco.

—Ah, gracias a Dios —dijo Nick—. Por qué no sé si podría sobrevivir algo tan horrible. Mereces estar con alguien que no sea una enferma fanática de los Extraordinarios.

—Ah, siento que ya no entiendes la ironía.

—¿Sobre qué cosa?

Seth negó con la cabeza.

—Descuida. Quizás deberías intentar no planificar nada. Concéntrate en la escuela y ese tipo de cosas. Yo puedo ayudarte…

—Suenas a mi papá.

—Bueno, le hiciste una promesa. Y el primer año ya es bastante difícil de por sí. ¿No sería más fácil simplemente seguir las reglas y que todo vaya bien y tranquilo?

—¿Qué? Sí, claro que sí, pero… La tranquilidad me pone nervioso.

La expresión en la cara de Seth se suavizó.

—Ya lo sé. Y los nervios, de algún modo, siempre llevan a la calamidad.

—No es a propósito. Es solo que así funciona mi cerebro.

—¿Cómo vienes con la Concentra?

Nick se encogió de hombros, sin poder mirar a Seth a los ojos.

—No lo sé. Bien, supongo. No importa. —Odiaba hablar de esas cosas. Tener un trastorno mental lo hacía sentir… trastornado. No era justo que, además de todas las porquerías con las que debía lidiar todos los días, su cerebro se sintiera como si lo estuvieran electrocutando constantemente. Algunos nacían para ser Extraordinarios. Nick nació para tener un millón de pensamientos en un minuto y, a menudo, transformarlos en dolores de cabeza insoportables. No era justo.

—Estarás bien —dijo Seth con tranquilidad, extendiendo una mano para sujetar la mano de Nick una vez antes de soltarla—. Solo te tomará tiempo acostumbrarte.

Siempre optimista. Era una de las cosas que a Nick más le gustaban de Seth, incluso aunque fuera molesto a largo plazo. Seth era una buena persona, mejor de lo que Nick jamás sería. Pero, por alguna razón, pasaba más tiempo con Nick que con cualquier otra persona. Lo que, evidentemente, hacía que Nick tuviera una seguidilla de pensamientos que lo llevaban a…

—No te puede gustar Rebecca Firestone. Es la peor.

Seth esbozó esa sonrisa dulce que solo parecía reservarse para Nick.

—Eres un idiota.

Escuchar eso de cualquier otra persona lo habría enfadado. Pero Seth no era como los demás, lo que significaba que Nick sabía que no lo decía con maldad.

—Sí, bueno. Solo para dejarlo en claro. No estaría muy contento con eso.

—Lo tendré en cuenta, Nicky. —Ambos chocaron hombros—. ¿Estamos bien?

–Sí, estamos…

–Oigan, perdedores, ¿se van a quedar ahí parados todo el día? Vamos a llegar *tarde*. Todavía tenemos que pasar por los detectores de metal que se supone que ayudan a evitar que nos maten en medio de la clase.

Ambos se sobresaltaron y levantaron la vista hacia Gibby y Jazz que los miraban desde la escalinata de la escuela. Nick no se había dado cuenta de que habían llegado. Gracias a Dios tenía amigos para no tener que estar más alerta de lo que pasaba a su alrededor.

–¿Estás listo para esto? –preguntó Seth, mientras Gibby y Jazz empezaban a subir por la escalinata.

Nick respiró profundo y asintió.

–Estoy listo. Este será el mejor año de todos. Solo espera y verás.

3

—Felicitaciones, señor Bell. Acaba de recibir la primera detención del año. Y apenas pasaron seis minutos del segundo semestre. Debe ser una especie de récord.

—¡Pero estoy intentando trabajar en mi historia! Se me están ocurriendo *ideas*. ¡No puede censurar mi creatividad!

El señor Hanson, que tenía setecientos años como mínimo, le contestó:

—Eso está muy bien. Pero esto es trigonometría y recuerdo con mucha claridad que apenas logró no ir a la escuela de verano, así que es para su propio bien que preste atención.

Toda la clase empezó a reír disimuladamente mientras Nick se hundía cada vez más en su pupitre. Abrió la boca para invitar al señor Hanson a que le diera ejemplos de cuándo algo tan ridículo como la *trigonometría* sería útil en el mundo real, pero recordó la promesa que le había hecho a su papá y decidió no hacerlo. Su papá ya lo regañaría cuando descubriera que lo habían enviado a detención el primer día de clases. Le escribiría más tarde para avisarle que pasaría la tarde con sus amigos para mantener su coartada.

Algunos de sus compañeros empezaron a susurrar cosas mientras lo miraban fijo y reían por lo bajo.

Nick les hizo un gesto obsceno con el dedo.

La chica se quedó boquiabierta. El chico lo miró furioso.

Nick se sintió mejor.

Hasta que sintió su teléfono vibrar en su mochila un momento después.

La mayoría debía tener el teléfono apagado durante la clase, pero Nick era una de las pocas excepciones. Luego de que su madre.... Bueno, después de *eso*, Nick solía perder el control bastante rápido, ya que se le venían a la mente todas las cosas que *podrían* haber pasado. Se suponía que ella debía estar a salvo, era *abogada*, cielo santo. Sí, tenía que lidiar con algunas de las peores personas, pero siempre estaba bien. Sabía cuidarse sola. En todo caso, su papá era quien corría más riesgos que ella todos los días.

Y *Después* (porque también había un *Antes*), Nick no podía dejar de pensar en lo peligroso que era el trabajo de su papá.

Y así fue como un día, en una clase de español del primer año, perdió el control. De un momento a otro, sintió cómo la sangre empezó a zumbarle en los oídos y terminó en el suelo acurrucado, intentando recordar cómo respirar, con la cabeza llena de preguntas. *¿Qué pasaría si le pasaba algo su papá? ¿Qué pasaría si* un día no regresaba a casa? Se quedaría solo. No tenía a nadie más. Algunos primos, quizás, en el oeste, pero nunca los había conocido. ¿Tendría que irse a vivir con ellos? ¿Quién lo cuidaría si estas preguntas se hacían realidad?

La confusión del pánico no se empezó a disipar sino hasta que oyó una voz familiar que le decía algo al oído. Una voz que le pedía que respirara, despacio, una y otra vez, porque todo estaría bien, todo estaría bien, solo debía respirar.

Por supuesto era Seth.

De algún modo, lo supo.

Más tarde, cuando su papá llegó corriendo a la escuela, con una mirada triste que no terminó de desvanecerse en los meses que siguieron a la muerte de su esposa, decidieron que Nick siempre tendría acceso a su teléfono. Solo por si acaso. Pero tendría que dejarlo en vibrador para no molestar al resto de sus compañeros y para no distraerse. Podía dejarlo encendido en caso de que hubiera alguna emergencia.

El recuerdo del día que su papá fue a buscarlo a la escuela era más nítido ahora. Incluso aunque supiera que estaba en su casa durmiendo, su corazón prácticamente se detuvo cuando tomó el teléfono.

Se aseguró de que Hanson no lo estuviera viendo, lo apoyó sobre la pierna y miró la pantalla.

OWEN, decía.

Volteó y miró a Owen que estaba unas filas por detrás.

Owen movió las cejas de esa manera devastadora y encantadora que tenía.

Pensó en ignorarlo. Sería lo más sensato. Y Nick era sensato. Aunque algunos pensaran lo contrario.

Owen señaló con la cabeza el teléfono de Nick.

Nick suspiró y abrió el mensaje.

PRESTA ATENCIÓN.

Odiaba a Owen Burke.

La mayor parte del tiempo.

A veces le caía bien. Le gustó el cosquilleo que sintió en la piel cuando Owen lo besó y también cuando lo hacía reír. No le gustaba necesariamente como *persona*, pero eso era porque Owen era un idiota a quien no parecía importarle a quién pisoteara con tal de conseguir lo que quisiera.

Owen tuvo novias, casi todas chicas bonitas con las uñas pintadas y extensiones, pero, una noche, por alguna razón, terminaron solos en una pocilga bastante perturbadora llamada *El gato grande*. Nick no sabía cómo había terminado a solas con él, porque estaba *seguro* de que Seth también estaba con ellos. Pero, en un momento, Owen le dijo que tenía salsa verde en la cara. Entonces, se acercó y la limpió con el pulgar, y luego, por razones que Nick no sabía con seguridad, se *besaron*.

Estuvo… ¿bien? Un poco. Nick nunca había besado a nadie y no esperaba que la primera vez fuera cuando recién terminaba de tragarse una salchicha. Su cerebro había entrado en corto circuito y, cuando Owen se alejó, vio esa sonrisa siniestra suya y se sonrojó más que nunca.

—Bueno —le había dicho Owen y Nick no dejaba de preguntarse cómo era posible que alguien apenas un año mayor que él tuviera la mandíbula tan esculpida.

—Bueno —repitió Nick con su voz quebradiza.

Y así fue cómo empezó "El gran romance de Nick y Owen".

Jazz estaba confundida. Gibby estaba molesta. A Seth no le gustó para nada, si es que sus expresiones significaban algo.

Razón por la cual, cuando rompieron unos meses más tarde, Nick no se sintió *tan* mal. Tampoco era que habían tenido muchas citas. A veces, salían en grupo y Owen pasaba un brazo sobre el hombro de Nick, pero eso era todo. En otras ocasiones, Owen *intentó* llevarlo un paso más allá, pero Nick recordó a su papá sentado frente a él con un condón en la mano, una banana en la otra y una botella gigante de lubricante sobre la mesa en el medio, y la idea de hacer algo remotamente sexual salió corriendo por la ventana.

Nunca perdonó a su papá por eso, en especial cuando ya le había dejado en claro que sabía lo que era un condón. No ayudaba que nunca olvidaría la imagen de su papá poniéndole por accidente tanto lubricante a la banana que se le resbaló de la mano y cayó al suelo. El sonido que hizo cuando golpeó el suelo de linóleo antiguo tendría que ser razón suficiente para asistir a un grupo de autoayuda cuando cumpliera treinta.

El gran romance de Nick y Owen terminó tan rápido como empezó ("Eres un gran amigo, Nicky, pero yo soy un animal salvaje que no puede estar encerrado en una jaula". "Ah, por Dios, ¡claro que *no*!"). Nick no se había sentido demasiado mal porque, más allá de lo que Owen había significado para él, no dejaba de ser un idiota. Nick esperaba que Owen desapareciera por el mismo lugar por el que había aparecido, diciéndoles a otras personas atractivas que se había acostado con un normalito, pero se quedó.

El teléfono vibró una vez más.

EN SERIO, DEJA DE MIRAR EL TELÉFONO.

Nick aguantó la sonrisa.

Y, en su lugar, miró furioso a Owen.

Owen hoy llevaba unos pantalones rojos (¿quién se *ponía* eso?) y una camiseta holgada con cuello en V que le llegaba hasta casi la mitad del pecho, revelando una superficie enorme de piel bronceada. Su cabello claro estaba hecho de mechones angelicales que a Nick *no* le gustaba tocar, sin importar lo que los demás dijeran. Se había ido de vacaciones a algún lugar exótico como Grecia o Daytona con el yate de su familia. Antes de marcharse, le había dado un beso de despedida en la mejilla. Nick lo había apartado enseguida. Y Seth los miró a ambos, pero no dijo nada.

BASTA, NICKY. TE METERÁS EN PROBLEMAS.

—*Señor* Bell —exclamó Hanson desde el frente del salón—. ¿Quiere tener *dos* detenciones el primer día?

Todos voltearon hacia él.

—No —musitó Nick, hundiéndose cada vez más en su asiento.

Oyó a Owen riendo disimuladamente.

Dios, odiaba a Owen Burke.

✳ ✳ ✳

—Odio a Owen Burke —anunció cuando se sentó en la mesa del comedor para almorzar—. Por si se lo estaban preguntando.

Gibby rio.

—Recuerdo muy bien haberte visto sentado en ese mismo lugar con su lengua metida en tu garganta en algún momento de la primavera pasada.

Seth se ahogó y Nick le dio algunas palmadas en la espalda, mientras deseaba que Gibby muriera. Más allá de lo que decía su libreta de calificaciones, era bueno para hacer varias cosas a la vez.

—Se veía muy húmedo —agregó Jazz, destapando una ensalada caprese perfectamente emplatada y un pequeño recipiente de aceite de oliva, y un poco de sal y pimienta envuelta en una servilleta de papel.

Nick creía que tenía un sándwich de bolonia. No se había fijado cuando su papá se lo dio esa mañana, pero estaba casi seguro de que era eso. Lo cual, para ser justos, era mucho mejor que el desastre del salchichón primavera picante que casi lo mata en abril, más allá de que su papá dijera que estaba exagerando.

—No fue uno de mis mejores momentos —confesó Nick, abriendo la mochila y descubriendo que los dos libros que necesitaba para después del almuerzo habían aplastado su comida. Las patatas quedaron hechas trizas, pero, por suerte, el sándwich no era de salchichón primavera, así que todo estaba bien—. Ya me enviaron a detención.

—¿Tan rápido? —suspiró Seth, levantándose las gafas—. Solo pasó medio día. ¿Qué hizo Owen para que te llevaran a detención?

—Absolutamente nada —contestó Nick, mordiendo salvajemente su sándwich—. Hanson censuró mi creatividad otra vez. No entiendo por qué lo tenemos en tantas clases. Llegué a la conclusión de que solo existe para hacer mi vida miserable. Aunque si lo pienso bien, creo que hay una forma de echarle toda la culpa a Owen. Así que, es culpa suya y lo odio.

—No —dijo Owen, apareciendo de la nada y sentándose a un lado de Gibby, justo frente a Nick—. Me adoras. —Extendió una mano y agarró uno de los bastones de zanahoria de Seth, quien no lo detuvo, sino que frunció el ceño con más intensidad.

—No —respondió Nick—. Me enfermas. Y no quiero que me enfermen. Prefiero que me hagan todo lo *opuesto* a enfermarme. Sea lo que sea.

—Que te cuiden —agregó Seth.

—Sí, *eso*. Prefiero que me *cuiden*.

Owen le guiñó un ojo.

—Yo te cuido si quieres.

—Claro que no. Estás usando una chaqueta de cuero en pleno septiembre. Eres la última persona que quiero que me cuide. Tú…

—Kensington, justo a quien quería ver. Te ves bien. ¿Pensaste en la oferta que te hice de quedar conmigo y pasarla bien?

Las mesas a su alrededor se quedaron en silencio.

Gibby empezó a ponerse de pie, pero Jazz extendió una mano y la apoyó sobre el dorso de la suya. Gibby se sentó nuevamente, refunfuñando, y volteó hacia el tipo heterosexual genérico que estaba parado a un lado de la mesa con su chaqueta deportiva y una sonrisa perfecta en su rostro. Nick no recordaba su nombre, pero era probable que fuera algo estúpido como Derek o Westley. Esos tipos genéricos heterosexuales eran todos iguales y Nick no se molestaba en diferenciarlos.

—Será mejor que corras —le dijo Seth con un tono ominoso a Derek o Westley, mientras Jazz terminaba de verter el aceite de oliva sobre su ensalada caprese.

Derek o Westley entrecerró la vista cuando miró a Seth y apoyó una mano sobre el hombro de Jazz. Lo presionó con suavidad.

—Ah, ¿sí? ¿Y por qué debería hacer eso, rarito?

Y, *ah*, eso sí volvió loco a Nick, pero sabía que no hacía falta que interviniera. Jazz lo tenía bajo control, incluso aunque Derek o Westley no lo supiera aún.

Jazz se levantó de la mesa lentamente y alisó su falda con las manos para quitarle las arrugas. Le esbozó una sonrisa a Derek o Westley y él le devolvió otra sonrisa arrogante.

—No niego que sea un poco ardiente —dijo—. Dos chicas, o lo que sea, aunque una parezca un tipo. Solo creo que necesitas explorar mejor tus opciones, ¿sabes?

Nick realmente no entendía a los heterosexuales. No parecían tener ningún instinto de supervivencia.

—Ah, ¿sí? —preguntó Jazz con dulzura. Bueno, al menos *sonó* dulce, pero Nick había visto muchos documentales de Animal Planet sobre cómo cazaban las leonas. Y como las leonas cazan en manada, Derek o Westley estaba hundido en mierda hasta el cuello–. ¿Quizás tú podrías mostrarme lo que me estoy perdiendo?

Extendió un brazo y la tomó de la mano.

–Sería un placer para mí. Y si queda tiempo, también podría darte placer a *ti*. No soy egoísta.

–Ay, amigo –dijo Nick–. No deberías haber dicho eso.

Derek o Westley miró a Nick como si fuera una especie de insecto.

–¿Qué dijiste?

Había pasado mucho tiempo desde la última vez que Jazz había hecho gritar a un hombre casi adulto. Por lo general, actuaba sin advertencia, pero Derek o Westley era más asqueroso que el resto, por lo que cuando le retorció la mano con todas sus fuerzas y la llevó hacia su espalda, Nick ya no podía sentirse mal. Le dio otra mordida a su sándwich.

Derek o Westley gritó del dolor cuando su cabeza se estrelló contra la mesa, justo a un lado de la ensalada caprese de Jazz. Gibby apartó la comida hacia un lado y la mantuvo a salvo.

–Gracias, querida –dijo Jazz–. Lo aprecio mucho.

–Perra –logró balbucear Derek o Westley–. Suéltame… ¡Ay, ay, *ay*!

–Déjame explicarte cómo serán las cosas de ahora en más –sentenció Jazz, aparentemente ignorando el hecho de que todos en el comedor la estaban mirando. Nadie se debía meter con Jasmine Kensington, mucho menos durante el almuerzo. Y si lo *hacías*, debías asegurarte de no insultar a sus amigos–. Te vas a disculpar. Y una vez que te disculpes, te dejaré ir. Si te parece demasiado, veremos qué tanto se pueden doblar tus dedos antes de que se rompan.

–No puedes…

—Eso no fue una disculpa —lo interrumpió y Nick no sabía que fuera posible que los dedos se doblaran como los de Derek o Westley. Quizás debería haber prestado más atención en la clase de anatomía.

—¡Está bien! ¡Está bien! Lo *siento*.

—Y nunca más tocarás a otra persona sin su consentimiento.

—*No lo haré*.

—Ni llamarás a mis amigos con términos despectivos. Porque es irrespetuoso.

—¡Muy irrespetuoso! —gritó Derek o Westley.

—Bien —dijo con un tono juguetón—. Si me entero de que lo hiciste, veremos si puedes llevar una vida normal sin testículos. ¿Entendido?

—*Sí* —dijo entre dientes.

—Maravilloso. Puedes irte. Ya terminé contigo.

Se quejó una vez más cuando lo soltó. Lo empujó lejos antes de sentarse nuevamente con delicadeza. Sacó la servilleta de tela que, sin lugar a duda, había guardado una de las mucamas de sus padres y la extendió sobre su regazo. Levantó el tenedor y, cuando estaba a punto de cortar una rebanada de un tomate enorme, miró a todos en el comedor.

—Pueden seguir comiendo.

Todos voltearon enseguida, mientras Derek o Westley regresaba corriendo con sus amigos, quienes probablemente hablarían de lo siniestra que era la mesa de los raritos.

—Mucho mejor —dijo Jazz—. No me gusta que la gente me interrumpa cuando como. Tengo hambre y me voy a comer todo esto.

—Te amo tanto —dijo Gibby, embelesada.

—Yo también —agregó Nick y era verdad.

Seth asintió.

—Yo también.

–Ehm –dijo Owen–. A mí me viene bien cualquier lado... ¿Qué demonios, Gibby? ¡No tenías que *patearme*!

–No fue ella –dijo Seth–. Te estabas comportando como un idiota. Ergo, merecías una patada. Varias. En la cara.

Owen hizo una mueca de dolor mientras se frotaba la pantorrilla.

–Me lastimaste, Seth.

Seth esbozó una sonrisa.

–¿En serio? Ay, me siento terrible.

–Ah, espero que sí.

–Tendremos que resolverlo, ¿no crees?

Owen entrecerró la vista.

–Claro que sí.

–¿Están coqueteando? –preguntó Nick, alternando la vista entre ambos. Nick no sabía precisamente *coquetear* ni cómo se veía. Había necesitado que Owen lo besara para darse cuenta de que Owen quizás gustaba de él. Creía que tendría tiempo para aprender a coquetear en algún momento, pero, mientras tanto, no estaba seguro de lo que estaba viendo.

Seth se quedó mirándolo boquiabierto.

Owen se burló.

–Ya quisiera.

–Claro que *no*.

–¿Y qué problema hay si lo están haciendo? –preguntó Gibby, con un destello extraño en sus ojos.

Nick... no supo qué responder. No precisamente. Si intentaba decir lo que sentía en ese momento, probablemente lo único que habría salido de su boca hubiera sido un gruñido ahogado. Por eso, se quedó en silencio.

Jazz suspiró.

–No puedes pedirle manzanas a un naranjo.

–Eso ni siquiera es un dicho –dijo Gibby.

–Ah, ¿no? –preguntó Jazz, con el ceño fruncido–. Entonces, ¿cómo es?

–No tengo idea, querida. Pero definitivamente no es así.

–Uh –resopló Jazz y comió otra perfecta rodaja de tomate.

–Te odio –dijo Nick cuando finalmente recordó cómo formar palabras–. Definitivamente, eres lo peor de todo el mundo.

–Cuidado, Nicky –agregó Owen, inclinándose sobre sus codos–. Me parece que aún sientes cosas por mí.

–Claro que no –intervino Seth.

Owen le quitó otra de sus zanahorias y la mordió con sus dientes perfectos, mientras le esbozaba una sonrisa a Seth.

–¿Es verdad?

–Bueno, decidí que vamos a hablar de otra cosa –dijo Nick, porque no le gustaba la forma en la que Seth y Owen se estaban mirando. Si eso no era coquetear (y Nick estaba bastante seguro de eso… en gran parte) entonces era algo más y *no* quería que significara repetir la primavera pasada cuando todo estaba raro para todos. El gran romance de Nick y Owen no había sido la mejor época. Sí, Owen sabía hacer cosas raras con la lengua, pero Nick no quería que esas fueran las bases para una relación a largo plazo–. Asumo que todos están al día con las últimas noticias de Shadow Star.

Todos se quejaron.

Pero Nick los ignoró. Ya estaba acostumbrado.

–Una vez más, derrotó a unos villanos que intentaron cometer un crimen en nuestra honesta ciudad. Creo que debemos iniciar otra petición en Internet para que levanten una estatua de oro sólido en su honor.

Gibby rio.

—Hablando de levantar cosas duras en su honor…

—¿Acaso la última no consiguió solo diecisiete firmas? —preguntó Jazz—. ¿Y doce eran tuyas, solo que las hiciste con distintos nombres?

—Sí —reconoció Nick—. Pero eso fue antes de que me volviera famoso con *Aquí es dónde quemamos la Tierra*. Esta mañana, conseguí que fuera la historia más leída de todo el *fandom*. Y como, tarde o temprano, el poder de ser famoso en un *fandom* se me suba a la cabeza, será mejor que consiga lo que quiero.

—Y quieres iniciar otra petición —agregó Owen, aburrido.

—Sí. Y podríamos… Esperen un momento. —Abróchense los *malditos* cinturones.

—Ay, no —se quejó Seth—. Es su cara de que se le ocurrió algo.

—Quizás deberíamos tener más límites de los que tenemos —dijo Jazz mirando a Nick con los ojos entrecerrados.

¿Qué había dicho Rebecca Firestone esta mañana? Algo sobre…

—La Torre Burke.

Eso sí captó su atención.

—¿Qué tiene la Torre Burke? —preguntó Gibby, alternando la vista entre Nick y Owen.

—Ahí es donde querían entrar los hombres armados —contestó Nick con mucho entusiasmo—. Estaban intentando entrar a la Torre Burke. ¡Salió en las noticias esta mañana!

—No, Nick —dijo Owen—. No es…

Nick miró a Owen con los ojos bien abiertos.

—Owen Burke. Torre Burke. Estaban intentando entrar al edificio de tu *papá*. Y Shadow Star estuvo *ahí*.

—Definitivamente, no —dijo Owen, sacudiendo la cabeza de lado a lado—. No me metas en esto. Yo no tengo nada…

—¡Tienes que darme las cintas de seguridad! Así las puedo mirar una y otra vez por motivos personales que no involucran nada raro.

Seth se cubrió la cara con ambas manos.

—Eres *raro* —dijo Owen—. ¿Y por qué crees que yo tendría acceso a las cintas?

—Ehm, porque es tu *padre.* —¿Qué parte de eso no entendía? No le parecía tan rebuscado.

Owen rio.

—Claro, como si me prestara atención cuando le hablo. Ni siquiera recuerdo la última vez que lo vi.

Eso tomó a Nick por sorpresa. Owen Burke rara vez dejaba ver por detrás de su fachada perfecta de chico estúpido.

—Ah —dijo, sintiéndose repentinamente incómodo con esta pequeña muestra de que Owen era humano después de todo—. Qué... mal. —No era muy bueno para consolar a las personas con las que se había besado. O, al menos, ese parecía ser el caso. No había besado a nadie más. Se preguntaba si debía encontrar a otra persona para besarse y dejarlo hablar sobre su relación rota con su familia para asegurarse de que fuera así.

—Dios. Gracias, Nicky. De verdad.

Nick intentó recuperarse.

—¿No te habías ido de viaje con él en su yate a Grecia o Daytona?

—¿Daytona? ¿Eso no queda en La Florida? —preguntó Jazz—. Qué exótico.

—Se suponía que sí —contestó Owen con frialdad, raspando la mesa gastada con sus uñas—. Pero se echó atrás a último minuto, por lo que solo viajé con mi madrastra y su asistente, que también resulta ser su novio. Y no fuimos a *Grecia* ni a *Daytona.* Fuimos a las Bahamas.

—Guau —dijo Nick sorprendido—. Problemas de gente rica.

Owen se encogió de hombros.

–Lo que sea. No me importa.

Nick no creía que todo eso fuera verdad, pero él era una persona pragmática.

–Quizás esta sea una buena oportunidad para fortalecer el vínculo con tu papá. Ya sabes, ir a buscar las cintas y hacerme una copia. Luego pueden salir y jugar con un balón. O algo de eso.

–No va a pasar.

Maldición. Había estado tan cerca.

–Está bien –contestó, suspirando agotado por el esfuerzo sobrehumano que tuvo que hacer–. Supongo que puedo aceptar esa respuesta. Aunque, si cambias de opinión, te apoyaré por completo.

Owen inclinó la cabeza.

–¿Por qué te importa tanto?

Nick sintió la mirada del resto. No le gustaba hacia dónde estaba yendo esto.

–¿Qué cosa?

–Shadow Star. Pyro Storm. Los Extraordinarios –pronunció la última palabra con un tono algo burlón–. Es como si estuvieras obsesionado con ellos. Además, no son la *gran* cosa.

Ah, no, eso no.

–No deberías haber dicho eso –murmuró Seth.

–¿No son la gran cosa? –repitió Nick, irritado–. ¿Estás *loco*?

Owen parpadeó confundido.

–No son…

–Déjame decirte algo, *Owen*.

–Ehm, no importa. Me retracto.

–Nop –dijo Gibby, sujetando a Owen del brazo cuando vio que

intentaba levantarse–. Tú empezaste esto. Te quedarás aquí y aceptarás tu castigo. Agradece que el almuerzo termina en quince minutos.

Nick ya estaba completamente desquiciado.

–Los Extraordinarios son *increíbles*. Hacen cosas que nosotros, los simples mortales, solo en *sueños* podemos hacer. Tienen identidades secretas, superpoderes y se ven fantásticos con sus trajes. Si una persona normal usara eso, la citarían a un tribunal por indecencia pública. Y Shadow Star es el mejor de todos. Pelea por la verdad y la justicia, y no acepta la mierda de *nadie*.

–No se ven *tan* geniales –musitó Owen.

Nick estaba bastante seguro de que la única razón por la que no se tiraba encima de la mesa y le daba un puñetazo en la cara era porque ya lo habían mandado a detención y no quería arriesgarse a que lo castigaran más.

–Cierra la maldita boca –espetó Nick.

Owen retrocedió.

–Guau.

–Sí –dijo Seth, esbozando una leve sonrisa–. Es… exuberante.

Quizás eso era quedarse corto, en especial dado que Nick apenas estaba comenzando.

–¿No se ven tan geniales? ¡Pueden manipular las sombras, el fuego y posan en las azoteas de los edificios mientras el sol se oculta detrás de ellos!

–Le dedica mucho tiempo a esto –le explicó Gibby a Owen y Nick asintió furiosamente.

–Sí. Y Shadow Star es valiente y les compra helado a los huérfanos y ayuda a las ancianas a hacer sus compras. Rescata cachorritos de criaderos ilegales y, una vez, participó en una marcha del *Black Lives Matter* porque los racistas son estúpidos y los odia con toda su alma.

—¡Iuju! —celebró Gibby.

—No estoy seguro de que haya hecho todo eso —agregó Seth—. Quizás sea un *fanfic*, Nicky.

—No importa —contestó Nick—. Aunque *no* lo hubiera hecho, sé que lo haría, porque es la clase de persona que haría esas cosas. Ayuda a aquellos que necesitan ayuda. Mantiene a Ciudad Nova a salvo y es fuerte y asombroso, y si *alguna vez* vuelves a decir algo malo sobre él, te daré una patada voladora y te haré caer al río Westfield y no me arrepentiré.

—¿El río Westfield es el que tiene toda el agua contaminada y huele espantoso? —preguntó Jazz.

—*Sí* —contestó Nick con ferocidad—. *Ese* río. Lo haré. Pruébame.

—Mmm —dijo Owen y Nick *odiaba* ese sonido.

—¿*Mmm?* —repitió, furioso—. ¿Qué significa *Mmm?*

—No sé —contestó con una mirada presumida—. Suena a que estás un poco enamorado de Shadow Star.

Sí. Nick definitivamente era la persona que más enamorada estaba de Shadow Star en todo el mundo. Cuando estaba solo y nadie podía escucharlo, susurraba *Señor y señor Nicholas Shadow Star* sobre su almohada, pero Nick lo tenía bajo control. Claro que sí.

Pero ¿qué ocurría cuando se lo mencionaban en voz alta?

Su rostro comenzó a sonrojarse y su lengua se empezó a hinchar. Su primer instinto era la negación (negar, negar, negar), pero eso sería traicionar todo lo que significaba Shadow Star para él.

Entonces, en su lugar logró decir:

—Ehm. Er. Glugh. Blargh.

Seth lo miró con una expresión extraña.

Owen esbozó esa sonrisa que hacía cuando se comportaba como un idiota.

—Ehm. Supongo que está bien. Pero si vamos a hablar de los Extraordinarios más *geniales*, deberíamos hablar de Pyro Storm.

Y eso… Okey. Era justo. Si bien Pyro Storm era *técnicamente* un villano y causaba caos y destrucción con sus actos crueles, no dejaba de ser el archienemigo de Shadow Star y merecía un poco de respeto. Además, tenía unas piernas muy musculosas y, a menudo, posaba de formas ridículas mientras reía como un maniático. Nick tenía que respetar esas piernas y esa risa. Parecían haberle llevado mucho trabajo. Las piernas de Nick eran flacas como un palo y, cuando intentaba reír a carcajadas, sonaba más bien como una gallina que está viendo cómo convertían sus huevos en omelettes.

—Está bien, lo acepto —respondió Nick con cierta resistencia—. Pyro Storm *está* bien, incluso aunque sea el malo.

Owen arqueó las cejas.

—¿Por qué uno tiene que ser el malo? ¿Qué tal si tan solo nadie nos entiende?

—En serio, no puedes creer eso. —Nick lo miró molesto—. Es blanco o negro. Sin puntos medios. El bien es el bien. El mal es el mal. Uno es un cretino que quema cosas porque es un pirómano o algo. Y el otro es un ejemplo de la virtud que salva vidas y controla las sombras y trepa por las paredes. —Esa era la parte favorita de Nick y debería ser la de todos.

—Pyro Storm controla el fuego —dijo Owen—. Y Shadow Star controla las sombras. Uno es la oscuridad y el otro la borra por completo. Es conmovedor, si lo piensas. Son opuestos.

—Eres tan tonto —murmuró Seth—. La vida no es una historieta. Los Extraordinarios no son todo. ¿Qué importa si pueden hacer cosas que el resto no? Eso no los hace más especiales que todos nosotros. No funciona de esa manera.

Owen se inclinó hacia adelante, apoyando los codos sobre la mesa.

—Entonces, ¿por qué no nos dices cómo es que sí funciona, Seth? Dado que aparentemente sabes más que todos nosotros.

Nick no entendía exactamente qué estaba pasando. ¿Seguían coqueteando? Dios, esperaba que no.

—Quizás deberíamos…

Owen esbozó esa sonrisa peligrosa otra vez, todo dientes.

—Parece que nuestro amigo Seth piensa que esta cosa de los Extraordinarios es tonta. ¿Cómo te sientes al respecto, Nicky?

Si había algo que Nick odiaba más que consolar a alguien a quien había besado en el pasado o que le dijeran en la cara que estaba enamorado de un Extraordinario, era quedar en el medio de una situación difícil. Su cerebro tendía a fallar más de lo normal. Empezó a sentirse algo mareado.

—Ehm, bueno.

Todos esperaron.

Pánico instantáneo.

—Los dos tienen buenos argumentos —dijo Nick a toda prisa—. Y, si bien por lo general suelo tomar lados, no creo que pueda hacerlo esta vez con tan poca información.

Seth se levantó abruptamente y miró fijo a Owen, quien esbozaba una sonrisa sutil.

—Tengo que irme —dijo entre dientes.

Y con eso, tomó su mochila y se marchó hacia la salida.

Nick se lo quedó mirando, preguntándose qué rayos acababa de ocurrir. ¿Desde cuándo a Seth le importaban tanto los Extraordinarios? Por lo general, simplemente escuchaba las diatribas de Nick, ¿pero molestarse? No era propio de él.

—Ve a *buscarlo* —espetó Gibby—. Cielos, Nicky. No puedes dejarlo ir así.

Owen rio.

—Solo está haciendo una de sus escenas. Déjalo, ya lo superará. Siempre lo hace.

—¿Recuerdas cómo hace veinte minutos casi le rompo los dedos a ese idiota? —preguntó Jazz con dulzura—. Si quieres, puedo mostrarte lo que habría pasado si no se hubiera disculpado.

Owen se quedó pálido.

—Ve —insistió Gibby, moviendo la cabeza rápido en dirección a Seth.

—Ya voy —dijo Nick. Tomó su mochila mientras se ponía de pie y volteó hacia el resto.

Owen le guiñó un ojo.

Nick le hizo un gesto obsceno con el dedo y siguió a su amigo fuera del comedor.

4

Cuando Nick tenía seis años, se acercó a un niño que estaba solo en los columpios. Nick era nuevo en la escuela y no conocía a nadie. No confiaba mucho en los otros niños porque eran demasiado escandalosos y pintaban con los dedos por todos lados. Nick *odiaba* eso.

Había dos columpios. Uno nuevo donde todos hacían sus berrinches y corrían, turnándose para subirse y haciendo que las cadenas *chillaran* como si estuvieran *gritando*. Nick no quería saber absolutamente nada con ese.

Y *otro*, más en el fondo del patio. Este era más viejo. Los asientos estaban hechos de un plástico resquebrajado y las cadenas parecían salidas del calabozo de un castillo. Pero estaba bastante tranquilo y lo ayudaba a mantener la mente en paz y darle un momento para pensar, dado que nadie nunca usaba este columpio.

Pero ese día había otro niño. Estaba sentado en uno de los columpios, con la punta de sus pies apenas rozando el suelo. Era gordito y llevaba un suéter y unos pantalones caquis. Estaba comiendo un pudín. Por un breve segundo, Nick pensó buscar otro lugar para calmar sus pensamientos.

Pero el niño lo miró y Nick vio que tenía una mancha de chocolate en su labio superior y parecía un bigote. Entonces, Nick se acercó y le habló.

–Hola.

–Hola –contestó el niño con timidez.

Nick nunca se había presentado a nadie. Su mamá y su papá siempre lo hacían por él. Pero ellos no estaban ahí y su mamá le había dicho que fuera valiente como la Mujer Maravilla y Thor, por lo que infló el pecho y agregó:

–Me llamo Nicholas Bell. Es un placer conocerte.

El niño se lo quedó mirando.

Nick frunció el ceño, ya que no sabía si lo había hecho bien. Le había parecido que sonaba igual a su mamá y su papá cuando ellos se presentaban a alguien, pero el niño se lo quedó mirando como si estuviera hablando un idioma completamente diferente.

–Ehm –agregó Nick–. Yo…

El niño miró hacia atrás y Nick hizo lo mismo. Pero no había nadie.

El niño volteó nuevamente.

–¿Me hablas a mí? –preguntó con una voz tímida.

Nick asintió.

–Eso creo.

–Está bien. Soy Seth. Seth Gray.

Era un lindo nombre. Nick pateó la tierra.

–Esos otros niños son muy molestos.

–Lo sé. Por eso vine aquí. –Nick se sintió aliviado de escuchar eso.

–No me gustan los niños molestos.

—A mí tampoco.

—Ni pintar con las manos.

El niño puso cara de asco.

—Te ensucia *todo*.

—¿Verdad? No está bien.

—No está bien —repitió el niño.

—¿Puedo columpiarme contigo? —preguntó Nick, nervioso. Creía que le estaba yendo bien, pero uno nunca podía estar seguro con estas cosas.

El niño asintió y se lamió el bigote de pudín.

—Grandioso —dijo Nick.

—Sí —agregó el niño, mirando cómo Nick se sentaba en el columpio—. Grandioso.

Nick intentó columpiarse, pero aún no sabía hacerlo muy bien. Su mamá le había dicho que ya lo lograría, que solo necesitaba tiempo. Se rindió unos segundos más tarde.

—Yo tampoco sé columpiarme —comentó el niño.

—Es difícil —dijo Nick—. Mi papá es policía y me contó que *él* recién aprendió a columpiarse a los… ocho años o algo así.

El niño parecía sorprendido y a Nick eso le gustaba.

—¿Es *policía*? ¿Tiene una *placa*?

Nick se encogió de hombros, como si no fuera la gran cosa.

—Sí, a veces me deja usarla. —Definitivamente Nick nunca la usaba, pero era divertido aparentar que sí—. También tiene un cinturón como el de Batman —agregó y Nick intentó mover sus piernas para columpiarse nuevamente, pero falló—. Ahora que lo pienso, creo que es Batman.

—Guau —dijo el niño—. Fantástico. Mi tía trabaja en una tienda y mi tío arregla edificios y es agente de tránsito. Aunque dice que es un trabajo de niñas.

Nick frunció el ceño.

–Los niños también pueden hacer cosas de niñas. Y las niñas pueden hacer cosas de niños. A veces, mi mamá me dice que los niños también pueden ser niñas.

Nick creyó que los ojos de Seth estaban a punto de salirse de sus cuencas.

–Asombroso.

–Sí –dijo Nick–. Ya lo sé. Asombroso. ¿Por qué no vives con tu mamá y papá?

–Murieron –contestó el niño, hundiendo su cuchara de plástico en su pudín–. Cuando chocó un tren. Yo estaba con ellos, pero no lo recuerdo.

Y como Nicholas Bell tenía seis años, aún no entendía el concepto de la muerte. Era muy profundo como para que lo entendiera, por lo que dijo:

–Ah. ¿Y era grande el tren?

El niño se encogió de hombros.

–Puede ser. Quizás el más grande de todos.

Eso fue suficiente para que Nick lo confirmara.

–Deberíamos ser mejores amigos. Por siempre.

El niño lo miró con la cuchara en la boca.

–¿Por siempre? –repitió con la boca llena de pudín.

Nick asintió con solemnidad.

–Por siempre.

Y desde este momento, nunca se separó de Seth.

✶✶✶

Aquí estaba, diez años después, furioso con su cuasi exnovio, yendo a buscar a su mejor amigo luego de que discutieran sobre la obsesión de

Nick por los Extraordinarios, con un dolor en el pecho que no podía explicar muy bien. No le gustaba cuando Seth estaba triste, nunca le había gustado. No pasaba muy a menudo, pero cuando sucedía, Nick tenía ganas de cazar y matar a fuera lo que fuera que le hubiera causado su tristeza. Hacía mucho tiempo, Nick había llegado a la conclusión de que debía proteger a Seth, costara lo que costara. Usaba moños, mocasines y podía recitar el alfabeto griego en reversa. No había nadie en el mundo como él.

Debería haber golpeado a Owen ante de marcharse, incluso aunque no entendiera con exactitud por qué habían discutido. Creía que era porque Pyro Storm era un villano. Y sí, era verdad, pero era un villano *genial*. Era el archienemigo de Shadow Star, lo que significaba que merecía un poco de respeto. Ambos habían aparecido de la nada después de... bueno, Después. Antes también había habido algunos Extraordinarios, pero no eran *nada* comparados con Shadow Star y Pyro Storm. Incluso aunque Cap y el alcalde los vieran como amenazas (de hecho, *todos* los Extraordinarios eran amenazas, según Cap), nadie podía negar que se veían *geniales*. Si intentaban negarlo, se equivocaban. Punto.

Aun así, debería haber hecho más. Seth merecía mucho más.

Lo encontró junto a su casillero, golpeándose la cabeza contra la puerta varias veces, mientras repetía algo por lo bajo.

—Estúpido, estúpido, estúpido.

Nick estiró un brazo y puso la mano entre la frente de Seth y el casillero, para que cuando intentara golpearse de nuevo, encontrara una mano huesuda.

—Oye —dijo Nick—. ¿Quieres que lo mate? Porque lo haré. —Hablaba en serio. Había descubierto cómo hacerlo antes de que su papá reforzara el control parental de su navegador. Solo necesitaba un par de tiburones.

Seth suspiró.

—No, irías a prisión. Te visitaría, pero no sería lo mismo.

—Quizás. Pero podría tatuarme una lágrima para verme súper rudo. Valdría la pena. —Frunció el ceño—. A menos que aparezca un tipo gigante llamado Enorme Gregory que me obligue a seguir sus órdenes todo el tiempo. No sé si podría con eso.

Seth se lo quedó mirando.

—Tu cerebro.

—Ya lo sé, ¿cierto? Está… Lo que sea. Para eso es la Concentra. —Apartó la mirada y empezó a golpear sus dedos contra el casillero, odiando en silencio no poder nunca quedarse quieto.

—No hay nada mal contigo —dijo Seth y Nick se sintió incluso peor por no poder defenderlo. Necesitaba ser un mejor amigo. Seth siempre le cubría la espalda, sin importar nada. Nick debería haber hecho lo mismo.

—Quizás —musitó Nick—. Me está tomando tiempo acostumbrarme. Estoy un poco cansado, ¿sabes? Pero el médico me dijo que es normal y que se estabilizará en algún momento, como pasó con las que tomaba antes. Solo que estas no me van a convertir en un zombie como el año pasado.

—Bien —respondió Seth y Nick podía oír la sonrisa en su voz. Lo miró, todavía un poco desconcertado por tener la misma altura—. Creí que tendría que matar al Nick zombie de un tiro en la cabeza.

—Es la única manera de matarlos —coincidió Nick.

—Me alegra que tu cerebro esté bien.

Nick se sentía absolutamente conmovido.

—Sí —respiró profundo—. No puedes hacer que Owen te haga eso. Solo quiere molestarte.

La sonrisa de Seth se desvaneció lentamente.

—Ya lo sé. Es parte de su encanto.

Nick puso los ojos en blanco.

—Yo no lo llamaría *encanto*.

—Pero vaya que te atrapó —dijo y luego, casi de inmediato, se quedó pálido, como si no pudiera creer que esas palabras hubieran salido de su boca.

—Amigo —dijo Nick, respirando respetuosamente—. Eso fue intenso. Estoy impresionado. Mierda.

Seth se frotó la nuca.

—No quise…

—Sí, claro que sí. No puedes retractarte. Eso sería débil.

—¿Está…bien?

Nick asintió.

—Bueno, fue un poco grosero. Y, quizás, me lastimaste.

—La verdad a veces duele.

—Está bien. O sea. ¿Quién *eres*? Quiero decir, lo siento y todo eso, porque tienes razón. Debería haber dicho más. Pero también, ¿qué has hecho con mi mejor amigo? Ah, por Dios, ¿eres Seth Bizarro? Como Batzarro, ¿el peor detective del mundo? Si lo eres, dímelo ahora así puedo encontrar la forma de traer de regreso al Seth normal. O sea, está bien que seas Seth Bizarro, pero realmente prefiero a mi Seth como es.

Seth tosió.

Nick lo miró con los ojos entrecerrados.

—Ehm… ¿estás bien?

Seth asintió furiosamente, con la cara completamente encendida.

—Sí, sí… estoy bien. Bien, bien, bien.

—Bien.

—No soy Seth Bizarro.

Nick entrecerró más la vista.

—Eso es algo que Seth Bizarro diría.

Seth respiró hondo y exhaló despacio.

—Lo juro. Soy… *tu* Seth.

Nick esbozó una sonrisa y pasó un brazo sobre los hombros de su amigo.

—Fantástico. Te creo. ¿De qué estábamos hablando? No lo recuerdo.

Seth se encogió de hombros, pero se veía mejor, y eso era lo único que le importaba a Nick.

—No importa. Todo está bien.

Nick sintió la mano de Seth sobre su cintura y le dio un abrazo breve desde su lado. Todo volvió a estar bien con el mundo.

—Tienes clase de historia, ¿verdad? —preguntó Nick—. Mi salón está al lado del tuyo. Caminemos y hablemos. Tengo algunas ideas para salvar a Nate Belen y me gustaría conversarlas contigo. ¿Tienes unos minutos?

Seth tenía tiempo.

Después de todo, quizás no fue un mal día.

✹ ✹ ✹

Llovía con mucha intensidad cuando Nick finalmente salió de la prisión llamada sala de detención.

—Maldición —murmuró para sí mismo, mientras miraba por la puerta de la escuela hacia afuera. Podía oír gritos y algunas suelas rechinando sobre el suelo del gimnasio al final del pasillo y un silbato estridente. Más allá de eso, solo se oía la lluvia.

Ni siquiera se le ocurrió revisar el pronóstico del clima esa mañana. Se había distraído mucho deseando que Rebecca Firestone dejara de existir.

La estación de tren estaba a algunas calles, lo que significaba que Nick, inevitablemente, se mojaría. Odiaba mojarse.

Cerró los ojos con fuerza y deseó con toda su voluntad que la lluvia se detuviera, quizás había desarrollado algún poder de Extraordinario durante sus horas en la sala de detención y ahora podía controlar el clima.

Abrió los ojos.

Seguía lloviendo.

Podía esperar, pero según la aplicación del clima, llovería por *al menos* dos horas más y no quería estar en la escuela más tiempo del que debía. Decidió que, como era un hombre, podía tolerar tener el cabello mojado y los pies húmedos.

Empujó la puerta.

Su mano quedó empapada de inmediato. Hacía *frío*.

Cerró la puerta.

Estaba a punto de sentarse en el suelo cuando oyó que alguien lo llamó por detrás. Volteó y vio a Gibby caminando por el pasillo señalándolo.

—Ah, gracias a Dios —dijo—. Creí que iba a morir aquí. Tienes paraguas, ¿verdad? Espera, ¿qué haces aquí?

Gibby le dio un puñetazo en el hombro. No perdió el equilibrio, más allá de cómo se hubiera visto.

—Jazz tenía entrenamiento con el equipo de porristas. Me quedé a verla para hacerle algunas críticas constructivas más tarde.

Nick se frotó el hombro con una mueca de dolor.

—La estabas acosando desde las gradas y te echaron otra vez, ¿verdad?

Gibby se encogió de hombros.

—Se ve sexy con el uniforme. Tengo permitido mirarla. Puede que también haya alardeado un poco porque el equipo de fútbol estaba entrenando en el gimnasio.

–Eres incorregible.

–Estoy saliendo con la capitana del equipo de porristas. Tengo permitido ser así.

–Qué asco –musitó Nick–. ¿Podemos irnos? Este lugar me está drenando el alma y no quiero quedarme aquí hasta mañana. No ayuda que me recuerdes que me voy a quedar solo por el resto de mi vida.

–No puedo creerlo… ¿Sabes qué? No. Dije que no me metería en nada y eso es lo que voy a hacer. No entiendo cómo es que el patriarcado llegó al poder. Son todos tan estúpidos.

–¿Meterte en qué? –preguntó Nick, confundido–. ¿*Owen* te dijo algo? Porque si es así, te juro por Dios que voy a darle un puñetazo en el *páncreas*. Yo no…

–Te dejaré solo sin pensarlo dos veces.

Nick le creyó. Gibby era una mujer de palabra.

–Ya me callo.

–No creo que sea posible.

Nick suspiró.

–Sí, no tengo un cerebro neurotípico. Tengo suerte de que todo lo que digo es grandioso y que le caigo bien a algunas personas.

–Apenas –dijo ella, aunque Nick podía ver que intentaba contener una sonrisa–. ¿Qué tal si nos largamos de este lugar, amiguito?

Y como una pareja de gatos buena onda, hicieron exactamente eso.

✷ ✷ ✷

El tren estaba atrasado.

–¿Por qué? –preguntó Nick, mirando al techo de la estación. Los cerámicos estaban sucios y algo que parecía ser una salchicha, o que lo fue en algún momento, estaba atrapado en una de las rejillas sobre las luces fluorescentes–. ¿Qué te hice? ¿Además de todas las cosas que hice?

–Parece que hay un problema en las vías –comentó Gibby, frunciendo el ceño con los ojos sobre su teléfono–. Dice que el servicio se reactivará en veinte minutos. Lo que en el idioma de las autoridades de transporte de Ciudad Nova significa que no tienen idea de lo que está pasando y probablemente haya un incendio que les tomará como mínimo una hora apagar.

Sin duda, eso solía ser una salchicha. Podía ver la mostaza seca y todo.

–Tengo los calcetines mojados.

–Sí, tu vida es una tragedia de cuatro actos. ¿Quieres esperar o vamos caminando hasta la Market Street y tomamos la Silver Line?

–¡Pero son como ocho calles!

–Ya lo sé.

–Bajo la *lluvia*.

–Guau, tus poderes de observación son de otro mundo.

No entendía por qué alguien había tirado una salchicha mordida a la luz. Era una de las millones de historias que ocurrían en Ciudad Nova todos los días y que nunca podría escuchar.

–Tengo los calcetines mojados –repitió.

–Ya lo dijiste. Decídete, Nicky.

La estación empezó a sentirse asfixiante. La gente caminaba de un lado a otro furiosa, sin apartar la vista de sus teléfonos.

Nick odiaba a las multitudes.

Y, honestamente, esa salchicha le perturbaba más de lo que se animaba a confesar.

–Está bien –dijo, sabiendo que sonó algo malhumorado, pero sin poder hacer mucho al respecto–. Si no queda otra opción.

Pero Gibby no era la clase de persona que disfrutara lidiar con sus problemas. Esa era una de las razones por la que la quería tanto. Lo miró y puso los ojos en blanco, haciéndole saber exactamente lo que pensaba de él. Luego lo tomó del brazo y lo llevó hacia las escaleras.

Cuando llegaron a la calle, se aseguró de mantenerlo cerca suyo para que los dos pudieran estar bajo el paraguas.

✳ ✳ ✳

Nick y Seth tenían diez años cuando Lola Gibson apareció de golpe en sus vidas. Bastante literal.

Eran cuatro contra dos y Nick estaba bastante *seguro* de que el maestro que estaba a cargo se hizo el distraído cuando los arrinconaron. Seth se paró delante de Nick, apenas rozándole la barbilla con su cabeza, como si pudiera protegerlo de la paliza que estaban a punto de recibir.

Está bien, Nick probablemente se la merecía, dado que su boca se movió antes de que su cerebro lograra entender que sería una mala idea reírse a carcajadas cuando David Carlucci no logró pegarle al balón y se estrelló de cara contra el poste de metal durante un partido de *tetherball*.

David Carlucci y sus matones estaban en *sexto* año, lo que significaba que Nicky iba a morir.

Pero Seth estaba ahí, parado frente a él, con su metro y medio de altura, como si pudiera evitar que les patearan el trasero.

Y justo cuando Nick estaba a punto de abrir la boca otra vez y enunciar sus últimas palabras en vida, vio una cabellera negra con trenzas que anunció la llegada de Lola Gibson, una chica que Nick y Seth habían visto algunas veces, pero con quien nunca habían hablado. Se paró frente a Seth con las manos sobre la cintura y vistiendo unos jeans y una sudadera con una calavera y huesos cruzados en la espalda.

David Carlucci le dijo que se hiciera a un lado. Lola Gibson respondió dándole un puñetazo que le partió el labio. David Carlucci retrocedió gruñendo con los ojos entrecerrados mientras arremetía contra ellos una vez más.

Lola Gibson abrió la boca y gritó con tanta energía que Nick estaba seguro de que nunca había escuchado un sonido tan fuerte. Estaba impresionado, mientras David Carlucci y sus matones daban un paso hacia atrás. Nick, incapaz de mantener la boca cerrada por mucho tiempo, estaba a punto de insultarlos, pero enseguida un profesor se acercó corriendo.

Lola Gibson rompió en llanto, mientras repetía entre sollozos que esos *niños* estaban intentando lastimarla a ella y sus amigos, y que ella era solo una *niña* y que estaban intentando golpear a una *niña* y...

De inmediato, David Carlucci y sus matones preadolescentes fueron llevados a la oficina del vicedirector, donde Nick estaba convencido de que serían arrastrados y descuartizados por sus crímenes de lesa humanidad.

Una vez que se alejaron, Lola Gibson dejó de llorar de inmediato.

—Me gustas —dijo Nick con seriedad—. Nunca le dije eso a una niña antes.

Lola Gibson entrecerró los ojos.

—Te daré una paliza igual de fuerte.

—Retiro lo dicho.

—Bien.

»Tu moño es azul —le dijo a Seth.

—Gracias —musitó Seth, porque no sabía cómo tratar a la gente nueva.

Y así fue como Nick y Seth conocieron a Lola Gibson.

Después de eso, nunca los abandonó. Incluso cuando empezó la preparatoria antes que ellos, aún los veía todos los días después de clases y los fines de semana.

Fue durante el verano del primer y segundo año de preparatoria de Nick y Seth que se rapó la cabeza y les pidió que la llamaran Gibby. Como a Nick y Seth les gustaban sus caras tal y como eran, y porque respetaban a su amiga, la empezaron a llamar Gibby.

La gente no entendía su grupo de amigos. Pero a Nick sinceramente no le importaba mucho lo que pensaran. Él no entendía a la mayoría de las personas, así que le parecía justo. Eran el grupo queer de la preparatoria Centennial High School (y, si bien no eran los *únicos*, eran los más llamativos). Eran los lunáticos, los raros. Seth era demasiado inteligente, Nick era demasiado ruidoso. Gibby era muy fuerte y Jazz era igual al resto, hasta que Gibby le lanzó un hechizo lésbico que la pasó al lado oscuro. O al menos eso fue lo que escuchó Jazz un día en el baño de niñas. Gibby se había reído tan fuerte que empezó a llorar, algo que Nick y Seth nunca había visto y los dejó *fascinados*.

Luego apareció Owen y... bueno. Cuanto menos se hablara de eso, mejor, dado que El gran romance de Nick y Owen ocurrió luego de su llegada y nadie quería revivir esos días. Si bien Nick no lo había dicho en voz alta, se preguntaba si Owen también le había lanzado un hechizo lésbico. Esa parecía ser la única explicación para que Nick dejara que Owen le tocara un pezón aquella vez.

No eran muy populares, pero no importaba. Quería mucho a su grupo.

✳ ✳ ✳

—No es tan difícil como ella lo hace ver —dijo Gibby cuando llegaron a la calle. Estaban agazapados muy cerca de sí debajo del paraguas–. Ya sé que está preocupada, pero ¿por qué no me cree cuando le digo que todo va a estar bien?

Nick se encogió de hombros.

–Estás por graduarte. Avanzarás hacia cosas más grandes y nos dejarás atrás. Quiero decir, entiendo lo que dices, pero también la entiendo a ella.

–Pero me importa mucho ella. Mucho.

–Ya lo sé. –Le parecía conmovedor, pero Nick nunca se lo diría en la cara, porque probablemente no lo dejaría terminar la oración–. Y ella también lo sabe. Pero tienes que aceptar que tiene un punto. Las cosas cambian. Además, eres joven.

Frunció el ceño.

–Odio cuando esa es la excusa. Odio cuando dicen que tener una relación a los diecisiete años no es lo mismo que tenerla cuando eres más grande. Muchas personas se casan con sus parejas de la preparatoria.

Nick casi se tropieza.

–¿Quieres *casarte*…?

–Ah, por Dios, *no*. No me refiero a eso. Solo digo que ser jóvenes no significa que seamos estúpidas.

–¿Qué pasará cuando cumplas dieciocho y ella siga siendo menor? ¿Qué tal si sus padres te hacen problema por eso?

Gibby puso los ojos en blanco.

–No pasa nada. Le agrado a sus padres. Y mis padres creen que ella está, y los cito, *pipí cucú*. Lo que sea que eso signifique.

Nick frunció el ceño.

–No entiendo a los hippies.

–Nadie los entiende.

—Mucho menos cuando también son contadores.

—Es confuso en niveles que no me quiero imaginar. Éramos las únicas personas negras en cada comunidad que visitamos. Y, extrañamente, nos trataban como si fuéramos de la realeza.

—¿Puedo darte un consejo? No es sobre la realeza. Soy demasiado blanco para darte un consejo sobre eso. Sino sobre Jazz.

Gibby se lo quedó mirando mientras esperaban a que cambiara el semáforo en una esquina.

—¿Tú? ¿*Tú* quieres darme un consejo a *mí*?

—Siento que debería sentirme ofendido por eso, pero no sé muy bien por qué.

—Ah, claro que deberías. Está bien. Dime, Bell. Aconséjame.

Nick pensó por un momento y luego…

—Respeta sus miedos. Puede que creas que sean infundados, pero así es como ella se siente y es válido. Recuérdale que eso es lo que quieres. Y si no, asegúrate de que sepa que aún le importas, pero que es mejor terminar ahora a tener que hacerlo más adelante cuando duela más.

—Eso… no estuvo mal —dijo Gibby, algo impresionada—. ¿De dónde sacaste eso?

—Soy muy consciente de mí mismo —contestó con un tono engreído—. Veo todo… *Auch*, ¿quién puso esta *toma de agua* aquí? —Miró su rodilla lastimada.

—Mucho mejor —dijo Gibby, acercándolo debajo del paraguas—. El mundo volvió a su lugar y todo está bien.

—Lo que sea. Te acabo de dar un gran consejo y lo sabes.

—Es verdad —dijo Gibby—. Pero también creo que los mejores consejos vienen de las personas que pueden seguirlos.

—¿Qué?

Lo empujó con el hombro.

–¿Qué hay con Seth?

Nick la miró confundido.

–¿Qué *hay* con Seth?

–En serio. ¿Esa es tu respuesta?

¿Estaban hablando el mismo idioma o…?

–No sé a qué te refieres.

Gibby suspiró.

–Ah, Dios. Está bien. Probemos otra cosa. Nicky.

–Gibby.

–¿Qué pasará cuando te gradúes y tú y Seth vayan a distintas universidades?

–Nada –contestó Nick de inmediato–. Seth y yo ya tenemos planes para ir a la misma universidad donde compartiremos dormitorio el primer año y luego nos mudaremos del campus por los años que quedan. Cuando nos graduemos, conseguiremos un apartamento en la ciudad donde trabajaré durante cuatro años como policía antes de retirarme y abrir mi propia agencia de detectives y panadería. Seth se convertirá en un autor famoso que escribirá historias de crímenes reales que no serán muy realistas porque tendrán dragones y habrá un abogado que ganará todos los casos y luchará por aquellos que necesitan justicia, porque él será la voz de aquellos que no pueden defenderse solos.

Gibby se lo quedó mirando boquiabierta. Nick volteó, pero no había nada detrás de él. Volteó nuevamente hacia Gibby.

–¿Qué?

–Tú… ¿Cómo es que…? Si no hubiera prometido… –sacudió la cabeza de un lado a otro–. Te juro que si no estoy presente cuando tengas la mayor revelación de tu vida, voy a gritar y te haré repetirlo de nuevo.

–¿Estás bien? –preguntó Nick con seriedad–. Porque nada de lo que dices tiene sentido. ¿Estás teniendo un ACV? ¿Se te durmió la mitad de la cara?

Estiró una mano para tocarle la mejilla, pero la apartó cuando ella intentó morderle los dedos.

✳ ✳ ✳

Habían caminado cuatro cuadras cuando pasó.

Nick dijo, "Oye, vamos por este callejón, es un atajo" y Gibby le recordó que ir por callejones cuando estaba oscuro y llovía nunca era una buena idea.

Nick le dijo que era una gallina. Es probable que incluso haya empezado a sacudir los brazos mientras repetía "Quiquiriquí, quiquiriquí", aunque no estaba orgulloso de eso.

Gibby amenazó con aplicarle violencia a sus genitales.

Nick se detuvo.

Pero luego Gibby avanzó hacia el callejón y, más tarde, Nick se diría a sí mismo que fue todo culpa de su amiga y que, si se hubiera mantenido firme, no se habrían encontrado con dos matones con chaquetas de cuero y cuchillas que parecían espadas, aunque eran solo navajas automáticas.

–Había una salchicha en una de las luces de la estación –le estaba contando Nick mientras avanzaban por el callejón. La lluvia caía a su alrededor–. No puedo dejar de pensar cómo es que terminó ahí.

–Porque alguien la arrojó.

–Sí, ya sé eso, pero no me refiero a ese tipo de pregunta. No busco el porqué de la acción. Sino el porqué del razonamiento. ¿Por qué el dueño de esa salchicha decidió hacerlo? No tiene el más mínimo sentido.

Gibby rio.

—A veces, la gente hace las cosas solo porque puede. No tiene que haber un razonamiento muy profundo. Todo es caos.

—Anarquistas. Nunca los entenderé.

—No es cuestión de...

—Vaya, vaya, vaya, ¿qué tenemos aquí?

Nadie empezaba una oración con *vaya, vaya, vaya* si quería hacer algo agradable. Nick volteó lentamente sobre uno de sus hombros.

Detrás de ellos, había dos hombres. Uno tenía un bigote. Estaba mojado por la lluvia y colgaba bajo su nariz como una rata ahogada. El otro se estaba quedando calvo y tenía algunos mechones de pelo cruzados sobre su inminente calvicie como si estuvieran pegados sobre su cabeza, y algunas gotas de lluvia caían de los lóbulos de sus orejas.

Nick se quedó congelado. No parecían tener un arma, pero lo único en lo que podía pensar era en los últimos momentos con vida de su mamá, algo que siempre lo agobiaba. Nunca había tenido una descripción clara de lo que había sucedido, solo lo que le había dicho Cap, que había sido rápido, algo particularmente horrible que no ayudaba tanto como Cap creía. Nick era valiente, sí, pero también su vida le había mostrado que, a veces, las personas no regresaban a sus casas, sin importar lo que hubieran prometido.

Casi se tropieza cuando Gibby lo lanzó detrás de ella, sus manos estaban cerradas en dos puños. Nick pasó su mochila al frente para buscar el gas pimienta que su papá le había dado. Quería una pistola de descarga eléctrica, pero su papá supuso que se terminaría electrocutando a sí mismo, lo que, si bien no lo había recibido de la mejor manera, probablemente era cierto. Pero por cómo funcionaba el universo, Nick encontró todo *menos* el gas pimienta en su mochila, incluyendo su bálsamo labial, una pajilla usada, un viejo sándwich que debía desechar de inmediato porque era un riesgo para la salud. Estaba entrando en pánico y solo empeoraría. Apartó la vista de su mochila y miró hacia la calle detrás de los hombres en el callejón. Podía ver a las personas pasando a toda prisa sobre la acera, con sus paraguas levantados, mirando sus teléfonos.

Y apestaba. Si bien Nick había vivido en la ciudad toda su vida, nunca le habían robado. Y por estar configurado de ese modo, siempre había fantaseado con lo que haría en caso de que se presentara una situación como esta. En sus fantasías, era valiente y no se dejaba intimidar por nadie. No necesitaba que lo salvaran porque él se salvaba a sí mismo. Pero ahora en la fría realidad, apenas podía funcionar y no dejaba de ponerse cada vez más y más nervioso por no poder encontrar el maldito gas pimienta.

—Todo —dijo el hombre de bigotes, lo que hizo que Nick respirara bruscamente—. Nos llevaremos las mochilas. Las dos. Ahora.

—¿Y si no queremos? —preguntó Gibby, porque era más ruda que lo que Nick jamás sería.

—No —le susurró al oído—. Dales lo que quieren.

Podía verlo tan claro como el día: su papá recibiendo otra llamada que desmoronaría todo a su alrededor. No podía dejar que pasara por eso otra vez.

—No vamos a darles nada... —dijo ella sin siquiera mirarlo.

El tipo con el problema de calvicie crónica sacó una navaja y presionó un botón para desenfundar la hoja afilada. En general, no era el cuchillo más grande que Nick jamás hubiera visto. Quizás tenía unos doce o quince centímetros. Pequeña, para ser sinceros.

Pero Nick sabía que el tamaño no importaba.

Sino lo que se podía hacer con ella.

Tomó a Gibby de los hombros, intentando hacer que sus piernas funcionaran para poder pararse frente a ella. Estaba sudando y su corazón latía más rápido que nunca, pero intentó no demostrarlo. Uno no le muestra miedo a un depredador, mucho menos cuando ese depredador tiene un cuchillo.

Tachen eso. *Dos* cuchillos, porque el hombre de bigotes también sacó una navaja parecida a la que tenía el tipo con el problema de calvicie crónica. Y como Nick no siempre estaba en control de sus pensamientos, se preguntó si eran novios y se las habían regalado en una salida romántica. Se maldijo a sí mismo por ser tan romántico, incluso cuando estaban a punto de apuñalarlo.

Apoyó la frente sobre la nuca de Gibby, mientras se esforzaba por respirar, su mochila presionada entre ambos, intentando reunir lo que le quedaba de su coraje. En su cabeza, podía imaginarlo: empujaría a Gibby por detrás de él, inflaría el pecho y les diría a los ladrones que se fueran al infierno. Su papá había sido policía durante más tiempo del que Nick estaba vivo y le había inculcado el sentido del deber. Del honor. Debía proteger a quienes lo necesitaban. Con esto no quería decir que Gibby lo necesitara precisamente, pero aplicaba el mismo principio.

Era algo que Shadow Star habría hecho. Él era un héroe y no se dejaría intimidar por nadie.

Podía hacerlo. Podía *hacerlo*.

—Está bien —dijo Nick en voz baja, mientras levantaba la cabeza—. Nadie tiene que salir herido. —Rodeó a Gibby con la intención de pararse delante de ella, pero ella lo sujetó de la muñeca con fuerza. Estaban lado a lado. Tenía la voz de su papá en la cabeza, susurrándole que era más fácil afrontar las cosas juntos que solos. Levantó la mano hasta que los dedos de Gibby se entrelazaron con los suyos. Los sujetó con fuerza.

–Entonces entréguennos todo –insistió el hombre de bigotes, amenazándolos con su navaja–. Y quizás no consideremos ver cómo queda su sangre sobre el pavimento.

Después de todo, era una amenaza creíble. Nick definitivamente no quería ver cómo quedaba su sangre sobre el pavimento. Incluso aunque fuera valiente (un poco), le aterraba totalmente que lo apuñalaran. No quería que le hicieran eso. Y tampoco que se lo hicieran a Gibby.

–Está bien –repitió, *odiando* su voz temblorosa. Gibby también lo notó e inhaló bruscamente, mientras sujetaba a Nick con tanta fuerza que sus huesos parecían rozarse entre sí–. Por favor, no nos lastimen. Les daremos lo que quieran.

–Muy bien, niño –dijo el hombre con el problema de calvicie crónica, su boca se retorcía un poco–. Quizás la próxima vez aprendas a quedarte callado.

–No *habrá* una próxima vez –dijo una voz profunda desde algún lugar por encima de ellos.

Y Nicholas Bell se quedó congelado porque la conocía.

Esa voz había sido la protagonista de muchas de sus fantasías, junto a aquellas en las que Nick se salvaba solo. A veces, esa voz le susurraba cosas al oído, mientras su dueño lo tomaba de la mano y le decía que era lindo y que debían hacer un picnic o salir a dar un paseo y reírse de los turistas que gastaban quince dólares por un algodón de azúcar. *Esa* voz que también había sido la musa de la escritura de su obra maestra, una historia de amor y sacrificio interminable, de superhéroes atractivos y villanos de trajes ajustados, donde un joven atractivo llamado Nathaniel Belen, con su vida respetable e inocente, se enamoraba del protector de su ciudad e inevitablemente terminaba en la línea de fuego entre el bien y el mal.

Esa voz le pertenecía a alguien Extraordinario.

Nick salió de debajo del paraguas. Levantó la vista hacia el cielo y la lluvia cayó sobre sus mejillas.

Allí, sobre la pared de un edificio de apartamentos, estaba Shadow Star.

Su traje negro relucía bajo la lluvia y reflejaba la luz tenue que se filtraba a través de una de las ventanas del edificio. El símbolo de la estrella se extendía sobre su pecho musculoso. Los lentes sobre sus ojos resplandecían y su boca estaba abierta, sus dientes blancos reflejaban la luz hacia el hombre de bigotes y el tipo con el problema de calvicie crónica.

Nick se quedó boquiabierto, pero no emitió ningún sonido. Había tenido muchos sueños que empezaban así. Incluso en esos sueños, lograba decir algo ingenioso y divertido que hacía reír a Shadow Star (algo que Nick no creía que pudiera hacer, dado que debía pasar su tiempo viviendo en las sombras en el corazón enfermo de la ciudad). Sin importar cuánto lo intentara, Nick no podía decir ni una sola palabra. Su cerebro estaba completamente descontrolado por estar ante la presencia del Extraordinario que idolatraba en un nivel que seguro no era sano. Eventualmente, un sonido *logró* brotar de su boca, pero fue un suspiro airoso. No fue uno de sus mejores momentos.

El hombre de bigotes dio un paso hacia atrás, como si estuviera listo para correr. El tipo con el problema de calvicie crónico miró a Shadow Star, mientras su boca se abría y se cerraba.

El hombre de bigotes volteó y…

Shadow Star levantó una mano y, de su muñeca, brotó un estallido de luz que iluminó todo el callejón, proyectando sombras donde antes no había. Nick parpadeó por el destello de luz y apartó la vista para proteger sus ojos. Miró nuevamente justo a tiempo para ver al hombre de bigotes dar dos pasos y que su propia sombra se levantara del suelo y lo sujetara por los tobillos. Lo sacudió hasta que cayó de espaldas con un crujido desgarrador. Quedó tendido en el suelo, mirando al cielo y parpadeando lentamente bajo la lluvia.

El tipo con el problema de calvicie crónica ni lo intentó y se fue corriendo.

Pero salió corriendo *hacia* Nick y Gibby con la navaja aún firme en la mano. Nick empezó a caer hacia atrás y llevó a Gibby consigo, y ambos se desplomaron sobre un pequeño y antiguo basurero lleno de lo que olía como comida china de hacía varias semanas. El paraguas también terminó en el suelo y quedaron empapados de inmediato.

Nick levantó las manos, molesto por estar a punto de morir frente a *Shadow Star* (de todas las personas que podían ser), y ya estaba preparando una diatriba furiosa para insultar a Dios, a Jesús y algunos de los apóstoles cuando fuera al cielo, si es que allí es donde terminaba.

El tipo con el problema de calvicie crónica ya casi lo había alcanzado cuando, de repente, Shadow Star se interpuso entre ellos. Aterrizó con elegancia frente a Nick de la manera en la que solo los superhéroes hacían: una mano sobre su pecho y la otra levantada lejos de su cuerpo. El tipo intentó detenerse, pero el pavimento estaba tan mojado que se resbaló y cayó sobre una pila de periódicos descartados y lo que parecían ser los restos de un curry viejo o un pañal.

Shadow Star lo tomó del cuello y usó la otra mano para quitarle la navaja antes de que siguiera siendo una amenaza. Los ojos del hombre parecían estar a punto de salirse de sus cuencas.

—*Erk* —quería decir algo, pero no podía por la mano firme de Shadow Star.

Nick nunca había reunido tanta fuerza de voluntad en su vida como en ese momento para evitar tocarle la espalda a Shadow Star. Estaba a unos pocos metros y se veía *tan fácil*, pero, si bien Nicholas Bell sentía un amor significativo por el Extraordinario, respetaba el espacio personal de las personas y no tocaría a alguien sin su consentimiento, incluso aunque Rebecca Firestone lo hiciera todo el tiempo.

—Cometiste un error —le gruñó Shadow Star al tipo con el problema de calvicie crónica, tan cerca de su rostro que sus narices casi se estaban tocando—. Uno del que te arrepentirás. —Su voz era profunda, casi como si estuviera modificada de alguna manera para ocultar su verdadera identidad, pero Nick también sabía que había una gran probabilidad de que esa fuera su voz *real*. Intentó no suspirar enamorado, en especial con Shadow Star gruñendo como Nick había escrito en su *fanfic*. A la mierda con todos los que no creían que el arte imitaba a la vida.

—*Blargh* —agregó el tipo con el problema de calvicie crónica y Shadow Star lo arrojó hacia la pared del edificio, haciéndolo caer sobre una montaña de basura, donde quedó tendido y el único movimiento visible era su respiración lenta.

Shadow Star volteó hacia Nick.

Fue en este momento que Nick entendió dos cosas:

Primero, su ropa interior estaba húmeda por la lluvia y tener los interiores húmedos era peor que tener los calcetines mojados.

Y.

Segundo, este era el momento que había estado esperando desde que había visto por primera vez a Shadow Star en las noticias tres meses antes del día que Antes se convirtió en Después. Había sido en un video borroso grabado con un teléfono que lo mostraba dando una voltereta desde la cima de un puente segundos antes de aterrizar frente a un hombre que estaba a punto de renunciar a todo y saltar al río Westfield. Nick, según sus cálculos, había mirado ese video unas seiscientos cuarenta y siete veces en los últimos dos años. Sí, desde entonces aparecieron otros videos con mejor calidad (demonios, incluso lo habían *entrevistado*, más allá de que fuera Rebecca Firestone, pero Nick se había convertido en un experto en silenciar los videos ni bien ella abría la boca), pero ese había sido el primero y, por lo tanto, era su favorito.

Entonces, sí. Su ropa interior estaba mojada y su amor por este Extraordinario podía, aparentemente, crecer más cuando estaba parado frente a él. Necesitaba conservar la calma. No todos los días lo rescataba el súper hombre de sus sueños.

El problema era que Nick no sabía muy bien *cómo* conservar la calma. Ah, claro, entendía el concepto, pero era un adolescente torpe de dieciséis años que no siempre tenía el control de su boca. Razón por la cual en lugar de conservar la calma y decir *Gracias por salvarnos, eres el mejor, me llamo Nick y me alegra no estar muerto*, declaró:

—Tengo una almohada con tu cara.

El único sonido que siguió a esa muerte lenta y dolorosa fue la lluvia sobre el pavimento. Y la voz de Gibby diciendo:

—Ay, esto es doloroso.

Shadow Star esbozó un intento de sonrisa y Nick hizo su mejor esfuerzo para no quedárselo mirando, aunque estaba fallando de una manera espectacular.

—¿Te encuentras bien, ciudadano?

No podía creer que Shadow Star le estuviera hablando a él.

—No hago nada raro con la almohada, por si te lo estás preguntando. —Ah, Dios, *¿por qué no podía dejar de hablar de su estúpida almohada?*

—Ah, qué… bueno —contestó Shadow Star.

—Sí —agregó Nick—. Lo es. Muy bueno.

—Claro —dijo Shadow Star lentamente. Miró a Gibby por detrás de Nick y nuevamente a Nick, quien no pudo evitar notar que tenían casi la misma altura. Sumado al hecho de que Shadow Star se veía mucho más *joven* de cerca y Nick no sabía con certeza si estaba embelesado o a punto de desmayarse—. ¿Están bien los dos?

—Dejando de lado el trauma emocional que salga a flote cuando cumpla treinta y siete años y tenga un trabajo de oficina sin futuro que deteste, estoy bien —balbuceó Nick, sin tener en claro por qué las palabras que salían de su boca eran las que su cerebro creía necesario decir en voz alta.

—Estoy bien —contestó Gibby suavemente—. Acabo de superar todos mis traumas con esta tragicomedia que está pasando delante de mí.

Shadow Star dio un paso hacia ellos con la mirada fija en Nick. Por su parte, Nick se quedó en donde estaba, aunque dudaba que pudiera moverse. La boca de Shadow Star se retorció levemente y Nick registró el movimiento con suma atención. Tenía lindos labios (objetivamente hablando, claro). Quizás los más lindos que jamás había visto.

Shadow Star se inclinó hacia él y, si bien Nick no tenía idea de qué rayos estaba pasando, le entusiasmó mucho este giro inesperado, porque parecía que Shadow Star estaba a punto de besarlo.

Cielo santo. Sí. Sí. *Sí.*

Por esto había escrito su *fanfic*. En este momento, entendió que Shadow Star había decidido verlo a Nick como un ser humano, con sus fallas y aciertos, y, de algún modo, ya se había enamorado de él. No entendía cómo había ocurrido (en especial, por la *velocidad* con la que lo había hecho; quizás Nick era más buena onda de lo que creía), pero ya estaba imaginando una casa en los suburbios, donde tendría reuniones con el club de lectura y diría cosas como "Sí, *Orgullo y prejuicio* es un libro muy viejo que trata sobre algunas cosas, pero no tuve tiempo de terminarlo porque Shadow Star me llevó a cenar a un restaurante elegante que tenía tenedores distintos para la ensalada".

La vida era gloriosa.

Pero.

Pero no fue un *beso*. Shadow Star había levantado la rodilla hacia su pecho para dar una patada hacia atrás. La escena que Nick creyó que sería su segundo primer beso en toda su vida, de hecho, era el pie de Shadow Star estrellándose contra el pecho del hombre de bigotes para derribarlo hacia atrás.

Aun así, los labios de Nick no recibieron la información sino hasta que fue demasiado tarde. Besó a Shadow Star a un lado de su cabeza, justo sobre su máscara. Tenía gusto a goma mojada.

Gibby emitió un sonido como si estuviera ahogándose de la risa.

Nick abrió los ojos en completo terror, mientras el hombre de bigotes se estrellaba contra la pared encima del tipo con calvicie crónica.

Shadow Star bajó la pierna y lo miró con los ojos entrecerrados.

–¿Acabas de… besarme la cabeza?

Nick olvidó cómo ser humano. Para su completo horror, regresó al viejo hábito de emitir sonidos, esta vez, como un ciervo en celo de la región del Noroeste del Pacífico, un balido horrible.

Gibby estaba teniendo dificultades para respirar.

–¿Por qué no hay nadie más para ver esto? –preguntó ella.

Juntando la poca dignidad que le quedaba, Nick respondió:

–Ehm, ¿no?

–Ah –dijo Shadow Star–. Porque estoy seguro de que acabas de besarme la cabeza.

–No –insistió Nick, empapado de sudor, aunque, para su suerte, seguía lloviendo–. No hice eso. Sería muy raro.

–Un poco –agregó Shadow Star.

–Y yo respeto tu espacio personal –añadió Nick.

–¿Gracias…?

–De nada –contestó Nick, deseando que apareciera Pyro Storm en ese mismo instante y destruyera toda Ciudad Nova para que Nick ardiera bajo una ola de fuego. Sería menos doloroso que atravesar estos minutos. Miró hacia arriba rápido. Nada. Aparentemente, a los supervillanos solo les importaba la muerte y la destrucción cuando Nick no estaba haciendo el ridículo. Maldito Pyro Storm.

Shadow Star señaló hacia atrás con su pulgar.

–Será mejor que llevé a estos tipos a la estación de policía.

A lo que Nick respondió:

–Sí, ya sé cómo funciona la ley. Mi papá es policía. Así que… Diez-cuatro, fuerte y claro.

Gibby sonaba como si, de alguna forma, se hubiera transformado en un manatí inmenso y estuviera intentando cantar con los sonidos de su especie, un jadeo fuerte que duro más de lo que Nick creía necesario.

–Ah, ¿sí? –dijo Shadow Star con curiosidad–. Grandioso. El departamento de policía de Ciudad Nova hace un gran trabajo. Debes estar orgulloso de él.

–Muy orgulloso –contestó Nick y enseguida agregó–: Tengo un póster tuyo en mi habitación. ¿Puedes darme tu autógrafo?

–¿Quieres que vaya a tu habitación a firmarte el póster? –preguntó Shadow Star con los ojos bien abiertos.

Sí. Absolutamente. No había nada que Nick quisiera más en el mundo. Pero era un poco raro. Tenía que arreglar esta situación.

–Ehm, ¿no? ¡No! Eran dos ideas distintas que sonaron como una. Ja, ja. Sería raro, ¿verdad? Invitarte a mi habitación cuando ni siquiera nos conocemos. ¿Te dije mi nombre? Soy Nick. Aunque eso no significa que ahora nos conozcamos. Soy muy complejo por dentro. Ya sabes, lo que ves no es lo que obtienes. *No porque crea que estás buscando algo.* Ja, ja. Solo puedes autografiar mí... algo.

—¿Algo como tus pechos? —agregó Gibby.

Nick asintió.

—Sí, mis pe... —empezó a decir. No haría mal que Pyro Storm apareciera en cualquier momento. Sería fantástico. Con suerte, se desharía de Gibby primero—. *No* —exclamó con fuerza, haciendo que Shadow Star se asustara un poco—. No, mis pe... eso... ni siquiera *tengo*... —El suelo no se abrió en ningún momento ni se lo tragó por completo, sin importar cuánto lo deseara—. Tengo una *hoja*. Y un bolígrafo. Eso estará bien.

—Está lloviendo —le recordó Shadow Star.

—Claro, eres inteligente —dijo Nick, sorprendido.

Y luego, Gibby apareció a su lado con una sonrisa de la que Nick sabía que debía estar aterrorizado, pero no encontraba la fuerza suficiente para estarlo, ya que aún seguía embelesado por Shadow Star. Levantó el paraguas sobre ellos y les habló con un tono alegre.

—Toma. Así está mejor. Ahora puedes firmarle algo sin que se moje. Aunque Nick probablemente ya esté mojado.

—Sí, muy mojado —agregó.

Gibby rio como un manatí otra vez. Nick prometió en silencio que se vengaría de ella en esta vida, o en la próxima. Le quitó su mochila a Gibby y buscó su cuaderno. Logró tomarlo sin mucho esfuerzo. No encontraba su bolígrafo de Spiderman, pero Gibby estaba ahí para ayudarlo, ya que él no podía controlar sus manos temblorosas. Gibby le entregó un bolígrafo a Shadow Star y volteó para que usara su espalda como superficie para escribir su nombre. De inmediato, Nick empezó a sentirse celoso, ya que *él* quería sentir el bolígrafo sobre su espalda cuando Shadow Star escribiera su nombre. Pero como aún le quedaba un poco de dignidad, se contuvo de empujarla y quitarle el lugar.

Shadow Star apoyó el papel sobre la espalda de Gibby y escribió su nombre. Parecía tener manos muy lindas debajo de sus guantes ajustados.

—Listo —dijo Shadow Star—. Si eso es todo…

—Ah —dijo Gibby enderezándose—. No podemos dejarte ir sin tomarnos una foto. ¿Cierto, Nick? ¿No quieres una foto con Shadow Star?

El cerebro de Nick hizo cortocircuito.

—No. Puedo. Pensar.

—Sí —agregó Gibby—. Quiere una foto.

—Está bien —contestó Shadow Star—. Pero solo una. Debo poner a estos sujetos tras las rejas antes de que despierten. —Levantó su rostro hacia el cielo—. Y la ciudad me llama. Debo mantenerla a salvo. Hay un manto de sombras sobre ella.

—Ah, por Dios —susurró Nick. Nadie más podría decirle que los *fanfics* no eran una expresión artística realista, mucho menos con Shadow Star repitiendo frases de la imaginación de Nick.

Gibby puso los ojos en blanco.

—Guau, eso fue… No sé qué fue eso. Nick, ¿quieres usar tu teléfono para…?

Nick le entregó su teléfono de inmediato. No se había dado cuenta de que ya lo tenía en la mano. Ni siquiera le importaba que se mojara. Ninguna otra cosa importaba más en este momento.

Gibby dio un paso hacia atrás, llevándose el paraguas.

De inmediato, Nick quedó bajo la lluvia. No le molestaba. No le molestaba que *todo* se mojara porque estaba parado junto a Shadow Star. Podía estar lloviendo ácido y no se habría quejado.

–Muy bien –dijo Gibby–. Júntense, muchachos.

Nick soltó un chillido, pero logró ocultarlo con una tos. Avanzó de lado hasta quedar presionado con firmeza a Shadow Star. No giró hacia él para asegurarse de no besarle la cabeza otra vez por accidente.

–Nick, te ves como si te doliera algo. Sonríe.

Nick sonrió.

–Y ahora parece que estás a punto de comerte un animalito. Baja la intensidad.

Nick bajó la intensidad.

–Bien –dijo Gibby–. Shadow Star, no hace falta que sonrías, tienes que verte taciturno y profundo, o lo que sea.

–Exactó –dijo Shadow Star–. Respiro las sombras de la oscuridad y…

–Todos digan, *¡Nick es súper lindo!*

–Nick es súper lindo –dijeron Shadow Star y Nick al mismo tiempo.

Gibby tomó la foto y, de inmediato, Nick entendió lo que acababa de salir de la boca de Shadow Star.

–Dijiste que soy súper lindo –dijo sorprendido, culpando a la pubertad por su voz inestable.

–Eso no… Es lo que pidió que dijera –contestó Shadow Star, algo nervioso–. Yo *no*…

–Entonces, ¿*no* crees que es lindo? –preguntó Gibby.

Sí, eso. La pregunta más importante que jamás se hizo en toda la historia de la humanidad. Nick esperó, al borde del colapso, a que Shadow Star confesara su amor o le rompiera el corazón.

Pero Shadow Star no hizo ninguna de esas dos cosas. En cambio, agregó:

–El corazón oscuro de la ciudad late bajo mis pies. Su sangre pide mi presencia. Debo irme.

Y con eso, un destello de luz brotó de sus muñecas. Apuntó al hombre de bigotes y al tipo con el problema de calvicie crónica. Sus sombras crecieron sobre las paredes detrás de ellos y, cuando Shadow Star gruñó, estas sujetaron a los maleantes y se elevaron por las paredes del edificio, mientras Shadow Star se agachaba antes de saltar y aterrizaba sobre la pared, donde las sombras lo sujetaron contra los ladrillos mientras corría tras los criminales. Entonces, desapareció por la azotea.

Nick se quedó mirando hacia arriba, parpadeando para cubrir sus ojos de la lluvia.

—De nada —dijo Gibby, metiéndole el teléfono en la mano—. ¿Podemos irnos? No esperaba pasar la tarde viéndote tener una erección en medio de un callejón con olor a pies sucios. Necesito bañarme.

5

Lo primero que hizo cuando llegó a su casa fue reclinarse sobre la puerta y pasar una mano sobre su cabello húmedo.

Lo segundo que hizo fue reír a carcajadas.

Lo tercero fue subir corriendo por las escaleras hacia su habitación y abrazar la almohada con la cara de Shadow Star.

Lo cuarto fue tomar su autógrafo. Decía así:

Nicholas Bell,
¡Siempre recuerda mantenerte en las sombras!
★ ✯ ★ *Shadow Star* ★ ✯ ★

Lo quinto fue acostarse en la cama con una sonrisa inmensa.

Lo sexto fue levantarse, hurgar furioso en su mochila y tomar su

Allí, en la galería, junto a otras treinta fotos que se había tomado frente al espejo del baño en un intento de descubrir si los músculos de sus brazos habían crecido por las pocas veces que había intentado levantar pesas (dos kilos no sirvieron de *nada*).

Shadow Star miraba a la cámara de un modo amenazador al lado de Nick, quien se veía como si su sonrisa estuviera a punto de comerle toda la cara. O, al menos, Nick creía que estaba mirando de un modo amenazador, dado que eso era lo que se suponía que hacía, pero no estaba tan seguro. La cara de Shadow Star estaba casi cubierta por completo por su máscara y solo podía verse su boca.

Nick se quedó mirándola por unos buenos treinta y seis minutos. A la fotografía, no a la boca de Shadow Star. Bueno, en gran medida.

Luego, presionó el teléfono contra su pecho y suspiró con felicidad. Tenía que contárselo a todo el mundo.

Pero *no podía*.

¿Cierto? No podía, porque entonces su papá se enteraría que estuvo en un callejón cuando salió de la escuela y la única razón por la que se habría quedado más tiempo en la escuela era porque estaba castigado. *El primer día*. Y le había prometido que este año le iría mejor. Eso y el hecho de que casi le cortan la cara con una navaja, lo que significaba que su papá no lo dejaría hacer nunca más *nada* solo, del mismo modo que no lo dejaba ir a un banco desde…

Bueno, desde que su mamá entró a un banco unos meses después de su visita al faro. Cuatro minutos después de cruzar esas puertas, tres hombres armados entraron detrás de ella.

Seis personas murieron ese día. Un guardia de seguridad. Dos de los hombres armados. Un anciano llamado Bill que iba al menos tres veces por semana a hacer un depósito, aunque era solo una excusa para hablar con las cajeras lindas. Una mujer llamada Ella que tenía una reunión con su agente.

Y Jenny Bell.

Miró la fotografía que tenía en su escritorio.

Ahí estaba, como siempre, con la cabeza sobre su hombro.

—Lo conocí —dijo en voz baja—. Mamá, lo *conocí*.

Ella sonreía. Pero ya no estaba. Nick lo sabía. Ella no era real. Al menos, no como antes. Pero debía contárselo a *alguien*, ¿verdad? Una persona no podía ir por la vida sin contarle a *nadie* una experiencia de proporciones monumentales que le había cambiado la vida.

Para eso estaban los amigos. Para momentos *precisamente* como este.

Llamó a Seth.

Bienvenido al buzón de voz de Seth. Probablemente esté ocupado. Además, ya nadie usa las llamadas a menos que sea una emergencia. Envíame un mensaje de texto. A menos que sea una emergencia.

—Esto *es* una emergencia —dijo Nick entre dientes luego del tono—. ¿Por qué tienes que estar *ocupado* justo ahora que te quiero contar algo que cambiará para siempre el curso de mi historia? ¡Seth! ¡Te exijo que me llames de inmediato! La única razón por la que te perdonaré es si me dices que estabas tomando una siesta porque estabas muy cansado esta mañana. Además, espero que estés teniendo una buena tarde y no te hayas mojado mucho con la lluvia porque sé que te enfermas con facilidad y no me gusta cuando te enfermas. Soy Nick. Adiós.

Pensó en llamar a Jazz, pero probablemente aún estaba sacudiendo sus pompones o lo que fuera que hicieran las porristas.

No podía llamar a Gibby porque ella había estado con él. Y, además, porque fue ella quien le dijo antes de separarse que *no* tenía permitido llamarla esa noche porque no quería escuchar nada sobre Shadow Star.

Casi llama a Owen, pero probablemente era una mala idea. Owen todavía lo hacía sentir raro cuando hablaban por teléfono y no estaba con ganas de escuchar ese coqueteo estúpido que hacía.

En su lugar, decidió dejar el teléfono de lado y lo miró con intensidad, pensando con intensidad que Seth le devolviera la llamada.

No funcionó y, al cabo de quince minutos, le empezó a doler la cabeza.

Tomó el teléfono y miró su foto con Shadow Star por más tiempo del que era sano.

Le escribió a su papá para hacerle saber que todo estaba de diez y que estaba haciendo la tarea, aunque hacer tarea el primer día de clases era el equivalente a que se cancelara la Navidad y la reemplazaran por un enema de mayonesa. Le pareció lo suficientemente dramático como para que su papá no supiera que ya la había hecho durante su tiempo en detención.

Miró el teléfono un poco más.

Pensó en subir la foto a Tumblr. Causaría todo un revuelo en el *fandom* y le sumaría veracidad a su historia. Después de todo, había respirado el mismo aire que Shadow Star, lo que significaba que entendía al Extraordinario mejor que nadie en todo su club de seguidores. *Hazlo, solo hazlo.* Que todos vean que escribía desde la experiencia, algo que todo autor serio debía hacer.

Lo pensó demasiado. Pero sería usar su participación en el rescate más increíble de Shadow Star solo para aumentar su popularidad y él no quería usar nunca a Shadow Star para nada.

Bueno. Quizás para *algunas cosas* que no se pueden decir en voz alta porque, fuera de broma, Nick era muy pudoroso con respecto a eso.

Su teléfono seguía sin sonar. Su estómago rugía.

—Está bien —gritó furioso, su voz casi como la de Shadow Star—. Bajaré y me olvidaré que no tengo a nadie para contarle esto, aunque nunca vuelva a ser el mismo.

Necesitaba nuevos amigos. Pero la idea de intentar hacer nuevos amigos le parecía horrible, así que decidió quedarse con los que tenía, aunque hicieran cosas como no devolverle una llamada cuando él quería.

Se levantó de la cama y, cuando estaba a punto de bajar por las escaleras, su teléfono se encendió y empezó a sonar. Se lanzó hacia él de inmediato.

—¿Recibiste mi mensaje? —preguntó casi sin aliento—. No vas a creer lo que me pasó. Es lo más grandioso que le puede pasar a alguien en toda la historia de la humanidad. Ni siquiera la Revolución Industrial es tan importante. Nunca lo adivinarás. Está bien. Empieza a adivinar.

La persona al otro lado del teléfono suspiró.

—¿Quiero saber?

Nick alejó el teléfono horrorizado.

La pantalla decía *PAPÁ*.

Pensó seriamente colgar la llamada en ese mismo instante. Y escapar. Tendría que conseguir una nueva identidad y trabajar en una barcaza. Se dejaría crecer la barba y, cuando alguien intentara crear lazos con él, se cerraría y se alejaría, ya que nunca más podría sentir el cariño de otra persona.

Pero como no estaba seguro de lo que era una barcaza, llevó el teléfono nuevamente hacia su oído e intentó actuar como si no hubiera pasado nada.

—Hola, pa. ¿Qué onda? ¿Cuál es el 411?

Hubo un minuto de silencio y luego:

—¿Qué hiciste?

—Nada —contestó Nick lo más rápido que pudo con la mayor

credibilidad posible–. No tengo idea de qué estás hablando. Estoy sentado aquí donde tengo que estar una noche de semana, haciendo la tarea. Pronto, bajaré y me prepararé alguna comida saludable y me iré a dormir temprano, porque todos saben que los niños deben dormir bien para funcionar…

–Nicky.

De pronto, Nick tomó una bocanada profunda de aire.

–Sí, lo siento.

–Tienes la píldora sobre la mesada. Tómala, ¿está bien? Suenas un poco extraño.

Y vaya que eso arruinó la fiesta.

–No estoy…

–Nicky.

–Tengo permitido estar contento y feliz –balbuceó. Su dolor de cabeza estaba empeorando.

Su papá emitió un sonido que sonó un poco molesto o exhausto. Nick no sabía cuál de las dos opciones. De igual manera, le dolió.

–Nadie dice que no. De hecho, cuando estás contento y feliz es uno de mis momentos favoritos del mundo. Pero quiero asegurarme de que estés bien. No estoy intentando quitarte nada de eso.

–Pero parece que sí. A veces –dijo Nick, sujetando su manta. Sabía que su papá tenía razón. La adrenalina de la tarde ya estaba abandonando su cuerpo y se sentía como si estuviera a punto de colapsar.

–¿Confías en mí?

Claro que confiaba en él. No había nadie en quien confiara más.

–Sí.

–Bien. Y sabes que estamos trabajando para que yo vuelva a confiar en ti. Has hecho un gran trabajo últimamente, Nicky. Estoy orgulloso de ti.

Quiero que seas feliz, por sobre todas las cosas. Entiendo cómo te sientes a veces y está bien ser así, pero si podemos hacer que sea mejor para ti, entonces debemos trabajar juntos, ¿está bien?

—Sí.

—Bueno, ahora dime, ¿qué es lo más grandioso que le pudo pasar a alguien que ni siquiera la Revolución Industrial lo puede superar?

—Mmm —balbuceó Nick, porque, más allá de todas las cosas que podía ser, Nicholas Bell era terrible para mentir y su papá era un polígrafo humano—. Bueno, verás…

Nick oyó una voz de fondo y su papá lo interrumpió.

—Maldición. Lo siento, hijo. Recibimos una llamada. Debo irme.

Y si bien Nick sabía que era su trabajo, su corazón empezó a latir con mucha fuerza sobre su pecho.

—Está bien. Cuídate. Escríbeme cuando termines.

—Lo haré. Haz tu tarea. Toma la píldora. Te quiero y te veo en el desayuno.

—Yo también te quiero.

Y su papá, se fue.

✱✱✱

Nick miró la píldora en la mesada mientras la lasaña giraba en el microondas.

—Te tomaré —dijo con seriedad—. Pero solo por un tiempo. Será mejor que no te acostumbres.

La píldora no le respondió, pero Nick no esperaba que lo hiciera. Si le hubiera contestado, probablemente habría salido corriendo y gritando por la casa.

El microondas se detuvo.

Nick levantó la píldora y la llevó a su boca. Hizo una mueca de asco cuando la tragó sin agua.

–Listo –musitó–. Hurra.

Le creía a su papá cuando decía que lo único que quería era que fuera feliz. De verdad que sí. Pero… a veces, su felicidad se transformaba en un entusiasmo que resultaba ser un poco abrumador. Les habían explicado a ambos en palabras que Nick podía comprender que su cuerpo era como un teléfono celular: cuantas más aplicaciones usara y dejara abiertas, más rápido se drenaría la batería. O, incluso peor (porque aparentemente el médico *amaba* las metáforas, maldito charlatán), su cerebro era un Ferrari construido para alcanzar altas velocidades, solo que tenía los frenos de una bicicleta.

Nick siempre había sido un poco… diferente. Al principio, decían que era porque estaba creciendo. Pero luego los días pasaban, y le resultaba imposible concentrarse y su mente no se detenía en ningún momento, impidiéndole incluso quedarse *quieto*. Sus padres le decían que no se estaba *comportando*, que era muy *disruptivo* y que *siempre necesitaba ser el centro de atención*. Pero Nick solo tenía ocho años cuando, con lágrimas en los ojos, les dijo que *no quería* ser el centro de atención, porque eso significaría que todos se lo quedarían mirando y lo tratarían como un loco. No entendía por qué no podía detenerse. No quería estar moviéndose o temblando todo el día, no sabía por qué hablaba más de lo que escuchaba al resto, pero no lo hacía a propósito.

Luego de que lo diagnosticaran con TDAH, las cosas tuvieron mucho más sentido. Su papá se había quejado de que la escuela debería haberlo sabido antes y hubo charlas sobre transferirlo a algún otro lugar, pero Nick les *rogó* para que lo dejaran quedarse. No podía abandonar a sus amigos, les dijo, aunque tuviera uno solo. Pero la idea de no ver a Seth todos los días era insoportable y no lo permitiría.

Antes de la Concentra, había sido el Adderall lo que pisaba los frenos inútiles de su cerebro Ferrari, pero Nick odiaba cómo lo hacía sentir. Se concentraba demasiado en todas las cosas y, si bien no era malo, le causaba más dolores de cabeza y lo hacía sentir extrañamente vacío si olvidaba tomar una dosis. Y antes del Adderall, había sido otra droga y antes de esa, otra muy distinta. El TDAH era una porquería, la realidad ya estaba implícita en su nombre. La atención de Nick tenía un déficit y estaba hiperactivamente trastornado. La Concentra se suponía que sería mejor. La transición había sido dura, pero Nick la había superado. En gran parte.

Pero entendía la metáfora del teléfono y los frenos de bicicleta para su cerebro Ferrari. De verdad que sí. Había días en los que subía al máximo y no sabía cómo detenerse, sin importar cuánto lo intentara. Mayormente, había aceptado que algunas personas nacían para ser Extraordinarios y otros, como él, nacían para estar medicados para no salirse de control. ¿Era justo? No precisamente, pero Nick estaba aprendiendo que su cerebro podía hacer cosas que los demás no. De cierto modo, tenía su propio superpoder, incluso aunque lo llamaran trastorno.

Sacó la lasaña del microondas y el plato estaba caliente en sus manos. Cuando su papá tenía días libres, se lo pasaban cocinando juntos, preparando platos para congelar y guardar para las semanas venideras. La lasaña era el plato favorito de Nick y su papá la preparaba a la perfección, con salchichas y espinacas y la cantidad justa de queso.

Encendió el pequeño televisor en la cocina y se sentó en la mesa. Estaban pasando una telenovela, una mujer hermosa le decía a un hombre con un parche en el ojo que había pedido que le quitaran a su hermana siamesa por una *razón* y que él tendría que elegir entre ella o su hermana.

—Consíguete tu hombre —dijo Nick mientras levantaba el tenedor—. No dejes que te pase por encima.

Tenía la boca llena de pasta cuando el triángulo amoroso de las hermanas siamesas fue interrumpido a mitad de escena por *Action news* y una placa roja gigante que ocupaba toda la pantalla con las palabras "¡ÚLTIMO MOMENTO!".

La cámara enfocó al presentador nocturno Steve Davis, quien se veía como si hubiera probado todas las cirugías plásticas del mundo al menos una vez. Acomodó algunos papeles en sus manos y esbozó su sonrisa perfecta.

—Interrumpimos la programación habitual para traerles algo... extraordinario. Estamos en vivo con Rebecca Firestone en las calles de Ciudad Nova. ¿Rebecca?

La pantalla pasó a Rebecca Firestone quien se veía igual de perfecta como esa mañana. Tenía un paraguas en una mano y el micrófono en la otra.

—Gracias, Steve —dijo—. Esta noche, tenemos nuevas imágenes de un intrépido rescate. Un transeúnte grabó al mismísimo Shadow Star de Ciudad Nova, aparentemente, trabajando horas extra. No solo frustró el intento de robo de las Torres Burke a primeras horas de la mañana, sino que también encontró tiempo suficiente para evitar un asalto. *Action news* tuvo acceso a imágenes exclusivas del hecho.

La pantalla mostró el callejón donde Nick había estado parado hacía unas horas.

Y ahí, Shadow Star les pateaba el trasero y dominaba al hombre de bigotes y al tipo con el problema de calvicie crónica, con la participación especial de Nick y Gibby en segundo plano.

Nick escupió la lasaña sobre la mesa.

—No —dijo, con la barbilla llena de salsa—. No, no, no. —Porque si eso estaba en las noticias, significaba que había una gran probabilidad de que su *papá* lo viera.

Nick prácticamente se arrastró sobre la mesa para acercarse más al televisor.

No era tan malo como había pensado. La persona que grabó el video estaba en la acera de enfrente y, además, llovía a cántaros, por lo que no se veía muy claro. Era obvio que era Shadow Star, sí, pero Nick y Gibby estaban prácticamente a oscuras bajo el paraguas y la lluvia.

La voz de Rebecca Firestone sonó fuera de cámara.

—Como pueden ver, los dos jóvenes estaban claramente asustados y desesperados, ya que no podían cuidarse solos.

—¿Qué? —preguntó Nick, furioso—. Tenían *navajas*. ¡Y uno tenía bigote!

Como Rebecca Firestone no lo podía escuchar, no se sintió desanimada.

—Pero no tenían nada de qué preocuparse. Shadow Star apareció para dejar en claro que en Ciudad Nova ni siquiera los delitos más pequeños quedan impunes. Ya sea un golpe comando a la central de una farmacéutica prestigiosa o el rescate de los que parecen ser dos niñitos desamparados…

—¡No soy un niñito! ¿Por qué eres *así*?

—… Shadow Star demostró, una vez más, que hará lo que sea necesario para que haya justicia. —Prácticamente podía escuchar la sonrisa aduladora en su rostro mientras hablaba—. Incluso tal parece ser que uno de los niñitos quedó muy encantado con nuestro residente Extraordinario.

Hubo un acercamiento a la escena borrosa justo cuando Shadow Star pateó al hombre de bigote y Nick se inclinaba hacia adelante para besarle un lado de la cabeza.

Nick soltó un quejido y estrelló la frente contra la mesa.

—¿Por qué? ¿Por qué? ¿Por quéééééééé?

La imagen cambió nuevamente a Rebecca Firestone y, como era de esperar, su sonrisa sí se veía aduladora.

—Si bien no trascendieron las identidades de estos niñitos, parece que estas damiselas en peligro quedaron a salvo y le agradecieron a su héroe con un beso e, incluso, con una fotografía. ¿Steve?

Steve Davis apareció nuevamente en la pantalla, sonriendo.

—¿De verdad le besó la cabeza?

—Eso parece —contestó Rebecca Firestone—. Estoy segura de que Shadow Star se lo tomó con calma. Está acostumbrado a que lo adoren.

Steve Davis rio nuevamente.

—Apuesto que sí. Debes preguntarle cómo hace para lidiar con sus fans la próxima vez que hables con él.

—Ah, claro que lo haré —respondió Rebecca Firestone—. Regresamos al estudio, Steve.

—Ahí lo tienen —dijo Steve Davis y Nick deseó ser viejo para poder recordar este momento solo como una etapa de inestabilidad adolescente—. Shadow Star una vez más salva el día y recibe una recompensa que nunca anticipó. Ampliaremos esta historia esta noche en *Action news*. Ahora, continuemos con *El amor duele mucho*.

Nick apagó el televisor, preguntándose con qué debería sobornar a Cap para asegurarse de que arresten a todo el equipo de *Action news* de inmediato.

Estaba limpiando la comida que había escupido sobre la mesa cuando su teléfono sonó una vez más.

Se quedó congelado.

Quizás era su papá.

Su papá, quien, si bien estaba patrullando las calles de la ciudad, se había enterado de las noticias. Su vida estaba acabada. No tenía ninguna explicación lógica para lo que había sucedido y su papá nunca lo dejaría terminar de contarle toda la historia.

Levantó el teléfono.

En la pantalla decía MEJOR AMIGO SETH.

Ah, gracias a Dios.

Pero estaba *furioso*.

–¿De verdad soy una damisela en peligro de la que se pueden burlar aunque no haya hecho nada malo? –preguntó en lugar de saludarlo, como era de esperar cuando el conductor Steve Davis se burlaba de ti.

Una pausa. Luego:

–¿Qué?

–¡*No* soy una damisela en peligro! No digo que haya algo malo con eso. Sería una buena damisela, pero ese no es el punto.

Otra pausa. Luego:

–¿Qué?

Antes de que Nick pudiera abrumarse, vaciló por un segundo.

–¿Por qué tu voz suena rara? ¿Estuviste caminando bajo la lluvia y te enfermaste? ¿No escuchaste mi mensaje de voz? No te enfermes, mucho menos cuando ya estabas cansado. Tu sistema inmunológico estará con las defensas bajas y te pescarás un resfriado que desencadenará una neumonía y ¿*luego* qué? Faltarás a la escuela y me quedaré solo…

–No estoy enfermo –lo interrumpió Seth de inmediato y su voz sonaba normal otra vez–. Tenía algo en la garganta.

–Ah, mucho mejor. ¿Qué era?

–¿Qué cosa?

–Lo que tenías en la garganta.

–Ehm… Un wafle.

Nick frunció el ceño.

–¿Un… wafle?

Seth se aclaró la garganta.

–Sí, desayuno en la cena. Ya sabes cómo es.

–Tu tía no hace wafles. Dice que no confía en la comida con agujeros uniformes.

–Ella, ehm… ¿ya lo superó?

Entonces Nick tuvo un pensamiento horrible.

–¿Estás saliendo con alguien?

–¿*Qué?* ¡No! ¿Por qué pensarías eso?

Nick miró los restos de su lasaña. Ya no tenía mucha hambre. Al menos, su dolor de cabeza ya estaba desapareciendo.

–No lo sé. Fue… un día muy raro.

–No estoy *saliendo* con nadie.

–Ah, mejor.

–Ehm, ¿mejor?

Nick se encogió de hombros, aunque nadie lo pudiera ver.

–Sí, supongo. Pero si tuvieras un novio o novia secreto explicaría por qué este verano desapareciste sin previo aviso y no contestabas el teléfono.

–Ya te lo expliqué. Estaba haciendo trabajo voluntario en el refugio de animales. Y no digas lo que sé que estás a punto de decir…

–Eres demasiado precioso para este mundo –dijo Nick–. Eres como una princesa de Disney, pero real.

Seth suspiró.

–Eres tan molesto. Ahora, ¿por qué eres una damisela en peligro o lo que sea?

–Porque cuando estaba con Gibby nos atacó un grupo de súper soldados o algo así en un callejón oscuro para quitarme la virginidad o lo que sea, pero luego apareció Shadow Star y nos salvó, y yo me quedé muy tranquilo y conseguí su autógrafo, pero alguien lo grabó y salió en las noticias y Rebecca Firestone empezó a actuar *súper* engreída.

La pausa más larga de todas, seguida por su voz más fuerte.

—¿*Qué*?

—Cierto, ¿verdad? —dijo Nick, algo irritado—. *Por fin* tuve a Shadow Star delante de mí y, te lo juro, Seth, intenté mantener la calma, pero luego entré en cortocircuito y le besé la cabeza por accidente, y desde ese momento todo fue en picada.

—No sé qué hacer con nada de todo eso.

Nick frunció el ceño.

—¡Bueno, esfuérzate! Seth, le conté sobre mi *almohada*.

—Sí —dijo Seth—. Apuesto a que eso no sonó para nada raro.

Nick se hundió de un modo dramático en su silla.

—Sí, ¿verdad? Pero sabes cómo soy cuando estoy cerca de la gente que me gusta. Me pongo…

—¿Estúpido?

—¡Oye!

Seth soltó una risita.

—Hiciste lo mismo con Owen. Hoy, durante el almuerzo.

—¡Eso fue porque me estaba volviendo loco!

—¿Con qué? No te pones así conmigo.

Nick parpadeó.

—Eso es porque tú eres Seth. Eres mi persona favorita en todo el mundo luego de mi papá. No tengo por qué ser un estúpido cerca de ti. Tú ya me aceptas así como soy.

—Ehm, sí, un poco.

—No seas malo —dijo Nick—. Tuve un día bastante traumático.

—Seguro. Un grupo de súper soldados, ¿eh? ¿Y querían quitarte la virginidad?

Nick suspiró.

—Eran dos hombres y me querían robar la mochila. Uno se estaba quedando calvo y el otro tenía un bigote que decía "Súbete a mi camión de helados, niñito".

—Quizás deberías habérsela entregado.

—Pero es mía.

Seth sonaba ofendido.

—Shadow Star no puede estar siempre para ayudarte, Nicky. Ningún Extraordinario puede, si vamos al caso. ¿Qué tal si vuelve a ocurrir y no hay nadie para salvarte?

Ah, eso no era para nada irritante.

—Yo puedo cuidarme solo.

—No se trata de… Podrías haber salido herido. ¿Qué tal si uno de ellos te hubiera atacado con la navaja antes de que Shadow Star los detuviera? Debes tener más cuidado.

—Oye, deja de culpar a la víctima —dijo Nick—. Ni que me lo hubiera buscado. ¿Por qué no te alegras por mí? Conocí a *Shadow Star*.

—Es solo que… —empezó a decir y Nick sabía que Seth se estaba mordiendo el labio inferior, hacía eso cuando pensaba en lo que estaba a punto de decir—. Necesito que estés bien. No quiero que te pase nada.

Nick sabía lo que era perder a alguien. Vaya que sí. Sabía lo que era que ocurriera algo que nunca debería haber pasado, sabía lo injusta que era la vida y lo capaz que era de quitárselo todo, todo, todo. A veces, estaba tan enroscado en sí mismo que se olvidaba que Seth también lo entendía, quizás, mejor que nadie. Por esa razón podían ser como eran cuando estaban juntos. Eso y el hecho de que Seth eligiera a la princesa

Daisy en el Mario Kart, porque detestaba el patriarcado y no se quejaba mucho cuando Nick se comportaba como un cretino y hacía trampa con el caparazón rojo.

—Tendré más cuidado —dijo Nick porque Seth necesitaba oírlo—. Lo prometo. Además, no había ningún súper soldado. Eran solo dos matones con... —frunció el ceño—. Espera. ¿Cómo sabías que tenían navajas? No te conté eso.

Seth vaciló.

—Creo que sí.

—No —dijo Nick lentamente—. Estaba guardando eso para el final dramático.

—Ah. Ehm, me pareció escuchar que dijiste algo sobre navajas. Mala mía. Debo haber adivinado. No quería arruinar tu final dramático. Lo siento.

—Bien hecho, entonces —lo felicitó Nick—. Porque sí tenían navajas. Aunque eran más bien *machetes*. Y se acercaron a Gibby y a mí, y nos exigieron que les entregáramos nuestras pertenencias, pero yo me paré frente a Gibby como todo un hombre...

—Gibby es más fuerte que nosotros dos.

—Ehm, cierto. Buen punto. Y yo estoy en igualdad de condiciones porque soy feminista. Además, mentí cuando dije que estaba parado detrás de Gibby. No importa, estábamos ahí, uno al lado del otro, y nos exigieron que les entregáramos todo y yo dije "De ninguna manera" y Gibby probablemente agregó "Yo sé karate", y cuando estábamos a punto de salvar el día porque yo *no* soy una damisela en peligro, sin importar lo que Rebecca Firestone diga, apareció Shadow Star y les pateó el trasero, y su voz sonaba muy profunda y fuerte, y hasta creo que me guiñó el ojo, o quizás solo fue una gota de agua, quién sabe.

–¿Y te dio su autógrafo? –preguntó Seth, sonando algo extraño–. Eso debe haber sido… genial.

–Ah, sí. Espera, voy a buscarlo arriba así te lo leo. Y luego te enviaré la foto que Gibby nos tomó cuando Shadow Star dijo que yo era lindo o algo parecido.

–Está bien, pero no puedo quedarme mucho tiempo, tengo que hacer la tarea y quiero intentar dormirme temprano.

Nick subió las escaleras a los saltos.

–Deberías haber hecho que te castigaran como a mí. Es el lugar perfecto para hacer la tarea.

–Lo tendré en cuenta para la próxima. –Seth suspiró.

Nick regresó a su habitación y encontró el papel que alguna vez había tocado las manos de Shadow Star.

–Okey, ¿estás listo?

–Estoy conteniendo la respiración.

–Dice, *Nicholas Bell: siempre recuerda… mantenerte en… las sombras…* –entrecerró la vista sin apartar los ojos del papel.

–Guau –dijo Seth–. Con su lema y todo. Debe significar… algo.

–Sí –dijo Nick lentamente–. Pero…

–Pero ¿qué?

–Yo no… no le dije mi nombre completo.

Silencio. Y luego:

–Bueno, debes haberlo hecho. Lo escribió.

–No, no lo hice. ¿No crees que recordaría cada palabra que le dije a Shadow Star? Porque sí las recuerdo. Recuerdo todo. Desde contarle sobre la almohada hasta negar que le había besado la frente cuando sí lo hice. Está todo en mi cabeza como si la fantasía más extraña hubiera cobrado vida. Seth, solo le dije que me llamaba Nick.

—Quizás… ¿lo vio en algo que llevabas en tu mochila?

—No —contestó Nick, sentándose en la cama, confundido—. Nunca *hurgó* en mi mochila. Seth. Ah, por Dios. ¿Sabes lo que significa?

—Creo que… ¿no? ¿Debería saberlo?

—Seth. Lo descubrí. Lo sé.

—Ay, amigo. No puedo esperar a oírlo.

Nick apenas lo escuchó, ya que estaba perdido en lo que solo podía ser la verdad.

—Ahora tiene mucho más sentido. Siempre creí que teníamos una especie de conexión. Pero ahora sé por qué. No entiendo cómo es que no lo vi antes. Seth. Es como si… como si hubiera leído mi *fanfic*. ¡Creo que tiene una cuenta de Tumblr y lee mi *fanfic*! ¿Qué tal si me dejó un comentario y *nunca me enteré*?

—Síp —dijo Seth, entretenido—. Ahí lo tienes. Son momentos como este que entiendo que no has perdido tu capacidad de sorprenderme.

—Ahora lo entiendo —agregó Nick, poniéndose de pie y caminando de un lado a otro en su habitación—. Quiero decir, es *obvio* que eso es exactamente lo que ocurrió. Probablemente ahora está en su Guarida de las Sombras…

—¿Su Guarida de *qué*?

—Su Guarida de las Sombras —explicó Nick con paciencia, porque sabía que, si toda esta información lo estaba volviendo loco a él, seguro Seth se sentía igual—. Todos los superhéroes tienen un centro de operaciones y Shadow Star tiene su Guarida de las Sombras. Es el lugar donde trabaja en las sombras y almacena todos sus equipos mientras entrena para pelear. Ya sabes todo eso. Corregiste mi *fanfic*. Lo describí en sumo detalle. Tanto que me dijiste que no necesitaba mil seiscientas palabras para dejarle en claro al lector que vivía en una cueva húmeda. ¡Despierta!

—Cómo olvidarlo… —dijo Seth inexpresivamente—. Quizás lo estás sobreanalizando, Nicky. Solo un poquito.

—No —dijo Nick—. Estoy pensando con mayor claridad que nunca. Shadow Star rescató a Nate Belen en mi historia y por eso descifró que también debía rescatarme a mí. Pero luego Rebecca Firestone dijo que yo era una damisela en peligro y quizás entonces *eso* es lo que él piensa, porque tienen una conexión platónica que de ninguna manera es romántica ni sexual, porque sería asqueroso. Seth, ¿qué tal si Shadow Star cree que lo único que voy a hacer es ponerme en peligro todo el tiempo solo para que me rescate?

—No creo que debas preocuparte por eso.

—Tienes razón —contestó Nick, tomando una decisión que debería haber tomado hacía mucho tiempo—. Porque yo *no* voy a ser una damisela en peligro.

—Bueno, en primer lugar, no eres una damisela ni *nada*…

—No voy a ser alguien a quien necesitan rescatar todo el tiempo. Los mejores intereses románticos de los superhéroes siempre son otros superhéroes porque entienden su vida y lo que necesitan para sobrevivir. Seth, yo sé cuál es mi destino. Ya sé en qué me tengo que convertir. —Aquí estaba la revelación, justo frente a sus ojos, y aun así no podía creer lo sencillo que era.

—No me va a gustar, ¿verdad?

—Necesito mi propia historia de origen —anunció Nick con grandilocuencia—. Me convertiré en un Extraordinario.

—Nicky, *no*.

—¡Nicky, *sí*!

✱✱✱

Título: Aquí es dónde quemamos la Tierra.

Autor: ShadowStar744.

Capítulo 68 de ? (¡PÓNGANSE EL CINTURÓN!).

267.924 palabras.

Pareja: Shadow Star / Personaje masculino original.

Clasificación: PG-13 (la clasificación *definitivamente* subirá).

Etiquetas: amor verdadero, anhelo, shadow star suave, violencia, final feliz, primer beso, quizás un poco de obscenidades si me convenzo de hacerlo, pero quién sabe.

Capítulo 68: El destino de Nate Belen

Nota del autor: ¡Sorpresa! No creo que esperaran una actualización tan rápido. Pero digamos que encontré un poco de... inspiración que seguro la inspiró... alguien que... me inspira. Alguien que puede dar una patada hacia atrás y no hacer ningún escándalo por una almohada. (¡¡¡¡TÚ SABES QUIÉN ERES!!!!) Si esa... persona... está leyendo esto, espero que lo disfrutes. ¡Lamento que sea tan corto! Solo estoy haciendo los preparativos para algo que será GRANDIOSO. Nate saltó desde la torre del puente hacia la espalda de Pyro Storm. El villano gritó furioso mientras Nate envolvía sus piernas alrededor de su cintura e intentaba levantarle la capa sobre su cabeza.

—Y *por eso* no tienes que usar capa, pedazo de idiota —gritó Nate con fuerza, como todo un tipo rudo.

Pyro Storm maldijo mientras luchaba para salir de debajo de su capa. Nate intentó sujetarlo lo mejor que pudo, pero Pyro Storm era más grande y fuerte, por lo que no pudo evitar el codazo que le lanzó hacia atrás. Lo golpeó a un lado de la cara. Y Nate vio las estrellas.

Soltó a Pyro Storm.

Y empezó a caer.

—¡Nate! —gritó Shadow Star.

Pero lo que ninguno de los Extraordinarios sabía era que Nate Belen había esperado durante mucho tiempo este *momento exacto*. Todo era parte de su plan. Él no *necesitaba* que lo rescataran, aunque sabía que Shadow Star no podría evitarlo. Nate comprendió que, si bien Shadow Star había intentado alejarlo, estaban conectados de formas que desafiaban toda lógica. Había un lazo entre ambos que era más fuerte que el acero y más poderoso que un rayo láser disparado del arma de rayos láser más grande del mundo.

Pero Nate también tenía un secreto.

Nate también era un Extraordinario.

Y era hora que el mundo viera lo que era capaz de hacer.

Oyó a Shadow Star gritar su nombre, mientras Pyro Storm reía frenéticamente. Pero Nate no era ninguna damisela en peligro.

Era más que eso.

Y, justo antes de caer al agua, desplegó su poder y todo quedó blanco.

¡¡CONTINUARÁ!!

Comentarios:

SuperFanDeLosExtraordinarios 18:16: ¿QUÉ ESTÁ PASANDO? ¿QUÉ ES ESTO? ¿QUÉ ES ESTE GIRO? ¿POR QUÉ ME HACES ESTO?

PyroStarEsVida 18:26: Pyro Storm y Shadow Star deberían dejar morir a Nate y casarse y tener bebitos y mudarse a una granja y vender productos orgánicos uwu.

Langosta16 18:54: Espera, ¿qué? ¿Desde cuándo Nate es un Extraordinario? ¿Acaso el sentido de todo esto no era justamente que no fuera un Extraordinario? Es todo tan confuso. Lo atraparon diecisiete veces en este *fanfic* y ni siquiera una vez usó sus poderes. Esto arruina la continuidad. ¿Por qué no reveló que era un Extraordinario cuando Pyro Storm lo encerró en el zoológico en el capítulo 16? ¿O en la feria en el capítulo 19? ¿O incluso en el capítulo 24 cuando Nate, de la nada, fue DJ en un bar mitzvah por razones que nunca se explicaron?

MagmaArdiente 19:12: Sí, estás inventando todo sobre la marcha, ¿verdad? No sé por cuánto tiempo más siga leyendo esto. Nada de esto tiene sentido. O sea, ¿por qué de repente Nate tiene poderes? Es tonto.

ChicaExtraordinaria 19:19: ¡¡¡¡AKSHDHDKD!!!!!!!!¡NO ME LA VI VENIR! ¡SÍÍÍÍ! GAAAAAAAAAAAAAAAAAAHHHHHH.

ShadowStarPrecioso 19:30: Estoy de acuerdo con MagmaArdiente. Esto ya no tiene sentido. O sea, está bien que no hayan atrapado a Nate (de nuevo... por millonésima vez), pero ¿cuándo se convirtió en un Extraordinario?

FireStoner 20:45: ¿POR QUÉ SIGUES INSISTIENDO CON

QUE SHADOW STAR ES GAY Y ESTÁ ENAMORADO DE ESE PERDEDOR? ES HETERO. NO TODO TIENE QUE SER GAY SOLO PORQUE TÚ QUIERAS. EL ARCOÍRIS NO LE PERTENECE A LOS GAYS. DEVUÉLVELO Y HAZ QUE SHADOW STAR VUELVA A SER HETERO. ¡¡¡¡¡ORGULO HETEROSEXUAL!!!!!

ElRetornoDelGray 21:21: SHADOWSTAR744, NO.

✶ ✶ ✶

ShadowStar744, sí.

6

–¡Okey! –exclamó Nick a nadie en particular, en especial porque
eran las seis de la mañana y estaba solo en su habitación–. Piensa. Piensa.
Primero lo primero. Cuando uno decide convertirse en un Extraordinario, debe abandonar por completo su forma de ver al mundo para
perseguir su sueño.

Y, si bien intentaba no prestarle mucha atención a esto, cuando el
mejor Extraordinario del mundo lo acechaba por amor (probablemente),
uno debía tener un plan para asegurarse de que la historia de origen
resultante fuera memorable. Esta parte amenazaba con sobrepasar a sus
pensamientos, pero como estaba seguro de su plan recién formulado,
solo consideró esta idea del acoso por trece minutos.

El *problema* con decidir una historia de origen y convertirse en un
Extraordinario era que había muchas ideas distintas para seguir. Esto,
por supuesto, lo abrumó de inmediato, dada la enormidad de la tarea.

No ayudaba que no pudiera hablar de esto con su papá. No quería preocuparlo, mucho menos si debía hacer algo peligroso para convertirse en un Extraordinario. No tanto porque le preocupara su propio bienestar, sino porque no quería que interrumpieran su plan antes de siquiera comenzar. Si su papá no se enteraba, todo estaría bien. Con suerte.

Sacó el cuaderno de su mochila y se sentó al borde de la cama, los dedos de los pies clavados en la alfombra. Golpeó el bolígrafo sobre la hoja en blanco antes de decidir la mejor manera de empezar. Escribió:

IDEAS PARA CONVERTIRSE EN UN EXTRAORDINARIO

Era un buen comienzo. Estaba impresionado consigo mismo. Mostraba iniciativa y capacidad para terminar lo que se propusiera. Acababa de empezar todo esto y, por Dios, ¡lo estaba haciendo! Ya había terminado la parte más difícil y ahora lo único que necesitaba era llenar el resto. Fácil.

—Okey —murmuró—. Lo tienes, amigo. Creo en ti. ¿Cómo puedes tener la mejor historia de origen para que Shadow Star no te vea como una carga y quiera *cargarte* encima de él?

Se sonrojó, porque aún seguía siendo muy pudoroso y porque quizás los juegos de palabra eran la forma más baja de humor.

Shadow Star probablemente sería dulce. Y romántico. Y le regalaría flores y baratijas. Velas. Esas que son largas y que usan en restaurantes elegantes como en las películas. Nick podía lidiar con eso. Los chicos podían darles flores a otros chicos, ¿verdad? No era solo para chicas. No estaba muy seguro. Lo que significaba que tuvo que buscarlo en Internet. Se sintió mal por todas las generaciones que vinieron antes que él, sin poder acceder a respuestas de manera inmediata, como saber si estaba bien que los chicos les regalaran flores a otros chicos.

Dos minutos después, estaba leyendo un artículo de Wikipedia sobre la Copa Mundial de Cricket Femenino, sin saber cómo había terminado ahí.

—Concéntrate —se dijo a sí mismo entre dientes y guardó el teléfono en su mochila—. Si te vas a comprometer a esto, tienes que hacerlo bien. Piensa, Bell.

No podía ser tan difícil, ¿verdad? Claro, no estaba muy claro cómo los Extraordinarios habían obtenido sus poderes. Constituían una porción tan diminuta de la población que nadie sabía con certeza de dónde venían. La mayoría creía que los Extraordinarios nacían con sus poderes, una especie de alteración del genoma, casi como una mutación. Otros decían que consiguieron sus poderes a través de experimentos del gobierno.

El primer Extraordinario conocido fue un hombre de California en 1947, cerca del nacimiento de la energía nuclear. Tenía fuerza sobrehumana y se hacía llamar "El Patriota Americano", y su traje era básicamente una bandera gigante de rayas y estrellas. Pero la década del cuarenta estaba llena de misoginia, racismo y homofobia, y el Patriota Americano tenía ideas bastante nefastas sobre qué era un Extraordinario, además de que solo luchaba para promover el poder de los hombres blancos heterosexuales. Solo fue un héroe por dieciséis días hasta que decidió que una vida de crimen era más rentable que hacer el bien.

Y eso llevó a la aparición de una *segunda* Extraordinaria, Lady Primate, una joven de brazos largos que tenía un pelaje hermoso que cubría todo su cuerpo, y quien acabó con el reino de terror de robo a bancos que había instaurado el Patriota Americano. Lo había golpeado tan fuerte que las autoridades encontraron su mandíbula a casi cinco kilómetros de distancia en el árbol de un orfanato. Por suerte, los niños del orfanato habían ido de excursión al zoológico y no vieron la mandíbula antes de que la quitaran de ahí. Nick creía que, si él llegaba a encontrar una mandíbula así, su vida estaría arruinada para siempre.

Lady Primate, por alguna razón, era celebrada por sus actos de heroísmo. Desafortunadamente, seguía siendo la década del cuarenta y la opinión pública decía que el lugar de una mujer era la casa, cuidando a la familia. Lady Primate, para el entusiasmo de Nick, anunció públicamente que se retiraría de inmediato y se casaría con el primer hombre que pudiera vencerla en un concurso de pulseadas. Diecisiete hombres se presentaron. Para el final, Lady Primate siguió estando soltera y los hombres tuvieron que ser hospitalizados por heridas que sufrieron mientras intentaban demostrar su masculinidad.

Desde aquel entonces, aparecieron más y más Extraordinarios. Ah, seguían siendo pocos en general y la mayoría de las ciudades nunca había tenido siquiera uno. Pero se vieron inspirados por las acciones de Lady Primate y comenzaron a exhibir sus poderes, la mayoría en nombre de la justicia y la verdad. Más allá de las hazañas de las que eran capaces, todos tenían algo en común: siempre ocultaban sus identidades, lo que hacía que fuera imposible que los científicos pudieran estudiarlos. A finales de la década del sesenta y principios de la década del setenta hubo un llamado para que los Extraordinarios revelaran sus verdaderas identidades al público y se entregaran para que les realizaran pruebas, pero cayó en el olvido antes de que ganara suficiente fuerza. Las protestas de los hippies se encargaron de eso. Los Extraordinarios eran tan pocos que inspiraban más asombro que miedo, la mayor parte del tiempo.

Incluso Pyro Storm tenía sus propios admiradores y admiradoras. Además, tampoco había hecho cosas *muy* malvadas. Más allá de que fuera el archienemigo de Shadow Star, lo peor que hizo fue cambiar a verde todos los semáforos de Ciudad Nova, lo que causó miles de accidentes menores y un embotellamiento total que duró diecisiete horas. Sí, usó ese tiempo para robar obras de arte invaluables del Museo de Bellas Artes de Ciudad Nova, pero Shadow Star frustró ese intento, así que todo salió bien. Al menos, eso era lo que había anunciado Rebecca Firestone.

Además, tampoco eran los únicos Extraordinarios del mundo. Había uno en Berlín que podía lanzar hielo por los ojos. Había otro en Portland, Oregón, que era capaz de crear portales que lo transportaban con facilidad desde una punta de la ciudad a otra. Había otro en Tallahassee que tenía piel de cocodrilo, aunque algunos creían que era un problema de hongos bastante severo. También había une Extraordinarie no-binarie en Tokio que podía crear fuegos artificiales con la mente y otra en Nueva Zelanda que podía controlar rebaños de ovejas con solo un pensamiento, algo que demostraba con mucho orgullo.

Quizás no eran exactamente como los de las historietas que Nick leía, pero estaban bien. No hacía falta que fueran igual a esos. Aparentemente, la que controlaba a las ovejas era muy buena para la economía, lo que, si bien no era precisamente glamoroso, era bastante buena onda.

Pero Nick no quería solo ser *buena onda*. Si él iba a ser un Extraordinario, entonces sería el mejor que el mundo jamás hubiera visto. Lo que lo traía de regreso a la lista que le ayudaría a descubrir cómo convertirse en un Extraordinario. Las historias de origen debían ser orgánicas. En muchas de las historietas que había leído, los héroes atravesaban situaciones imposibles que les daban sus poderes. Él solo necesitaba encontrar una forma de estar en el lugar correcto en el momento indicado.

Internet, por primera vez en la vida, le había fallado. Había tantas teorías y ninguna parecía tener ningún sustento en la realidad. La mayoría parecía estar atascada con la idea de que los Extraordinarios nacían con sus poderes y no los podían obtener después. Y si ese era el caso, Nick estaba arruinado incluso desde antes de empezar. Pero como eso no le servía, decidió no creerles nada. Además, apestaba a esa mierda de sangre pura y Nick no apoyaba para nada eso. Cualquiera podía hacer lo que quisiera, siempre y cuando estuviera decidido a hacerlo. O eso esperaba.

Nadie realmente sabía de dónde habían salido Shadow Star y Pyro Storm cuando aparecieron por primera vez hacía dos años. Eran únicos en todo sentido, ya que sus poderes parecían ser más fuertes que los de sus antecesores. Nick nunca había oído hablar de otro Extraordinario que pudiera controlar las sombras como su héroe. Y, si bien hubo otros capaces de controlar el fuego como Pyro Storm, ninguno tenía la misma fuerza que él. No solo podía controlar el fuego, sino que también podía crearlo con su mente, lo que, si no fuera tan fantástico, probablemente, sería aterrador.

El departamento de bomberos de Ciudad Nova había pronunciado su total rechazo hacia Pyro Storm el año pasado, ya que decían que tenía el potencial de hacer que sus trabajos fueran mucho más difíciles, pero se distrajeron por completo cuando Shadow Star evitó que un autobús lleno de ancianos que se dirigían a un seminario de tiempos compartidos se estrellara contra una gasolinería luego de que el chofer se quedara dormido al volante. Ese había sido un gran día para los admiradores de Shadow Star.

Pero ellos no eran los primeros héroes que Ciudad Nova había visto, ¿verdad? No. Cualquier persona con dos dedos de frente sabía que Ciudad Nova alguna vez había estado protegida, en una época conocida como los albores del siglo XX, por un Extraordinario diferente, uno que se hacía llamar El Guardian. Este Extraordinario apareció de la nada, con su traje brillante azul cerúleo de pies a cabeza. Había empezado con cosas pequeñas, como algunos atracos menores o robos a propiedades con sus poderes telequinéticos, antes de pasar a tareas más grandes, como desviar al horriblemente llamado "Desfile por los derechos de los hombres" para que todos los manifestantes cayeran al río Westfield. La mayoría no sabía qué hacer con el Guardian, ni siquiera sabían si era hombre o mujer, dado que su disfraz ocultaba lo que había por debajo. Sin embargo, la gente lo apoyaba. Más tarde, por razones que nadie podía explicar, el Guardián desapareció a los pocos años, para nunca ser vuelto a ver. O murió en su vida regular o decidió que no valía la pena salvar a Ciudad Nova. No fue hasta la llegada de Shadow Star y Pyro Storm que la ciudad tuvo nuevamente Extraordinarios propios.

Y eso, desafortunadamente, no le servía mucho a Nick en su aventura. Las fotografías del Guardián se veían todas borrosas, fuera de foco, y solo lograban enfocar sus botas o su nuca, cubierta por una máscara. El Guardián nunca brindó entrevistas, nunca dio discursos grandilocuentes y apasionantes sobre lo que significaba ser el salvador que la ciudad necesitaba. Siempre mantuvo un perfil bajo, combatiendo a las fuerzas del mal hasta que dejó de hacerlo. Simplemente… desapareció. Nick no entendía cómo era posible que alguien abandonara *todo* cuando podía mover cosas con el poder de su mente.

–¿Qué estás haciendo?

Levantó la vista, desconcertado por la voz. Parpadeó cuando notó que estaba en la estación de la calle Franklin. No se había dado cuenta de que había salido de su casa. El piloto automático era algo aterrador, en especial para alguien como Nick. Recordaba vagamente haber tomado la píldora y ahogarse con un pan tostado quemado, pero eso era todo.

Seth estaba parado frente a él. Llevaba un chaleco sobre una camisa de la que se veía solo el cuello. En lugar de un moño, llevaba un pañuelo cuadrillé estilo francés y su cabello rizado estaba despeinado en todas direcciones. Si cualquier otra persona hubiera usado un pañuelo de ese estilo frente a Nick, él habría… Bueno, probablemente no habría dicho nada porque sería un cretino si lo hacía. La gente podía vestirse como quisiera. Pero no serían Seth, eso estaba más que claro.

—¿Por qué me miras así? —preguntó Seth con un tono sospechoso.

La cara de Nick se sonrojó por completo. No estaba… bien. *Objetivamente*, sabía que Seth era atractivo y, *sí*, quizás el hecho de que se vistiera como un senador joven que pasaba sus vacaciones en Connecticut durante el otoño y esquiaba en Vail durante invierno era… algo. Aunque de seguro no era *nada*. Seth era su mejor amigo. Primero los amigos antes que los amantes. Aunque eso *tampoco* significaba que Seth y él tuvieran algo. De hecho, ahora que lo pensaba, no creía que Seth realmente tuviera novio o novia, a menos que se lo hubiera ocultado, tal como había sospechado. Y si ese era el caso, estaba *bien*.

(Definitivamente *no* estaba bien, pero Nick no quería analizar eso con mucha profundidad; ya tenía demasiadas cosas para pensar y el hecho de que quisiera suspirar por ver a su mejor amigo usar *monedas* en sus mocasines no hacía que las cosas fueran más fáciles).

—Por nada —respondió Nick con un tono extraño, mientras se rascaba la nuca—. Te ves… bien.

Seth se sonrojó.

—Ah. Ehm. Gracias.

Nick movió la punta de sus zapatillas viejas sobre el suelo sucio de la estación. Quería decir algo más, quizás incluso elogiarlo por sus decisiones de moda, pero no podía hacer que las palabras brotaran de su boca.

—¿Qué estás escribiendo? —preguntó Seth finalmente.

Nick miró el cuaderno que tenía en la mano, cubierto con sus garabatos desprolijos. Lo presionó contra su pecho para que no pudiera leer que había escrito SR. NICHOLAS SHADOW STAR al margen de las hojas.

—Nada —respondió.

—Nicky.

—No es *nada*.

—Siempre es algo —agregó Gibby, quien apareció de la nada como una fantasma lesbiana que venía a demostrarle que estaba equivocado. Nick no pudo detenerla a tiempo y le quitó el cuaderno de las manos y empezó a leerlo. Jazz se asomó por detrás y leyeron lo que Nick había escrito. Incluso Seth se asomó para echarle un vistazo, lo que disminuyó el atractivo del pañuelo que llevaba, dado que eso lo había convertido en un traidor oportunista.

—Nicky, no —dijeron todos al mismo tiempo.

—Nicky, *sí* —replicó, recuperando su cuaderno.

—¿Esto tiene que ver con lo que pasó ayer? —preguntó Jazz—. Ya saben, cuando Nick se asustó y necesitó que Gibby lo salvara y luego Shadow Star.

Nick volteó lentamente y miró molesto a Gibby, quien solo se encogió de hombros.

—Debía quedar como una heroína para mi chica.

—¿Empujándome debajo de un autobús en marcha?

Le dio una palmada en el hombro.

—Lo tendré en cuenta para la próxima. Igual, eso es exactamente lo que pasó.

Jazz asintió.

—Les gritaste a los ladrones con tu voz chillona que los ibas a acusar con tu papá.

—Literalmente, no pasó nada de eso —sentenció Nick—. Y, honestamente, no tengo *tiempo* para contarte la verdad porque estoy muy ocupado. ¡Y no con lo que crees! Tenemos que ir a la escuela.

Jazz miró el cuaderno.

–Sr. Nicholas Shadow Star. Nicky, no creo que los apellidos funcionen así. Para nada. En todo caso, serías el Sr. Nicholas Star –esbozó una sonrisa–. Suena como si fuera tu nombre de actor porno. Lo apruebo.

Nick necesitaba nuevos amigos.

✻ ✻ ✻

–... *además* –dijo Nick cuando se sentó en la mesa del comedor, sin contexto alguno–, siento que me están juzgando por querer ser algo distinto. Gibby, cuando te rapaste la cabeza y nos pediste que te llamáramos Gibby en lugar de Lola, ¿nos opusimos?

–¿Todavía sigue con eso? –le preguntó Gibby a Jazz–. Es como si hubiera retomado una conversación que tuvimos hace horas como si no hubiera pasado nada de tiempo.

–Las pequeñas cosas son importantes para él –aclaró Jazz–. Me gusta eso de él.

–Claro –musitó Gibby y luego agregó–: No. Nick, me preguntaste si podías raparme la cabeza cuando me volviera a crecer cabello y luego decidiste que debería hacerme franjas como un auto de carrera a cada lado para ver si me hacían ser más rápida.

–Exacto –dijo Nick ferozmente–. Y, como nota al margen, todavía sigo molesto porque no me dejaras hacer nada de eso. Habría sido fantástico. Y Jazz, cuándo decidiste tomar clases de defensa personal porque los hombres a veces pueden ser bastante desagradables y no entender frases como *Aléjate de mí, hijo de perra*, ¿no te di todo mi apoyo?

Jazz le esbozó una sonrisa.

—Así es. Incluso me acompañaste a mi primera clase y dejaste que te pateara el trasero una señora de sesenta y tres años.

—Se sintió muy mal después y me preparó un pastel —agregó Nick—. Pero era de ciruelas y era un asco, así que tuve que tirarlo. Pero la intención es lo que cuenta. Y *Seth*.

Todos voltearon hacia él.

Su pañuelo estaba algo torcido. Nick no sabía cómo lidiar con eso.

Jazz suspiró.

Seth se sonrojó.

Gibby tosió intencionalmente.

Nick sacudió la cabeza. No podía distraerse.

—¿De qué estábamos hablando?

—De la vez que tiraste el pastel de una señora —recordó Gibby.

—Es verdad. *Seth*. Cuando decidiste venir a la escuela con moños por razones que nadie entiende, ¿quién te ayudó a buscarlos por Internet y te prestó su cuello durante un mes entero para que practicaras hasta que te salieran bien los nudos?

—Tú —contestó Seth, bajando la vista hacia la mesa.

—¡Sin quejarme mucho!

—Bueno, durante los primeros veinte minutos.

—¡Porque duró veinte minutos más de los que debía! —exclamó Nick—. ¿Por qué *rayos* tenías que aprender a hacer el nudo Full Windsor? Lo único que lo hizo tolerable fue cuando encontraste el nudo Nicky e insististe en usarlo más que al resto.

Gibby y Jazz voltearon lentamente hacia Seth.

Seth no las miró, ya que parecía que le resultaba mucho más interesante rasgar la mesa. Parecía estar manchada con kétchup seco.

—El nudo Nicky —dijo Gibby—. En serio.

—Sí —agregó Jazz—. En serio.

—Me gustaba como se veía —musitó Seth.

—Claro que sí. —Gibby soltó una carcajada.

Nick no tenía tiempo para estas vaguedades.

—Y ahora que les compartí ejemplos de momentos específicos en los que fui un gran amigo y los apoyé en todo lo que hicieron, les pido que hagan lo mismo por mí y respeten mi decisión de convertirme en un Extraordinario.

Jazz abrió su lonchera y sacó lo que parecía ser un tabulé de quinoa con algunas rodajas de aguacate. Nick ni siquiera estaba seguro de lo que era un tabulé de quinoa.

—¿Cómo lo harás? —preguntó Jazz—. No todos pueden ser Extraordinarios. Si fuera tan fácil, habría millones. Yo sería una.

—¿Cuál sería tu superpoder? —preguntó Gibby y Jazz se encogió de hombros.

—Volar. O quizás hacer crecer naranjos. Sabes lo mucho que me gustan los naranjos.

Nick frunció el ceño.

—Eso no es un…

Gibby sacudió la cabeza como una advertencia.

—Hazlo, cariño, estoy segura de que serán los mejores naranjos del mundo.

—Claro que sí —dijo Jazz—. Y luego cosecharé las naranjas y prepararé jugo con tanta pulpa que tendrás que masticarlo en lugar de beberlo. Y luego lo donaré a la gente que no puede comprar jugo de naranja.

Nick quería protestar (porque, o sea, *¿qué demonios?*), pero debía estar de su lado si quería que lo apoyaran en esta nueva aventura.

–Suena… tan… genial. Bien por ti.

–Gracias –respondió Jazz, esbozándole una sonrisa.

–A mí me gustaría poder convertir mis manos en espadas –agregó Gibby, robándole una rodaja de aguacate a Jazz–. Y clavárselas a todos los que me molesten.

–Muy efectivo –dijo Nick–. Sangriento y violento, pero me agrada. Te llamarían la Joven Manos de Espadas. ¡Atentos, maleantes! Aquí viene la Joven Manos de Espadas a cortarles la garganta.

Voltearon hacia Seth, quien no parecía querer formar parte de esta conversación, si la expresión en su rostro expresaba algo. Solo necesitaba un poco de motivación y, por suerte, en otra vida donde los Extraordinarios no existían, Nick habría sido un gran orador motivacional.

–Tu turno –dijo Nick, golpeándolo en el hombro– Tú puedes, amigo.

Seth suspiró.

–No sé, creo que no quiero ser un Extraordinario.

Nick quedó horrorizado.

–Pero… –y luego–: ¿Estás…? –Y más tarde–: ¿Cómo puedes…? –Hasta que se decidió por…–: *¿Por qué?*

Seth se encogió de hombros sin levantar la vista de su lonchera.

–Parece mucho trabajo, ¿no creen? Más de lo que imaginan.

Nick no entendía.

–Pero… se trata de ser *valiente*. ¡De ayudar a las personas!

Seth levantó la cabeza abruptamente y tensó la mandíbula, mientras mantenía los ojos entrecerrados. Nick nunca había visto esa expresión en su rostro y sintió un escalofrío por toda la espalda.

–Ayudar a las personas –repitió Seth, riendo por lo bajo, aunque no porque le resultara gracioso–. Claro, eso. Una vez que decides darte a conocer y ayudar a las personas, *siempre* esperarán que las ayudes, sin importar qué. No puedes ayudar a una persona y no ayudar a otra, ¿verdad? ¿Y qué pasa si varias personas necesitan ayuda al mismo tiempo y no puedes ayudarlas a todas a la vez? ¿A quién eliges? Y cuando eliges a alguien, ¿cómo puedes vivir con eso en la cabeza si una de las personas a las que *no* ayudaste salió herida? O peor.

Seth se estaba empezando a enojar y a Nick no le gustaba para nada. Cuando Seth se enojaba, Nick se ponía muy inquieto y quería mutilar a lo que fuera que le hubiera causado eso a su amigo.

–¿Es por lo que dijo Owen? No lo escuches. Es solo un juego. No tienes que…

–*No*, no es un juego –lo interrumpió furioso, golpeando las manos sobre la mesa. Nick se esforzó para no alejarse–. Incluso cuando haces todo para hacer el bien, siempre habrá gente que sospechará de tus intenciones y se preguntará qué es lo que *realmente* quieres. Y no ayuda que un idiota aparezca de la nada y se crea tu archienemigo y haga todo lo posible para empeorarlo todo.

–Pero…

Seth sacudió la cabeza.

–Y es solitario. Es lo único que no puedes anticipar. La soledad. Porque no se lo puedes contar a nadie. Ni siquiera a tu familia porque no lo entenderían. No se lo puedes contar a tus amigos porque podrían convertirse en blancos de ataques y no quieres que salgan heridos. Entonces no te queda otra opción más que guardarte todo para ti mismo y vivir con la esperanza de que algún día las cosas mejoren y lo *único* que tengas en la cabeza sea la razón por la que empezaste hacerlo en primer lugar. La razón por la que te pusiste ese traje estúpido la primera vez. La promesa que te hiciste a ti mismo. Pero, a veces, ni siquiera eso es suficiente.

El silencio se apoderó de la mesa.

Gibby se quedó mirando a Seth con extrañeza, boquiabierta. Justo cuando estaba a punto de decir algo, Nick se adelantó.

–Guau. Eso… fue… *fantástico*.

Seth abrió los ojos bien en grande.

–¿Qué?

–No, hablo en serio. Eso fue *perfecto*. Maldición, Seth, ¿se te acaba de ocurrir? Ah, por Dios, deberíamos colaborar en un *fanfic*. ¿Por qué no me dijiste que tenías tanta imaginación?

Seth gruñó y se tapó la cara con las manos.

–¿Escucharon eso? –les preguntó Nick a Gibby y Jazz.

–Eso creo –contestó Jazz, mirando a Nick con los ojos entrecerrados–. Estábamos sentadas aquí.

Gibby no dijo nada. Se quedó mirando fijo a Seth con el ceño fruncido.

Seth gruñó una vez más.

–Sí, lo sé –dijo Nick, acercándose a Seth y pasando un brazo sobre sus hombros para acercarlo. Seth se dejó llevar y Nick se sintió agradecido–. Es muy abrumador cuando encuentras la profundidad de tu creatividad. Créeme que sé de lo que hablo. Me pasa todo el tiempo –le dio un beso en la cabeza–. Por cierto, me voy a robar todo lo que acabas de decir para el trasfondo de mi historia de origen como Extraordinario, si es que decido ser la clase de superhéroe solemne e introspectivo. Todavía no decidí si voy a hacer eso o tomar un camino más alegre, sarcástico y buena onda.

–Tú no eres muy solemne que digamos –musitó Seth.

–Ay, ¿acaso esto no es muy lindo? –dijo Owen, arrojando su mochila sobre la mesa, donde casi tira el tabulé de quinoa de Jazz sobre sus piernas. Lo miró furiosa y Nick se preguntó si Owen estaba a punto de pasar el resto de su vida sin dedos. Por suerte, Gibby apoyó una mano sobre la de Jazz y la sujetó con fuerza para evitar que se levantara. Owen estaba demasiado ocupado mirando a Nick y a Seth como para notar lo cerca que había estado del sufrimiento—. Ustedes dos son tan adorables que no lo soporto. En serio. Basta. Es desagradable.

Se sentó y el asiento crujió con su peso.

Seth se alejó, aunque Nick no quisiera en absoluto que lo hiciera. Se sentía… bien estar así con él.

—Acabas de perderte a Seth enojado —le comentó Nick a Owen, quien puso los ojos en blanco.

—Siempre hay una primera vez para todo, supongo.

Eso no le cayó bien a Nick. No le gustaba cuando alguien hablaba mal de Seth.

—Eso no es justo. Es un tipo rudo todo el tiempo. Más de lo que tú puedes ser.

Owen le guiñó un ojo.

—Realmente lo dudo.

—Llevas unas gafas de sol sobre la cabeza.

—¿Y?

—Acabas de salir de una clase. Lo que significa que estuviste en un lugar cerrado. Lo que significa que debiste haberte visto como un idiota.

Seth rio y Owen se encogió de hombros.

—O me veo bien sin importar lo que haga.

—Los hombres son patéticos —le dijo Jazz a Gibby.

—Me alegra que pienses eso —contestó Gibby—. Significa mucho para mí.

Owen extendió un brazo sobre la mesa y le robó un guisante a Seth, quien lo miró como si estuviera a punto de decir algo, pero en su lugar, no lo hizo y dejó que Owen siguiera con sus tonterías.

–¿Por qué los tontuelos están tan juntitos hoy? No es que me importe.

–Sí, claro –dijo Gibby–. No tanto como para preguntar.

Owen esbozó una sonrisa filosa.

–Aparento estar interesado. Es lo que hacen los amigos –miró a Nick–. Y los exnovios, supongo.

–¿De dónde saliste? –preguntó Jazz repentinamente.

Durante un momento, la fachada de Owen quedó sumida en una expresión de sorpresa que intentó ocultar rápidamente.

–No tengo idea de qué estás hablando.

–Tú no eras nuestro amigo. De ninguno de nosotros. Pero, de repente, apareciste y estabas aquí. ¿Por qué?

Owen mordió el guisante, sus dientes lo rompieron con destreza.

–Tú me conocías desde antes que ellos. Mis padres son donantes muy importantes de la misma organización benéfica. Nos veíamos todo el tiempo.

–Cosas de gente rica –les susurró Gibby a Seth y Nick.

–Claro –respondió Jazz, mordiéndose el labio inferior–. Recuerdo haberte visto en el club de campo, pero nunca hablamos. Bueno, excepto aquella vez cuando me preguntaste si quería ir a tu casa y conocer tu cama.

Gibby entrecerró los ojos.

Por primera vez desde que Nick lo conocía, Owen parecía un poco asustado.

–Sí –respondió bruscamente–. No fue una de mis mejores ideas. Pero si le aclaras a tu compinche lesbiana que fue *antes* de que estuvieras con ella, te lo agradecería.

–Sí, fue antes –dijo Jazz, apoyando una mano sobre el brazo de Gibby, para la decepción de Nick, ya que quería ver lo que le habría hecho.

Habría sido muy sangriento–. Y no fui la única con la que intentó hacer cochinadas.

Owen se encogió de hombros.

–¿Qué puedo decir? Tengo un enorme… corazón. ¿Verdad, Nicky?

–Agh –dijo Nick–. Sabes, tienes a favor todo esto de ser atractivo, pero la mayoría de la gente no sabe que también eres terrible. Sinceramente, no es la mejor combinación.

Seth rio y Owen miró a Nick con los ojos entrecerrados.

–No te pareció *terrible* cuando puse mi lengua en tu…

–Gibby, *no* –dijo Jazz.

–Gibby, *sí* –musitó Nick, pero Gibby dejó que Jazz la sentara nuevamente en la silla.

–Mira –dijo Owen–. No sé qué quieres que diga. Ustedes son unos perdedores y resulta que me gustan los perdedores –miró a Seth–. Todos en esta escuela son tan… falsos. Ustedes hacen que sea interesante. ¿No es así, Seth?

–Sí –contestó Seth entre dientes.

Nick estaba bastante seguro de que no estaban coqueteando, pero eso no explicaba la tensión que había entre ambos. Sabía que Seth no había estado tan… contento cuando Owen anunció que él y Nick estaban saliendo, pero había dicho que, siempre y cuando Nick fuera feliz, no le importaba. Nick no había visto mucho a Seth durante "El gran romance de Nick y Owen", pero había llegado a la conclusión de que era porque estaba ocupado. Además, Nick también había estado ocupado con sus cosas, aunque fueran del tipo que te dejaban los labios hinchados.

En retrospectiva, obviamente había perdido la cabeza de forma temporal; era lo único que tenía sentido.

–Entonces, por eso estoy aquí –concluyó Owen–. Porque, demonios, ustedes me agradan mucho. —Se arrojó sobre la mesa para pellizcarle una mejilla a Nick—. No viene mal que sean lindos.

Nick le quitó la mano de un golpe.

—*Odio* cuando haces eso.

—Lo sé —dijo Owen, con los ojos brillosos—. Pero me gusta verte nervioso. Ahora que quedó todo aclarado, ¿alguien podría decirme qué estaba pasando antes de que yo llegara? Algo sobre que Seth era buena onda o algo así. Aunque, honestamente, me parece imposible.

Durante un momento, Nick pensó en cambiar de tema por completo. Sabía que sus ideas estaban... Bueno. A veces, estaban *ahí afuera*. Y seguiría adelante incluso aunque tuviera que hacerlo solo, pero no quería que alguien como Owen se burlara de él. Porque a veces Owen podía estar tranquilo, pero también podía ser muy *malo*. Owen nunca lo había atacado directo a él, no realmente, pero había visto lo agresivo que se ponía y lo hacía sentir muy incómodo. Y, si bien no creía que Owen lo tratara para la mierda por querer ser un Extraordinario, no sabía si quería arriesgarse.

De todos modos, todo se le fue de las manos cuando Jazz quiso hablar.

—A Gibby y Nick casi les roban ayer, pero los salvó Shadow Star. Ahora Nick quiere convertirse en un Extraordinario porque cree que así conseguirá llamar la atención de Shadow Star. —Frunció el ceño—. Todavía no estoy tan segura de que funcione.

Owen se apoyó sobre la mesa con una sonrisa punzante y miró fijo a Nick.

—En serio. No me digas. Shadow Star. Qué suerte que justo pasaba por ahí.

—No fue la gran cosa —contestó Nick, apartando la mirada—. Solo... ya sabes. Me dio su autógrafo o algo así.

Owen llevó la cabeza hacia atrás y rio.

–Ay, Nicky. Nunca cambies. Estoy seguro de que fue dolorosamente incómodo y muy, muy dulce. Pero, ¿por qué rayos querrías ser un Extraordinario? Es mucha responsabilidad. –Extendió una mano y pasó un dedo sobre el dorso de su mano–. ¿Crees que podrás manejarlo?

Nick apartó su mano.

–Sería muy bueno.

Owen suspiró.

–Seguro. Claro que sí. De todos modos, ser un Extraordinario es muy… anticuado. No se me ocurre nada más aburrido. Ah, superpoderes. La gente espera que hagas algo por ellos todo el tiempo. Debe ser tan fastidioso.

–No todos son cretinos como tú –agregó Seth con frialdad.

–Eh –dijo Owen–. Se me ocurren un millón de cosas mejores que hacer con mi tiempo. –Miró otra vez a Nick–. Pero, es lo que quieres, ¿no?

–Bueno… ehm. ¿Sí?

Owen levantó la mano y se frotó el cuello. En cualquier otra persona, Nick habría pensado que estaba nervioso. Pero como era Owen, parecía actuado, como si *supiera* cómo se veía haciendo eso, flexionando sus bíceps y manteniendo la mirada fija en Nick detrás de sus pestañas. Se preguntaba cuánta gente había caído en sus garras. Dios mío, *él* había caído. Y, a veces, incluso seguía cayendo. Después de todo, seguía siendo un adolescente y Owen tenía sus dos brazos y, por lo menos, tres abdominales muy marcados. Era obvio que caería a sus pies.

–Si eso es lo que quieres, supongo que puedo ayudarte…

–No –lo interrumpió Seth de repente, sobresaltando a Nick–. No tienes que hacerlo. Porque ya decidí que *yo* lo ayudaré.

–Y yo –agregó Gibby.

Todos miraron a Jazz.

Tenía la boca llena de su tabulé de quinoa.

Gibby le dio un golpecito con el codo.

—Ah —dijo Jazz y un trozo de aguacate se cayó de la boca—. Y yo.

—Entonces, ya ves —agregó Seth con un tono engreído—. Nick no necesita de tu ayuda. Ya lo tenemos cubierto.

—Guau —dijo Nick entre dientes—. Tengo el corazón lleno de amor. Es como mi cumpleaños, pero mejor.

Owen puso los ojos en blanco.

—Okey, está bien. Buena suerte con eso. Nicky, si de verdad quieres aprender lo que es ser un Extraordinario, ven a buscarme. Te mostraré cosas que ninguno de tus amigos ni siquiera se imagina.

Y con eso, se levantó de la mesa y se fue. Nick debía confesar que fue una salida bastante épica.

No le hacía mal a nadie pensar que el trasero de Owen se veía bastante bien con esos jeans.

Pero no tenía tiempo para eso ahora. Tenía gente que lo *apoyaba*.

—¡Okey! —exclamó, con una sonrisa tan grande que dolía—. ¡Ponemos en marcha la operación "Convertir a Nick en un Extraordinario y vivir felices por siempre con Shadow Star en una aldea de la costa italiana donde se darán de comer uvas en la boca"! —hizo una pausa, pensativo—. Quizás debería trabajar en el nombre de la operación, pero entienden el punto. ¡Hagámoslo!

Sonó la campana.

—Cuando salgamos de la escuela —agregó Nick rápidamente—. Porque la educación es importante y mi papá me asesinará si no tengo, como mínimo, un promedio de B. Debo irme. Mi clase está en la otra punta del campus. ¡Adiós!

7

Si bien Nick tenía el apoyo de sus amigos más cercanos y una operación lista (al menos, solo en el nombre), no fue sino hasta el fin de semana que pudo ponerla en marcha. No porque no *quisiera* empezar antes (ah, Dios, vaya que sí quería), sino porque, aparentemente, el primer año significaba que los profesores te mandaban, por lo menos, cuarenta y seis horas de tarea para hacer todas las noches. A menudo, Nick se preguntaba qué les había pasado cuando eran niños para crecer y querer hacer su vida tan miserable.

No solo les pedían ensayos y les advertían sobre los terrores venideros, como los exámenes sorpresas, sino que también le decían a cada estudiante que debían empezar a pensar en su *futuro*. Nick no sabía cómo explicarles que estaba intentando hacer justamente eso, pero ellos se interponían en su camino. Está bien, sí, ellos se referían a cosas como universidades, escuelas de oficios, pero Nick pensaba más bien en controlar la electricidad con la punta de sus dedos. ¡Vamos! Era más fácil pensar en ser un Extraordinario que crecer.

Un día, su papá tuvo uno de sus pocos sábados libres y decidieron almorzar temprano unas pizzas en Tony's. Se sentaron en una de las mesas antiguas en la puerta del local y observaron a todas las personas que pasaban caminando, mientras inventaban historias sobre quiénes eran, de dónde venían y hacia dónde iban. Era algo que hacían desde que Nick tenía memoria. Y Antes, su mamá reía sin parar cuando escuchaba las cosas que inventaban. Solía decir que eran las personas más creativas que jamás había conocido y que Nick crecería para convertirse en un gran escritor.

Les tomó tiempo Después… Bueno, no había sido fácil. Nick se sentía confundido, furioso y asustado, y su papá parecía tener la mirada vacía y apenas hablaba. Hubo ocasiones en las que Nick no lo veía por días, ya que sus horarios no coincidían y se sentía como si fueran solo compañeros de piso, y otras en las que no podía dormir, invadido por pensamientos que le decían lo mucho que *odiaba* a su papá. Lo mucho que lo *odiaba* por no haber protegido a su mamá, incluso aunque no estuviera cerca del banco cuando ocurrió todo, lo mucho que lo odiaba por haberlo abandonado cuando más lo necesitaba. Lo mucho que lo odiaba por no ser lo suficientemente fuerte. Lo mucho que lo odiaba por haberle dicho, "No, Nicky, no puedes verla, hijo, no puedes, será mejor que la recuerdes por lo que fue". Y luego llegó a casa en una urna, convertida nada más que en un montón de cenizas que Nick no podía creer que alguna vez habían sido su madre. Las arrojaron cerca del faro, sin decir nada.

Pero con el tiempo, las cosas mejoraron, lentamente. Nick sabía que Cap había tenido algo que ver con todo eso, porque de un día para otro, inesperadamente, su papá empezó a quedarse en casa todo el tiempo y repetía, con cierta incomodidad, que eran unas vacaciones forzadas. Eso duró algunos meses y así fue como los dos aprendieron a convivir en un lugar donde antes eran tres.

Las cosas estaban mejor ahora, con días como estos cuando solo eran ellos dos. Regresaron a su casa con las sobras de la pizza en la caja de cartón. Y ahí, sentado en la escalinata del frente de su vieja casa adosada, estaba el jefe del departamento de policía de Ciudad Nova.

—Mmm —dijo su padre, mirando el reloj—. Llegó temprano.

Nick, de pronto, empezó a sentirse nervioso. La última vez que había visto a Cap en este mismo lugar había sido justo antes de las *vacaciones forzadas*. Aunque Nick había estado arriba, con la oreja pegada al suelo, escuchando palabras como *No me queda otra opción, Aaron*, y *Te excediste* y *Golpeaste a un testigo, demonios*, y *Tienes suerte de que no te hayan despedido. Es una degradación. Tienes que regresar a las calles. Hice todo por ti, Aaron. No puedo tenerte en Homicidios. Eres un buen policía. Pero esta vez fuiste demasiado lejos. Tienes que pensar en Nick. Acepta la oferta. Es mejor que nada. Es esto o empezar a buscar trabajo como guardia de seguridad privada.*

Sí. La última vez que vio a Cap no fue la mejor.

Lo que explicaba por qué Nick empezó a respirar con pesadez y a sudar.

—¿Nicky? —escuchó decir a su papá con preocupación.

Nick tragó con fuerza, mientras movía los dedos a un lado de su cuerpo, siempre inquietos.

—¿Él… vino… para…?

Para traer malas noticias, era lo que intentaba decir, pero no podía pronunciar las palabras.

Su papá estaba frente a él, haciendo equilibrio con la caja de pizza sobre una mano y acariciándole la nuca con la otra.

–¿A qué te refie…? Ah. *Ah.* No. No, Nick. Solo vino a tomar unas cervezas y ver el partido de béisbol. Me habías dicho que venían tus amigos, sino te habría invitado a verlo con nosotros.

Nick asintió, intentando relajar los músculos.

–Lo siento –musitó–. No estaba pensando.

Su papá lo sacudió suavemente.

–No. Ese es el asunto. *Sí*, estabas pensando. Y está bien. Es mi culpa. Se me olvidó por completo que venía. Debería habértelo dicho antes. Soy yo quien debe pedirte perdón.

Nick hizo una mueca de dolor.

–No tienes que disculparte.

Su papá suspiró.

–Sí, creo que sí. Sé que lo intentas, muchacho. Lo veo y lo aprecio. Y quiero que sepas que yo también lo estoy intentando, ¿está bien? Es mi culpa. No volverá a pasar.

Nick se sintió extraño, desconcertado.

–No soy *frágil.*

Su papá puso los ojos en blanco.

–Ya lo sé. Lo descubrí la primera vez que te me caíste de cabeza y solo te hiciste una marca diminuta. Ni siquiera lloraste.

Nick lo miró estupefacto.

–¿Cómo que *la primera vez*? ¿Hubo más de una?

–Ser papá es difícil. Y los niños son resbaladizos.

–El béisbol es estúpido.

–Eres adoptado. No nos costó nada. Estabas en una caja llena de gatitos en la puerta de una tienda. Casi elegimos a la tricolor.

–No eres gracioso –balbuceó Nick, aunque probablemente era una buena idea para su historia de origen. Podría ser el Hombre Tricolor… o algo así–. No sé por qué insistes en creer que tienes sentido del humor. Ah, oye, tengo una idea. Miraré el partido de béisbol con ustedes y no te quejarás si tomo una cerveza.

–Claro.

–¿En serio? –Nick se quedó boquiabierto.

–No.

–Pero… Ah, *Dios*. Okey, ¿solo un sorbo?

Su padre lo meditó por un momento.

–Tienes que mirar las nueve entradas. O más, si van a tiempo suplementario.

Nick levantó las manos.

–Nada peor que eso. No, gracias. El béisbol apesta.

–No sabes negociar, ¿eh?

–Todavía no pude aprender porque, por lo general, me das todo lo que quiero… Quiero decir, no, papá, ¿de qué estás hablando?

–Ah, ajá. Te estoy vigilando, muchacho.

–Como debería ser –dijo Cap, quejándose al ponerse de pie–. No pierdas de vista a este jovencito. Logrará grandes cosas o se volcará a una vida de delitos. Todavía no está decidido.

–Seguro delitos menores –comentó Nick–. Así puedo verte esa cara bonita todos los días.

Cap extendió una mano y despeinó a Nick, quien frunció el ceño.

Cap esbozó una sonrisa que hizo que su bigote pareciera como si estuviera a punto de levantar vuelo. Nick esperaba que algún día a él mismo le creciera un bello facial épico. Había intentado dejarlo crecer durante el verano, pero lo único que le creció fueron unos pelos sueltos desagradables en su barbilla. Pensó en conservarlos, pero luego decidió que no, por si alguna vez conocía a Shadow Star.

Y qué suerte que no lo hizo, dado que lo había conocido cuando lo rescató en el callejón. Shadow Star no habría posado para la foto si tenía esos pelos raros en la barba.

Su papá estrechó la mano de Cap.

—Vamos, pasa. Perdón por hacerte esperar.

—No te preocupes —dijo Cap, gruñendo al subir por la escalinata—. Llegué temprano. La señora me obligó a caminar. El médico no deja de hablar sobre *controlar los niveles de colesterol*, lo que significa que tengo que tolerar todas esas recetas desagradables que encuentra en Internet. —Miró a Nick—. No conoces a ningún vegano, ¿verdad, Nicky?

—No, señor.

—Bien, sigue así. No son confiables. Pero lo que ella no sepa, no le puede hacer ningún mal a nadie, ¿verdad? Una cerveza suena bien.

—Ya hablé con ella —dijo su papá desde la cocina—. Traje una cerveza baja en calorías para ti.

—Ay, esa mujer —musitó Cap—. Se mete en todo. ¿Sigues siendo gay, Nicky?

—Sí, dicen que nunca podré deshacerme de eso. Aparentemente, mi cuerpo está lleno de homo…

Cap sacudió una mano por el aire para que se detuviera.

—Sí, sí, ya entendí. Tienes suerte. Puedes conseguir un hombre y no tener que lidiar con estas tonterías.

Nick frunció el ceño.

—No creo que funcione de ese modo.

—Podría probarlo —dijo Cap, frotándose el bigote—. Mi secretaria dice que tu papá es un sueño, lo que sea que eso signifique. ¿Crees que tengo chances?

Nick lo miró aterrorizado.

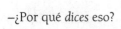

—¿Por qué *dices* eso?

—Para ver tu cara —contestó Cap, tapándose la boca y soltando una carcajada—. Ay, Nicky, nunca cambies.

Su papá regresó de la cocina con dos cervezas en la mano. Se detuvo en la puerta y los miró con los ojos entrecerrados.

—¿Quiero saber de qué estaban hablando?

—Cosas de hombres —respondió Cap, dándole una palmada en la espalda a Nick—. ¿Verdad?

—No te cases con Cap —le dijo a su papá—. No solo será un desastre para tu trabajo, sino que también será asqueroso. ¡Él no puede ser mi padrastro!

Cap rio a carcajadas, se inclinó hacia adelante y se dio una palmada en la rodilla.

Su papá estaba boquiabierto.

Sonó el timbre.

—Yo atiendo —gritó Nick, corriendo a toda prisa hacia la puerta donde, con suerte, estaba su salvación. No quería ver a su papá y Cap acurrucados en el sofá.

Cuando abrió la puerta, se encontró con Seth parado en el pequeño porche, moviéndose incómodo de un lado a otro. Tenía unos pantalones kakis y un pullover de lana que se veía muy suave.

—¿Por qué sigues tocando el timbre? Pasas casi la misma cantidad de tiempo que yo aquí.

—Por educación —musitó Seth, entrando a la casa—. Que tú allanes mi morada todo el tiempo no…

—Disculpa, pero yo no *allano tu morada*. ¡Ni siquiera sé qué significa eso!

—…significa que yo deba hacer lo mismo. Mi tía te manda saludos, por cierto. Quiere que te recuerde que tienes que pasar a comer sus galletas así prepara más.

Nick cerró la puerta por detrás.

—¿Por qué no te las comes tú? —Había visto a Seth vaciar una lata entera de galletas de mantequilla de maní él solo, sin pausas. Está bien, había pasado hacía algunos años, pero de todos modos no dejaba de parecerle una maravilla. Aunque los pedos de mantequilla de maní esa noche no le parecieron una maravilla. Nick casi muere.

—Ya no como esas cosas —aclaró Seth.

—Ah. ¿Por qué?

—No quiero.

—Eh —dijo Nick, mirándolo de arriba abajo. Aún era Seth. Sí, estaba un poco más alto y, quizás, su cara se veía más delgada que antes, pero…—. Hay pizza, si quieres. Son sobras. Papá y yo fuimos a Tony's.

—Nah —dijo Seth—. Almorcé pollo hervido y espinaca.

Nick hizo una mueca de asco.

—Suena horrible. Hablando de horrible, Cap está aquí y creo que se volverá gay para salir con mi papá.

—No… ¿Qué rayos *significa eso*?

—¿Verdad? ¡No tengo idea! Pero creo que están teniendo una cita y…

· Seth miró hacia la sala de estar.

—¿Cap no está casado?

—Bueno, sí. Pero eso no significa que no quiera tener un amante.

Seth miró repentinamente a Nick.

—Acabas de decir que tu papá es su amante.

Nick quedó pálido.

—Ah, por Dios.

—¿Por qué dirías eso?

—¡No sé!

—Agh —dijo Seth, pasando una mano sobre su cara como si no pudiera quitarse la imagen de la cabeza—. Puaj. Qué asco. No, no.

—¿Terminaron? —preguntó su papá desde la sala—. Es gracioso que crean que no escuchamos ni una sola palabra de lo que están diciendo.

—Guau —dijo Nick—. Me alegra saber que creas que *espiarnos* está bien. Qué grosero.

—Soy policía, muchacho. Veo y escucho todo.

—¡Y yo soy un ciudadano que respeta la ley! Conozco mis derechos. Tienes que tener evidencia suficiente para…

—Será un buen policía —le dijo Cap a su papá y luego agregó—: Aunque nunca le daremos un arma.

—Tampoco tiene permitido usar la pistola eléctrica —musitó su padre.

—Lo que sea —dijo Nick—. No quiero interrumpir su velada romántica de hombres. Iremos arriba. Seth, vamos. —Estaba a mitad de camino en la escalera con Seth detrás de él cuando su papá lo llamó desde abajo. Se asomó por el barandal.

Su papá lo estaba mirando fijo, con la cabeza apoyada en el respaldo del sillón. Parecía relajado y lo hacía sentir feliz a Nick por razones que no podía explicar. Pero luego dijo algo tan confuso que no supo qué responder.

—Deja la puerta abierta, ¿está bien?

—Ehm. ¿Okey? ¿Por qué? Es Seth.

—Nick.

—Ah, por Dios, *está bien*. Entonces *tú* también deberías dejar *tu* puerta abierta porque es Cap y… bueno, no, no tiene mucho sentido porque están en la sala, pero se entiende el punto.

—¿Ya te arrepentiste de haberle dicho eso? —le preguntó su papá a Cap.

—Ni un poco —contestó Cap con una sonrisa mientras bebía un sorbo de su cerveza.

—¡Diviértanse con ese deporte aburrido en el que pasan mil años hasta que ocurre algo interesante! —gritó Nick y subió furioso al primer piso.

—Usan pantalones ajustados —gritó su papá—. A mí me parece que están de tu lado.

Nick se tropezó con un escalón.

—Ay, hijo de pe... ¡Acabamos de acordar que dejarías de intentar ser gracioso!

—Yo te creé, ¿verdad?

—Lo que sea —gruñó Nick, frotándose la pantorrilla. Levantó la vista hacia Seth—. ¿Vienes?

Seth estaba sonrojado, pero era de esperarse, su aire acondicionado estaba estropeado otra vez, así que Nick no lo cuestionó cuando lo miró.

—¿Tienes pensado terminar de subir la escalera en algún momento?

Nick frunció el ceño.

—No entiendo por qué la gente cree que no eres sarcástico. Es lo único que noto en ti. Es como si tuvieras dos personalidades.

—Te imaginas...

Nick abrió la puerta de su habitación y colapsó dramáticamente sobre la cama para darle tiempo a su pantorrilla de sanar. No creía habérsela roto, pero estaba seguro de que había estado cerca. Debía descansar si quería seguir adelante con esto de convertirse en un Extraordinario. Tenía que estar en perfectas condiciones para salir adelante.

—¿Qué es eso? —preguntó Seth con los ojos bien abiertos.

—¿Qué cosa? —Miró hacia donde estaba señalando—. Ah, es mi panel de ideas. Leí en Cosmopolitan que puede ser útil para planear mejor las cosas.

–¿Por qué lees Cosmopolitan?

–No tengo idea. En un momento estaba leyendo algo sobre las minas de diamante en Latinoamérica y, al rato, estaba en Cosmopolitan siguiendo instrucciones paso a paso para armar un panel de ideas.

–No creo que sepas cómo llegas a esos lugares.

Nick se encogió de hombros.

–La historia de mi vida. Suenas como si me estuvieras juzgando. Y Cosmopolitan dice que la gente que juzgue mi panel de ideas no me apoyará a largo plazo. También hice una trivia en Buzzfeed y, aparentemente, mi sándwich ideal tiene manchego y debería ser piloto de avión. Ni siquiera sé lo que es el manchego y no sé si lo quiero en mi sándwich. Y los aviones tienen demasiados botones para presionar.

–Es un queso español que se hace con leche de oveja –le explicó Seth mirando el panel de ideas de Nick.

Nick frunció el ceño.

–No sé si quiero comer queso de oveja. Y creo que deberíamos abrir el debate sobre los lácteos en general. ¿Quién fue el primero que decidió apretarle esas cosas que les cuelgan a los animales y beber lo que salía de ahí? *Seguro* fue un hombre. Una mujer jamás habría sido tan estúpida. ¿Crees que haya perdido una apuesta con sus amigos cavernícolas? Primero empezaron con los animales de corral y luego con un diente de sable…

–Nick.

–Cierto –dijo Nick, aliviado–. No sé cuánto tiempo más hubiera seguido con eso. –Se levantó de la cama y apoyó el peso sobre su pierna gravemente herida. Apenas sentía una leve molestia. Quizás su poder era la súper sanación–. Asombroso, ¿verdad? Si Cosmopolitan dejó algo en claro es que tengo las mejores ideas para poner en un panel de ideas.

Y era verdad. Nick sabía que su panel de ideas era modestamente hermoso. Era un panel de corcho que solía tener imágenes y artículos de Shadow Star, pero ahora los tenía ocultos en su armario y definitivamente *no* sacaba cuando estaba solo para suspirar enamorado.

(Sí, era el mismo panel. Solo que le había quitado todas las cosas de Shadow Star y las había guardado en una caja de zapatos sobre un estante, junto al autógrafo).

Ahora, en cambio, tenía una hoja en la parte superior del panel con letras excesivamente adornadas que decía: OPERACIÓN CONVERTIR A NICK EN UN EXTRAORDINARIO Y VIVIR FELICES POR SIEMPRE CON SHADOW STAR EN UNA ALDEA DE LA COSTA ITALIANA DONDE SE DARÁN DE COMER UVAS EN LA BOCA. El tamaño de la letra era bastante pequeño porque eran muchas palabras.

En la parte inferior, había impresiones de los superhéroes más grandiosos de todos los tiempos: Spiderman, Superman, Batman, Wolverine, Hulk, Mujer Maravilla, Shadow Star, Psylocke, Capitán América, Midnighter, Batwoman, Flash, Rorschach, Northstar, Krypto, aunque este último fuera un perro. Para ese entonces, Nick ya estaba imprimiendo cualquier cosa, solo porque podía.

–¿Qué tienen en común todos ellos? –preguntó Nick y Seth sacudió una mano hacia el panel.

–Quitando a Shadow Star, ¿ninguno es real?

–¿Qué? No, eso no… Bueno, sí, es verdad, pero eso no es… agh. ¿Por qué tienes que tomar todo tan literal?

–Literalmente te estoy diciendo lo que veo.

Nick puso los ojos en blanco.

–Eso es porque no tienes imaginación. Pero por suerte me tienes a mí.

–Lo sé –dijo Seth, con tanta sinceridad, que las manos de Nick empezaron a sudar un poco–. Pero quizás podrías explicarme por qué.

–Porque puedo ver cosas que otros no. Algo así como el panorama completo. –Miró a su creación–. Pero no son *solo* personajes ficticios, ¿ves? –Se acercó al panel y señaló varias impresiones–. Lady Primate, el Patriota Americano, aunque era un cretino. White Rhino porque ese tipo podía destruir cualquier cosa que embistiera. Guardián, porque era una figura misteriosa y buena onda. Galavanter, aunque se parecía bastante a un payaso de cumpleaños que podía lanzar helio de sus pulmones, pero ¿quién soy yo para juzgar? –Frunció el ceño–. Bueno, quizás me fui un poco por la borda. Pero ya sabes que así funciona mi cerebro. Puede volverse un poco loco a veces.

Seth frunció el ceño.

–No me gusta que digas eso. No estás loco. Estás bien, así como eres.

Su mamá decía lo mismo. Y ahora que ella ya no estaba, era Seth quien lo entendía más que nadie en el mundo, quien podía ver a través del tornado de palabras que era Nick Bell, incluso cuando eran pequeños. Sí, los otros niños trataban a Nick como la mierda por despistarse tan fácil, pero Seth tenía sobrepeso y recibió lo mismo o algo peor. Nick era demasiado joven entonces como para entender el concepto de la crueldad, pero sabía que la gente podía ser mala, incluso aunque no pudieran explicar *por qué* eran así.

Las cosas empezaron a ser más sencillas cuando apareció Gibby. Y los otros niños también crecieron; lo que alguna vez había sido acoso se transformó en indiferencia, y Nick y sus amigos, básicamente, se desvanecieron en la nada. Siguieron atravesando situaciones de mierda de vez en cuando, pero si Nick se salía con la suya, nunca más tendrían que preocuparse por nada de eso. Nadie se metería con ellos si él era un Extraordinario.

–Quizás ese es mi superpoder –dijo Nick, intentando disipar la expresión molesta de Seth–. Quizás, como mi cerebro está configurado distinto, desarrolle una percepción extrasensorial o la capacidad de hacer estallar cosas con la mente. Quizás ya esté en una nueva etapa de la evolución humana, lo que significa que soy mejor que el resto.

La expresión de Seth se desvaneció, aunque no tanto como Nick hubiera querido.

–Tú *eres* mejor que el resto.

Las manos de Nick estaban algo sudorosas. Se las secó sobre sus jeans.

–Me alegra que pienses eso. Nuestra amistad es mucho más fácil cuando reconoces lo grandioso que soy.

Nick estaba un poco orgulloso por la velocidad con la que la situación se había vuelto incómoda. No recordaba que hubiera pasado así de rápido antes.

Tosió y señaló el panel.

–Entonces, ¡ideas!

Seth miró nuevamente la creación de Nick.

–No agregaste a Pyro Storm.

–Bueno, no. No es un héroe. Es un villano. No quiero convertirme en villano. No sé reír como un maniático ni hacer cosas malvadas. Soy demasiado puro. La única razón por la que agregué a alguien como el Patriota Americano ahí es para recordar cómo *no* debo ser.

–Pero siempre hablas de lo musculoso que es Pyro Storm.

–Claro que no. –Nick estaba escandalizado.

–Ehm, ¿olvidas que yo corrijo tus textos? ¡Hablas de sus muslos todo el tiempo!

–Eso es porque su traje acentúa sus atributos –dijo Nick, acercándose a Seth hasta quedar frente al panel–. Puedes verte bien y aun así ser un cretino. Ambas cosas no se excluyen mutuamente.

—Como Owen.

—Exacto.

—Pero tú todavía…

Nick le tapó la boca con la mano.

—No deberíamos hablar de eso a menos que no nos quede otra opción. Considéralo un lapsus en mi sentido común que nunca volverá a ocurrir. —Su amigo levantó una ceja y, como Nick entendía muy bien el lenguaje de cejas de Seth, agregó—: Hablo en serio. Nunca más. No me importa lo bien que se vea con esos jeans rojos. Es cosa del pasado.

Seth apartó la mano de Nick.

—No le quedan *tan* bien.

—Claro que sí, intenta decirlo cuando lo estés mirándolo desde atrás… ¿Por qué estamos hablando de esto?

Seth frunció el ceño.

—Porque coquetea contigo todo el tiempo y a veces lo miras como si no supieras si quieres golpearlo o besarlo.

—Repito, ambas cosas no se excluyen mutuamente. Además, *él* terminó conmigo, ¿recuerdas? Aunque tampoco éramos novios, si vamos al caso. Solo éramos… no sé. Compañeros de besos o algo así. —Hizo una mueca de incomodidad—. Guau. Eso me hizo quedar como un chico fácil.

—Lo sé, todos lo presenciamos.

Nick empujó a Seth.

—No seas raro. Solo porque tú aún no hayas besado a nadie…

—¿Qué te hace creer que no lo hice?

—… no significa que puedas… decir… Espera, ¿qué?

—¿Qué te hace creer que no besé a nadie? —repitió Seth.

El parte, doctor. Hora de muerte: 13:37. ¿Causa? Seth Gray. Un extraño nudo empezó a formarse en el pecho de Nick y sus manos quedaron muy sudorosas. Racionalmente, Nick sabía que era probable que Seth quisiera besar a alguien. Y si *realmente* pensaba en eso, por supuesto que habría gente que quisiera besar a Seth. Era divertido, inteligente y, cuando sonreía, era como un día soleado. Podía recitar el número pi hasta el decimal n° 126, tenía un bonsái que logró mantener vivo durante siete años, una vez subió por una escalera de emergencia para rescatar a un gatito atrapado cerca del parque y, cuando Nick se enfermó con gripe hacía algunos años, Seth le alcanzó la tarea a su casa, sus medicamentos y los últimos volúmenes de una serie de Marvel que supuestamente cambiaría al mundo, pero que lo único que hizo fue convertir al Capitán América en un agente de Hydra y hacer que la gripe de Nick empeorara hasta el punto de convencerlo de que iba a morir.

A todo eso, había que sumarle el hecho de que Seth usaba moños y pañuelos. Así que, sí, alguien querría besarlo.

De hecho, ¿quién no querría?

Bueno, mierda. ¿Qué demonios se suponía que debía decir ahora? Dijo lo primero que se le cruzó por la cabeza.

—Ah. Qué… bueno.

Seth se encogió de hombros como si no acabara de decir la gran cosa.

—Eso creo.

—Muy… bueno.

Seth entrecerró los ojos.

—¿Estás bien?

Nick asintió vigorosamente.

—Sí. Genial. De maravillas.

—Bien. Entonces, ¿panel de ideas?

Concéntrate. Concéntrate. No pienses en Seth y sus…

—Ehm, sí, cierto. Bueno, panel de ideas. Yo solo… hablaré de esto.

Porque es lo que hay que hacer. Ahora mismo. Contigo. Y yo… Okey, no puedo hacerlo. ¿A quién besaste?

Seth le dio una palmada en el brazo.

—No ando contándolo por todos lados.

—¿Qué?

—No importa.

Entonces, una idea horrible se le ocurrió a Nick.

—¿Tienes una novia y/o novio secreto?

—No, Nicky. No tengo una novia y/o novio secreto. Ya te lo dije.

Nick dio un paso hacia adelante y miró a su amigo. Se inclinó hacia adelante hasta que sus caras estuvieran a solo unos centímetros de distancia. El aliento de Seth olía a pasta dental. El de Nick probablemente a pepperoni, lo que, en retrospectiva, no era el mejor aroma para tirarle a alguien en la cara, pero no había tiempo para preocuparse por eso.

Seth no se apartó. Abrió los ojos un poco. Se relamió los labios. Tenía lindos labios. Muy lindos. Nick no sabía por qué no lo había notado antes.

Nick susurró:

—Entonces, ¿a quién…?

—Tu papá me dijo que dejara la puerta abierta —dijo Gibby por detrás—. Me causó gracia, pero ahora veo por qué.

Nick gritó sobresaltado y casi se cae al suelo.

—No sabía que su voz podía ser tan aguda —dijo Jazz, asomándose por detrás de Gibby—. Podría ser toda una diva. O conseguir trabajo como imitador de gatos estrangulados.

—No creo que eso exista.

—Todo existe si lo deseas —agregó Jazz, apartando a su novia y entrando a la habitación—. Mi abuela me dijo eso. Y *ella* se casó y consiguió una fortuna de diecinueve millones de dólares, vivió más que su esposo, que la engañaba con su instructor de bádminton llamado Edward, y luego convirtió ese dinero en treinta millones.

Gibby suspiró.

—Nunca entenderé esa cantidad de dinero.

—Ella tampoco —dijo Jazz—. Por eso donó la mitad para salvar a los gorilas. Le encantan los gorilas.

—Hablando de gorilas —dijo Gibby, mirando a Seth y Nick con cierta picardía—. ¿Vieron El Planeta de los Simios? Vaya que deben haber comido bananas ahí…

Nick abrió los ojos, confundido.

—¿De qué estás hablando? Esa película es horrible. O sea, nunca vi la original, pero vi la nueva, con todos esos efectos especiales, y ni siquiera *eso* pudo hacer que me interesara.

—¿Seth? —preguntó Gibby con dulzura. Bueno, con la dulzura que *ella* podía manejar, que no era necesariamente dulce.

—Cierra la boca —musitó—. No tengo idea de lo que estás hablando.

—Ajá.

Nick no entendía qué estaba haciendo Gibby, pero era una distracción y no podía aceptar eso.

—¿Trajiste lo que te pedí?

Jazz se sentó en la cama y apoyó su bolso caro sobre su regazo.

—Bueno, aquí tienes. Lo encontré en la casilla del casero donde guarda las herramientas. Me ensucié la frente con tierra. Fue fantástico. Me sentía *en Indiana Jones y el Templo de la Perdición*. En el fondo, vi una telaraña gigante. O sea, la más grande que vi en toda mi vida. —Mientras la escuchaba, Nick se estremeció del miedo—. Ah, ahora entiendo por qué no podías hacerlo tú. No sabía que les tenías miedo a las arañas.

–No les tengo *miedo* –se defendió Nick–. Es solo que prefiero que no existan cerca de mí en ningún momento de mi vida.

–Las arañas son buenas para el ecosistema –explicó y Nick se preguntó por qué alguien creería que Jazz no era inteligente–. Se comen a todos los insectos malos. –Metió una mano en su bolso.

–Ehm, esta vez estoy con Nick –agregó Gibby, dando un paso hacia atrás–. No quiero esa cosa cerca de mí.

–¿Por qué le pediste que te trajera una araña? –preguntó Seth.

–Porque la necesito –contestó Nick–. Es para la Fase uno de la OPERACIÓN CONVERTIR A NICK EN UN EXTRAORDINARIO Y…

–De verdad tienes que buscar un mejor nombre –murmuró Gibby, mirando detenidamente el panel de ideas–. Vaya, vaya. Una foto de Shadow Star, al frente y en el centro. Interesante. ¿No te parece interesante, Seth? ¿Shadow Star en el centro?

–No tengo ninguna opinión al respecto. –Seth la miró furioso.

Gibby soltó una carcajada.

–¿Estás seguro? Porque si yo fuera tú…

Jazz sacó un recipiente de plástico con el espécimen.

–Okey, basta, son muy groseros. Interrumpieron mi historia y no me dejaron terminar. Eso no está bien. Había una telaraña gigante, pero…

–¡Mío! –exclamó Nick, quitándole el recipiente de las manos a Jazz. La cosa que se movía frenéticamente sobre una de las paredes internas del recipiente definitivamente *no* era una araña. Nick casi grita horrorizado y lo arroja hacia el otro lado de la habitación, pero, por alguna razón, logró reunir la valentía necesaria y resistió. La dejó sobre el escritorio junto a su panel de ideas y retrocedió lentamente.

–¿Qué es eso? –preguntó con una voz que definitivamente *no* sonó chillona, sin importar que algunos dijeran lo contrario.

—Si me dejaran *terminar*, quizás lo puedan entender —insistió Jazz, su boca era una línea delgada, seria—. Como decía, no encontré una araña, pero encontré otra cosa. Estaba atrapado en la telaraña y se *sacudía* sin parar. Me sentí muy mal, así que lo rescaté, igual que Indy cuando se salvó a sí mismo de que le arrancaran el corazón del pecho. —Frunció el ceño—. ¿Pueden creer que esa película solo tenía clasificación PG?

—Eso es porque en esa época no había otras clasificaciones más allá de la R —explicó Seth—. Esa película fue en parte la razón por la que agregaron...

—¿*Qué* es eso? —repitió Nick, empujando a Gibby hacia el recipiente—. Creo que me acaba de bufar.

Gibby lo miró y dio un paso hacia el escritorio.

—Es... es un... *Es un*...

—Grillo —completó Jazz—. Obviamente. ¿Qué piensas hacer con él? —Tenía un espejo pequeño en el que se estaba mirando los labios. Nick se la quedó mirando fijo.

—Me trajiste un grillo.

Cerró el espejito.

—Y mi vida corrió mucho peligro. No suenas muy agradecido.

Nick recordó cómo le había doblado los dedos al cretino durante el almuerzo.

—No, no. Yo. Es solo que... no sé si funcionará con un grillo. Ni siquiera sé qué *hacen* los grillos.

—Ni siquiera sabemos qué es lo que *tú* intentas hacer —agregó Seth.

¡Ah! ¡Hora de brillar!

—A Spiderman lo picó una araña radioactiva, ¿verdad? —anunció con mucho entusiasmo. No podía esperar a que lo alabaran—. Y como muestran en las cuatrocientas versiones de la película, estaba en Oscorp cuando se apartó del grupo y una araña que era parte de un experimento no autorizado lo picó en la mano. Lo que, si lo piensan bien, dejó a la empresa muy propensa a enfrentar un juicio multimillonario, además de convertir a Peter Parker en un superhéroe, pero ya me estoy yendo de tema. Además, me siento mal por Andrew Garfield. Fue un buen Spiderman atrapado en dos películas horribles. Sí, el tipo nuevo está bien, pero pobre Andrew. Su cabello era tan rizado.

—No me va a gustar esto, ¿verdad? —murmuró Seth.

—No, porque te va a *encantar*. Ahora bien, no tengo acceso a isótopos radioactivos. Ni siquiera sé cómo conseguirlos. Probé buscándolos en Internet, pero aparentemente uno no los puede comprar con facilidad. Debo mencionar que seguramente la CIA o la NSA me marcaron por esa búsqueda, pero me preocuparé por eso más tarde.

—No puedo esperar —dijo Gibby con indiferencia—. La idea de que tú tengas algo radioactivo entre tus manos es razón suficiente para que haya acceso limitado a esas cosas.

Nick la ignoró.

—Entonces, pensé, ¿qué puedo hacer para conseguir una araña radioactiva? Y lo descubrí —hizo una pausa para sumar dramatismo a la situación—. La meteré en el microondas.

Esperó una ronda de aplausos.

Pero solo hubo una ronda de silencio.

Quizás no lo habían entendido.

—A la araña. La meteré en el microondas. Por la ciencia.

—¿Qué? —preguntó Gibby sin expresión alguna.

—Los microondas utilizan radiación RF —explicó Nick con paciencia—. Es un tipo de radiación electromagnética. Pero no deja de ser *radiación*, ¿verdad? Entonces, cuando la araña quede expuesta a la radiación, quedará radioactiva, me picará y me convertiré en una versión barata de Spiderman. Y les prometo desde ya que no haré ese baile emo ridículo de Tobey McGuire. Ni siquiera sé bailar, así que estamos bien.

Más silencio.

Sabía que era complejo. A la gente le costaba entender cómo funcionaba su cerebro. A veces, estaba en un nivel completamente diferente, aunque intentaba no pensar tanto en eso, porque lo hacía sonar como un cretino engreído y él no era así.

Así que les dio tiempo para procesar la información porque era un buen amigo.

Jazz fue la primera en hablar.

—Está bien. Lo entiendo. Pero hay un problema. No es una araña. Es un grillo.

—¿Y de quién es la culpa? —Nick intentó no demostrar su enojo.

Jazz se encogió de hombros.

—Quizás la próxima vez puedes intentar ser más agradecido cuando alguien te dé algo.

—Gracias por no traerme lo que te pedí.

—De nada. Así que no serás Spiderman. Serás Grilloman. Y tu superpoder será frotar tus piernas y emitir un sonido insoportable por las noches cuando todos estén durmiendo para recordarles que existes y que eres molesto.

—Sí —suspiró Gibby—. Sí a eso. Sí a todo. Ah, por Dios, sí. Es una idea tan estúpida. La gente blanca es tan *rara*.

Nick cerró los ojos y respiró profundo. Una parte de la nota que había leído sobre el panel de ideas le había dicho que la gente quizás no entendería el concepto de inmediato y que debía tener paciencia. Las grandes ideas a menudo eran producto de la frustración, un estado emocional que conocía bien. Cuando se calmó, luego de hacer un ejercicio de respiración que también había leído en Cosmopolitan (además de otras dieciséis formas de complacer a un hombre, que incluía cosas que *no* estaba listo para leer), abrió los ojos–. Aprecio tu apoyo –dijo con tranquilidad–. ¿Acaso alguien sabe para qué sirven los grillos?

–Comen plantas y, a veces, carne –respondió Gibby, aunque sonaba como si estuviera conteniendo la risa–. Y su canto sirve para espantar a otros machos y seducir a su próxima pareja. –Esbozó una sonrisa engreída y miró a Seth–. Me pregunto qué pasaría si Nick empezara a hacer ese sonido con las piernas.

–Esta es la conversación más tonta que tuve jamás –musitó Seth.

–Pueden saltar alto –agregó Nick, intentando encontrar una manera de salvar esta debacle–. Entonces, mi superpoder sería saltar sobre las cosas. –No era lo *ideal*, pero podía vivir con eso. ¿Subirse a un rascacielos con solo un salto? Completamente original.

–Y tu canto podría ser una onda supersónica que arroje a la gente contra las paredes –agregó Jazz, con los ojos bien abiertos–. Y cuando aterrizas desde muy alto, podrías recostarte sobre los malos y frotar tus piernas contra sus cuerpos.

Gibby estalló a carcajadas, sujetándose el estómago.

–Okey –dijo Nick, intentando ignorar su incomodidad–. No está tan mal, en gran medida. Sigamos. Entonces, sería Grilloman y, como tendría una relación con Shadow Star, necesitamos discutir cuál sería nuestro nombre de pareja. –Esa era la parte que más le interesaba.

–Grilladow –dijo Gibby, riendo más fuerte.

–Grillo Star –decidió Nick, porque Gibby era la peor–. Está… bien. O sea, sí, podría ser mejor, pero es lo que hay. Suena a… Gibby, prometo que, si no dejas de reírte, probablemente no te haga nada, ¡pero podría!

Gibby continuó riendo, porque todo el mundo sabía que las amenazas de Nick no significaban nada, sin importar cuánto mostrara sus dientes.

—A ver si te sigo —dijo Seth—. ¿Quieres agarrar a este grillo, meterlo en el microondas, bombardearlo con radiación y luego hacer que te pique?

—Sí —dijo Nick, orgulloso de tener un mejor amigo como Seth que lo entendía—. Eso es exactamente lo que quiero hacer. Gracias, Seth, por ser como eres. De verdad, es…

Seth suspiró.

—Nicky, no sé por qué debo explicarte todas las cosas que están mal con eso.

Nick frunció el ceño.

—¿De qué hablas?

—Primero, los grillos no pican a la gente.

—Te equivocas —dijo Jazz, mirando su teléfono—. Según este sitio de Internet llamado Vamoslosgrillos.com que habla sobre los grillos, dicen que es raro que pase, pero pueden picar. —Frunció la nariz—. Y aparentemente contagian un gran número de enfermedades. ¡Pero está bien! Ninguna es mortal para los humanos. En todo caso, quizás sean parte de tus superpoderes. Además de tus piernas supersónicas, podrás enfermar levemente a las personas.

Gibby estaba acostada en la cama, llorando de la risa mientras se mecía de atrás hacia adelante.

—*Segundo* —agregó Seth entre dientes—, si metes un insecto en el microondas, *morirá*.

—No si lo dejo solo unos cinco segundos —contestó Nick—. Creo.

—*Tercero*, ¿acaso torturar animales no es la primera señal antes de convertirse en un asesino serial?

Y eso sí hizo que Nick se detuviera.

—Ah, okey. No lo había pensado de esa forma. Pero es un insecto que me da miedo, así que es inherentemente malvado. No creo que los grillos clasifiquen como animales. No tienen alma ni emociones. O sea, siempre oímos hablar de los perros fantasmas o los tigres fantasmas, pero nadie habla de los insectos fantasmas, ¿verdad? Además, para convertirse en un asesino serial, creo que tienes que mojar la cama con una frecuencia alarmante y haberte lastimado la cabeza en algún momento de tu vida.

—Mojaste la cama en mi casa cuando teníamos siete e intentaste decirme que te levantaste a buscar jugo en medio de la noche y se te cayó por accidente sobre el colchón.

Al oír eso, Gibby estalló a carcajadas nuevamente mientras Nick miraba a Seth horrorizado.

—¡Monstruo! ¡*Era* jugo!

—Jugo con olor a orina —agregó Seth.

—¿Por qué no me dijiste que no me creías? —exigió Nick—. Todos estos años creí que me había salido con la mía. ¿Qué otros secretos me ocultas? —Señaló a Seth con un dedo tembloroso—. ¿Acaso esto tiene que ver con tu novia y/o novio secreto? Es como si no te *conociera*.

Eso hizo que Gibby dejara de reír. Se levantó justo al mismo tiempo que Jazz se quedó boquiabierta.

—¿Tu *qué* secreto?

Seth se cruzó de brazos.

—No tengo… no es *eso*. Yo no… agh.

—Estábamos hablando de nuestros besos —dijo Nick.

—¿En serio? —preguntó Jazz—. Ah, *por fin*. Cuéntenmelo todo.

Nick parpadeó sorprendido.

—Espera, ¿qué? Le dije que yo había besado a Owen y luego *él* me dijo que había besado a alguien, pero no me quiere decir a quién.

—Ah —dijo Jazz, bajando los hombros—. Eso… no es lo que creí. Qué decepción.

—¿A quién besaste? —le preguntó Gibby a Seth—. Y otra pregunta: ¿qué otros secretos tienes que no nos quieres contar? Quizás algo que has mantenido oculto en las…

—¿Nos disculpan un segundo? —preguntó Seth y antes de que Nick pudiera detenerlo, sujetó a Gibby del brazo y la sacó de la habitación.

—Extraño —dijo Jazz en el silencio que siguió—. Me pregunto qué fue eso.

—¿De verdad no sabes si Seth besó a alguien? —insistió Nick, mirando hacia la puerta vacía.

—¿Y qué importa si lo sé? Él es libre de hacer lo que quiera. ¿Por qué te importa tanto?

—Porque nos contamos todo.

Jazz levantó una mano frente a ella y revisó su esmalte rojo.

—¿En serio? ¿Esa es la única razón?

Nick la miró confundido.

—¿Qué otra razón habría?

Jazz suspiró y dejó caer su mano.

—Le agradezco a mi estrella de la suerte todos los días por no ser hombre. Tanto alarde para nada.

—Sí, podemos ser bastante estúpidos —coincidió Nick—. Pero todavía no tengo idea de qué estás hablando.

—Trabajé muy duro para conseguir ese grillo.

Nick miró el recipiente. El grillo saltaba de un lado a otro y Nick empezó a sentirse mal.

—Lo sé.

—Y ahora quieres ponerlo en el microondas.

—Ese es el plan.

—No quiero que te conviertas en un asesino serial. Torturar animales y mojar la cama. Dentro de diez años, me entrevistarán en un programa de noticias y lloraré frente a la cámara y todo eso cuando tenga que decir que ninguno de nosotros lo vio venir. ¿Por qué me harías eso, Nicky? *¿Quieres* verme con el maquillaje arruinado en la televisión pública desde tu celda en una prisión de máxima seguridad?

Maldición. Sabía exactamente cómo hacerlo sentir culpable. No sabía por qué le sorprendía tanto, pero quizás ese era el asunto: Jasmine Kensington, quizás más que cualquier otra persona que conocía, podía llegar hasta lo más profundo del corazón con suma facilidad. No sabía qué esperar de ella cuando Gibby la llevó por primera vez a su mesa del comedor y anunció sin muchos rodeos que estaban saliendo, y que así sería de ahora en más. Él había caído en las garras de sus propias caracterizaciones infundadas, al principio, al creer que Jazz no era más que otra porrista cabeza hueca y ardiente. Se había equivocado con respecto a eso y se pateó a sí mismo por ser tan juzgador. Le había tomado tiempo, claro, pero el cambio casi siempre era así. Eran tres, y de pronto se convirtieron en cuatro, pero no fue hasta el verano pasado, cuando Seth estuvo ocupado casi todos los días y Gibby se había ido de la ciudad para hacer cosas hippies, que Nick pasó tiempo a solas con ella y vio el esplendor de su amiga.

Fue un poco incómodo al principio, cuando le escribió para ver si quería hacer algo. Ella le respondió de inmediato *Sí, gracias, buena onda*, y si bien Nick creía que ella tenía excelentes habilidades sociales, le preocupaba que no tuvieran nada de qué hablar que no girara en torno a Gibby o Seth. O peor, Owen.

Pero ella lo sorprendió, como siempre. No era la persona más inteligente del mundo, pero nunca se jactó de serlo. Ella era feliz… siendo. Nick no lo entendía, no realmente, pero suponía que quizás no hacía falta. Ella no esperaba que él fuera alguien que no fuera y Nick podía contar con los dedos de una mano la cantidad de personas que eran como ella.

Y sí, fue incómodo, al menos los primeros días. Le preocupaba decir algo estúpido que terminara arruinando su relación con Gibby y luego tuviera que enfrentar *su* ira, algo que lo aterraba hasta los huesos. No fue sino hasta que Jazz lo llamó un martes por la mañana a mediados de junio para avisarle que había comprado entradas para ir al cine a ver la última película de superhéroes con explosiones en cámara lenta y hombres y mujeres con trajes ajustados que Nick entendió que quizás no eran tan distintos después de todo. Pasaron las seis horas completas de la película riéndose por lo ridícula que era en un cine vacío, arrojándose palomitas de maíz y quedando pegajosos con mentas bañadas en chocolate derretidas, gritando a la pantalla cada vez que ocurría algo poco convincente para que la trama siguiera desarrollándose. Nick había ido al cine con alguien que consideraba una amiga y había salido con una mejor amiga por la que haría cualquier cosa. Si eso lo hacía sonar fácil, bueno. Le parecía que estaba bien.

(Lo que quedó claro al siguiente día, cuando ella lo invitó a llevar a la peluquería canina al caniche Toy de su mamá (Maria Von Trapp, un nombre horrible para una mascota, según Nick). Nick no le agradaba mucho a la perra. Lo dejó claro cuando le mordió la mano y le meó los pies. Jazz lo compensó comprándole un helado. Nick entonces consideró que estaban a mano, en especial cuando ella no lo miró horrorizada cuando le vertió jarabe de chocolate a la montaña de gomitas ácidas, como la mayoría de la gente hacía).

—No —le murmuró Nick a Jazz, en especial porque no le gustaba ver llorar a alguien que quería, incluso aunque eso significara que su plan estaba prácticamente arruinado. Le dolía mucho no encontrar una forma de arreglarlo–. ¿Y si te prometo que no mataré a nadie? Además, nunca me di un golpe en la cabeza…

–Traumatismo craneoencefálico –agregó Gibby cuando regresó a la habitación. Las risas ya habían abandonado su cara y Seth la seguía por detrás completamente perturbado–. Séptimo año. Te golpeaste la cabeza cuando estabas jugando al quemado porque eras como una gacela bebé que no entendía cómo esquivar las pelotas.

Nick la miró con el ceño fruncido.

–Ese juego es tan arcaico. Es un instrumento de tortura que la escuela utiliza para reducir el rebaño. Además, no estuvo *tan* mal. Solo tuve que ir ver médico unas tres veces y tuve la visión borrosa durante una semana y… Ah, maldición.

Seth asintió con solemnidad.

–Y poner un grillo en el microondas completará la trifecta. Porque no importa lo que creas, será como torturarlo y morirá, Nicky. No puedes hacerle eso al grillo. Además, si nos descubren, piensa en las repercusiones. Supongamos que funciona. ¿Qué pasará cuando PETA conozca la historia de origen? Vendrán a buscarte, aunque sean unos monstruos hipócritas.

–Pero… –empezó a decir Nick débilmente–, hay culturas que se *comen* a los grillos. Puedes comerlos bañados en chocolate y todo eso.

–Sí, pero no los torturan. ¿Qué tal si tienen alma? ¿Quieres cargar con eso en tu conciencia? ¿Qué tal si reaparece y te persigue desde el más allá? ¿De verdad quieres tener al fantasma de un grillo cerca durante el resto de tu vida? Probablemente te cante fuerte al oído hasta que te vuelvas loco. No quiero que mi mejor amigo se vuelva loco por un grillo fantasma.

Nick miró con tristeza su panel de ideas. Cosmopolitan no decía nada sobre qué hacer cuando una de sus ideas podía convertirlo en un potencial asesino serial y/o provocar que un grillo fantasma lo acechara por el resto de su vida. Deberían incluir una advertencia.

Sabía que necesitaba ser más maduro. Tomó al espécimen del recipiente y se acercó a la única ventana de su habitación. La abrió y el sonido de la calle abajo inundó su habitación. No sabía cómo la gente podía vivir en medio de la nada. Habría demasiado silencio. Ciudad Nova era como su mente, siempre en movimiento. Era reconfortante de cierto modo.

—Muy bien, amiguito —le dijo al grillo—. Hoy es tu día de suerte. Lograste escapar de la muerte. ¡Vive libre! —Destapó el recipiente y sacudió la mano por la ventana.

Pero el grillo cayó sobre el alféizar, giró y saltó directo hacia Nick. Y como era del tamaño de un auto a escala, Nick gritó y cayó hacia atrás. El insecto se posó sobre su brazo y él lo sacudió desesperado, intentando quitárselo antes de que lo atacara.

Logró hacerlo, pero a un gran costo. El grillo se lanzó hacia Gibby, quien emitió un sonido como si le acabaran de dar un puñetazo en el estómago, mientras intentaba retroceder sobre la cama, hasta que se golpeó la cabeza contra la pared.

—No —se quejó—. Ah, Dios no.

El grillo cayó sobre la almohada de Nick. Con un grito de guerrero, Nick tomó un libro de su escritorio y se lo arrojó al insecto, pero golpeó a Seth en el brazo mientras intentaba levantarlo.

—¡Ay! —gritó Seth—. ¿Por qué me tiraste un *libro*?

—¡No era para ti! ¡Te metiste en el medio!

—Son todos unos inútiles —dijo Jazz, poniendo los ojos en blanco.

Se puso de pie y alisó su falda. Se quitó uno de los zapatos, lo giró y lo estrelló contra la almohada de Nick.

Luego, solo hubo silencio.

Levantó su zapato.

Había una mancha negra viscosa sobre la almohada.

—Listo —dijo Jazz, levantando la pierna y poniéndose nuevamente el zapato—. Ahora que ya terminamos con esto, vi que había pizza abajo y creo que me gané una porción. Si me disculpan.

Su cabello flotó por detrás cuando salió de la habitación.

—Lo siento, Nick —dijo Gibby, mirando a su novia.

Nick suspiró.

—Está bien. Era solo un insecto...

—No, por eso no, por tener un orgasmo en tu cama.

—¡Agh! ¡Qué asco! ¡Levántate, levántate, *levántate*!

8

—¡Si me llega a acechar un grillo fantasma, será tu culpa! —le gritó Nick a Jazz mientras caminaba con Gibby por la acera. Gibby le levantó el dedo del medio y Jazz lo saludó. Locas. Esperaba que llegaran bien.

Su papá y Cap estaban en la cocina, devorando las sobras de la pizza.

—No se lo cuentes a mi esposa —le advirtió Cap con la boca llena de pepperoni—. Te arrestaré y nunca más verás la luz del día.

—Eso es intimidación policial —dijo Nick—. Tengo una cuenta de Tumblr con casi seiscientos seguidores. Se enterarán de esto, recuerda lo que te digo.

—¿Qué dijo? —le preguntó Cap a su papá.

—Idioma adolescente —contestó su papá—. Es una cosa parecida al panel de anuncios de la estación.

—Ah —dijo Cap, mirando a Nick—. ¿Ahora eres un soplón?

—Tienes toda la maldita…

–Nick.

–Tienes toda la razón –se corrigió–. Me desharé de la corrupción del departamento de policía de Ciudad Nova. Seré todo un héroe.

–Hablando de ser todo un héroe –dijo su padre–, hiciste mucho escándalo por un insecto.

–Jazz debería haber cerrado la boca –murmuró Nick–. Iré a mi habitación así no tengo que lidiar con dos ancianos raros.

–¡Deja la puerta abierta! –gritó su padre.

–¿Por qué sigues…? ¿Sabes qué? No tengo tiempo para tus sinsentidos. –No eran amigos que *dejaban la puerta abierta*. Seth evidentemente se estaba besando con otras personas, para el disgusto de Nick. Mientras subía por las escaleras, pensó en todas las veces que Seth había estado ocupado o que no lo había atendido cuando él lo llamaba. Luego empezó a estar ocupado con el voluntariado o ayudando a sus tíos con algunas tareas de la casa, o preparándose para el próximo año de escuela como todo un nerd. Pero qué tal si… Qué tal si él…

¿Qué tal si *de verdad* tenía una novia y/o novio secreto? Eso no le agradaba mucho. ¿Por qué le ocultaría algo así?

Nick no estaba mintiendo cuando dijo que se contaban todo, quitando todo el asunto del jugo/orina. Eran mejores amigos desde siempre. De hecho, Nick apenas podía recordar un momento en el que Seth *no* fuera parte de su vida. En especial, cuando Antes se convirtió en Después. Esos fueron días confusos, días en los que Nick no sabía cómo juntar las piezas rotas de su corazón y unirlas nuevamente. Días en los que su mente, en lugar de recorrer mil millones de tangentes diferentes, estaba extrañamente en blanco, como si le faltara todo lo que lo hacía ser lo que era. Estaba envuelto en una neblina, levemente consciente de que debería estar furioso, sin poder asimilar la ira que sentía su padre.

Las semanas que siguieron a Después, la casa estuvo llena de policías y detectives, cuyas esposas y maridos traían más comida de la que era humanamente posible comer. Nick no entendía por qué la gente les enviaba guisados para pasar el luto. Comer era lo último que quería. La gente intentaba persuadirlo de que lo hiciera, pero su papá les decía con una voz ronca que lo dejaran solo. Nick intentaba mostrarse agradecido, pero los ojos de su padre estaban vacíos, como si todo en su interior hubiera abandonado su cuerpo y dejado nada más que un saco de piel y huesos.

Gibby también había estado allí, dándole abrazos, besos y diciéndole que todo estaría bien. Olía rico y Nick no podía separarse de ella, aunque no era precisamente lo que quería. No era precisamente lo que necesitaba.

Seth *era* lo que necesitaba y llegó *tarde*. Pero, un día, abrió la puerta y ahí estaba, con sus mejillas sonrojadas, el pecho agitado, los ojos bien abiertos, inspeccionando la sala, buscando a Nick. Finalmente, lo encontró. Nick emitió un sonido de dolor, ya que quería llegar a Seth lo antes posible, pero no podía mover los brazos.

Seth lo sabía.

De algún modo, lo llevó a su habitación y lo acostó en la cama. Él mismo se acostó a su lado y lo abrazó de modo protector. Nick recordó pensar que, en ese instante, estaba a salvo. Estaba a salvo y, si bien Antes ahora era Después, Seth estaba ahí para él.

Y entonces, lloró.

Seth le susurró al oído por mucho tiempo, respiró sobre su cuello y le repitió una y otra vez que lamentaba mucho todo lo que había ocurrido y que haría todo lo posible para asegurarse de que nunca más volviera a ocurrir. No sabía cómo, le aclaró, pero encontraría la forma.

Las cosas tardaron mucho en mejorar.

Nick aún tenía ese vacío en el pecho, esa sensación de que una parte suya se había ido para siempre y nunca más regresaría. Nick era consciente de que, probablemente, siempre se sentiría así. Y tenía permitido que así fuera, tal como se lo había dicho su psicóloga. Su papá lo había obligado a ir y, si bien Nick creía que no le serviría para nada, accedió sin mucha queja porque su papá parecía tener esperanzas. Nick tenía permitido sentirse así, porque así era la naturaleza del dolor. Era muy joven y perder a su madre fue algo inesperado. Lo superaría y todo mejoraría. Eventualmente.

Y así fue, para su sorpresa. Pensaba en ella todos los días, le hablaba a su foto de un modo que, probablemente, no era muy sano, pero nadie podía quitarle eso. De todos modos, tampoco creía que ella *de verdad* lo estuviera escuchando. Tan solo lo hacía sentir mejor decir en voz alta cosas que, de otra forma, no diría.

—Okey —dijo Nick cuando entró a su habitación—. Fase dos de…

Y se detuvo.

Seth levantó la vista casi con culpa.

Pero Nick no tenía tiempo para eso.

Seth se había levantado una manga de su suéter enorme casi hasta sus bíceps. No solo no esperaba ver un brazo tan musculoso en el que se le marcaran las venas hasta el codo, sino que tampoco entendía los *golpes* que tenía en esa zona.

Algunos parecían viejos, como marcas verdes y otras amarillas.

Pero había otros que parecían *nuevos*, con la piel roja y morada.

Seth se bajó la manga de inmediato.

—Oye —dijo evitando sus ojos—. ¿Gibby y Jazz se fueron bien?

—¿Qué te pasó en el brazo? —preguntó Nick de un modo demandante—. ¿Yo te hice eso con el libro? Dios, Seth, se ve muy mal…

—Está bien —contestó, sonriendo, aunque su sonrisa no parecía muy genuina—. Está bien. Me golpeé el brazo hace un tiempo. No fuiste tú.

—Te golpeaste el brazo —repitió Nick con ciertas dudas.

Seth asintió.

—Ah, sí. Sabes cómo soy. Muy torpe. Me tropecé con mis propios pies y me estrellé contra la puerta de mi armario. No es la gran cosa. Apenas se siente.

Bueno, Nick no era la persona más inteligente del mundo. Sus fortalezas estaban más que nada en armar paneles de ideas, escribir *fanfics* y cuidar a su papá porque nadie más lo haría. Pero era el hijo de un policía. Tenía un detector de mentiras integrado en su cerebro.

—Algunos parecen más recientes que otros.

La sonrisa de Seth se desvaneció un poco.

—Me tropecé con muchas cosas.

Nick asintió lentamente. No lo estaban… O sea, él *conocía* a la tía y al tío de Seth. Eran buenas personas. Agradables, atentos y hablaban muy bien de Seth. No creía que fueran del tipo de personas que lastimarían a alguien, mucho menos a Seth. O eso asumía.

—Puedes contarme lo que sea. Lo sabes, ¿verdad?

—Lo sé, Nicky. Te cuento todo lo que puedo —dijo Seth y apartó la mirada.

—Eso.

—¿Qué?

—Lo que acabas de decir. Me cuentas todo lo que *puedes*. ¿Qué significa eso?

—Mira —Seth suspiró—, estoy atravesando algunas cosas ahora. No es nada malo. Te lo prometo. Una vez que sepa cómo organizarme, serás el primero en saberlo, ¿está bien?

Esa respuesta no le gustó mucho a Nick.

—¿Alguien te está haciendo daño? —preguntó formando dos puños a cada lado de su cuerpo—. Porque te juro que, si alguien te está haciendo daño, será mejor que me digas quién es para poder romperle la cara en las próximas semanas. Y si es tu novia y/o novio secreto, no está bien. O sea, para nada bien. No tienes que...

Seth ahogó una risa.

—Nadie me está golpeando. Y no tengo a *nadie* secreto.

Nick lo miró con sospechas.

—¿Me lo prometes?

—Sí, te lo prometo.

—Pero está pasando algo.

—Siempre está pasando algo, Nick. No recuerdo haberte escuchado gritar como cuando el grillo te saltó a la cara.

—Cierra la boca —murmuró Nick—. Me estaba atacando. Hice lo que tenía que hacer para defenderme.

—Por suerte apareció Jazz y lo aplastó sobre tu almohada.

Nick se quejó.

—Voy a tener que lavar la funda por su culpa. *Odio* lavar ropa.

—Puedes hacerlo más tarde, ¿está bien? Siento que hace mucho que no pasamos tiempo juntos, solo nosotros dos. ¿Quieres leer una historieta y comportarte como un estúpido por un rato?

—Suena fantástico. —Nick le esbozó una sonrisa—. Deberíamos releer la historia de Onslaught. Es una de mis favoritas.

Seth parecía bastante aliviado por razones que Nick no comprendía.

—Sí, claro, Nicky. Me parece bien.

No sería hasta mucho más tarde que Nick descubriría la sutileza con la que Seth lo había despistado.

✳ ✳ ✳

–Hacía mucho que no venía Seth –comentó su papá más tarde esa noche cuando estaban solos. Cap había dicho que debía regresar a su casa para ver a su esposa y Seth se había ido a cenar con su tía y su tío. Cuando se estaban despidiendo en el porche, parecía estar a punto de decirle algo, pero movió la cabeza de lado a lado, sonrió y dijo que le escribiría luego. Nick lo miró caminar por la acera hasta que desapareció a lo lejos–. ¿Todo bien?

–Sí –contestó Nick, caminando hacia el sofá donde estaba sentado su papá. Tenía sus pies con calcetines apoyados sobre la vieja mesita de café de la sala. Se lo veía tranquilo y relajado, algo que Nick creía que debía hacer más seguido–. O eso creo.

Su papá levantó una ceja.

–¿A qué te refieres?

Nick pensó unos segundos antes de hablar.

–Es solo que… siento que me está ocultando algo. No sé. Creí que quizás estaba saliendo con alguien, pero dice que no.

Su papá rio.

–Muchacho, te puedo asegurar que no está saliendo con nadie.

–¿Por qué?

–Creo que ya tiene todo lo que necesita. Solo que… está esperando el momento indicado, supongo. A que las cosas estén un poco más claras.

–¿Qué cosas?

–Sí, definitivamente está esperando, muy bien.

Nick frunció el ceño.

–¿Por qué todo el mundo habla en código cerca de mí?

–Yo tengo permitido hacerlo porque soy adulto y, además, tu padre. Es mi trabajo ser irritante y ambiguo.

—Bueno, lo estás haciendo muy bien.

—Gracias, muchacho.

Nick vaciló por un segundo.

—Las cosas de papá también.

—Tú tampoco estás tan mal. —Sonrió—. ¿Quieres ver una película tonta con explosiones en cámara lenta? Puedo preparar algunas palomitas de maíz, si quieres.

Nick, en realidad, quería subir a su habitación y empezar a planificar la Fase dos de su plan para convertirse en un Extraordinario, pero quizás eso podía esperar. Había un espacio vacío en el sofá junto a su papá y ver explosiones en cámara lenta sonaba bastante bien.

—Iré a ponerme unos pantalones cómodos y bajaré en cinco minutos, cuando tengas listas las palomitas. Pero que Dios te ayude si les agregas mantequilla o sal. No te hará ver más joven.

Su papá puso los ojos en blanco.

—Qué estricto.

—Alguien en la casa tiene que serlo.

—Trato hecho. Vamos, mueve el trasero, Nicky. Tenemos grandes planes.

Nick movió el trasero.

Antes de salir de su habitación y volver abajo, se acercó al retrato de su madre y tocó su sonrisa.

—Estamos bien —dijo—. Hoy, estamos bien.

✱ ✱ ✱

Y si esa noche, mientras estaba acostado en la cama, mirando al techo, Nick pensó en las venas del brazo de Seth, bueno.

Nadie tenía por qué enterarse.

✳ ✳ ✳

Las mañanas de los lunes eran horribles.

Las mañanas de los lunes cuando su papá tenía que trabajar hasta tarde eran peores.

¿Y las mañanas de los lunes cuando su papá tenía que trabajar hasta tarde y Nick se quedaba dormido sin haber escuchado la alarma?

Ah, esa sí que no era la mejor manera de empezar la segunda semana de clases.

—Maldición —se quejó, intentando calzarse mientras bajaba por la escalera. Hubo un momento en el que estaba seguro de que se caería de cabeza al suelo, pero logró aferrarse del barandal a tiempo.

Porque lo único que haría que este lunes fuera más horrible sería caerse y romperse el cuello.

Su teléfono empezó a sonar mientras se colgaba la mochila sobre el hombro y salía por la puerta, la cual cerró a toda prisa detrás de él. Tomó el teléfono y vio varios mensajes de Seth y Gibby, preguntándole dónde estaba. Se disculpó profusamente con una mujer que llevaba un carrito de bebé cuando se chocó con ella, mientras les respondía que no lo esperaran. Estaba seguro de que llegaría tarde y no quería que ellos también corrieran el riesgo de meterse en problemas. Si se apresuraba, no sería tan malo, pero no había manera de que llegara antes de la última campanada. También había recibido una alerta con un titular con novedades sobre la pelea entre Pyro Storm y Shadow Star de las primeras horas del sábado, pero no tenía tiempo para leerla, sin importar cuánto quisiera hacerlo. Guardó el enlace para más tarde.

Por primera vez, los trenes pasaron a tiempo, lo cual ayudaba mucho, aunque, para cuando llegó a la calle Franklin, ya estaba llegando quince minutos tarde. Pensó en saltarse las primeras horas por completo, pero eso significaría que la escuela llamaría a su casa y no podía arriesgarse a que lo hicieran. Además, su papá había aprendido bastante rápido a derivar las llamadas hacia su celular en lugar del teléfono de su casa y Nick no tenía manera de interceptar los mensajes de voz, en especial si había silenciado el teléfono. Era una de esas cosas de las que habían hablado durante el verano, una que Nick había prometido aceptar.

Decidió ser valiente y entrar tarde a la clase. Quizá el profesor le creería que hubo un incendio en el tren o que alguien se arrojó a las vías. Pasaba todo el tiempo, ¿verdad?

La escuela estaba a la vista. Podía hacerlo.

Y justo cuando estaba a punto de subir por la escalinata del frente, una limosina apareció frente a la escuela. Era negra e impoluta, y el parachoques delantero brillaba con su color cromado. Nick se preguntaba quién rayos tenía tanta cantidad de dinero como para ir a la escuela en *limosina*. A menos que los visitara alguien especial, como el alcalde o… alguien importante.

Ni bien la limosina se detuvo, se abrió una de las puertas traseras y Owen Burke salió del interior con una mirada atormentada y una expresión de ira. Su nombre murió en la lengua de Nick, ya que se había quedado sin palabras porque nunca había visto a Owen tan furioso.

—Detente —gritó otra voz desde el vehículo y, durante un momento, Nick pensó que Owen seguiría caminando.

No lo hizo.

Sujetó con más fuerza la correa de su mochila y frunció aún más el ceño.

Un hombre descendió de la limosina. Llevaba un traje impecable y muy costoso hecho a medida y unos zapatos que, probablemente, valían más que todo el guardarropa de Nick. Llevaba gafas de sol, aunque el día estaba bastante nublado. Tenía el cabello canoso y corto, con un estilo muy firme sobre su cabeza. Era una figura bastante imponente.

Nick solo había visto a Simon Burke en persona una vez en su vida. Fue una vez que había ido a la casa de los Burke (aunque llamarle *casa* no era suficiente; Nick no creía que una vivienda con ocho baños y doce personas encargadas de la limpieza calificara como una *casa*) casi al principio del "Gran Romance de Nick y Owen". Ni siquiera estaba seguro si debía quitarse las zapatillas o no cuando llegó. De todos modos, no había querido hacerlo, porque estaba bastante seguro de que tenía los calcetines agujereados.

Se había sentido bastante fuera de lugar sobre el suelo de mármol, entre obras de arte que seguramente valían millones de dólares, aunque parecieran haber sido pintadas por un niño de doce años daltónico. Todo empeoró cuando un hombre de traje tomó su mochila y su abrigo sin decirle nada y los colgó dentro de un armario que parecía más grande que el ático de su casa.

Owen definitivamente no esperaba que su padre estuviera allí, pero apareció en el vestíbulo, con el teléfono firme sobre su oreja y una expresión de ira en su rostro. Apenas miró a su hijo. Nick quería que se lo tragara el suelo, pero como todavía no sabía cómo hacer para que eso ocurriera, se quedó parado en el lugar lo más quieto posible. Lo que, en realidad, significaba golpear sus dedos contra sus piernas y mecerse sobre sus talones.

Parecía que se ignorarían todo el día hasta que Simon Burke volteó hacia su hijo y le dijo:

–Volveré tarde hoy. Tu madre tiene un evento de caridad… o algo de eso. Te quedarás solo. Sophie está en la cocina. Ella te… –Y entonces vio a Nick.

Nick era consciente de que no causaba las mejores primeras impresiones. Siempre lucía muy incómodo, inquieto y no ayudaba el hecho de que intentara sonreír cuando, claramente, era evidente que estaba estresado y a punto de enfermarse. No había nada que pudiera hacer al respecto, por más que intentara. Entonces, cuando el señor Burke volteó hacia su hijo y le preguntó:

–¿Quién es tu amiguito?

–¿Cómo le va, su señoría? –contestó Nick.

Owen soltó un quejido y el señor Burke volteó lentamente hacia Nick.

–¿Disculpa?

Nick hizo una mueca de dolor.

–Lo siento, no sé cómo llamarlo. Nunca estuve en una casa tan grande y tengo miedo de romper algo. No es que piense hacerlo. Sus herencias invaluables están a salvo conmigo.

–Claro –contestó el señor Burke y, a juzgar por la expresión en su rostro, parecía como si estuviera hablando con un perezoso problemático–. Intenta no hacerlo. Odiaría tener que demandar a tus padres. Estoy seguro de que no les gustaría perder todos esos ahorros insignificantes que tienen para mandarte a la universidad por culpa de algo tan… evitable.

–Está bien –contestó Nick enseguida–. De acuerdo.

–Puedes ir tranquilo –dijo Owen, algo irritado–. No haremos nada.

–Sinceramente, lo dudo –contestó el señor Burke–. Por lo menos, es un chico esta vez. No tengo que preocuparme por ninguna complicación… indeseada. –Y con eso, volteó hacia la puerta, gritándole al teléfono.

–¿Complicación? –preguntó Nick una vez que cerró la puerta.

—No importa. Vamos a mi habitación.

Y esa fue la única interacción que tuvo con Simon Burke, dueño de las Torres Burke y las Farmacéuticas Burke y lo-que-sea-Burke.

No fue muy agradable, aunque definitivamente podía ver de dónde había sacado Owen su… Owenidad. Los dos eran indiferentes y fríos, y un poco aterradores. También bastante atractivos, aunque Nick *nunca* confesaría eso en voz alta. Se preguntaba si las erecciones de miedo lo acompañarían toda la vida. Esperaba que no.

Pero ver nuevamente a Simon Burke frente a su escuela, regañando a su hijo, no contribuía a que tuviera una opinión diferente de él. Pensó en entrar y conseguir un lugar en el salón antes de meterse en más problemas, pero eso significaría pasar por adelante de Owen y su padre, y no quería llamarles la atención.

Así que esperó.

Owen volteó hacia su padre.

—¿Qué quieres?

—Lo que *quiero* es que dejes de comportarte así —contestó el señor Burke, furioso—. ¿Crees que todo esto es un juego? No sé de dónde sacaste que puedes manejar la casa a tu gusto, pero será mejor que cambies esa actitud ahora mismo. ¿Qué es esto de ir y venir a cualquier hora de la noche como si no fueras solo un *niño*…?

—¿Y a ti qué te importa? —respondió Owen—. Además, como si estuvieras ahí. ¿Qué te importa lo que haga?

La ira se apoderó del señor Burke.

—Cuidado con lo que dices, Owen. Sería más fácil si te quito todo lo que tienes. Será mejor que recuerdes eso. En especial cuando puedo *deshacerte* con facilidad. Todo lo que te he dado, quedará borrado en un segundo. ¿Y dónde terminarías entonces?

–No te atreverías –dijo Owen, su voz apenas más fuerte que un susurro–. Me necesitas.

El señor Burke se rio de un modo burlón.

–Ponme a prueba. Te aseguro que no te gustará lo que haga. Ubícate. No me hagas recordártelo. Tengo planes para Ciudad Nova y no dejaré que se estropeen. Es el principio de causalidad. Todo lo que haces me afecta. Piensa, Owen, antes de actuar. ¿Quedó claro?

–Como el agua –contestó Owen con cierta amargura.

–Bien. –Miró a la escuela detrás de Owen, con una mueca de desprecio–. No entiendo por qué insistes con venir a este lugar. Tienes la escuela privada de New Hampshire que lograría más cosas con alguien de tu posición.

–Me gusta este lugar.

El señor Burke asintió lentamente.

–Es bueno saberlo. Porque esto también puede desaparecer. No lo olvides.

Owen parecía como si fuera a continuar la discusión, pero, en su lugar, suspiró.

–¿Y mi medicación? La necesito.

–Ahora no –dijo el señor Burke–. Ya tuviste suficientes por el momento. Ve. Ya me hiciste llegar tarde.

Al acabar de decir eso, subió otra vez a la limosina y cerró la puerta con fuerza. Unos segundos más tarde, la limosina avanzó hacia el tráfico.

Owen la miró hasta que desapareció.

Nick esperó.

Y luego Owen volteó y lo miró directo.

Maldición. Creía que había sido bastante discreto, sin ocultarse detrás de nada.

—¿Disfrutaste el espectáculo? —preguntó Owen, su tono de voz no sonaba tan duro como cuando le había hablado a su padre.

Nick balbuceó.

—Yo… no estaba… vaya, ¿qué te pasó en la *cara*?

Tenía un magullón inmenso que iba desde su mandíbula hasta su oreja derecha. Owen levantó una mano y la presionó sobre la herida. Siseó levemente y luego apartó la mano, dejando que su piel quedara algo blanca por la presión hasta que recobró el color morado del golpe.

—Me golpearon.

—¿Quién te golpeó?

Owen esbozó una sonrisa.

—Cuidado, Nicky. Empiezas a sonar como si te importara y no podemos permitirnos eso, ¿lo recuerdas? Ya te rompí el corazón una vez. No creo que debamos atravesar eso otra vez.

Nick frunció el ceño.

—No me rompiste el corazón. Apenas me importaba esa relación. Fue solo una aventura.

Owen se acercó y le dio unas palmadas suaves en la mejilla.

—Claro. Ya sé que es difícil superarme. Borra esa tristeza de tu carita hermosa. Deberías ver al otro.

—¿Esto tiene algo que ver con la razón por la que no viniste a mi casa y no me ayudaste con mi plan?

Owen se encogió de hombros.

—Sí, eso y que tu plan sonaba horrible. Si quieres hacerlo bien, puedes hablar conmigo. Sino sigue haciendo lo que estás haciendo.

—Puedo hacerlo solo.

Owen lo estudió con una expresión extraña en su cara. Nick quería empezar a moverse de un lado a otro, incómodo.

—Apuesto que sí. Ya veremos, ¿verdad? ¿Tienes ganas de faltar a clase por el resto del día? No sé si quiero estar aquí ahora. ¿Qué dices? Por los viejos tiempos.

Nick negó con la cabeza.

—No puedo. Ya estoy llegando tarde y le prometí a mi papá que…

—Está bien, está bien. Querido papi. Se supone que tienes que ser un niño bueno este año, ¿verdad? Bueno, no me corresponde a mí seguir corrompiendo a Nicholas Bell más de lo que ya hice. Adelante, Nicky. Sé un buen niño. El tiempo no espera bla, bla, bla.

Nick empezó a caminar hacia la puerta de la escuela, pero se detuvo, dubitativo.

—¿Qué hay de ti?

Owen parecía sorprendido y su rostro se relajó levemente. Atrás había quedado la arrogancia que usaba como escudo. Este momento de vulnerabilidad era algo que Nick solo había visto en contadas ocasiones en el pasado, en gran medida cuando estaban solos, mientras sus manos acariciaban terrenos peligrosos y sus labios estaban hinchados y partidos, y Nick podía jurar que Owen lo *quería*.

—¿Te preocupas por mí, Nicky?

—Me preocupo por todos mis amigos.

—Sí, es verdad, ¿no? Estoy bien. Solo necesito estar *solo*, creo. Un poco de tiempo para mí mismo. —Levantó el brazo y lo llevó hacia la nuca de Nick. Luego su fachada regresó al mismo lugar que antes con un gesto arrogante de sus labios—. Entra, Nicky. Antes de que crea que me estás esperando para que te saque de este lugar.

Y al terminar de decir eso, Owen giró sobre sus talones y marchó hacia la acera silbando.

Sin pensarlo, Nick lo llamó.

–¿Qué medicación te tenía que dar tu papá? –Owen no volteó.

Nick lo miró desaparecer en Ciudad Nova.

* * *

Recibió un mensaje de su papá cuando estaba yendo al comedor. **Recibí un correo de la escuela. ¿Llegaste tarde?**

Nick soltó un quejido. Era obvio que lo habían delatado. **Sí no sonó la alarma mala mía me perdí 20 minutos de la primera clase.**

Un momento más tarde.

Ya hablamos de esto Nick.

Sí fue un accidente lo siento no volverá a pasar

Me aseguraré de que no. Te quiero.

Yo también.

Su papá estaba decepcionado. Nick podía notarlo solo a través de esas pocas palabras y detestaba que así fuera. Está bien, sí, se había quedado despierto hasta muy tarde la noche anterior investigando cómo seguir su aventura para convertirse en un Extraordinario, pero, aun así. No sería como el año anterior. Al final, su papá había intentado echarle toda la culpa a Owen, ya que decía que era una mala influencia, pero Nick no se lo había permitido. Él tomaba sus propias decisiones, por más horribles que fueran. Owen había sido una parte muy interesada en que así fuera, pero nunca lo había presionado a nada.

Su papá lo había llamado más temprano ese mismo día, disculpándose por haberlo despertado, para avisarle que llegaría tarde. Sonaba cansado. Incluso, le había hablado un poco enfadado cuando le dijo que se fuera a dormir antes de colgar. No le había explicado por qué llegaría tarde, si tenía que hacer horas extras o porque había ocurrido algo que no podía dejar pasar. La vida de un policía era impredecible, en particular en lo que respectaba a las horas de trabajo. Si ocurría algo justo antes de terminar su turno, tenía que quedarse hasta que lo relevaran.

No ayudaba que lo hubieran degradado. Nick sabía lo que eso significaba. Pasar de detective a policía significaba un recorte importante del salario, junto con el golpe al ego. Contaban con el dinero del seguro y un pago del Fondo de Víctimas de Ciudad Nova por lo que había ocurrido en el Después, pero su papá había apartado ese dinero para Nick, ya que decía que era para el futuro que se merecía.

Su papá trabajaba duro. Eso quedaba más que claro.

Entonces, *por supuesto*, Nick quería convertirse en un Extraordinario. Sí, significaría formar un equipo con Shadow Star y, probablemente, enamorarse y tener una boda con temática de superhéroes y un pastel amarillo. Pero también significaría que podría mantener a la ciudad más segura.

Lo que, a su vez, significaría que su *padre* estaría más seguro.

No tendría que preocuparse tanto y Cap notaría lo buen policía que era y volvería a promoverlo a detective, algo que su papá amaba con toda el alma.

Además, sería una actitud extremadamente altruista, lo que significaba que Shadow Star vería lo poco egoísta que era y entonces lo invitaría a una cita antes de pasar el resto de sus vidas juntos.

Entonces, cuando Nick se sentó en la mesa del comedor, sus amigos lo miraron y anunció:

—La Fase dos está en marcha. Repito. La Fase dos está en marcha.

—Y se sintió *tan bien*. A veces, seguir caprichos puede resultar muy bien. Nick creía eso con todo su corazón.

Jazz sonrió.

Gibby se encogió de hombros.

Seth suspiró.

Nick hizo una nota mental para enseñarles cómo debían reaccionar a sus buenas ideas. Después de todo, un Extraordinario solo era tan bueno como la gente que lo respaldaba. Y, como ellos eran su gente, debían dar lo mejor de sí.

✷ ✷ ✷

—De nuevo, ¿qué tengo que buscar? —preguntó Seth la tarde del siguiente miércoles. Estaban sentados en la biblioteca de la escuela, con su tarea abandonada frente a ellos, mientras esperaban a que Jazz terminara de entrenar con el equipo de porristas. Gibby había rechazado su oferta de acompañarlos, porque prefería quedarse sentada en las gradas mirando a su novia. Nick estaba bastante seguro de que *mirar* en realidad significaba *babearse*, así que no la presionó.

—Meteoros —contestó Nick, desplazando la página que tenía abierta en su computadora—. Debemos encontrar cuáles son las probabilidades de que un meteoro caiga cerca de Ciudad Nova. Presiento que debería ocurrir bastante seguido porque el espacio tiene muchas rocas y Ciudad Nova es muy grande.

—Tu lógica es indiscutible —dijo Seth—. No sé cómo alguien podría discutir tus hechos tan racionales.

—¿Verdad? Así y todo, hay gente que lo intenta. Es extraño. Es como si no entendieran nada de lo que digo. Por suerte te tengo a ti. Tú me entiendes mejor que nadie. Tú eres un Encantador de Nick.

Seth tosió con aspereza.

Nick levantó la vista de su computadora y miró a Seth, quien se estaba sonrojando de un modo increíble, mientras pasaba el pulgar sobre la pantalla de su móvil.

—¿Estás bien?

Seth asintió.

—Me tragué un insecto.

—Agh. Qué asco. Asegúrate de no besar a tu novia y/o novio secreto sin lavarte los dientes.

Seth levantó la vista, con los ojos entrecerrados.

—¿Cuándo vas a soltar eso?

—No todavía, al menos por tres días más.

—Tres días más —murmuró Seth. Bajó la vista nuevamente a su celular—. ¿Para qué necesitamos un meteoro?

—Porque si uno de ellos viene de un planeta distante, hay muchas probabilidades de que traiga alguna sustancia extraterrestre que yo pueda comer y, según las leyes de la naturaleza y nuestro señor y salvador, Stan Lee, que en paz descanse, me dará superpoderes y podré convertirme en un Extraordinario. —Era infalible.

—Vaya que lo pensaste bien sin volverte un obsesivo.

—Guau, sarcasmo. Eso es exactamente lo que *no* necesito en este momento.

Seth suspiró.

—A veces, me pregunto si tu vida está basada en el mundo real.

—Qué extraño. —Nick frunció el ceño—. No es la primera vez que alguien me dice eso. Me pregunto qué significa.

–¿Que quizás la vida no se supone que sea una historieta?

–Ah, ¿no?

–No, Nick. Yo no… –Sacudió su cabeza como si estuviera frustrado–. Yo sé lo mucho que quieres esto. Lo entiendo. Pero ¿acaso pensaste bien lo que implicaría? Digamos que, por alguna remota razón, *funciona*. ¿Alguna vez pensaste en lo que pasaría luego?

–Sí, lo pensé muy bien. Shadow Star querrá salir conmigo y podré ayudar a mi papá con… –Apartó la mirada–. Solo… no te preocupes. Lo hago porque quiero hacerlo. ¿Eso no debería ser suficiente?

–¿Ayudar a tu papá con qué?

Sí, no había querido decir eso. Aún estaba lidiando con el cambio en su forma de ver al mundo y quizás convertirse en un Extraordinario no era necesariamente algo que hiciera para él mismo. Y como aún era bastante nuevo con todo el asunto de *no ser para nada egoísta*, no estaba seguro de cómo lidiar con todo esto.

–No es nada. Olvídalo.

–Nicky.

Se estaba empezando a frustrar y no sabía por qué.

–¿Por qué no me dejas tener esto?

Seth dejó su teléfono sobre la mesa.

–Nunca dije que no podías. Solo quiero que estés a salvo.

–Siempre estoy a salvo. –Nick puso los ojos en blanco.

–Eso no siempre es verdad. ¿Recuerdas la vez que me dijiste que querías ver qué pasaba si ponías fuego frente a un aerosol?

–Sí, ese fuego fue más grande de lo que creí. No puedo creer que mi papá no notara que una de mis cejas estaba más quemada que la otra.

–¿Por qué rayos crees que podrás encontrar un meteoro con una sustancia extraterrestre?

Nick se encogió de hombros.

—¿Y por qué no? Es solo uno de los caminos que estoy explorando. Estoy con muchas cosas en la cabeza ahora mismo, Seth. Muchas cartas sobre la mesa. Muchas…

—Ya entendí.

—Bien. Eso lo hace más fácil.

Seth tomó su teléfono y empezó a tocar la pantalla.

—¿Qué estás buscando? Porque debo confesar que no creo que vayamos a encontrar ningún meteoro pronto. Aparentemente, no caen con mucha frecuencia. Qué sorpresa.

—¿Ehm? —dijo Nick distraídamente—. Ah, solo estoy intentando encontrar los planos de la central nuclear más cercana para poder entrar y exponerme a la radiación gamma y quizás convertirme un poco en Hulk. ¿Sabes cuánta radiación puede soportar un humano promedio antes de que se le llenen los ojos de tumores?

Seth no respondió.

Nick levantó la vista.

Seth lo estaba mirando boquiabierto.

—¿Qué? —preguntó Nick, volteando para ver si había un incendio. No. Volteó nuevamente hacia Seth—. ¿Qué pasa?

Seth respiró profundo y exhaló lentamente.

—Quieres entrar a una central nuclear. Y exponerte a la radiación.

—Sí, soy un genio, ¿verdad? Después de toda la debacle del grillo en el microondas, por cierto, ¿de verdad era *tan difícil* conseguir una araña, Jazz? Bueno, en fin, después de todo eso, pude pensar más tranquilo en todo. Luego del evento de Chernóbil y Fukushima, muchas plantas y animales sufrieron mutaciones genéticas. Sí, eso fue por una catástrofe nuclear, pero me puse a pensar que, quizás, si me expongo a una *fracción minúscula* de lo que ocurrió allí, probablemente pueda mutar un poco. —Frunció el ceño—. Está bien, tendría que evitar que otra gente muera, porque conseguir lo que yo quiero no tiene que significar lastimar a otras personas, así que no puede ser *exactamente* como Chernóbil y Fukushima, pero recuerda que sigue siendo un trabajo en proceso.

Hubo unos segundos de silencio.

—A veces, no sé si eres muy inteligente o un completo demente.

—Es una línea muy delgada —coincidió Nick—. Hay algunas centrales nucleares dentro de algunos kilómetros a la redonda, pero ninguna de ellas subió sus planos a Internet.

—Guau —dijo Seth sutilmente—. Es casi como que si no quisieran que nadie entre sin permiso.

Nick frunció el ceño mirando la pantalla de su computadora.

—Ya encontraré la forma. Tenemos que tener fe de que alguien cometa un error y suba instrucciones claras y detalladas para ingresar a una de ellas y llegar a salvo a los reactores de radiación que me darán los superpoderes, con suerte no me estallarán los testículos. Debería ser…

El teléfono de Seth empezó a sonar en su mano.

Nick levantó la vista. Seth parecía incómodo. Frunció el ceño y mantuvo la boca cerrada. Parecía más fuerte que lo que Nick jamás lo había visto. Era una imagen bastante… impactante. Por un momento, a Nick casi le pareció *peligroso*, pero era ridículo.

—¿Todo bien? —preguntó Nick lentamente.

Seth se puso de pie abruptamente. Empujó la silla hacia atrás, rayando el suelo, y se chocó con un estante de libros que tenía por detrás. Una de las bibliotecarias los miró.

—Me tengo que ir —dijo Seth, mientras guardaba los libros en su mochila a toda prisa.

–¿Qué? ¿Qué quieres decir con que te tienes que ir? ¡Estamos ocupados! Se supone que me tienes que ayudar…

–Lo siento, Nicky. Hubo un… asalto… una emergencia en el refugio de animales. Están pidiendo voluntarios. Aparentemente es algo bastante grave.

Nick lo miró con desconfianza.

–¿Una… emergencia en el refugio de animales?

Seth asintió.

–Inundación, por la lluvia. Tienen que mover a todos los animales y necesitan toda la ayuda que puedan conseguir.

–Creí que habías dejado de trabajar ahí cuando empezaron las clases.

–Sí, así es –contestó Seth, deslizando su mochila sobre su hombro–. Pero me necesitan. Debo ayudarlos. No puedo dejar que los animales se ahoguen, ¿verdad?

–Bueno, no, porque eso sería macabro. ¿Necesitas ayuda?

–Na, no te preocupes. Yo me encargo. Sigue haciendo lo que estás haciendo.

Sonaba falso, pero estaba bien.

–Está… ¿bien?

–Lo siento –dijo Seth, pero se sentía distraído, como si ya estuviera en otro lugar en su cabeza–. Entiendo que esto es importante para ti, pero tengo que hacer esto. No… Solo mantente alejado del centro, ¿está bien?

Nick no entendía.

–¿Qué rayos tiene que ver eso con…?

–Prométemelo –lo interrumpió Seth, con una expresión tensa. Extendió una mano y la apoyó sobre la mano de Nick, presionándola con fuerza–. Mantente alejado. Por la inundación.

–Lo prometo –contestó Nick–. Por la inundación.

—Gracias. Te escribiré más tarde, ¿está bien? Solo… no vayas a ninguna central nuclear. Es una idea ridícula y es muy probable que termines muerto. Busca otra cosa.

—Bueno, quizás si hubieras encontrado un maldito *meteoro*, no tendría que…

Y luego ocurrió lo más extraordinario del mundo, algo que ocasionó que los pensamientos de Nick se detuvieran de inmediato.

Seth se inclinó hacia adelante y le dio un beso en la mejilla.

Nick sintió su aliento cálido y breve sobre su piel, el tacto de sus labios y luego…

Levantó la cabeza lentamente para mirar a Seth, quien parecía aterrado por lo que acababa de hacer.

—Yo… ehm… maldición. Me tengo que ir.

Nick lo miró caminando de espaldas sin apartar sus ojos bien abiertos de él. Se tropezó con una muchacha que le dijo que mirara por dónde caminaba y luego con un estante, del que se cayeron algunos libros para la consternación de la bibliotecaria que parecía estar a punto de explotar de ira.

Nick se lo quedó mirando embobado hasta que dobló en la esquina y salió corriendo de la biblioteca. No estaba seguro de haber visto a Seth moviéndose tan rápido en toda su vida.

Levantó una mano y tocó el lugar donde los labios de Seth lo habían besado hacía solo un momento.

—Ehm —dijo Nick a nadie en particular.

—Haré que los *echen* —susurró furiosa la bibliotecaria.

★★★

Una hora más tarde, Jazz y Gibby lo encontraron mirando la pantalla de su computadora bastante derrotado. Internet nunca lo había defraudado tanto. No sabía cómo manejarlo. No le daba los planos de una central nuclear y tampoco información sobre si los amigos se besaban en la mejilla cuando se despedían si no eran franceses. Era *inútil*.

Gibby lo despeinó y se sentó a su lado con gracia.

—¿Dónde está Seth?

—Tuvo una emergencia en el refugio de animales —musitó Nick, sintiendo calor.

—¿Una emergencia en el refugio de animales? —repitió Jazz, parándose a un lado de Nick y mirando a la pantalla de su computadora. Por suerte, ya había cerrado la pestaña con la que había buscado: *¿qué se supone que debo hacer si mi mejor amigo me da un beso en la mejilla?*–. ¿Qué rayos significa eso?

—Te ves muy linda —le dijo Nick, porque ella merecía que se lo dijeran. Llevaba puesto su uniforme de porrista, con el wómbat luchador de la escuela sonriendo sobre su pecho. Además, esperaba que funcionara como una distracción para que no vieran su expresión de SETH ME BESÓ LA CARA que de seguro era muy evidente.

—Gracias. ¿Refugio de animales?

—Una inundación, aparentemente.

—Inundación —repitió Gibby lentamente—. Mmm, discúlpenme un momento.

Se puso de pie y se fue caminando rápido, mientras sacaba el teléfono del bolsillo trasero de su pantalón.

Nick se la quedó mirando.

—¿Qué le pasa a todo el mundo que hoy se van de forma tan dramática?

Jazz tomó el lugar que había dejado su novia.

–Nuestros amigos son todos unos melodramáticos. ¿Qué es eso? –Señaló a su computadora.

–Los planos genéricos de una central nuclear a la que planeo entrar para exponerme a la radiación y conseguir mis superpoderes.

–Melodramáticos. Todos ustedes. –Jazz suspiró.

–¡Oye!

–No creo que sea seguro.

–Ahora suenas como Seth.

–Gracias, qué lindo escuchar eso. Él es muy inteligente.

–Sí, menos cuando me abandona. *Otra vez*.

Jazz frunció el ceño.

–Estoy segura de que no quería hacerlo. Sabes que no quiere estar en otro lugar que no sea contigo.

–Entonces, ¿por qué no está aquí?

Jazz le pateó la pantorrilla por debajo de la mesa.

–Porque el mundo no gira a tu alrededor, idiota. También pasan otras cosas, incluso aunque no queramos.

Nick gruñó y se agachó para frotarse la pierna.

–Me lo merecía.

–Probablemente.

–Es que… últimamente se está comportando raro.

–¿Raro cómo?

Nick sacudió la cabeza y cerró la computadora. No había nada más que pudiera hacer.

–Siempre está ocupado, siempre está distraído. Apenas lo vi durante el verano y, las veces que nos juntamos, fueron como si no estuviera ahí. No sé. Probablemente esté exagerando. No sé si lo has notado, pero tiendo a hacer eso a veces.

—No, ¿en serio? —Esbozó una sonrisa, pero se desvaneció enseguida—. Está bien. Quizás este verano sí estuvo actuando un poco raro. Parece que quedamos solo tú y yo cuando Gibby se fue de viaje con sus padres.

—¿Verdad? Aunque no significa que no *quisiera* que estuvieras conmigo ni nada por el estilo. Eres perfecta.

Jazz rio.

—Gracias, Nicky. Ya sé que no soy Seth ni Gibby, pero me gusta pensar que nosotros dos somos muy buenos amigos también, ¿no lo crees?

—Sí —contestó Nick rápido, porque era verdad. Jazz no era solo la novia de Gibby. Quizás así es como había empezado, pero este último verano, eso cambió. Jazz era divertida, amable y, a veces, cuando reía, Nick creía que era uno de los sonidos más agradables del mundo. Estaba feliz por contar con ella, incluso aunque ahora mismo sintiera pena por sí mismo.

—Quizás tiene miedo —agregó Jazz y a Nick no le gustó cómo sonó eso.

—¿De qué? —preguntó, perplejo. Seth no le tenía miedo a nada, no realmente. Era valiente y fabuloso, y a Nick no se le ocurría ni una sola cosa que lo asustara más allá de las serpientes, pero eso estaba bien porque las serpientes eran criaturas terribles que no tenían ningún propósito.

—De los cambios —respondió Jazz, tomando el lápiz que Nick había dejado sobre la mesa y moviéndolo entre sus dedos—. Pronto, las cosas serán diferentes. Todo cambiará.

—¿Qué cosa?

—Esto. —Se encogió de hombros—. Nosotros. Gibby se graduará y empezará la universidad y solo quedaremos nosotros tres. Luego *nosotros* nos graduaremos y quién sabe lo que pase luego.

—Seguiremos siendo amigos —agregó Nick con el ceño fruncido—. Incluso aunque estemos en lugares distintos, eso no cambiará.

—Quizás —dijo Jazz y a Nick no le gustó mucho eso—. Pero podríamos convertirnos en otras personas. La gente no siempre mantiene a los amigos con los que creció. De hecho, la mayoría no lo hace.

Le quitó el lápiz cuando notó que lo estaba moviendo con ira. No tenía otro de repuesto.

—Gibby te ama. Lo sabes, ¿verdad?

Tensó la sonrisa.

—Sí, lo sé.

—Entonces debes confiar en que sabrá lo que está bien. Y en caso de que sus caminos se separen, bueno, quizás lo suyo no estaba destinado a durar para siempre. Pero eso no significaría que lo que tuvieron no fuera importante.

Jazz sacudió la cabeza.

—No creo que la gente te de suficiente crédito. Eres más listo de lo que pareces.

—Gracias, supongo. Tú también.

—Seth te ama.

Nick se sonrojó. No pudo evitarlo. Aún podía sentir la forma en la que su nariz había rozado su oreja.

—Ehm —logró decir—. ¿Lo… sé? Es mi mejor amigo. Claro que lo hace.

—Y tú lo amas.

Nick asintió sin decir nada.

—Bueno, al menos, registras *eso*.

La cara de Nick se sentía como si estuviera prendida fuego.

—¿Me estoy perdiendo de algo?

Jazz abrió la boca para… ¿para decir *qué*? Nick no tenía idea. Inesperadamente, la interrumpió Gibby cuando regresó a la mesa.

—¿De qué hablaban?

–De la vida –contestó Jazz con delicadeza–. Y todo lo que implica.

–Suena profundo.

Jazz tarareó algo por lo bajo.

–No tienes idea. ¿Verdad, Nicky?

–Sí –contestó Nick, sintiéndose más impaciente que de costumbre. Jazz miró a Gibby.

–¿Por qué te fuiste tan rápido?

–Una llamada –contestó Gibby tranquila–. Nada importante. Deberíamos... uh, oh.

–¿Qué ocurre? –preguntó Jazz.

–Nick tiene su cara de estar pensando algo. Y está sonrojado. No recuerdo haberlo visto tan sonrojado antes.

–Uh, oh.

–Quizás deberíamos visitar a Seth en el refugio de animales –propuso Nick, golpeando los dedos contra la mesa–. O sea, es evidente que es muy importante para él, ¿cierto? ¿No me hace un mal amigo no haberlo visitado durante todo el verano? Deberían interesarme las cosas que a *él* le interesan, ¿cierto? Es decir, eso es lo que se supone que debes hacer cuando tu mejor amigo empieza algo nuevo.

–No –gritó abruptamente Gibby.

Nick y Jazz voltearon lentamente hacia ella.

–¿Por qué no?

–Porque –empezó a decir Gibby–. Es... ehm. Probablemente esté súper ocupado con... la inundación. Además, Nicky, ¿tú no eres alérgico a los gatos? Probablemente haya muchos gatos.

Ah. Cierto. Pero igual.

–No es *tan* grave. O sea, sí, me hincho y me empiezan a salir manchas por todo el cuerpo y siento que estoy a punto de morir, pero ¿qué importa? Si a Seth le gustan, entonces a mí también deberían gustarme, ¿verdad?

—Ah, sí, claro —contestó Gibby de inmediato—. Totalmente. Pero no creo que él quiera que te enfermes por su culpa. Eso lo haría sentir mal y sabes cómo se pone Seth cuando se siente mal.

—Mi mayor debilidad —suspiró Nick. Cuando Seth Gray se sentía mal por algo, se le hinchaban los ojos y el labio inferior le empezaba a temblar, y lo único que Nick quería hacer era abrazarlo y protegerlo de todo.

—Exacto —dijo Gibby—. Además, no podemos distraerlo de todos esos gatos. Probablemente termine antes de lo que tú crees...

El teléfono de Nick empezó a sonar.

Luego el de Jazz.

Luego el de Gibby.

La bibliotecaria los miró, pero luego su teléfono también empezó a sonar y parecía confundida.

Nick lo levantó para ver qué decía la pantalla.

ACTIVIDAD DE EXTRAORDINARIOS EN EL CENTRO.
SE ESPERAN RETRASOS.
EVITAR LA ZONA SI ES POSIBLE.

—Guau —exhaló Nick—. ¿Creen que sea Shadow Star?

—No lo sé —contestó Gibby—. Pero deberíamos mantenernos alejados.

—Cierto —dijo Nick—. Pero qué tal si nosotros...

—No.

—Pero podríamos...

—No.

—Quizás solo...

–*No.*

Nick miró a Gibby furioso.

–Sabes, cuando sea un Extraordinario, podré hacer lo que quiera.

–Y tiemblo de miedo por eso. Pero hasta ese momento, sigues siendo débil y frágil, aunque a veces te comportes como tal, no eres lo suficientemente estúpido como para meterte en el medio de lo que sea que esté ocurriendo.

–Siento que hubo un cumplido detrás de todo eso.

–Sigue creyendo eso, Nicky. Ahora, ¿por qué no me explicas muy detalladamente la Fase dos de tu plan? Creo que no la entendí muy bien la primera vez.

Jazz se quejó.

–Con mucho gusto –dijo Nick, acomodándose en la silla–. Quizás deberías tomar notas para no olvidarte nada.

✳ ✳ ✳

Nick estaba cerca de su casa cuando recibió un mensaje de su papá que le decía que le habían pedido que fuera a trabajar más temprano y que no sabía a qué hora volvería. Nick le preguntó si tenía algo que ver con la actividad de los Extraordinarios, pero no le respondió.

La luz de la entrada estaba encendida, a pesar de que todavía era de día. Cuando Nick estaba a punto de meter la llave en la cerradura, recibió otra alerta. Tomó su teléfono.

ÚLTIMO MOMENTO:
PELEA ENTRE SHADOW STAR Y PYRO STORM
SOBRE LAS CALLES DE CIUDAD NOVA.

Nick se quedó boquiabierto mirando la pantalla, prácticamente sin actividad cerebral.

Le tomó un momento reiniciarse y, cuando lo hizo, casi rompe la llave intentando entrar a su casa. La puerta se estrelló contra la pared cuando logró abrirla y ni siquiera se molestó en cerrarla. Corrió por la sala y tomó el control remoto del televisor de la mesita. Casi se le cae de las manos, pero logró apretar el botón de encendido justo a tiempo. Pasó los canales a toda prisa hasta que encontró las noticias.

Y quedó maravillado.

Estaban reportando en vivo desde el helicóptero de *Action news*. En una de las esquinas de la imagen estaba Rebecca Firestone, con una sonrisa amplia y hermosa. Su voz sonaba por encima del estruendo del helicóptero y decía *Nunca vi algo parecido* y *Están haciendo esto desde hace casi una hora* y *Oh, por Dios*.

Pero Nick apenas la escuchaba.

Porque ahí estaban.

Shadow Star y Pyro Storm.

Era una pelea rápida y brutal, la cámara apenas podía seguir sus movimientos. Estaban en la cima de unos de los rascacielos del centro de la ciudad. Nick creía que era uno de los edificios del distrito financiero. Vio un estallido violento de fuego que brotó de Pyro Storm hacia Shadow Star, pero el héroe logró quitarse del camino antes de terminar completamente quemado. Enseguida, subió por la antena inmensa de la torre sin mayores inconvenientes. Su sombra se estiró detrás de él y, mientras Nick miraba, sujetó a Pyro Storm por los tobillos, lo levantó y lo estrelló de espalda contra la azotea, quebrando el cemento debajo de él.

Era salvaje, algo que Nick nunca había visto.

Sí, Pyro Storm era un villano y *sí*, era el archienemigo de Shadow Star, pero nunca había sido… así. Peleaban, pero rara vez era así de violento. Pyro Storm armaba un plan ridículo, Shadow Star aparecía para salvar el día y se marchaban por caminos separados. Rayos, había personas que decían que planeaban todo juntos y que solo lo hacían para llamar la atención. Por lo general, nadie salía herido, sin importar lo descabelladas que fueran las ideas de Pyro Storm.

Pero esta vez era diferente.

Esta vez parecía que estaban haciendo todo lo posible para lastimarse.

O, más bien, Pyro Storm estaba intentando lastimar a Shadow Star. Lo único que Shadow Star podía hacer era reaccionar. Estaba a la defensiva.

Cada vez que Pyro Storm lo atacaba, Shadow Star se movía rápidamente y derribaba al villano una y otra vez. Se podía ver que movían los labios como si se estuvieran gritándose cosas, pero estaban demasiado lejos como para que pudieran escucharlos.

Luego, Shadow Star giró la cabeza hacia el helicóptero de *Action news* y la cámara acercó la imagen hacia su rostro enmascarado, lo único que se podía ver era su boca.

Sonrió.

Nick sintió escalofríos en la espalda.

Pyro Storm bajó las manos y señaló a Shadow Star. Un remolino de fuego creció en sus manos. Shadow Star se movió lentamente. Pyro Storm le disparó una bola de fuego, pero Shadow Star logró levantar una sombra desde la azotea justo a tiempo y esta quedó completamente destrozada con el impacto. Sin embargo, el fuego se desvió hacia el helicóptero y Rebeca Firestone empezó a gritar *Sube, sube, sube* mientras Shadow Star embestía a Pyro Storm. La bola de fuego pasó apenas por debajo del helicóptero, a unos pocos metros de distancia, mientras dejaba una columna de humo y fuego por detrás.

Pyro Storm gruñó y pateó a Shadow Star en el pecho, arrojándolo peligrosamente hacia la cornisa del edificio. Antes de que Shadow Star pudiera reincorporarse, Pyro Storm giró el brazo como si formara un arco y una ola de fuego avanzó hacia Shadow Star y...

Shadow Star cayó por la cornisa del edificio.

Nick soltó el control remoto.

–Ah, no –susurró Rebecca Firestone.

–No –dijo Nick–. No, no, no. Está bien. Está *bien*.

Incluso Pyro Storm parecía confundido.

Se acercó lentamente al borde del edificio, con su capa meciéndose al viento por detrás. Nick sabía que, en cualquier momento, Shadow Star reaparecería y todo estaría bien. No se había caído, porque era un héroe y los héroes nunca se caían.

–Vamos –dijo Nick por lo bajo–. Vamos, vamos, *vamos*.

Pyro Storm se asomó por el borde del edificio.

La cámara se sacudió con fuerza cuando Rebecca Firestone gritó en el preciso momento en que Shadow Star reapareció por el borde de la azotea y estrelló sus pies contra el rostro de Pyro Storm. El villano cayó hacia atrás y Nick gritó, levantando los brazos sobre su cabeza de un modo triunfante. Shadow Star aterrizó en la azotea, agachado, con una mano apoyada en el suelo y la otra extendida hacia arriba por detrás.

Pyro Storm intentó levantarse, pero Shadow Star ya estaba en movimiento. Unas sombras empezaron a arrastrarse por la azotea y envolvieron las piernas y brazos de Pyro Storm, a quien sujetaron firme contra el suelo. Shadow Star se paró a un lado de Pyro Storm, quien gruñía furioso. El héroe se agachó hacia él y, si bien no se podía escuchar lo que le dijo, Nick sabía que Shadow Star probablemente le estaba explicando a Pyro Storm que debía alejarse del mal y usar sus poderes para el bien. Probablemente, Pyro Storm le estaba contestando que jamás haría semejante cosa, que él era un *villano* y que solo haría *cosas de villano*.

(Nick lo sabía porque había escrito una escena similar en el capítulo 34 de *Aquí es dónde quemamos la Tierra*. A veces, la ficción imitaba la realidad).

Entonces, Shadow Star se puso de pie y levantó las manos, hasta que las sombras que sostenían a Pyro Storm se disiparon. Extendió una mano para ayudarlo a ponerse de pie, pero el villano rechazó el gesto. Shadow Star sacudió la cabeza de lado a lado y dio un paso hacia atrás mientras Pyro Storm se levantaba solo.

Se quedaron ahí parados, mirándose fijo, hasta que Pyro Storm decidió marcharse como un cohete, con su capa meciéndose por detrás y el aire ardiendo a su alrededor.

Shadow Star lo miró por un momento y negó con la cabeza. Una vez más, giró hacia el helicóptero y saludó a la cámara. Luego saltó de la azotea y desapareció de la vista.

Nick miró a la pantalla, boquiabierto, incluso mientras Rebecca Firestone hablaba prácticamente sin aliento y decía que nunca había visto una pelea semejante. Y, si bien el daño a la propiedad era mínimo, parecía que las cosas estaban escalando.

—Tendré que averiguar si Shadow Star estará dispuesto a pronunciarse sobre este último ataque de Pyro Storm. Si así es, tendrán la primicia en este mismo canal. Aquí Rebecca Firestone para *Action news*.

9

Rebecca Firestone no habló con Shadow Star, ni siquiera en la última emisión de las diez.

Su papá le había enviado un mensaje para decirle que todo estaba bien.

Seth no le escribió nada.

✳✳✳

Cuando se abrió la puerta de entrada la mañana siguiente, Nick ya estaba bañado y vestido en la cocina, intentando descifrar cómo había quemado el pan si la tostadora estaba al mínimo. No se había distraído, no tanto, así que debía ser un problema de la tostadora.

Su papá parecía cansado y tenía su cinturón de trabajo suelto sobre su cintura. Nick notó que tenía unas ojeras muy marcadas bajo sus ojos y no paraba de bostezar cuando entró a la cocina, parpadeando repetidas veces mientras se acercaba a la cafetera que estaba programada para que empezara a funcionar a las cuatro de la mañana. Se sirvió un café descafeinado (sin leche ni azúcar, para el disgusto de Nick), tomó un sorbo y suspiró.

Luego vio que Nick estaba ahí.

Frunció el ceño.

Nick sonrió.

Miró el reloj y nuevamente a Nick. Vio el pan quemado en un plato y un tazón de avena con frutas sobre la mesa.

–Hola –dijo.

–Hola –contestó Nick, esbozando una amplia sonrisa.

–¿Qué hiciste?

–No hice nada –respondió Nick, frunciendo el ceño.

Su papá tomó otro sorbo de su líquido de la muerte.

–Estás despierto… y vestido… desde antes de que yo llegara. Prepararaste el desayuno…

–De nada, aunque el pan tostado se quemó y la avena está algo grumosa por razones de las que no quiero hablar.

–… y no recuerdo que esto haya pasado antes. Nunca.

–¿Acaso un hijo no puede hacer algo agradable por su padre trabajador sin que haya intereses ocultos?

Su papá esperó.

–Se llama ser altruista –insistió Nick y su papá soltó una risa ahogada.

–¿En serio?

–Sí, francamente, me ofende que pienses que haría algo lindo solo por razones inadecuadas. Aceptaré una disculpa cuando estés listo.

–Lo tendré en cuenta –dijo su papá–. ¿Pan tostado quemado y avena grumosa?

Nick se encogió de hombros.

–Podría haber sido peor. Y creo que es mejor que no hablemos de lo que les pasó a los huevos.

–Ah, ¿ese era el olor?

–Sí, aparentemente, no importa cuánto aceite uses, los huevos siempre se quedarán pegados. ¿Quién iba a saberlo? ¡Siéntate! ¡Relájate!

Su papá le hizo caso. Se sacó su cinturón de trabajo y lo apoyó sobre la mesada. Nick arrastró la silla y se sentó a un lado de él con los codos sobre la mesa. Lo miró, expectante.

Su papá se veía como si no quisiera reírse, pero fallaba miserablemente.

Revolvió la avena. No estaba tan grumosa como hacía un rato, para el alivio de Nick. Miró a su papá mientras le daba un bocado.

–¿Todo bien?

Su papá asintió.

–Bien. Gracias, muchacho.

–De nada.

Nick esperó porque eso era lo que debía hacer.

–¿Es por lo de ayer?

–Definitivamente, no. Soy adolescente. A veces, llegaré tarde y no podré evitarlo.

–Ajá. Intenta que no vuelva a pasar.

Nick le acercó el plato con rebanadas de pan tostado.

Su papá le dio un bocado. Estaba casi negra, pero no se ahogó, así que Nick se quedó más tranquilo.

Esperó a que terminara de tragar y le habló.

–Ahora que tuviste oportunidad de llegar a casa y relajarte, tengo una pregunta, si me lo permites.

–Y ahí está.

—Es solo una *pregunta*.

—¿Qué pasó con todo eso de ser altruista?

—La avena tiene fresas. Para mí eso ya es bastante desinteresado.

—Ah, cielos. —Se limpió la boca con una servilleta y se reclinó sobre la silla—. Está bien, dime.

Eso fue más fácil de lo que Nick esperaba.

—Pasaron… cosas. En Ciudad Nova, ayer.

—Ah, ¿sí? Creo que pasaron muchas cosas. Ciudad Nova es bastante grande.

Fastidioso, eso es lo que era. Era bueno, pero Nick era mejor.

—Definitivamente, pero no pude evitar notar que tuviste que ir a trabajar temprano ayer por la tarde, casi a la misma hora cuando estaban pasando estas cosas.

—Interesante.

—Bastante. Ahora, si yo fuera un hombre de apuestas…

—Ah, no sé si tanto. *Niño* de apuestas suena mejor.

—… *hombre de apuestas*, creería que esos dos eventos están relacionados.

—Parece bastante improbable.

—Soy el hijo de un policía —le recordó Nick—. Estoy bastante seguro de que sé cómo hacer deducciones que resulten correctas.

Su papá le esbozó una sonrisa cansada.

—Sí, así es. Está bien, te seguiré el juego. Digamos que yo estuve en cierto evento. ¿Qué quieres?

—Cinco preguntas y tienes que contestarlas todas con la verdad.

—Tres y yo decidiré cuáles contestar.

—*Cuatro* y si hay alguna que no puedes contestar porque hay una investigación en curso, puedes darme suficientes pistas para que lo descifre yo solo.

–Ninguna y vas a la escuela ahora mismo para asegurarte de que no tengamos que repetir lo de ayer.

Nick lo miró furioso.

–¿De verdad tenemos que hacer esto otra vez?

–Qué gracioso, estaba pensando exactamente lo mismo.

Tan. Fastidioso.

–No es divertido.

Su papá se encogió de hombros.

–Soy tu papá. Créeme cuando digo que tengo sentido del humor.

Nick levantó las manos.

–*Está bien*. Como aparentemente vivimos en la *China* comunista, lo haremos a tu modo.

–Vienes bien con historia, ¿eh?

Nick asintió.

–Estoy aprendiendo mucho. El primer examen es la próxima semana. Muy bien, viejito. ¿Estás listo?

–Andando.

Nick se inclinó hacia adelante con mucho entusiasmo.

–¿Lo viste?

Su papá bebió un sorbo de su café antes de responder. Era el peor.

–Sí.

–¿Le *hablaste*?

–No. Última pregunta.

Nick no podía creer que ya se estaba por terminar.

–Me gustaría renegociar los términos de nuestro acuerdo, si me lo permites.

–No te lo permito.

Maldito terco.

—Bueno, déjame pensar.

—Tienes treinta segundos.

Nick se quedó boquiabierto.

—Pero… sabes que no puedo… ¿por qué eres *así*?

—Para hacer que tu vida sea un infierno. Veinte segundos.

—Está bien, espera. Solo… *espera*. Déjame…

—Diez segundos.

—Oye, el tiempo *no* avanza tan rápido, mentiroso…

—Tres, dos, uno…

—¿Por qué crees que estaban peleando? —preguntó Nick abruptamente. Su papá parpadeó varias veces ya que no esperaba esa pregunta.

—¿Qué?

—No tiene sentido —continuó Nick—. Siempre fue… distinto. Era como si hubiera pasado algo y lo estuvieran llevando a otro nivel. Sí, ya pelearon antes, pero nunca con tanta *ira* como esta vez. ¿Por qué se estaban atacando con tanto odio?

Su padre se frotó la barbilla, pensativo.

—Sé tanto como tú. No sé qué se le pasa por la cabeza a un Extraordinario. Por un lado, está tu novio haciendo lo que puede…

—Él no es mi *novio*, cielo santo, ¿cómo puedes *decir* que…?

—… aunque sea una total molestia y, por otro lado, tienes al tipo del fuego que parece disfrutar generar caos por el simple hecho de hacerlo. Pero el amigo de las sombras y el tipo de fuego siempre fueron… ¿Qué? ¿Enemigos?

—Amigo de las sombras y el tipo de fuego —repitió Nick—. Es como si intentaras lastimarme. De verdad, ¿por qué mejor no me clavas un puñal en el corazón? Sería más sencillo.

—Sabes más de este tipo de cosas que yo —contestó su papá—. ¿Acaso no los acosas…? Ehm, quiero decir, ¿no *sigues* todo lo que hacen? ¿Obsesivamente? ¿Al punto que debería preocuparme más de lo que me preocupo?

–Un poco –confesó Nick–. Lo tengo bajo control. Te avisaré si llega al punto en que necesiten una orden de alejamiento en mi contra.

–Me alegra que lo entiendas.

–Pero, como decía, nunca fue así de intenso antes, ¿verdad? O sea, Pyro Storm no intenta *lastimar* a la gente de esa forma. En gran parte. Sí, una vez le prendió fuego el cabello a un tipo que intentaba tomarse una foto con él, pero lo apagó de inmediato. Además, el sujeto tenía una gran inseguridad por su calvicie creciente, así que, técnicamente, Pyro Storm le hizo un favor. Vive calvo y orgulloso, amigo.

–Quizás pasó algo que cambió las cosas –dijo su padre en voz baja–. La gente suele perder la cabeza bastante fácil. Cuando pierdes algo, Nicky, haces cosas que no creías que eras capaz.

Nick tragó saliva. Sabía lo que quería decir. Siempre había sido protector y servicial, pero uno de sus testigos le había dicho algo que no debía, en el momento incorrecto, y terminó con la nariz rota.

–Pero eso no significa que no puedas ser una buena persona, ¿verdad? Solo porque hayas hecho algo malo no significa que eso es lo que eres. Incluso si *sigues* haciendo lo mismo, todavía hay tiempo para salvarte. Quizás solo necesites a alguien que te escuche, alguien que entienda la tormenta que tienes en tu cabeza.

Su papá lo miró fijo y Nick intentó no sentirse incómodo.

–Sabes, si no tuvieras esta… *cosa* por Shadow Star, de verdad creería que tú eres él.

Se sentía agridulce escuchar que su papá creyera que él podía ser un Extraordinario, aunque no hubiera nada más alejado de la realidad.

—Sería todo un giro, ¿eh? Ni siquiera lo verías venir.

—Tienes razón —dijo su papá lentamente—. ¿Sabes algo, Nick? Puedes decirme si algo no está bien. Lo sabes, ¿verdad? Yo sé que fue… difícil, por un tiempo. Pero ya estamos mejor, ¿cierto? Puedes contar conmigo para lo que sea.

—Lo sé. —De verdad así lo sentía. En gran parte—. Y no sé nada más de lo que te conté —suspiró—. O sea, solo hablé con Shadow Star cuando me salvó aquella vez en… —Sintió las palabras apagándose en su boca. Se le erizó la piel por el miedo. Mierda, mierda, mierda, *mierda*…

Su padre entrecerró los ojos y se inclinó hacia adelante sobre la mesa.

—¿Qué? ¿Cómo que te *salvó*?

Nick hizo una mueca de dolor.

—Ehm, me refería a… ¿mi historia? ¿La que estoy escribiendo? ¿En mi cabeza?

Su papá golpeó la mesa con la mano y la hizo temblar. Nick se asustó cuando la cuchara se cayó del tazón de avena y rebotó sobre la mesa.

—Ya hablamos de esto. Me dijiste que no me mentirías. No otra vez.

—No es lo que parece, ¡lo juro! Yo no…

—Contéstame, ¿tuviste o no contacto con Shadow Star?

Ah, estaba furioso.

—No es la gran cosa —logró decir Nick, odiando el ardor que empezaba a sentir en sus ojos. Nunca había podido controlar sus emociones frente al enojo de su padre. Era muy raro verlo tan furioso, tanto que Nick probablemente podía contar las veces que había estado así con los dedos de una mano. Y, así y todo, esta era la segunda vez que su enojo estaba dirigido a él. La última vez había sido luego de la debacle de Owen. Odiaba la facilidad con la que se rompía—. Lo juro, papá. No fue…

Su papá cerró los ojos y respiró con pesadez por la nariz.

–Voy a darte una última oportunidad. Y eso es todo. Será mejor que la aproveches, Nick. O espera muchos cambios que no te gustarán.

El pecho de Nick subía y bajaba, mientras intentaba mantener la compostura. Su voz se quebró cuando volvió a hablar.

–No hice nada *malo*. Fue solo… el primer día de clases. Llegué tarde a casa porque me enviaron a detención…

–¿Qué?

Maldición. No había querido decir eso. Necesitaba armarse de valor y seguir.

–Estaba lloviendo y Gibby estaba conmigo y el tren se retrasó. Tomamos un atajo, ¿está bien? Eso es todo. Luego aparecieron estos tipos e intentaron robarnos, pero Shadow Star les pateó el trasero y todo terminó bien. Lo prometo. Eso es todo lo que ocurrió.

Su papá abrió los ojos bien en grande.

–¿Te *robaron* y nunca pensaste en decírmelo?

Nick se aferró a los bordes de la mesa.

–No quería que te preocuparas.

–En serio –espetó su papá–. ¿O no querías que me enterara que te metiste en problemas el primer día de clases?

–¡Eso tampoco fue mi culpa! ¡El señor Hanson me estaba censurando!

Su papá se puso de pie, empujando la silla hacia atrás.

–¡Ya *hablamos* de esto! Tienes que empezar a ser más responsable, Nick. No puedes culpar al resto por las cosas que tú haces. ¿Cómo diablos vas a crecer si sigues haciendo esa basura? ¿Estás intentando hacer que todo sea más difícil para nosotros?

Nick parpadeó rápido.

–Yo no…

Su papá empezó a caminar de un lado a otro, sus hombros tensos.

—Te pedí una sola cosa. Que este año fuera *diferente*. Que este año hicieras todo lo posible para ser mejor. Y lo único que veo es más de lo mismo.

—Lamento decepcionarte tanto —dijo Nick con amargura, secándose los ojos.

—Maldición, muchacho. Primero Owen y lo dejé pasar. Y ahora esto… Este *Shadow Star* y esta obsesión enfermiza que tienes con él. Te juro que no… ¿Por qué tienes que ser así? ¿Por qué tienes que ser como eres?

Nick conocía el poder de las palabras. Sabía que a veces cuando llegaban a su destino, explotaban con la fuerza desgarradora de una granada.

Nick escuchó lo que dijo su papá. Cada palabra. Explotaron a sus pies y desgarraron toda su piel. Pasó todo tan rápido. Estaban riendo hacía solo unos minutos. No sabía cómo había perdido el control de la conversación tan rápido.

Se puso de pie lentamente, con los ojos bien abiertos y conmocionados. Mantuvo la mirada sobre la mesa, sin poder mirar a su papá a los ojos. Ya no quería ver su expresión, ira mezclada con decepción, apuntada a él. Dolía. Todo dolía.

—Mierda —susurró su papá y agregó—: Mira, muchacho. No quise… No quise decir eso. Estoy cansado.

Nick asintió con dureza, pero continuó sin decir nada.

—Yo… —su papá sonaba frustrado—. Necesito que te comportes mejor. Necesito que *seas* mejor. ¿Puedes hacer eso? ¿Por mí?

Nick asintió una vez más.

—Oye, Nick. Mírame. Yo…

—Debo irme —dijo Nick con aspereza—. Llegaré tarde si no salgo ahora. Y odiaría decepcionarte de nuevo.

Su papá suspiró.

—Vamos, Nicky. ¿No puedes…? —Oyó a su papá dar un paso hacia él, pero Nick se alejó—. Está bien —dijo con firmeza—. Si eso es… Está bien.

Nick volteó y se marchó.

✳✳✳

Estaba en el tren, rodeado de gente, con la mirada perdida adelante cuando sonó su teléfono. Pensó en ignorarlo.

Pero lo sacó de su bolsillo.

Un mensaje de su PAPÁ.

Seriamente pensó en ignorarlo.

Pero quizás era para disculparse. Quizás le pediría perdón y le aclararía que no hablaba en serio, que estaba bien que fuera como era y no necesitaba ser distinto.

Abrió el mensaje.

Olvidaste tomar tu medicación. Llamé a la escuela. La enfermera te dará la píldora. Ve a verla después de clase.

Y eso era todo.

Nick borró el mensaje y apagó el teléfono, antes de guardarlo nuevamente en su bolsillo.

El vagón se meció suavemente bajo sus pies.

✳✳✳

No esperó a los demás en la estación. No quería ver a nadie todavía. No cuando su cabeza era un desastre, su piel se sentía demasiado tensa y era como si sus nervios lo estuvieran electrocutando. Sus pensamientos se disparaban en todas direcciones y no podía concentrarse. Golpeteó sus dedos sobre su cintura mientras caminaba.

✱✱✱

Cuando llegó a la escuela, fue directo a ver a la enfermera.

Lo estaba esperando con su píldora.

Le esbozó una sonrisa cuando se la dio junto con un pequeño vaso desechable de agua.

Nick la tomó y abrió la boca cuando ella se lo pidió.

—Que tengas un buen día —dijo la enfermera con un tono alegre.

✱✱✱

Gibby y Jazz estaban en la mesa del comedor cuando llegó Nick.

—Hola —dijo Jazz, levantando la vista hacia él—. Te extrañamos esta mañana.

—Lo siento —contestó Nick, con un tono de voz apagado—. Llegué muy temprano y no tenía ganas de esperar.

Gibby puso los ojos en blanco.

—La próxima vez avísanos. Casi llegamos tarde por esperarte.

—No lo pensé. Lo siento. —Miró a su alrededor—. ¿Dónde está Seth? ¿Y Owen?

—Seth nos escribió esta mañana —dijo Jazz, inclinando la cabeza hacia un lado—. Dijo que no se sentía bien y que se quedaría en su casa. Owen no tengo idea dónde está. Estoy segura de que vendrá cuando quiera.

—¿Está enfermo? —preguntó Nick—. Ayer estaba bien. —Cuando había besado a Nick en la mejilla y se había ido corriendo para ayudar a los animales por la inundación. Nick casi se había olvidado todo de lo que había ocurrido después de eso.

Gibby tosió.

—Deben haber sido esos gatos que tuvo que salvar, o algo de eso. Los gatos de la calle están llenos de cosas raras.

—¿Tiene una enfermedad de gatos? —preguntó Jazz—. Me pregunto si escupirá una bola de pelos.

Eso le sacó una risa a Nick.

—Ah, cielos, sería asqueroso. Y fabuloso.

Gibby presionó la mano de Jazz.

—No creo que funcione de ese modo, querida.

Jazz puso los ojos en blanco.

—Tú eres quien dijo que se enfermó por culpa de esos gatos callejeros.

—Lo sé y acepto toda la responsabilidad. Estoy segura de que está bien. Probablemente regrese mañana.

Nick se arrancó un trozo de piel de la uña.

—Iré a verlo después de la escuela. Para asegurarme de que no esté muriendo.

Gibby vaciló por un instante.

—¿Estás seguro de que es una buena idea? Puede ser contagioso.

—Ehm, soy de comer muchas naranjas.

—No recuerdo haberte visto comiendo naranjas desde que te conozco —agregó Jazz—. Hablando de eso, ¿por qué no estás comiendo?

Había salido tan apresurado de su casa que olvidó agarrar su almuerzo, ya que su papá deseaba que fuera diferente.

—Me olvidé mi almuerzo. Y se supone que le tengo que recordar a mi papá que me transfiera dinero a mi cuenta para el almuerzo, pero me olvidé.

–Yo te comparto –dijo Jazz–. Tengo pollo y una ensalada de aguacate con lima y cilantro. También tengo pan y aceite de oliva.

–Yo tengo una pizza fría y una manzana –agregó Gibby, mirando su propio almuerzo–. Debería ser más que suficiente para el día.

Nick se encogió de hombros.

–No tengo tanta hambre.

Jazz lo miró con los ojos entrecerrados.

–Comerás nuestra comida con nosotras, Nicky. Y te gustará.

–Está bien, está bien. ¿Por qué mejor no me tuerces el brazo? –Hizo una mueca de dolor–. Pensándolo bien, por favor, no lo hagas. Eres mucho más fuerte que yo.

–Siempre que lleguemos a un acuerdo –dijo con delicadeza, abriendo una servilleta sobre su regazo.

Gibby le entregó una porción de su pizza y Jazz le agregó un poco de pollo y aguacate por encima. Sabía horrible, pero lo hizo sentir un poco mejor.

–¿Ninguna tiene noticias de Owen?

Jazz negó con la cabeza.

–Pero no es raro, ¿verdad? No recuerdo haber recibido nunca un mensaje de él.

–Yo tampoco –agregó Gibby.

Nick frunció el ceño.

–A mí me escribe todo el tiempo.

Gibby puso los ojos en blanco.

–Eso es porque quiere chuparte la…

–No hace falta ser tan gráfica mientras comemos –advirtió Jazz.

–Ah, no sabía que éramos tan civilizados en esta mesa de metal rodeados de adolescentes gritones. Prometo no olvidarlo, *vuestra* majestad.

–Lo vi ayer –dijo Nick de repente–. Cuando llegué tarde a la escuela. Lo trajo su papá.

El tenedor de Jazz se detuvo a mitad de camino hacia su boca.

–¿Viste a Simon Burke? ¿Aquí?

–Sí y fue raro también. Estaban discutiendo. –Quizás no había sido *tan* raro. Nick había hecho exactamente lo mismo con *su* papá esa misma mañana, ¿cierto?–. No sé. Se veía intenso. Fuera lo que fuera, Owen me dijo que se tomaría el día. Supongo que decidió tomárselo hoy también.

Gibby soltó una risa.

–Y te pidió que te lo tomaras con él, ¿verdad?

–Sí, pero le dije que no. Yo… no soy así. Ya no.

–¿Simon Burke te vio? –preguntó Jazz y Nick negó con la cabeza.

–Creo que no. ¿Por qué?

–Es aterrador. Al menos, eso es lo que dice mi papá. Es bastante despiadado. Haría cualquier cosa para conseguir lo que quisiera. Yo lo conocí una vez, pero fue hace mucho tiempo. No fue muy agradable conmigo.

–Quizás hay que ser así para convertirse en un CEO súper rico –agregó Gibby–. Tienes que poder estrujar a los pequeñitos. Owen parece seguir su camino, ¿verdad?

–Oye –dijo Nick, sintiéndose extrañamente a la defensiva–. Owen no es *tan* malo –se detuvo un momento, considerando lo que acababa de decir–. Bueno, puede que sí, pero no es como su papá. Ese tipo me da escalofríos.

–Claro, Nicky, lo que digas. –Le dio una mordida a su pizza de pepperoni y aceitunas–. ¿Cómo viene la Fase dos?

La Fase dos estaba prácticamente enterrada bajo tierra, pero necesitaba mantener las esperanzas.

–No hay ningún meteoro que esté por caer en un futuro cercano.

Y creo que la mayoría de las centrales nucleares probablemente tengan guardias armados.

—Qué injusto —dijo Jazz—. ¿No saben que lo único que quieres es un poco de radiación?

Gracias a Dios por Jazz.

—Sí, ¿verdad? Tampoco es que vaya a lastimar a alguien.

—Solo a ti —agregó Gibby—. O sea, ¿qué tal si en lugar de darte poderes hace que se te caigan los dientes y se te derritan los párpados?

—No podrías parpadear —agregó Jazz—. Ni comer sólidos. Y probablemente tengas tumores por todo el cuerpo. No sé si querría que me vean en público con alguien que no tenga dientes ni párpados y esté lleno de tumores causados por una exposición voluntaria a la radiación. Tengo una reputación que mantener.

—Odio ser yo quien te lo diga —dijo Gibby—, pero tu reputación quedó bastante destruida cuando decidiste juntarte con nosotros. No estamos precisamente en la cima de la pirámide alimenticia. Ni siquiera sé si estamos *dentro* de esa pirámide.

—Somos más bien como las moscas que revolotean alrededor de los depredadores que están en la cima de la pirámide —agregó Nick.

—Supongo —contestó Jazz—. Pero creo que es mejor ser auténtica con una misma que falsa con todo el mundo —dijo y Nick se quedó boquiabierto—. ¿Qué? —preguntó.

Nick sacudió la cabeza.

—Es que… pff.

—¿Ese es un *pff* bueno?

—Ah sí, eres grandiosa. Suenas como una galleta de la fortuna.

Parecía agradecida.

—Ay, gracias. Me gustan esas galletas.

Gibby le esbozó una sonrisa.

—Es grandiosa, ¿verdad? —Miró a Nick—. Pero quizás sea para mejor todo esto de los meteoros y las centrales nucleares.

Bueno… sí, pero, igual.

—¿A qué te refieres?

Se encogió de hombros.

—Viste cómo pelearon Pyro Storm y Shadow Star anoche. No me digas que no lo viste. Encendiste el televisor apenas llegaste a tu casa. Y lamiste la pantalla, ¿verdad?

Nick frunció el ceño.

—¿Qué tiene que ver eso conmigo?

—Es peligroso —agregó Gibby con suavidad—. La forma en la que estaban peleando era simplemente… brutal. ¿Por qué quieres ser parte de eso?

—Pero no se *trata* de eso…

—Claro que sí. Quizás no todo, pero es una parte muy importante. Siempre habrá maldad entre tanto bien. No puedes ser un héroe sin tener un villano.

—Yo creo que puede —dijo Jazz—. Si alguien es capaz de hacerlo, ese es Nick. Probablemente termine siendo el mejor Extraordinario que haya existido.

—*Gracias*, Jazz —dijo Nick, mirando a Gibby con arrogancia—. Es agradable saber que al menos una persona está de mi lado.

Gibby sacudió la cabeza.

—No lo tomes a mal, ¿está bien? Pero no eres conocido por tu capacidad de terminar lo que empiezas.

Nick se resintió.

—¿Qué *rayos* significa eso?

—Lo tomó mal —le susurró Jazz a Gibby, pero ella la ignoró.

–Significa que cuando tienes una idea en la cabeza, haces todo lo posible para cumplirla, pero luego te distraes con algo completamente diferente y nunca la terminas. No es algo malo. Es solo parte de quién eres.

Sabía que no se lo estaba diciendo de mal modo. Sabía que no intentaba lastimarlo. Lo *sabía*. Pero la voz de su papá aún resonaba en sus oídos por la pelea de esa mañana y *casi* sonaba como si Gibby estuviera repitiendo lo que él le había dicho. Y no era justo.

–Yo puedo hacer cosas –contestó Nick repentinamente.

Gibby levantó las manos.

–Guau, nunca dije que no. Lo que digo es…

–Yo puedo hacer *cualquier cosa* que me proponga.

–Lo sé…

–No me gusta que digas que no. No me gusta que la gente piense que no soy capaz de nada. Porque *sí*. Ya sé que hablo mucho y ya sé que mi cerebro me hace decir o hacer cosas que la gente no siempre entiende, pero eso no significa que las cosas que quiero sean menos importantes.

Jazz y Gibby parecían desconcertadas.

–¿Lo… siento? –dijo Gibby–. No tenía intenciones de decirte nada malo. Solo era…

Jazz no fue precisamente sutil cuando la empujó con el codo.

–¿Estás bien, Nick? Te ves un poco molesto hoy. Más gruñón que de costumbre. –Le mostró los dientes y formó una garra con su mano–. *Grr*.

Nick deseaba que Seth estuviera ahí. Incluso aunque lo haya besado la mejilla y plantado una gran confusión en su interior, Seth sabría qué decir para hacerlo sentir mejor. A veces, cuando Nick se frustraba tanto que olvidaba cómo formar palabras, Seth salía al frente y hablaba por él y todo volvía a la normalidad. Ese era su superpoder. Era el Encantador de Nick. De todos los días, tenía que elegir este para enfermarse.

—Estoy bien —dijo Nick, esbozando una sonrisa que se sentía bastante forzada—. Estoy cansado, eso es todo.

Jazz frunció el ceño.

—Tienes que cuidarte.

—Eso intento. —Miró a Gibby y, como sabía que ella no era el tipo de persona que cambiaba de opinión, la miró fijo a los ojos—. Puedo hacerlo —dijo Nick—. No tienes que ayudarme si no quieres. Y está bien. Pero yo sé que puedo ser más de lo que soy. Puedo ser mejor. Algo más.

Parecía aterrada.

—¿Por qué tienes que *ser* un Extraordinario para ser mejor? ¿Por qué no puedes simplemente ser extraordinario con lo que ya tienes?

Nick no quería oírlo. Gibby no entendía.

—Permíteme tener esto, ¿okey? No pido mucho, solo esto.

Gibby asintió, aunque no parecía feliz.

—Está bien, Nicky. Sí, claro. O sea, lo que quieras, ¿sí? Te apoyo.

—Bien —dijo—. Porque la Fase tres empezará pronto y estoy seguro de que funcionará. Tiene que funcionar. Voy a convertirme en algo que Ciudad Nova jamás vio.

¿Y si en el proceso demostraba que todos estaban equivocados?

Bueno, entonces estaría bien.

✳ ✳ ✳

Estaba yendo a su clase cuando sacó el teléfono de su bolsillo. Tenía algunos mensajes de Jazz y Gibby de esa mañana, preguntándole en dónde estaba y si estaba llegando tarde. Tenía un mensaje de Seth en su grupo en el que les avisaba que estaba enfermo. Jazz y Gibby le desearon que se mejorara pronto.

Su papá no le había escrito nada. Eso dolía, pero hizo a un lado la sensación.

Abrió el chat que tenía con Seth.

¿Estás enfermo?

La respuesta llegó casi de inmediato. **Sí. Nada malo. Solo un resfriado. ¿Tú bien? Gibby y Jazz me dijeron que no apareciste esta mañana.**

Bien. Llegué temprano. ¿Estás seguro de que no te contagiaste nada de esos gatos callejeros?

¿Qué? ¿De qué estás hablando? ¿Qué gatos?

Los que ayudaste ayer con la inundación. Casi agrega: *"Luego de que me besaras la mejilla"*, pero no lo hizo. Una cosa a la vez.

No, Nick. No me contagié nada de los gatos.

Gracias, Jebús. No puedes morir.

No lo haré. No hace falta que vengas. Te veo mañana.

Genial. ¡Hasta mañana!

¿No hace falta que vengas? Eso definitivamente sonaba como una invitación.

10

Bob y Martha Gray vivían en un vecindario antiguo de casas rojizas encantadoras muy bien cuidadas. Bob era el hermano del padre de Seth y, luego de que él y su madre murieran, Bob y su esposa, Martha, se hicieron cargo de él y armaron un hogar para su sobrino. Ellos nunca tuvieron hijos, pero tenían lugar en su casa y en sus corazones, por lo que Seth pudo tener un lugar donde pasar el duelo y crecer. Martha era una enfermera retirada y Bob trabajaba como conserje en un edificio de viviendas en el centro, su vida como agente de tránsito había quedado varios años atrás. Nick conocía su casa tan bien como la suya, aunque hacía mucho tiempo que no la visitaba.

La calle estaba delineada con árboles, cuyas hojas estaban cambiando de verde a dorado. El aire se sentía fresco y los cláxones de algunos autos sonaban ni bien las luces del semáforo cambiaba. Una patrulla pasó por la calle, pero Nick la ignoró. Su papá todavía no le había escrito.

Lidiaría con eso más tarde.

Subió la escalinata de la casa de los Gray y tocó el timbre. Hacía mucho tiempo, Martha le había dicho que pasara cuando quisiera, pero esta vez debía dar una buena impresión.

Habían ido al funeral de su madre. Bob se había puesto un traje que le quedaba pequeño por su cuerpo en eterna expansión y Martha lo había abrazado tan fuerte que casi le rompe los huesos. No le dijo que lo lamentaba ni que todo estaría bien. Nick habría gritado si hubiera hecho eso; lo había escuchado incontables veces en el día. En su lugar, mientras Seth estaba parado a su lado, tomándolo de la mano, le susurró que, si alguna vez necesitaba escapar, podía pasar por su casa y ella lo ayudaría con lo que necesitara.

Nunca se había olvidado de eso, incluso durante los meses nebulosos cuando Antes se convirtió en Después.

Oyó las campanillas familiares del timbre y dio un paso hacia atrás para esperar. Bob probablemente seguía en el trabajo y Seth en su habitación, tapado hasta la cabeza con sus mantas y rodeado de cientos de pañuelitos desechables en el suelo junto a su cama.

Podía ver la silueta de alguien que se acercaba al otro lado de la ventana de la puerta. Se obligó a sonreír cuando la puerta se abrió.

Martha se quedó atónita cuando lo vio, pero fue breve y no estaba seguro de que hubiera ocurrido, ya que de inmediato esbozó una amplia sonrisa.

—¡Nick! Vaya qué *sorpresa*. ¿Qué haces aquí? ¿No deberías estar en la escuela?

—Hola, señora Gray. Vine a ver a Seth, me enteré de que estaba enfermo. Y ya son las tres y media de la tarde. Las clases terminaron hace casi una hora.

Su sonrisa se agrandó más.

—*Claro* que son las tres y media y las clases ya terminaron. Vaya, debo haber perdido la noción del tiempo. ¡Pasa! *Pasa*, querido, y déjame mirarte. Hace mucho que no veo esa cara.

Ni siquiera tuvo tiempo de responder antes de que lo sujetara del brazo y lo arrastrara hacia el interior de su casa. Enseguida cerró la puerta con fuerza.

—Sí —dijo, hablando fuerte, casi como si estuviera gritando—. Pasó *mucho tiempo* desde que *Nicholas Bell vino a esta casa.* ¡Y *justo* en este momento!

Nick inclinó la cabeza hacia un lado.

—¿Está bien?

—Sí, querido, muy bien —dijo con una voz estruendosa mientras avanzaba hacia la cocina—. ¡Vamos! Ven, aunque hayan pasado *meses* desde la última vez que viniste aquí, *Nick*, espero que te sigan gustando mis galletas de mantequilla de maní, ¿no? Bueno, resulta que *ayer* preparé algunas y deberíamos asegurarnos de que comas seis o siete antes de que *subas* a ver a Seth, pobrecito.

—Ehm, ¿claro? —dijo Nick—. Es mucho más fuerte de lo que creía, para alguien de su edad. Sin ofender.

—No te preocupes —dijo, mirándolo con una sonrisa. Las arrugas que rodeaban a sus ojos se profundizaron—. Solía levantar pacientes que tenían por lo menos tres veces tu tamaño. Se ve que gané algunos músculos. Hablando de eso, te ves muy delgado. Quizás sea mejor que comas diez galletas antes de subir a ver a *Seth*.

Nick hizo una mueca de dolor cuando gritó esa última palabra.

La cocina era tan acogedora como la recordaba, pequeña y ordenada. Martha y Bob habían vivido en esa misma casa desde que se casaron hacía más de treinta años. Cuando Nick le preguntó por qué no habían tenido hijos antes de Seth, Martha le contestó que no debía preguntarle eso a otras personas porque podría ser un tema sensible, pero en su caso, la vida siempre parecía encontrar su camino. Pero luego agregó que, quizás alguien en algún lugar, sabía que Seth necesitaría un hogar algún día y esa era razón suficiente para ella.

Sentó a Nick en una mesa larga en la que se había sentado muchas veces, la vasija con flores otoñales en el medio se sacudió, pero no se cayó.

—Muy bien —dijo la señora Gray—. ¿Estás cómodo? Bien. Ahora bien, nadie puede comer al menos diez galletas de mantequilla de maní sin un vaso de…

Se oyó un golpe fuerte que provino desde algún lugar por debajo.

Nick miró al suelo.

—¿Hay alguien en el sótano?

Martha rio un poco salvajemente.

—¡Claro que no! Seth está arriba, enfermo, y Bob está reparando una tubería rota en el edificio donde trabaja.

—Ehm, ¿entonces qué fue ese ruido?

—Yo no escuché nada…

Otro golpe y, esta vez, el suelo tembló.

—Ah —dijo Martha. Volteó hacia el recipiente de galletas con forma de pato que había encontrado en un mercado de pulgas en 1978 o eso es lo que le había dicho a Nick. Con mucho orgullo también—. *Eso*. Eso es… la lavadora. Esa máquina espantosa. Necesita una…. válvula de… filtración… nueva. Sí, una válvula de filtración nueva. Bob intentará repararla en cuanto llegue a casa. De hecho, cuando termine con la tubería rota en el departamento, iría a comprar una…

Se sintieron varias pisadas en la escalera del sótano.

Luego la puerta se abrió.

Y se cerró de golpe.

Luego más pisadas por la escalera hacia el primer piso.

Otra puerta cerrándose.

Martha volteó con un plato repleto de galletas de mantequilla de maní apiladas.

—¡Nuestra casa está embrujada! —exclamó con mucho entusiasmo—. Quién iba a pensarlo.

—Embrujada —repitió Nick lentamente, mientras tomaba una galleta del plato que ella había colocado delante de él—. Entonces… ¿hay un fantasma?

Asintió y su cabello blanco cayó sobre su rostro, mientras regresaba al refrigerador para servirle un vaso de leche.

—Ah, sí. Hicimos un poco de investigación y todo. Aparentemente, toda la manzana solía ser un… manicomio… para enfermos… con tuberculosis. Sí, *exacto*. La gente que tenía tuberculosis, se volvía loca y luego *moría*. Justo ahí donde estás sentado. Y ahora sus espíritus han despertado por razones que debo investigar y aquí estamos. ¿No es fabuloso? Cómete la galleta.

Nick la miró fijo.

Apoyó un vaso de leche frente a él y esperó.

Finalmente, Nick respiró.

—Guau. ¿Era un manicomio para personas con tuberculosis y ahora hay *fantasmas*? ¿Por qué Seth nunca me *contó* nada sobre eso? ¿No sabe lo que significa? Dios, tendré que buscar información cuando llegue a casa. Debemos averiguar quién está enterrado aquí para poder echar sal y quemar sus huesos, así su espíritu puede descansar en paz. Y si es maligno, ¡debemos contratar a un médium!

–Exacto –dijo Martha, dándole una palmada sobre el dorso de la mano–. Tú encárgate de eso. Cómete otra galleta. De hecho, insistiré con que comas todas las galletas que están en el plato antes de subir.

–Pero son como veinte galletas.

–Entonces será mejor que empieces –dijo con un tono juguetón–. Y, mientras comes todo eso, puedes contarme qué has estado haciendo cada día desde la última vez que te vi. Y quiero detalles. Sabes que me encantan los detalles.

–Pero son… muchos días. No nos vemos desde…

–El veintidós de mayo –agregó Martha–. Cuando tú y ese niño se separaron y viniste aquí llorando y yo te preparé un sándwich de queso fundido y una sopa de tomate como cuando tenías diez años.

–No *lloré* –murmuró Nick con la boca llena de galletas de mantequilla de maní.

–Ah, disculpa –dijo–. Tenías el rostro mojado por una lluvia invisible. Quiero que me cuentes lo que pasó todos los días, Nicky. Y sabré si te salteaste uno.

∗ ∗ ∗

Para cuando Nick logró escapar y subir a la habitación de Seth, se sentía más lleno que lo que jamás se había sentido en su vida. Había llegado al dos de julio y había comido dieciocho galletas cuando Martha lo interrumpió abruptamente y le dijo que ya podía subir. Si sirvió de algo fue para confirmarle que tenía una gran memoria y la capacidad física de comer una cantidad absurda de galletas. Ambas eran cosas buenas.

La vieja escalera de madera crujió bajo sus pies, mientras su mano se deslizaba por el barandal. La pared a su derecha estaba cubierta con retratos de todo tipo: Bob y Martha con cabello largo y pantalones anchos, Bob y Martha de vacaciones frente a una bola de heno gigante, Bob y Martha y un Seth pequeño en el parque con nieve a su alrededor.

Y también estaba Nick en alguna que otra foto. Nick y Seth en un fuerte de sábanas, Nick y Seth disfrazados de Jean Grey y Wolverine (Nick tenía *nueve* años, ¿okey?), Nick y Seth en un muelle con algodones de azúcar rosados casi tan grandes como ellos. Nick y Seth sentados frente al televisor, hombro con hombro, Nick con la cabeza hacia atrás riendo y Seth sonriendo en silencio.

Era la prueba física de una buena vida, una pared llena de momentos compartidos, algunos que Nick había olvidado.

Y, como siempre, Nick se detuvo cerca del final de la escalera frente a una fotografía en particular. Tenía el marco viejo y algo desgastado, y el vidrio tenía una rajadura pequeña en la esquina derecha. Las personas en la foto se veían algo borrosas y fuera de foco, pero le recordaba a su foto con su madre cerca del faro.

En esta, Seth tenía cuatro años y estaba sentado sobre los hombros de un hombre delgado con gafas y algunas entradas de calvicie. Tenía las manos sobre los tobillos de Seth y él levantaba las suyas por el aire, formando dos puños diminutos. A un lado del hombre, había una mujer que miraba a Seth con una sonrisa que Nick veía en él una y otra vez.

Nick no había llegado a conocer a esas dos personas. Habían fallecido mucho antes del día del columpio y Seth tenía muy pocos recuerdos de ellos, pero los atesoraba como un dragón a su oro. Nick conocía algunos, pero no todos. No importaba. Sabía que, a veces había cosas que necesitaban mantenerse ocultas en las sombras porque si quedaban expuestas a mucha luz, se desvanecerían.

Se preguntó si Seth hablaba con ellos como Nick hablaba con su madre.

Siguió avanzando.

Había tres puertas en el pasillo de arriba. La puerta de la derecha llevaba al único baño de la casa. La puerta de la izquierda era la habitación de Martha y Bob, completamente de madera y con algunos adornos de tela de encaje, para la consternación de Bob.

La última puerta al final del pasillo tenía un letrero bastante maltratado. HABITACIÓN DE SETH.

Llamó a la puerta.

–¡Adelante! –exclamó una voz ronca desde el otro lado.

Nick frunció el ceño y sacudió la cabeza de un lado a otro antes de abrir la puerta.

Del techo colgaba un modelo a escala del biplano amarillo Curtiss JN-4 de 1918. Su hélice estaba rota, el aporte de Nick a un proyecto que había empezado bien, pero que lo había aburrido hasta el borde de la locura. No era porque no quisiera quedarse sentado durante seis horas armando un avión a escala, sino simplemente porque no tenía la capacidad para hacerlo. Así que, cuando ya habían pasado tres horas, estaba tan inquieto que rompió por accidente la hélice, el sonido al quebrarse lo hizo mirar sus manos en completo terror. Pero Seth solo se encogió de hombros y dijo que ahora el avión luciría como si hubiera estado en la guerra, lo que lo hacía mejor.

Así de bueno era Seth.

Había estantes con cientos de libros, la mayoría libros que Nick jamás había tocado y nunca leería. Sin embargo, también tenía un estante lleno de novelas gráficas y pilas de historietas que Nick le había regalado. Y Seth leyó cada una de ellas con dedicación. O, al menos, intentaba hacerlo, pero Nick se entusiasmaba tanto cuando veía una historieta en las manos de su mejor amigo que se sentaba a su lado y le señalaba cada viñeta por detrás y le contaba la historia completa para que Seth no se perdiera. Al principio, le preocupaba que no le gustaran (o peor, que pensara que eran *estúpidas*), pero eso nunca ocurrió. Se pasaban horas hablando de héroes y villanos, y no tenía problema en dejar que Nick hablara sobre lo *grandiosa* que era Tormenta o lo violento que podía ser Venom.

Ahora era todo diferente, desde que aparecieron Shadow Star y Pyro Storm. Ellos eran historietas hechas realidad, ahí mismo en su ciudad. Nick ya conocía a los Extraordinarios, pero eran más bien leyendas de lugares muy lejanos. No fue sino hasta que vio con sus propios ojos a Pyro Storm volando o a Shadow Star trepando por la pared de un edificio que entendió lo asombrosos que podían ser. Luego de que Guardián desapareciera por razones desconocidas años atrás, la idea de los *Extraordinarios* había sido algo que los ciudadanos de Ciudad Nova solo veían en televisión o en sus computadoras. Era fácil pensar que eran casi ficticios. No fue sino hasta que Pyro Storm y Shadow Star se revelaron a sí mismos que los Extraordinarios empezaron a importarles a la gente.

Cuando Nick se convirtiera en un Extraordinario y uniera fuerzas con Shadow Star, quizás alguien escribiría una historieta sobre él, repleta de viñetas coloridas con *¡POW!* y *¡BAM!* y actos heroicos contra las fuerzas del mal.

Hizo una nota mental para preparar sus negociaciones con Marvel, DC y Vertigo cuando consiguiera sus poderes. Después de todo, debía expandir su marca. Historietas, series y películas. Esperaba que contrataran a alguien con lindos abdominales para que lo interpretara a él. Le parecía que era lo correcto, aunque sería una libertad creativa.

Seth estaba acostado en la cama entre dos almohadas. Tenía la manta hasta la barbilla y miraba a Nick con los ojos bien abiertos. Tenía un poco de sudor en la frente.

—¡Hola! —dijo con una voz chillona. Tosió. Luego, agregó con una voz más ronca—. Hola.

—Hola —respondió Nick, cerrando la puerta—. ¿Te estás muriendo?

—Ehm. ¿No?

—Qué bueno —dijo Nick, soltando su mochila en el suelo—. Porque Martha me contó que hay fantasmas aquí y realmente apestaría si te mueres y quedas atrapado como ellos. No sé cómo me sentiría si debo echarles sal a tus huesos y quemarlos.

Seth lo miró con los ojos entrecerrados.

—¿Fan…tasmas?

—Sí, *fantasmas* —repitió Nick, frunciendo el ceño—. Hablando de eso, no puedo creer que no me hayas contado que tu casa solía ser un manicomio para pacientes con tuberculosis y que ahora está embrujada. Es la clase de información que le tienes que contar a tu mejor amigo.

—¿Un manicomio… para pacientes… con tuberculosis?

El resfriado debió haberle afectado el cerebro. Sonaba como si no entendiera nada de lo que Nick decía.

—Sí —contestó Nick lentamente—. Un manicomio para pacientes con tuberculosis. Tu tía me lo acaba de contar. ¿No escuchaste las pisadas en la escalera y la puerta que se cerró de golpe? —preguntó y miró a su alrededor, aterrado—. Ah, por Dios, ¿está aquí?

—*Ah* —dijo Seth—. Cierto. ¡Los fantasmas! Lo siento, creí que estabas hablando de otra cosa. Esta gripe, amigo, me está dejando muy atontado.

—Creí que era solo un resfriado.

Seth asintió furiosamente.

—Sí, cierto, un resfriado. Es exactamente lo que quise decir. —Tosió con aspereza—. Ah, cielos, es tan grave. Estoy tan enfermo. Deberías irte porque es muy contagiosa y no quiero que te enfermes.

—Comí naranjas —contestó Nick, sentándose al borde de la cama. Seth apartó los pies para hacer espacio.

—No recuerdo haberte visto comer naranjas antes.

—¿Por qué todos dicen eso? —preguntó Nick en voz alta—. Yo como frutas, sabes. O sea, no *todo* el tiempo, pero como.

—¿Cuándo fue la última vez que comiste una naranja?

Nick no recordaba haber comido una naranja en los últimos tres años.

—Esta mañana. Así que estoy lleno de vitamina C y, por lo tanto, soy inmune a tu enfermedad.

—Bueno, más vale prevenir que curar —dijo Seth, tapándose aún más con su manta—. Probablemente sea mejor que vuelvas a tu casa y hablemos por teléfono.

Nick se encogió de hombros.

—Pero ya estoy aquí. Y si me vas a contagiar, ya es tarde.

Seth suspiró.

—¿Estás bien? Estás actuando raro.

—Estoy bien —contestó Seth—. Es solo que, ya sabes. Los remedios y todo eso. —Tosió nuevamente.

Seth necesitaba cuidarse más.

—¿Quieres que te traiga algo? Iba a traerte una sopa, pero no tenía dinero, así que no lo hice.

—La intención es lo que cuenta, supongo.

—¿Verdad? De nada.

—Eres puro corazón, Nicky.

Y Nick abrió la boca para decir algo sobre lo aburrido que había sido el día o que había peleado con su padre, o quizás sobre cómo Shadow Star y Pyro Storm habían peleado la noche anterior. Podría haber dicho varias cosas. Pero su boca fue interceptada por la parte rebelde de su cerebro y dijo:

—Me besaste en la mejilla ayer.

Seth abrió los ojos bien grandes desde debajo de su manta.

—Ah... ¿sí?

—Guau —suspiró Nick—. *No* quería hablar de eso. Honestamente, tenía pensado hacerlo recién dentro de cinco o seis semanas.

—Y, aun así, ahí está.

—¿Verdad? Soy más valiente de lo que creí. —Esbozó una sonrisa—. Voy a ser un gran Extraordinario.

—Es raro que no me parezca raro seguir tu línea de pensamiento.

—Eres fluido en el idioma Nick, supongo.

—Años de práctica.

Nick estaba a punto de estallar.

—Bueno, ¡el beso! ¡Tenemos que hablar del beso!

Seth hizo una mueca de incomodidad.

—Preferiría que no, si no te molesta.

Nick le dio una palmada a su pie debajo de la manta. Se sintió como si llevara puesta una bota. Pero de seguro era solo la cobija. Seth nunca usaría botas en la cama. Sería ridículo.

—Demasiado tarde. Ya estamos hablando de eso.

—No fue la gran cosa.

Al oír eso, Nick sintió un nudo en el estómago que era casi como una decepción.

—Ah.

—O sea, los amigos hacen eso todo el tiempo.

—Ah, ¿sí?

Seth se encogió de hombros.

—Sí, leí que sí.

—¿Qué? ¿Dónde?

Seth estaba sudando cada vez más.

—En Internet.

—¿Dónde encontraste eso? —exigió Nick—. ¡Intenté buscarlo y lo único que encontré fueron cuestionarios sobre mi desempeño en la cama que definitivamente no hice! —Hizo tres. Según uno de ellos, era una mujer moderna de día y una tigresa en la cama de noche. No sabía qué hacer con esa información. Los tigres estaban bien y todo, pero no creía tener la actitud de una mujer moderna.

Seth bajó un poco su manta.

—¿Por qué buscaste eso?

Nick se quedó en blanco.

—Ehm, por razones para nada relacionadas con el tema en cuestión.

—¿En serio?

—Sí —contestó Nick, a la defensiva. Su piel se sentía cada vez más cálida y se preguntaba si ya se había contagiado—. Sabes que me gusta buscar cosas. Es algo mío.

Seth lo miró de un modo extraño. Si Nick no lo conociera, creería que Seth parecía casi… esperanzado.

—Yo solo… no sé. Sentía que era lo que debía hacer. Me iba a enfrentar a… toda esa inundación y no quería hacerlo sin despedirme de ti.

—Toda esa inundación —repitió Nick.

—Sí.

—Y por eso me besaste.

—En la *mejilla*. Estás actuando como si te hubiera metido la lengua en…

—Oye —susurró Nick—. No estoy actuando *para nada* de esa forma.

Luego Nick tuvo un pensamiento que lo hizo fruncir el ceño.

—¿Andas por ahí besando a mucha gente?

–¿Qué? ¡No!

–¿Qué pasó con tu novia y/o novio secreto?

Seth soltó un quejido.

–No tengo ninguna novia y/o novio secreto. ¿Cuántas veces tengo que decírtelo?

–Muchas –contestó Nick–. Porque no te creo. Ya sé que a veces puedo ser bastante tonto, pero no esperes que me crea que estuviste haciendo un voluntariado en el refugio de animales *todo el verano*.

–Es verdad. ¡Necesitaban voluntarios y debía hacer mi parte! –dijo Seth.

–Por los animales.

–Exacto.

Nick estaba empezando a molestarse.

–Pero ¿por qué? Es decir, entiendo que es lo correcto porque los gatos y los perros son geniales, pero ¿te necesitan ahí todo el tiempo? ¿Tuvieron un problema de inundación y al único que llamaron es a ti? Es como si fueran tus dueños. –Luego Nick tuvo otro pensamiento–. ¿Son tus dueños? ¿Eres parte de una especie de mafia que controla los refugios de la Sociedad para la Prevención de la Crueldad contra los Animales? ¿Te están vigilando? ¿Nos están *escuchando ahora mismo*? –Levantó la vista hacia el biplano, ya que era el lugar perfecto para ocultar un micrófono.

–Ah, por Dios. ¿Cómo rayos pasaste de un voluntariado a la mafia?

–Es mejor no hacerse esas preguntas –contestó Nick–. Y acabo de notar que no lo negaste. Si quieres que te llevemos a un escondite, tose una vez. De hecho, no tengo ningún escondite en mente, pero tengo cuarenta dólares en billetes de un dólar debajo de mi colchón, creo que será suficiente para alquilar uno de esos hoteles en el centro que se alquilan por hora.

–Nicky, no hay ninguna mafia.

–Quizás eso es lo que quieren que…

–Nick –dijo Seth entre dientes y eso hizo que Nick se callara. Porque Seth, por más tolerante y maravilloso que fuera, parecía exasperado. Nick ya había visto esa expresión antes, pero nunca en él. La había visto en los profesores. En otros niños. En extraños. Era *la* mirada. Como si Nick hubiera hablado mucho. O hubiera ido demasiado lejos. O hubiera dicho algo estúpido, loco y *descabellado* que era imposible entender cómo semejantes palabras podían salir de una persona cuerda y normal. Sí, muchas personas le habían lanzado esa mirada en su vida, pero nunca alguien que él quería.

Hasta este día.

Su papá. Seth. Las dos personas más importantes para él.

No sabía cómo manejar eso. Le dolía de maneras que no había anticipado. No lo podía evitar y quizás esa era parte del problema. Quizás hacía demasiado escándalo por todo. Y quizás, solo quizás, Seth se estaba cansando.

–Ehm –dijo Nick, inseguro sobre qué hacer. Le temblaban las manos, así que decidió frotarlas sobre sus jeans–. No quise…

Seth resopló.

–Sea lo que sea que tengas en la cabeza ahora mismo, tienes que detenerlo. No está mal.

Y eso era exactamente lo que alguien diría cuando algo *sí* estaba mal.

–Quizás deba volver a mi casa –eso sonaba bien. Podría volver a su casa y encerrarse en su habitación. Podría hacer la tarea y ser un buen hijo y, quizás, cuando Seth se sintiera mejor, podrían olvidar todo esto.

No debería haber comido tantas galletas.

–No *quiero* que tú… –empezó a decir Seth y se sentó en la cama. Al hacerlo, la manta cayó hasta su pecho. Tenía puesta una camiseta blanca y, por un momento, Nick se distrajo por lo fuerte que se veía su pecho, lo marcadas que estaban sus clavículas, hasta que vio que tenía un golpe en el cuello, una mancha morada que casi parecía...

—¿Eso es un chupón? —preguntó Nick, con una voz aguda.

Seth se tapó rápidamente el golpe con una mano, pero era tan grande que los bordes aún se asomaban por debajo de sus dedos. Alguien le había pegado su enorme boca allí o estaba herido, por alguna razón.

—No es un chupón.

—¿Qué te pasó? ¿Estás bien? ¿Te duele? ¿Puedo tocarlo?

Seth se sonrojó.

—No puedes tocarlo... Está bien. No es nada. Es solo... un golpe. Me lo hice en el sótano.

Nick asintió con solemnidad.

—Con la lavadora. Tu tía me contó que está descompuesta.

—Sí, exacto. Estaba intentando repararla. El motor está roto.

—Creí que era la válvula de filtración.

—Ehm. Sí, eso quise decir. La válvula está rota.

—Ah.

Seth suspiró una vez más.

—Nick, mira. No hay ninguna mafia de refugios de animales. No tengo ninguna novia y/o novio secreto —hizo una pausa por un momento, respiró profundo y agregó—: Y lamento haberte besado en la mejilla. Yo... no debería haberlo hecho. Ya sé que tú no...

—Está bien —contestó Nick enseguida, ya que no quería que Seth se arrepintiera por *completo*. ¿Cierto? Cierto—. Es solo que... me sorprendió. Eso es todo. Ya sabes. Tú nunca habías hecho eso.

Seth bajó la vista hacia sus manos.

—Bueno, quizás nunca tuve un motivo para hacerlo.

Nick sentía que estaba ardiendo.

—¿Y ahora sí?

Seth se encogió de hombros.

—Hay… cosas sobre mí. Cosas que no te he contado. No porque no confíe en ti, sino porque quiero… No sé cómo me verías. Después.

—¿Qué cosas?

—No lo entenderías.

Eso casi sonaba como un insulto, pero Nick contuvo el dolor en su expresión.

—¿Por qué?

Seth levantó el rostro con una expresión feroz. Le resultaba familiar, aunque Nick no podía hallar por qué.

—Tienes esta… idea sobre lo que significa ser un Extraordinario. Crees que es un don, algo que resolverá todos tus problemas. Pero no es así. No tienes idea de lo que les hace a las personas y lo fácil que sería simplemente dejar que todo siga su rumbo. Tan solo dejar que las cosas malas sucedan. Pero no puedes.

—Yo nunca haría eso —espetó Nick—. Cuando me convierta en un Extraordinario, haré el bien. Para *todos*. Nunca querría dejar de serlo.

Seth rio con amargura.

—Lo dices ahora. Solo espera a que…

—Ya sé que tú nunca quisiste esto —dijo Nick, poniéndose de pie. Su cabeza casi golpea el biplano—. No tanto como yo. Y eso está bien. Es tu elección. Esta es la mía.

—¿Por qué? ¿Por qué quieres esto?

Nick negó con la cabeza.

—Ya te lo dije.

—Sí, por Shadow Star. Porque crees que es esta persona que construiste en tu cabeza. Pero ¿qué tal si no se parece en nada a cómo te lo imaginas? ¿Qué tal si lo que encuentres te decepciona?

—No —dijo Nick, dando un paso hacia atrás—. No... Está bien, *antes* era por eso. Y quizás una parte aún lo siga siendo. Porque es fantástico y valiente, y nadie puede convencerme de lo contrario. Solo porque tú no puedas hacer lo que él hace, no significa que puedas hablar mal de él.

—¿Qué cambió? ¿Por qué ahora quieres ser uno de ellos?

Nick empezó a sentirse inquieto. Se sentía como si su cerebro estuviera saliéndose por sus orejas.

—Por la *gente*. Para mantenerlos a salvo. Shadow Star no puede hacer todo solo, ¿verdad? Necesita mi ayuda. Si yo puedo hacerlo, si realmente puedo ayudarlo, entonces eso también ayudará a Ciudad Nova y, por lo tanto, a mi papá. Y así quizás deje de odiarme por como soy.

Seth parecía conmocionado.

—Nick, tu papá no te odia. No odia nada de ti.

Nick empezó a mover los dedos desenfrenadamente.

—Esta mañana parecía que sí cuando me preguntó por qué tenía que ser así.

—¿Estás seguro de que eso fue lo que dijo? Tiendes a... exagerar las cosas.

Ahora sí, Nick en verdad quería volver a su casa. Las paredes se estaban cerrando a su alrededor y sus pensamientos revueltos estaban llenos de ira.

—Guau. No sabía que pensabas eso de mí. —Se agachó y levantó su mochila del suelo—. Lo tendré en cuenta para el futuro.

Pero antes de que pudiera voltear hacia la puerta, Seth intentó levantarse de la cama. Sacó sus piernas de debajo de su manta. Nick no se había equivocado. Seth tenía botas. Y unos pantalones deportivos muy pegados a sus piernas. Y la camiseta bien ajustada a su pecho y hombros. Seth soltó un quejido y envolvió su estómago con ambas manos, presionando los dientes.

Nick dio un paso hacia atrás. Este no era el Seth que conocía. El Seth que *él* conocía era gordito y usaba sweater y moños y, a veces, se mordía la lengua cuando estaba muy concentrado. Era resiliente, confiable y hacía sentir importante a Nick.

Este Seth se veía muy fuerte, aunque pareciera estar herido. Los músculos de sus brazos se tensaron cuando se sujetó el estómago, respirando fuerte por la nariz. Se veía como si no hubiera *perdido* peso (salvo en su cara), sino como si lo hubiera redistribuido por todo su cuerpo y transformado en músculos.

Nick no sabía qué hacer con eso, en especial dado que su cerebro parecía estar en cortocircuito.

—Estás musculoso —dijo Nick estúpidamente—. ¿Por qué estás musculoso?

Seth rio entre dientes.

—Trabajo duro.

—¿Por qué no lo noté antes? —preguntó Nick.

—Quizás porque no siempre le prestas atención a lo que tienes adelante.

Eso dolió más de lo que Nick creía que dolería. Porque lo único que podía escuchar en esas palabras era a su papá preguntándole por qué tenía que ser así.

—Eso no es justo. Sabes cómo funciona mi cabeza...

—Ah, sí, lo sé —dijo Seth—. Sé exactamente cómo funciona tu cabeza. Pero no puede ser siempre una excusa, Nick. No toda la vida. ¿Quieres ser un Extraordinario? Bien, hay un autobús lleno de niños que se está a punto de caer por un puente. Hay un edificio de viviendas a quince kilómetros que se está incendiando y está punto de colapsar con muchas personas que no pueden escapar. ¿A quién salvas?

—Yo no… eso no…

Seth lo miró, furioso.

—¿A quién salvas, Nick? Quieres ayudar a la ciudad, ¿verdad? Eso fue lo que dijiste. Quieres ayudar a la ciudad, a la gente, a tu papá. ¿A quién salvas?

—Yo ayudaría a uno —dijo Nick—. Y Shadow Star ayudaría a los otros. Así, todos estarían a salvo y nadie tendría que salir lastimado. Y quizás hasta pueda convencer a Pyro Storm de que nos ayude para apagar el incendio, porque no puede ser *tan* malo…

—Qué divertido —musitó Seth, sacudiendo la cabeza de lado a lado—. Tienes fe, Nick. Eso es bueno. Pero no es suficiente.

Nick se enfureció.

—¿Qué rayos te pasa, amigo? Lo único que quería era venir y ver cómo estabas…

—Aunque te haya dicho que te mantuvieras alejado…

—… y ahora estás lleno de golpes y músculos y usas botas en la cama…

—Es mi casa y hago lo que quiero.

—… y me empiezas a hacer preguntas o lo que sea, y hablas mal de Shadow Star, el mejor Extraordinario vivo. Quizás no quieres que me guste. Ni Pyro Storm. Quizás estás celoso…

La risa de Seth sonó casi histérica.

—¿Yo? ¿Celoso? ¿De unos *Extraordinarios*? Ni siquiera… —Inclinó la cabeza—. Ah. De hecho, eso tiene mucho sentido.

Nick no esperaba eso.

–¿En serio? Quiero decir, claro que tiene sentido. Estás celoso de…
y… mmm. Okey, espera. ¿Por qué estás celoso?

Seth lo miró nuevamente. Nick vio que tenía ese mismo destello extraño en sus ojos.

–Estoy aquí, ¿sabes? Siempre lo estuve, desde hace mucho tiempo.

Nick estaba confundido.

–Ya lo sé.

–Y luego aparece Owen y tú…

–Un sexy error del que me arrepiento –confesó Nick–. Culpo a mis hormonas adolescentes y eso que sabe hacer con la lengua. –Hizo una mueca de incomodidad por lo que acababa de decir–. Guau, eso me hizo quedar muy mal.

–Y ahora tienes este capricho estúpido con Shadow Star…

–No –lo interrumpió Nick–. No… no es *estúpido*, ¿está bien? Él me salvó y sabe quién soy sin que se lo hubiera dicho, lo que significa que le gusto o algo por el estilo, y si no es así, puedo mostrarle que puedo ser…

–¿Quién es, Nick?

Luego se detuvo.

–¿Qué?

Seth lo miró con intensidad.

–¿Quién es? Es Shadow Star. Pero ¿quién es detrás de la máscara?

–Eso no me importa.

–Si lo supieras, te importaría. Podría cambiarlo todo. ¿Qué tal si soy yo?

Nicholas Bell hizo la que probablemente fue la cosa más estúpida de una vida muy corta llena de cosas estúpidas. No quería hacerlo, claro. Fue solo un reflejo. No creía que pudiera haberlo evitado, aunque hubiera querido.

Rio. *Rio* porque la idea de que Seth, de todas las personas en el mundo, fuera Shadow Star era tan absurda que no podía ni siquiera imaginarla.

Seth endureció más su expresión.

—Lo siento —dijo Nick, intentando contener la risa, pero fallando espectacularmente—. Eres Seth. No hay manera de que tú… O sea, es tonto. Vamos. No hagas eso. No tienes que ser él. Tú estás bien como eres. Además, no me lo ocultarías, ¿verdad? Si fueras Shadow Star, me lo contarías. Es solo… tonto.

Seth asintió con firmeza.

—Sí, tonto. Claro. No sé qué estaba pensando.

Nick sacudió sus brazos y piernas. La conversación se había salido de control.

—Ah, vamos, espera. No lo dije en ese sentido. Tú eres mi persona favorita en todo el mundo junto a mi papá. Lo sabes, ¿verdad? *Tú* no eres tonto.

—Pero la idea de que yo sea un Extraordinario sí.

Nick sentía que estaba parado sobre un lago congelado y estaba crujiendo bajo sus pies.

—No sé qué quieres decir.

—Te di un beso en la mejilla.

Nick se sonrojó una vez más.

—Eh… sí.

Seth apartó la mirada.

—Deberías irte.

Nick parpadeó, confundido.

—Espera, ¿qué? ¿Qué hice? ¿Estás enojado?

Seth le esbozó una sonrisa tensa.

—Quiero estar solo. Estoy enfermo, ¿recuerdas? No quiero contagiarte nada.

—Todavía tenemos que hablar sobre cuando yo me convierta…

—Por favor. Solo… vete.

Y como Nick nunca sabía qué hacer cuando Seth le decía *por favor*, volteó y se fue. Antes de cerrar la puerta, giró. Seth estaba sentado en la cama, con las manos sobre su rostro.

Se marchó, después de cerrar la puerta por detrás.

✱ ✱ ✱

Bob estaba esperándolo a los pies de la escalera. Tenía un overol manchado con grasa y parecía más viejo de lo que Nick recordaba, las arrugas que rodeaban sus ojos y boca se veían mucho más profundas. Tenía varias canas a los lados de su cabeza. Nick podía escuchar a Martha en la cocina.

—Nicky —dijo Bob, con una voz profunda—. ¿Todo bien? —No, la verdad que no. Sacudió la cabeza—. Los escuché hablar fuerte.

Nick hizo una mueca de incomodidad.

—Lo siento. Fue solo un intercambio de ideas.

—¿Están bien?

Nick no sabía qué responder. Ni siquiera sabía por qué habían discutido. Solo sabía que estaba enojado con casi todos, principalmente por razones que no tenían sentido. No estaba seguro de si eso incluía a Seth.

—Lamento decir que su sobrino es un idiota. —Okey, entonces sí incluía a Seth.

Bob apenas reaccionó.

—Es adolescente. Es esperable que sea así.

—Entonces yo también soy eso.

—¿Un adolescente o un idiota?

Le agradaba mucho Bob.

—Ambos.

Bob asintió lentamente.

—Parece que las cosas están cambiando.

—Vaya que sí —murmuró Nick, tirando de una de las correas de su mochila—. ¿Desde cuándo Seth tiene los bíceps tan marcados?

Bob rio.

—Lo notaste, ¿verdad? Está creciendo, supongo.

—No es justo. Él tiene músculos y yo un bigote raro que me hace quedar como si todas las tardes me pusiera un sobretodo y le mostrara mis partes a la gente en la calle.

—Eso fue… incómodamente específico.

Nick suspiró.

—Tiendo a hacer eso.

—Ya tendrás lo tuyo —dijo Bob, dándole una palmada en el hombro—. Él está pasando por muchas cosas ahora. Más de las que podrías imaginar.

—¿Por qué no me lo quiere decir? —insistió Nick, sintiéndose repentinamente exhausto—. Soy su mejor amigo. Puede contarme lo que sea. Siempre fue así.

—¿Puede? —preguntó Bob—. Quizás necesita que se lo digas tú.

Uff. Eso fue filoso, pero justo.

—Intento ser un buen amigo, pero a veces pasan otras cosas y me quedo atrapado en mi propia cabeza y me olvido de lo que debería estar haciendo en lugar de lo que quiero hacer.

—Así es la vida. Pasan cosas. Es difícil. A veces, la gente se separa, toman caminos diferentes. Pero eso no significa que se quieran menos.

Nick lo miró horrorizado.

—Eso no pasará. Yo voy a estar con Seth para siempre.

Los labios de Bob temblaron levemente.

–Qué… esperable. ¿Y si él te dice lo mismo?

–Yo, ehm. Eso sería… ¿genial? –Nick se sonrojó con intensidad.

–Ah, entonces sí entiendes que él está enamorado de ti…

–¡Robert Gray! –gritó Martha furiosa, saliendo de la cocina con un trapo en las manos–. Cierra la boca *en este instante*.

Bob la miró con desdén.

–Alguien tenía que decirlo. ¿No estás cansada de todo esto? Vamos, por todos los cielos, Martha, tienes suerte de que no le dije que Seth es…

Le tapó la boca con el trapo y le lanzó una mirada fulminante.

Él levantó las cejas.

Ambos voltearon hacia Nick, quien estaba en medio de un colapso de su sistema nervioso.

–Ay, cielos –dijo Martha, quitándole el trapo de la boca a su esposo–. Creo que lo rompiste.

Bob le tocó una mejilla.

–Imagina cómo reaccionaría si le contara la otra cosa.

–*Robert Gray*.

Parpadeó con rapidez y agregó:

–Quizás lo mejor sea decirle una cosa a la vez.

–¿Qué? Ay, viejo imprudente. Ya recibirás lo tuyo, te lo aseguro.

–Eso espero –dijo Bob y le dio un beso en la mejilla.

Tres minutos más tarde, Nick estaba parado en el porche de la casa de los Gray con un plato de galletas en la mano, mientras Martha cerraba la puerta por detrás, diciéndole que regresara cuando pudiera.

Le tomó al menos otros diez minutos poder hacer que sus piernas volvieran a funcionar.

No recordaba muy bien el camino de regreso a su casa.

11

Es bien sabido que, más allá de todas las cosas que sean, los adolescentes son inherentemente estúpidos.

Ah, *intentan* actuar como si no lo fueran, pero sus egos no les permiten alcanzar tanta magnanimidad. Se pavonean como perritos de exposición con un sentido de éxito que no se merecen. Pueden ser groseros y, en gran parte, tontos, ya que su falta de registro personal y espacial hace que nos preguntemos cómo es que lograron sobrevivir tanto para inflar sus pechos saturados de desodorante corporal y una cantidad absurda de productos para el cabello.

El *problema* con todo esto es que, a veces, pueden ocurrir ciertos eventos que rompen sus escudos de futilidad adolescente.

Nicholas Bell era un adolescente estúpido. Era parcialmente consciente de eso, pero no importaba. Estaba bastante convencido de que podía convertirse en un Extraordinario y que estaba destinado para algo más. Quizás no era un perrito de exposición, pero sí creía que, de algún modo, era invencible.

O así solía ser, por supuesto, hasta que Bob Gray abrió la boca y dijo algo que cambió por completo su visión del mundo.

—Oh, por Dios —dijo Nick cuando estaba en la cama, con los ojos fijos en el techo.

»Oh, por Dios —repitió Nick tres horas después, aún con los ojos fijos en el techo.

Su madre le sonreía, como siempre.

* * *

Además de ser inherentemente estúpidos, la mayoría de los adolescentes tienden a tener lapsos de atención que dejan mucho que desear. Ahora bien, imagina un adolescente inherentemente estúpido que sufre de la variable más hiperactiva del trastorno de déficit de atención, que solo es posible regular con algo que lleva el ridículo nombre de Concentra, y a eso súmale que, por cosas del destino, este mismo adolescente solo tuvo una o dos horas de sueño antes de que sonara su alarma y bajara con cierta pesadez por las escaleras como una especie de masa amorfa.

Solo para llegar a la cocina y recordar lo furioso que estaba con su papá.

—Maldición —musitó cuando lo vio en la cocina y los eventos de los días pasados irrumpieron en la neblina de su mente.

Su papá gruñó como respuesta.

En la mesada, descansaba un tazón vacío junto a una caja de cereales y un cartón de leche. Esto fue casi suficiente para distraerlo, ya que recordó una de sus aventuras nocturnas de internet en la que había descubierto que los canadienses usaban sachet de leche en lugar de cartones o botellas. Nunca lo entendería. Pero luego recordó a su papá preguntándole por qué tenía que ser así y se olvidó todo sobre los sachet de leche canadienses. Su almuerzo lo esperaba en una bolsa de papel junto a la leche.

Ya habían tenido otras discusiones antes. Al fin y al cabo, eran dos hombres que vivían bajo el mismo techo, así que era esperable que eso ocurriera. Sin embargo, incluso luego del "Gran romance de Nick y Owen", cuando a Nick no le estaba yendo muy bien en la escuela y su papá le había dado la charla sobre cómo cambiarían las cosas, nunca se había sentido… así. Como si fuera una carga.

Su papá estaba reclinado sobre la mesada con el periódico en las manos, pero Nick sabía que no lo estaba leyendo. Estaba esperando a ver de qué humor se había levantado Nick.

Bueno, dos personas podían jugar a este juego, porque Nick estaba de un humor horrible. Pero no era el humor usual de *Odio todo porque mis sentimientos son reales y válidos*, típico de los adolescentes de dieciséis años con crisis de identidad. No, *este* humor horrible también tenía algo de *El tío de mi mejor amigo me dijo que mi mejor amigo quiere hacerme cariñitos y esas cosas* y también un poco de *Desearía tener superpoderes, pero no me está saliendo muy bien.*

Incuestionablemente, ese era el peor humor de todos y quizás él era el único en el mundo que se sentía así. Nunca nadie lo entendería.

El cereal era de una marca poco conocida. Se llamaba "Pancitos de canela". Nick se preguntaba si esta era la forma de su padre de disculparse, ya que no tenía permitido comer esas cosas, dada la cantidad de azúcar que tenía cada bocado. Se acercó con dudas, ya que estaba seguro de que cuando lo abriera, se encontraría con unos cereales de salvado con pasas de uva, como si le estuviera diciendo *vete al diablo*.

Imaginen su sorpresa cuando los sirvió en su tazón y vio que en verdad eran los Pancitos de canela.

Había una píldora junto a la cuchara sobre la mesa y todo el asunto del cereal perdió sentido.

Pero fue entonces cuando se le ocurrió una idea terrible mientras vertía la leche sobre el cereal. Una idea de la que seguro terminaría arrepintiéndose, pero en este momento parecía tener todo el sentido del mundo.

—Voy a tomar la píldora —anunció de un modo ostentoso.

Su papá levantó la mirada del periódico, algo confundido.

Nick se aseguró de que lo estuviera viendo cuando la llevó a su boca.

Tragó y su nuez de Adán subió y bajo.

Su papá bajó la vista nuevamente hacia su periódico.

Nick sacó la píldora de debajo de su lengua y la sostuvo entre sus dedos, decidido. La guardó en el bolsillo. Le había dejado un gusto agrio en la boca, pero a los pocos segundos, no fue nada más que un recuerdo distante detrás del sabor a canela de algo que apenas tenía forma de pan.

¿Su papá quería que fuera distinto?

Bien.

Terminó su desayuno.

Llevó el tazón al lavabo. Guardó la leche en el refrigerador.

Levantó su mochila una vez que guardó su almuerzo y volteó para salir de la cocina.

—Nick.

Se detuvo, convencido de que lo había descubierto. Su papá había usado sus habilidades de superpolicía y había visto el momento exacto en el que Nick intentó esconder la píldora. Lo llevaría a la delegación de policías para interrogarlo y luego lo obligaría a repetir lo que Bob le había dicho el día anterior y lo confundido que todo eso lo había hecho sentir porque, si era honesto, Seth aparentemente tenía los bíceps muy marcados, pero a él le gustaba cómo se veía antes y, si *realmente* lo pensaba, quizás le gustaba cómo hablaba, respiraba y existía de maneras que nunca había pensado; y no quería parecer superficial si descubría que *quizás* estaba enamorado de su mejor amigo. Porque ¿qué pensarían de él ahora que Seth estaba todo marcado, con unos hombros inmensos, y decidía que quería tocarlos? No debería importar la apariencia física de una persona, solo el interior es lo que cuenta.

Y eso concordaba con su destino con Shadow Star, porque ellos, obviamente, estaban destinados a estar juntos, ¿verdad? Nick escribía historias sobre él y tenía su autógrafo, y Shadow Star sabía su nombre. Debía significar *algo*. La vida sería mucho más fácil si Seth y Shadow Star fueran la misma persona, pero era ridículo. Porque Shadow Star era un superhéroe que salvaba a la ciudad de las fuerzas del mal, y Seth debía lidiar con emergencias de gatos callejeros que, siendo honesto, no eran menos importantes, sino importante en otra escala.

A todo eso se le sumaba el hecho de que Nick debía convertirse en un Extraordinario para ayudar al viejo tonto que tenía adelante, aunque no se sintiera muy caritativo en este momento.

—¿Qué? —dijo, preguntándose si este era el momento en el que todo volvería a estar bien como antes.

Su papá lo miró por un momento y luego suspiró.

—Que tengas un buen día en la escuela.

Nick tragó saliva, abrió la boca para decir algo, pero volteó y salió de la cocina.

✶ ✶ ✶

Estaba un poco atrasado cuando llegó a la estación de la calle Franklin. Jazz y Gibby lo estaban esperando en el banco junto a las escaleras. El tren de Seth llegaría en unos minutos, lo que significaba que Nick tendría algo de tiempo para decidir qué hacer. Seth no les había avisado que no iría a la escuela, así que Nick esperaba que apareciera en cualquier momento.

–Hola, Nicky –dijo Jazz cuando lo vio acercándose. Lo miró con los ojos entrecerrados–. ¿Estás bien? Te ves… sudoroso.

–Estoy bien –contestó, aunque su voz sonó algo chillona. Tosió y cambió la voz para que sonara al menos unas cuatro octavas más graves–. Estoy bien –sonaba como si estuviera gruñendo–. Ehm, ¿vieron a Seth?

Gibby entrecerró los ojos.

–No, ¿por qué?

–Por nada. Nada en absoluto –rio incómodo–. ¿Por qué tiene que haber una razón para todo, todo el tiempo?

–¿Estás seguro de que estás bien? –preguntó Jazz, algo preocupada–. De verdad te ves muy sudoroso.

–No es sudor. Es… lluvia.

–Qué raro –dijo Gibby–. No había ninguna nube hacía quince minutos.

–Un chubasco –agregó Nick, mirando a todos lados en la estación. Todavía no había rastros de Seth–. Solo en mi calle. Una cosa rara. Quizás nunca vuelva a ocurrir. Así que, escuchen. Este es el asunto. Hoy será un día raro y *no pueden decir nada*.

Jazz y Gibby intercambiaron miradas y tuvieron una de sus conversaciones silenciosas que Nick nunca entendía. Giraron nuevamente hacia él.

–¿Por qué será raro? –preguntó Gibby.

–Solo… porque… bueno. Sí, ehm, sentimientos. Y yo… Había fantasmas. Fantasmas de un manicomio para pacientes con tuberculosis. Y me dio unos Pancitos de canela esta mañana para disculparse, así que estoy un poco nervioso. Y todavía sigo enojado. Pero, ¿no sé con quién? Creo que con casi todos. No sé. ¿Está bien? Yo creo que sí. Y también está la Fase tres. No sé. Es todo esto.

–Guau –susurró Jazz–. Eso fue… No sé qué fue eso.

–¿Por qué estás enojado con nosotras? –preguntó Gibby.

Nick no estaba seguro, así que les dijo eso.

No parecían contentas.

–Parece que tienes mucho trabajo por hacer –dijo Jazz sabiamente.

Nick estaba aliviado.

–¿Cierto? Es solo que… estoy sintiendo todas estas *cosas*…

–Hola –dijo Seth desde detrás.

Bueno, cabe aclarar que nunca nadie se había enamorado de Nick. Sí, significaría aceptar que Bob estuviera diciendo la verdad, pero como Nick nunca lo había escuchado mentir sobre nada, no creía que hubiera elegido un peor momento para empezar a hacerlo.

En términos de la vida amorosa de Nicholas Bell, su experiencia era bastante corta. No era bajo ninguna circunstancia un experto en *l'art d'amour*. Por eso, cuando se enfrentaba con el hecho de que alguien a quien consideraba su mejor amigo, y con quién además se había peleado, quería hundir su cara en la suya, Nick descubrió bastante rápido lo incómodas que podían ser las situaciones.

No ayudaba que Seth estuviera ahí parado de ese modo, con un chaleco de lana suelto sobre una camisa abotonada hasta el cuello, unos pantalones estilo chinos, mocasines y un maldito *pañuelo* a lunares. ¿Cómo se atrevía?

—¡Seth! —gritó, mucho más fuerte de lo que esperaba—. ¡Amigo! ¡Compa! ¡Ey! ¡Hola! ¿Cómo *estás*?

Seth, por su parte, lo tomó con calma, aunque sí parecía algo desconcertado por tener a su mejor amigo sudoroso gritándole en la cara.

—Estoy bien.

Nick asintió furiosamente hasta el punto de sentir que estaba al borde de dislocarse el cuello.

—Bien, bien, bien, bien. Qué… bien. ¿Te sientes mejor? O sea… un poco. ¿Mejor?

—Sí —contestó lentamente—. ¿Estás bien?

—¡Mejor que nunca! —vociferó Nick, pasando una mano por su frente. Su mano quedó empapada—. Te traje algo. —Buscó en su mochila y sacó lo que había comprado en una tienda. Por eso no había tomado el tren de siempre—. ¡Es un dulce mexicano! ¡Skwinkles Salsagheti!

—Ya veo —contestó Seth, mirando la bolsa de plástico que Nick prácticamente le había colocado a la fuerza en las manos—. Y me trajiste esto porque…

Porque la bodega, como la mayoría de las bodegas, estaban destinadas a la comunidad latina y no había Kit-Kats y esas cosas en toda la tienda. El ataque de frustración que tuvo ya no le permitiría regresar a esa tienda en particular.

—Me recordó a ti —dijo, a falta de una respuesta mejor.

—¿Qué está pasando? —le susurró Jazz a Gibby.

—No tengo idea —respondió Gibby con otro susurro—. A mí solo me gustan las chicas.

—Está… bien —dijo Seth—. Gracias. Supongo.

Nick asintió tan fuerte que le crujieron los huesos del cuello. Eso no parecía estar bien.

–Sí, solo quería algo para mi mejor amigo. Mi *bro*. Mi *brócoli*. Mi *brownie*. Somos *Bromeo* y *Compalieta*. –Se obligó a cerrar la boca antes de empeorar las cosas.

Seth lo miró con extrañeza por un momento y luego movió la cabeza de lado a lado.

–Yo… Mira. Sobre lo que pasó ayer…

–No –lo interrumpió Nick, dando un paso hacia atrás–. No, no, no. No te preocupes por eso. Disfruta tus Skwinkles Salsagheti. *¡Ándale!*

Y con un movimiento del que se arrepentiría toda su vida, volteó y se fue corriendo por las escaleras en dirección a la escuela, dejando a sus amigos atrás.

✳ ✳ ✳

Su día no mejoró mucho después de eso.

Le tomaron un examen sorpresa de historia que estaba bastante seguro que desaprobó.

Cuando le pidieron que explicara qué era un héroe byroniano en su clase de inglés, terminó dando una presentación de tres minutos sobre los hábitos de apareamiento de las tortugas, hasta que la profesora decidió ponerle fin a su sufrimiento.

Temblaba más de lo normal y, si bien sabía que tenía la píldora en el bolsillo, no se atrevía a tomarla. Quería probar su punto. Aunque, quizás dejar de tomarla justo cuando estaba atravesando una crisis amorosa que podía cambiarle la vida no era la mejor de las ideas, pero si había algo que caracterizaba a Nick era su espontaneidad.

Y por una de las primeras veces en su vida, sufría por la rapidez con la que parecía avanzar el día. Miraba al reloj horrorizado, a medida que se acercaba la hora del almuerzo, ya que sabía que tendría que volver a ver a Seth, y no sabía cómo se sentía al respecto. ¿Qué tal si Seth no había tomado bien el dulce mexicano y lo interpretó como si tuviera una doble intención? ¿Acaso Nick tenía una doble intención? Si ese era el caso, ¿cuál *era*? ¿Y por qué Seth tenía que elegir este día para usar un pañuelo? ¿Desde cuándo esos pañuelos eran su debilidad?

Cuando sonó la campana del almuerzo, Nick consideró seriamente tramitar el pasaporte, esperar a que le llegara en unas cuatro o seis semanas y exiliarse del país.

Sin embargo, como era menor de edad, le tendría que pedir ayuda a su papá y él estaba en su lista de personas con las que no estaba bien. Dejando de lado los Pancitos de canela.

Caminó lentamente hacia el comedor. Ahora entendía lo que debía sentirse estar en un gulag.

Seth ya estaba sentado en la mesa con Gibby y Jazz. Sus cabezas estaban muy cerca y parecían estar susurrándose algo con mucha intensidad. La curiosidad de Nick logró penetrar la neblina en la que había estado perdido desde el día anterior. ¿De qué podrían estar hablando con tanta energía? Era un misterio que debía resolver y vaya que lo *resolvería*. Quizás habían ideado un plan para que la Fase tres fuera más segura y tal vez ¡lograría convertirse en un Extraordinario esa misma tarde! ¿Acaso eso no haría que este día raro mejorara? Claro que sí.

Pero antes de avanzar hacia sus amigos, sintió un brazo sobre su hombro que lo arrastró hacia otro cuerpo. Una voz le habló al oído.

—Hola, Nicky. ¿Qué haces aquí parado? ¿A quién estamos mirando?

Nick tembló al sentir el aliento cálido sobre su cuello.

—Owen —logró decir—. Qué bueno que apareces y… por Dios, ¿qué le pasó a tu *cara*?

Nick se apartó para mirarlo mejor, no lo podía creer. Estaba esbozando una sonrisa enfermiza, aunque estaba seguro de que le dolía. Parecía como si hubiera recibido un golpe en el ojo, su piel se veía oscura y algo inflamada en ese lugar. Owen se encogió de hombros.

–No está tan mal. Deberías ver cómo quedó el otro. –Miró sobre el hombro de Nick hacia su mesa y luego lo miró nuevamente a él–. Ay, ¿te preocupas por mí? Nicky, me conmueves, en serio. –Extendió una mano y le pellizcó una mejilla.

Nick apartó su mano enseguida.

–¿Qué te pasó?

–No es la gran cosa. –Owen puso los ojos en blanco–. Solo una pelea. Suerte de principiante, eso es todo. He tenido peores.

–Pelea –repitió Nick lentamente.

–Sí, hay que mantenerse en forma, ¿no crees? ¿De qué otra manera podría llamar tu atención? –Agrandó aún más su sonrisa–. Sé lo mucho que te gustan los músculos.

Nick lo miró con el ceño fruncido.

–No me gusta nada de ti.

–Ey, tranquilo, tranquilo. Los dos sabemos que eso no es verdad. Me extrañabas. Admítelo.

–Ni siquiera noté que no estabas aquí.

Owen rio.

–Parece que alguien ganó carácter estos últimos días. Te será útil para cuando te conviertas en un Extraordinario, supongo.

Nick parpadeó. Eso sonaba sospechosamente casi como un cumplido.

–¿En serio?

–Claro. Todavía sigues con eso, ¿verdad? ¿Todavía quieres convertirte en un Extraordinario?

—Sí, todavía sigo con eso. Pasaron otras… cosas, pero nada me detendrá.

Owen lo estudió con tanta intensidad que Nick empezó a moverse incómodo.

—Es bueno que seas tan persistente. Déjame decirte algo, Nicky. Cuando estés dispuesto a jugar en ligas mayores, avísame. Quizás pueda ayudarte.

Nick frunció el ceño.

—¿Ayudarme con qué?

Owen le pellizcó nuevamente la mejilla.

—¿Eso es un sí?

Nick lo empujó.

—No, no necesito que tú me ayudes con nada. Yo puedo solo.

—Claro, Nicky. Solo recuerda lo que te ofrecí, ¿está bien?

Y como Nick tenía corazón, por más destruido que estuviera, le preguntó:

—Fue solo… una pelea, ¿verdad? No… —vaciló por un segundo, inseguro de si estaba metiéndose en donde no le correspondía.

—¿No qué?

—¿No fue tu papá? —preguntó finalmente, sin poder evitarlo.

Por un momento, Owen parecía desconcertado, pero se recuperó rápido. Sin embargo, su fachada vaciló nuevamente.

—No, él no sería capaz de levantarme una mano. Nunca lo hizo. Te lo aseguro, ¿está bien? No es eso.

—Si tú lo dices.

—Sí. Ahora, ¿vamos a ver por qué están hablando de nosotros?

—¿Cómo sabes que están hablando de nosotros?

Owen le guiñó un ojo.

—Porque intentan actuar como si no lo estuvieran haciendo.

Nick miró la mesa. Sí, Gibby sacudía las manos de un lado a otro frente a Jazz y Seth, mientras susurraba algo que Nick no podía escuchar. Tanto Seth como Jazz voltearon hacia Nick y Owen.

–Grandioso –musitó Nick.

–Eh –dijo Owen–. Si la gente no habla de ti, entonces hay algo que estás haciendo mal.

✱ ✱ ✱

Si el desayuno fue incómodo y el encuentro en la estación fue raro, entonces el almuerzo fue definitivamente insoportable.

No ayudaba que Jazz lo mirara raro ni que Gibby siguiera hablando en voz baja sobre unos *chicos idiotas*. Y Seth no parecía poder mantener la mirada en Nick por más de dos segundos antes de apartarla, mientras jugueteaba con su pañuelo de lunares. Nick también quería jugar con ese pañuelo.

Y definitivamente no ayudaba que Owen estuviera más... toquetón que de costumbre. Se inclinaba sobre Nick, chocaba su hombro, reía por lo bajo mientras le susurraba cosas al oído. Durante casi todo el almuerzo, Seth miró furioso a Owen, con su ceño fruncido y sus mejillas encendidas.

–Entonces –dijo Nick, desesperado por hacer que todo volviera a la normalidad–. Decidí avanzar con la Fase tres.

–Asumo que la Fase tres es mejor que la uno y la dos –dijo Gibby con la boca llena de lo que parecía ser mantequilla de maní y mermelada de fresas.

–Sí –contestó Nick, empujando a Owen luego de que este golpeara la oreja con un dedo–. Es la mejor fase. Todo el mundo lo dice.

—¿Quién es todo el mundo? –preguntó Jazz.

Nick la ignoró. No tenía tiempo para ponerse a buscar estadísticas.

—Planeo ejecutar la Fase tres este sábado y espero que todos vengan. Podría ser una de las experiencias más significativas de toda mi vida y necesito su apoyo cuando haga la transición de normal a Extraordinario.

—¿En qué se diferencia de las otras veces? –preguntó Gibby.

—En *todo* –insistió Nick–. Las otras fases eran juegos de niños comparadas con esta. La Fase tres es la más importante de todas.

—¿Qué vas a hacer? –preguntó Seth. Nick lo miró y suspiró cuando vio que Seth apartó la vista casi de inmediato.

—Es una sorpresa –contestó–. Confíen en mí. Esta vez, funcionará.

—¿Es ilegal? –preguntó Owen–. Porque si lo es, cuenten conmigo.

Nick lo miró furioso.

—No, no es ilegal. Mi papá es policía. Jamás haría algo ilegal.

—Buscaste los planos para entrar a una central nuclear –le recordó Jazz.

—Sí, pero no lo hice. Una cosa es pensar en hacer algo ilegal y otra cosa es hacerlo.

—Creo que necesitas revisar tu brújula moral con urgencia –dijo Gibby–. Solo para que lo tengas en cuenta.

Nick sacudió una mano para restarle importancia a sus palabras.

—Lo que digas. El punto es que tengo el plan más perfecto de todos los planes. Será mejor que estén allí, ¿entendido?

—Entendido –dijo Jazz, porque era fabulosa.

—Está bien –contestó Gibby, algo aburrida. Era un poco menos fabulosa.

—Quizás –dijo Owen, porque era un idiota–. Si no tengo nada mejor que hacer, puede ser.

Nick volteó hacia Seth, quien estaba tocando su sándwich aplastado.

—¿Seth?

—Si tú crees que funcionará —dijo, encogiéndose de hombros.

—Podrías ponerle un poco más de entusiasmo.

Seth frunció el ceño aún más.

—Sí, allí estaré.

—Bien —dijo Nick, contento, aplaudiendo—. ¡Entonces doy por iniciada la Fase tres! Bueno, no en este momento, porque todavía estamos en la escuela y no es sábado. Ustedes me entienden.

✱ ✱ ✱

—¡Nick!

Nick volteó y se encontró con Seth acercándose a toda prisa por la escalera. Había estado esperando a su amigo luego de la última campanada antes de ir a tomar el tren. Miró detrás de él para ver si lo acompañaban Gibby o Jazz, pero estaba solo.

—Hola —dijo—. ¿Dónde está el resto?

Seth se detuvo frente a él y se frotó el cuello.

—Ehm. Ellas… no están aquí.

—Ya veo. Gracias por aclarármelo.

Seth suspiró.

—Hoy solo somos tú y yo.

—Ah, okey. Qué… bueno. —No era bueno. O quizás era lo mejor del mundo. De inmediato, Nick quedó empapado en sudor. ¿Era una especie de cita? Seth lo amaba y Nick… sentía cosas por él y ahora estaban los dos solos. ¿Qué tal si Seth quería ir a comer algo? ¿A un *restaurante*? Nick probablemente tenía cuatro dólares en el bolsillo. Y quizás cuarenta centavos. Los dulces mexicanos le habían costado más de lo que esperaba, pero estaba bien. Quizás podrían ir a comer unos tacos o algo por el estilo. Un taco, los dos–. Tendríamos que cortarlo a la mitad –dijo Nick en voz alta, algo alarmado.

–¿Qué cosa?

Se había olvidado de que Seth no podía leerle la mente.

–¡Nada! Definitivamente, nada. Dios, ¡qué lindo día!

–¿Estás bien?

Qué pregunta tan compleja.

–¿Sí?

–Bueno –dijo Seth–. Vamos.

Ay, no. Era una cita.

✳ ✳ ✳

No era una cita.

Eran solo dos amigos caminando por la calle. Lo habían hecho cientos de veces antes. Claro, nunca después de que el tío de Seth hablara de más, pero bueno. Solo eran dos amigos haciendo cosas de amigos.

–Solo dos amigos –pensó Nick en voz alta, otra vez.

Seth lo miró extraño.

–Estás actuando raro.

Nick se encogió de hombros y apartó la mirada.

–Fueron dos días raros.

–¿Sí? ¿Por qué?

A Nick le gustaba eso. Mucho. Porque, más allá de lo que pasara entre ellos, más allá de sus pasos descoordinados, a Seth no le importaba nada. Siempre había sido así.

—Me peleé con mi papá.

—Me contaste. Apesta.

—Sí y tampoco tomé la píldora esta mañana.

—Eso supuse. Estás más inquieto de lo normal.

Nick suspiró.

—No sé. Estaba enojado y él me compró unos Pancitos de canela porque esa es su forma de pedir perdón, y me los comí, pero aún no estaba listo para perdonarlo y no hice nada.

—¿Es por lo que te dijo?

Nick apartó la mirada, sin poder responder, mientras la voz de su papá aún sonaba en su cabeza.

—¿Es por eso que…? —empezó a preguntarle Seth y sacudió la cabeza.

—¿Es por eso qué cosa?

Seth tragó saliva.

—¿Es por eso que ayer tú…? No sé, estabas agitado. No terminamos bien.

—Quizás. Lo siento, me comporté como un idiota. Me alegra que te sientas mejor.

—Sí —dijo Seth, mirando a Nick a los ojos—. Me siento mejor ahora. —Y agregó—: ¿Mi tío te dijo algo?

Un destello de pánico se apoderó de Nick.

—No mucho, apenas lo vi.

—Ah, está… bien.

—Sí. Ah, ey, mira. El tren llegó a tiempo. ¡Rápido!

Apenas podía ignorar el *pumpumpum* de su corazón tartamudo.

✳ ✳ ✳

No ayudó que, más tarde, cuando estaban en el tren, Seth abriera la mochila y tomara el paquete de dulces mexicanos.

–Pensé que quizás podríamos, ya sabes, compartirlos.

Esta definitivamente quizás era una cita. ¿No? Nick aclaró su garganta.

–Ehm, claro. Eso sería… genial.

–Okey. Nunca probé estos.

–Yo tampoco.

–Se ven… ¿comestibles?

–Probablemente sean ácidos –dijo Nick–. Mi mamá pasó tiempo en México cuando era niña y decía que muchos dulces allí eran ácidos.

–No sabía eso.

–Sí, mi abuela y mi abuelo fueron a construir casas o algo por el estilo. Ella estuvo ahí por casi un año.

–¿Por eso tenía ese acento a veces?

Nick asintió, agradecido de que Seth lo recordara.

–Sí, además decía que la mejor manera de aprender sobre otra cultura era sumergiéndose en ella. No tienes otra opción.

–Era bastante genial.

Sus recuerdos aún dolían, pero ya habían perdido el filo.

–Sí, pienso lo mismo.

Seth le dio uno de los dulces alargados.

–Se supone que tienen sabor a sandía.

–¿Quieres que lo pruebe primero?

Seth esbozó una sonrisa tímida.

–¿Al mismo tiempo?

–Okey –respondió Nick. Llevó la cabeza hacia atrás y levantó el dulce sobre su boca. Miró a Seth y vio que estaba haciendo lo mismo–. ¿Listo? Uno, dos, *tres*.

Nick tenía razón. Era ácido. Comestible, pero ácido.

Llevó la cabeza hacia adelante justo a tiempo para ver los ojos de Seth prácticamente desorbitados, una expresión de asco y un trozo de Salsagheti colgándole de la boca.

—Muy rico —logró decir Seth, aunque parecía estar a punto de morir.

—Por Dios —dijo Nick, riendo—. ¡Lo *odias*!

—¡No! No lo odio. Es solo que no esperaba que tuviera este... *sabor*.

—¿Qué sabor?

Seth lo tragó.

—Como si hubiera asesinado a mi boca.

Nick le golpeó el hombro. Seth le devolvió el gesto.

Quizás no era una cita.

Pero, aun así, se sentía bien.

✱✱✱

Hasta que Seth no apareció en la reunión del sábado. Owen tampoco, pero Nick esperaba más a Seth. Los últimos días habían sido bastante buenos y Nick había pensado que las cosas con Seth estaban volviendo a la normalidad. Su papá todavía actuaba raro, pero Nick se las había arreglado para no tomar su píldora durante tres días seguidos. Se sentía bastante bien. Tenía dolores de cabeza, pero no eran tan fuertes como antes. *Sí*, el tubo de pasta dental le había explotado de la nada esa mañana, pero eso no arruinaría el que, probablemente, sería el día más importante de su vida.

—Quizás se le hizo tarde —dijo Jazz, mientras Nick miraba su teléfono por enésima vez en los últimos diez minutos—. Los trenes no pasan con la misma frecuencia los fines de semana. Quizás una de las líneas está atrasada.

—Pero ¿por qué no me responde nada? —preguntó Nick, con el ceño fruncido.

—No sé, Nicky.

—Sea lo que sea —agregó Gibby—, estoy segura de que tiene una buena razón. Lo sabes, ¿verdad? No está rechazándote ni nada por el estilo.

—¿Cómo hizo durante todo el verano?

Gibby suspiró.

—No fue… Estaba ocupado, Nicky. Todos estamos ocupados a veces. Ya sabes. No significa que ya no quiera estar contigo. A veces, son solo cosas que pasan.

Nick sabía que estaba siendo irracional. Gibby tenía razón. A veces, pasaban estas cosas. Últimamente parecían estar pasando cada vez más seguido, pero ¿por qué dejaría que eso lo afectara después de todos los años que Seth había estado para él? ¿Qué *importaba* si este era uno de los momentos más importantes de su vida y Seth le había prometido que lo acompañaría? No era la gran cosa.

—Estás gruñón —dijo Jazz.

—No estoy gruñón —dijo con un tono gruñón.

—Podemos esperar un poco más —propuso Gibby—. Quizás aparezca en cualquier momento. Mientras tanto, ¿por qué no nos cuentas por qué estamos en el río? Tengo que decirte algo, Nick. Este lugar apesta como la muerte.

Era verdad. El río Westfield era asqueroso. Les había pedido reunirse en uno de los muelles, uno alejado de los turistas. En la distancia, se podían ver parejas de ancianos que estaban pescando, aunque probablemente no pescaban nada y solo tiraban sus líneas en el agua para charlar. El río estaba tan contaminado que cualquier cosa que pescaran, probablemente, no fuera comestible.

Y esa era *exactamente* la razón por la que Nick estaba ahí.

Se subió a un poste de madera mirando al río y abrió los brazos en el aire con grandeza, mientras una brisa soplaba sobre su cara con una esencia a basura rancia y carne podrida, pero la ignoraba, porque este era su momento. *Su* momento de brillar.

—Fase tres —anunció, convencido de que Gibby y Jazz estaban sintiendo el mismo escalofrío que él. ¿Cómo podían no sentirlo? Estaban a punto de presenciar algo (como él diría) *extraordinario*.

Hubo silencio.

Sabía que estaban intentando entender la situación. Así que les dio un momento.

Pero solo hubo más silencio.

Volteó.

Gibby y Jazz lo estaban mirando fijo.

Él las miró.

Jazz estornudó.

—Perdón —dijo con delicadeza.

Nick no estaba impresionado. Las miró a las dos.

—¡Ah! —dijo Gibby—. Ya entendí. —Se aclaró la garganta—. ¿Fase tres? ¡¿De qué se tratará todo esto!?

—Eso estuvo muy bien —dijo Jazz.

—Lo sé —respondió Gibby.

Por lo menos lo intentaban.

—¡Me alegra que preguntes! —Volteó nuevamente hacia el río, levantando la voz para que no se perdieran ni una sola palabra—. Hoy presenciarán algo…

Un teléfono empezó a sonar. Nick cerró los ojos y respiró profundo por la nariz.

—Disculpa —dijo Jazz—. Es mi papá. Solo… debo escribirle… y… listo. Adelante, continúa con lo que estabas haciendo.

Nick se tomó un momento antes de abrir los ojos. Todo estaba bien.

—Hoy presenciarán algo…

Sonó otro teléfono.

—Guau —dijo Gibby—. Hablemos de coincidencias. Soy yo esta vez. Lo siento. Lo siento. Creo que es un número equivocado. Me preguntan si el Toyota Camry modelo 1997 sigue a la venta.

—¿Qué es un Toyota Camry modelo 1997? —preguntó Jazz, algo confundida.

—Algo que nunca entenderás —dijo Gibby—. Les diré que se equivocaron de número y… listo. ¡Ya está!

La tercera era la vencida.

—Hoy presenciarán algo fantástico —esperó un momento. No sonó ningún teléfono. Bien. Estaba a punto de dejarlas impresionadas—. La Fase tres está aquí y yo voy a…

Sonó otro teléfono.

Nick giró, furioso.

O al menos, *intentó* girar, dado que estaba parado sobre un poste de madera y no había suficiente espacio para hacer eso. Y como Nick, en un buen día, no era precisamente la criatura más segura con sus movimientos, empezó a caer hacia el río.

Por suerte, Gibby lo salvó cuando lo sujetó de su abrigo y lo tiró hacia adelante. Casi queda tendido sobre ella cuando se cayó del poste, pero, de algún modo, logró aterrizar de pie.

—Idiota —dijo ella entre dientes, dando un paso hacia atrás—. ¿En qué estabas pensando?

—¡Teléfonos apagados! —gritó—. ¡Todo el mundo apague sus teléfonos ahora mismo! ¡Estas jóvenes que no se separan de sus mensajes, fotos y tweets! No permitiré que me interrumpan de nuevo.

—Fue tu teléfono esta vez —dijo Jazz.

Nick parpadeó.

—No, claro que no. —Buscó en su bolsillo y tomó su teléfono—. Ah. Miren eso, sí. Ja, ja, ja. Qué raro.

Enseguida, el teléfono de Jazz empezó a sonar. Y luego el de Gibby.

Pensó en quitárselos y arrojarlos al río, pero luego entendió que le darían una patada en los testículos, así que decidió no hacerlo.

Miró nuevamente su teléfono. Había recibido una alerta:

ACTIVIDAD DE EXTRAORDINARIOS. SHADOW STAR Y PYRO STORM ESTÁN CERCA DE LA TORRE BURKE.

—¿Por qué? —se quejó—. ¿Por qué tiene que pasar esto ahora?

—¿Me pregunto por qué estarán peleando esta vez? —preguntó Jazz—. Últimamente, parece que están intentando lastimarse de verdad.

Gibby parecía atormentada.

—No lo sé, pero alguien saldrá herido.

Nick tomó la decisión más difícil de su vida. En lugar de buscar alguna transmisión en vivo para ver qué estaba ocurriendo con Shadow Star, silenció su teléfono y lo guardó en su bolsillo.

—No importa. Al menos, no ahora. Si la Fase tres sale como creo, entonces estaré en posición de ayudar a Shadow Star y derrotar a Pyro Storm. Y luego nos haremos amigos y, tentativamente, nos convertiremos en algo más. Habrá dudas, pero luego, algún día, después de salvar a Ciudad Nova de un loco que quiera congelar toda la ciudad, nos besaremos y nos tocaremos el trasero y viviremos felices por siempre.

Jazz y Gibby se quedaron mirándolo. Nick cambió el peso de una pierna a otra.

—Eso fue… muy detallado —dijo finalmente Jazz.

Gibby inclinó la cabeza.

—¿Estás bien, Nicky?

—Estoy bien.

—Te ves más inquieto que de costumbre.

Ah, sí. Ese parecía ser el caso. Su cuerpo desbordaba energía y sus pensamientos se disparaban en todas direcciones más de lo usual. Se dijo a sí mismo que solo estaba lleno de una energía nerviosa, que este día era apasionante y que eso no tenía que ver con estar teniendo un brote de desesperación. Esto funcionaría, estaba seguro de ello. Eso explicaba por qué no dejaba de golpear sus dedos contra sus piernas. No tenía absolutamente nada que ver con el hecho de que ya habían pasado tres días desde la última vez que había tomado su dosis de Concentra. La cabeza le palpitaba, pero estaba *bien*.

—Estoy bien —respondió enseguida, queriendo reencaminarse—. No tienen que preocuparse por mí. Fase tres. ¡Prepárense para sorprenderse!

—¿De qué trata? —preguntó Jazz—. Y ¿puede hacerse dentro de los próximos cinco minutos? Tengo clases de esgrima esta tarde y quiero comer un scon antes de ir.

—Tú y tus scones de esgrima —dijo Gibby con cariño—. Es adorable.

Era realmente adorable, pero Nick no quería volver a distraerse. Buscó algo en su bolsillo y sacó algo que le aseguraría que este día fuera su último día como una persona normal y aburrida. Luego de esto, sería un Extraordinario y todo sería fantástico.

—¡Tarán! —exclamó frenéticamente cuando abrió la mano y les mostró su arma secreta.

—Ahh —dijo Jazz—. Linda.

Gibby miró con detenimiento al objeto que tenía en la mano.

—¿Por qué tienes unas joyas de *drag queen*? ¿Te vestirás como mujer? ¿Te convertirás en una *drag queen*? Quiero decir, sabes que apoyo cualquier manera en la que quieras expresarte, pero Nick, debo decirte que no creo que tengas las piernas adecuadas para eso.

Nick no sabía si sentirse ofendido o no. Sus piernas no estaban *tan* mal.

—¡No son joyas de *drag queen*!

—¿Estás seguro? Porque si no son de *drag queen*, entonces encontraste una pieza de utilería de una película histórica muy inexacta sobre el antiguo Egipto, donde todos los personajes son blancos.

—¿De qué estás…? Es un anillo *decodificador*. —Lo miró—. O sea, sí, es grande y tiene un rubí muy llamativo en lo que parece ser un sol inmenso que me cubre tres nudillos, pero ¡miren los *símbolos* de los lados! —Les mostró unos jeroglíficos que estaban tallados en la cara externa del anillo.

—Eso no es un rubí —dijo Jazz con un tono amable.

—¿Cómo lo sabes?

Se encogió de hombros.

—Mi mamá tiene muchos rubíes. Eso es un trozo de cristal.

—Ahh —suspiró Nick—. Un cristal. Entonces ¿es un cristal que viene de la bahía de Steklyannaya cerca de Vladivostok al sureste de Rusia? Guau. Nunca habría pensado que fuera tan… internacional. Eso lo hace más especial.

—¿Qué rayos? —dijo Gibby con una voz tenue—. ¿Sabes sobre una bahía rusa, pero no tienes idea de lo que es un trozo de cristal? No puedo estar de tu lado ahora. Nick, eso es falso. Un cristal es una joya barata, algo que usaría una *drag queen*.

Nick llevó la cabeza hacia atrás.

–¿Qué? Eso no… ¡No puede ser verdad! ¡La vendedora de eBay decía que era un anillo místico y mágico de tierras antiguas que concedía poderes dignos de la realeza!

Gibby ahogó una risa.

–Realeza. Sí, claro, *drag queen*.

–¿Puedes parar con lo de *drag queen*? ¡No es para una *drag queen*!

–¿Quién te lo vendió?

Nick tomó su teléfono, listo para demostrar que Gibby estaba equivocada. Ingresó a su cuenta de eBay.

–Ya verás. Aceptaré una disculpa cuando estés lista. Y, como soy muy bueno, no te humillaré. Y… okey. Un momento. La señal aquí apesta. Todavía está cargando. Dios, ese olor es horrible. No puedo creer que esté a punto de… *Ajá*. Miren. La vendedora se llama Veronica B. Dazzled y en su biografía dice que es conocida por sus actuaciones dramáticas, sus bailes mortales y sus patadas altas, su capacidad para contar chismes y por ser la estrella más brillante de Milwaukee. Además, también pueden verla actuar en su unipersonal, *La Reina y yo*, los miércoles y viernes en… Ah, maldición, es una *drag queen*.

–Son momentos como este los que me hacen apreciar más nuestra amistad –dijo Gibby.

–Lo que sea –respondió Nick, guardando su teléfono–. Eso no cambia nada. Porque, por lo que sabemos, Veronica B. Dazzled podría ser una especie de bruja o hechicera *drag queen* y este anillo realmente es un decodificador mágico que le concederá poderes a la persona que lo use para convertirlo en un Extraordinario. Y yo me lo voy a poner aquí mismo, en este preciso momento. ¡Prepárense!

Jazz dio un paso hacia atrás.

Gibby la miró.

—¿En serio?

—Sabe venderlo muy bien. Casi me lo creo.

Gibby suspiró.

—No puedo creer que haya elegido pasar mi fin de semana de esta manera.

Nick levantó las manos sobre su cabeza. Tenía el anillo en su mano izquierda y el dedo índice de su mano derecha extendido.

—Por favor, funciona —susurró antes de cerrar los ojos y deslizar el anillo en su dedo.

No se sintió rebosante de poder cuando se lo puso.

Esperó.

Nada.

Abrió un ojo y miró a Gibby y Jazz.

—¿Estoy brillando?

Ambas sacudieron la cabeza.

—¿Tengo una especie de traje?

La sacudieron nuevamente.

—¿Me veo diferente?

—Bueno —dijo Gibby—. Supongo que el anillo te queda mejor de lo que esperaba. Quizás podrías ser una gran *drag queen* después de todo.

—¡Pagué treinta y siete *dólares* por esto! ¡Más envío!

—Bueno, según este sitio que encontré —dijo Jazz, mirando su teléfono—. Quizás esto te sirva. Solo tienes que responder unas preguntas.

—¿Encontraste un sitio que explica cómo hacer que el anillo decodificador mágico funcione? —preguntó Nick con mucho entusiasmo—. ¿Cómo? ¡Me pasé *horas* intentando encontrar algo!

Se encogió de hombros.

–Algo así. Primera pregunta: ¿cómo definirías tu sentido de estilo?

–¡Diferente y sexy!

Gibby estalló a carcajadas.

–Sí, no estoy muy segura de eso.

–¿Cómo se llamaba tu primera mascota? –preguntó Jazz.

Nick no sabía qué clase de magia ancestral estaba haciendo Jazz, pero estaba muy entusiasmado.

–Era un pececito que se llamaba Jerome, ¿sirve?

–Claro que sí –respondió Jazz, escribiendo algo en su teléfono–. ¿Qué clase de maquillaje te gusta?

–Ehm. ¿Ninguno?

–Interesante. Última pregunta, ¿eres feroz y fabuloso o sumiso y suave?

–¿No… sé?

–Sumiso y suave –dijo Gibby.

–Sumiso y suave –repitió Jazz por lo bajo–. Y… okey. Listo. Dale un segundo y nos dará el resultado.

–¿Un hechizo para hacer que el anillo funcione? –preguntó Nick, esperanzado. Jazz lo miró con una sonrisa.

–Aquí está. ¿Listo?

Más que listo.

–¡Vamos!

–Charlamaine Monroe.

–Guau –suspiró Nick–. ¿Está en… latín? ¿O es griego antiguo? –Miró su anillo. El cristal reflejó un rayo de luz y brilló. Nick lo levantó sobre su cabeza y gritó–. *¡Charlamaine Monroe!*

No pasó nada.

–Ese es tu nombre de *drag queen* –dijo Jazz.

–¿Qué? –Nick bajó la mano lentamente.

Gibby estalló a carcajadas.

–Era un generador de nombres de *drag queen* –explicó Jazz–. Como supuse que usarías el anillo, al menos necesitarías un nombre de *drag queen*. Charlamaine Monroe. Me gusta. Te queda bien. –Abrió los ojos sorprendida–. ¡Y si lo piensas! Tu nombre de relación con Shadow Star sería *ShadowMaine*.

Gibby se retorció, sujetándose la cintura. Parecía como si estuviera llorando.

–Las odio tanto –murmuró Nick–. Por suerte, tengo una segunda parte para la Fase tres.

Y, de inmediato, empezó a desvestirse. Gibby se tapó los ojos cuando se reincorporó.

–Okey, ya sé que no debería haberme reído, pero no tienes que desnudarte. Por favor, no me lastimes de esa manera. La amenaza de ver tu cuerpo delgado y pálido es castigo suficiente.

Nick dejó su chaqueta y su camiseta en el suelo y empezó a quitarse las zapatillas. Se desabotonó el jean y lo pateó. Cuando terminó, se quedó parado ahí con nada más que sus interiores y…

–Tus calcetines tienen patitos –dijo Jazz–. ¿Por qué tienen patitos?

–Porque me *gustan* –respondió, furioso–. Ahora, ¡Fase tres: parte dos! Tengo el anillo decodificador mágico y saltaré al río Westfield. El lodo del río se enlazará con el anillo y me transformará en un Extraordinario. ¡Podré controlar el agua y el lodo y… otras cosas de río, y todo el mundo quedará maravillado con Nicholas Bell, también conocido como el Extraordinario Charlamaine Monroe! Así es, Jazz. Creíste que podías engañarme, pero me voy a *quedar* con el nombre.

–Ay, no –susurró Jazz.

—Espera un minuto —dijo Gibby dando un paso hacia adelante—. Nick, no tienes que hacer esto, ¿está bien? Tiene que ser una broma, amigo. Por favor, no saltes al río. Estoy bastante segura de que ahí es donde encontraron el pie con la zapatilla el año pasado. O sea, un pie humano entero. Por favor, no saltes al agua de los pies descuartizados y... Ah, por Dios, ¿por qué trajiste *gafas de natación*?

Nick se puso las gafas sobre sus ojos.

—Por protección. Todos saben que debes usar gafas cuando vas a nadar. Protege los ojos.

—Nick, hablo en serio —dijo Gibby, alarmada—. Descubrámoslo juntos, ¿okey? ¡Ey! Quizás sea mejor que busquemos un televisor para ver si Pyro Storm y Shadow Star aún siguen peleando o lo que sea. ¿No crees que sería grandioso? ¡Quizás se golpearon tanto que desgarraron sus trajes y se les puede ver la piel!

Eso fue casi suficiente para distraerlo.

—Seductora asquerosa —siseó—. Ya sé lo que intentas hacer, ¡pero no funcionará! Ya lo pensé muy bien.

—Pero Nick, ese es el asunto. No creo que lo hayas hecho. Esto es tonto. *Sabes* que lo es.

Lo más gracioso era que *sí* lo sabía. Todo esto era estúpido. Pero no podía encontrar la manera de contarles lo desesperado que estaba, que no tenía ideas y que ya no le quedaba nada. No podía contarles nada sobre las palabras de su papá que aún resonaban sin parar en su cabeza: *¿Por qué tienes que ser así?* Lástima. Eso es lo que obtendría de ellas. Lástima. No quería eso. Quería ser diferente.

—Nick —dijo Jazz—. Si saltas al agua, no te permitiré acercarte a mí por lo menos durante una semana. Ese es el tiempo que te tomará deshacerte de ese olor.

–Un pequeño precio a pagar por lo que obtendré a cambio –dijo Nick y volteó hacia el agua.

Gibby lo intentó una última vez.

–Nicky, no.

–Nicky, sí –gritó y dio un paso hacia adelante. La madera crujió a sus pies y el aire rancio rozó su rostro. Formó dos puños con las manos, sintiendo el anillo que le había vendido por treinta y siete dólares (más envío) una *drag queen* de Milwaukee llamada Veronica B. Dazzled. Cuando llegó al final del muelle y saltó tan lejos como pudo hacia el río Westfield, Nicholas Bell simplemente estaba *seguro* de que funcionaría.

12

No funcionó.

Se quedó sentado en la acera junto al muelle, empapado en agua y una sustancia negra desagradable, con las manos esposadas por su espalda y con dos policías parados frente a él de brazos cruzados. Su patrulla estaba estacionada justo detrás de ellos con la farola destellando azul y rojo.

—Okey —dijo el policía de la izquierda—. Repasemos esto una vez más. Saltaste al río porque…

Nick suspiró.

—Porque quería nadar. Eso no es ilegal. Soy un ciudadano de Ciudad Nova. ¡Conozco mis derechos!

El policía de la derecha soltó una risa.

—Niño, rompiste al menos tres ordenanzas de la ciudad. Hay una razón por la que no puedes nadar aquí.

—Bueno, ¡deberían poner un letrero!

—¿Cómo ese que está ahí? —dijo el policía de la izquierda, señalando a un letrero relativamente grande a un metro y medio de distancia que mostraba una persona de palitos saltando hacia unos triángulos negros con una gigante *X* roja sobre toda la señal.

—Podría significar cualquier cosa —musitó Nick—. Por lo que entiendo, eso significa "No saltar sobre aletas de tiburones".

—¿Y las palabras de abajo que dicen que está prohibido nadar? —preguntó el policía de la derecha.

Nick tembló. Tenía frío y un olor horrible.

—Tengo TDAH, a veces me cuesta concentrarme. ¿Me están deteniendo por mi trastorno? Porque déjenme explicarles una cosa, eso es cruel.

El policía de la izquierda rio.

—Señor Bell, realmente dudo que eso afecte su capacidad de lectura.

—Es verdad —contestó Nick—. Eso fue bajo, incluso para mí. Hay gente ahí afuera con trastornos mil veces peores y también gente que de verdad no puede leer. Ahora me siento mal. ¿Saben qué? Ya aprendí mi lección y les pediré por favor que dejemos todo esto atrás. ¿Qué tal si me sacan las esposas y les prometo nunca más volver a hacerlo? Mis amigas pueden ayudarme a cumplir esa promesa. —Señaló a Jazz y Gibby con la cabeza, quienes estaban paradas junto a la patrulla. Jazz lo saludó. Él intentó responderle el gesto, pero como tenía las manos esposadas, solo sacudió un poco el codo—. ¿Qué les parece, amigos? ¿Todo bien?

—¿Tú qué opinas? —le preguntó el policía de la derecha al de la izquierda.

—Podría funcionar —dijo el policía de la izquierda—. Pero ya llamamos a la delegación. Y hoy no arresté a nadie, sabes cómo me pongo cuando no arresto a nadie.

–Es verdad –dijo el policía de la derecha–. Además, Aaron Bell podría ponerse mal si se entera que dejamos ir a su hijo cuando nos ordenaron que bajo ninguna circunstancia lo hiciéramos.

Nick entró en pánico.

–¿Conocen a mi *papá*? Quiero decir, no tengo idea de quién es Aaron Bell. Parece siniestro. Deberían ignorarlo.

–Lo dice el niño que acaba de saltar al río Westfield en ropa interior y con un anillo de *drag queen*.

–¡No es de *drag queen*!

El policía de la derecha puso los ojos en blanco.

–Mi hijo trabaja en un bar en el centro con el nombre de Ivy Chantal y tiene ese mismo anillo, muchacho.

–¿Cómo le va con eso? –preguntó el policía de la izquierda.

–Bien –respondió el de la derecha–. Usa el dinero para la universidad. Ayuda un poco a este viejo. Los libros están caros estos días.

–Grandioso –respondió el policía de la izquierda–. Me divertí mucho cuando fuimos la otra vez. Tenemos que repetirlo. Señor Bell, por orden de su padre, queda arrestado. Tiene derecho a guardar silencio. Todo lo que diga será usado…

–Graben esto –les gritó Nick a Jazz y Gibby–. ¡Graben esto para usarlo como prueba cuando denuncie a mi papá y a la ciudad por abuso de autoridad! Tendré…

***

–… mi venganza –dijo la voz aguda de Nick a través del teléfono de la sala de interrogatorios–. ¡Tendré mi venganza!

El video terminó.

–Gibby no tenía que enviarte ese video –murmuró Nick, apoyándose sobre sus brazos en la mesa–. Fue muy grosera.

Cap resopló y apartó el teléfono.

–Espero que su amistad sobreviva.

–¿No crees que la mascarilla es un poco exagerada?

Cap se ajustó los elásticos sobre su cabeza. Su bigote se asomaba por los lados de un modo extraño.

–Hueles horrible.

Nick enterró la cabeza entre sus brazos y la manta que cubría sus hombros se deslizó levemente hacia abajo.

–Es el peor día de mi vida.

–Ehm, estás vivo, ¿verdad? Casi desnudo y apestando toda mi sala de interrogatorios, pero vivo. Al menos por ahora.

–¿Por las posibles enfermedades que me pueda agarrar?

Cap se encogió de hombros.

–O por tu padre.

Nick gruñó. Le tenía miedo a eso.

–Tienes que admitirlo, Nick. Fue bastante estúpido. Incluso para ti.

–No admitiré nada. –Y luego–: ¿Está enojado?

–Ah, sí.

–Grandioso.

–También está aliviado de que estés bien.

Podía vivir con eso.

–Pero más que nada furioso.

O quizás le convendría planificar su fuga y abandonar la ciudad.

–Estoy castigado, ¿verdad?

–Eso creo –respondió Cap y se puso más serio. Nick sabía que apoyaba la decisión–. Podrías haberte lastimado, Nick. O peor. En todo caso, le quitaste recursos a la policía y la posibilidad de ayudar a alguien que quizás sí los necesitaba. Esos sujetos no trabajan en mi delegación, pero de todas formas se tomaron el tiempo de traerte hasta aquí.

El estómago de Nick se retorció de un modo enfermizo.

—No lo había pensado de esa manera. Lo siento, Cap. No estaba intentando lastimar a nadie. Fue solo… una estupidez, supongo.

—Tuviste suerte de que conocieran a tu papá. Podrías estar sentado en una celda de la sexta ahora mismo. No es el mejor lugar.

El rostro de Nick quedó sonrojado por la vergüenza. Le dolía la cabeza y sus pensamientos se disparaban de un lado a otro sin parar. Estaba exhausto, pero su piel vibraba de energía.

—No volverá a pasar.

—Me aseguraré de que así sea —dijo Cap, algo entusiasmado.

—¿Enfrentaré cargos?

—No —respondió Cap—. Creo que el olor es suficiente castigo, ¿no te parece?

—Claro. Quizás también puedas decirle eso a mi papá, a ver qué dice.

Cap rio.

—Lo siento, muchachito. Creo que eso lo tendré que dejar entre ustedes dos. —Se puso de pie, gruñendo mientras sus rodillas crujían—. Siéntate firme. Te llevaremos a casa pronto. —Se acercó a la puerta, pero antes de abrirla, volteó hacia su prisionero—. Te quiere mucho, lo sabes, ¿verdad?

Nick no levantó la cabeza. Parpadeó rápido sobre su brazo.

—Me preguntó por qué tenía que ser así.

—Todos decimos cosas que no sentimos, Nick. Todo el tiempo. Sé que puede ser difícil después de todo lo que pasaron. Pero él te ama más de lo que crees. Nunca lo olvides, ¿está bien? Puede que te grite un poco, pero es la pesadilla de todo policía escuchar el nombre de un ser querido por el radio. Lo asustaste. Así que, déjalo gritar, deja que te castigue y, mientras hace eso, recuerda que te ama y que está aliviado de que estés a salvo.

Nick no volvió a hablar mientras Cap se iba y cerraba la puerta detrás de él.

✺ ✺ ✺

Diez minutos más tarde, la puerta se abrió nuevamente. Nick levantó la cabeza y vio a su papá con su uniforme. La expresión que tenía en su rostro no le agradó mucho.

—Levántate —dijo y Nick se movió rápido. Las sandalias baratas que le habían prestado en la delegación golpearon contra el suelo. Su papá frunció la nariz a medida que Nick se acercaba, lo que lo hizo sentir todavía más miserable. No se apartó de la puerta, por lo que Nick se detuvo frente a él, evitando mirarlo a los ojos. Empezó a mecerse lentamente sobre sus rodillas. No podía evitarlo. Quizás debería haber tomado la Concentra.

—Estás castigado —dijo y Nick hizo una mueca de dolor por la ira en su voz—. Irás a la escuela esta semana, regresarás a casa de inmediato y harás la tarea. Nada de salidas con amigos, nada de internet, a menos que sea para la escuela. Para los fines de semana tengo preparada una lista de tareas que te mantendrán ocupado. No tiene una fecha de finalización. Seguirá así por el tiempo que sea necesario. ¿Entendido?

Nick asintió sin decir nada. No había nada que pudiera decir para arreglar esto.

—También me quedaré con tu teléfono. No lo necesitarás…

Y *eso* fue todo. *Ese* fue el momento en que empezó el pánico que había estado formándose desde que había logrado salir del río Westfield y oyó las sirenas de la policía, a la vista de los pescadores que lo miraban desde el muelle. *Ese* era el pánico que había intentado ocultar.

No debería haber sido nada. Claro, Nick había cometido un error estúpido. Había cometido *muchos* errores estúpidos. Debería haber tomado las píldoras cuando se las dieron. No debería haber saltado al río. No debería haber gastado treinta y siete dólares más envío en un anillo de *drag queen*.

Debía haber hecho que su papá se sintiera orgulloso. De esa manera, no le habría preguntado por qué era así, como si no estuviera intentando todo lo malditamente posible para convertirse en alguien diferente, en alguien mejor. Alguien Extraordinario.

Quizás si Nick hubiera sido extraordinario desde el principio, nada de esto hubiera ocurrido. Pero no era así y aquí estaban.

Su papá estaba intentando quitarle el teléfono y Nick *no podía respirar*.

—Ey, ey, ey —oyó a su papá decir entre la neblina de su cabeza—. Nicky, respira. Vamos… Mierda, el olor… Respira, muchacho. Solo respira conmigo, ¿está bien? Necesito que me escuches. Escucha el sonido de mi voz. —Sintió una mano grande sobre su pecho, una mano familiar, segura y cálida, y se aferró a ella tanto como pudo, mientras se esforzaba por llenar sus pulmones de aire—. Respira, Nicky. Respira conmigo. Respira. Uno, dos, tres. Espera, espera. Y exhala. Uno, dos, tres. Muy bien. Mucho mejor. Otra vez. Respira.

Nick respiró. Le dolía y sentía una presión inmensa sobre su pecho y garganta, pero respiró. La neblina empezó a disiparse y solo dejó atrás un dolor punzante en sus ojos.

Su papá estaba parado frente a él, preocupado, con una mano sobre el pecho de su hijo. Nick sabía que su papá lo amaba y vaya que él también lo amaba. Cuando Antes se convirtió en Después, cuando pasó de tener una mamá y un papá a tenerlo solo a él, se obsesionó con mantenerlo a salvo, saludable y entero. Perder a su mamá casi lo destruye. Perderlo a él sería el fin de todo para Nick.

—¿Qué te hizo sentir así? —le preguntó su papá. Si bien Nick apestaba a muerto, estaba cerca de él.

—Teléfono —dijo Nick con la voz ronca.

Su papá frunció el ceño.

—¿Qué tiene tu…? —empezó a preguntar y Nick vio el momento en que lo entendió—. Ah, muchacho. Lo siento. No estaba pensando —suspiró—. No debería haber dicho eso.

—Está bien —dijo Nick, intentando sonreír, pero fallando espectacularmente—. Solo… no me lo quites. Por favor. —Porque esa era la única manera que tenía Nick de enterarse si le había pasado algo en el trabajo. No podía lidiar con la idea de que le quitaran ese salvavidas—. Ya sé que lo arruiné, pero no me lo quites.

—No lo haré —agregó, nuevamente serio—. Pero solo lo podrás usar para eso. Voy a llamar a la compañía telefónica para limitarte los datos. Hablo en serio, Nick.

—Está bien.

—Maldición, hijo. —Su papá movió la cabeza de lado a lado y Nick podía ver que ya no estaba furioso, sino decepcionado. Eso dolía más—. ¿En qué rayos estabas pensando?

No tenía una respuesta para eso. Nunca podría explicar por qué creía que sus ideas eran muy buenas.

—No sé.

—Irás a casa. Le pediré a alguien que te lleve y te *quedarás* ahí. Dios te salve si me llego a enterar que hiciste otra cosa, ¿entendido? No tengo tiempo para llevarte yo. Tus estúpidos Pyro Star y Shadow lo que sea nos están complicando demasiado las cosas.

–Pyro Storm y Shadow Star –lo corrigió Nick automáticamente y luego agregó–: ¿Qué pasó ahora?

–Ah, no, claro que no. No te contaré nada. Estás castigado, Nick. ¿Lo recuerdas?

Nick lo miró con el ceño fruncido.

–Me enteraré cuando vea la televisión en casa.

–Nada de televisión –dijo su papá con los ojos entrecerrados.

Nick se quedó boquiabierto.

–Pero ¿cómo me voy a mantener informado? ¿De verdad quieres que tu único hijo no sepa lo que pasa en el mundo? ¡Los eventos recientes son importantes para el desarrollo de mi mente joven!

–Estoy seguro de que encontrarás la manera de lidiar con eso –respondió su papá–. Y mientras te quedas sentado en silencio, sin ningún aparato electrónico que te distraiga, quizás puedas usar tu tiempo para pensar cómo puedes hacer los cambios que necesitas. Porque la charla que vamos a tener no será buena si no me das nada a cambio.

Su olor era apropiado para la situación, dada la mierda en la que estaba hundido.

✳ ✳ ✳

La tarea desafortunada de llevar a Nick a su casa se la asignaron a un novato. Al principio, parecía solo frustrado, pero una vez que sintió el olor de Nick, esa frustración se transformó en horror absoluto. Cap simplemente esbozó una sonrisa y le dio una palmada en la espalda, mientras le decía algo sobre que por algún lado tenía que empezar.

–Ni se te ocurra molestarlo –le advirtió su papá cuando le entregó a Nick una bolsa con su ropa, su monedero y su teléfono–. Si me entero que le dijiste otra cosa además de *sí, señor* o *no, señor*, puedes estar seguro de que tu castigo se extenderá hasta que cumplas treinta.

–¡No me puedes castigar hasta que tenga *treinta*!

–Pruébame. Quiero ver cambios, Nick, o descubrirás lo que se siente tener treinta y dos y explicarles a tus amigos que no puedes salir porque tu papá te castigó y tienes que volver a casa antes de las nueve.

Nick pensó que esto potencialmente podía calificar como abuso infantil, pero dado que no quería tener treinta y dos y tener prohibido navegar por Internet, no dijo nada. En cambio, dijo:

–Lo que sea. Apestas. Todo apesta. Mi vida es tan difícil. Nadie me entiende.

–Y me siento terrible por eso. Vuelve a casa, báñate y haz la tarea de la escuela. Llamaré a la escuela esta semana para ver cómo te está yendo. ¿Hay algo que deba saber de antemano?

Nick hizo una mueca de dolor.

–Ehm. ¿No? Si llegas a oír algo sobre los hábitos de apareamiento de las tortugas, quiero que sepas que no empezó de esa forma y no tengo idea de cómo llegué ahí.

Su papá miró hacia el techo por razones que Nick no entendía.

–Tortugas.

–Y también quizás puedas tener un poco de misericordia si te enteras de algo sobre un examen sorpresa de historia. Hago énfasis en *sorpresa*. Lo que significa, injusto.

–Nick –le advirtió su padre.

–¡Debo irme, adiós! ¡Adiós, papá! ¡Adiós! Oficial Novato, muévete. Muévete ahora mismo. Ah, por Dios, ¿por qué sigues *sentado* ahí? Deja de mirarme así, no huelo tan mal. Bueno, puede ser, pero en serio. Cap te dijo que te movieras, así que *muévete.*

Aparentemente, al oficial Novato no le gustó que lo empujaran para que saliera de la delegación, pero Nick supuso que le vendría bien ganar experiencia.

✷ ✷ ✷

El oficial Novato no le dejó sentarse en el asiento del acompañante y, en cambio, lo confinó a la parte trasera, como un criminal más. Y dado que era la segunda vez en pocas horas que Nick viajaba en la parte trasera de una patrulla, no estaba de muy buen humor. A eso se le sumaba el hecho de que estaría castigado por lo que parecía ser el resto de su vida y que aparentemente su nariz estaba empezando a funcionar de nuevo y sentía su olor, aunque las ventanillas del coche estuvieran completamente bajas. No estaba teniendo un gran día.

Tampoco ayudó que, cuando recuperó su teléfono, tenía mensajes de Jazz (*NO TE CONVIERTAS EN UN SOPLÓN EN LA PRISIÓN PORQUE YA SABES LO QUE LES PASA A LOS SOPLONES*) y Gibby (*Tienes que bañarte en salsa de tomate idiota*), pero ninguno de Seth. Tampoco sabía nada de Owen, pero no le importaba mucho.

Seth, sin embargo, era una historia completamente diferente. No sabía si debía estar furioso o preocupado porque no le respondiera. A menos que se hubiera enfermado otra vez, Nick no entendía por qué Seth no podía tener, al menos, la cortesía de responderle sus numerosos mensajes, cada uno más irritado que el anterior. Después de todo, habían compartido dulces mexicanos en una especie de no-cita y Nick creía que eso había significado algo. Los últimos días habían estado… ¿bien? Claro, Nick no sabía realmente cómo se sentía con la idea de que él y Seth fueran… él y Seth, pero debió significar *algo* que su corazón se acelerara cuando lo vio en la escuela el día siguiente a su no-cita con un moño de unicornios pequeños. Se lo había quedado mirando por tanto tiempo que Seth se sonrojó y le preguntó si estaba bien. Nick había asentido, sin saber cómo decir algo que no terminara con *¿Por qué eres tan fabuloso todo el tiempo?*

Porque Nick estaba destinado a ser el novio de Shadow Star, ¿verdad? Después de todo, Shadow Star sabía su nombre antes de que Nick se lo dijera y le había dicho que era lindo. Sí, solo había repetido las palabras de Gibby para que les tomara la fotografía luego de que Nick, por accidente, le besara la cabeza; pero aun así, era *algo*.

Nick suspiró dramáticamente y se hundió aún más en el asiento.

—Mi vida amorosa es un desastre, oficial Novato.

—Ya te dije que me llamo Chris. Puedes llamarme así o sino oficial Morton.

Nick rio. Novato. ¿Con quién se creía que estaba tratando?

—Está bien, oficial Novato. Lo que digas. Como decía, mi vida amorosa es un desastre.

—No puedo creer que fui a la academia de policías para esto —musitó el oficial Novato—. Ser el chofer de un niño apestoso. No me pagan suficiente para lidiar con esto.

—Los policías están muy mal pagados —coincidió Nick—. En especial para el tipo de trabajo que hacen. Corren peligro todos los días y deberían recibir un salario acorde.

—Gracias —sonaba sorprendido—. Muy agradable de tu parte…

—Como decía, mi vida amorosa es un desastre. Todo apesta. —Giró hacia la ventanilla con una mirada triste—. Estoy sintiendo cosas, oficial Novato, y no sé qué hacer.

—Creo que no deberíamos hablar —dijo el oficial Novato—. Para hacer que esto sea más fácil para todos…

—Por un lado —lo interrumpió Nick—, está mi mejor amigo. Es fabuloso, divertido y maravilloso y, a veces, cuando está muy concentrado, arruga la frente y me dan ganas de hundir mi rostro en el suyo, incluso aunque no aparezca cuando lo había prometido.

—¿Entiendes lo que significa *no hablar para nada*? Porque hablo en serio cuando digo…

—Y, por *otro* lado, está Shadow Star. El Extraordinario que se ganó mi corazón porque es valiente, altruista y puede trepar por las paredes y derrotar maleantes. Y me salvó una vez y si bien, no le dije mi nombre completo, él ya lo sabía y dijo que yo era lindo. —Frunció el ceño—. Bueno, casi. Lo obligó mi amiga lesbiana, pero le creo porque él no mentiría con esas cosas.

El oficial Novato sonaba como si estuviera atravesando su propia crisis existencial.

—Serás un oficial de la ley, decían. Ayudarás a la gente, decían. Tendrás una *pistola eléctrica*, decían, aunque no la puedas usar cuando quisieras.

Nick apenas le prestó atención a lo que decía el oficial Novato.

—Además no significa que yo quiera tomar una decisión así, ¿sabes? Quiero decir, sí, algunos podrían decir que conozco a Seth desde prácticamente toda mi vida, mientras que Shadow Star y yo solo hablamos una vez por, digamos, cinco minutos. Pero esos cinco minutos fueron tan… *eléctricos*. Había algo entre los dos y fue grandioso. —Suspiró como perdido en sueños, mirando por la ventanilla—. Pero, por otro lado, Seth ahora está extrañamente musculoso. Es como si la pubertad le hubiera llegado tarde o no sé. No digo que me importe. Ya creía que era perfecto desde antes. Verás, usa pañuelos franceses, oficial Novato.

Si lo vieras, probablemente tú también querrías besarlo. –Volteó hacia el oficial Novato–. Aunque solo tiene dieciséis y tú tienes como treinta. Sería desagradable e ilegal. Borra esa imagen de tu cabeza ahora mismo.

–No tengo *treinta* –dijo el oficial Novato–. Tengo veinticuatro.

–¿Qué ra…? –Nick se quedó boquiabierto–. ¡Sigue siendo ilegal! ¿Por qué me lo discutes? ¡Mantente alejado de Seth!

–No estoy intentando… Sabes qué, no. No voy a caer en esto.

–Claro que no. Eres siniestro, oficial Novato.

El oficial Novato suspiró dramáticamente cuando se detuvo en una calle congestionada.

–Si te doy un consejo, ¿podemos terminar este viaje en silencio?

–Tengo TDAH. No hago muchas cosas en silencio.

El oficial Novato musitó algo por lo bajo. No sonó bonito. Grosero.

–Shadow Star está bien y todo eso, ¿okey? Lo entiendo. Es un Extraordinario y algunas de las cosas que hace son increíbles. Pero siempre va a poner las necesidades de Ciudad Nova primero. Vaya uno a saber por qué, pero cree que es su trabajo. Y tú no podrás competir contra eso.

–Pero…

–Y tienes a tu mejor amigo que parece ser un gran tipo. Quizás está más ocupado que antes, pero suena a que te preocupas mucho por él. Y lo conoces muy bien. ¿Por qué no te decides? La respuesta es obvia.

–Ah. Nunca lo había pensado de ese modo. –Entrecerró la vista–. ¿Cuáles son tus intenciones, oficial Novato? ¿Estás intentando convencerme de que elija a alguno para quedarte con el que no elija? Si no estás intentando salir con un adolescente, entonces tienes una especie de obsesión con los superhéroes y tú…

Un destello de luz los iluminó desde arriba, tan intenso y brillante como un meteoro.

Nick *conocía* esa luz.

Oyó algunos gritos afuera y se asomó por la ventanilla.

Allí, sobre las calles de Ciudad Nova, estaban Shadow Star y Pyro Storm.

Nick soltó un grito agudo cuando Pyro Storm le arrojó una bola de fuego a Shadow Star, quien saltó de la azotea de un edificio justo a tiempo para evitar quedar prendido fuego.

–Maldición –susurró el oficial Novato. Tomó el radio y gritó algo. Giró con cierta desesperación hacia Nick–. Tú *quédate aquí*, ¿entendido? Te juro que si sales de este coche te encontraré y te tiraré gas pimienta.

–Eso es intimidación policial… Ah, ya te fuiste.

El oficial Novato cerró la puerta de la patrulla con fuerza, mientras les pedía a gritos a las personas que regresaran a sus vehículos. El tráfico estaba completamente colapsado, así que no podían ir a ningún lado, pero Nick sabía que era más seguro estar adentro de los coches que afuera.

El oficial Novato desapareció corriendo por la calle, dejando a un niño rancio y apestoso prácticamente desnudo en el asiento trasero de su patrulla.

Después de todo, había sido un día muy raro.

Y cabe aclarar que Nick sí intentó hacerle caso al oficial Novato. De verdad lo intentó. Oyó la voz de Cap en su cabeza que le decía que su papá lo quería mucho y recordó su mirada de cansancio en la sala de interrogatorios.

El *problema* con todo esto fue que Nicholas Bell levantó la vista y vio a Pyro Storm asestándole una patada devastadora en la cabeza a Shadow Star, que lo hizo caer desde la pared de un edificio hacia un callejón oscuro.

–¡No! –gritó Nick cuando vio a Shadow Star cayendo. No podía ver dónde había caído, pero Pyro Storm desapareció en el mismo callejón.

Nick tomó una decisión.

Se quitó la manta y salió por la ventanilla de la patrulla.

Logró caer parado sobre la acera. Nadie pareció prestarle mucha atención, ya que estaban ocupados escapando en caso de que la batalla entre los Extraordinarios escalara y se tornara más violenta. Nick era consciente de que estaba en la calle en ropa interior y chanclas, pero no tenía tiempo para pensar que su cuerpo escuálido estaba expuesto a cualquier pervertido que estuviera mirándolo con lujuria. Avanzó a toda prisa hacia el callejón. Saltó sobre una alcantarilla humeante y aterrizó sobre algo húmedo que lo hizo soltar un quejido ahogado, pero se negó a mirar qué había pisado. Era mejor no saber.

El cielo estaba nublado y la falta de luz hacía que las sombras del largo callejón fueran más oscuras. Mientras avanzaba, miraba hacia todos lados, intentando encontrar a Shadow Star. Si estaba herido, debía protegerlo de Pyro Storm. Quizás Pyro Storm sentiría su olor y se iría corriendo en la dirección opuesta. Nick nunca hubiera querido que su superpoder fuera apestar, pero si funcionaba, lo reconsideraría para el futuro. El Hombre Apestoso, y su nombre de relación sería Shadowstoso. Necesitaba algunos ajustes.

Los sonidos de la calle se desvanecieron por detrás a medida que se adentraba cada vez más en el callejón, donde los edificios se elevaban a cado lado de un modo acechante, entre sombras que se estiraban y crecían hacia lo alto cuando pasó junto a un basurero rebalsado. Había algunas prendas de ropa colgadas sobre una soga, meciéndose al viento. Un gato salió corriendo frente a él y desapareció tras una pila de cajas viejas amontonadas contra la pared del edificio.

Volteó la cabeza para seguirlo y, mientras estaba distraído, se chocó con algo caliente.

Algo *ardiente*.

Fue en ese momento que Nick pensó que quizás debería haber escuchado al oficial Novato y haberse quedado en la patrulla.

Porque se había chocado con Pyro Storm. Su espalda, para ser más específico. Su capa, con un fuego estilizado en el centro, acarició las piernas desnudas de Nick.

—Ehm —logró decir Nick.

Pyro Storm volteó lentamente. Su máscara roja como la sangre le cubría prácticamente todo el rostro y solo dejaba a la vista su boca. Los huecos para los ojos estaban cubiertos por un material blanco que evitaba que Nick viera sus ojos.

—¿Por qué estás en ropa interior? —preguntó Pyro Storm. Levantó las manos como si quisiera atraparlo, pero, no, hoy no, *cretino*.

—¡Toma *esto*! —vociferó Nick de un modo heroico.

Y entonces le dio un puñetazo en la cara.

Si bien su papá siempre le decía que evitara las peleas, le había enseñado a defenderse. Por suerte, lo único que había golpeado en toda su vida había sido una bolsa de boxeo en el gimnasio al que iban en la época mágica conocida como Antes.

Pero Nick no se había olvidado de lo que había aprendido y, si bien el golpe no fue el mejor de la historia, fue bastante bueno. Llevó su brazo hacia atrás, cerró el puño y lo dejó volar.

Enseguida descubrió que Pyro Storm tenía una cabeza bastante dura. O tal vez la máscara estaba hecha del material más denso conocido por la humanidad. El dolor fue inmediato y atroz, tanto que su mano quedó adormecida rápidamente. Nick siseó entre dientes al alejar su brazo, sacudiéndolo mientras se retorcía de dolor.

—¿Me acabas de *golpear*? —gritó Pyro Storm—. ¿Por qué harías eso? —Su voz estaba modulada igual que la de Shadow Star, más grave de lo que probablemente era en la vida real.

—¡Porque eres un villano! —gritó Nick, sujetándose la mano contra el pecho—. Y lastimas a Shadow Star, por quien creo sentir algo, aunque últimamente se ha complicado por otros factores.

—Ah, por Dios —dijo Pyro Storm, frotándose la cara—. ¿Y por eso me golpeas? ¿Quién hace eso?

Nick parpadeó.

—Bueno, supongo que... ¿yo?

Pyro Storm suspiró.

—¿Te lastimaste la mano?

Nick lo miró con sospechas.

—¿Un poco? Pero ¿qué te importa? ¿No deberías secuestrarme y atarme en la cima de un puente o algo por el estilo mientras alardeas de tus planes para apoderarte de Ciudad Nova?

—Eres tan tonto —musitó Pyro Storm—. Déjame ver tu... —hizo una mueca de asco y retrocedió—. ¿Qué es ese *olor*?

Nick. Era todo Nick.

—No tengo idea —dijo—. Probablemente sea este callejón apestoso. Creo que hace un rato pisé algo que solía estar vivo, entonces...

Nick intentó retroceder, pero el villano lo sujetó de la mano, así que no llegó muy lejos. Pyro Storm tenía guantes muy gruesos, pero Nick aún podía sentir el calor que emanaba de él. Acercó la mano a su cara y sus lentes blancos destellaron con intensidad, como si la estuviera *escaneando*. Le presionó los nudillos y Nick siseó un poco del dolor.

—No está rota —dijo finalmente Pyro Storm—. Te hiciste un rasguño, pero está bien. Solo ponte un poco de hielo cuando vuelvas a tu casa para que no se te inflame.

Nick apartó su mano rápido.

—Entonces ¿no me secuestrarás para pedir una recompensa para tus planes maléficos?

—¿Qué? ¿Por qué haría eso? Mira, Nick, no es lo que crees, ¿está bien? Yo no…

—Nunca te dije mi nombre. —Apenas podía respirar cuando dio otro paso hacia atrás.

—Sí, claro que sí —dijo Pyro Storm—. Justo antes de golpearme la cara.

Nick lo miró fijo.

—De verdad, creo que no.

—¿A quién le creerías? ¿A mí? ¿O a ti, que estás parado en un callejón con… esos… ¿tienes leones en tus interiores?

Nick intentó taparse lo mejor que pudo, preguntándose que decía de su vida estar parado en un callejón con el malvado villano, Pyro Storm, mirándole sus partes íntimas. Probablemente nada bueno.

—¡Fue un día de leones!

—¿Qué rayos significa eso?

Nick no estaba seguro.

—Tenía sentido cuando me levanté esta mañana.

—Mira, Nick, vuelve a casa, ¿está bien? No puedes estar aquí. No para esto —dijo Pyro Storm, volteando para marcharse.

—¡No puedes lastimarlo! —exclamó Nick, irritado—. ¡No puedes lastimar a Shadow Star!

Pyro Storm se detuvo y dejó caer sus hombros.

—No intento lastimar a nadie.

Mentiras, nada más que *mentiras*, y eso lo enfureció más.

—Ehm, sí. Claro que sí. ¡Es lo que haces! Siempre intentas llevar a cabo un plan maléfico para crear caos y descontento y, cada vez que lo haces, te detiene el héroe de Ciudad Nova. Ser su archienemigo no significa que debas lastimarlo todo el tiempo. ¿Por qué no puedes ser bueno? ¿No sería más fácil si fueran amigos? De esa forma, los dos podrían ser héroes y atrapar a los ladrones de bancos, proxenetas, narcotraficantes o corredores de bolsa que cometen fraude.

Pyro Storm volteó sobre su hombro hacia Nick.

—Lo tienes resuelto entonces, ¿eh? Yo soy el malo y Shadow Star es el bueno.

Nick parpadeó.

—Ehm, ¿sí?

—¿Y si te equivocas?

Y con una explosión de fuego, Pyro Storm se fue volando por el callejón.

Nick se quedó mirándolo hasta que el rastro de humo se disipó.

Por un momento, le pareció ver algo moviéndose entre las sombras.

Pero cuando se acercó, no vio nada.

✳ ✳ ✳

—¿Por qué tardaste tanto? —le preguntó Nick al oficial Novato cuando regresó a la patrulla—. Me quedé sentado aquí como dijiste. Durante *horas*. En ningún momento consideré salir por la ventanilla.

El oficial Novato movió la cabeza de lado a lado.

—Fueron cuarenta y cinco minutos. Y gracias por no… ¿Cómo demonios es posible que estés *más* sucio?

Nick se encogió de hombros.

—Un sujeto pasó corriendo y me tiró algo asqueroso por la ventanilla. Fue muy traumático. Me gustaría ir a mi casa, donde puedo estar lejos de todos estos problemas por siempre. Oficial Novato, realmente me abriste la cabeza de maneras en las que mi papá nunca pudo. Deberías estar orgulloso de ayudarme a no caer en una vida de delitos.

El oficial Novato frunció el ceño.

–¿En serio?

Ay, pobre Novato. Nunca sobrevivirá este trabajo.

–Ah, sí. Considérame como tu primera historia de éxito.

El oficial Novato se rascó la barbilla.

–Ehm. Guau. Se siente bien. Gracias. Necesitaba oír eso. Shadow Star y Pyro Storm se me escaparon y me sentía bastante mal.

–¡Grandioso! –dijo Nick contento–. Para eso estoy.

El oficial Novato silbó durante el resto del viaje a la casa de Nick.

13

La mañana siguiente le sorprendió encontrar a Owen Burke esperándolo en la puerta de su casa.

Le esbozó una sonrisa.

–Hola, Nicky.

–¿Hola? –Miró detrás de Owen, pero parecía estar solo–. ¿Qué haces aquí?

Owen se encogió de hombros y entró a la casa de Nick.

–¿Necesito una razón para visitar a mi querido amigo?

Nick cerró la puerta lentamente.

–Yo… no describiría así nuestra relación.

Owen movió los hombros para quitarse la chaqueta y la colgó en un perchero junto a la puerta. Llevaba una camiseta verde con cuello en V que dejaba a la vista su pecho. Nick se rehusó a mirarlo.

–Y entonces, ¿cómo la describirías?

Era demasiado temprano para preguntas tan profundas.

—Rencorosa —respondió Nick—. ¿Qué quieres?

—Ay, Nicky. Vine a disculparme por no ir ayer. —Siguió moviéndose con libertad por su casa, sin apartar la mano de la pared—. Jazz me contó lo que pasó.

Claro que lo había hecho.

—Traidora —musitó Nick mientras seguía a Owen—. De todos modos, eso no explica por qué estás aquí un domingo por la mañana. Podrías haber esperado a mañana para que nos viéramos en la escuela.

—Se sintió importante —respondió Owen—. Me había olvidado de lo… pintoresca que es tu casa. Es bonita.

—Guau, eso no fue para nada condescendiente.

Owen le esbozó otra sonrisa mientras entraban a la cocina.

—No funcionó. Me gusta estar aquí. Siempre me gustó. ¿Recuerdas esa vez que nos besamos contra el refrigerador? Fue divertido. —Tomó un trozo de tocino que había sobrado del desayuno y la mordió.

—Hurra —dijo Nick—. Me encantan nuestros recuerdos.

—¿En serio?

—No. No puedes estar aquí. Me meterás en más problemas de los que ya estoy. Mi papá está durmiendo arriba y no tengo permitido ver a nadie. Ni escribirle a nadie con mi teléfono. Ni hacer prácticamente nada, además de quedarme sentado en la cama y contemplar lo miserable que es mi vida.

Owen chasqueó la lengua.

—¿Estás castigado?

—Indefinidamente.

—Eso apesta. Pero supongo que eso es lo que pasa cuando saltas a un río para convertirte en un Extraordinario.

—Ni me lo recuerdes —musitó Nick y empezó a levantar los platos de la mesa—. En retrospectiva, no fue una de mis mejores ideas.

—Pudo haber costado trabajo —coincidió Owen—. Pero tu corazón está en el lugar correcto. —Se detuvo frente a la encimera y miró la página del periódico que el padre de Nick había estado leyendo—. ¿Qué es esto?

Nick gruñó.

—¿Puedes dejar de ser tan entrometido? Creo que es mejor que te vayas. Todavía me duele la cabeza por los olores de ayer. Estoy cansado y malhumorado. Quiero volver a la cama y sentir lástima de mí.

—*El castigo de Nicholas Bell* —leyó Owen en el periódico—. Uff, eso no suena bien.

No sonaba bien. Su papá aún creía que era divertido, aunque lo estuviera sentenciando a cadena perpetua.

—Digamos que el desayuno de esta mañana no fue uno de los mejores. No ayudó que me fuera mal en el examen de historia. ¿Sabías que los maestros responden correos electrónicos los fines de semana? *Yo no lo sabía.* ¿Acaso tienen vida fuera de la escuela? De verdad creo que tienen que dejar de preocuparse tanto por el futuro de sus estudiantes.

—Es bastante largo —murmuró Owen—. Nada de televisión, nada de Internet. El teléfono solo para emergencias. Dos horas de tarea de la escuela todas las noches. Una lista de tareas de la casa. *Pintar los zócalos.* ¿Qué rayos es un zócalo?

—La pesadilla de mi existencia —respondió Nick, quitándole el papel con *El castigo de Nicholas Bell*—. Solo es trabajo para mantenerme alejado de los problemas.

—No es necesariamente algo malo.

Nick lo miró con el ceño fruncido mientras doblaba nuevamente el papel y lo guardaba en su bolsillo.

—Ah, Dios. Gracias. Agradezco mucho que le des la razón a mi papá. Quizás deberías considerar trabajar en tu relación con el tuyo antes de… agh. Lo siento. Eso… no estuvo bien.

Owen se encogió de hombros, aunque Nick vio la forma en la que había tensado la piel alrededor de sus ojos.

—Tienes razón. Yo no… Al menos tu papá se preocupa por ti.

No le gustaba sentir lástima por Owen Burke tan temprano un domingo. No luego del día que había tenido.

—Supongo. Pero creo que se preocupa demasiado.

—Es tu papá. Se supone que debe hacerlo.

Nick puso los ojos en blanco mientras levantaba los últimos platos.

—Lo tendré en cuenta. Mira, fue…

Owen golpeteó sus dedos contra la mesada.

—¿Sabes algo de Seth?

Eso hizo que Nick se detuviera.

—Ehm, ¿qué? ¿Por qué?

—Gibby me contó que Seth tampoco fue ayer.

Otro traidor.

—Sí. —Dejó los tazones en el fregadero—. Necesito nuevos amigos.

—Ay, Nicky. No pongas esa cara. Me siento muy mal por eso. Hablo en serio.

—No, claro que no. Me escribió anoche. Me dijo que le había surgido algo y que me lo explicaría luego.

—Guau —dijo Owen, algo entusiasmado—. Eso parece estar pasando bastante seguido últimamente. Me pregunto qué será.

—No sé —confesó Nick, abriendo el grifo y tomando un tazón—. Es… complicado, supongo. O eso dice.

—¿Todavía siguen ridículamente enamorados?

Nick dejó caer el tazón en el fregadero. Hizo un ruido muy fuerte. Se quedó congelado, atento a algún movimiento arriba. Pero no escuchó nada. Cerró el grifo y volteó hacia Owen.

—¿De qué rayos estás hablando?

—Como si tuviera que decírtelo. —Owen rio.

—Inténtalo.

—Seth siempre estuvo enamorado de ti —dijo Owen, sentándose en la mesada como si fuera suya—. Todo el mundo lo sabe.

La atención, o su total falta, era una perra.

—¿Lo saben? ¡Yo no sabía nada!

—Eso es porque eres adorablemente despistado con la mayoría de las cosas. —Esbozó una sonrisa—. A mí eso me parece lindo.

—¿Desde cuándo está enamorado de mí? —preguntó Nick, demandante—. ¿Y por qué no me lo dijiste antes?

Owen rio, mostrando su dentadura perfecta.

—Porque yo también estaba enamorado de ti. ¿Por qué te lo diría cuando te quería todo para mí?

Nick hizo una mueca de asco.

—Amigo, eso es asqueroso. Tú eres asqueroso.

—Ehm, nunca dije que fuera un santo. Además, esto es así desde hace mucho tiempo. Quizás no ves la manera que te mira, pero el resto de nosotros sí. Y no es solo él. Cuando nosotros estábamos saliendo, nunca dejabas de repetir *Seth hizo esto* o *Seth dijo esto otro*. Honestamente, empezó a ser molesto al cabo de los primeros días.

—¡Estuvimos juntos por tres meses! —Algo así. *Juntos* era un poco exagerado.

—Ya lo sé —respondió Owen—. Imagina cómo me sentía al final. —Pestañeó varias veces—. Incluso empecé a dudar de mi propio valor.

–Mentira. Eres la persona más engreída que conozco.

Owen presionó una mano sobre su pecho.

–Eso duele. Aquí. Y sí me lastimó, supongo. Todo era Seth, Seth, Seth. Siempre fue así.

–Esto cambia un poco las cosas –dijo Nick, sintiéndose algo mareado–. ¿Tengo que disculparme? No sé si deba hacerlo.

Owen sacudió la mano.

–No, lo superé hace mucho.

–De todas formas, lo siento.

–Podrías compensármelo si quieres, sabes.

A Nick no le gustaba cómo sonaba eso.

–¿Cómo?

Owen levantó las cejas varias veces.

–¿Por los viejos tiempos?

Sí, no.

–Nunca más. Considéralo un lapsus extendido en el sentido común, algo que no volverá a suceder.

–Me lastimas.

–No creo que eso sea posible. –Aunque Nick no sabía si seguía creyendo eso. No se había dado cuenta de que Owen, de hecho, era capaz de sentir dolor. Por supuesto, era humano, pero siempre se había comportado tan relajado y frío y…–. Tú terminaste conmigo.

–Así es –coincidió Owen, sonando aburrido–. Creí que sería lo mejor, lo correcto y todo eso. Soy un tipo bueno.

–La verdad que no. En general.

–En general. Me quedo con eso. Entonces, estás enamorado o lo que sea. Qué bien, amigo.

–Yo no… no… agh. –Frotó una mano sobre su rostro–. No sé qué estoy haciendo. Todo esto es tan raro ahora. No dormí bien anoche. No luego de lo que me dijo Pyro Storm…

—¿Pyro Storm? –lo interrumpió Owen y Nick levantó la vista para ver sus ojos entrecerrados–. ¿Hablaste con Pyro Storm?

Nick asintió.

—Fue… No sé qué fue. Se suponía que era el malo, pero…

Owen se bajó de la mesada y miró a Nick con el ceño fruncido.

—Nick, ¿qué rayos estás haciendo? Pyro Storm es *peligroso*. Podrías haber salido lastimado.

—Ya lo sé. Pero ese es el tema –dijo y empezó a caminar de un lado a otro–. Él y Shadow Star estaban peleando ayer, ¿sí? Y todo era *pum, pam, pum* y luego cuando estaba en el callejón en ropa interior…

—Espera, ¿*qué*?

—… y apareció Pyro Storm y lo golpeé en la cara y me revisó la mano para asegurarse de que estuviera bien, fue todo muy extraño. Quiero decir, si realmente fuera un villano, ¿por qué no me rostizó ahí mismo? Y también ocurrió *otra* cosa. ¡Sabía mi nombre! Como Shadow Star. ¿Por qué los dos saben mi nombre? ¿Soy como la hierba gatera para los Extraordinarios y todos me quieren a mí como su premio? –Dejó de caminar y pensó con más intensidad–. No debería tener estas imágenes en mi cabeza. Quiero decir, ¿cómo sería con los tres? Habría demasiados *dedos*…

—Creí que el único que te importaba era Shadow Star –dijo Owen con rigidez–. O sea, él fue el primero y todo eso, ¿verdad?

—Ese es el asunto –dijo Nick–. Creo que no. Tengo que mostrarte algo. Ven a mi habitación.

—No hace falta que me lo pidas dos veces. ¿Quieres que me quite la ropa ahora o…?

—Ah, por Dios, déjate la ropa puesta o te voy a empujar por las escaleras.

Owen levantó las manos, derrotado.

–Qué violento. ¿Siempre fuiste así? Si es así, me alegra haber escapado con vida.

Nick lo ignoró y fue hacia la escalera, sabiendo que Owen lo seguiría. Una vez arriba, se detuvo frente a la puerta del dormitorio de su padre y escuchó con atención. Puso un dedo sobre su boca para que Owen mantuviera la boca cerrada. Hubo un momento de silencio y luego un ronquido fuerte al otro lado de la puerta. Nick suspiró aliviado y continuó hacia su habitación.

Esperó a que Owen entrara y cerró la puerta en silencio. Se acercó a su cama y levantó el colchón. Debajo de las sábanas había hojas que había ocultado la noche anterior.

–¿Vamos a ver tu colección de pornografía? –preguntó Owen–. Debo confesarlo, Nicky, no creo que tú y yo tengamos los mismos gustos. Los tipos con calzas no son lo mío.

Nick se quejó mientras sacaba las hojas y acomodó el colchón nuevamente en su lugar.

–No es pornografía. Son cosas que imprimí anoche antes de que mi papá me dejara sin internet cuando volvió a casa.

–¿Hablaba en serio con lo de quitarte internet? –preguntó Owen, con los ojos bien abiertos–. ¿Cómo vas a sobrevivir?

–No lo sé. Dijo que cuando *él* era joven, tenían que ir a la biblioteca para buscar cosas. No puedo creer que antes las cosas fueran tan arcaicas. ¿Te imaginas tener que usar un mapa físico para encontrar una dirección? Si yo tuviera que hacer eso, probablemente me perdería y moriría. Es absurdo. Deberías ver fotos de él en los ochenta. No puedo creer que la humanidad haya sobrevivido esa década, menos con esos peinados. –Extendió las hojas sobre su cama–. Muy bien, mira. Aquí está, ¿ves?

Hace dos años, después de... Bueno. Después. Es... —Tragó con fuerza, sorprendido por lo mal que le había hecho el recuerdo.

Sintió una mano sobre su hombro.

—Está bien, Nicky. Tómate tu tiempo.

Movió el hombro para quitarle la mano y sacudió la cabeza. Concéntrate, concéntrate.

—Estoy bien. —Se aclaró la garganta y lo intentó una vez más—. Bueno, como te decía, hace dos años, recibimos reportes de un nuevo Extraordinario en Ciudad Nova. No ocurría desde hacía años, cuando Guardián desapareció. Se registraron avistamientos de sombras vivas y delincuentes que eran atacados por sus propias sombras hasta que llegaba la policía. Pasaron solo unas semanas hasta que Rebecca Firestone tomó la historia y se convirtió en la supuesta vocera oficial del Extraordinario conocido como Shadow Star.

—No te gusta para nada, ¿verdad?

Nick resopló.

—Estoy completamente convencido de que tiene amenazado a Shadow Star de algún modo y lo está obligando a cooperar con ella, aunque él sepa que es malvada y probablemente intente robarle el alma.

—No está *tan* mal. O sea, es atractiva. Al menos tiene eso.

Nick lo ignoró, solo porque todavía le dolía la mano por haber golpeado a Pyro Storm el día anterior y no quería lastimarse más.

—Unos meses más tarde, Shadow Star y Pyro Storm tuvieron su primera pelea. —Revolvió las páginas hasta que encontró lo que buscaba—. Rebecca Firestone la reportó antes que nadie y dijo que había un nuevo Extraordinario en Ciudad Nova, uno que estaba causando caos y destrucción, y le impedía a Shadow Star hacer su trabajo.

Owen sonaba como si se estuviera conteniendo la risa.

–¿Imprimiste una captura de pantalla de un video de YouTube para tu investigación?

Era obvio que se fijaría en eso.

–Tenía prisa. No estaba pensando. Deja… Deja de reírte, Owen, ¡por Dios! Entonces, luego, *La Gaceta de Ciudad Nova* publicó la historia y escribió en la primera plana que Shadow Star tenía un nuevo enemigo. Y todo el mundo les siguió la corriente. Más tarde, Shadow Star le concedió una entrevista a Rebecca Firestone y dijo que estaba haciendo todo lo posible para evitar que Pyro Storm se apoderara de la ciudad. Él llegó primero y quiere mantenernos a salvo.

–Okey –dijo Owen lentamente–. Y… ¿qué tiene? ¿Crees que Pyro Storm no es en realidad malo?

Nick vaciló.

–O sea, tiene que serlo, ¿verdad? Hizo todas estas cosas ilegales y Shadow Star siempre lo detuvo. Y luego están todas esas veces en las que pelearon cuando Pyro Storm intentaba apoderarse de la ciudad. Pero no se trata de eso. Mira. –Le entregó otra impresión a Owen.

–*Misteriosa extinción de incendio en un rascacielos* –leyó Owen obedientemente–. Me acuerdo de esto. Fue un incendio de grado cuatro, ¿verdad? Se extendió más rápido de lo que esperaban.

–Sí –respondió Nick con mucho entusiasmo–. Y había gente atrapada que no podía salir y no había manera de llegar a ellos en treinta pisos distintos. Hasta que, por alguna razón, el fuego se apagó *solo*. Nadie podía explicar cómo ocurrió. Ni por qué.

–Y tú crees que fue Pyro Storm.

Maldición, sí.

–¿Quién más podría ser? ¿Es el único Extraordinario que puede manipular el fuego y de repente un infierno abrasador se apaga solo? ¡Vamos!

Owen frunció el ceño.

—No lo sé, Nicky, pero digamos que tienes razón. Digamos que sí apagó el fuego. Pero creo que también hay que preguntarse, ¿qué tal si él lo inició?

Nick negó con la cabeza.

—Ese es el problema. No fue él. Fue un problema eléctrico en diferentes pisos. Descubrieron que los electricistas recortaron gastos. La ciudad llevó a cabo una investigación y descubrió que no había sido la primera vez que hacían eso. También encontraron más irregularidades en otros doce proyectos de construcción. Se presentaron múltiples demandas, la empresa contratista quebró y los culpables fueron llevados a prisión por lo que hicieron.

—Pero eso no parece tener nada que ver con todo esto —puntualizó Owen.

—Entonces, ¿dices que es pura coincidencia que haya elegido un edificio donde había alguien más a quien culpar?

—O sabía que era una posibilidad —dijo Owen—. Mira, Nick, entiendo lo que dices. Quizás Pyro Storm sí apagó ese incendio. Pero eso no significa que sea bueno.

Nick frunció el ceño.

—No digo que sea bueno. Solo intento demostrar que él llegó primero. Los incendios ocurrieron semanas antes de que se reportaran los primeros avistamientos de Shadow Star. Y también hay otros incendios que datan de mucho antes, meses incluso, donde el fuego se apagó por causas que aún no se pueden explicar.

Owen se encogió de hombros.

—Okey, digamos que tienes razón. ¿Qué tiene?

Nick lo miró boquiabierto.

—¿Qué *tiene*? ¿Cómo puedes decir…?

—¿Cuál es el punto de todo esto? —preguntó Owen, sacudiendo una mano hacia los papeles sobre la cama de Nick—. ¿Qué quieres demostrar? ¿Qué diferencia hace que Pyro Storm haya estado primero? ¿Qué importa?

Nick miró la cama, perdido en un torbellino de pensamientos.

—No... sé.

—Lo entiendo, Nick. De verdad, estás obsesionado, ¿sabes? Es solo parte de lo que eres. Te aferras a las cosas y avanzas como si llevaras anteojeras. Es adorable. En gran parte.

Adorable. Ya lo habían llamado de esa manera antes, pero nunca sonaba bien.

—Gracias.

—No quiero sonar como un cretino —agregó Owen con sutileza—. Solo te digo las cosas como son. Quiero saber por qué te importa tanto. Bien, Pyro Storm llegó primero. O quizás fue Shadow Star. O quizás los dos llegaron al mismo tiempo. Mires como lo mires, no cambia cómo están las cosas ahora, ¿verdad? ¿Alguna vez te detuviste a pensar qué ocurriría si los dos fueran villanos?

Nick sacudió la cabeza enérgicamente.

—Así no funcionan las cosas. Siempre hay un héroe y su opuesto. Siempre fue así.

—La vida no es una historieta, Nick. No siempre hay bien y mal.

—Ya lo sé, pero...

—¿Quién sería tu opuesto?

Nick parpadeó, confundido.

—¿Qué?

Owen inclinó la cabeza hacia un lado.

—Quieres convertirte en un Extraordinario, ¿verdad? Ese es el punto de todo tu jueguito.

Qué cretino.

—*No* es un jueguito…

—Digamos que lo logras. ¿Quién sería tu opuesto? Tendría que ser alguien terrible, ¿verdad? Porque tú eres tan bueno.

Nick rio nerviosamente. Nunca había considerado eso. Tenía sentido. Si era un héroe, necesitaría un antagonista complementario. Un yang para su yin.

—No soy tan bueno. Pregúntale a mi papá.

Owen extendió un brazo y sujetó la mano de Nick con fuerza antes de que la apartara.

—Quizás no entiende.

—¿A qué te refieres?

Owen se encogió de hombros.

—A ti. Cómo funciona tu mente, cómo ves las cosas. Creo que la mayoría de las personas no lo entiende. O sea, aquí estás, rompiéndote el alma intentando ser algo más y ¿qué recibes?

Una alarma resonó en su cabeza.

—Ah, oye. No. No es tan malo, supongo. Él solo…

Owen rio.

—Eres prácticamente un prisionero en tu propia casa.

—Bueno… sí. Ese es el punto de estar castigado.

—Pero ¿no crees que eres lo suficientemente grande y astuto como para tomar tus propias decisiones?

Ah, Dios.

—Tengo dieciséis. Salté a un río mugroso con un anillo que le compré a una *drag queen* por internet. Eso es evidencia empírica de que no pueden confiar en mí para prácticamente nada.

La sonrisa de Owen era deslumbrante.

—Fuiste engañado entonces. Pero tu corazón estaba en el lugar correcto. Querías convertirte en algo más de lo que eres. Lo entiendo, Nick, de verdad. Quizás mejor que nadie. Tu viejito se calza un arma en la cintura, una placa en el pecho y sale a trabajar todos los días, sabiendo que existe la posibilidad de que no regrese a su casa. Y eso da miedo. Entonces tú, con toda tu sabiduría, intentas convertirte en algo mejor para protegerlo.

Nick empezó a sentir que el suelo bajo sus pies se movía. Nadie más había entendido eso. ¿Por qué tenía que ser Owen?

—¿Cómo lo sabías?

—Porque te conozco, Nick. Somos sapos del mismo pozo. Dos caras de la misma moneda. Es como un baile entre tú y yo.

Nick se sentó al borde de la cama antes de que sus piernas cedieran.

Owen se quedó parado a solo unos pocos pasos de él.

—Yo sé que empezó como algo más. Tu pequeño amorío con Shadow Star es lindo. Pero tienes una profundidad que no creo que la gente vea.

—¿Y tú sí?

Owen rio.

—Ehm. La gente me subestima y ellos se lo pierden. Ellos solo ven a un niño rico caprichoso que hace lo que quiere sin pensar en las consecuencias.

—Ehm. Pero tú *eres* un niño caprichoso que hace lo que quiere sin pensar en las consecuencias. Sin ofender —agregó apresuradamente.

—Quizás. Pero eso es solo una parte de lo que soy. Verás, Nick, cuando la gente te subestima, tiende a darte por perdido. No ven lo que hay debajo de la superficie. Tú me conoces. Yo no soy *solo* eso.

Owen tenía un punto. Sí, era un cretino y definitivamente era un niño rico caprichoso, pero también era divertido, inteligente y, a veces, podía ser amable. Claro, por lo general, era luego de haber hecho algo siniestro y casi cruel, pero Nick tampoco era ningún santo.

—Tu papá.

Owen hizo una mueca, pero la tapó enseguida.

—Es complicado. Mis padres no son como los tuyos. Mi papá no es como el tuyo. Él no necesita protección. Tiene un equipo de seguridad que se encarga de eso. Pero eso no significa que yo lo quiera menos. Haría cualquier cosa por él, solo para que vea que también soy alguien capaz. Alguien valioso.

—Pero lo eres —dijo Nick con honestidad—. Estás bastante bien.

—Guau, gracias por el cumplido. De verdad. Me aceleras el corazón.

—Hablo en serio. —Casi.

Owen lo miró durante un momento.

—Okey.

—¿Okey?

—Sí, okey. Dios. No seas tan pesado, Bell. Tienes una reputación que mantener. O algo así.

A Nick le dolía la cabeza. Estaba exhausto, pero logró sobreponerse.

—Quiero hacer algo importante. Estaba… bien. Antes. Pero luego se convirtió en Después y dejó de estar bien. Lo *intento*. De verdad que sí. Quizás todo esto empezó por querer la atención de Shadow Star…

—No está mal. Eres un fanático obsesivo. Como esas niñas que van a recitales de K-pop y arrojan su ropa interior al escenario.

—… pero resultó ser algo más. Y yo puedo hacerlo. Sé que sí. Solo necesito descubrir cómo. Ya no quiero ser el niño raro. No quiero que mi boca diga cosas antes de que mi cerebro las piense. No quiero tomar medicación para poder concentrarme. Solo… quiero hacerlo solo. Quiero que me vean. —Tragó saliva con dificultad—. Quiero importar.

Owen asintió lentamente.

–Es como los Extraordinarios. Shadow Star y Pyro Storm. La gente los ve como el bien y el mal. Como blanco y negro. Pero ¿quiénes son detrás de la máscara? ¿Por qué se convirtieron en las personas que son? ¿Por qué Shadow Star es un héroe? ¿Por qué Pyro Storm es un villano? ¿No quieres descubrirlo?

Sí. Claro que sí.

–Es lo que estoy intentando…

Owen lo calló con un gesto de su mano.

–Ah, lo sé. Estás intentando. Es adorable.

Otra vez esa palabra.

–Es una forma de verlo –musitó Nick.

–¿Qué tal si…? –empezó a decir Owen, pero sacudió la cabeza–. No, no creo que sea una buena idea.

Mordió el anzuelo.

–¿Qué?

Owen esbozó una sonrisa tensa.

–Lo entiendo. A veces, yo también tengo ideas tontas en mi cabeza. Pienso en algo, pero probablemente no funcione. Lo mejor es no pensarlo.

–¿Qué cosa? –exigió Nick–. ¡Dime!

Owen parecía dubitativo.

–O sea, es peligroso. Y llevará mucho trabajo. Y no se lo podemos contar a nadie.

Nick se sentía como si estuviera a punto de explotar.

–¿Qué sabes?

Owen miró a la puerta, como si se estuviera asegurando de que estuviera cerrada y que nadie estuviera oyendo al otro lado.

—¿Qué tal si te dijera que hay una forma de convertirse en un Extraordinario y lo único que tienes que hacer es arriesgarte?

Nick sintió un escalofrío recorrerle sus brazos y los pelos de su nuca se erizaron como si estuvieran electrificados.

—¿De qué estás hablando?

—No debería estar contándote nada —dijo Owen con seriedad—. Pero no sé a quién más decírselo.

—Puedes contármelo a mí —dijo Nick—. Puedo mantener el secreto.

—¿En serio? Eso es algo que siempre me gustó de ti. —Se sentó a un lado de Nick en la cama. Sus rodillas se rozaron y hubo un minuto de silencio. Nick pensó que estaba a punto de salirse de su piel, pero entonces—. Escuché a mi papá hablando en su oficina en casa.

Eso no era lo que Nick esperaba. ¿Simon Burke? ¿Qué demonios tenía que ver él con los Extraordinarios?

—¿Sobre qué?

Owen bajó la voz hasta que no era más que un susurro.

—Algo grande. Algo ultrasecreto. Algo que no quiere que nadie sepa. Las Farmacéuticas Burke. Los tres pisos superiores son para investigaciones y desarrollos. Muchos científicos están trabajando en el próximo gran procedimiento para curar enfermedades. O hacerte adelgazar. O hacerte más bonito. O más inteligente. Para crear agua potable. Para mejorar las cosechas. Las Farmacéuticas Burke están en el negocio de hacer que el mundo sea un lugar mejor porque el futuro empieza hoy.

—Todos sabemos eso —dijo Nick lentamente—. Es el eslogan que muestran en todos sus comerciales.

—Sí, es su cara pública. Pero ¿qué tal si te dijera que hay otro piso en la Torre Burke? ¿Uno que solo unos pocos conocen? Enterrado bajo las calles de Ciudad Nova.

El corazón de Nick se detuvo.

−¿Qué hacen ahí?

−Ah, más investigaciones y desarrollos, pero nada que muestren en sus campañas publicitarias. Es todo muy secreto, pero me subestiman mucho, incluso él. No esperaba que lo escuchara. No esperaba que me importara. Tenía la puerta abierta y escuché todo.

−¿Qué cosa?

Owen miró sus manos.

−¿Puedo confiar en ti, Nicky?

Tenía que mantener la calma. Tranquilo.

−Sabes que sí. O sea, somos amigos, ¿verdad?

Owen esbozó una sonrisa.

−Sí, eso creo. −Respiró profundo y exhaló lentamente−. Mi papá descubrió una manera de crear Extraordinarios.

Y Nick... no sabía qué hacer con eso. Empezó a reír a carcajadas y solo se detuvo cuando notó que Owen no lo acompañaba. Era ridículo, ¿verdad? Claro que sí. No había manera de que...

−¿De qué rayos estás hablando?

−Es una píldora. Una píldora pequeña y diminuta. Y, según el tipo que sea, puede convertirte en humo o darte la capacidad de invocar tormentas. −Levantó la vista hacia Nick−. Una píldora y podrías *volar*.

Nick estaba sin palabras. Apenas podía emitir el más mínimo sonido.

−Creo que es para uso militar −continuó Owen como si no le acabara de volar la cabeza a Nick−. Para hacer soldados más rápidos, mejores y fuertes. Al menos, así es como empezó. Pero ¿imaginas lo que ocurriría si *tú* la tomaras? Nick, podrías ser el Extraordinario que siempre quisiste ser. Pero hay un problema, claro, porque no dura para siempre, tienes que *seguir* tomando las píldoras para mantener los poderes. Pero estás acostumbrado a eso, ¿verdad? Ya tomas medicamentos. Será fácil, Nicky. Solo que…

Nick logró encontrar su voz, aunque sonó áspera.

—¿Qué cosa?

Owen parecía arrepentido.

—Yo no debería saber nada de todo esto. Nadie debería. Y está en un piso seguro de la Torre Burke. Incluso aunque pudiera robarle la tarjeta de acceso a mi padre sin que se entere y encontrar la manera de apagar el sistema de seguridad, sería peligroso. No podría hacerlo solo.

Nick se quedó pálido.

—Yo no…

—¿Esa es tu mamá?

Nick siguió la vista de Owen, mientras su mente trabajaba a toda prisa. La fotografía sobre su mesa de noche.

—Sí. Es… ella. Mira, Owen, no sé si…

—Es bonita. Nunca había visto una foto de ella. Debió haber sido muy difícil.

Nick apartó la cabeza.

—Lo fue.

Sintió la mano de Owen sobre la suya una vez más.

—No puedo imaginar lo que atravesaste. No creo que nadie pueda. Es… diferente. Pero sé lo que se siente perder a alguien, Nick. Y desear que nunca más vuelva a ocurrir. Te quedas acostado por la noche pensando qué hubiera pasado si tan solo hubieras estado allí. Si tan solo hubieras tenido el poder de hacer algo para evitar que sucediera, o, al menos, para evitar que algo así vuelva a ocurrir. A ti. A otros. Sé lo que se siente no querer tener miedo. Poder *hacer* algo al respecto. Y yo podría hacer eso por ti, si me lo permites.

Nick se levantó abruptamente. La mano de Owen cayó sobre la cama. De repente, Nick no sabía qué estaba haciendo ni cómo había llegado tan lejos. No quería que Owen estuviera en su habitación ni en su casa. Parecía demasiado.

—No puedo hacerlo.

Owen parecía sorprendido.

—¿Qué?

Nick sacudió la cabeza.

—Mira, sé que intentas ayudarme. Gracias por eso. Pero quizás todo esto fue una idea estúpida desde el principio. Yo intentando convertirme en un Extraordinario. Es ridículo, ¿okey? Lo sé. Incluso aunque quisiera que funcionara, nunca lo haría.

—Pero esto podría…

—Owen, lo que quieres hacer es un delito contra tu papá. Lo que podría hacer que *mi* papá nos arreste. ¿Entiendes el problema en el que nos meteríamos? ¿Lo decepcionado que estaría conmigo? No puedo hacerle eso. Ya tiene suficiente y no quiero que las cosas empeoren.

Owen se enfureció y frunció el ceño.

—Pero eso ya no importaría, ¿verdad? Porque serías alguien mejor. No le quedaría más opción que aceptar lo que realmente eres. Ya no serías más un niño trastornado que no puede mantener sus pensamientos ordenados por un segundo sin…

—Oye, eso no es justo —dijo Nick, furioso.

Owen hizo una mueca.

—Tienes razón. Lo siento. Estuve fuera de lugar.

—Hice cosas estúpidas y mira donde estoy. Mi papá está furioso conmigo, tengo lodo en las orejas, mi mejor amigo se está comportando raro y no sé qué hacer. Shadow Star y Pyro Storm *saben* mi nombre y no entiendo cómo es posible. Acaban de empezar las clases y ya me está yendo mal. No puedo, ¿está bien?

Owen se puso de pie con rigidez.

—Lo entiendo, Nicky. Quieres seguir siendo quién eres…

—No —interrumpió Nick—. No. Quiero ser alguien de quien mi papá esté orgulloso.

—Entonces, ¿por qué…?

—Porque quizás debería intentar hacerlo solo.

Owen asintió.

—Admirable. Tonto, probablemente. Y un poco estúpido. Pero admirable. —Le guiñó un ojo y su sonrisa retorcida reapareció—. No le cuentes a nadie lo que te conté, ¿está bien? Es nuestro pequeño secreto.

—No lo haré —prometió Nick—. Pero tú tampoco deberías hacer nada. No quiero que te pase nada.

—Ay, Nicky —dijo Owen, dándole una palmada en la mejilla—. Es dulce ver lo mucho que te preocupas. Si cambias de parecer, sabes dónde encontrarme.

—No lo haré —respondió con firmeza—. Creo que es hora de que te vayas. No puedo meterme en más problemas.

—Claro, Nick. Quiero decir, si eso es lo que quieres. O veo que tienes una cama vacía en la que podríamos acurrucarnos…

Nick lo empujó hacia la puerta de su habitación.

14

El lunes por la mañana, Nick se detuvo frente a su papá y tragó la píldora. No le daría superpoderes, pero lo ayudaría a disipar la neblina que tenía en su cabeza. Eso debía ser suficiente.

—Tienes pan tostado y huevos en la mesa —dijo su papá. Parecía cansado, las ojeras bajo sus ojos se veían casi moradas—. Te quiero en casa cuando salgas de la escuela. Hablo en serio, Nick.

—Sí —susurró Nick—. De acuerdo.

***

—Te ves como la mierda —le dijo Gibby en la estación de tren.

—Gracias.

—¿Tan mal? —preguntó Jazz.

Nick se encogió de hombros.

—No —dijo Owen, apareciendo por detrás y pasando un brazo alrededor de sus hombros—. Nicky solo necesita un poco de amor. ¿Verdad, Nicky?

Nick puso los ojos en blanco.

—No de ti.

—Me lastima, señor.

Nick lo empujó.

—Ey —dijo una voz por detrás.

Nick volteó. Seth estaba parado atrás con la mochila sobre uno de sus hombros. Su moño verde hoy tenía un nudo Windsor. Se veía bien. Le molestaba mucho a Nick.

—Tú también te ves como la mierda —dijo Gibby.

Y era verdad. Seth estaba pálido y tenía su cabello rizado más despeinado que de costumbre. Sus pantalones estilo chinos estaban arrugados y tenía una marca en sus mocasines.

—Creo que todos sufrimos los lunes —agregó Jazz, poniéndose de pie—. Ya mejorará.

—¿Podemos hablar? —le preguntó Seth a Nick, quien se encogió de hombros.

—Más tarde. No puedo llegar tarde a la primera clase. Estoy castigado.

Seth frunció el ceño.

—Quería decirte que…

—Más tarde, Seth. —Y volteó hacia las escaleras que llevaban a la calle Franklin.

Owen lo siguió por detrás. Nick no volteó para ver si el resto lo seguía.

✱ ✱ ✱

—Y como el señor Bell encontró esta clase muy esclarecedora, quizás podría explicarnos la fórmula de Euler y cuáles son el seno, el coseno y la tangente.

Nick levantó la cabeza y encontró a señor Hanson parado frente a su pupitre, mirándolo fijo. El resto de sus compañeros también lo estaba mirando. Algunos susurraban cosas detrás de sus manos, sin quitarle los ojos de encima y esbozando sonrisas malignas y discretas.

—Lo siento —murmuró—. No estaba intentando...

—Esa es una respuesta correcta —dijo el señor Hanson, mirando a Nick con el ceño fruncido—. No estaba intentando. Quizás la próxima vez considere intentar, señor Bell. Odiaría tener que escribirle a su padre tal como me lo solicitó si veía signos de... apatía.

Los susurros se volvieron más fuertes.

Nick se hundió aún más en su asiento.

✷✷✷

—¿Todo bien? —le preguntó Jazz a Nick cuando él se sentó en la mesa del comedor, donde hundió la cabeza entre sus brazos.

—No —respondió con una voz apagada—. Creo que quiero morir.

—Sí —dijo Gibby acercándose y frotándole la cabeza—. Eso no es para nada dramático.

—Hablo en serio.

—Lo sé —dijo Gibby—. Por eso es triste.

Antes de que Nick le contestara desanimado con algún contraargumento, alguien apoyó su mochila junto a su cabeza y se sentó a su lado. Cuando levantó la vista, encontró a Seth mirándolo fijo.

—Ah, miren todos. Seth está aquí. No volvió a desaparecer sin explicación alguna.

—No seas un idiota —lo regañó Gibby cuando Seth se sonrojó avergonzado.

Jazz alternó la vista entre ambos.

—Seguro tiene una explicación razonable para no haber ido a ver cómo te sacabas la ropa y saltabas al río.

—Con un anillo de *drag queen* —agregó Gibby.

—Con un anillo de *drag queen* —repitió Jazz—. Lo tengo grabado por si quieres verlo. ¿Quieres verlo, Seth? ¿Te gustaría ver un video de Nick en ropa interior?

Seth se sonrojó y movió sus pies inquietos. Nick quedó de repente abrumado por el deseo de tomarlo de la mano, pero como estaba enojado con él, no podía hacerlo. Debía mantenerse firme.

—No sé de qué están hablando —murmuró Seth.

—Ajá —dijo Jazz—. Claro que no. ¿Por qué alguien diría exactamente lo que está pensando? ¡Sería una locura!

Seth se sonrojó aún más.

—Yo, ehm, te traje algo.

Por un momento, Nick se olvidó de su enojo. Le gustaban los regalos.

—¿En serio?

Seth se encogió de hombros.

—No es la gran cosa.

—Dámelo —exigió Nick—. No importa lo que sea, tienes que dármelo ahora para que decida si es suficiente para perdonarte por ser un pésimo mejor amigo.

Seth murmuró algo por lo bajo y se agachó hacia su mochila. Tomó una bolsa de plástico colorida y la sostuvo frente a Nick.

—Toma.

Skwinkles Salsagheti.

Nick se quedó mirándolo.

—Sabor mango —agregó Seth por lo bajo.

Quizás era el mejor regalo que alguien le había dado a Nick.

—Gracias —respondió—. De todas maneras, sigo enojado contigo, pero… gracias.

—Lo sé. Pero te lo explicaré, ¿okey? Te lo prometo. Dame unos días. Pero te lo diré.

—¿Qué cosa? —preguntó Nick, levantando la vista hacia Seth.

—Todo —respondió Seth.

—¿Todo? —preguntó Gibby, sin aliento—. Seth, ¿estás seguro de…?

—Todo —repitió Seth con firmeza, sin apartar los ojos de Nick.

—Okey —dijo Nick lentamente e inclinó la cabeza hacia un lado—. ¿Es algo malo?

—Creo que… ¿no?

—¿Es algo sobre tu novia y/o novio secreto?

—No, Nick. No.

—¿Voy a quedar perfectamente satisfecho con la explicación?

—No tengo ni la más mínima idea.

—Ehm —dijo Nick—. Ahora estoy intrigado. Bien jugado, Seth. Bien jugado.

Seth parecía aliviado.

Gibby parecía preocupada.

Jazz parecía confundida.

—¿Quién se murió? —preguntó Owen cuando apareció de la nada, como siempre. Se sentó a un lado de Gibby y le robó una porción de su pizza.

Nick lo ignoró y quitó su mochila para que Seth se pudiera sentar.

Si sus manos se rozaron por debajo de la mesa más de una vez, bueno.

Solo ellos lo sabían.

✳✳✳

Le entregaron su examen sorpresa de historia dado vuelta.

Eso nunca era una buena señal.

Levantó una esquina.

D+.

El signo más era realmente innecesario.

✳✳✳

No había nadie en su casa cuando volvió de la escuela.

Se tomó una foto en la sala de estar y se la envió a su papá.

Bien, fue la respuesta. **Haz la tarea. Tienes pastas en el refrigerador. Te veo por la mañana.**

✳✳✳

—Lo estoy intentando —le dijo a la cara sonriente de su madre. Algunos automóviles tocaban sus bocinas en la calle abajo. Levantó la manta y la puso sobre sus hombros—. Estoy intentando ser lo que él quiere que sea.

Pero no le respondió. Nunca lo hacía.

✳✳✳

El martes por la mañana, tomó la píldora frente a su papá.

Había una caja de cereales en la mesada.

Como era de esperar, una marca desconocida.

MALVAVISCOS DE LEPRECHAUN NAVIDEÑOS.

Su papá lo estaba intentando.

Y Nick también.

Acercó una silla y se sentó a su lado. Leyeron el periódico juntos mientras comían los malvaviscos con sus cucharas.

No hablaron mucho, pero parecía un buen comienzo.

Estaba bien. Todo mejoraría.

✳ ✳ ✳

—Te ves mejor hoy —le dijo Jazz en la estación de tren.

Nick se encogió de hombros.

—Dormí un poco más.

—¿Eso solo? —preguntó Gibby, con los ojos entrecerrados—. ¿No pasó nada más?

—¿Qué otra cosa podría ser?

—Tú y Owen parecían bastante juguetones ayer.

—Juguetones —repitió Nick.

—Ey —dijo Seth apareciendo por detrás. Llevaba un moño con ositos koala. Nick quería guardar a su mejor amigo en el bolsillo y quedárselo para siempre.

—Hola —dijo Nick, sonrojándose y mirando sus propias zapatillas gastadas.

—Hola —dijo Seth, frotándose la nuca.

—Aw —dijo Jazz.

—Ah, por Dios —murmuró Gibby—. Esto es insoportable.

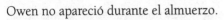

Owen no apareció durante el almuerzo.

Nick pensó en preguntar dónde estaba, pero luego apareció Seth y se sonrojó nuevamente.

También pensó en tomar a Seth de la mano por debajo de la mesa.

Pero no reunió el coraje.

Seth presionó su pie contra el suyo.

Nick se sintió como si estuviera a punto de estallar en llamas.

***

Se tomó otra foto cuando llegó a su casa. Esta vez hizo una cara graciosa y sacó la lengua.

Lindo, respondió su papá. Aunque debo ser la única persona que piense eso.

Oye, qué mala onda.

Haz tu tarea, muchacho. Tienes un guisado que preparó la esposa de Cap en el refrigerador.

¿Es comestible?

No. Prepárate un sándwich.

***

Terminó la tarea temprano.

Pensó en seguir escribiendo su *fanfic*.

Por primera vez en mucho tiempo, descubrió que ya no le importaba.

¿Se convertiría en una de esas personas malignas que abandonaban sus historias y no les daba un final, aunque sus lectores no quisieran otra cosa?

Dios, esperaba que no.

✱ ✱ ✱

Estaba lloviendo cuando se despertó el miércoles por la mañana. El cielo estaba oscuro al otro lado de la ventana en su habitación. Las nubes parecían pesadas.

La casa estaba en silencio.

Parpadeó varias veces mirando al techo antes de girar y ver el reloj en su escritorio.

Faltaba poco para que sonara la alarma.

¿Por qué la casa estaba tan silenciosa?

Debería haber escuchado a su papá en la cocina.

Tomó su teléfono.

Había recibido un mensaje de él hacía algunas horas. Decía que había surgido algo y que trabajaría hasta tarde. **Desayuna. Ve a la enfermería de la escuela para que te den la píldora. Te avisaré cuando llegue a casa.**

—Soy un chico de los ochenta que está solo en su casa —le murmuró Nick a nadie—. Probablemente termine arruinado de por vida por eso.

✱ ✱ ✱

Escuchó un trueno mientras comía un sándwich de banana y mantequilla de maní.

Se preguntaba si llovería todo el día.

Cerró la puerta cuando salió de su casa, luchando por abrir el paraguas.

✱ ✱ ✱

Gibby y Jazz lo estaban esperando en el banco de la estación de tren.

—¿Te enteraste? —preguntó Jazz ni bien se acercó.

Frunció el ceño.

—¿De qué?

—¡Shadow Star y Pyro Storm! Parece que anoche pasó algo grande, pero nadie sabe qué. Me refiero a algo muy intenso. Explosiones, destrucción y todo.

Nick miró su teléfono, solo para recordar que no tenía acceso a internet. Dejó salir un quejido.

—Estoy castigado. No puedo buscar nada. Me siento en la Edad Media.

—Toma —dijo Jazz, entregándole su teléfono.

Gibby se lo quitó antes de que pudiera agarrarlo.

—Vamos a llegar tarde —dijo y Jazz la miró confundida cuando le devolvió el teléfono.

Nick la miró furioso.

—Seth todavía no llegó. No podemos dejarlo solo.

Gibby suspiró.

—No viene hoy. Me escribió esta mañana. Está enfermo de nuevo.

Eso… no tenía sentido.

—Pero ayer estaba bien. Y a mí no me avisó nada —dijo, tomando su teléfono para asegurarse, pero el último mensaje que había recibido de él era de la noche anterior, cuando Seth le había escrito **Descansa xx**. Nick se había quedado mirándolo por mucho tiempo, con la sonrisa más grande que había esbozado en mucho tiempo.

—No sé, Nicky —dijo Gibby—. Solo sé que no viene hoy.

—¿Fue malo? —preguntó, mientras le escribía a Seth para saber si realmente estaba enfermo.

—¿Qué cosa?

Guardó el teléfono en el bolsillo.

—Lo que sea que haya pasado entre Shadow Star y Pyro Storm. Mi papá no volvió esta mañana, me dijo que tenía que trabajar hasta tarde.

Jazz vaciló por un minuto.

—Bueno, no hay muertos. O eso es lo que dicen. Lo único que se sabe es que fue cerca de la Torre Burke.

Nick suspiró irritado.

—Podemos preguntarle a Owen en el almuerzo.

✷✷✷

Owen no apareció durante el almuerzo.

Seth todavía no le respondía.

Tampoco su papá.

Nick comió parte de la ensalada de Jazz hasta que se dio cuenta que tenía piña. Nunca se había sentido tan ofendido en su vida.

✷✷✷

Más tarde, Nick miraría hacia atrás y recordaría que aún seguía lloviendo cuando empezó a sonar su teléfono en su bolsillo. Se escucharon más truenos cuando comprendió que no era un mensaje, porque la vibración no se detuvo.

Era una llamada.

Se le heló la sangre cuando tomó el teléfono y miró a la pantalla.

CAP.

Se quedó sin aire. No podía moverse.

La vibración se detuvo.

UNA LLAMADA PERDIDA, decía la pantalla.

Quizás se confundió. Quizás quería llamar a otra persona.

Casi se convence de eso cuando la pantalla volvió a encenderse.

LLAMADA DE CAP.

Se levantó. La silla chilló contra el suelo detrás de él.

Todos voltearon hacia él.

–¿Nick? –preguntó la profesora Auster–. ¿Estás bien?

No respondió.

Avanzó hacia la puerta con el teléfono firme en la mano, ignorando que hubieran dicho su nombre y el resto de los estudiantes hiciera comentarios sobre él por lo bajo.

El corredor estaba vacío. Había un conserje en la otra punta, limpiando las ventanas.

Atendió la llamada y llevó el teléfono a su oreja. Intentó hablar, pero lo único que salió de su boca fueron sonidos inentendibles.

–¿Nicky? –preguntó Cap.

Nick asintió y luego se sintió ridículo.

–¿Sí? –logró decir.

–Necesito que me escuches, ¿okey? Escucha mis palabras. No hables hasta que termine, ¿está bien?

No. No, no, no.

–Él está bien. Necesito que recuerdes eso por sobre todas las cosas. Está bien. Está… en el hospital, Nick, no voy a mentirte. Se verá mal, pero estas cosas por lo general se ven así. Recibirá la mejor atención de los mejores médicos. Yo mismo me aseguraré de eso. Y te prometo que estará bien. Estoy enviando una patrulla para que te pase a buscar. Quiero que los esperes en la sala de dirección. Te traerá aquí y lidiaremos con esto juntos. ¿Entendido?

No. No, no lo entendía. No entendía nada de esto. Le estaba costando respirar y, en algún momento, había cerrado los ojos con tanta fuerza como si pudiera hacer que todo esto desapareciera.

–Nick –repitió Cap con firmeza–. Necesito que me digas si lo entendiste.

–Sí –contestó con una voz ronca–. Entiendo. Sala de dirección. Patrulla. Me llevarán contigo y… –no pudo terminar.

–Quiero que cuelgues ahora y vayas a donde te dije. Yo me encargaré de llamar a la escuela, ¿está bien? Te estarán esperando. Muévete, Nicky. Nos vemos en un rato.

Nick se movió.

✳ ✳ ✳

Una señora de la sala de dirección lo encontró a mitad de camino.

El director lo estaba esperando dentro de la sala. Apoyó un brazo sobre sus hombros y lo llevó hacia otra oficina. Lo hizo sentar en una silla cómoda y le habló, pero Nick apenas le podía prestar atención. Asentía cuando creía que debía hacerlo.

Le dio un vaso desechable pequeño.

Alguien intentó quitarle el teléfono.

Él se resistió.

Volcó el agua.

Nick intentó disculparse, pero no encontró la manera de pronunciar las palabras.

Le dijeron que no importaba.

***

Alguien le alcanzó la mochila.

Nick le agradeció.

***

Parecía haber pasado horas hasta que apareció un policía.

El oficial Novato.

Nick intentó ser valiente.

El oficial Novato lo abrazó.

Nick lloró.

El oficial Novato prometió no contárselo a nadie.

***

Esta vez, no tuvo que sentarse en el asiento trasero de la patrulla.

–No hueles tan mal –dijo el oficial Novato.

Nick asintió.

El oficial Novato suspiró y cerró la puerta del acompañante. Le dio vuelta a la patrulla por el frente.

Nick miró su teléfono.

Quizás…

Eligió un nombre.

Llamando…

Sonó una vez.

Y luego:

Bienvenido al buzón de voz de Seth. Probablemente esté ocupado. Además, ya nadie usa las llamadas a menos que sea una emergencia. Envíame un mensaje de texto. A menos que sea una emergencia.

—Te necesito —fue lo único que dijo Nick.

El oficial Novato subió al asiento del conductor justo cuando Nick colgó el teléfono.

—¿Todo bien? —preguntó y Nick negó con la cabeza—. Sí, pregunta estúpida. Lo siento, Nick.

✱ ✱ ✱

El oficial Novato era bueno.

Era *muy bueno*.

Más allá de todo lo que Nick le preguntara, se negaba a contarle cualquier cosa sobre lo ocurrido. Lo único que le decía era que su papá estaría bien. *Se pondrá mejor, Nick, te lo prometo.*

—Cap te dijo lo que podías decir, ¿verdad?

El oficial Novato se encogió de hombros.

—Me dijo que serías insistente. —Miró a Nick—. Y tiene razón. Tu papá se pondrá mejor. ¿Un hijo como tú? No existe una mejor razón para que se ponga bien cuanto antes. Dudo que quiera dejarte solo por mucho tiempo. Probablemente, termines incendiando la casa.

Nick ahogó una risa, aunque sus ojos todavía seguían húmedos.

—Él es prácticamente lo único que me separa de la aniquilación total.

El oficial Novato rio.

—No estoy aquí hace mucho, Nick. Todavía estoy en el período de prueba. Sabes cómo es eso.

—Lo sé, oficial Novato.

—Pero tu papá. Él… No sé todo lo que ocurrió. Antes. La gente habla, pero yo no escucho. ¿Sabes? No es mi fuerte.

—Sí —dijo Nick, mirando por la ventanilla.

—Lo único que me importa es que confío en tu papá para cubrirme la espalda en cualquier momento. ¿Está bien? Sin importar lo que sea. Es un buen hombre.

Nick asintió, apoyando la cabeza contra el vidrio helado. Afuera seguía lloviendo.

—No lo conozco mucho, pero sí lo suficiente para decir que está muy orgulloso de ti. Ya sé que han atravesado momentos difíciles. Los dos. Y lo entiendo, quizás más de lo que imaginas. Pero puedes darte cuenta de lo orgulloso que está de ti. Habla de ti todo el tiempo.

Nick formó dos puños sobre sus piernas.

—Creí que te haría bien saber que te pone en un pedestal. Eres un gran chico, Nick. Incluso aunque apestaras como el estiércol de mi abuelo la primera vez que te conocí.

—Por favor, oficial Novato —musitó Nick—. Tengo una especie de novio. Y ya hablamos sobre esto. Solo tengo dieciséis. Sería ilegal.

El oficial Novato suspiró.

Pero cuando llegaron a una intersección en la que el tráfico estaba detenido por casi una manzana entera, encendió la sirena y avanzó por la acera. A Nick no le pareció que estuviera tan mal.

***

Cap lo estaba esperando al otro lado de las puertas corredizas del hospital. El oficial Novato le dijo que iría a aparcar la patrulla y que lo vería en un rato. Nick, apenas cerró la puerta de la patrulla, empezó a correr hacia la entrada.

Cap sonrió, aunque no tanto como para arrugar sus ojos.

–¿Está bien? –preguntó Nick, casi sin aliento.

Cap asintió.

–Lo estará. Todos son optimistas. Recibió un golpe duro. Se desmayó. Tiene algunas costillas rotas –dijo Cap, algo vacilante, y luego agregó–: Un pulmón perforado que colapsó, pero *sabes* que eso es algo que se puede arreglar, ¿verdad, Nick? ¿Lo sabes?

Ah, claro. Nick lo sabía. Nick sabía todo tipo de cosas sobre heridas. Era el resultado de ser el hijo de un policía. En los tiempos místicos conocidos como Antes, su papá solía entretenerlo con historias de heridas grotescas que había visto en el trabajo, para la consternación de su madre. Accidentes de tránsito, un tipo que llevaba chanclas cuando tuvo que arrojarse de la motocicleta para evitar una colisión y perdió algunos dedos del pie, un tipo que literalmente se tragó tres dientes por un golpe.

Y luego, Antes se convirtió en Después y... bueno. Nada fue lo mismo Después, pero su papá dejó de hablar tanto de su trabajo. No cuando tuvo que explicarle a Nick que había sido rápido y que no había sufrido, que en un momento estaba con ellos y al próximo, no. Nick tuvo que esforzarse por entender el horror de la situación, pero lo había logrado. Eventualmente.

Entonces, sí. Sabía a lo que se refería Cap, bien.

–Se ve mal –dijo Cap en voz baja–. Es lo que pensarás cuando lo veas. Se ve peor de lo que realmente es. Son los magullones, ¿está bien? La inflamación. Tiene un respirador que lo ayuda por ahora, pero es solo por el pulmón perforado. Se lo quitarán antes de que te des cuenta. Cuando se despierte, estará muy malhumorado, te lo aseguro. Yo mismo me rompí un par de costillas hace unos años. Duele como la misma mierda y no hay nada que puedas hacer al respecto. Uno tiene que respirar, ¿verdad?

Nick asintió, sin poder decir nada por el nudo en su garganta.

Cap apoyó una de sus manos pesadas sobre su hombro y lo presionó levemente.

–Es fuerte, Nick. Muy fuerte. Y tiene mucho por lo que luchar. No irá a ninguna parte. Te lo prometo.

Nick quería apartarle la mano, porque nadie podía prometerle eso. Nadie podía decir que se quedarían para siempre. Quizás Cap no lo entendía, y no era su culpa, pero Nick no podía evitar sentir una ira irracional. Ella no le había hecho ninguna promesa, pero Nick sabía que habría luchado con todas sus fuerzas para quedarse con ellos. Sí, había sido rápido, había terminado enseguida, no había *sufrido*, pero si bien no le había hecho esa promesa en voz alta, no hacía falta que lo hiciera.

–¿Qué pasó? –susurró Nick.

–Hablaremos de eso más tarde, Nicky. No tienes que…

–Por favor.

Cap suspiró.

–Fueron los Extraordinarios. No sé… ocurrió algo. Nunca los vi actuar así. Shadow Star. Pyro Storm. No sabemos qué los volvió locos, pero estaban atacándose de formas que nunca habíamos visto. Había un edificio condenado cerca de la Sexta avenida y Torrance. Una zona muy transitada. No es el mejor lugar, Nick. Y el edificio debería haber sido demolido hacía mucho tiempo, pero se retrasó por años. Pura burocracia sin sentido.

Su papá había sido valiente, le contó Cap. Nunca esperaría menos de uno de sus oficiales. Estaban en el interior del edificio, intentando evacuar a las personas sin hogar, ya que el sonido de la pelea entre los Extraordinarios retumbaba por todas las calles. Su papá había sido una de las últimas personas en abandonar el edificio, ya que se había quedado hasta el último momento para asegurarse de que todos hubieran salido. Pero luego encontró a una mujer en un rincón, protegiendo lo que parecía ser una montaña de trapos.

Pero esos trapos resultaron ser un bebé.

La mujer estaba aterrorizada e inmóvil, hasta que el padre de Nick tomó al bebé entre sus brazos. Fue entonces que la mujer volvió a la vida y le quitó a su bebé de las manos. Así partieron hacia la puerta del edificio.

Pero cuando estaban a punto de salir, los Extraordinarios se estrellaron contra la azotea del edificio y atravesaron sus siete pisos hacia abajo, lo que provocó que toda la estructura se sacudiera peligrosamente.

La explosión, cuando ocurrió, fue aterradora y enceguecedora. Hubo un destello de luz y luego un incendio que creció desde el interior e hizo estallar todas las ventanas en mil pedazos con la onda expansiva. Shadow Star salió despedido por el frente del edificio hacia la calle y cayó de espaldas sobre una patrulla.

En cuanto el edificio empezó a arder, Pyro Storm emergió de las llamas, listo para atacar a Shadow Star.

Toda la estructura colapsó detrás de él.

Su papá logró sacar a la mujer y a su bebé por la entrada, ya que la empujó hacia la calle y la mujer cayó con su bebé en brazos contra el suelo.

Pero él no tuvo la misma suerte. Una viga colapsó sobre él.

Su papá era valiente.

Y también sus hermanos y hermanas del trabajo.

Entraron a toda prisa y lograron rescatarlo justo a tiempo. Estaba inconsciente y respiraba con mucha dificultad, pero estaba vivo. Notablemente, la explosión apagó el incendio. Lo único que quedaron fueron los restos calientes y resplandecientes de la madera y los ladrillos quemados.

Nadie más salió herido. La mujer tenía algunos raspones y el bebé un corte pequeño en la mejilla, pero eso fue todo. Podría haber sido mucho peor.

—Y eso es lo único en lo que te debes concentrar —dijo Cap—. Eso es lo único que debes recordar. Es un héroe, Nick. Estaba haciendo su trabajo. Salvó a esas personas. Y sí, salió herido, pero está vivo. Vaya que es un tipo duro y terco. Tienen que cuidarlo y asegurarse de que su cerebro solo se haya sacudido un poco nada más, pero estará bien. Él se pondrá *bien*.

—¿Los atraparon? —preguntó Nick, con las manos temblorosas—. ¿Atraparon a Pyro Storm?

Cap sacudió la cabeza.

—Escaparon —vaciló y luego agregó—: No quiero que saques ninguna conclusión. No sabemos qué fue lo que ocurrió con exactitud, No sabemos si fue…

—Fue él —dijo Nick—. Fue Pyro Storm. Él hizo esto, ¿okey? Él es el malo. Shadow Star solo estaba intentando detenerlo. Estaba intentando salvar a Ciudad Nova. Si hubiera sabido que mi papá aún estaba allí dentro, habría hecho todo lo posible para salvarlo.

Cap le esbozó una sonrisa tensa.

—Okey, Nick. Está bien. Lo entiendo. Pero no nos preocupemos por eso ahora. Vayamos a ver a tu papá. Estoy seguro de que le gustará oír tu voz.

Era demasiado para Nick. Ni bien las puertas del elevador se cerraron, colapsó contra Cap, rompiéndose en pedazos. Cap pasó un brazo sobre sus hombros y le susurró que todo estaría bien.

✳ ✳ ✳

Se bajaron en el cuarto piso, mientras Nick se secaba los ojos. No quería que nadie supiera que había estado llorando. Pero lo que vio, amenazó con hacerlo llorar otra vez.

A lo largo del pasillo, había muchos policías, hombres y mujeres reclinados sobre la pared a cada lado. Algunos parecían exhaustos y tenían sus rostros llenos de polvo y hollín, y mantenían la cabeza apoyada sobre la pared y los ojos cerrados.

Todos llevaban uniforme, algunos tenían sus gorros apretados entre sus manos delante de ellos.

Y cuando vieron a Nick, se reincorporaron y enderezaron sus hombros.

Cap mantuvo un brazo sobre Nick mientras lo guiaba por el pasillo. Todos los oficiales asintieron de a turnos a medida que Nick pasaba junto a ellos. En respuesta, Nick les devolvía el gesto. Conocía a algunos. A otros, no. El oficial Novato, de algún modo, había llegado antes que Nick y Cap, y le esbozó una pequeña sonrisa antes de recobrar la seriedad.

Más cerca del final, había un grupo de hombres vestidos de civil con unas placas alrededor de sus cuellos.

Detectives.

Los antiguos compañeros de trabajo de su papá.

Estas eran las personas que habían luchado por Aaron Bell cuando Antes se convirtió en Después, y su papá había atacado a alguien que no debía. Ellos eran los únicos que se habían opuesto a la Oficina de

Asuntos Internos y sus superiores para exigirles que no despidieran al detective Bell bajo ninguna circunstancia, ya que era un activo invaluable para el departamento de policía de Ciudad Nova y perderlo significaría perder a alguien con sangre de policía.

Al final del día, solo lo degradaron, pero Nick nunca lo había olvidado. Su papá no le había contado mucho sobre eso, pero Nick sabía más de lo que probablemente debería.

Le dieron una palmada en la espalda cuando pasó junto a ellos y le dijeron que estaba bien y que todo mejoraría. *Ya lo verás, Aaron saldrá adelante, Nicky, y regresará al trabajo antes de que te des cuenta.*

Llegaron a una puerta abierta.

Cap se detuvo antes de entrar.

–Recuerda –le dijo a Nick–. Se ve peor de lo que realmente es.

✼ ✼ ✼

Se veía mal.

Nadie podía negarlo.

Se veía tan mal que el suelo empezó a moverse a sus pies. Estaba golpeado, dolido y le tomó un minuto hacer que sus piernas volvieran a funcionar.

Había dos enfermeras en la habitación y ambas le esbozaron una sonrisa antes de voltear hacia el hombre en la cama.

Varias máquinas emitían pitidos agudos y zumbaban, pero Nick solo se distrajo por los latidos del corazón de su papá, una línea verde que subía y bajaba en un monitor. Estaba estable.

Tenía cinta adhesiva sobre los párpados para mantenerlos cerrados.

Tenía una correa sobre su cuello que sujetaba un tubo de respiración.

Tenía vendas alrededor de todo su brazo derecho por las quemaduras. Pero lo peor de todo eran los golpes.

Se veía como si cada centímetro de su piel estuviera cubierto por moretones azules, rojos y morados. Su pecho subía y bajaba, y tenía un clip blanco sobre la punta de uno de sus dedos. Incluso sus *nudillos* se veían morados, como si cada parte de su cuerpo hubiera quedado aplastada.

–Tú debes ser Nick –dijo una de las enfermeras con una alegría desmesurada. Nick asintió, sin poder quitarle los ojos de encima a su papá–. Soy Becky, seré la enfermera de tu papá hoy. Ella es Renee, estará aquí para ayudarme. Si necesitas algo, solo tienes que avisarnos, ¿está bien?

–O a alguno de los oficiales afuera –agregó Renee, moviendo la cabeza–. Estoy bastante segura de que harían cualquier cosa por ti.

–El doctor vendrá pronto para hablar contigo –dijo Becky, cambiando una bolsa de suero vacía por una llena–. Responderá todas tus preguntas. Si quieres, puedes venir aquí. Estoy segura de que a tu papá le gustará escuchar tu voz.

Pero Nick no podía moverse.

Lo único que podía hacer era mirar los latidos en el monitor.

–¿Nick? –preguntó Cap.

Volteó y se fue corriendo.

✳ ✳ ✳

Gibby y Jazz lo encontraron.

No sabían por cuánto tiempo había estado acurrucado bajo la mesa de una habitación vacía que había encontrado en el primer piso. Parecía que la usaban de depósito. Había sillas apiladas, algunos artículos de limpieza sobre estantes en la pared. Olía a lavandina.

La puerta se abrió y dio paso a la luz y el ruido del pasillo.

Oyó a alguien suspirar.

—Aquí está.

Parpadeó justo cuando dos pares de piernas se pararon frente a él.

Giró la cabeza.

Jazz y Gibby se agacharon.

—Hola —dijo Jazz, alisando su falda.

—Hola —respondió.

—Todos te están buscando —dijo Gibby—. Uno creería que todos esos policías son buenos para eso, pero no.

—¿Cómo me encontraron? —preguntó Nick, mirando la parte inferior de la mesa.

—Vimos una habitación pequeña y oscura. Es a donde yo iría. Es la décima que revisamos.

—Estaban buscándote por la azotea —dijo Jazz—. Es como si no te conocieran. ¿Puedo sentarme debajo de la mesa contigo?

Nick se encogió de hombros.

—El suelo está un poco sucio.

Jazz rio.

—Como si me importara.

Nick se acercó más hacia la pared para hacerle lugar a Jazz. Ella se agachó y se arrastró debajo de la mesa, maldiciendo en voz baja cuando se golpeó la cabeza. Se sentó a su lado y lo tomó de las manos, apretándolas con fuerza. A Nick le temblaban los labios, por lo que apartó la mirada.

Gibby se acercó y cerró la puerta antes de sentarse. Levantó las piernas contra su pecho y las abrazó con fuerza.

Jazz fue la primera en hablar.

—Creo que alguien dibujó un pene debajo de esta mesa.

Nick ahogó una risa.

—Es una mancha.

—¿Qué? No, claro que no. Definitivamente es un pene. Bueno, quizás sea una mancha de humedad, pero parece un pito.

—¿Qué dirá eso de ti que ves penes? –preguntó Gibby–. A mí no me parece… Ah, sí, es un pene.

—Me pregunto si es como una de esos exámenes psicológicos con las manchas –dijo Jazz–. ¿Qué significa que vea un pene?

Nick sacudió la cabeza de lado a lado.

—Probablemente el inicio de un trastorno mental severo. Hurra.

—No sé cómo sentirme al respecto.

—Está bien –dijo Gibby–. Yo te amaré igual.

—¿Aunque vea penes por todos lados?

—Aunque veas penes por todos lados.

—Ah, por Dios –gruñó Nick–. Será mejor que se vayan si se van a comportar adorablemente raras. Me siento muy vulnerable ahora y no sé si pueda soportarlo.

—No –respondió Jazz, relajada–. Creo que me quedaré aquí mismo, si te parece bien.

A Nick le parecía muy bien, aunque no lo dijo en voz alta.

—Solo… necesitaba esconderme.

Gibby tarareó por lo bajo.

—Deja de echarte la culpa. Es duro.

—Fue el latido en el monitor.

Jazz presionó su mano con fuerza una vez más.

—¿Qué tiene?

Los ojos de Nick se sentían como si estuvieran llenos de arena.

—El pitido. Y la línea. Fue demasiado. Me asustó. Porque era él, pero no se parecía en nada a él.

—Está muy golpeado, ¿verdad?

Nick se encogió de hombros.

—Demasiado. —Tragó saliva con dificultad tratando de mantener el control—. No quería irme.

—No creo que nadie esté enojado contigo —dijo Gibby—. Y si lo están, tendrán que pasar primero por Jazz y por mí.

—Puedo derribar hombres del doble de mi tamaño —dijo Jazz—. Yo te cubro la espalda. Y el frente.

Nick cerró los ojos. No quería saber la respuesta, pero tenía que preguntar.

—¿Seth?

Fue Gibby quien respondió.

—Él... no sé, Nicky. Ya sé que quieres que esté aquí.

—Pero no está.

Gibby vaciló por un segundo.

—No. No está.

Nick abrió los ojos.

—¿Dónde está?

Gibby se encogió de hombros y bajó la mirada. Empezó a tocar el dobladillo deshilachado de su pantalón.

—Es que... están pasando cosas, Nick. Cosas que no puedo explicarte.

—¿Por qué?

—Porque no me corresponde a mí hacerlo. Tienes que oírlas de él.

Nick rio entre dientes con amargura.

—No creo que vaya a pasar pronto. No vino, después de todo.

—Él quiere...

—Quizás no me importa lo que él quiera. ¿Mi *papá* está en el hospital y ni siquiera puede tomarse un segundo para atender el teléfono? Intenté llamarlo y ¿saben lo que pasó? Sonó tres veces y me llevó directo al buzón de voz. Si el teléfono estuviera apagado, habría sonado solo una vez. Si estuviera encendido, habría perdido la llamada luego de seis tonos. Pero sonó *tres*. Lo que significa que vio que lo estaba llamando y decidió cortar la llamada.

Gibby hizo una mueca de dolor.

—No puedes estar tan seguro.

—¿Tú sabes dónde está?

Gibby no respondió. Jazz la miró.

—¿Sabes?

Gibby suspiró.

—Miren, no puedo contárselos. Le prometí que no…

Nick se levantó rápido y, como era de esperar, se golpeó la cabeza con la mesa.

—Hijo de… *auch*. ¿Por qué esta mesa es tan *dura*?

—Tiene un pene —dijo Jazz amablemente—. Quizás tuvo una erección.

Nick la miró furioso.

—No es gracioso.

—¿Disculpa? Soy graciosísima.

—Realmente lo es —agregó Gibby. Suspiró cuando vio que Nick y Jazz se la quedaron mirando fijo—. Yo… Maldición. —Dejó caer sus hombros—. No es lo que crees. No miento cuando te digo que Seth no quiere otra cosa más que estar aquí contigo, ¿está bien?

—Entonces ¿dónde está? —insistió Nick—. ¿Por qué ni siquiera me atiende el teléfono cuando mi papá está en el hospital por culpa de Pyro Storm?

Gibby levantó la cabeza con firmeza.

—Eso no es verdad.

—Claro que sí —dijo Nick con ferocidad—. Cap me contó lo que pasó. Shadow Star y Pyro Storm estaban peleando y se estrellaron contra el edificio. Y luego explotó y hubo fuego por todas partes. Pyro Storm estaba intentando matar a Shadow Star y no le importó un demonio quién saliera herido en el proceso. Él es el malo. El villano. Él hizo esto. Siempre fue él.

—No —dijo Gibby, negando con la cabeza—. Nick, eso no… ¿Sabes qué? No me importa. Estoy cansada de todo esto. —Se lo quedó mirando por un momento. Respiró profundo y exhaló lentamente. Luego, agregó—: Nick, hay algo que necesitas saber. Es sobre…

Se abrió la puerta.

La sala quedó iluminada por completo.

El oficial Novato suspiró.

—*Aquí* estás. Maldición, Nick. Ni bien podamos recordar esto y reír, te esposaré y te llevaré en el asiento de atrás de la patrulla.

—Guau —dijo Jazz—. ¿Eso no es ilegal? Nick es menor de edad. No deberías estar coqueteando con un chico de dieciséis años. Tú tienes como treinta.

Nick resopló.

—Es lo que *yo* digo. Pero aparentemente soy irresistible para el oficial Novato. O sea, no lo culpo, soy bastante hermoso.

El oficial Novato puso los ojos en blanco.

—Si eso te excita.

—Puaj —dijeron Gibby, Jazz y Nick, asqueados.

—No creo que debas hablar así con menores —dijo Jazz.

—Irás a prisión —agregó Gibby.

—Traten bien al oficial Novato —dijo Nick.

—*Gracias*, Nick…

—No es su culpa estar enamorado de mí.

—¿Quién está enamorado de ti? —preguntó Cap desde la puerta.

El oficial Novato parecía estar a punto de morir.

—¡Nadie, señor! ¡No es absolutamente nada!

Cap entrecerró los ojos y lo miró con sospechas.

—Está bien, Cap —dijo Nick.

—Ah, ¿sí? ¿Por qué no dejas que yo decida eso? Oficial Morton, yo me encargo de esto. Vaya a servir a otro lado.

El oficial Novato asintió y se marchó a toda prisa.

—Tipo raro —dijo Cap, mirándolo marcharse.

—Está bien —dijo Nick, arrastrándose hacia Jazz para salir de debajo de la mesa—. Será un gran policía.

—¿Sí? ¿Tiene tu sello de aprobación?

Nick asintió.

—Es un poco inmaduro, pero tiene que empezar por algún lado.

Cap se rascó la barbilla de un modo pensativo.

—Es bueno saberlo. —Miró a Nick—. ¿Estás bien?

Nick se encogió de hombros y miró sus zapatillas.

—Me parece bien.

—Lo siento. No debería haberme ido.

—A veces, debemos irnos para despejarnos y ordenarnos lo mejor que podamos. Lo importante es volver más fuertes que cuando nos fuimos.

Es más fácil afrontar las cosas juntos que solos.

—No sé si soy lo suficientemente fuerte —confesó Nick.

—Yo creo que sí —dijo Cap.

—Yo también —agregó Gibby mientras ayudaba a su novia a levantarse.

—El más fuerte —dijo Jazz—. Y aunque no lo seas, nos tienes a nosotras. Nick las quería mucho.

✳ ✳ ✳

Mary Caplan llegó y se acercó con mucha efusividad a Nick. Era una mujer negra muy sensata que le dijo sin mucho margen de rechazo que se quedaría con ellos cuando él intentó convencerla de que estaría bien solo.

—No me vengas con todas esas tonterías —dijo—. No te escucharé. Te quedarás con nosotros y comerás como nunca lo imaginaste. Estás demasiado delgado. Preparé un pastel de carne y un estofado, y compré dieciséis pizzas congeladas antes de venir aquí. Comerás todo y te gustará.

—Esto será grandioso —susurró Cap.

—Ah, no creas que eso es para *ti*, Rodney Caplan —dijo Mary con seriedad—. Tú comerás kale.

—Pero… —tras una mirada fulminante, se resignó—. Sí, señora.

Ella se inclinó hacia adelante y besó a su esposo en la mejilla.

Cap esbozó una sonrisa adorable.

Nick no entendía a los adultos.

✳ ✳ ✳

Jazz y Gibby acompañaron a Mary a la casa de los Bell para empacar las cosas de Nick. Por más incómodo que lo hiciera sentir que hurgaran entre su ropa interior, decidió quedarse con su papá todo el tiempo que pudiera.

Becky le esbozó una sonrisa cuando regresó y le señaló una silla que estaba junto a la cama.

—El doctor Chaudry vendrá a hablar contigo en un minuto. Tu papá está en buenas manos.

Nick se sentó en la silla.

—¿Está…? ¿Está sufriendo?

Becky negó con la cabeza.

—Se ve peor de lo que es, confía en mí. Probablemente le duela cuando despierte, pero para eso está la morfina. Quedará muy drogado, pero puedes grabarlo y luego usar el video para chantajearlo.

Le gustaba cómo pensaba Becky.

✳ ✳ ✳

El doctor Chaudry le dio el parte médico. Dos costillas rotas, un pulmón perforado, quemaduras superficiales en el brazo, contusiones, abrasiones.

—Le estamos prestando especial atención a la herida en la cabeza —explicó—. Sigue algo inflamada, pero debería bajar. El respirador es por su pulmón. Si se producen neumotórax repetidos, consideraremos llevarlo al quirófano, pero, por el momento, solo queda esperar.

—¿Cuándo despertará? —preguntó Nick, moviéndose impaciente en la silla.

El doctor Chaudry le esbozó una sonrisa.

—Pronto, Nick. Probablemente en un par de días. Es una persona saludable y fuerte. Tendrá que hacer reposo por un tiempo, pero se pondrá mejor.

✳✳✳

Finalmente, lo dejaron solo cuando empezó a caer la noche, mientras la lluvia pasaba a ser una llovizna miserable. Los oficiales debían volver a sus trabajos o a sus casas con sus familias. El oficial Novato le ofreció a Nick acompañarlo, pero Nick negó con la cabeza. Antes de irse, el oficial Novato le escribió su número de teléfono en un papel y le dijo que lo llamara si necesitaba algo.

—Oficial Novato, pervertido. Vaya manera de pasarme tu número cuando me siento tan vulnerable…

Nick casi se sintió ofendido por lo rápido que el oficial Novato abandonó la habitación.

Nick volteó hacia su papá y tocó el dorso de su mano. Su piel estaba cálida y Nick se esforzó por superar el nudo que tenía en su garganta.

—Hola —logró decir—. Ehm, Becky me dijo que te podía hablar. Probablemente no me escuches, pero ella cree que ayudará. Ella… ehm. Ella es tu enfermera. Parece bastante agradable, supongo. Así que… Bueno.

Miró su mano sobre la de su papá. Nick era más blanco que él. Nunca lo había notado.

—Yo… —tosió y se aclaró la garganta—. Estoy orgulloso de ti. Lamento no decírtelo lo suficiente. Pero es la verdad. Yo no… No sé por qué no podemos decirnos eso más seguido. Yo sé que, a veces, lo echo todo a perder. Y es mi culpa. Pero no quiero que sea así. No siempre. Y sé que es difícil. Estar sin ella. Ni siquiera sé cómo llegamos aquí. Pero lo logramos. Y vamos a seguir avanzando. Te necesito. No quiero hacerlo solo. Tú eres mi papá. —Una lágrima cayó lentamente sobre su mejilla, pero no la secó—. Estoy castigado, ¿recuerdas? Así que me vendría bien que te despiertes para asegurarte de que no haga nada que no deba.

El pecho de su papá subía y bajaba a medida que la máquina emitía sus pitidos y zumbidos.

Nick apoyó la cabeza sobre la cama cerca de sus manos juntas.

Se quedó en esa posición por mucho tiempo.

15

Nick se acostó en la cama más lleno de lo que jamás había estado en su vida, a pesar de no tener tanto apetito cuando se sentó en la mesa con los Caplan. Mary no había aceptado un no por respuesta y Nick probablemente se comió una vaca entera en el pastel de carne.

La cama era suave y la habitación estaba cálida, pero las sábanas eran algo ásperas y las sombras que se proyectaban sobre la pared tenían formas bastante extrañas. Nunca podía dormir bien en lugares desconocidos y, si a eso se le sumaba el estrés de todo lo que había ocurrido, no creía estar ni cerca de superarlo esta vez. Ah, sí, estaba exhausto, pero era como si estuviera cansado incluso para dormir. No le ayudaba que su cerebro estuviera tan saturado de energía y no mostrara indicios de que fuera a calmarse.

Y para empeorar las cosas, había intentado llamar a Seth de nuevo, aunque en esta ocasión sonó una vez y la llamada se desvió directo al buzón de voz. Su teléfono estaba apagado. Nick pensó en llamar a su tía o tío para preguntarles qué demonios le estaba pasando, pero al final decidió no hacerlo. Martha le había dejado un mensaje de voz cuando estaba con su papá, diciéndole que lo quería mucho y que la llamara si necesitaba algo. Pasarían a visitarlo en los próximos días. Y luego, por alguna extraña razón, terminó el mensaje con: "Yo sé que todo esto puede parecer una cosa. Pero hay una razón para todo, Nicky. Necesito que no lo olvides. Te queremos mucho y nos vemos pronto".

Guardó el mensaje.

También tenía mensajes de texto de Gibby y Jazz cuando estaban en su casa, y le decían que su habitación olía a *niño* y que definitivamente no estaban para nada impresionadas por la cantidad de calcetines que tenía. Jazz también mencionó que su cama era cómoda, y que cuando Gibby intentó besarla, la apartó porque no quería hacerle eso a Nick. Además, Gibby acababa de comerse una porción de pizza fría que había encontrado en su refrigerador y su aliento olía a cebollas y aceitunas, y era desagradable.

Sonrió al leer los mensajes antes de bloquear el teléfono y dejarlo sobre la mesa de noche.

Golpeó la almohada varias veces para encontrar una posición cómoda para recostarse y poder dormir. Subió la manta hasta sus hombros y se acostó mirando hacia la ventana del primer piso desde donde entraba la luz tenue de la calle.

Y entonces…

Lo vio.

Había alguien parado en una azotea al otro lado de la calle.

Se cayó de la cama, soltando un chillido y maldiciendo mientras se acercaba a la ventana.

La figura había desaparecido.

✳ ✳ ✳

Eran casi las once cuando se sentó en la cama y se frotó la cara con una mano. Sentía un zumbido constante en la cabeza. No había tomado la Concentra desde la mañana anterior. Se la tendría que pedir a Mary o Cap. Su papá las había guardado con llave en su casa, pero podrían conseguir las dosis de emergencia que tenía la escuela. No iría a clase por el resto de la semana, pero quizás alguien podría ir a buscarlas por él.

Extendió un brazo y tomó el mando a distancia del televisor pequeño que descansaba sobre una cajonera contra la pared. Probablemente era más viejo que Nick, pero Mary le había asegurado que funcionaba bien. No tuvo las agallas para decirle que estaba castigado y que no podía mirar televisión.

Quizás podría encontrar algún infomercial estúpido o algún canal de manualidades que lo aburriría hasta quedarse dormido.

Presionó el botón de encendido.

La pantalla cobró vida.

Una voz inundó toda la habitación mientras mostraba un gráfico que se movía de un lado a otro por la pantalla.

–Noticias. Clima. Deportes. Esto es… *Action news* con Steve Davis.

Steve Davis apareció en la pantalla detrás de un escritorio con una sonrisa brillante. Nick nunca había notado que sus dientes fueran tan grandes. O tan blancos.

–Buenas noches –entonó Steve Davis–. Retomamos la historia de esta mañana donde un edificio colapsó en el 1600 de la Sexta Avenida. En lo que solo se puede describir como caos, los cielos de Ciudad Nova fueron el escenario de una pelea interminable entre los Extraordinarios conocidos como Shadow Star y Pyro Storm. La brutal pelea inició a altas horas de la noche y continuó hasta las primeras horas de la madrugada, sin mostrar rastros de clemencia entre Shadow Star y Pyro Storm. Si bien no se reportaron víctimas fatales, la batalla entre los Extraordinarios tuvo repercusiones en las calles de Ciudad Nova, ya que provocó la destrucción de un edificio de apartamentos. En el derrumbe, un oficial del departamento de policía de Ciudad Nova resultó herido.

Nick se quedó sin aliento cuando vio el rostro de su papá en la pantalla. Apareció sobre un fondo azul con su uniforme.

—Un vocero de la policía confirmó que Aaron Bell, un oficial que está en servicio desde hace veinte años, resultó herido mientras rescataba a una mujer sin hogar.

Steve Davis esbozó una sonrisa más amplia.

—Si ese nombre les resulta familiar es porque hace dos años el oficial Bell tuvo un altercado con uno de los testigos de un caso de alta notoriedad pública. Detective en ese momento, el oficial Bell no afrontó ningún cargo por el hecho, pero recibió una degradación en su trabajo. El testigo emitió una demanda contra Aaron Bell y Ciudad Nova que se resolvió en la corte.

Nick quería romperle sus dientes perfectos a Steve Davis.

—Además, el vocero nos informó que el oficial Bell se encuentra bajo un estricto cuidado médico y se espera su total y pronta recuperación. El general de Ciudad Nova anunció que el oficial Bell está en buenas condiciones, pero se negó a realizar más declaraciones.

La foto de su papá desapareció a medida que la cámara enfocaba nuevamente a Steve Davis.

—Y ahora, en exclusiva para *Action news*, tenemos a Rebecca Firestone.

La imagen cambió a una esquina lluviosa que Nick apenas reconocía. Rebecca Firestone sonreía beatíficamente. Sostenía un paraguas con una mano y un micrófono con la otra.

–Gracias, Steve. Los eventos de las últimas veinticuatro horas demuestran una escalada de violencia entre los Extraordinarios. En su corta pero compleja historia, Shadow Star y Pyro Storm fueron adversarios, pero siempre mantuvieron la ferocidad al mínimo. Hoy, la historia es diferente.

Rebecca Firestone desapareció de la imagen y la reemplazó una vista aérea que mostraba una nube de humo y polvo en el lugar del derrumbe, con la calle llena de escombros.

–Esta fue la escena con la que amanecimos el día de hoy, cuando un edificio de apartamentos colapsó a raíz de una pelea entre Shadow Star y Pyro Storm. Los efectivos de la policía dicen que la construcción estaba condenada debido a problemas estructurales y se había planeado demolerla el año pasado. Sin embargo, debido a los juicios interminables llevados a cabo por los antiguos inquilinos y el embrollo legal sobre el futuro del terreno, la demolición se pospuso indefinidamente. Mientras tanto, el edificio Haversford se convirtió en el refugio de cientos de personas sin hogar de Ciudad Nova. La ciudad intentó disuadirlos de no entrar colocando una valla alrededor del edificio, pero *Action news* descubrió que, solo en el último año, esta tuvo que ser reparada en cuarenta y siete oportunidades. Un vocero del departamento de vivienda emitió un comunicado en conjunto con la oficina del alcalde en el que decía que, si bien se hizo todo lo posible para evitar que la gente ingresara al edificio, ellos no pueden, y cito, "estar las veinticuatro horas del día vigilando que esto no suceda".

Rebecca Firestone reapareció una vez más con una mirada ensoñadora.

—Y aquí, para explicar los eventos del día de hoy, tenemos a Shadow Star en persona.

Nick casi se cae de la cama cuando la cámara alejó la imagen.

Allí, envuelto en una sombra oscura como la tinta junto a Rebecca Firestone, estaba Shadow Star.

Tenía su traje completo y los lentes sobre sus ojos levemente entrecerrados. Tenía los brazos a su espalda. Sus hombros anchos se veían firmes y lucía calmo y confiado. Su traje brillaba bajo la luz de la cámara. Le tomó un momento a Nick comprender por qué esa pose le resultaba familiar. Los policías en el pasillo. Se habían parado de la misma manera.

Por primera vez desde que se había enterado de la existencia de Shadow Star, Nicholas Bell… no sintió nada.

Espera.

Mentira.

Sí sintió *algo*, pero no como antes. Incluso algunos días atrás, si hubiera visto a Shadow Star, sus hormonas de adolescente se hubieran alterado por completo y lo hubieran hecho transpirar y tener una leve erección. Hubiera quedado boquiabierto, respirando con dificultad por la boca, admirando cada centímetro del cuerpo del superhéroe.

Pero esta vez, no fue así.

Esta vez, Nick se sentía… No sabía cómo se sentía. Si bien aún quedaban rastros de su atracción obsesiva en algún rincón perdido de su mente, la había reemplazado algo distinto. Las palmas de sus manos estaban sudorosas y se le retorcía el estómago.

No ayudaba que Shadow Star le estuviera *sonriendo* a Rebecca Firestone como si Aaron Bell no estuviera inconsciente con un respirador en la garganta, como si Nick no estuviera en la casa de un extraño, en una cama extraña, porque no tenía ningún otro lugar a dónde ir, como si Nick no acabara de, probablemente, tener el peor segundo día de su vida. Una decepción feroz corrió por su sangre y se asentó en su pecho.

—Gracias, Rebecca —dijo Shadow Star con su voz modulada que la hacía sonar más grave—. Un gusto verte de nuevo.

Rebecca esbozó una sonrisa amplia.

—Apreciamos que te tomes el tiempo de hablar con nosotros en este momento tan inoportuno.

Shadow Star se encogió de hombros.

—Siempre es un momento inoportuno en Ciudad Nova. El crimen nunca descansa.

Nick apenas evitó poner los ojos en blanco.

Rebecca dejó salir una risita.

—Apuesto que no. ¿Puedes contarles a los televidentes qué ocurrió hoy?

Shadow Star miró directo a la cámara.

—Claro. Temprano esta mañana, el villano conocido como Pyro Storm intentó ingresar a la Torre Burke. No es la primera vez que lo intenta, pero últimamente se ha vuelto más… agresivo con sus tácticas.

—¿Por qué quiere entrar a la Torre Burke?

—No lo sé, Rebecca —dijo Shadow Star—. Todavía no logro descifrarlo. Pero no importa. Lo que Pyro Storm intenta hacer está en contra de la ley y debe ser detenido. Y como yo soy el único capaz de hacerlo, hice lo que debía para garantizar la seguridad de aquellos que se encontraban dentro de la Torre Burke.

—La Torre Burke —les dijo Rebecca Firestone a los televidentes—, es el edificio dónde se encuentra la sede central de las Farmacéuticas Burke. Nos comunicamos con el equipo que está a cargo de la seguridad de este lugar, pero aún no obtuvimos respuesta. —Volteó hacia Shadow Star—. En el pasado, has logrado mantener tus peleas con Pyro Storm al mínimo. ¿Qué cambió este último tiempo?

—No lo sé —dijo Shadow Star, frustrado. Nick sintió algo de lástima por él—. Algo cambió. Se ha vuelto más inestable. Le recomiendo a la buena gente de Ciudad Nova que se mantengan alejados de él. Es peligroso. Una amenaza para nuestras vidas. Yo haré todo lo posible para detenerlo y mantener a la ciudad a salvo.

—Eres tan valiente —dijo Rebecca Firestone, apoyando una de sus manos sobre el brazo de Shadow Star.

—Mierda —musitó Nick—. Deja de pasar vergüenza. Acaba con esto de una vez por todas, Firestone. Ten algo de dignidad.

—No es una cuestión de valentía —respondió Shadow Star—. Es cuestión de hacer lo correcto.

Rebecca Firestone frunció el ceño, como si no esperara esa respuesta. Recobró la compostura rápido.

—Un oficial del departamento de policía de Ciudad Nova resultó herido mientras ejercía funciones como resultado de tu batalla contra Pyro Storm. ¿Hay algo que te gustaría decirle a la familia del oficial Bell?

Nick aguantó la respiración.

Shadow Star giró hacia la cámara una vez más.

—Sí, hay algo. Si la familia del oficial Bell está mirando, me gustaría decirle que sepan que haré todo lo posible para que se haga justicia. Espero poder ser lo suficientemente fuerte como para asegurarme de que algo como esto no vuelva a ocurrirle a nadie nunca más.

—Qué cosa más bonita para…

—Hay otra cosa.

—Ah, lo siento. Adelante.

Nick sentía como si Shadow Star le estuviera hablando directo a él.

—Te prometo que no me detendré hasta que Pyro Storm haya pagado por sus delitos. No se saldrá con la suya. Hablaba en serio cuando nos tomamos la foto en el callejón.

Rebecca Firestone lucía confundida.

—¿Qué? ¿Qué foto? ¿Qué callejón?

Shadow Star inclinó la cabeza como si hubiera oído algo a lo lejos.

—La ciudad me necesita —gruñó—. Debo atender su llamado.

Hubo un torbellino de luz que proyectó sombras a todo su alrededor y, cuando el resplandor se desvaneció, Shadow Star ya se había ido.

Rebecca Firestone parecía confundida, como si hubiera tenido un orgasmo frente a cámara y no supiera cómo lidiar con ello. Nick la entendía por completo.

—Bueno, lo escucharon aquí primero. Shadow Star prometió acabar con la amenaza conocida como Pyro Storm. Un final adecuado para un día que seguramente no quedará en el olvido. Volvemos al estudio contigo, Steve.

—Gracias, Rebecca. Eso fue bastante iluminador. Parece ser el héroe que Ciudad Nova necesita. En otras noticias, ¿las ardillas tienen sentimientos? La respuesta de un experto podría sorprenderlos. Quédense para conocer más.

Nick tomó el mando a distancia y apagó el televisor.

La habitación quedó a oscuras.

Hablaba en serio cuando nos tomamos la foto en el callejón.

¿Acaso quiso decir…?

Había estado lloviendo. Nick accidentalmente a propósito le había besado la cabeza. Luego…

Bien, Shadow Star, no hace falta que sonrías, tienes que verte taciturno y profundo, o lo que sea.

Exacto. Respiro las sombras de la oscuridad y…

Todos digan, ¡Nick es súper lindo!

Nick es súper lindo.

—¿Qué demonios? —susurró Nick—. No puede ser…

¿Cierto?

Pero ¿qué tal si…?

¿Importaba?

¿No tenía cosas más importantes por las que preocuparse?

Tomó su teléfono y encendió la pantalla. Se quedó mirándola.

Estaba cerca de algo grande. Algo fabuloso. No era lo que quería, pero no sabía si le quedaba otra opción.

Llamó a la única persona que lo podía ayudar. La única persona que podría hacer que todo saliera bien.

Sonó una vez. Dos veces. Tres veces.

Una voz habló.

Bienvenido al buzón de voz de Seth. Probablemente esté ocupado. Además, ya nadie usa las llamadas a menos que sea una emergencia. Envíame un mensaje de texto. A menos que sea una emergencia.

No dejó un mensaje.

Recordó a su padre en el hospital, golpeado y herido.

Recordó que le dijeron que Antes se había convertido en Después.

Quizás todo había llevado a esto.

Aquí. Ahora. Este momento.

Esta era su historia de origen.

Encontró otro nombre en su teléfono.

Lo marcó.

Y sí, dudó por el más breve de los momentos. Los valientes suelen hacerlo.

Pero al final, hizo lo único que podía.

Sonó una vez. Dos veces. Tres…

–Nicky –dijo una voz algo engreída–. ¿No es un poco tarde para ti?

Respiró profundo y le contestó.

–Owen. Estoy listo. ¿Cómo lo hacemos?

16

Se sentó junto a su papá en la cama del hospital y lo tomó de la mano.

La gente iba y venía.

Le esbozaban pequeñas sonrisas de empatía.

Las odiaba.

***

Su papá estaba igual.

No hubo cambios.

También odiaba eso.

***

—Me ibas a decir algo ayer —dijo Nicky de repente. Gibby levantó la vista con cautela desde el otro lado de la mesa en el comedor del hospital. Si Nick cerraba los ojos, casi que podía pensar que estaban almorzando en la escuela. Seth estaría sentado a su lado, Gibby y Jazz al frente. Owen les robaría comida y sonreiría con arrogancia.

—¿Qué? –preguntó Gibby. Miró a Jazz, quien se encogió de hombros. Le habían llevado la tarea cuando salieron de la escuela, pero a Nick no podía importarle menos.

—Ayer, en la habitación depósito. Cuando llegó el oficial Novato, dijiste que estabas cansada de todo esto y que había algo que debías contarme. ¿Qué era?

Gibby apartó la mirada.

—No me acuerdo.

—Ah, ¿no?

—No importa, Nicky. No era nada.

Nick no le creía.

✳ ✳ ✳

Alguien llamó a la puerta y desconcertó a Nick, que había estado perdido viendo los latidos de su papá en el monitor.

—Adelante –dijo Nick con una voz áspera. Levantó las manos y se frotó los ojos. Probablemente era Becky que venía para presentarle a la enfermera del turno noche. Le había mencionado que sería alguien nuevo, pero que se la presentaría cuando cambiara el turno. No le importó si lo veían llorando. Probablemente era algo que veían todo el tiempo.

Pero no era una enfermera. Era Martha Gray.

Nick se puso de pie, repentinamente avergonzado. No entendía por qué.

–Hola, ehm, no sabía que vendría.

Martha le esbozó una sonrisa respetuosa, mientras sujetaba su bolso con fuerza frente a ella.

–Espero no molestarte. ¿Está…? ¿Está bien que haya venido? Puedo regresar más tarde si quieres.

Nick sacudió la cabeza.

–No, está bien. –Y luego, con el corazón latiendo con fuerza, miró por detrás de ella, preguntándose si Seth también había venido. Si así era, quizás las cosas podrían ser diferentes. Quizás no tendría que hacer todo lo que había planeado.

Pero no estaba ahí.

La sonrisa de Martha se desvaneció. Parecía como si estuviera de luto.

–Estoy sola, me temo.

Le dolió. Mucho.

–Sí –dijo Nick–. Claro, está bien. O sea, solo es mi papá, ¿verdad?

Martha dio un paso hacia adelante.

–Nick, tienes que creerme cuando te digo que él también quiere estar aquí. Probablemente más que nada en el mundo.

–Entonces ¿por qué no viene?

–A veces, hay cosas más grandes que nuestros propios deseos. –Cerró la puerta por detrás. Nick apartó la mirada mientras ella se acercaba al otro lado de la cama. Parpadeó rápido mientras dejaba su cartera sobre el alféizar de la ventana. Volteó hacia el papá de Nick y se acercó y lo tomó de una de las manos. Luego le corrió un mechón de cabello de la frente–. ¿Cómo está?

–Igual.

–¿Cuándo despertará?

–Nadie sabe. Mañana. Pasado mañana. Algún día.

Balbuceó algo inentendible por lo bajo.

—Te quería preguntar si querías quedarte con nosotros, pero me dijeron que te estás quedando en la casa del jefe.

Nick se hundió aún más en su silla.

—Sí.

—Probablemente sea el lugar más seguro de todos.

—Supongo.

Se acercó a su papá y le subió un poco más la manta.

—Bob quería venir, pero le surgió una emergencia en el edificio donde trabaja. Algo sobre una posible fuga de gas. Quería que te dijera que te quiere mucho y que vendrá ni bien esté libre. Qué cosas curiosas las fugas de gas. Una chispa y todo podría terminar en una tragedia. Dime, ¿ya descubrieron la causa de la explosión?

—Fue Pyro Storm —dijo Nick con una voz ronca.

—Ah ¿sí?

—Sí.

—Suenas muy seguro.

Nick se encogió de hombros.

—Es la única explicación.

—¿Puedo contarte una historia?

Nick quería mucho a Martha. De verdad que sí. Pero no estaba con ganas de escuchar una historia. No ahora.

—La hora de las visitas ya casi está por…

—Hace un tiempo, un niño vino a vivir con nosotros. No lo esperábamos. No estábamos listos. Mucho menos para cuidar a uno que había perdido tanto. Nosotros mismos estábamos sufriendo esa pérdida. Pero, de un momento a otro, teníamos a un niño que no tenía ningún lugar a donde ir.

Nick cerró los ojos.

–Estaba herido –continuó Martha en voz baja–. Por el accidente. Sus padres habían muerto y él sobrevivió, pero su corazón quedó destruido y su cuerpo vendado por completo. Dijeron que había sido una falla técnica, algo que andaba mal con el tren. No recuerdo los detalles. Bob es mejor para esas cosas. Mucha gente murió. Pero este niño, este niño dulce y pequeño, de algún modo, logró sobrevivir. Lo encontraron enterrado bajo restos de metal quemado, con su mamá y papá sobre él. Cuando lo vi por primera vez luego de eso, fue en una habitación como esta. Tenía los ojos cerrados y supuse que estaba teniendo una pesadilla. Entonces hice lo único que podía hacer: lo tomé de la mano y le dije que todo estaría bien. Más allá de que su corazón estuviera destruido, nosotros lo mantendríamos a salvo.

Nick tembló, intentando no encorvarse en sí mismo.

–Era imposible que sobreviviera. Fue nuestro pequeño milagro. Más fuerte del crédito que le dio la gente. Y vivió. Triste, por supuesto, con pesadillas horribles. Solía despertarse gritando en la oscuridad, llamando a su mamá y su papá, desesperado por encontrarlos. Intentando salvarlos. Nunca podía hacerlo antes de que lo despertáramos y teníamos que ver cómo su corazón se rompía una y otra vez cada vez que abría los ojos.

–¿Por qué me cuenta esto? –preguntó Nick entre dientes.

Ella continuó, como si no hubiera dicho nada.

–Bob y yo no sabíamos cómo ser padres. Hicimos lo mejor que pudimos. Me preocupaba que nada fuera suficiente, que *nosotros* no fuéramos suficiente. Ah, lo amamos inmensamente. Le dimos todo lo que suponíamos que querría. El amor es un arma muy poderosa en la oscuridad, pero solo si sabes empuñarla.

Nick sintió una lágrima deslizándose por su mejilla.

—Siempre fue callado. Siempre atento. Apenas hablaba. Hasta que un día cuando regresó a casa de la escuela, no dejó de hablar ni un minuto sobre un niño que se había acercado a él en los columpios, incluso aunque ninguno de los dos supiera cómo columpiarse. Nos contó que este niño era inteligente, amable y dulce, y que su papá era oficial de policía. Además, anunció bastante fuerte que este niño se llamaba Nicholas Bell y que serían amigos por siempre. Fue la vez que más lo escuché hablar desde que había llegado a nuestras vidas. Yo no sabía quién era este Nicholas Bell, pero supuse que probablemente era ese milagro que tanto esperábamos.

Nick se sorbió la nariz, mientras sacudía la cabeza.

—No valgo…

—*Sí*, lo haces —lo interrumpió Marta y Nick abrió los ojos. Lo estaba mirando fijo y sus ojos también estaban brillosos—. Yo sé que te cuesta creerlo, pero sí, lo eres. Ya sé cómo ves a Seth, Nick. Pasé años viéndolos juntos. Para ti el día empieza y termina con él. Todas las estrellas del cielo aparecen por él. Pero hay algo que *nunca* ves. Y es que él también piensa lo mismo de ti.

—Entonces ¿por qué no está aquí? —preguntó Nick algo furioso, levantándose de la silla. Empezó a caminar de un lado a otro—. Si lo que dice es verdad, entonces, ¿dónde rayos está? Es mi pa… pa… *papá*.

Sobre la cama, la luz parpadeó y se apagó.

Ambos levantaron la vista. Los focos se apagaron.

—Ehm —dijo Martha—. Qué interesante.

Nick se frotó un lado de la cabeza. Le estaba empezando a doler otra vez. Mary Caplan debía llevarle una de sus píldoras. Se había olvidado de tomarla esta tarde.

—Estábamos en casa cuando recibimos la llamada —dijo Martha, aun mirando la luz quemada—. Eran los padres de Gibby.

Nick estaba confundido.

—¿Los llamaron por mi papá? Pero…

—Por tu mamá, Nick.

Nick se quedó congelado.

—¿Qué?

—Nos llamaron. Nos contaron lo que pasó. Creí que Seth estaba a punto de destrozar el mundo entero para verte. ¿Lo recuerdas?

Nick vaciló por un momento y luego sacudió la cabeza.

—Todo lo de ese momento es una neblina. Solo recuerdo estar con mi papá y que Seth también estaba ahí. Ni siquiera me acuerdo de qué hora era. Ni en dónde estábamos.

—Es esperable. Los traumas pueden alterar la mente. La hacen… cambiar. Pueden robarte tus recuerdos. Pero él estuvo ahí, Nick, tan rápido como pudo. Y vio lo que te hizo. Entendía lo que estabas atravesando, quizás más que nadie. No recordaba su pérdida, pero sabía lo que le había ocasionado. Y te hizo una promesa. Te dijo que haría todo lo posible para asegurarse de que nada como eso te volviera a ocurrir.

—No entiendo —dijo Nick desconsolado.

—Él quiere estar aquí —repitió Martha—. Más que nada en el mundo. Pero las cosas son diferentes ahora. Y lo lastima más de lo que imaginas. Sé que es un consuelo tonto, pero es necesario que lo sepas.

Nick dejó caer su cabeza.

La escuchó moviéndose al otro lado de la cama y no intentó alejarla cuando lo envolvió entre sus brazos. Se presionó contra ella y apoyó la cabeza sobre su hombro. Martha le acarició la espalda, mientras le susurraba con suavidad al oído.

—Fue ese día en los columpios cuando todo cambió para él. Desde entonces, todo lo que hizo fue por ti. Sé que no siempre puedes verlo,

Nick, pero, a veces, hay cosas más grandes que nosotros. Cosas que debemos hacer para mantener a salvo a las personas que amamos. Y él te ama. *Te ama.*

Lo sujetó mientras él rompía en llanto una vez más.

✱✱✱

Al rato, se marchó, no sin antes inclinarse sobre la cama y darle un beso en la frente al papá de Nick. Se detuvo en la puerta, con su bolso en la mano. Levantó los hombros y le dijo que lo vería pronto.

Estaba a punto de salir cuando se detuvo.

–¿Nick?

–¿Sí? –preguntó, exhausto.

–Esto mejorará. Todo esto. Te lo prometo.

No sabía qué decir y entonces no dijo nada.

Ella le esbozó una sonrisa tensa. Y luego, se marchó.

✱✱✱

Ya casi era hora de irse.

Mary Caplan lo estaba esperando.

Sujetó la mano de su papá y le dijo:

–Voy a asegurarme de que esto no vuelva a ocurrir.

Oyó el pitido de los latidos cuando volteó y se marchó caminando.

✱✱✱

–¿No tienes hambre? –preguntó Mary cuando vio que apenas tocaba la comida del plato que había puesto delante de él. Nick se encogió de hombros.

–Estoy cansado, supongo. Creo que me iré a dormir temprano.

–Tengo una reunión por la mañana. No debería tomarme mucho tiempo. Puedes esperar a que termine o ir al hospital en tren. Cualquiera de las dos opciones está bien.

–No se preocupen por mí –dijo–. Tomaré el tren. ¿Dónde está Cap?

Mary suspiró.

–¿Dónde más? Trabajando. Siempre trabajando. Este asunto con los Extraordinarios te... cambia.

Claro, esa era la idea, pero no lo dijo en voz alta.

–Estoy seguro de que terminará pronto.

Mary frunció el ceño.

–¿A qué te refieres?

Nick empujó su plato.

–Creo que estoy listo para ir a la cama.

Casi terminó de salir de la cocina cuando oyó su nombre.

–Tu píldora. Olvidaste tomar tu píldora.

La tragó entera sin beber agua.

Era amarga.

Pero su dolor de cabeza se fue casi de inmediato.

Qué curioso.

✳✳✳

Título: Aquí es dónde quemamos la Tierra.

Autor: ShadowStar744.

Capítulo 67 de ? (LO SIENTO).

268.130 palabras.

Pareja: Shadow Star / Personaje masculino original.

Clasificación: PG-13 (La clasificación puede subir, pero no sé si me saldría bien, agh).

Etiquetas: amor verdadero, anhelo, shadow star suave, violencia, final feliz, primer beso, quizás un poco de obscenidades si me convenzo de hacerlo, pero quién sabe.

ESTO NO ES UN CAPÍTULO

Hola, amigos. Ya sé que esto no era lo que esperaban. Lo siento. Desafortunadamente, tengo malas noticias. Pasaron cosas muy grandes que me cambiaron la vida, cosas que no esperaba. Me pusieron en un lugar en el que debo tomar una decisión respecto a qué quiero para mi futuro. Y lo que se espera de mí. En quién necesito convertirme. Cómo puedo ayudar a quienes más lo necesitan.

No actualizaré la historia por un tiempo. Quizás un largo tiempo. Ya no veo a los Extraordinarios de la misma manera. Solían ser estos seres míticos capaces de lograr cosas que me fascinaban. Pero ahora sé que son capaces de lastimar a otros. Y eso es algo que nunca vi venir. Algo que nunca creí que fuera posible.

Sé que esto no tiene mucho sentido y me disculpo por eso. Esto no es una especie de código para decirles me voy a lastimar a mí mismo, así que por favor no piensen eso. De hecho, todo lo contrario. Voy a hacer todo lo posible para asegurarme de que las personas que quiero no vuelvan a salir lastimadas nunca más.

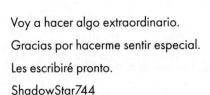

Voy a hacer algo extraordinario.

Gracias por hacerme sentir especial.

Les escribiré pronto.

ShadowStar744

* * *

Esperó a que Mary Caplan se fuera a dormir. Presionó una oreja sobre la puerta de la habitación. Silencio. Se colgó la mochila antes de abrir la puerta lentamente y asomó la cabeza hacia el pasillo oscuro. La casa crujía a su alrededor. No se filtraba ninguna luz por debajo de la puerta del dormitorio de Cap y Mary.

Solo llevaba calcetines mientras caminaba en puntillas de pie por el pasillo, sus zapatillas en la mano para mantenerse a salvo. Logró esquivar el escalón que Mary decía que siempre chillaba. Abrió la puerta del frente con el mayor de los cuidados y la cerró con la llave que Cap le había dado. Soltó las zapatillas en el suelo y metió sus pies en el interior.

Luego, desapareció en la noche.

* * *

—¿Qué te pusiste? —preguntó Owen mirando a Nick con los ojos entrecerrados cuando se acercó. Owen estaba apoyado sobre la puerta de una tienda de teléfonos móviles cerrada.

Nick bajó la mirada. Tenía unos jeans negros y una sudadera también negra, y la capucha sobre su cabeza.

—Mi traje de infiltrado.

—Tus zapatillas son moradas.

Nick frunció el ceño.

—Sí, Gibby me trajo estas en lugar de las negras. No tenía tiempo para ir a cambiarlas. Mala mía. ¿Crees que nos delatarán? Tengo calcetines negros, si quieres me las puedo quitar.

Owen suspiró.

—Te ves ridículo.

—Ah, ¿sí? Bueno, tú te ves… bien. Como siempre. ¿Por qué no llevas nada para ocultarte?

Owen sonrió.

—No lo necesito. Vamos. Terminemos con esto. —Sujetó a Nick por el codo y empezó a llevarlo por toda la manzana.

La Torre Burke estaba iluminada como un faro en medio de la noche, atrayéndolos hacia su interior.

✳✳✳

—¿Cómo está tu papá? —preguntó Owen mientras se acercaban al edificio.

—Bien —murmuró Nick, esquivando a un grupo de turistas nocturnos que admiraban los rascacielos a su alrededor—. Se despertará y volverá a casa pronto.

—¿Sí? Qué bueno. Lamento no haber pasado.

—No te preocupes. La habitación no es muy grande. No hay nada que puedas hacer.

—Aun así. Los hospitales me asustan. Cuando era niño pasaba mucho tiempo en esos lugares y trato de evitarlos, a menos que no me quede otra opción.

Nick se detuvo.

Owen lo miró.

–¿Qué?

–No sabía que habías estado internado.

Owen puso los ojos en blanco.

–Porque nunca te lo conté. No es la gran cosa. ¿Vienes o qué?

Nick lo siguió.

–¿Por qué tuviste que ir al hospital?

–Quizás porque estaba loco –respondió Owen, moviendo las cejas–. Me encerraron con chaleco de fuerza y todo.

Nick lo sacudió.

–El único chaleco que te quedaría bien.

Owen rio.

–Qué gracioso. A veces olvido lo gracioso que eres. No sé por qué me sorprende.

–¿Gracias? Supongo.

–No fue nada grave –continuó Owen, dejando atrás una nube de vapor cálido con su aliento–. Solo veía cosas que no estaban ahí.

Nick parpadeó.

–¿Como alucinaciones?

–Algo así. Al principio, creían que tenía problemas con la vista. Y luego con mi cerebro.

–¿Y qué era al final?

Owen levantó la vista, las luces del edificio de su padre iluminaban toda su piel.

–Nunca lo descubrieron. Me dieron un medicamento y desapareció. –Volteó y le guiñó un ojo a Nick–. Supongo que fui uno de los que tuvo suerte.

Un recuerdo apareció con fuerza en la mente de Nick, tan brillante como una estrella fugaz.

¿Y mi medicación? La necesito.

Ahora no. Ya tuviste suficientes por el momento. Ve. Ya me hiciste llegar tarde.

—Eso es… —No sabía cómo terminar la oración. Hasta que se decidió—. Raro.

Owen se tambaleó.

—Auch, Nicky. Y yo que pensaba que estábamos volviéndonos más cercanos. ¿Por qué me insultas en una cita?

—Esto no es una *cita*. ¿Por qué dices eso? —Nick quedó horrorizado.

—Te invité a salir y aceptaste.

—¡Me dijiste que entraríamos a la oficina de tu papá para robar unas píldoras que me convertirían en un Extraordinario!

—Bueno, sí. Gran idea para una cita, ¿verdad?

Nick le dio un puñetazo en el brazo.

—Oye, eso no estuvo bien. Sabes que yo… Sabes que Seth y yo somos… Somos *algo*, ¿okey?

Owen hizo una mueca.

—Como si pudiera olvidarlo. Por cierto, ¿cómo está el viejo y querido Seth?

—Bien —murmuró Nick—. Supongo.

—¿No estás seguro?

—No hablo con él desde hace un tiempo.

—¿Por qué?

Nick levantó los brazos.

—¡No sé! Está ocupado o lo que sea. ¿Podemos hablar de otra cosa? Tenemos que estar concentrados. Y esto no es una cita.

—¿No fue a ver a tu papá? —preguntó como si estuviera ofendido en nombre de Nick—. Qué bajo.

—Tú tampoco fuiste —le recordó Nick.

—Te dije que no me gustan…

—Los hospitales, sí, ya entendí. Pero cuando él era pequeño también estuvo en un hospital. Quizás le pasa lo mismo.

Owen entrecerró la vista.

—Ah, ¿sí? ¿Por qué?

—Estuvo en un… ¿De verdad no sabes?

—No.

—Estuvo en un accidente de tren con su papá y su mamá. Chocó. Ellos murieron y él no.

Owen se quejó.

—Era tan obvio. Definitivamente, no podía ser más cliché.

—¿De qué rayos estás hablando?

Owen movió la mano como si lo que acababa de decir no tuviera importancia.

—No importa. Ya estamos aquí. Sígueme.

—¿Qué? ¿A dónde quieres que te *siga*? Owen, ¿qué estás haciendo? ¡Owen!

✳ ✳ ✳

Aparentemente, Owen quería que lo siguiera por la puerta principal de la Torre Burke. Era tarde y las puertas estaban cerradas, pero eso no evitó que tomara una tarjeta y la apoyara sobre una caja negra en la parte exterior del edificio. Se encendió una luz verde y hubo un chasquido audible, y entonces las puertas de cristal se abrieron.

Owen entró.

Nick dudó por un momento.

Y luego, lo siguió.

El suelo estaba lustrado y se veía muy caro. Estaba seguro de que no estaba diseñado para que lo pisaran con unas zapatillas moradas como las suyas.

En el centro de la sala había una fuente inmensa con una cortina de agua que caía sobre una capa delgada de cristal. Nick observó cómo el cristal se encendió y el rostro de Simon Burke apareció en el agua.

—Bienvenidos a las Farmacéuticas Burke —dijo una voz grave—. El futuro empieza hoy.

—Le pagó seis cifras a alguien para que creara ese eslogan —comentó Owen.

Nick no podía visualizar esa cantidad de dinero.

—Parece que lo estafaron.

Owen rio.

—Intenta decírselo.

Una fila de detectores de metal cortaba la mitad del vestíbulo oscuro. Detrás de un escritorio de madera sobre una tarima, había un guardia de seguridad. Apenas parecía más grande que ellos. Levantó una ceja cuando los vio acercarse.

—Señor Burke —dijo—. Viene tarde. —Se sentó más recto en la silla, levemente sonrojado.

—Sabes cómo es, Brett —respondió Owen con tranquilidad—. Papá se olvida algo en su oficina y yo debo ser el hijo responsable que debe venir a buscarlo.

—No hay descanso para los malditos.

Owen sonrió y se apoyó sobre el escritorio con sus codos.

—¿Me estás llamando maldito, Brett?

Brett se puso nervioso.

–No, eso no… No estoy intentando… –Miró por detrás de Owen a Nick–. ¿Quién es su amigo?

Owen volteó hacia Nick.

–Ah, ¿Nicky? Solo vino a hacerme compañía.

–¿Eso es todo?

–Eso es todo.

Brett se rascó la cabeza.

–No sé si puedo dejarlo pasar con usted, señor Burke. No creo que a su padre le agrade.

Owen se acercó a Brett y le acomodó la corbata.

–Entonces podría ser nuestro pequeño secreto.

Brett suspiró.

–No hagan nada que pueda hacer que me despidan.

–Ni en *sueños*. No ver tu cara sería una decepción de proporciones épicas.

–Ehm, claro –dijo Brett, evidentemente sudoroso–. Sí. Oiga, estaba pensando. Quizás podríamos salir a…

–¿Nos dejas entrar? –preguntó Owen con dulzura.

Brett asintió con torpeza y presionó un botón en su escritorio.

–Solo asegúrese de pasar su tarjeta en caso de que alguien pregunte.

–Gracias, Brett –dijo Owen. Volteó nuevamente hacia Nick–. ¿Listo?

Nick asintió, inseguro de qué rayos estaba pasando. Pero eso no lo detuvo de seguir a Owen a través de una reja de metal junto al escritorio. La reja se cerró con fuerza por detrás.

✳ ✳ ✳

Nick creyó que irían al sector de los elevadores, pero para su sorpresa, Owen giró a la izquierda y continuó por un corredor largo de techo abovedado, oscuro y con puertas de madera a cada lado. Las paredes estaban cubiertas por pantallas negras con las iniciales FB estilizadas que giraban lentamente en el centro. A través de unos ventanales inmensos que se extendían desde el suelo hasta el techo, Nick vio a un hombre dentro de lo que parecía ser una sala de conferencias, moviendo la cabeza mientras pasaba una lustradora ruidosa por el suelo de cerámica.

Ahora que estaba aquí, Nick no estaba seguro de que hubiera sido la mejor idea. Pensó en buscar una salida, convencer a Owen de que debían pensarlo mejor, pero cada vez que abría la boca para decírselo, veía a su padre inconsciente en la cama del hospital, con los pitidos de las máquinas a su alrededor, mientras la línea de sus latidos rebotaba en el monitor.

—¿Todo bien? —preguntó Owen, volteando hacia él.

No.

—Sí.

Giraron a la izquierda y luego a la derecha, y otra vez a la derecha. Nick ya no estaba seguro de que pudiera encontrar la salida solo. La Torre Burke era un laberinto. No entendía cómo alguien podía guiarse en este lugar.

—Es más grande de lo que parece —dijo Nick—. Todo este lugar.

Una expresión extraña apareció en la cara de Owen.

—Todo es cuestión de capas, Nick. Mi familia tiende a tener cierto… talento para el dramatismo. Mi abuelo construyó este lugar de cero. Cuando murió, mi padre continuó su trabajo. —Rio amargamente—. Y un día, será mío y tendré la corona, por más pesada que sea.

Nick se encogió de hombros con torpeza. La fachada de Owen pareció caerse por un instante una vez más y lo hizo sentir incómodo.

—No estás obligado hacer algo que no quieres.

—Mi familia no es como la tuya. Hay ciertas expectativas. Cualquier decisión que pudiera tomar en esta vida, ellos ya la tomaron por mí el día que nací.

—Eso… apesta. —Era tonto, pero no sabía qué más decir. La versión vulnerable de Owen no era algo con lo que Nick supiera cómo lidiar.

Owen rio.

—Ay, Nicky. Siempre tienes talento para las palabras.

—Pero estás tomando una decisión ahora, ¿verdad?

—¿A qué te refieres?

Nick se encogió de hombros.

—Estar aquí. Hacer lo que sea que estemos haciendo. Decidiste contármelo. Decidiste traerme aquí.

Owen sacudió la cabeza.

—Esto no se trata de tomar decisiones, Nick. Esto siempre fue inevitable.

—No entiendo.

—Lo sé. Hay muchas cosas que no entiendes.

Nick sintió una gota de sudor deslizándose por su nuca.

—¿Qué hay de ti?

—¿Qué hay de mí?

—Tú también harás esto, ¿verdad? ¿Te convertirás en un Extraordinario? No sé si quiero hacerlo solo.

—¿Ya te estás echando atrás?

—No. Solo… ¿Por qué querrías ser normal cuando puedes ser algo más?

A Nick no le gustaba el destello en los ojos de Owen.

—Eso es exactamente lo que siempre pensé. Todo saldrá bien, Nick. Ya verás. Ya llegamos.

Se detuvieron frente a una puerta doble ornamentada. Había una caja negra junto a esta, similar a la que estaba en la entrada a la Torre Burke. Pero en lugar de usar la misma tarjeta que antes, Owen sacó una distinta de su bolsillo. La pasó por la ranura delgada. Emitió un pitido y… se encendió una luz roja.

Owen frunció el ceño.

La pasó una vez más.

Un pitido. Una luz roja.

—Ehm —dijo Owen.

—¿Qué ocurre?

—La tarjeta no funciona. Mi papá debe haber cambiado el código. Mejor prevenir que lamentar. Ve a vigilar.

—Quizás deberíamos…

—Solo me tomará un segundo, Nick.

Nick volteó y miró hacia el pasillo. Estaba vacío.

—Me agradas, Nick —dijo Owen—. Siempre me agradaste. Yo sé… Yo sé que las cosas estuvieron raras durante un tiempo entre nosotros. Y sé que no he sido tan buen amigo como podría haber sido, pero hay una razón.

Nick volteó sobre su hombro. Owen estaba agachado sobre la caja negra. Nick no podía ver qué estaba haciendo, pero no dejaba de mover los brazos.

—¿Porque eras un cretino total?

—Un poco. Pero ya no soy tan importante ahora, ¿verdad? Tienes a Seth.

—No estaría tan seguro de eso —murmuró Nick—. A él… le pasa algo y no sé qué es.

–La vida –respondió Owen suspirando–. Somos adolescentes. Todo es innecesariamente complicado. Nos dicen que debemos ser de una manera, aunque sepamos que no sea la indicada. No nos toman en serio. Dejan de lado nuestras ideas porque carecen de fundamento. A veces, tenemos que portarnos mal para que los demás nos presten atención, para que sepan que hablamos en serio, que somos capaces y que no nos deberían ignorar.

Nick no sabía de lo que estaba hablando.

–Intenté meter un grillo en el microondas porque creía que me convertiría en un superhéroe. Estoy bastante seguro de que no debería tener permitido tener ideas propias.

Owen sacudió la cabeza.

–Tal vez no fue el mejor plan, pero tu corazón estaba en el lugar correcto. Tomaste una decisión para convertirte en algo más grande de lo que eras.

–Porque estaba enamorado de un Extraordinario. Suena estúpido, ahora que lo pienso.

–Pero ahora ya no es por eso, ¿o sí?

–Yo… No. No. Porque no creo…

Nick vio un destello de luz por el rabillo de su ojo. Volteó y vio una de las puertas abriéndose.

–¿Cómo hiciste eso?

Owen esbozó una sonrisa ingeniosa.

–Tengo mis trucos. Vamos, ya casi llegamos.

Nick miró sobre su hombro.

El corredor seguía vacío.

Volteó hacia la puerta…

… y entró.

La oficina era extravagante, más que cualquier otra cosa que Nick hubiera visto hasta ese momento. Tres de las cuatro paredes estaban cubiertas por estantes con libros que llegaban hasta el techo, tomos incontables de tapas coloridas. Había una escalera conectada a un sistema de rieles frente a los estantes.

La cuarta pared era una pantalla gigante, con el mismo logo de las Farmacéuticas Burke en el centro.

Justo frente a la pantalla, había un enorme escritorio de madera. Tenía tres monitores adicionales sobre este, pero Owen los ignoró.

—Creí que habías dicho que estaba en el sótano —dijo Nick.

—Así es.

—Entonces ¿por qué estamos…?

—Observa.

Nick dio un paso hacia atrás cuando Owen tocó el lomo de tres libros diferentes en una sucesión rápida y cada uno se iluminó bajo sus dedos. Hubo un sonido profundo y estruendoso, y una parte de la biblioteca se hundió en la pared, fuera de la vista, y un elevador apareció en su lugar.

—Guau —dijo Nick, casi sin aliento. No supo hasta ese preciso momento que una entrada secreta detrás de una biblioteca era una de sus obsesiones. Ahora definitivamente lo sabía.

—Genial, ¿verdad? —dijo Owen—. Como dije, dramáticos. —Presionó un panel cerca de la puerta del elevador y se abrió.

Nick dudó por un momento.

Y Owen lo notó.

—¿Qué ocurre?

—¿Por qué hacemos esto?

Owen parecía sorprendido.

—Ya te dije. Quiero ayudarte...

Nick sacudió la cabeza.

—Tú no ayudas a nadie más que a ti mismo.

—Rayos.

Nick hizo una mueca de arrepentimiento.

—No quise decirlo de ese modo.

—Claro que sí. Pero es justo —suspiró—. Considéralo mi intento de ser alguien mejor. Menos egoísta, incluso.

—Owen.

—Está bien, quizás no para *tanto*, pero entiendes la idea. ¿Acaso no puedo ayudar a un amigo?

—¿En qué te beneficia? —preguntó Nick con ciertas sospechas.

—Poder decir que conozco a un Extraordinario que sabe patear traseros. —Dio un paso hacia atrás en dirección al elevador—. Vamos a cambiar el mundo, Nick. Estoy seguro de que quieres ser parte de eso, ¿verdad? Piénsalo. Si te dieran el poder de asegurarte que tu papá nunca más vuelva a salir herido, ¿no lo aceptarías? ¿Por qué querrías atravesar la experiencia de perder a otro ser querido? No pudiste salvar a tu mamá, pero...

—No —lo interrumpió Nick, furioso—. No la nombres.

Owen levantó las manos.

—Lo siento. Yo no... No quise decir eso. Lo único que digo es que esto te ayudará a mantener a los que quieres a salvo. ¿Y eso no es lo más importante de todo?

Nick se estaba moviendo incluso antes de ser consciente de ello. Pasó junto a Owen y se subió al elevador. Volteó, levantó las cejas y le dijo:

—¿Vienes?

Owen sonrió, sus ojos iluminados con picardía.

✷ ✷ ✷

No hablaron mientras el elevador bajaba. El viaje fue más largo de lo que Nick esperaba, extendiéndose por un minuto completo. No había ningún número dentro del elevador, solo el botón verde que Owen había presionado. Nick intentó despejar su mente, respirando profundo y firme. Estaba tan cerca, *tan cerca*, de tener lo que quería desde hacía tanto tiempo. No podía echarse atrás ahora.

El elevador aminoró la marcha y se detuvo. La puerta se abrió.

Frente a ellos, se extendía un espacio inmenso, dividido por paredes de cristal. Algunas luces pequeñas en el suelo iluminaban un camino que se extendía delante de ellos, mucho más largo que lo que Nick esperaba.

–Okey –dijo Owen–. Aquí estamos. Las luces de arriba se mantendrán apagadas. No hay ninguna cámara de seguridad aquí. Quieren mantenerlo fuera del sistema principal. Todo lo que se graba se hace en un circuito cerrado. Pero es mejor prevenir que lamentar. Siempre recuerda mantenerte en las sombras.

Y con eso… Nick se detuvo.

–¿Qué?

Owen lo miró cuando salió del elevador.

–Mantente en silencio, Nick. Está… ¿Qué? ¿Por qué me miras así?

Nick sacudió la cabeza lentamente.

–Ehm, nada. No importa. Un *déjà vu*, supongo.

–Es una sensación muy extraña, ¿verdad? Como si ya hubieras estado aquí antes. O una precognición. Creo que mi papá también tiene una píldora para eso, si te soy honesto. ¿Quizás prefieras tomar esa?

Nick se quedó en blanco.

—Eso… No puedo…

—Vamos.

Nick lo siguió.

Owen avanzó hacia el otro lado de la sala, ignorando las paredes de cristal a cada lado. Allí dentro, numerosas máquinas permanecían en silencio. Había microscopios y computadoras y lo que Nick creía que era un centrifugador sobredimensionado, aunque no podía ver su interior.

Se detuvieron frente a una pared de cristal.

—Ahí —dijo Owen—. Ahí están.

Nick dio un paso hacia adelante.

Había siete tubos diferentes al otro lado.

Cada tubo estaba suspendido en medio del aire y en su interior contenían una píldora.

Verde.

Amarilla.

Violeta.

Azul.

Naranja.

Negra.

Blanca.

—¿Eso es todo? —susurró Nick.

—Eso es todo —respondió Owen desde algún lugar cerca de su oído—. Son muy pequeñas, ¿verdad? Pero estoy seguro de que te deben dar una paliza.

—¿Qué…? ¿Qué hacen?

—La verde es para tener súper fuerza y es capaz de convertir a cualquier humano en una bola de demolición. La amarilla es para volar. La violeta es para tener la habilidad de invocar tormentas. La azul puede hacerte conductor de electricidad. La naranja es para controlar el fuego. La negra es para el humo. O quizás para las sombras. Me mantendría alejado de esa si fuera tú. Me dijeron que es… intensa. No querría eso para ti. Quizás podrías probar la azul. O la verde.

Sombras.

—¿Y la blanca?

Owen sacudió la cabeza con tristeza.

—La blanca está fuera de límites. Incluso para ti, Nicky. Es la más inestable. Es telekinesis. El poder de mover cosas con la mente. Esa no la podemos tocar. Según las pruebas de mi papá, la última persona que tomó esa píldora perdió la cabeza. Todavía no está terminada. Algún día, quizás. Ni siquiera son todas, solo las que están probando.

Todo se sentía demasiado inmenso, demasiado salvaje. Irreal.

—Ah —dijo con torpeza.

Owen apoyó una mano sobre su hombro.

—Entonces, ¿cuál quieres?

—No sé —confesó Nick—. Es… mucho. —Una elección, finalmente, frente a él, si Owen era de fiar, aunque Nick no sabía por qué mentiría. No con esto. Owen podía ser un cretino, pero Nick no creía que intentaría meterle algo que le hiciera daño, no cuando ya estaba sufriendo.

—¿Mencionaste que no puedo dejar de tomarlas si quiero seguir siendo un Extraordinario?

Owen asintió con seriedad.

—Sí, pero no nos preocupemos por eso ahora. Elige una, Nicky, y fíjate cómo se siente. Si no te gusta, puedes probar otra. Y otra. Yo me aseguraré de que así sea. Una píldora para hacer que todo desaparezca, para proteger a tus seres queridos. Mi papá cree que… Bueno. Además de su uso para fines militares, cree que estas cosas solo deben estar disponibles para personas que puedan pagarlas. La élite que es capaz de desprenderse de sus riquezas para tener ventaja sobre aquellos que están debajo de ellos. Es ridículo, ¿verdad? Deberían estar disponibles para todos. Para cualquier persona que quiera revelarse contra aquellos que quieran oprimirlos. —Suspiró, un sonido airoso largo que trepó por la piel de Nick, dejando un escalofrío en su camino—. Una persona como tú jamás tendría oportunidad de acceder a esto. ¿Y por qué eso sería justo? Después de todo, es tu *papá* el que sufre.

Es más fácil afrontar las cosas juntos que solos. Su papá le había enseñado eso. Estaba cerca, ¿verdad? Su papá había estado tan cerca de la muerte y ¿dónde había estado Nick en todo ese momento?

Solo. Había estado solo.

Aun así, dudó.

—¿Son adictivas? —Debían serlo. Si eran capaces de darte el poder que Owen decía, entonces ¿por qué alguien querría dejar de tomarlas?

Owen rió, pero había una cierta perspicacia siniestra.

—*Adictivas* no es la mejor palabra para describirlas. No quiero presionarte, pero se nos está acabando el tiempo. Tienes que tomar una decisión, Nicky.

Nick apoyó una mano sobre el cristal que contenía los tubos y miró las píldoras.

—¿Tú no lo harás?

—Esto es para ti —respondió Owen—. No te preocupes por mí.

Verde. Amarilla. Violeta. Azul. Naranja. Negra. Blanca.

La mente de Nick trabajaba a toda máquina.

Recordó los pitidos de las máquinas que rodeaban a su papá, su piel golpeada. Recordó la sonrisa de su madre cerca del faro, congelada en el tiempo. Cualquier cosa. Daría cualquier cosa con tal de mantener a sus seres queridos a salvo.

Incluso esto, aunque fuera temporal. Ser un héroe temporal era mejor que no ser nada.

—Creo… Creo que yo…

—Suficiente. —Vociferó otra voz por detrás.

Voltearon. Y ahí, junto al elevador, estaba Pyro Storm. Nick se quedó congelado al verlo.

Owen rio.

—Vaya, vaya, vaya. ¿No es una sorpresa?

—¿Lo es? —preguntó Pyro Storm—. Porque creo que esto es exactamente lo que querías.

—¿Eh? ¿Cómo lo supiste?

Pyro Storm miró a Nick.

—Porque crees que no tenía otra opción.

Owen dio un paso hacia adelante.

—Alguien tenía que hacerlo. No puedes esconderte detrás de esa máscara por siempre.

—¿Y tú sí?

Owen extendió sus manos.

—Yo no tengo ninguna máscara, ¿verdad? Creo que eso te deja solo.

—Ehm —dijo Nick con una voz aguda—. No tengo idea de qué está pasando, pero me gustaría irme.

Lo ignoraron.

—Lo hago porque es mi deber —sentenció Pyro Storm, presionando los dientes—. Mantener a los que quiero a salvo.

Nick parpadeó. Pyro Storm era un villano. ¿Por qué le preocuparía que alguien saliera herido? Había lastimado al papá de Nick. Había…

–Verás –dijo Owen, con una voz llena de desprecio–, ese siempre ha sido tu problema. Eres tan hipócrita. ¿A dónde te ha llevado todo eso? Te han desprestigiado por todo lo que has hecho. Eres el enemigo público número uno. Nada de lo que hiciste cambió eso.

Pyro Storm dio un paso hacia adelante.

–Solo porque tú te metiste en mi camino. Divulgaste todas esas mentiras para elevar tu reputación. Y yo lo permití porque no sabía qué más hacer. Pero ahora involucraste a Nick en esto y ya no jugaré más tus juegos.

–¿Tú lo *permitiste*? –preguntó Owen con incredulidad–. Tú no permitiste *nada*. El mundo te ve por lo que realmente eres, el villano de esta historia. El archienemigo. Yo me convertí en el héroe que esta ciudad necesita y ni siquiera tú puedes detenerme. Pronto, la tendré en la palma de mi mano. –Miró a Nick–. Y quizás consiga un compañero. Nick estará bien, ¿no crees?

–No lo metas en esto –sentenció Pyro Storm abruptamente–. Él no hizo nada malo. No merece que lo maltrates así.

—¿Que lo maltrate? –repitió Owen, riendo–. Ah, no seas tan falso. ¿Por qué no le cuentas la verdad para que vea quién maltrata a quién?

La boca de Pyro Storm se retorció llena de ira.

–Yo no…

–Ah, Seth –dijo Owen–. ¿No estás cansado de mentir?

Nick estaba seguro de que había escuchado mal. Estaba *seguro* de que Owen no había dicho lo que creía.

Porque no tenía sentido. No podía ser verdad. Tenía que ser un error.

–¿Qué? –se oyó a sí mismo preguntar.

–Ups –dijo Owen con un tono burlón–. Mala mía. Se me escapó.

Pyro Storm bajó la cabeza.

Como si estuviera derrotado, como si él fuera…

No. Como si estuviera derrotado *no*.

Levantó las manos y sujetó ambos lados de su cabeza.

Entonces, se quitó la máscara.

Nick conocía ese cabello, ¿o no? Claro que sí. Varias veces había pensado cómo se sentiría pasar las manos entre esos rizos.

Seth Gray levantó la vista, receloso, casi asustado.

—No —dijo Nick, dando un paso hacia atrás—. Eso no… Tú no puedes ser…

—Quería contártelo —dijo Seth con la voz rota—. Tantas veces quise hacerlo. Lo intenté. Te juro que lo intenté. Pero nunca pude. Es…

—Ay —dijo Owen—. Qué tierno. ¿No es tierno, Nicky? Nuestro querido y dulce Seth es Pyro Storm. —Su sonrisa desapareció—. Pero eso significa que… *uh*. Eso significa que es el villano de Ciudad Nova, ¿verdad? Y eso significa que fue él quien lastimó a tu *papá*.

Seth abrió los ojos bien en grande.

—¡No! No fui yo. Te lo juro, Nick. Solo fue una chispa. La más pequeña de todas. Podía controlarla. Siempre las había controlado. No fue… y… —sacudió la cabeza mientras la expresión en su rostro se volvía más tensa—. Maldito bastardo. Lo tenías todo planeado cuando me llevaste a ese edificio, ¿verdad? Por lo general, siempre te paseas por muchos lugares, pero esa vez, fue distinto. Me preguntaba por qué habías decidido quedarte en un mismo lugar todo el tiempo. No lo entendí en ese momento. Lo tenías todo calculado. Como todo esto. Nick. Este lugar. Sabías que vendría porque yo lo seguiría a todas partes. —Enderezó los hombros y Nick sintió un escalofrío correrle por toda la espalda—. Lo sé, Owen. Sé quién eres. Estas píldoras. No eres como yo. Yo tengo… esto en mi interior. Siempre lo tuve. Pero tú… tú tomas estas píldoras para hacer lo que haces.

Owen entrecerró los ojos hasta que parecían solo dos líneas.

–¿Te crees mejor que yo? ¿Crees que porque eres un anormal yo no puedo ser como tú? Te equivocas. Mi padre me dio un regalo para proteger lo más importante.

–Te usó para sus *experimentos* –dijo Seth, dando un paso hacia ellos con cautela–. Te cambió. Te convirtió en lo que eres. Y no es justo, Owen. Nunca debería haberte hecho eso. Eras solo un niño. *Todavía* somos niños. Pero tú puedes ser mejor que él. Puedes superar todo lo que te hizo. Puedes decir que no. No eres un drogadicto. Sea lo que sea, puedo ver bondad en tu interior.

–Drogadicto –repitió Owen lentamente–. *Drogadicto.* ¿Eso crees que soy?

Seth negó con la cabeza.

–No quise decir eso. Tú…

–Lo lamento mucho, Nick –dijo Owen y realmente sonaba arrepentido–. Lamento que esto tenga que terminar así. Sé que debe ser difícil descubrir que tu mejor amigo siempre fue el villano. Imagina mi sorpresa cuando lo descubrí. Demonios, apenas pude tolerarlo. Sentarme todos los días en el comedor, sabiendo quién era en realidad. Yo lo único que quería era proteger esta ciudad. Proteger a nuestros amigos. Protegerte a *ti.* Y, afortunadamente para todos, estoy en una posición para hacer justamente eso.

Metió una mano en su bolsillo. Cuando la sacó, tenía al menos media docena de píldoras negras. Las movió en su mano mientras sonreía.

–Mi propia dosis. Papá no se enteró que las tomé prestadas. Veamos qué tan drogadicto soy.

–No –susurró Seth cuando Owen llevó la mano hacia su boca y las tragó sin beber agua–. Nick, tienes que *correr.*

Antes de que Nick siquiera pudiera procesar lo que estaba ocurriendo, Owen levantó los brazos y sus mangas sueltas se deslizaron hacia abajo. En sus muñecas llevaba un par de brazaletes de metal. De repente, hubo un resplandor tan brillante que hizo que Nick gritara y se tapara la cara. Oyó a Seth gritar su nombre cuando se tropezó hacia atrás y se golpeó contra la pared de cristal. Cuando recuperó la visión y bajó los brazos, vio a Seth peleando en medio del aire contra su propia sombra que lo había envuelto con firmeza. Algunas ráfagas de fuego escapaban de él, pero no podían disipar a las sombras.

—Bien —susurró Owen—. Así está mejor. Vaya, el efecto es más rápido cuantas más tomes. No tengo que olvidarlo. Mierda, la *energía*.

—Detente —logró decir Seth entre dientes, mientras su propia sombra lo envolvía con fuerza—. Tienes que detenerte.

—Siempre recuerda mantenerte en las sombras —dijo Owen Burke—. Pegadizo, ¿verdad? Se le ocurrió a Rebecca Firestone. A veces, es útil, por más inepta que sea. Sirve para las relaciones públicas, pero no para mucho más. Nick, si vas a tomar esa píldora, este es el momento.

—Nick, no lo hagas —logró decir Seth, mientras intentaba liberarse de su propia sombra—. No está… No está bien. Es él. *Él* es el villano. Siempre lo fue. Tienes que salir de aquí. Corre. Por favor. Solo *corre*.

Nick se quedó congelado en el lugar, mientras su mundo se desmoronaba a su alrededor.

—¿Eres Shadow Star?

Owen rio, mientras Seth empezaba a ahogarse.

—Sí, perdón por eso. Identidad secreta, ya sabes. Aunque me halaga que estés enamorado de mí. Era extraño sentir celos por mí mismo cuando salíamos. Terminé contigo porque mi papito creía que eras una carga y me amenazó con quitarme mi dosis, pero eso quedó en el pasado. Ya no me dejaré manipular por él. Hazlo, Nick. Hazlo antes de que Seth se libere y nos queme a todos. Te necesito, Nick. Necesito tu ayuda para mantener a salvo a esta ciudad. Para mantener a tu *papá* a salvo.

–Él hizo esto –dijo Seth con dificultad–. Él es el malo, Nicky. No yo. Lo juro. Es Shadow Star. Siempre fue Shadow Star.

–Oye, eso no suena bien –dijo Owen, frunciendo el ceño–. Trabajé muy duro para cultivar esta imagen. Yo, el salvador pensativo de esta ciudad. Tú, el villano que todo héroe necesita. Deberías *agradecerme*. –Formó los puños y las sombras que rodeaban el cuello de Seth se cerraron con más fuerza. Los ojos de Seth ya estaban casi saliéndose de sus cuencas mientras pataleaba inútilmente sin parar–. Nick, esta es tu última oportunidad. Toma la píldora. Conviértete en el Extraordinario que siempre estuviste destinado a ser.

Y entonces Nicholas Bell dijo:

–Bájalo.

Owen vaciló y sus puños se abrieron levemente. Seth tomó varias bocanadas de aire.

Nick dio un paso hacia Owen.

–Dije que lo *bajes* –insistió Nick y Owen entrecerró la vista.

–¿Qué? Nicky, soy yo. Shadow Star. Tu héroe, ¿lo recuerdas? Soy todo lo que siempre quisiste.

Nick tragó saliva con dificultad. La cabeza le palpitaba.

–Lo sé. Y él es Pyro Storm. Pero sigue siendo mi amigo, como tú. Bájalo. Por favor. Podemos hablar, ¿está bien? No me importa quién es el bueno o el malo. No quiero que nadie salga herido.

La expresión de Owen se suavizó.

–Eso es... *tan* tú. –Inclinó la cabeza hacia atrás y rio–. Dios, eres patético. ¿Qué rayos te pasa?

Eso lo tomó por sorpresa.

–¡Oye! No tienes que ser tan cretino…

–Te ofrezco todo lo que siempre quisiste, te doy la oportunidad de ser un Extraordinario y ¿lo único que te importa es que seamos *amigos*? No hay duda de por qué nunca lograste nada. No tienes agallas. Y pensar que iba a dejarte ser mi compañero. Tenía planes grandes para ti, Nick. –Rio mientras sacudía la cabeza–. Bien, esos meses de trabajo tirados a la basura. Ah, bueno. A veces ganas, a veces pierdes. Hora del plan B. –Volteó hacia Seth–. Pyro Storm, fue divertido, pero ya me aburrí. Creo que estoy listo para seguir con cosas más grandes y mejores. –Presionó las manos con fuerza y Seth empezó a ahogarse.

Nick sentía que su cabeza estaba a punto de partirse al medio cuando dio un paso hacia adelante. El suelo se movió de un lado a otro bajo sus pies, mientras un aluvión de dolor lo invadió por completo.

Seth estaba pálido y su mirada comenzaba a perderse.

Owen esbozaba una sonrisa siniestra.

Nick juntó las manos a cada lado de su cabeza, mientras sentía como si una lanza de exquisito dolor lo estuviera atravesando.

Hizo lo único que podía hacer.

Gritó.

El aire a su alrededor se onduló y las paredes de cristal estallaron como si las hubiera golpeado una fuerza invisible. Owen perdió el equilibrio y cayó con brusquedad al suelo. Seth salió despedido hacia una pared cerca del elevador, donde quedó tendido, inmóvil, con la barbilla pegada al pecho.

Trozos de cristal cayeron a su alrededor y estallaron en el suelo. Las luces empezaron a echar chispas y el centrifugador giró erráticamente antes de salir despedido hacia la pared.

En algún lugar en las profundidades de la Torre Burke, empezó a sonar una alarma.

Nick no sabía qué acababa de ocurrir. Nunca había visto a Pyro Storm o a Shadow Star hacer algo como eso. Pero su vista estaba más despejada, su dolor de cabeza había disminuido levemente. Miró sobre su hombro.

Las píldoras de colores no habían resultado afectadas. Aún estaban suspendidas en el aire.

Podía hacerlo. Ahora mismo. Si quería, podía tomar una. O todas.

Podía ser un Extraordinario.

Pero, en su lugar, decidió voltear. Pasó junto a Owen, tendido en el suelo, quejándose del dolor, inmóvil. Se ocuparía de él más tarde.

Seth levantó la cabeza cuando lo vio acercarse. Tenía un hilo de sangre en la mejilla. Parecía un corte. Le esbozó una sonrisa débil cuando Nick se arrodilló a su lado.

—Hola, Nicky.

—Cierra la boca —sentenció Nick, con las manos temblorosas—. Estoy furioso contigo.

Seth hizo una mueca de dolor.

—Sí, supuse que lo estarías.

—Lastimaste a mi papá.

—No fui… No fui yo. Yo solo intentaba… —Se detuvo y sacudió la cabeza—. No tenemos tiempo. Tenemos que sacar a Owen de aquí antes de que despierte… ¿Qué? Yo no… ¿me *escuchas*?

Nick frunció el ceño.

—¿Qué? Sí, te *escucho*…

—No estoy hablando contigo. —Volteó para que pudiera ver su oreja derecha. En su interior, tenía lo que parecía ser una especie de auricular—. Estoy hablando con mi tía.

–¿Tu *tía* sabe? ¿Desde cuándo…? Ah, por Dios, tu casa no está embrujada. ¡Es una mentirosa! ¡Me distrajo con galletas y mentiras! ¡Todo este tiempo fuiste tú!

–Dice que lo lamenta y que te horneará más galletas para compensarte.

–Ah, bueno. Qué agradable. No hace falta… *Espera un segundo.*

–No funcionó –murmuró Seth. Y luego–. Agh, está bien. Eso… ¡Deja de gritar, Gibby!

–¿*Gibby* también sabe? –gritó Nick–. ¿Todos en mi vida son unos viles traidores?

–No estaba dentro de mis planes –dijo Seth, algo molesto–. Lo descubrió sola. Un día, me siguió y no estaba dispuesta a aceptar un no por respuesta. Un poco entrometida… y ahora me está gritando de nuevo.

–¿Jazz sabe?

–No –respondió Seth, apoyándose contra la pared para levantarse. Nick lo sujetó del brazo y sintió que el material bajo sus manos se sentía cálido al tacto–. Ella no es parte de esto.

–Ah, pero *Gibby* sí. Se supone que *yo* soy tu mejor amigo. Te compré los Skwinkles Salsagheti. Tuvimos una cita. –Frunció el ceño–. ¿Creo? Aún sigo confundido por los detalles, pero ¡podría haber sido una cita!

Seth puso los ojos en blanco y suspiró.

–Considéralo un castigo por todas las veces que nombraste a Shadow Star con ojos de enamorado.

–Eso *ni siquiera* se puede comparar…

–Escribiste un *fanfic* sobre él y…

–¿Cómo iba a *saber* que…?

–Y yo *también* te compré Skwinkles Salsagheti, así que no me vengas a hablar de…

Nick estaba furioso.

—Eres un maldito Extraordinario. ¿Sabes en lo que me convierte eso? ¡Me convierte en el alivio cómico! Nunca quise ser eso. ¡Se suponía que yo debía ser un héroe! —Sujetó a Seth de la cabeza y la movió hacia un lado para poder acercarse al auricular—. Y Gibby, estás en muchos problemas. Martha, tú también. Van a lamentar el día que intentaron tomarme el pelo. ¿Me escucharon? *Lo van a lamentar.*

Seth lo hizo a un lado. Nick habría continuado hablando de no ser porque Seth lo sujetó del brazo en el último momento y lo levantó como si Nick no pesara nada.

—Ah, claro —dijo Nick débilmente—. Me olvidé que ahora estás fortachón y esa mierda.

—Fortachón y mierda —murmuró Seth—. Grandioso.

—Me gustabas más antes. —Y, por alguna razón, esa idea azotó a Nick más fuerte que cualquier otra cosa. Dio un paso hacia atrás—. Me mentiste. Todo este tiempo. Fueron años. Shadow Star y Pyro Storm, me lo ocultaste todo. Y yo te hablé de Shadow Star sin parar. Y tú nunca me detuviste. ¿Se reían a mis espaldas? ¿Juntos?

Seth abrió los ojos bien en grande.

—No, Nick, nunca fue así. Te lo juro. Yo nunca…

Nick no le creía.

—Es como si no te conociera. Y aunque creyera que sí, no quita que seas… Pyro Storm. Siempre fuiste el villano.

Seth parecía atormentado.

—Sigo siendo yo, Nicky. Lo juro. Es solo una máscara. No es *nada*. Es solo una pequeña parte de mí. Yo nunca quise… Solo necesitaba mantenerte…

—¿A salvo? —agregó Nick—. Estoy cansado de que la gente me diga eso. Yo no soy frágil. Yo puedo cuidarme solo. Distraje a Owen lo suficiente como para que pudieras hacer estallar los cristales, ¿no?

Seth sacudió la cabeza.

—Yo no… Nick, hablaremos más tarde, ¿está bien? Necesito sacarte de aquí.

—Ah, vaya que hablaremos más tarde. Está bien, Seth Gray. Estás en muchos problemas. Me tomará el resto de mi vida perdonarte. Espero que estés preparado para arrodillarte ante mí. Le escribí una oda masturbatoria de doscientas mil palabras a *Owen*, de todas las personas que podía elegir. ¿Sabes cómo me hace sentir eso? ¡Sucio!

—Ah, *Dios* —se quejó Owen Burke por detrás—. Por favor, hagan eso lejos de mí. La verdad que no me interesa ver cómo se miman. Son unos aguafiestas. Aunque, Seth, probablemente deberías recordar que yo le enseñé a Nick todo lo que sabe. Sin importar lo que pase, yo lo tuve primero.

Nick lo miró furioso.

—¿*Primero*? Escúchame bien, maldito hijo de…

Seth empujó a Nick hacia el elevador y se paró en medio de ambos.

—Vete —le dijo sobre su hombro—. Ahora, vete de aquí.

Nick lo miró.

—No sé si estás en una posición para darme órdenes.

Owen mostró sus dientes sangrientos con una expresión de ira silenciosa mientras se ponía de pie.

—Déjalo que se quede. Veamos qué pasa cuando sienta el verdadero alcance de mi poder.

Nick y Seth giraron lentamente y miraron incómodos a Owen.

—¿Qué? —preguntó Owen.

—Amigo —dijo Nick, espantado—. En serio, ¿el verdadero alcance de tu *poder*? ¿Qué sigue? ¿Un gran poder conlleva una gran responsabilidad? Besa mi maldito trasero, idio…

—Podrías intentar no irritar al supervillano —murmuró Seth.

–¿Tú también dices cosas estúpidas como él? –preguntó Nick con un tono demandante–. Porque si es así, no creo que pueda dejar que me vean en público contigo. Dios, ¿en qué rayos estaba pensando? Los dos apestan. Los Extraordinarios son lo peor. Ahora mi sueño es convertirme en dentista y tener mi propio consultorio en Idaho. La gente con super-poderes es espantosa.

–¡Oye!

Owen se terminó de levantar, inclinó la cabeza hacia un lado y estiró el cuello. Luego levantó una mano y se secó la sangre de sus labios antes de escupir al suelo. Varias sombras empezaron a acumularse a sus pies como tentáculos líquidos y subieron por sus piernas. Por un instante, Nick pensó que lo iban a tragar por completo, pero entonces reapareció vestido con el *traje* de Shadow Star que subía lentamente por su cuerpo hasta cubrirle los hombros. Si Nick no estuviera tan enfadado, le habría parecido fantástico.

–Ya no hay más secretos, Seth. Ninguno. Vio lo que realmente eres. Incluso veo duda en sus ojos. Porque no importa lo que pase luego, nunca olvidará que le mentiste y que ni siquiera pudiste mantener a su papá a salvo.

–Quizás –dijo Seth en voz baja–. Quizás no quiera hablar conmigo nunca más. Quizás todo lo que siempre quise haya desaparecido. Es mi culpa, pero eso no significa que no lucharé por él hasta mi último aliento.

Owen rio.

–¿Quién dice que los románticos murieron? Estoy cansado de este ida y vuelta. Estuve esperando este momento por años, para ver esa misma expresión en su rostro. Y ahora que lo he presenciado, es hora de que Shadow Star ascienda y le ponga un fin al villano Pyro Storm. La gente de Ciudad Nova me amará por protegerla y, un día, Nick entenderá el error que cometió y seguiremos adelante sin ti. No serás nada más que una pesadilla.

Nick hizo una mueca.

—No creo que eso ocurra. Owen, por si no lo sabes, casi todo salió mal. O sea, me siento súper traicionado. Además, ¿por qué seguiríamos sin Seth? ¿Qué le pasará?

—Cree que podrá matarme —respondió Seth.

—¡Bingo! —dijo Owen, sonriendo salvajemente.

Nick dio un paso hacia atrás.

—Pero… tú no puedes *matar* a la gente. Eso no es lo que hacen los Extraordinarios. ¡Eso es asesinato!

—Es tan tonto —le dijo Owen a Seth—. Me estaría riendo si no fuera tan deprimente.

Seth miró nuevamente a Nick. Sus ojos brillaban en la tenue oscuridad.

—Necesito que me escuches, Nicky. ¿Puedes hacerlo?

—No —dijo Nick, sacudiendo la cabeza—. Tú no… Nadie va a *morir*. No funciona de ese modo. No se supone que sea así.

—Haré todo lo posible, ¿está bien? Pero tienes que salir de aquí. Necesito que estés a salvo.

—Seth —dijo Nick y su voz se quebró a la mitad.

Seth le esbozó una sonrisa trémula.

—Estaré bien.

—Aburrido —dijo Owen y las sombras empezaron a deslizarse por el suelo.

Seth volteó y empujó a Nick hacia el elevador. Nick sintió una onda expansiva de calor cuando salió despedido hacia atrás y vio una explosión de fuego justo delante de él. Se quedó mirando inmóvil al aire ardiente que disipaba todas las sombras con su luz.

—¡*Corre!* —gritó Seth.

—Pero…

—¡Vete, Nick! ¡Por favor, *vete*!

Nick corrió.

Ya estaba en la mitad de la sala cuando vio movimiento a un lado. Giró justo a tiempo para ver una sombra que avanzaba por la pared a toda prisa en su dirección. Era una masa amorfa hasta que se estiró para *atraparlo*. Podía ver el contorno de lo que parecían ser unas *garras* y Nick soltó un grito ahogado cuando se agachó justo a tiempo para esquivarla. Estuvo a solo centímetros de tocarlo. Oyó a Owen gritar furioso, pero no volteó.

Golpeó el panel que estaba junto al elevador con tanta fuerza que creía que estaba a punto de romperlo.

Se iluminó bajo su mano.

La puerta se abrió.

Entró desesperado y nuevamente golpeó el panel interno con la palma de su mano. Volteó justo a tiempo para ver…

—Ah, por Dios —dijo sin aliento.

Seth estaba suspendido en medio del aire, con los brazos estirados y algunas llamas en sus manos y a su alrededor. Su capa caía por detrás como una cascada de chispas.

Giró la cabeza hacia Nick.

Sonrió.

Y luego, explotó.

Nick salió despedido hacia atrás por la onda expansiva que logró entrar al elevador antes de que se cerraran las puertas. Su cabeza se golpeó contra la pared de atrás y soltó un quejido, mientras se cubría la cara con las manos, a medida que una pared de fuego avanzaba en su dirección…

Las puertas se cerraron justo a tiempo.

El elevador se sacudió.

Y entonces, empezó a subir.

✷ ✷ ✷

Estaba corriendo por el corredor, siguiendo los letreros de salida, cuando oyó gritos desde algún lugar arriba y vio varias luces sobre el suelo. Encontró una puerta abierta y entró a una pequeña oficina justo antes de que esas personas doblaran por la esquina. No la cerró por completo, sino que la dejó algo entreabierta para poder mirar. Un grupo de guardias de seguridad pasó corriendo con las armas en alto.

Las alarmas sonaban a todo volumen.

Una vez que se aseguró de que los guardias se habían ido, abrió la puerta y regresó al corredor. Solo logró hacer unos pocos pasos cuando una mano lo sujetó de la capucha y lo tiró hacia atrás.

Quedó cara a cara con Brett.

—Tú —dijo Brett, con los ojos bien abiertos—. ¿Qué rayos está pasando?

—Shadow Star —espetó Nick—. Pyro Storm. Están peleando en alguna parte del edificio.

—¿Dónde está Owen? ¿Por qué no está contigo?

—Nos separamos cuando intentamos salir. ¡No sé dónde está!

Brett lo sacudió.

—¿Tuviste algo que ver con todo esto?

—¡No, amigo! ¡Solo soy un niño! No hice *nada*. ¡Solo quiero salir!

—Está bien —respondió Brett abruptamente—. Pero si llegas a ver a Owen, dile que no dejaré que me despidan por esto. Lo juro, si su padre se entera de que yo…

El suelo tembló a sus pies. Brett soltó a Nick cuando se tropezó hacia atrás.

—¿Qué rayos fue eso?

Nick no sabía, pero no creía que fuera una buena idea quedarse para averiguarlo.

—Me gustaría irme, si te parece bien.

Pero Brett ya se había alejado de él.

Nick corrió otra vez.

Oyó a Brett gritarle algo, pero quedó perdido entre las palpitaciones que sentía en su cabeza.

✳ ✳ ✳

Saltó sobre el molinete y casi se cae al suelo de cabeza, pero logró mantenerse en pie y empujó la puerta por la que habían entrado, rezando que no estuviera cerrada.

No lo estaba.

Una ráfaga de aire frío lo cubrió por completo mientras respiraba con dificultad.

El sonido de las sirenas llenaba todo el ambiente, mientras una gran cantidad de luces azules y rojas se reflejaban sobre los edificios que lo rodeaban.

Se escondió detrás de una parada de autobús cercana a la Torre Burke.

Las patrullas de la policía iban a toda prisa de un lado a otro, con sus sirenas a todo volumen y sus luces que iluminaban todo.

—¿Te están buscando? —preguntó una voz y Nick gritó, asustado.

Volteó y se encontró con un hombre que estaba sentado en la puerta de una casa, con un carrito de supermercado lleno de latas y calcetines.

Nunca se había sentido tan aliviado de ver una escena tan normal después de todo lo que había pasado.

—No —respondió Nick con una voz trémula—. A mí no.

—Está bien si es así. No diré nada. A menos que haya una recompensa. Entonces sí te entregaré. ¿Hay recompensa?

—No es por...

—Vaya, mira eso —susurró el anciano con los ojos bien abiertos. Nick giró hacia la Torre Burke.

Las ventanas emanaban un resplandor naranja y rojo.

Pero no provenía desde afuera.

Sino desde adentro.

Fuego.

Parecía estar subiendo, como si estuviera consumiendo cada piso de la Torre Burke.

Nick levantó la vista y, ni bien alcanzó la azotea, hubo una explosión. Un rastro de fuego y humo atravesó el cielo nocturno y desapareció en el cielo.

—Seguro son los extraterrestres —comentó el hombre sin hogar—. ¡Me llevaron en el setenta y ocho, pero logré quitarme el implante para que no me pudieran encontrar! ¡Y ahora tengo todos los calcetines que quiero!

—Que tenga una buena noche —dijo Nick en voz baja, poniéndose la capucha sobre su cabeza.

Se fue corriendo, dejando al hombre junto a la puerta riendo por detrás.

17

Fue al único lugar en donde se sentía a salvo.

Se mantuvo fuera de vista usando las escaleras en lugar del elevador. Se suponía que no debía estar en el hospital. Si lo atrapaban, probablemente se metería en más problemas de los que ya estaba. Aún estaba vestido completamente de negro (excepto, claro, por sus zapatillas moradas; seguía culpando a Gibby), pero eso no lo ayudaría. No aquí. Aquí llamaría más la atención que en cualquier otro lugar.

Había llegado hasta el segundo piso cuando oyó una puerta abriéndose en algún lugar arriba. Entró en pánico y empezó a buscar un lugar para esconderse en la escalera. Pero no tenía dónde ir. Aguantó la respiración a medida que el eco de las pisadas se acercaba.

Se escuchó otra puerta abrirse y las pisadas desaparecieron.

Suspiró aliviado.

El cuarto piso estaba casi en silencio. Había un hombre sentado detrás de un escritorio en el sector de enfermería, pero estaba de espaldas. Una mujer caminaba por el corredor con un portapapeles en la mano, pero enseguida volteó y avanzó en la dirección opuesta.

Nick se agachó tanto como pudo cuando pasó frente al escritorio del sector de enfermería. Si alguien lo veía, probablemente llamaría a la policía, antes que nada. Se veía absurdo con la espalda presionada contra el escritorio, avanzando lo más lento que podía con la capucha sobre su cabeza.

De algún modo, y por alguna gracia divina que le sonreía a la idiotez de los adolescentes, logró cruzar el sector de enfermería sin que lo vieran. Enseguida, avanzó a toda prisa por el corredor hacia…

—¿Nick?

Maldición. Había estado tan cerca.

Volteó.

Becky estaba parada detrás de él con la cabeza inclinada hacia un lado.

La saludó.

—Hola, ¿cómo estás? Te ves… bien.

El hombre del escritorio asomó la cabeza y los miró.

—¿Todo en orden?

Becky le hizo un gesto con la mano.

—Sí, es el hijo del señor Bell, Nick. Aparentemente, no entiende el concepto de las horas de visita. Está bien.

—Sí que entiendo lo que son las *horas de visita* —dijo Nick, algo furioso—. Es solo que elijo ignorarlas. Y ¿qué haces aquí tan tarde? ¡Creí que trabajabas durante el día!

—Estoy trabajando doble turno para cubrir a un compañero. Lindas zapatillas.

–Ah. Ehm, gracias. Son color berenjena. Parecía una buena idea cuando las compré, pero ahora no estoy tan seguro.

El enfermero del escritorio se sentó nuevamente en su silla.

Nick consideró seriamente girar y salir corriendo lo más rápido posible cuando vio a Becky acercándose, pero había sido una noche larga y ya estaba resignado a su destino.

–Por favor, no pidas que me echen. Solo quiero… –no pudo terminar, las palabras murieron en su lengua.

–Te ves exhausto.

Eso era quedarse corto, si demostraba algún indicio de cómo se sentía.

–Fue una noche extraña. No podía dormir y necesitaba verlo. –Intentó no avergonzarse cuando su voz vaciló.

Becky suspiró.

–Te propongo algo, ¿por qué no vamos a verlo? Así te sientes mejor.

Nick asintió, sin confiar mucho en su voz. Eso sonaba bien.

Becky apoyó una mano sobre su hombro y lo presionó suavemente.

–Vamos. Estuve ahí hace unos minutos. Pero primero debo hacer unas llamadas –dijo y Nick la miró con pánico en sus ojos. Becky le esbozó una sonrisa y le soltó el hombro–. Sabes que hay personas que deben estar preocupadas por ti. O lo estarán cuando se despierten y vean que no estás. Es lo correcto, Nick.

Sí, era verdad. Mary Caplan probablemente entraría un poco en pánico cuando se despertara. Luego llamaría a Cap y haría que *todo* esto terminara con Nick usando una tobillera para que rastrearan todos sus movimientos. Cap no estaría feliz, en especial porque estaría lidiando con el desastre de la Torre Burke en ese mismo momento.

–Está bien –respondió–. Como soy una persona misericordiosa, aceptaré esa condición.

—Vaya, qué agradable. Gracias por su generosidad.

La miró con los ojos entrecerrados.

—Estamos en un hospital, enfermera Becky. Este no es lugar para ser sarcásticos.

Becky puso los ojos en blanco.

—Muchachito, confía en mi cuando te digo que un hospital es el lugar perfecto para ser sarcásticos. En tu lugar, consideraría empezar a mover el trasero antes de que cambie de opinión.

Nick movió el trasero.

***

Todo seguía igual. Las máquinas emitían sus pitidos. Los ojos de su padre estaban cerrados con cinta adhesiva. Tenía un tubo en la garganta.

Nick cerró la puerta detrás de él. Quería acercar una silla a la cama, pero estaba muy cansado y tenía el corazón partido. Sus ojos se sentían como si estuvieran llenos de arena y tenía algunas esquirlas en el pecho que lo pinchaban cada vez que respiraba.

Pasó al otro lado de la cama.

Con cuidado, se subió, asegurándose de no molestar a su papá. Se sacó las zapatillas y las dejó caer al suelo. Giró y estiró las piernas. Sus rodillas se chocaron con los muslos de su papá y se disculpó, aunque no pudiera escucharlo. Ni bien las palabras brotaron de su boca, deseó retirarlas.

Luego comprendió lo tonto que se debía ver. Era la mitad de la noche y estaba aquí, acostado junto a su papá como si fuera un niño que acababa de despertarse de una pesadilla. Le empezaron a arder los ojos cuando le levantó el brazo a su papá y lo pasó sobre su hombro. Sujetó su mano con fuerza.

Su papá no despertó.

—Por favor, no me abandones —susurró Nick y cerró los ojos.

***

Unas voces lo despertaron.

Una luz suave y gris se filtraba por la ventana cuando abrió los ojos.

—… y no se movió para nada, ni siquiera cuando lo tapé con la cobija. Creo que solo necesitaba un poco de consuelo. Es difícil tener a su papá en el hospital.

Alguien suspiró.

—Lo sé, debería haberlo sabido. Gracias por llamarme.

—Intenté comunicarme con el señor Caplan primero, pero la llamada se desvió directo al buzón de voz. No le dejé un mensaje porque primero quería intentar comunicarme con usted. No quería preocupar a nadie innecesariamente.

—Probablemente haya sido lo mejor. No sé cuándo podrá revisar su teléfono Rodney, dado que está trabajando con este asunto de los Extraordinarios.

—Vi las alertas en mi teléfono, pero fue una noche muy ajetreada y no tuve tiempo de leer nada. ¿Es muy malo?

—No lo sé. Están peleando de nuevo. Son una molestia, si me lo preguntas a mí.

—No puedo imaginar lo que se necesita para… Vaya, parece que alguien despertó.

Nick levantó la cabeza.

Becky estaba parada junto a la puerta con Mary Caplan a su lado sosteniendo su bolso con fuerza.

—Lo siento —musitó Nick.

Mary negó con la cabeza.

—Lo dejaré pasar esta vez, Nick. Solo mantenme informada, ¿está bien? Te habría acompañado si esto era lo que necesitabas.

Merecía el castigo.

—Está bien —murmuró.

—¿Por qué no van a tomar un café con la señora Caplan? —preguntó Becky con un tono alegre—. Necesito vaciar la bolsa de orina de tu papá y estoy bastante segura de que no quieren ver eso.

—¿Por qué siquiera lo *dices*? Hay cosas que no necesito saber. ¡Qué demonios, Becky! —Luego, porque no podía controlarse, agregó—: ¿Hay mucha?

Ella rió.

Era tan rara.

***

Había pocas personas en la cafetería del hospital y la mayoría se veían exhaustas. Mary le pidió que se sentara en una mesa en un rincón y le dijo que regresaría enseguida.

Nick tomó el teléfono de su bolsillo.

Tenía llamadas perdidas y mensajes sin leer.

Gibby había intentado llamarlo tres veces. Martha dos. Bob una.

Tenía mensajes de voz, pero los ignoró por el momento.

Gibby le había escrito pidiéndole que atendiera el teléfono o le patearía el trasero.

Martha le había dicho que quería hablar con él.

Bob le había escrito que pasaría cuando Nick estuviera listo.

También tenía un mensaje de Jazz que le preguntaba por qué Gibby le había preguntado si estaba con ella, y como no era el caso, ¿dónde estaba?

Nada de Seth ni de Owen.

Mary regresó con una banana, un muffin y una botella de jugo.

—Te comerás todo eso y beberás todo el jugo.

—No tengo hambre.

—Recibí una llamada hace tres horas. La única razón por la que suena el teléfono a mitad de la noche es para dar malas noticias. En un principio, creí que le había pasado algo malo a Rodney en el trabajo. Así que imagínate mi sorpresa cuando me dijeron que el niño del que soy responsable había venido al hospital solo. Harás lo que te diga y no te quejarás.

—Pero yo…

—Menos charla y más banana.

Nick tomó la banana.

—Eres buena para hacer sentir culpa.

Mary resopló.

—Yo prefiero llamarla una cualidad para saber qué es lo mejor.

—Ah, bueno. Eres buena para eso entonces.

—Gracias. —Bebió un sorbo de su café mientras lo miraba pelar la banana. Le dio una mordida exagerada y la masticó de un modo molesto. Ella no estaba impresionada—. Eso te lastima más a ti que a mí, para que lo sepas.

Se desplomó en su asiento.

—Lo siento.

—Ya lo dijiste. Lo aprecio, pero vamos a dejar de lado todo esto ahora.

—Está bien.

—No estoy molesta.

—Está bien.

—Cómete ese muffin.

Le hizo caso y Mary esperó a que llegara a la mitad.

—Una vez, Rodney recibió un disparo.

Nick levantó la vista hacia ella. Intentó tragar sin masticar, pero terminó ahogándose. Tosió y escupió todas las migas sobre la mesa.

Mary inclinó la cabeza hacia un lado.

—Qué agradable.

La miró fijo mientras abría su botella de jugo y le daba un sorbo largo para limpiarse la garganta.

—Lo hiciste a propósito.

—Nunca podrás demostrarlo. Aunque supongo que, si tienes pensado ahogarte con comida, al menos estás en el lugar indicado.

—No sabía eso de Cap.

Se encogió de hombros y le dio otro sorbo a su café.

—Fue hace mucho tiempo, cuando patrullaba las calles. Llevaba dos años en el trabajo y lo habían llamado por un incidente doméstico. Casos perturbadores esos. Pero supongo que todas las llamadas siempre traen riesgos. Cuando llegó, el hombre no se quería ir. La mujer tenía una orden de restricción en su contra y él tenía una orden de detención. Pero también tenía un arma y le disparó a Rodney en el brazo. —Dejó la taza sobre la mesa y la sostuvo con ambas manos—. En general, su vida no corrió peligro. Pero imagina recibir una llamada en la que te dicen que alguien que amas salió herido en el trabajo.

—No tengo que imaginármelo.

Mary movió la cabeza de lado a lado.

—Claro que no. Yo entré en pánico y lo único que podía escuchar en mi cabeza, una y otra vez, eran las palabras *Rodney recibió un disparo*.

Cuando llegué al hospital, me había creado todo un mundo en mi cabeza en el que Rodney estaba muriendo o ya estaba muerto. Tenía que mantener la compostura, lo sabía, pero lloré casi todo el viaje en tren. Entonces, si bien sabía que lo había perdido, me sequé los ojos y entré, lista para enfrentarme a lo que fuera. Pero en lugar de perderlo, me llevaron a verlo en una de las habitaciones. Se estaba quejando con la doctora y no dejaba de repetirle que era solo una herida superficial y que definitivamente *no* lo internarían, solo necesitaba una venda y estaría listo para irse. Cuando me vio, parecía aliviado, ya que creía que yo haría lo que él quisiera.

Nick hizo una mueca de dolor.

—No fue la mejor jugada.

Mary rio.

—No, para nada. Había un oficial que estaba esperando en el vestíbulo y le dije que probablemente debía arrestarme en ese mismo instante porque estaba a punto de cometer un delito. Estaba… tan enfadada. Y no fui racional. Ni justa, para ser sincera. Pero creo que ese es el precio a pagar por amar a un héroe. Somos un faro, Nick. Una luz que los ayuda a encontrar su camino a casa.

Nick apenas podía respirar.

—Ellos son valientes —agregó Mary—. Pero nosotros también. Porque mientras ellos están ahí afuera salvando al mundo, nosotros somos las personas que desean ver cuando regresan a sus casas. Y quizás no siempre sea justo y haya ocasiones en las que tú sabes que están en peligro todo el tiempo, pero siempre lucharán con todas sus fuerzas para regresar a donde pertenecen. —Extendió una mano y la apoyó sobre la de Nick—. Rodney lo hace por mí. Y estoy segura de que tu papá hace lo mismo por ti. Después de todo lo que han atravesado, hará todo lo posible para verte una vez más.

Nick le creía.

Y se preguntaba si había alguien más luchando por él.

✳ ✳ ✳

Un momento más tarde, sonó el teléfono de Mary.

—Es Rodney —dijo mirando la pantalla—. ¿Qué dices si mantenemos tu aventura nocturna entre nosotros?

Si tan solo supiera la mitad de las cosas que habían ocurrido.

—Suena bien.

—Eso creí. Dame un momento, ¿está bien? Espero que te hayas bebido todo el jugo cuando regrese. Ahora vuelvo, Nick.

—Sí, señora.

—Hola, cariño —dijo al teléfono—. ¿Estuviste ocupado anoche? —Se paró de la mesa y se marchó hacia un rincón vacío de la cafetería. Nick la oyó reírse por algo que debió decirle Cap.

Nick quería apoyar la cabeza sobre la mesa y cerrar los ojos por un rato, pero no sabía si era una buena idea. Debía resistir durante todo el día, así dormía mejor por la noche. No sabía qué día era. ¿Jueves? ¿Viernes? No importaba, no iría a la escuela. Se encargaría de eso el fin de semana. No era lo más importante. Sí, su papá probablemente sufriría un ataque cuando se despertara y se enterara que Nick había faltado tantos días, pero lidiaría con eso más tarde. Con gusto, incluso. Rayos, incluso le parecía bien si su papá lo castigaba por más tiempo.

Frotó una mano sobre su cara. Tenía que ordenar sus prioridades.

Su papá estaba unos pisos arriba, descansando lo más cómodo posible.

Esa era la prioridad número uno.

Y luego estaba Seth. Y Owen.

Era perturbador, todo eso que no había notado. La forma en la que hablaban, sus amenazas ocultas que, en ese momento, no tenían sentido sin contexto. Pero, ¿ahora? Ahora las veía por lo que realmente eran.

Le preocupaba la cantidad de cosas que había escuchado. ¿Qué le había dicho Seth?

Y es solitario. Es lo único que no puedes anticipar. La soledad. Porque no se lo puedes contar a nadie. Ni siquiera a tu familia porque no lo entenderían. No se lo puedes contar a tus amigos porque podrían convertirse en blancos de ataques y no quieres que salgan heridos. Entonces no te queda otra opción más que guardarte todo para ti mismo y vivir con la esperanza de que algún día las cosas mejoren y lo único que tengas en la cabeza sea la razón por la que empezaste hacerlo en primer lugar. La razón por la que te pusiste ese traje estúpido la primera vez. La promesa que te hiciste a ti mismo. Pero, a veces, ni siquiera eso es suficiente.

Había sido una confesión y Nick no le había prestado atención. Había estado tan concentrado en su propio deseo de ser alguien más que no había escuchado lo que Seth le estaba diciendo. Quizás no habría entendido exactamente a lo que Seth se refería, pero ni siquiera lo había intentado.

Su respuesta fue decirle que deberían escribir una historia juntos.

—Maldición —murmuró Nick—. Maldición, maldición, maldición. Soy un amigo horrible. Y aparentemente también el alivio cómico y/o el interés romántico de una novela juvenil, pero lidiaré con eso más tarde.

—¿Qué fue eso? —preguntó Mary cuando regresó a la mesa.

Nick soltó un quejido.

—Odio darme cuenta de las cosas tarde. Es tan…

—¿Real?

—*Sí* —respondió abruptamente—. Y es tan obvio lo que debería haber…

La puerta de la cafetería se abrió de golpe. Una enfermera entró desesperada y miró en todas direcciones. Nick la reconoció. Había estado con Becky cuando llegó por primera vez al hospital. Renee.

Miró fijo a Nick. Empezó a trotar hacia ellos.

No. No, no, nonono…

—Hola —dijo, casi sin aliento—. Nick, me alegra encontrarte. Becky me dijo que estarías aquí.

Nick se puso de pie y sintió la sangre avanzando por todo su cuerpo.

—¿Es mi papá? —logró decir con una voz ahogada—. ¿Está bien?

Le esbozó una sonrisa.

—Despertó.

* * *

Nick no pudo entrar a la habitación por un largo rato. Caminó de un lado a otro en la sala de espera, quejándose y desvariando sobre sus derechos, diciéndole a Mary que llamaría a la policía para que arrestaran a todos en el hospital por separarlo de su papá. Mary esbozó una sonrisa sabiamente y le recordó que la última vez que había interactuado con un policía, había estado semidesnudo y esposado.

Lo que, obviamente, hizo que Nick continuara gritando sobre sus derechos. Decidió en voz alta que estaba considerando presentar una denuncia, pero luego se disculpó diciendo que nunca haría eso porque Cap podría perder su trabajo.

Mary rio.

—No creo que debas preocuparte por eso. De hecho, adelante. No puedo esperar a ver qué sale a la luz durante el descubrimiento probatorio.

Le habían dicho que tenían que asegurarse de que su papá respirara bien y que su cerebro no estuviera revuelto. Esos no eran los términos técnicos, pero Nick estaba bastante seguro de que se referían a eso. Se preguntaba si su papá tendría amnesia y si siquiera recordaría a su hijo. Nick decidió que la vida no era una telenovela y debía ser optimista.

El problema con ser optimista, especialmente para un adolescente, era que era bastante difícil hacerlo en un hospital cuando no lo dejaban *ver a su papá*. Renee le había dicho que, si su papá estaba bien, intentarían quitarle el tubo respiratorio que tenía en la garganta. Nick le había preguntado si sería como extraer la Excalibur, solo que con más saliva y el riesgo potencial de vómitos. Fue *entonces* cuando le dijo que no podía entrar y se sintió discriminado.

Pasaron cerca de dos horas hasta que Renee reapareció. Para ese entonces, Nick había gastado la alfombra de tanto caminar. Le había empezado a doler mucho la cabeza, pero como Mary le había llevado su medicación, pudo frenar el dolor antes de que fuera demasiado tarde. Por alguna razón extraña, un cuadro con un dibujo genérico no dejó de caerse de la pared durante una hora, asustando a todos cada vez que lo hacía. Cinco minutos más tarde, el televisor que estaba colgado en un rincón se descompuso y no mostró nunca más el programa de remodelación que habían estado pasando.

Pero Nick se olvidó de todo eso cuando vio a Renee.

Se detuvo, con las manos temblando.

Ella le hizo un gesto con el dedo para que se acercara.

De algún modo, logró hacer que sus piernas funcionaran, aunque algo temblorosas.

Mary lo siguió por detrás y lo tomó de la mano mientras se acercaban a Renee.

—El doctor vendrá en un momento para darles el parte médico, pero todo parece estable por ahora. Necesitamos seguir monitoreándolo en caso de que sufra otro neumotórax. Estará muy inflamado por un tiempo, en especial en el pecho y la garganta. Será mejor que no lo hagan hablar mucho en las próximas horas, aunque por la forma en la que estaba pidiendo verte, no sé qué tanto lo cumpla. ¿Quizás podrías ayudarlo a mantenerlo al mínimo?

Nick parpadeó, sorprendido. Estaba seguro de que había escuchado mal.

—¿Yo? ¿Pedía verme a mí? ¿Me recuerda? ¿No tiene amnesia?

—Ah, muchachito. No, Nick. No tiene amnesia. No recuerda muy bien lo que sucedió, pero eso es todo. —Movió la cabeza de un lado a otro—. Nos dijo que, si no te dejábamos entrar en los próximos cinco minutos, llamaría al jefe para que nos arresten a todos.

Nick se quedó boquiabierto.

—Entonces ¿qué hacemos parados aquí? ¿*Quieres* ir a prisión? ¡Porque mi papá lo hará!

—Se nota que son familia —le dijo Renee a Mary.

—Y eso no es nada. Nick, por qué no te adelantas. Yo iré en un momento. Debo llamar a Rodney para darle las buenas noticias.

Nick apenas la escuchó. Sujetó a Renee del brazo y la llevó hacia el elevador, preguntándole si su papá podría ir a casa ese mismo día (no) y si tendría permitido comer una hamburguesa con queso si Nick le llevaba una (no) y si todavía tenía la bolsa de orina pegada al cuerpo (sí, asqueroso).

✦✦✦

Nick no le soltó el brazo a Renee en ningún momento, solo cuando llegaron a la puerta de la habitación. Oyó una voz ronca diciendo algo que Nick no entendía. Becky respondió:

—Ya está en camino, señor Bell. Si intenta levantarse otra vez, le juro que haré que lo aten a la cama. Deje de hablar.

Refunfuñó, pero era lo único que Nick necesitaba oír. Entró a la habitación justo cuando su papá volteó hacia él.

Nick se consideraba un poco valiente. A veces, podía ser inteligente. No siempre tomaba las mejores decisiones. Intentaba ser una buena persona. No siempre lo lograba, aunque daba lo mejor de sí.

Pero habían sido unos días extraños. Más cuando, hacía un tiempo, Antes se había convertido en Después en un abrir y cerrar de ojos.

Sabía lo cerca que había estado otra vez.

Entonces, cuando Nicholas Bell estalló en lágrimas, no hubo nada que pudieran hacer para detenerlo.

Estaba agotado y todavía un poco inseguro de que no fuera una especie de pesadilla.

Pero sí, lloró, mientras su papá extendía una mano hacia él.

Nick se acercó. Claro que lo hizo.

Y cuando su brazo fuerte lo sujetó del cuello y lo acercó a su cuerpo, simplemente, colapsó.

—Está bien, Nicky —susurró su papá sobre su cabeza—. Tranquilo. Está bien.

✳ ✳ ✳

Duró más de lo que a Nick le gustaría admitir. Cuando creía que estaba terminando, lloraba con la misma intensidad que al principio, mientras su papá le acariciaba la espalda. Intentó disculparse por las lágrimas y los mocos que le había dejado en su bata de hospital, pero las palabras eran incoherencias detrás de tantos sollozos.

Eventualmente, disminuyeron hasta convertirse en un hipo débil. Su cara estaba roja e hinchada cuando se alejó para secarse los ojos.

Su papá estaba pálido mientras Nick buscaba un pañuelo para limpiarse la nariz. En algún momento, Becky y Renee los habían dejado solos. Nick estaba aliviado de que no hubieran presenciado su colapso. Les tendría que agradecer más tarde.

—Lo siento —murmuró Nick, arrojando un pañuelito a la basura antes de buscar otro.

—No te preocupes —respondió su papá, cada sonido que emitía era áspero y ronco.

—Se supone que no tienes que hablar.

Su padre frunció el ceño.

—Puedo hacer lo que quiera, así que no…

—Llamaré al doctor ahora mismo, no creas que no…

—Yo soy tu papá, no tú. —Pero luego hizo una mueca de dolor y Nick estaba seguro de que estaba a punto de caer en coma y se olvidaría de él en cualquier momento, a medida que la amnesia presentaba sus síntomas como una ola gigante y Nick sería un extraño…

—Respira, muchacho —dijo su papá—. Me duele el pecho y tengo las costillas rotas. Eso es todo.

—¡No puedes olvidarme! —dijo Nick abruptamente—. Tienes que luchar contra la amnesia. —Se acercó a su papá y sujetó su cara con ambas manos, presionándola con cuidado—. Soy tu hijo. *Nick*. Repítelo. *Niiiiiiiick*.

Su papá puso los ojos en blanco.

—Como si pudiera olvidarte.

Eso hizo que el corazón de Nick latiera con más intensidad contra su pecho. Creyó estar a punto de llorar otra vez, pero como ya lo había hecho dos veces estos últimos días, decidió que probablemente lo mejor sería intentar ser un hombre por un rato. Luego pensó que eso era un poco sexista, así que dejó caer una lágrima por su mejilla. Nick estaba, y siempre lo estaría, comprometido con derrocar al patriarcado. Tumblr le había enseñado eso.

—Sí, es bastante difícil olvidarme —logró decir.

—¿Cómo estás?

—Si te contesto, ¿dejarás de hablar? Porque, por lo que sé, te estás arruinando las cuerdas vocales haciendo eso y luego no habrá manera de curarlas. Suenas como si hubieras fumado cincuenta atados de cigarrillos por día durante veinte años.

Su papá abrió la boca para discutir, pero luego suspiró. Asintió. Y como Nick creía en los premios por buen comportamiento, le contestó:

—Gracias. Muy amable de tu parte. Y para responder tu pregunta, me siento horrible. Mi papá decidió dejar que un edificio entero se le cayera encima y puede que sienta cosas por mi mejor amigo, aunque sea un mentiroso y un charlatán, y creo que una vez besé a alguien que resultó ser el cretino más grande del mundo, y resulta que tres cuartos de mis amigos me estuvieron mintiendo sobre cosas bastante importantes. —Hizo una pausa y pensó por un momento. Luego, continuó—. Además, no me baño desde… ¿ayer por la mañana? O quizás antes de ayer. No sé qué día es. Pero mis axilas huelen bastante mal y estoy usando la misma ropa interior por una cantidad de tiempo que definitivamente no es sana.

Su papá lo miró fijo.

—¿Y tú cómo estás? —preguntó Nick.

Su papá empezó a responder.

Nick lo miró fijo.

Su papá cerró la boca.

Nick lo quería mucho.

✳ ✳ ✳

Más tarde apareció el doctor hablando con términos médicos que Nick no podía buscar en Google porque, técnicamente, aún seguía castigado y tenía bloqueado el internet de su teléfono. Creían que su papá estaría bien, pero que aún debían hacerle algunas pruebas para quedarse más tranquilos. Su papá intentó discutir, en especial cuando supo que no regresaría a casa hasta dentro de varios días, pero eventualmente aceptó empezar con una tomografía y seguir con el resto. Solo aceptó luego de que Nick lo amenazara con abandonarlo y entregarlo a la tutela del estado. Aun así. Nick siempre estaba dispuesto a aceptar sus victorias a regañadientes.

El doctor dijo que lo mejor que podía hacer era descansar y dormir. Nick entró en pánico brevemente, ya que estaba seguro de que era una idea horrible, porque se suponía que las personas con traumatismos en la cabeza *no* debían dormir. El doctor, inconsciente de la personalidad de Nick, dijo con un tono bastante sarcástico que quizás Nick debería ser el médico y tomar las decisiones cuando se trataba del cuidado de sus pacientes.

Su papá susurró con una voz ronca que, probablemente, eso no era lo mejor para decir.

Nick era consciente de su falta de conocimiento médico, pero había leído muchos *fanfics* sobre personas que habían sufrido golpes en la cabeza y no tenían permitido dormir, y confiaba más en ellos que en un extraño que lo consideraba una molestia, por sobre todas las cosas. Becky, quien aparentemente estaba a punto de irse a su casa luego de trabajar por casi veinticuatro horas, logró detener a Nick en medio de su berrinche (estaba amenazando a este *incompetente* con quitarle la licencia) y le recordó que los médicos, si bien no eran los individuos más empáticos del mundo, sabían de lo que hablaban.

Nick creía que Becky había traicionado el juramento hipocrático.

Ella le contestó que era solo para los médicos, pero que ella no quería otra cosa más que lo mejor para él y su papá.

Nick se puso lloroso otra vez.

Becky lo abrazó.

Nick le dijo que se fuera a su casa, porque parecía que la hubiera atropellado un camión.

Cuando regresó, su papá ya estaba dormido con una pequeña sonrisa en su rostro.

✱ ✱ ✱

Estaba sentado en la sala de espera con Mary cuando llegó Cap. Se lo veía más cansado que nunca. En ese momento, le estaban haciendo una tomografía a su papá. Había estado algo gruñón cuando lo despertaron y eso lo hizo sentir mucho mejor a Nick. En especial, cuando, con el ceño fruncido, le repitió que recordaba quién era su hijo.

Cap le dio un beso a su esposa y luego dijo:

—De pie, Nick.

Nick le hizo caso. Cap era el jefe después de todo.

Lo abrazó.

Y Nick le devolvió el abrazo.

—Te lo dije, ¿verdad? —dijo en voz baja—. Tu papá es un cabeza dura. No iba a dejar que esto se lo llevara. Tiene mucho esperándolo en su casa.

—Será mejor que le asignes tareas administrativas por un tiempo —musitó Nick cuando Cap finalmente lo soltó.

—Considéralo hecho, Nicky. ¿Por qué estás aquí afuera?

—Le están haciendo unos exámenes —respondió Mary mientras Cap se sentaba en la silla junto a la suya. Aún llevaba su uniforme y se quitó el gorro, y lo dejó sobre su regazo. Su bigote se movió levemente cuando suspiró—. Debería salir pronto.

—Bien, bien. Tenemos mucho de qué hablar él y yo.

—¿Puedo mirar? —preguntó Nick.

—Claro.

—Rodney.

—Bueno, quizás no, Nick.

Mary le dio una palmada en la mano a Nick cuando empezó a pronunciar amenazas por lo bajo.

—¿La mujer? —preguntó Cap.

—Parece que está bien —respondió Mary, tomando a su esposo de la mano—. El bebé también está bien.

Nick no entendía de qué estaban hablando.

—¿Qué mujer? ¿Qué bebé?

Cap resopló.

—La que rescató tu papá antes de salir lastimado. También está aquí.

Y Nick… no sabía qué hacer. Sabía que ella no tenía la culpa de todo lo que había ocurrido. Solo estaba buscando refugio. Ella no había pedido quedar atrapada en una batalla entre dos Extraordinarios que…

Extraordinarios que Nick ahora sabía quiénes eran.

Se le secó la boca.

Sería fácil, ¿verdad? Contarle a Cap todo lo que sabía. Lo que había visto. Lo que había hecho. Lo único que tenía que hacer era abrir la boca y escupir todo y dejar que Cap se encargara.

–¿Día largo? –preguntó Mary, aparentemente inconsciente de la crisis existencial que estaba pasando en la cabeza de Nick a su lado.

–Y noche –murmuró Cap–. Esos malditos Extraordinarios. Están empeorando. No sé qué pasó, pero causaron mucho daño en la Torre Burke. Alguien buscaba algo, pero no tengo idea qué. Simon Burke no está muy contento.

Nick se preguntaba si era posible desaparecer a través del suelo. Lo tocó varias veces con el pie. Sólido, como siempre.

Mary resopló.

–Simon Burke lo superará. Como si no tuviera más dinero que Dios.

Cap frotó una mano sobre su rostro.

–Es lo que *dije*, pero no lo recibieron muy bien. Aparentemente, están trabajando en proyectos muy secretos. Estoy convencido de que está creando monstruos en algún laboratorio para el gobierno. Tampoco ayuda que su hijo haya desaparecido y… –Se levantó abruptamente y miró a Nick con los ojos entrecerrados.

Nick buscó la salida más cercana. Había dos. Probablemente podría llegar antes de que Cap lo atrapara. Era astuto. A Cap le gustaba la carne roja y los cigarros. No lo descartaría.

–¿Tu no conoces a Owen Burke?

–O sea, ¿íntimamente? –preguntó Nick, debatiendo internamente si sería un mal hijo por abandonar a su papá.

–¿Qué? No. Estoy seguro de que escuché a Aaron mencionar que eran amigos. –Frunció el ceño.

Las manos de Nick estaban bastante sudorosas.

—Ah, ¿sí?

—Sí –dijo Cap lentamente–. Aparentemente, anoche estuvo en la Torre Burke. Con un amigo.

—Ehm –dijo Nick–. Qué extraño. Bueno, no sé nada de eso. Estaba en tu casa, acurrucado a salvo en la cama, donde debía estar.

Mary tosió, la traidora.

—Excepto cuando me escapé y vine al hospital –corrigió Nick. Más tarde le recordaría a Mary que había sido *su* idea no contarle nada a Cap.

Cap no estaba muy contento.

—¿Te escapaste y *qué*?

—Estaba preocupado por Aaron –intervino Mary y Nick la perdonó un poco–. Me llamó la enfermera de Aaron y me dijo que estaba aquí.

—Vaya –dijo Cap sin quitarle los ojos de encima a Nick–. ¿Eso es todo, Nick?

—Sí, señor.

—Y no tienes idea del paradero de Owen, ¿verdad?

Probablemente estaba luchando contra Pyro Storm, quien resultó ser el sujeto al que Nick le había regalado un paquete de Skwinkles Salsagheti. Pero, como probablemente eso no le caería bien, le contestó:

—No, señor. –Y como era el hijo de un policía y sabía que siempre sospechaban de todo, agregó–: Espero que esté bien. ¿Realmente no saben dónde está?

Y se salvó de responder gracias a la llegada de una porrista y una lesbiana butch. Si bien estaba furioso con una de ellas, nunca había estado tan feliz de verlas.

—Hola, Nicky –dijo Jazz, sonriendo con dulzura. Nick podría haberla besado. Pero no lo haría porque su novia estaba parada justo a su lado, evitando con mucha voluntad mirarlo a los ojos–. Intentamos llamarte, pero nos desviaba directo al buzón de voz. Espero que no te moleste que hayamos venido.

Nick se puso de pie de un salto.

—Ah, *claro que no*. No tienen idea de lo feliz que estoy de verlas. De hecho, vayamos a otro lado así les puedo contar exactamente lo feliz que me siento.

—No te alejes mucho —dijo Mary—. No sabemos cuánto tiempo más va a estar despierto tu papá cuando salga.

Nick asintió, con una sonrisa tensa mientras sujetaba a Jazz y Gibby de las manos y las llevaba por el corredor. Podía sentir la mirada de Cap en su espalda, pero no podía hacer nada con eso ahora. Con suerte, Cap ya se habría ido cuando regresara. O, al menos, estaría distraído con su papá.

—¿Tu papá despertó? —preguntó Jazz, presionándole la mano—. ¡Nick, eso es genial! ¿Por qué no nos dijiste nada?

—Mi teléfono está muerto —respondió entre dientes—. Fue un día largo. ¿Verdad, *Gibby*?

—Sí, se podría decir —dijo Gibby.

✱ ✱ ✱

Nick las llevó por la escalera hacia el primer piso y nuevamente a la habitación en la que se había escondido cuando fueron por primera vez al hospital. La mesa con el pene dibujado aún estaba ahí. Nick las empujó hacia adentro y cerró la puerta por detrás.

—¿Este es nuestro lugar de reunión oficial en el hospital? —preguntó Jazz—. Me gusta que tengamos uno.

—¿Dónde está Seth? —preguntó Nick, demandante.

Jazz parecía confundida.

—Yo… ¿no lo sé? Hoy tampoco fue a la escuela. —Alternó la vista entre Nick y Gibby—. ¿Por qué? ¿Qué está pasando?

Gibby no levantó la vista del suelo. Eso enfurecía aún más a Nick.

—¿Y bien? ¿Me puedes dar una explicación?

Gibby levantó la vista. Tenía muchas ojeras y sus ojos estaban prácticamente rojos, como si no hubiera dormido en toda la noche. Lo cual tenía sentido, dado que había estado en la oreja de Seth la noche anterior.

—Mira, Nick. Si tan solo pudiéramos… esperar. ¿Está bien? —Señaló con la cabeza a Jazz—. No creo que sea el mejor momento.

Tenía un punto. Jazz no sabía lo que estaba pasando y, probablemente, era mejor así. De todas formas, no dejó de mirar a Gibby furioso.

—¿Qué ocurre? —preguntó Jazz—. ¿Por qué se miran así?

—No es nada —gruñó Nick—. Solo un intercambio sincero de ideas y preguntas sobre ciertas decisiones que se tomaron.

—Quizás esas decisiones las tomaron otras personas y no yo —sentenció Gibby—. Decisiones con las que no estaba de acuerdo, pero que debía aceptar de todos modos.

Nick resopló.

—Ah, estoy seguro de que te opusiste mucho a esas decisiones.

—¡Sí! ¡Les dije que debías saber!

—¡Podrías habérmelo contado!

—¡No era mi secreto! ¡No me correspondía!

—Quizás si hubieras tenido las *pelotas*, podrías haber…

—Ah, ¿quieres hablar de pelotas, Nick? ¿Qué te parece si las hubieras tenido cuando pasó eso entre Seth y…?

—¿Están hablando de que Seth y Owen son Pyro Storm y Shadow Star? —preguntó Jazz.

—Sí —contestaron Nick y Gibby al unísono. Les tomó un momento comprender lo que Jazz acababa de decir. Ambos voltearon hacia ella, boquiabiertos.

Jazz asintió.

—Ahora tiene sentido. Prosigan.

Nick y Gibby tomaron una bocanada de aire al unísono y Jazz alisó su uniforme de porrista, como si no hubiera dicho la gran cosa.

Nick fue el primero en recuperarse.

—¿Cómo rayos lo sabes?

Jazz puso los ojos en blanco.

—Lo descifré hace mucho tiempo. Supuse que era algo de lo que no se hablaba. O sea, vamos. Era obvio.

Nick se sentía incrédulo.

—¿Lo *era*?

Jazz se encogió de hombros.

—Sí. Cada vez que había una pelea inmensa entre Shadow Star y Pyro Storm, Owen y Seth faltaban a clase o llegaban tarde al día siguiente. O incluso aparecían llenos de golpes. Y luego saliste con Owen, quien seguro solo lo hizo para molestar a Seth, y no solo porque Seth sintiera cosas por ti. Probablemente no ayudó que Seth empezara a ser Pyro Storm luego de la muerte de tu mamá, y luego Owen intentó hacer que todo girara en torno a él cuando se convirtió en Shadow Star. O sea, lo entiendo. Yo también estaría molesta si intentara hacer algo para ayudar a mi amigo y mantener a salvo a la ciudad y luego aparece este otro Extraordinario que se lleva todo el crédito y se infiltra en mi grupo de amigos. —Frunció el ceño—. Encima aparece esta Rebecca Firestone y le da toda la publicidad que Owen necesita para parecer un héroe, aunque era Seth quien hacía la mayor parte del trabajo.

Nick se quedó atónito.

—Maldita sea.

—Quiero besarte con mucha intensidad ahora mismo —le dijo Gibby con cierta agresividad.

Jazz parecía contenta consigo misma.

—¿De verdad lo descubrí antes que ustedes? Guau. Soy maravillosa.

—Este literalmente es el día más estúpido de mi vida —se lamentó Nick ante nadie en particular.

—Ah, no lo sé —dijo Jazz—. ¿Recuerdas cuando saltaste al río usando solo…?

—Sí, Jazz. ¡Lo recuerdo porque fue hace solo unos días! Ahora bien, ¿podemos hablar del hecho de que *todos* sabían que Owen y Seth eran dos Extraordinarios y yo no? ¡Yo soy el que los acosaba! ¿Y cómo es que…? Ah, por Dios, ¿pueden *dejar* de meterse la lengua hasta la garganta? Soy joven, gay y me siento muy frágil en este momento. ¡No necesito ver eso!

Gibby separó sus labios de Jazz con un chasquido húmedo que muy probablemente atormentaría a Nick por el resto de su vida.

—Es fantástica.

Nick puso los ojos en blanco.

—Sí, grandioso, Jazz, eres hermosa, inteligente y estoy tan molesto por que hayas descubierto todo esto antes que yo.

—Está bien, Nick —respondió Jazz, sacando un espejito de su mochila. Frunció los labios mientras se miraba en el reflejo y se arreglaba el labial—. No todos somos capaces de ver lo que tenemos por delante.

—Siento que me estás insultando.

Frunció los labios mientras guardaba el espejito.

—Ni en sueños haría eso. Ahora que todos lo sabemos, ¿qué vamos a hacer?

Gibby asintió.

—Creo que…

—Nada —la interrumpió Nick.

Jazz parpadeó, confundida.

—¿Por qué?

—No deberíamos hacer nada —repitió Nick—. No es nuestro problema.

—Seth es nuestro amigo —dijo Gibby—. Y algo más para ti, por si no te diste cuenta. Nos necesita, Nick.

—Ah, ¿sí? Qué gracioso. Porque si realmente nos necesitara, nos habría contado la verdad hace mucho tiempo.

—No es justo…

Nick gruñó entre sus manos.

—¿Justo? ¿Quieres hablar de lo que es justo? Mi papá, el *único* familiar que me queda, terminó en el hospital por culpa de ellos. De algún modo, se metió en medio de una pelea en la que no debería haber estado si no se hubieran intentado matar el uno al otro. Salió herido por su culpa. Podría haber muerto.

—Eso no fue culpa de Seth —dijo Gibby débilmente—. Él estaba intentando hacer todo lo posible para detener a Owen antes de que más gente saliera lastimada.

Nick movió la cabeza de lado a lado, mientras bajaba las manos.

—Obviamente no hizo lo suficiente. Si… —tragó saliva con fuerza—. Si hubiera sido peor, ¿entonces qué? ¿Qué tal si… mi papá hubiera muerto? ¿Aún dirías que hizo todo lo posible? Se sentaba frente a Owen, casi *todos los días*. Sabía quién era y, aun así, nunca hizo nada para detenerlo. Eso no es lo que hacen los héroes. Seth no es un héroe. Es un cobarde. Y mejor no empecemos a hablar de Owen. Él… Hay unas *píldoras* y…

Gibby dio un paso hacia él, con las manos en dos puños a los lados.

—¡Él solo lo hizo por *ti*! Todo lo que es, un Extraordinario, Pyro Storm, ¡lo hizo por *ti*!

Nick sentía que sus piernas se estaban debilitando.

—¿De qué rayos estás hablando? Él no…

—Tu mamá murió —espetó Gibby—. Y fue una mierda, Nick. Para nosotras y para él, porque no sabíamos cómo ayudarte, pero más para ti y tu papá, ¿está bien? Los dos estaban tan perdidos que nos destrozaba verlos. A nosotras. Y a él. Entonces Seth tomó una decisión. Creo que no recuerdas que a él también le pasó lo mismo. Antes, solo era Seth Gray y no había nada que pudiera hacer para evitarlo. Pero después, se prometió a sí mismo que haría todo lo posible para asegurarse de que tú no tuvieras que atravesar eso otra vez. Él siempre… desde pequeño. —Dejó caer su cabeza—. Fue el accidente en el tren, Nick. Eso… lo convirtió en algo más o activó algo que ya tenía en su interior. Pero siempre se sintió culpable por eso, por recibir un poder a un costo tan alto. Nunca lo quiso. No hasta que tu mamá murió y vio lo que te causó. Te quería tanto que se puso una máscara para mantener a Ciudad Nova a salvo, para mantener a tu papá a salvo, para mantenerte a *ti* a salvo.

Nick presionó los dientes.

—Lo que significa que me mintió. Todo este tiempo, me mintió. Me ocultó todo eso. Mantuvo todo…

Gibby levantó la cabeza, furiosa, y sus ojos parecían estar en llamas.

—Quizás si no hubieras sido tan egoísta, te habrías dado cuenta solo. Como yo. Como Jazz. Jazz lo descubrió y protegió su secreto. Yo lo descubrí e hice todo lo posible para ayudarlo. Pero ¿qué hiciste tú cuando lo descubriste? Hiciste un berrinche y empezaste a lloriquear sobre cómo te afecta a *ti*.

—¡Eso no es justo! Mi papá…

—Tu papá resultó herido y es una pena. Pero eso no fue culpa de Seth. Fue culpa de Owen. Fue una trampa que le tendió a Seth. ¿No lo entiendes? Owen estaba intentando matar a Seth, Nick. Tu papá solo fue el daño colateral.

—No me importa. Es culpa de los dos.

Gibby apartó la mirada.

—No puedo creer… —Negó con la cabeza—. Lo que sea. Haz lo que quieras, Nick. Siempre haces lo mismo. Voy a ayudar a mi amigo porque me necesita.

Volteó y abrió la puerta, furiosa. Se cerró detrás de ella.

—Ehm —dijo Jazz, mirando a la puerta—. Eso no salió como yo pensaba.

—Claro que no —se quejó Nick—. Eso es lo que pasa cuando la gente miente.

—Ehm —repitió Jazz y luego agregó—: ¿Me vas a gritar a mí ahora? Porque si lo haces, me gustaría saberlo de antemano para poder llorar si te hace sentir mejor.

Nick suspiró.

—No. Solo quiero ver a mi papá y olvidarme de todo esto.

—Eso va a ser difícil. Olvidarte de esto. Suena inútil.

—Puedo hacerlo.

—Me parece que tú lo crees. —Jazz suspiró—. ¿Puedo decirte algo?

—¿Te vas a disculpar?

—No hice nada malo.

—Tú… sabías… agh.

Maldita ella por tener razón.

—Es lo que creí. Me preocupa mucho lo que ocurra cuando ella se vaya. Ya sabes, cuando se gradúe. Mientras estamos aquí.

Nick luchó con todas sus fuerzas para reducir su malestar.

—Creo que hay cosas más importantes que necesitamos…

—Supongo que irá a la universidad y seguirá adelante con cosas más grandes y mejores. Quizás, nos deje atrás. Quizás, *me* deje atrás. Terminaríamos y, con suerte, seguiríamos siendo amigas y hablaríamos de vez en cuando, o puede que eso nunca pase. O sea, no es precisamente realista que conozcas al amor de tu vida a los dieciséis años, ¿verdad? Somos jóvenes. La gente piensa que no sabemos de lo que estamos hablando, que nuestras emociones no son válidas. Pienso mucho en eso. Todo el tiempo, a decir verdad. Duele. Pero ¿sabes qué es lo que aprendí?

—No, pero me lo vas a decir de todos modos.

Rio.

—Así es. Aprendí que está bien tener dudas. Que soy una persona y tengo derecho a sentirme como me siento y ella también. Si algo pasa en el camino, no le quitará importancia a cómo me siento en este momento. Me preocupo mucho por ella. Al final, creo que todo se resume en la confianza, supongo. Y en la fe. Perdí un poco el camino. Me olvidé de creer en ella y en mí. Así que se lo dije. ¿Y sabes qué me respondió?

Nick negó con la cabeza.

—Que era una estúpida. Que ella me amaba y que, incluso aunque ocurriera algo en el futuro, nunca cambiaría lo que sentimos en este momento. —Esbozó una sonrisa—. Es bueno expresar nuestros sentimientos, pero es incluso mucho mejor luchar por las cosas en las que creemos. Yo estoy luchando por ella, porque sé que ella está luchando por mí. ¿Quién está luchando por ti, Nicky?

Nick no podía hablar.

Jazz se inclinó hacia adelante y le dio un beso en la mejilla.

—A veces, las personas a las que más queremos proteger no entienden por qué hacemos las cosas que hacemos. Pero eso no significa que nos quieran menos. Solo tú puedes decidir a dónde poner la fe. Nos alegra que tu papá esté bien. Llámanos si necesitas algo. Día o noche. Siempre vendremos corriendo.

Se marchó y lo dejó parado junto a la mesa del pene.

∗∗∗

Mary y Cap ya se habían ido cuando volvió al cuarto piso. Una mujer del sector de enfermería le dijo que se habían ido a comer y que le traerían algo cuando regresaran.

Su papá estaba nuevamente en su habitación, pero no estaba solo.

Había una mujer sentada en una silla a un lado de la cama. Tenía un bebé entre brazos y estaba sujetándole una de las manos.

Nick vaciló por un momento en la puerta. No lo vieron. Pensó en decir algo, pero luego oyó el sollozo leve de la mujer.

—Está bien —susurró su papá, sujetándole la mano—. Está bien.

—Nos salvó —dijo la mujer con un acento duro—. Me salvó. Aleksey —murmuró algo en un idioma que Nick no podía identificar—. ¿Por qué? ¿Por qué nos ayudó?

—Porque era lo correcto —respondió Aaron con voz ronca.

—No todos ayudan —dijo la mujer apartando la mano cuando su bebé empezó a llorar—. Usted sí.

Su padre sacudió la cabeza.

—Señora, solo estaba haciendo mi trabajo…

—Guardián —insistió—. Un ángel guardián.

Su papá se estremeció algo incómodo. Nick no sabía por qué, pero su papá se recuperó rápido.

–¿Puede hacerme un favor?

La mujer asintió.

–Lo que sea. Lo que sea por usted.

–Le voy a pedir al hospital que la ayude. No quiero verla en la calle otra vez, ¿está bien? Aquí tienen refugios que pueden ayudarla. Refugios para mujeres en su situación. Se harán cargo de usted y de su hijo hasta que pueda recuperarse. Es una gran oportunidad.

–¿Me quitarán a mi Aleksey?

–¿Es una buena madre?

–Lo intento.

–Entonces no creo que lo hagan. Pero tiene que dejar que la ayuden. ¿Puede hacer eso por mí?

–Sí, por mi guardián. Lo haré.

Nick sintió una mano sobre su hombro. Volteó. Una enfermera que no reconocía le esbozó una sonrisa y le hizo un gesto para que se apartara. Obedeció.

–Muy bien, Edyta. El señor Bell necesita descansar, al igual que usted y Aleksey. Regresemos a su habitación, ¿está bien?

La mujer se levantó lentamente, pero no sin antes inclinarse y darle un beso en el dorso de la mano al papá de Nick. La enfermera pasó un brazo sobre los hombros de la mujer y la acompañó fuera de la habitación. El rostro de la mujer lucía desconsolado, pero sus ojos se veían brillantes mientras intentaba calmar a su bebé. Ni siquiera vio a Nick.

Las miró caminar por el corredor hasta que doblaron en la esquina.

Nick giró hacia la habitación.

Su papá lo estaba mirando con una pequeña sonrisa. Parecía cansado.

–Conseguiste una fanática –dijo Nick en voz baja cuando entró y se sentó en la silla junto a la cama–. Parecía tener estrellas en los ojos.

Su papá resopló, sonriente.

–Fue un día difícil para ella. No está acostumbrada a que la traten como una persona. Con suerte, eso cambiará.

–¿Cómo está tu cerebro?

–En general, intacto. Quizás un poco revuelto. –Su hijo asintió y apartó la mirada. Empezó a parpadear rápido–. Oye, oye. Vamos, Nicky. Mírame.

Nick no podía. Al menos no hasta que oyó a su papá intentando levantarse de la cama. Se puso de pie enseguida, empujando la silla hacia atrás. Su papá tenía una mueca de dolor y algunas gotas de sudor en la frente. Nick lo miró furioso y empujó con cuidado sus hombros.

–No me hagas llamar a la enfermera. Y le contaré a Cap cuando regrese.

Su padre lo miró molesto.

–No te atreverías.

–Pruébame.

Una vez que Nick estaba seguro de que su papá no intentaría levantarse otra vez, regresó a su silla, pero se detuvo cuando una mano lo sujetó de la muñeca con fuerza. Siguió la mano hasta un brazo vendado y el rostro de su papá con el ceño fruncido.

–Voy a estar bien, muchacho.

Nick se encogió levemente de hombros. No sabía cómo poner en palabras lo aliviado que se sentía y lo asustado que había estado. Y todavía se sentía.

–Debemos hablar, Nicky. Sobre algunas cosas que dijiste. Sobre algunas cosas que yo dije.

–Se supone que no debes hablar para nada –le recordó Nick con una voz áspera–. ¿Recuerdas?

—Ya lo sé. Es solo que… Déjame decirte esto y prometo que me callaré.

—No te creo.

—Nick.

—Sí, sí, está bien.

Lo sujetó de la muñeca con fuerza.

—Dije cosas que no debería haber dicho. Cosas que no puedo deshacer, pero que lo haría si pudiera. No merecías eso. Lo siento.

—Está bien. Yo sé que soy…

—No, *no* está bien. —Tosió con dificultad. Nick empezó a sentirse alarmado hasta que su papá le señaló a un vaso con una pajilla que descansaba sobre la mesa junto a la cama. Nick se lo alcanzó y su papá bebió el agua. Tosió dos veces más antes de detenerse—. Mierda, eso duele.

—Entonces quizás *no deberías hablar*…

—Te quiero mucho —dijo con ferocidad—. Más que nada en este mundo. Y estoy muy orgulloso de ti y del hombre en el que te convertirás. Después de todo lo que atravesamos, tenías todo el derecho de quedarte tirado en la cama y darte por vencido. Pero, en su lugar, decidiste salir adelante y ayudarme. Sobrevivimos, Nicky. Sé que a veces no parece, pero aquí estamos. Y las cosas están mejorando. Aún cometeremos errores, sé que los seguiré cometiendo, pero siempre que recuerdes que no hay nada que no haría por ti, vamos a estar bien.

—Creí que… cuando dijiste eso… cuando me preguntaste por qué tenía que ser así… tú…

Su papá cerró los ojos con fuerza.

—Lo sé. No debería haberte dicho eso nunca. No fue justo para ti.

Nick tembló.

—Pero tenías razón.

Su papá negó con la cabeza.

—No, nunca. Nunca la tuve.

—Estaba intentando convertirme en algo que no podía, intentando cambiar para hacerte...

Su papá abrió los ojos.

—No quiero que cambies. Lo único que quiero es que seas feliz y te sientas pleno y hables un millón de palabras por minuto porque tu voz me hace feliz...

—Estaba intentando convertirme en un Extraordinario —dijo Nick, sin poder contenerse.

Una mirada indescifrable apareció en el rostro de su papá, pero desapareció antes de que Nick pudiera entenderla.

—¿Qué?

—Eso. Toda esta... porquería estúpida. Estaba intentando... No sé. Empezó por las razones equivocadas y, cuando encontré las razones *correctas*, tampoco funcionó. Y luego yo...

—¿Cuándo fue la última vez que tomaste la píldora?

Eso lo tomó por sorpresa.

—¿Qué?

—La píldora, Nick. ¿Cuándo fue la última vez que la tomaste?

¿Por qué rayos *eso* era importante?

—Ehm, hoy temprano. Mary me la dio. ¿Por qué?

Su papá se relajó un poco.

—Solo para asegurarme. Estás hablando un poco rápido. ¿Tu cabeza está bien?

—Sí, estoy bien. Yo no...

—¿Por qué, Nick? ¿Por qué creías que debías ser un Extraordinario?

Nick estaba desconcertado por el cambio de tema.

—Empezó como una tontería. Por razones que no tienen sentido ahora que las pienso. Pero cambiaron por ti. Quería hacer algo que pudiera mantenerte a salvo. —Sacudió la cabeza de lado a lado—. Pero ya era demasiado tarde. Ya estabas aquí.

—No necesito que me protejas, Nicky. Yo soy tu papá. Es mi trabajo hacer eso por ti.

—¿Y por qué no podemos hacerlo el uno por el otro?

Su papá suspiró.

—Porque tú no deberías preocuparte por ese tipo de cosas. Lo único que quiero es que te concentres en crecer y encuentres tu camino. No necesito que seas un Extraordinario, Nicky. No cuando ya eres extraordinario para mí.

Nick intentó contenerse. Pero era prácticamente imposible y estalló a carcajadas.

—Ah, por Dios. Eso fue terrible. Fue muy *cursi*.

—No fue cursi. —Su papá frunció el ceño—. Fue de corazón. ¿Por qué te estás…? ¿Puedes dejar de reír? ¡Hablo en serio!

—Ya lo sé. Es que me da mucha risa. Dios, papá. Estábamos teniendo un momento muy emotivo y lo tuviste que arruinar…

—Estás castigado de por vida.

—Quizás me sentiría más intimidado si no pareciera que estás a punto de llorar cada vez que respiras.

—Las costillas rotas *duelen*, pequeño cretino.

—¿¡Por qué sigues hablando!?

—Porque necesito hacerte entender que te quiero tal y como eres.

La risa de Nick se desvaneció.

—Ya lo sé, papá.

—Bien. Ahora que terminamos con eso, pasemos a lo siguiente. Parece que finalmente entendiste que Seth te quiere besar.

–*¿Qué?* ¡Papá, no!

–Papá, *sí*. ¿Es recíproco?

Nick pensó en presionar el botón para llamar a la enfermera y exigirle que lo sedara por el resto de la noche.

–¿Por qué tenemos que hablar de eso? ¡Vuelve a las sensiblerías baratas! "No necesito que seas un Extraordinario, Nicky. No cuando ya eres extraor…".

–Deberías invitarlo a cenar cuando me den el alta. Seremos tú, yo, Seth y mi arma.

Todo era horrible.

–¡No puedes amenazarlo! No soy una adolescente de los años cincuenta que necesita protección.

–Mira cómo lo amenazo. ¿Recuerdas lo que te mostré con la banana? Tienes que apretar la base y deslizar el condón lentamente hacia abajo para asegurarte…

–¿Por qué eres *así*?

–No voy a matarlo –aclaró–. Solo amenazarlo un poquito. Para asegurarme de que no te meta nada sin tu consentimiento explícito.

Nick lo miró boquiabierto.

–¿Qué te hace pensar que a mí me van a meter algo? ¡Quizás yo soy el que se encarga de meterlo! –Deseaba desesperadamente retractarse de eso ni bien salió de su boca.

Su papá miró a Nick de pies a cabeza antes de estallar a carcajadas.

–Sí, claro, Nicky. Sigue repitiéndote eso.

–¡Agh! ¡Enfermera! *Enfermera*. ¡Mi papá perdió la cabeza! Alguien ayúdeme a detenerlo…

Escuchó algunas pisadas apresuradas por el pasillo.

–Lo siento –exclamó Nick–. ¿No… hablaba en serio?

—Grandioso —dijo su papá, frunciendo el ceño—. Ahora nos meterás en problemas.

Pero nadie entró a su habitación. Una enfermera pasó corriendo por la puerta abierta sin mirar, seguida de otra enfermera. Y luego, otra.

Nick no sabía qué estaba pasando. Su papá lo dejó asomarse por la puerta. Había un grupo de personas reunidas en la sala de espera al final del pasillo, mirando un televisor montado en la pared.

Otra enfermera pasó corriendo por el pasillo, muy preocupada.

—¿Qué ocurre? —preguntó Nick.

—Extraordinarios —respondió, casi sin aliento—. Están peleando. En el centro. Se ve mal. Hay mucha gente herida.

A Nick se le congeló la sangre cuando volteó rápidamente hacia la habitación y se acercó al televisor del rincón.

—¿Qué está pasando? —preguntó su papá, haciendo una mueca de dolor cuando presionó un botón en la cama para levantarla y sentarse.

Pero Nick no le respondió. Tomó el mando a distancia que estaba sobre la mesa y encendió el televisor. Cambió los canales hasta que encontró lo que estaba buscando.

Retrocedió lentamente.

—... nunca vi nada parecido —dijo Rebecca Firestone y, por primera vez desde que Nick la escuchaba, estaba realmente *asustada*—. Se están atacando sin clemencia. Es como si intentaran matarse. No puedo creerlo... *¡Ah, por Dios!*

Parecía el fin del mundo.

La cámara se sacudía de un lado a otro y la voz de Rebecca Firestone estaba prácticamente ahogada por el viento del helicóptero.

Pero la imagen era lo suficientemente clara.

Nick podía ver la Torre Burke en el fondo, una silueta oscura contra el sol del atardecer, el cielo nublado de tintes rosados y anaranjados, las nubes iluminadas. Había muchos movimientos difusos, casi demasiado veloces como para que la cámara los pudiera seguir, estallidos de fuego y sombras oscuras. De repente, se detuvieron. Pyro Storm sobrevolaba las calles de Ciudad Nova, con su capa flameando por detrás y los brazos en llamas. Shadow Star estaba quieto sobre una antena, aferrado de un solo brazo y muchas sombras debajo de él.

El helicóptero estaba demasiado lejos como para captar cualquier tipo de conversación, pero era obvio que se estaban gritando, ya que sus bocas se movían con mucha ira.

—Nuestro amado héroe, Shadow Star, está haciendo lo mejor para detener al villano conocido como Pyro Storm —gritó Rebecca Firestone—. Sea cual sea su plan maléfico será desbaratado por la valentía del salvador de las sombras. No nos... ¿Qué está *haciendo*?

La antena empezó a inclinarse hacia la derecha mientras las sombras avanzaban por la azotea, retorciendo el metal. Las vigas de la estructura empezaron a doblarse. De pronto, se quebraron y emitieron un chillido metálico estruendoso. Shadow Star dio un salto hacia atrás para alejarse y aterrizó sobre la azotea. Se puso de pie lentamente con los brazos en alto. Desde sus brazaletes brotaron dos estallidos de luz que hicieron que las sombras se multiplicaran. Estas tomaron formas casi humanas y levantaron la antena de la azotea.

De inmediato, Shadow Star se la arrojó a Pyro Storm.

—No —susurró Nick.

Pero, en lugar de apartarse, Pyro Storm voló hacia ella. Justo antes de estrellarse, giró rápidamente, su capa se sacudía a su alrededor, y esquivó por muy poco la estructura de metal. Casi había logrado dejarla atrás, cuando lo que parecía ser un trozo de una antena parabólica le cortó el hombro. Obviamente, perdió el control y dejó un rastro de sangre por detrás.

Y luego, la antena empezó a caer hacia la calle llena de gente.

—¡No puedo creer lo que estoy viendo! —dijo Rebecca Firestone, con una voz chillona—. ¡Shadow Star intentó detener a Pyro Storm, pero el villano logró evadir su ataque! Y por eso, ¡la antena ahora está cayendo a la calle! ¡Pyro Storm lastimará a mucha gente! ¡Lo vieron aquí primero! ¡Todo esto es culpa de Pyro Storm!

Nick *de verdad* odiaba a Rebecca Firestone.

Pero antes de maldecirla como se lo merecía, Pyro Storm recobró la compostura y se alejó de Shadow Star. La antena continuó cayendo hacia el suelo. La gente abajo gritaba y corría de un lado a otro sobre la acera, empujándose frenéticamente mientras intentaban escapar. La sombra crecía a medida que la estructura se acercaba.

Hubo un destello de fuego cuando Pyro Storm se lanzó hacia la torre. Pero en lugar de apartarla del camino, *siguió de largo* y aterrizó en la calle abajo con tanta fuerza que el concreto se quebró a sus pies. La gente se amontonó a su alrededor y levantó las manos sobre sus cabezas para cubrirse. La antena se estrelló contra una cara del edificio y empezó a girar erráticamente en todas direcciones. Una lluvia de cristal y ladrillos cayó a su alrededor.

La cámara logró enfocar a Pyro Storm en el momento preciso en que levantó las manos sobre su cabeza.

Y explotó.

O al menos eso es lo que pareció. Hubo un estallido de fuego y la imagen quedó completamente en blanco. Se oyeron varios gritos de terror en los pasillos del hospital. El papá de Nick gruñó por detrás.

Pero Nick se quedó quieto.

Esperó.

Oyó a Rebecca Firestone gritando, mientras las hélices del helicóptero cortaban el aire a lo lejos.

—Vamos —dijo Nick en voz baja—. Vamos. *Vamos*.

La luz blanca se empezó a disipar y la voz de Rebecca Firestone se apagó de repente.

Nick podía sentir la sangre en sus oídos.

Al principio, no entendía lo que estaba viendo. Parecía como si toda la calle estuviera en llamas y hubiera varios focos de incendio en los edificios aledaños. Por un momento, Nick pensó que Pyro Storm, *Seth*, había *explotado* y la explosión se había llevado todo lo que quedaba de él.

Pero luego vio lo que realmente había pasado.

La antena no había caído en la calle.

Sino que estaba suspendida *sobre* la calle, clavada en una ola de fuego con forma de domo. Nick la vio partirse en dos y deslizarse lentamente por cada lado del domo. Dejó un rastro de olas más pequeñas, como si fuera la superficie de un lago. Las dos mitades cayeron sobre la calle a cada lado del domo antes de inclinarse y caer contra las paredes de los edificios. Después de eso, quedaron inmóviles.

El domo de fuego se disipó. En el centro, estaba Pyro Storm, aún con las manos en alto, respirando con dificultad.

A su alrededor había docenas de personas acurrucadas en el suelo. Estaban todas abrazadas entre sí e incluso a *él*, a sus piernas. Algunas gotas de sangre se deslizaban por su brazo desde la herida que le había causado la antena en el hombro.

Rebecca Firestone sonaba ahogada.

—Y Pyro Storm simplemente… los salvó. Podía haberlos dejado morir, pero en cambio… ¿los salvó?

La gente de la calle empezó a ponerse de pie lentamente, mirando a todas partes. Cuando vieron las dos mitades de la antena apoyadas sobre los edificios, empezaron a festejar, abrazándose y saltando en el lugar.

–Okey –dijo Rebecca Firestone–. No fue la *gran* cosa. Hizo *una sola cosa*. Recuerden todas las otras veces que intentó…

Otra voz la interrumpió.

–Ehm, ¿Rebecca? Steve Davis aquí desde el estudio de *Action news*. ¿Por favor podrías contarnos lo que ves?

–*Sí*. Lo que veo es que Shadow Star intentó salvarnos, pero en cambio cometió un error honesto y hay personas que están bailando en la calle porque no fueron aplastadas. ¡Hay una mujer que le está pidiendo a Pyro Storm que sostenga a su bebé para que pueda tomarle una fotografía! ¿Acaso no sabe que Pyro Storm *come* bebés y…?

Su voz se apagó.

Steve Davis reapareció en un recuadro pequeño en la esquina de la pantalla, algo incómodo.

–Parece que estamos teniendo problemas técnicos con el audio. Aún tenemos las imágenes, pero Rebecca Firestone no podrá reportar lo que está… Okey. Ah, aguarden un momento. Parece que está ocurriendo algo.

La cámara se apartó de la gente que le daba palmadas en la espalda a Pyro Storm, mientras le pasaban un segundo bebé para que lo meciera entre sus brazos. De inmediato, enfocó nuevamente a Shadow Star, quien estaba parado al borde de la azotea, observando la escena abajo.

Estaba rodeado de sombras.

No se parecía en nada a algo que Nick hubiera visto antes.

Las sombras parecían estar vivas, como si estuvieran agitándose. Se extendían a su alrededor como tentáculos que descendían por cada lado del edificio.

Y se lo veía furioso.

Los ladrillos se quebraron. Las ventanas estallaron. Abajo, la gente empezó a gritar nuevamente cuando cayeron escombros a su alrededor.

La cámara enfocó nuevamente al suelo. Los ciudadanos de Ciudad Nova empezaron a correr nuevamente.

Pyro Storm miró a Shadow Star con el ceño fruncido.

Y luego todo se fue al diablo. La cámara empezó a *sacudirse* y, por un breve momento, enfocó a Rebecca Firestone, quien estaba gritando en silencio, mientras el piloto intentaba enderezar la palanca de mandos; la cola y el rotor se hicieron trizas cuando una sombra envolvió al helicóptero y lo *apretó* con fuerza, y luego…

La pantalla quedó en negro.

Steve Davis estaba pálido.

–Yo… Parece que hemos perdido la señal. –Miró hacia detrás de cámara con los ojos bien abiertos–. No sé si… ah. No sé si la recuperaremos. Hay… Aguarden un segundo. –Levantó una mano y la llevó directo a su auricular. Le temblaba la mano–. Okey. Yo… ah. Me acaban de comunicar que el helicóptero se cayó. Estamos intentando confirmar si… Sí. Sí, aparentemente el helicóptero de *Action news* se estrelló y… Shadow Star fue el culpable. –Tragó saliva–. No sé si… Pasaremos a un breve corte comercial. Cuando regresemos, continuaremos con este reportaje en vivo del caos que está ocurriendo en el centro. Quédense con nosotros.

Nick apagó el televisor.

Hizo a un lado el mando a distancia.

Giró hacia su papá, quien lo miraba con una expresión indescifrable.

–Si alguien que amas te miente, te oculta cosas, te lastima, pero necesita tu ayuda, ¿se la darías?

La fachada en el rostro de su papá cayó y parecía perturbado.

–Yo… –Tosió y se aclaró la garganta–. Sí. Porque nunca le daría la espalda a alguien que me necesita. Aunque me hayan mentido, aunque me hayan mantenido en la oscuridad y me rompieran el corazón, aun así, haría todo lo posible para ayudar a esa persona. A veces, le mentimos a la gente que más queremos para mantenerlos a salvo.

Nick asintió con firmeza.

–No tengo tiempo para explicártelo, pero tengo que irme.

Su papá abrió los ojos, asustado.

–Espera, no. Nick. ¿De qué estás hablando? ¿Ir a *dónde*?

Nick intentó sonreír, pero su sonrisa flaqueó y se desvaneció.

–Dijiste que no necesitabas que fuera un Extraordinario porque yo ya *soy* extraordinario. Hay alguien que necesita escuchar lo mismo de mí. Si algo ocurre y no logro decírselo, me arrepentiré por el resto de mi vida. –Avanzó hacia la puerta.

Su papá entrecerró los ojos mientras luchaba por levantarse.

–Nick, no. No lo hagas. *Regresa* en este mismo instante.

Los ojos de Nick estaban llenos de lágrimas, pero no podía hacer nada con eso ahora.

–Te quiero. Y estoy muy feliz de que seas mi papá.

Volteó y empezó a correr, mientras su papá gritaba por detrás.

18

Cuando tocó el timbre de la casa, afuera estaba oscuro. Le había tomado casi una hora llegar a esa zona, incluso aunque las calles estuvieran más vacías que nunca. Aquellas personas que *sí* salían caminaban apresuradas y no dejaban de mirar hacia el cielo, como si esperaran una lluvia de fuego en cualquier momento.

Nick oyó el eco de las campanillas adentro.

Esperó.

Nada.

Volvió a tocar el timbre. Y otra vez. Y otra vez. Y…

La puerta se abrió de golpe.

–Una vez es *suficiente*. No puedo moverme tan rápido… ¿Nick?

Bob Gray estaba sorprendido de encontrarlo en la puerta de su casa.

–Hola –dijo Nicholas Bell, reuniendo todo el coraje que tenía–. Me gustaría ver la guarida secreta de Pyro Storm. Por favor y gracias.

Fue… decepcionante.

Nick sabía que había cosas más importantes por las que preocuparse, dado que su mejor amigo, de quien posiblemente estaba enamorado, estaba luchando a muerte con su exnovio, pero no pudo evitarlo. Finalmente estaba en la guarida de un Extraordinario y era *aburrida*.

Había algunas máquinas para hacer ejercicio dispersas por el sótano. También había una bolsa de boxeo colgada del techo y una barra para hacer flexiones al pie de la escalera.

En un rincón, incluso había un guante descartado que parecía ser parte del traje de Pyro Storm.

Y la lavadora y la secadora.

—Guau —dijo Nick—. Esta probablemente sea la decepción más grande de mi vida. —Hizo una mueca de dolor y miró a Bob—. Lo siento.

Bob rio.

—Ah, esto no es todo. —Se acercó a una pared y apoyó la mano sobre un panel. Se encendió alrededor de su mano y enseguida se abrió una puerta que no había visto—. ¡Tarán!

—Ah, por Dios —susurró Nick, sin poder creer que finalmente estuviera ocurriendo. La puerta se abriría y tendrían que deslizarse por unos tubos que los llevarían a las cavernas de las profundidades donde…

—Hola, Nick —dijo Martha, sentada detrás de un escritorio pequeño con un monitor por delante. Gibby estaba a su lado y junto a ella, Jazz.

Y eso era todo.

Eso era todo.

—Maldición —murmuró Nick—. La peor guarida secreta de un superhéroe de toda la historia.

Bob le dio un golpecito en la cabeza.

—Yo mismo construí esta puerta deslizante. Cuidado con lo que dices, muchachito. Me tomó seis meses.

—Qué bueno verte, Nick —dijo Jazz, sujetándole la mano cuando se acercó al escritorio—. Sabía que vendrías. Gibby no. Ella dijo que te comportarías como un cretino.

—Yo no dije eso —agregó Gibby.

—Gracias, Gibby. —Sabía que contaría con su apoyo al final de todo.

—Dije que te comportarías como un cretino *llorón*. Hay una gran diferencia.

Bien jugado.

—Agh. Está bien.

Ella lo miró con cautela.

—¿Sigues enojado conmigo?

Nick se encogió de hombros.

—Supongo. Pero si lo estoy, ya lo superaré. Eres mi amiga.

Gibby parecía aliviada.

—Grandioso.

—Pero si me vuelves a ocultar algo, voy a patearte el maldito trasero.

—Entendido —dijo con frialdad.

—*Muy... bien* —dijo Nick, juntando las manos— ¡Equipo Pyro Storm, unidos!

Se lo quedaron mirando.

Nick frunció el ceño.

—¿Qué?... ¿No se llaman así? —preguntó y Martha negó con la cabeza—. ¿No tienen nombre? —agregó y Bob se rascó la nuca.

Dios, estaba lidiando con un montón de novatos.

—Okey, bueno, esto es incómodo. Y para nada satisfactorio. De hecho, desde que superé la sorpresa inicial de *Mi mejor amigo es un Extraordinario*, fue una decepción tras otra.

—¿De verdad creíste que habría una guarida secreta? —preguntó Gibby.

Nick suspiró.

—¿Era mucho pedir?

—Bueno, no sabías que existía esta habitación —comentó Martha.

—Y la puerta corrediza —agregó Bob—. Si quieres, puedo mostrarte de nuevo cómo se abre, por si no lo viste la primera vez.

—Y hay una computadora y todo —dijo Jazz.

Nick miró al monitor en el escritorio.

—¿Qué es eso? ¿Qué dice? ¿Systemax? ¿Qué rayos es Systemax? ¡Ni siquiera suena a una marca real!

—Lo conseguí en una venta de garaje —dijo Martha— Me costó veinte dólares.

Nick se tapó la cara con ambas manos y ahogó un grito frustrado.

—El *peor* equipo de apoyo de un superhéroe. —Dejó caer sus manos—. Está bien. ¿Saben qué? Puedo vivir con esto. Podemos preocuparnos por actualizar todo más tarde.

—Yo me encargo —dijo Jazz. Sonrió cuando todos la miraron—. Mis padres son ricos. Tienen tanto dinero que ya no saben qué hacer con él. Actualizaciones, podemos hacerlo. Lo considerarán un impuesto filántropo, aunque no les digamos para qué es.

—Grandioso —suspiró Nick—. Y luego podemos hablar sobre los nuevos trajes para…

—Yo misma hice el traje de Pyro Storm —dijo Martha—. Es ignífugo y bastante fresco. Conseguí el material en la tienda de telas y en una tienda de suministros militares.

Nick se quejó.

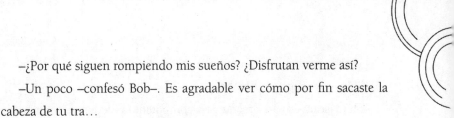

–¿Por qué siguen rompiendo mis sueños? ¿Disfrutan verme así?

–Un poco –confesó Bob–. Es agradable ver cómo por fin sacaste la cabeza de tu tra…

–Bob –lo interrumpió Martha–. En serio.

A Nick no le importaba. Se lo merecía. De hecho, probablemente era hora de que se convirtiera en un hombre de verdad.

–Voy a empezar a salir con su sobrino –les dijo Nick–. Tenemos que ayudarlo así puedo decírselo. Y también que me gusta su cabello, su olor y que me haga reír. Y le voy a pedir que use moños toda la vida porque no hay nada más adorable en todo el mundo que Seth Gray con un moño.

Listo. Ya se sentía mejor.

Jazz estalló a carcajadas.

Gibby se sentó nuevamente en su silla, suspirando con la vista en el techo.

Martha y Bob sonreían.

–¿Qué? –preguntó Nick, confundido–. ¿Qué hice?

–Seth te está escuchando –dijo Gibby–. Así que, buen trabajo.

–¿Él qué? –dijo Nick, sintiendo un nudo en el estómago.

–Ehm, hola, Nicky –dijo Seth con la voz algo entrecortada desde un parlante junto al monitor.

Nick bajó la mirada, horrorizado. Abrió la boca e intentó decir algo para salvar la situación, pero lo único que salió de su boca fue:

–Hip.

–Ay, amigo –dijo Gibby–. Seth, si tan solo vieras su cara. ¿Sabes qué? Puedo hacerlo. –Tomó su teléfono y le sacó una foto. Lo conectó a la computadora y presionó algunas teclas–. Listo. Ya te la envié a tus lentes.

Seth tosió.

–Ehm, gracias. Es… una buena cara.

–¿Puede *verme*? –logró preguntar Nick.

Gibby se encogió de hombros.

–Su máscara es básicamente una computadora. Podemos compartirle mapas y fotos de chicos queer que están sorprendidos por razones para descostillarse de la risa.

–Genial –dijo Nick, débilmente–. Y qué vergüenza. Agradecería que nunca más mencionáramos este momento.

Gibby ahogó una risa.

–Todos sabemos que eso no va a pasar.

–¿Cómo está tu papá? –preguntó Seth.

Todos miraron a Nick.

–Ehm. ¿Bien? Está despierto. Y muy molesto por tener que quedarse en el hospital.

–Qué bueno, Nicky –contestó–. Oye, necesito… Lo siento. Por todo. Desearía haber hecho las cosas de otro modo. Nunca quise lastimarte. Y yo tampoco lastimé a tu papá, ¿está bien? No a propósito.

–Lo sé –dijo Nick en voz baja–. Ya lo resolveremos. ¿Dónde estás?

–Buscando a Owen. –Su voz se tornó más firme–. No sé qué intenta hacer, pero es peligroso. Consumió muchas píldoras. Lo volvieron más fuerte. Hubieran muerto más personas si yo no…

–¿A qué te refieres con *más personas*? –preguntó Nick, sintiendo un escalofrío en el cuerpo–. Creí que habías detenido la antena.

–Así es –dijo Martha mientras Bob apoyaba una mano sobre su hombro–. Pero no pudo hacer nada con el helicóptero.

–Se estrelló contra el edificio –dijo Jazz con tristeza–. No creen que haya sobrevivientes.

–Mierda –dijo Nick entre dientes–. Había dicho que… Creo que Rebecca Firestone estaba trabajando con él, para enaltecerlo de algún modo y desacreditar a Pyro Storm. Ella convirtió a Shadow Star en el héroe y a Seth en el villano. Pero ¿por qué se vengaría de ella de ese modo? No tiene sentido.

—Está fuera de control —dijo Seth—. No creo que siquiera tenga un plan. Al menos, ya no.

—¿Cuál era su plan antes?

Nadie respondió.

—Ehm, ¿muchachos? ¿Me pueden responder?

Gibby suspiró.

—Creemos que tú eras su plan.

Nick rio.

Nadie más lo hizo.

Nick dejó de reír.

—Ah, maldición. Hablas en serio.

—Te llevó a la Torre Burke —explicó Seth—. Al laboratorio de su padre. ¿Por qué?

Nick presionó ambas manos sobre el escritorio.

—Se lo pregunté y me dijo que su papá había descubierto una forma de convertir a cualquier persona en un Extraordinario. Al principio, rechacé la oferta, pero luego… —Sacudió la cabeza—. Pasaron cosas. Y creí que no tenía otra opción. Entonces le pregunté si la oferta seguía en pie y accedió. Es mi culpa. Todo esto.

—No, muchachito —dijo Bob—. No lo es. Él te manipuló. Tú estabas vulnerable y él se aprovechó de eso.

—Me dejé engañar —dijo Nick con amargura—. Más allá de lo que hizo, yo dejé que eso ocurriera. Debería haberme dado cuenta antes.

—Tú no eres responsable por lo que hizo —aclaró Martha—. Si hay alguien que tiene la culpa, somos nosotros. Nosotros sabíamos quién era, al igual que Seth. Creímos que podíamos ayudarlo, que podíamos hacer que se abriera con nosotros, de algún modo, y hacerlo entrar en razón. Y, al principio, no nos fue tan *mal*. Seth podía controlarlo. –Su sonrisa vaciló–. Pero luego se metió contigo y las cosas... se detuvieron por un tiempo.

–Fue todo un juego –agregó Seth–. Me estaba poniendo a prueba, creo. O al menos era parte de su plan. Estuvo contigo y luego ya no, pero seguía intentando recuperarte. Te estaba usando en mi contra.

Nick soltó un quejido.

–Esto apesta. No solo soy el alivio cómico/interés romántico, sino el alivio cómico/interés romántico *despistado* que es un peón en una partida que ni siquiera sabía que estaban jugando. Dios, mi vida es un cliché.

–Pero ¿por qué querría que Nick se convirtiera en un Extraordinario? –preguntó Jazz–. ¿Por qué lo llevó a la Torre Burke? Si el plan era cambiarlo, ¿por qué simplemente no le dio la píldora?

–¿Tú hubieras tomado una píldora del bolsillo de Owen? –preguntó Nick–. No habría sido lo mismo. Sabía que no confiaría en él si me la daba directo. Pero ¿si la conseguía en un sótano secreto en la Torre Burke? Tengo una debilidad por los sótanos secretos. –Miró a su alrededor–. Y por eso este es una decepción.

–Y vio lo mucho que Nick la quería –agregó Gibby–. En especial, cuando empezó con todo esto de Shadow Star. –Esbozó una sonrisa–. ¿Recuerdas cuando nos quisieron robar en el callejón?

Nick hizo una mueca de incomodidad.

–No es uno de los momentos de los que esté más orgulloso.

–Habría convertido a Nick en un Extraordinario –dijo Seth, algo enfadado–. Al menos, temporalmente. Darle un poco de poder, engancharlo. Y luego le revelaría su identidad. Y la *mía*. Lo habría vuelto en mi contra. Lo habría convencido de que yo fui el villano todo este tiempo. Y que debían detenerme. Él sabía que los seguiría a la Torre Burke. Toda esa escena estuvo montada. Al igual que el accidente en el edificio de apartamentos.

—Yo no habría hecho nada —espetó Nick—. No habría funcionado. —De pronto, inseguro, agregó—: ¿Verdad?

Excepto que casi sí. Si Pyro Storm no hubiera aparecido en el momento indicado, ¿no habría hecho *exactamente* lo que Owen quería? Tomar la píldora. Convertirse en algo más. ¿Quién sabe qué habría pasado luego?

—No importa —dijo Seth—. Ya no lo harías. ¿Confías en mí?

—Sí —respondió Nick de inmediato. Claro que confiaba en él.

—Y sabes que Owen es el malo.

—Sí.

—Lo que significa que debemos detenerlo.

Nick se quedó en blanco.

—¿Quieres decir que… vas a *matarlo*?

—No —agregó Bob con firmeza—. Nosotros no matamos a nadie. Nunca. Debemos encontrar una manera de detenerlo. Necesita ayuda, Nick. Más que nadie. Esperamos todo este tiempo porque temíamos que desenmascararan a Seth junto a él. Pero ahora debemos arriesgarnos. Si ocurre, lidiaremos con eso luego, como una familia. El mundo necesita saber quién es Shadow Star y lo que es capaz de hacer. No puede ocultarse.

—¿Cómo? —preguntó Nick.

Silencio otra vez.

—¿En serio? ¿No tienen un plan? ¿*Ningún* plan? ¿Tienen una computadora Systemax en el sótano de su casa y no tienen un *plan*?

—A veces, comemos muffins cuando Seth regresa —dijo Gibby—. Son bastante ricos. Martha los prepara.

Nick levantó las manos en el aire.

–Inútiles. Todos. Tienen suerte de que yo sepa todo sobre ser un Extraordinario. Soy básicamente un experto. O sea, escribí un *fanfic* sobre eso. Gracias a Dios que me tienen.

–¿*Fanfic*? –pregunto Bob, con el ceño fruncido–. ¿Qué es… eso?

–No tengo tiempo para responder preguntas ridículas ahora mismo –dijo Nick–. Hay una ciudad que debo salvar. A un lado, Martha. Necesito la computadora.

Martha lo miró furiosa.

–Ah, maldición. Lo siento. Ehm. ¿Podría hacerse a un lado…? ¿Por favor? ¿Señora? ¿Por favor?

Martha se levantó de la silla.

–Solo porque un villano esté intentando apoderarse de Ciudad Nova no significa que tengas que olvidar tus modales.

Nick tomó su lugar y acercó el teclado hacia él. A un lado descansaba un pequeño micrófono de escritorio. La pantalla de la computadora mostraba un mapa de Ciudad Nova, una luz parpadeaba cerca de la Torre Burke.

–¿Ese es Seth?

–Sí –respondió Bob–. Un rastreador. Me pareció la mejor idea en caso de que ocurriera algo. Se quedó esperando a Owen en el único lugar al que creímos que regresaría.

–Bien –murmuró Nick–. Muy bien, para el final de mi *fanfic, Aquí es dónde quemamos la Tierra*, tenía pensado incluir una parte en la que yo… ehm, digo, *Nate Belen*, ayudaría a…

–Ah, por Dios –murmuró Gibby–. Estamos condenados.

–… *ayudaría a* Shadow Star a derrotar a Pyro Storm antes de que vivieran felices por siempre.

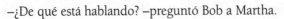

—¿De qué está hablando? —preguntó Bob a Martha.

—No tengo idea —respondió ella—. Creo que es una cosa de Myspace.

—¿Qué es Myspace?

—Es como Ask Jeeves.

Nick sentía que estaba muriendo lentamente, pero siguió adelante.

—Parte de la trama eventualmente llevaría a que Pyro Storm capturara a Shadow Star y yo…digo, *Nate* tendría que aparecer para salvarlo.

—No puedo creer que obligaste a Seth a leer eso —dijo Jazz—. En retrospectiva, fue una idea horrible.

—En retrospectiva, *muchas ideas son horribles* —dijo Nick entre dientes—. Pero no nos preocupemos por eso ahora, porque nos ayudan a crecer como personas y aprender de nuestros errores.

—Ah, entonces debes haber crecido mucho últimamente…

—¡Gibby!

—Cierto. Ya me callo.

Si sobrevivían a lo que estaba por venir, Nick consideraría buscar nuevas personas para su equipo de apoyo. La productividad de los miembros actuales era bastante deficiente.

—Como decía, Pyro Storm atraparía a Shadow Star y Nate habría aparecido para salvar el día. Pero como todo lo que me rodea es una mentira, no debemos preocuparnos por esa última parte y solo tenemos que concentrarnos en capturar a Shadow Star.

—Nunca lo dejará ir, ¿verdad? —preguntó Bob a Martha.

—Probablemente, no —respondió Martha—. Los adolescentes necesitan compensar por sus falencias.

—¿Cuál era el plan? —preguntó Seth, con una voz entrecortada que sonó a través de los parlantes. Nick miró cómo el punto en la pantalla se movía lentamente alrededor de la Torre Burke. El hecho de que su mejor amigo y posible futuro novio estuviera *volando* en ese preciso momento no era algo que Nick estuviera ignorando. Tendría que preguntarle si algún día lo llevaría en un vuelo de paseo en su espalda. Le debía eso. Como mínimo. Decidió dejarlo de lado por ahora porque estaba sentado cerca de la tía y tío de Seth, y no quería que supieran que estaba pensando en montar a su sobrino.

—Solo para dejar las cosas en claro —dijo Nick—. Todavía no lo escribí. Pero tengo un borrador con una lista. Todos saben que un buen borrador lleva viñetas, así que creo que estaremos bien.

—Estamos perdidoooooooos —se quejó Gibby.

—Yo creo en ti, Nicky —dijo Seth y recordó al niño regordete de los columpios, con la cara manchada con pudín de chocolate—. Si crees que funcionará, debemos intentarlo.

—Tienes que quemar las sombras —dijo Nick al micrófono—. Ese es su superpoder. Él puede manipular todo lo que tenga una sombra. Tienes que arder tan fuerte que lo único que vea sea luz. Al menos, por el tiempo suficiente hasta que las píldoras dejen de hacer efecto. ¿Sabemos cuánto tiempo tardan?

—Mucho —respondió Seth—. Tenemos que detenerlo ahora.

—Los brazaletes —dijo Gibby pensativa—. Los que tiene en las muñecas. Tienen luces LED. Deshazte de ellos y no podrá proyectar más sombras. Como mínimo, lo incapacitará.

Bob se acercó al micrófono.

—Ese nivel de poder tiene que ser muy fuerte, Seth. Más fuerte de lo que jamás has controlado. Tienes que mantenerlo lo más alejado posible de la ciudad. No pueden salir heridas más personas.

Seth se rio, aunque sonaba cansado.

—¿Cómo cuando empezamos?

—Tú sabes qué hacer, muchacho —dijo Bob—. Como cuando empezamos. Pero ya no eres el mismo de antes. Ahora tienes el control y yo ya no tengo que preocuparme de que me quemes las cejas.

Nick se quedó atónito por esta historia con la que había crecido, pero de la que nunca se había enterado. Tenía tantas preguntas, pero se las guardaría para después.

—¿Y luego qué? —preguntó Jazz—. Si Seth logra llevarlo a un lugar en el que pueda detenerlo, ¿qué pasará luego? —Parecía atormentada—. Dijiste que no lo mataremos y eso está bien. Pero, ¿qué haremos con él?

Nick pensó rápido.

—No es nuestro trabajo, ¿no creen? Si hizo todas esas cosas, si lastimó a tanta gente, entonces tiene que pagar por ello. Lo entregaremos a la policía. Cap y mi papá sabrán qué hacer.

—¿Creen que su papá sepa algo? —preguntó Gibby—. O sea, si Simon Burke sabe cómo crear Extraordinarios, ¿no creen que sepa que tenía a uno viviendo bajo su mismo techo?

El estómago de Nick se desplomó hasta sus pies.

—¿Seth no te contó?

—Estaba un poco ocupado —murmuró Seth—. No tuve tiempo.

Bueno, mierda.

—Burke lo sabe —dijo Nick mientras cerraba los ojos, pensando en la vez que Owen le había contado que había estado en el hospital porque veía cosas. Oscuridad. Sombras. Le habían dado una *medicación* para detenerlo, pero ¿qué tal si era todo una mentira?—. Él es quien convirtió a Owen en lo que es.

Jazz lo miró con los ojos entrecerrados.

—¿De qué estás hablando?

Nick abrió los ojos, sacudiendo la cabeza.

—Es algo que Owen me contó. Dijo que cuando era niño se enfermó y le dieron medicamentos. Lo único que estaba haciendo era decirme que él era Shadow Star y yo no me di cuenta. Estaba tan concentrado en... No estaba pensando. Pero todo esto parece que nos lleva de regreso a la Torre Burke, ¿cierto? ¿Qué tal si Owen busca vengarse de su padre por lo que le hizo? Las Farmacéuticas Burke. Para cada experimento, para cada creación, tienen que hacer pruebas. En humanos.

—¿Crees que Simon Burke experimentó con su propio hijo? –preguntó Martha, con las manos presionadas sobre su pecho.

—Sí. Para que sea su propio perro guardián. –Todo empezaba a tener sentido, a encajar en su lugar, como las piezas de un rompecabezas que formaban una imagen horrible–. Todos esos ataques a la Torre Burke. Su papá solía usarlo para proteger lo que ocultaba en su interior, para mantener sus secretos a salvo. Pero no importa, al menos, no ahora. Debemos concentrarnos primero en Owen. Lidiaremos con el resto luego.

—Debemos encontrarlo primero para poder detenerlo –dijo Gibby, inclinándose sobre el hombro de Nick para mirar la pantalla–. ¿Ves algo, Seth?

—No –respondió–. Nada. Es como si hubiera desaparecido.

—O quizás está esperando el momento indicado para atacar –dijo Jazz. Todos voltearon lentamente hacia ella–. ¿Qué? Es lo que *yo* haría si fuera una supervillana.

—Y gracias a Dios que no lo eres –dijo Gibby, dándole un beso en la mejilla–. Siempre recuerda usar tus poderes para el bien.

Jazz puso los ojos en blanco.

—Como si yo pudiera ser mala. Soy demasiado linda como para ser la mala.

Quizás los miembros de su equipo de apoyo eran perfectos.

La calle estaba oscura cuando salieron de la casa de los Gray. Las luces estaban encendidas sobre la acera, proyectando sombras sobre el pavimento. El aire se sentía frío y Nick tuvo que presionar su chaqueta con fuerza contra su cuerpo cuando sacó el teléfono de su bolsillo.

Lo había apagado cuando salió del hospital, ya que sabía que su papá intentaría llamarlo. No fue una jugada limpia, pero debía hacer lo que fuera necesario para ayudar a Seth a detener a Owen. Y conociendo a su papá, habría pedido que le rastrearan el teléfono para saber en dónde estaba. Nick sabía todo sobre rastrear teléfonos.

Como era de esperar, ni bien lo encendió, recibió una notificación que le decía que tenía siete mensajes en el buzón de voz. Pero decidió ignorarlos y se puso a buscar un número entre sus contactos.

Solo sonó una vez antes de que atendiera una voz áspera.

–¿Nick? ¿Eres tú?

–Hola, Cap –dijo Nick, mirando el cielo oscuro. Había tanta contaminación lumínica que ni siquiera se podían ver las estrellas más brillantes.

–Ah, no, no te atrevas a fingir que nada pasó. ¿Tienes idea de lo preocupado que está tu papá? ¡Tuvieron que sedarlo cuando intentó escapar!

Nick tragó saliva con dificultad.

–Sí, lo siento. Pero tenía que hacerlo. Están pasando cosas, Cap.

–¿Dónde estás? Enviaré una patrulla para que te vaya a buscar.

–No puedes. Todavía no. Y esta llamada será corta, así que no intentes rastrearme.

–Te arrestaré –gritó Cap–. Y te meteré en prisión *yo mismo*. ¿Me escuchas? De hecho, voy a reincorporar las cadenas de presos. Trabajo forzoso. Eso es lo que obtendrás.

—Eso es claramente abuso de autoridad y debería avergonzarte...
¡Deja de distraerme!

—Nick, dime dónde estás.

—Escucha, ¿está bien? Solo te pido que me escuches. Habrá...

Una voz sonó por detrás.

—Oye, Nicky.

Nick giró. No había nadie.

—¿Nick? —preguntó Cap.

Nick sujetó el teléfono con más fuerza.

—Un segundo. Hay...

Un farol estalló y una lluvia de vidrio cayó a todo su alrededor.

Nick dio un paso hacia atrás.

Otro farol estalló.

Y otro.

Y otro.

—Oh, no —suspiró Nick—. ¡Cap! Tienen que ayudar a Pyro Storm, ¿me
escuchas? Tienen que ayudar...

De pronto, una sombra con forma de tentáculo le quitó el teléfono de
la mano. Nick la miró mientras retorcía y destruía por completo el aparato. Luego la sombra lo soltó y varios trozos de este cayeron sobre la acera.

—¿Owen? —dijo Nick sin aliento.

—Mi nombre —dijo, emergiendo de la oscuridad—, es *Shadow Star*.

Nick solo hizo unos pocos pasos hasta que las sombras lo envolvieron.

Todo quedó negro.

19

Nicholas Bell despertó atado a una de las torres del puente McManus.

Sus piernas y su torso estaban envueltos en sombras que lo mantenían muy arriba del río Westfield.

Algunas aves pasaban volando a su lado, a pocos metros de distancia.

Nick descubrió que tenía un miedo extremo a las alturas. Podría haber elegido otro momento para darse cuenta de eso, pero los supervillanos aparentemente no se preocupaban un carajo por esas cosas.

–Ah, por Dios –dijo, intentando no vomitar. Pero entonces, la ira de un artista al que le acababan de plagiar su trabajo lo invadió por completo y todo miedo por morir con una caída horrible sobre la calle abajo quedó relegado a un segundo plano–. ¿En serio? ¿Estás usando mi *fanfic* en mi contra? Es muy bajo, incluso para ti. Ni siquiera sabía que lo habías leído, mucho menos que decidirías robármelo. ¡Consigue tus propias ideas, cretino!

—¿Qué puedo decir? Soy tu admirador número uno.

Nick miró hacia abajo y se arrepintió casi de inmediato. Los autos que pasaban por el puente se veían tan pequeños, y lo único que lo separaba de ser una imitación barata de una obra de Jackson Pollock sobre el pavimento era un supervillano que leía el *fanfic* en el que Nick se había proyectado a sí mismo y que ahora estaba usando para su plan diabólico.

Después de todo, Nick no estaba teniendo el mejor de sus días. Si sobrevivía a esto, subiría una advertencia a Tumblr para que sus seguidores supieran quién podría estar leyendo sus *fanfics*, en caso de que alguien los usara para propósitos malvados.

Y definitivamente no ayudaba que Shadow Star, *Owen*, estuviera parado en una plataforma de metal con el traje completo, tres metros por debajo de él, con una enorme sonrisa. Movió sus dedos enguantados sin apartar la vista de Nick, mientras los lentes sobre sus ojos resplandecían. Su otra mano sujetaba con fuerza a una persona en la plataforma.

—Rebecca Firestone —dijo Nick entre dientes—. ¡Creí que habías muerto en el accidente del helicóptero!

—Solo mi camarógrafo y el piloto —respondió—. Shadow Star me salvó —dijo con una mirada ensoñadora hacia Owen—. Como siempre.

Nick hizo una mueca de asco.

—Ah, por Dios, puaj. Tienes como *cuarenta años*. Tus orgasmos por Shadow Star son desagradables y problemáticos. Ah, y también ilegales.

Lo miró furiosa.

—Tengo treinta y cuatro.

Nick puso los ojos en blanco.

—Shadow Star es un estudiante de preparatoria de diecisiete años llamado Owen Burke. Ah, y también nos besamos, así que toma eso.

Rebecca Firestone giró su cabeza abruptamente hacia Shadow Star.

–¿Ustedes *qué*?

Shadow Star se encogió de hombros.

–Sí. Nos besamos. Estuvo bastante bien.

–Bastante bien –repitió Nick, furioso–. Yo soy *grandioso*...

–¿Solo tienes diecisiete? –preguntó Rebecca Firestone como si estuviera a punto de entrar en pánico–. Pero... yo... Nos *imaginé* a los dos...

–Qué asco –murmuró Nick–. Los adultos son tan raros.

Rebecca Firestone aparentemente superó el shock inicial bastante rápido e intentó liberarse de Shadow Star dándole puñetazos en la cabeza. Nick nunca creyó estar de acuerdo con algo que haría Rebecca Firestone, mucho menos por estar golpeando a Shadow Star en la cara. Pero aquí estaba, pidiéndole a gritos que le *rasguñara sus malditos ojos* y *le pateara las pelotas*. Justo cuando parecía que estaba a punto de hacer exactamente eso, las luces en las muñecas de Shadow Star se iluminaron y Nick tuvo que voltear. Por el rabillo de sus ojos, vio unas sombras que cubrieron a Rebecca Firestone y la levantaron de la plataforma. Perdió uno de sus zapatos, que cayó al suelo abajo. Nick no podía ver a dónde había caído.

Rebecca Firestone pataleó y gritó mientras las sombras subían hacia el mismo nivel que Nick y la apoyaban de espaldas contra la torre opuesta a él. Las sombras se cerraron con fuerza alrededor de su cuerpo y la mantuvieron firme en su lugar. Se golpeo la cabeza contra la estructura y le exigió a Shadow Star que la liberara de inmediato, mientras le preguntaba si sabía todas las cosas que ella había hecho por él. ¡Era una *periodista* galardonada y respetada y no dejaría que la trataran de ese modo!

–¡Sí! –exclamó Nick, sintiéndose parte de los riesgos del periodismo de investigación–. ¡Será mejor que nos liberes o las pagarás!

Rebecca Firestone le lanzó una mirada fulminante.

–No me importa lo que haga contigo. Yo solo hablo por mí.

Nick la miró boquiabierto.

—¡Y yo que creía que te estaba empezando a *tolerar* luego de haber odiado toda tu existencia desde la primera vez que te vi! ¿Sabes qué? ¡Vuelvo a ser anti Rebecca Firestone! Eres la peor. —Se detuvo y pensó en lo que dijo—. Bueno, casi la peor. Creo que Shadow Star está ganando *esa* competencia ahora mismo. Pero tú le sigues. Felicitaciones.

Shadow Star apareció entre ambos sobre un pedestal de sombras.

—Bueno, bueno. No hace falta que se peleen por mí. Hay mucho de mí para todos.

Nick intentó liberarse de las sombras, pero fue inútil. Y para terminar de empeorar las cosas, le empezó a doler la cabeza. No estaba siendo una gran noche. O vida.

—¿Qué quieres de mí?

—Ah, Nick. No es a *ti* a quien quiero.

—¿Qué? Entonces, ¿por qué estoy aquí?

—Tú sabes bien por qué.

—No tengo idea de qué estás hablando.

—Creo que sí. Todos saben a quién le pertenece tu corazón. Y dado que te atrapé con mi plan diabólico, ambos sabemos quién vendrá a rescatarte. *Siempre* viene.

Nick parpadeó, sorprendido.

—Déjalo en paz o yo… Espera un momento… ¿Estás usando frases de mi *fanfic*? ¿En *serio*?

Owen llevó la cabeza hacia atrás y rio como un maníaco. Después de todo, era una buena risa de malvado, para la consternación de Nick.

A Rebecca Firestone no le parecía gracioso. A Nick tampoco, pero no iba a sentir ningún tipo de empatía por ella otra vez. Ya había aprendido la lección.

–No –dijo Owen–. Ah, no. Tienes que decir tu línea, Nicky. Que ya no le importas, aunque ambos sabemos que es mentira. Y luego *yo* digo que te equivocas, que eres lo único que le importa. Porque yo lo sé. Yo vi la expresión en su rostro cuando no estabas mirando, cuando solo tenías esos ojos *angelicales* para mí. Ah, Nicky. Él estaba herido. Y, aun así, lograba contenerse. Realmente te dejó ir, incluso después de todo lo que había hecho por ti –suspiró–. Fue bastante precioso. Vio la devastación que dejó atrás cuando tu mamá murió. Se dijo a sí mismo que haría del mundo un lugar mejor para ti. Fue… dulce. Algo equivocado, pero dulce. En especial cuando yo estaba seguro de que podría haberlo hecho mejor. Después de todo, lo único que necesitas para hacerte famoso son algunas fotos, un poco de relaciones públicas y ¡*voila!* Admiración y amor instantáneo. –Volteó y le dio una palmada en la mejilla a Rebecca Firestone.

–Tú me *salvaste* –dijo entre dientes–. Los andamios me habrían aplastado si tú no los detenías.

–Ah –dijo Owen–. ¿Te refieres al andamio que yo mismo arrojé?

Rebecca Firestone se quedó pálida.

–No mientas.

–No miento –dijo con alegría–. Mordiste el anzuelo. Incluso yo estoy sorprendido de lo fácil que fue. Lo único que tuve que hacer fue sonreírte para que hicieras todo lo que quería.

–Guau –dijo Nick con un tono engreído–. Qué fácil eres. Debes sentirte totalmente avergonzada ahora.

–Y *tú* también, Nick –dijo Shadow Star, girando hacia él nuevamente.

–No –respondió–. No, no, no. No hace falta que hablemos de mí. Solo déjame tener mi venganza con Rebecca Firestone, eso es todo. Ah, y también, ¿podrías dejarme ir? ¿Y entregarte?

–Tú eres igual a ella.

Nick estaba a punto de asesinarlo. Al diablo con las reglas de los Gray sobre no matar. Owen ahora sí estaba *muerto*.

–¡Retráctate!

–Lo único que tuve que hacer fue sonreírte y fuiste mío. –Esbozó una sonrisa–. Nuestro querido y precioso Pyro Storm no me vio aquel día cuando lo seguí hasta su casa. Imagina mi sorpresa cuando descubrí que era solo un niño como yo. Un niño dulce e inocente que estaba enamorado de este tipo molesto y ruidoso; *dolía* mirar eso. Pero luego aparecí y se lo quité. Tú ni siquiera lo notaste. ¿En qué te convierte eso, Nick?

Antes de que Nick pudiera responder, Rebecca Firestone dijo:

–Owen Burke.

Owen volteó.

–¿Qué fue eso?

–Owen Burke –repitió lentamente–. Él… Él me dijo que ese es tu nombre. Owen Burke… como *Simon* Burke. Tú… eres el hijo de Simon Burke.

–Así es –dijo Owen, dando un paso hacia ella. Las sombras debajo de él cambiaban con cada paso que daba y evitaban que se cayera–. Incluso se podría decir que todo esto es su *culpa*.

–Mierda –se quejó Nick–. Odio tener razón. Ah y, ¿un villano que tiene problemas con su papá? Vamos, Owen. Intenta ser original una vez. Primero, te robas mi *fanfic* y ¿ahora intentas ser como el malvado de todas las historietas que existen? Y no me hagas empezar con eso de que, básicamente, eres una copia barata de Harry Osborne de Spider-Man. ¿Qué rayos te pasa? Tienes que respetarte un poco más.

Apenas vio a Owen moviéndose cuando una mano enguantada lo sujetó del cuello con mucha fuerza. Nick no podía respirar, mientras intentaba patear a Owen, pero las sombras lo mantenían inmóvil. El dolor se disparó hacia su cabeza con intensidad, mientras Owen mostraba sus dientes con ferocidad.

—Esto no es un juego, Nicky. Todavía crees que estamos jugando, pero no. Hablas y hablas y *hablas*, pero nunca dices nada. Es una de las cosas que más detesto de ti. Dios, con razón tu madre se murió. No me sorprendería que se haya parado delante de la bala para escapar de ti.

Los ojos de Nick se enrojecieron. Una ira que nunca había sentido empezó a arder en su pecho. Empezó a tener palpitaciones en la cabeza y lo único que quería hacer era atacarlo, cortarlo, golpearlo y patearlo hasta que no fuera más que un desastre sangriento de dientes rotos y huesos quebrados.

—Bien —dijo Owen, casi sin aliento—. Bien, Nick. Ahí está. Puedo verla, sabes. Aunque nadie más pueda hacerlo. Tienes oscuridad en tu interior. Ah, no tuviste oportunidad de explorarla aún, no pudiste aprovecharla al máximo, pero ahí está, esperando salir a flote. Somos iguales, Nicky. Aunque no lo veas ahora, somos iguales. Las cosas que hacemos para proteger a quienes nos importan. Si tuvieras la oportunidad de regresar en el tiempo, al banco, ¿qué harías?

—Vete al diablo —espetó Nick.

Owen negó con la cabeza.

—Cuánta valentía. No tienes que mostrármela a mí. Yo te conozco, Nick. Mejor que nadie. Porque yo *soy* tú. Ambos estamos cubiertos en sombras. Es más fácil dejarse llevar por ellas cuando eso es lo que tanto deseas. Yo sé lo que habrías hecho por ella. Los habrías detenido sin importar los medios. Incluso aunque eso significara tener sangre en tus manos. —Lo presionó con más fuerza—. Ser gay. Ser un criminal.

No estaba equivocado, pero Nick no estaba dispuesto a darle el gusto.

—Yo no me parezco en *nada* a ti.

—¿Eso crees? —preguntó Owen, su cara a solo centímetros de la de Nick, quien sintió su aliento caliente sobre sus mejillas—. Porque creo recordar que dijiste que harías cualquier cosa para proteger a quienes amas. No somos como Pyro Storm, Nick. Tú no eres como Seth. Tú y yo, tenemos que luchar arduamente para estar a su mismo nivel. ¿Cómo puede ser que eso sea justo? Él ganó la lotería de la genética y ¿el resto de nosotros tenemos que simplemente *aceptarlo*? ¿Por qué él puede tener sus poderes y nosotros no? Puede que odie a mi padre, pero aun así me dio las herramientas para convertirme en lo que soy. Él no sabía qué tan lejos podía llegar. Pero ahora lo sabrá. Todo el mundo lo sabrá.

—Pyro Storm vendrá a rescatarme —espetó Nick, escupiendo la máscara de Owen. Destelló a la luz—. Y te pateará el trasero.

Owen le soltó el cuello y le acarició el cabello, mientras suspiraba profundo. Nick tuvo arcadas y sus ojos se llenaron de lágrimas.

—Es un poco irritante ver lo mucho que se preocupa por ti —dijo Owen—. De verdad, verlos a los dos toqueteándose fue vergonzoso.

—¡Ey!

—Pero no importa —agregó Owen, inflando su pecho—. Porque este día será el fin de Pyro Storm. Tienes razón. Vendrá a rescatarte. Pero será lo último que haga.

—¿Puedes dejar de *citar mi fanfic…*?

—¿Qué hay de mí? —preguntó Rebecca Firestone y a Nick no le sorprendió para nada. Siempre intentaba ser el centro de atención. No era una cualidad atractiva en una persona.

—Tú contarás mi historia —dijo Owen, elevándose cada vez más. A lo lejos, Nick creía escuchar algunas sirenas—. La ciudad me amará. Y tú te asegurarás de eso.

—¿Y si no quiero?

Owen se encogió de hombros.

—Te mataré y encontraré a alguien más.

—Entonces, cuenta conmigo —respondió enseguida—. Podríamos hacer una transmisión nacional. Una entrevista cara a cara. Necesitamos conocer al Shadow Star *real*. Al niño... Al *hombre* detrás de la máscara.

—¿Y tus escrúpulos? —preguntó Nick, demandante—. ¿Tu integridad moral? Eres una *reportera*. ¡Se supone que debes ser imparcial!

Rebecca rio.

—Niño, no entiendo qué rayos está pasando, pero no quiero morir. Además, también me gustaría ganar un Pulitzer.

—¡Nunca volveré a ver *Action news*! ¿Me escuchaste? ¡Nunca!

—¿Siempre es tan ruidoso? —le preguntó a Owen.

—Sí. Siempre. Y se enfada por las cosas más raras. Una vez, yo...

Pero el ejemplo quedó a mitad de camino cuando explotó.

Bueno, no *literal*, pero Nick no sabía eso, al menos no en ese momento. Primero, estaba parado sobre un pilar de sombras por encima de ellos, y luego una nube de fuego brillante lo envolvió por completo. Nick gritó aterrado y apartó la cara por la inmensa ola de calor que cubrió su piel. Sintió cómo las sombras que lo mantenían prisionero empezaron a aflojarse y se deslizó un poco sobre la torre. Su camiseta quedó levantada a su espalda y sintió el metal frío sobre su piel. Rebecca Firestone gritó al otro lado y logró abrir los ojos justo a tiempo para verla deslizándose sobre su torre hasta que sus pies quedaron colgados sobre el vacío. Perdió otro zapato y una ráfaga de viento lo llevó hacia el río.

Nick miró hacia abajo y vio una docena de patrullas deteniéndose sobre el puente con sus sirenas encendidas. Se mareó cuando notó lo alto que estaba. Ni siquiera podía escuchar cuando abrían y cerraban sus puertas.

Levantó la cabeza hacia el cielo.

Habían derribado a Owen de su pedestal de sombras y quedó aferrado a la misma torre que Nick. Su traje humeaba y tenía algunas brasas sobre sus hombros. Miró en una dirección con una expresión llena de ira.

Nick siguió su mirada.

Ahí, sobrevolando Ciudad Nova y con su capa meciéndose al viento, estaba Pyro Storm.

—Vaya entrada –gritó Owen–. Estoy impresionado. –Se quitó algunas brasas del hombro. Echaron chispas al caer.

—Se acabó –dijo Pyro Storm y Nick sintió escalofríos cuando oyó la seguridad en su voz–. Debería haberte detenido hace mucho tiempo. Todo lo que has hecho estos últimos días, toda la gente que salió herida, los que *murieron*… es mi culpa. Y nunca me perdonaré por eso. Pero no deberías haber tocado a Aaron Bell. Y mucho menos a Nick. Ellos no fueron tus primeros errores, pero serán los últimos.

Owen rio salvajemente.

—Todo gira en torno a Nick, ¿verdad? Hablas de justicia y salvar gente, pero lo único que te importa es él. Es triste. –Miró a Nick desde arriba–. ¿No te parece triste, Nicky? Casi tan triste como cuando estabas patéticamente enamorado de un Extraordinario que tuviste frente a ti todo este tiempo.

Nick presionó sus dientes. Sintió que la torre empezó a sacudirse detrás de él, pero esperaba que fuera solo su imaginación. Era lo último que necesitaba en ese momento.

—Eres un cretino, Owen. Si hubiera sabido que eras tú, jamás me hubiera gustado Shadow Star.

—No dijiste lo mismo la primavera pasada. De hecho, recuerdo muy bien oírte decir *Owen, por favor, más. Owen, ahí, sí.*

—¿Qué crees que pasará? –preguntó Pyro Storm–. Sabes que es el fin.

—No lo creo —dijo Owen, aferrándose a la torre con una mano mientras giraba hacia Pyro Storm—. Verás, tú me necesitas tanto como yo te necesito. Un héroe solo sirve si tiene un villano. Piénsalo. No eres nada sin mí. Y yo disfruto este baile. —Esbozó una sonrisa cruel—. Sin importar a dónde vayas, yo estaré justo por detrás.

—Suelta a Nick —ordenó Pyro Storm.

Owen se encogió de hombros.

—Bueno.

Dos cosas ocurrieron en ese instante.

Las sombras que sujetaban a Nick sobre la torre del puente desaparecieron.

Y.

Owen se lanzó hacia Pyro Storm.

Lo último le preocupaba a Nick casi igual que lo primero.

Fue un segundo extraño, suspendido en medio del aire cientos de metros arriba del puente McManus. Oyó a Pyro Storm gritar su nombre antes de que Owen lo golpeara directo en el pecho, envolviéndolo con unas sombras negras, y ambos cayeron.

Nick no tuvo tiempo de hacer ningún ruido mientras empezaba a caer. De un momento a otro estaba agarrado a la torre y luego estaba cayendo.

Siempre le habían dicho que en los últimos segundos antes de morir, la vida pasaba por delante de sus ojos. Nick inequívocamente podía decir que era una maldita mentira. No podía respirar y quería gritar o hacer *algo* para avisarle a quien lo estuviera escuchando que *no* quería convertirse en una mancha roja en el pavimento. Un dolor punzante le perforó la cabeza e incluso mientras caía, notó que estaba cayendo *hacia* adelante, justo hacia Rebecca Firestone.

Y como Nick definitivamente no quería morir, se aferró a ella, incluso aunque ella empezara a sacudir la cabeza furiosa y le pidiera a gritos que la *soltara*. Por suerte, no le importaba en lo más mínimo lo que quisiera Rebecca Firestone. La sujetó del tobillo y logró detener su caída justo antes de que fuera demasiado tarde.

Ella se quejó molesta.

—¡Suéltame!

—¡No! —le gritó a ella—. ¡La verdad que así estoy bien!

—¡Me romperás la pierna!

—¡Ay, no! ¡Qué terrible! ¡Yo me romperé *todo* si te suelto...! ¿Estás pateándome? ¡Detente!

Pero no se detuvo. Sintió los músculos de su pierna tensarse mientras sacudía el pie. Nick le clavó los dedos en la piel y sintió los tendones de su tobillo abultarse debajo de su mano. Nick se meció precariamente sobre el vacío y...

—¿Por qué tienes el tobillo tan sudado? ¿¡Quién suda por los tobillos!? Ah, por Dios, me voy a...

Se resbaló.

Y cayó sobre la plataforma de metal que estaba a menos de un metro por debajo.

—Ehm —dijo Nick, mirando a sus pies. Saltó una y otra vez para probar la resistencia de la plataforma—. No me esperaba eso. Fantástico.

Y luego vomitó por un lado del puente. Ni siquiera pudo reunir la fuerza para sentirse avergonzado por eso.

Se puso de pie nuevamente y se limpió la boca con el dorso de su mano.

—Agh. No debería haber comido toda esa gelatina en el hospital.

—¡Bájame!

Nick miró hacia arriba.

Rebecca Firestone se estaba sacudiendo sobre la torre del puente, aún envuelta en unas sombras que la mantenían en su lugar. Arriba, en la parte más alta del puente, Shadow Star y Pyro Storm seguían peleando. Nick festejó cuando una bola de fuego golpeó a Owen e hizo una mueca de dolor en el instante en que un tentáculo largo de sombras golpeo a Seth en el pecho, estrellándolo contra una viga de metal.

—¡Niño, tienes que ayudarme!

Nick la miró, furioso.

—¡Intentaste matarme!

—Bueno, sí, pero no lo hice, ¿verdad?

—Probablemente no sea el mejor argumento que…

Una voz sonó desde abajo a todo volumen.

—¿Nick? ¡Nick! ¿Puedes oírme?

Nick se asomó por el borde de la plataforma. No podía ser…

—¿Papá?

Parado junto a una de las patrullas estaba su papá, con un megáfono pegado a la boca. Aún tenía la bata del hospital, pero llevaba una chaqueta del departamento de policía de Ciudad Nova. Cap se paró a su lado y miró a Nick.

—¡Hay escalera de servicio! —gritó su papá desde la patrulla—. ¡A tu derecha! Empieza a bajar. Te encontraré a mitad de… —En ese instante, Cap dijo algo que al papá de Nick no le gustó y discutieron por un momento. Nick quería recordarles que no tenían precisamente mucho tiempo, pero no había manera de que lo escucharan.

Cap finalmente le quitó el megáfono a su papá.

—Nick, ve hacia la escalera. Enviaremos a alguien a buscarte que no sea un idiota con las costillas rotas. ¡Muévete, muchacho!

Nick miró a su alrededor, intentando encontrar la escalera de la que hablaban. La plataforma era larga y angosta, y estaba rodeada de vigas de metal. Si caminaba por ahí, tendría que maniobrar entre las vigas, pero era posible. Allí, en la otra punta de la plataforma, estaba la escalera de metal que llevaba hacia otra plataforma.

Dio un paso hacia adelante.

Y luego…

—Por favor.

Cerró los ojos.

—No puedes dejarme aquí —dijo Rebecca Firestone con una voz temblorosa—. No quiero morir.

—¡Nick! —Su papá había recuperado el megáfono—. ¡Tienes que moverte *ahora*! Nosotros ayudaremos a la mujer.

Hubo una explosión estruendosa arriba y Nick abrió los ojos bien en grande cuando sintió que la estructura del puente crujió. Se tropezó hacia el borde de la plataforma y logró sujetarse de una de las vigas justo a tiempo para evitar caer por uno de los lados. Levantó la vista y vio a Owen arrojando a Seth hacia una de las torres. La torre se partió con un chirrido metálico. Y empezó a caer, chocándose contra el resto de las vigas y lanzando chispas en todas direcciones con cada impacto. Los policías abajo gritaron desesperados mientras corrían de un lado a otro. Nick vio a Cap sujetar a su papá y alejarlo del lugar justo cuando la torre caía sobre una de las patrullas. Las ventanas del vehículo estallaron en mil pedazos y quedó completamente destrozado. Su papá empezó a forcejear con Cap para llegar a la escalera más cercana.

Nick sabía lo que tenía que hacer. No le gustaba la idea. Pero si bien no era un Extraordinario, estaba seguro de que podía actuar como uno.

Se alejó de la escalera y regresó hacia Rebecca Firestone.

Estaba luchando contra las sombras que la mantenían en su lugar, respirando con dificultad mientras miraba la batalla que ocurría arriba. Nick extendió una mano y tomó una de sus piernas. Empezó a gritar cuando lo vio.

—Deja de patearme —dijo Nick furioso—. Intento ayudarte.

—¡Bájame!

—¡Lo haré si dejas de gritar!

—¡No me grites! ¿Acaso no sabes quién soy?

—Ah, por Dios —murmuró Nick—. Te odio tanto. —Intentó tirar de su pierna, pero las sombras la mantenían firme en el lugar. Pensó en subir a la torre, pero no pudo encontrar nada para sujetarse que no fuera el cuerpo de Rebecca y *no* quería hacer eso. Si tan solo hubiera una forma de deshacerse de las sombras, podría... ¡Un momento! Maldición. Sí, había una forma.

Buscó el teléfono en su bolsillo.

Pero recordó que se le había caído cuando Owen se lo había llevado. Por lo que sabía, aún estaba en la acera frente a la casa de los Gray.

Miró a Rebecca Firestone.

—¿Tienes tu teléfono?

—¿Qué? ¿Por qué quieres mi teléfono? ¡Consíguete el tuyo! No puedo comprar otro hasta dentro de siete meses...

—Eres la *peor* persona para rescatar. No te lo quiero robar. Solo necesito la linterna.

—¿Por qué?

Nick consideró seriamente voltear y abandonarla a su suerte.

—¡Por las sombras! Creo que...

Taca-taca-taca-taca.

Nick volteó lentamente.

Un helicóptero se estaba acercando al puente. Nick podía ver el logo de *Action news* en la cola. Había alguien colgado de la puerta con una cámara que apuntaba en su dirección.

—¿Cuántos helicópteros tienen? Me parece excesivo.

—Ah, gracias a Dios —dijo Rebecca Firestone—. Me rescatarán.

—Estás colgada en la punta de un puente. No hay manera de que puedan aterrizar. Tienes que darme tu teléfono. Es la única manera que puedo... Ah, no.

Un reflector incandescente al frente del helicóptero cobró vida.

Primero iluminó a Nick y lo dejó prácticamente ciego. Levantó las manos para escudarse los ojos.

Y luego apuntó a Rebecca Firestone. El efecto fue instantáneo. Las sombras que la mantenían en el lugar desaparecieron. Cayó con fuerza sobre la plataforma. Rebotó una vez y... rodó hacia el vacío.

Nick ya estaba corriendo, aún enceguecido por la luz del reflector. Se desplomó de rodillas y extendió una mano para agarrarla antes de que cayera por el borde de la plataforma. Su mano tocó su brazo y cerró los dedos alrededor de su muñeca justo a tiempo. Sintió una fuerza inmensa que lo arrastró hacia adelante y lo mantuvo presionado sobre su vientre desnudo contra el metal frío de la plataforma. Hizo una mueca de dolor por la fuerza que estaba haciendo con su hombro.

—Deja... de... *moverte* —dijo entre dientes.

Rebecca Firestone estaba sin aliento, aferrada al brazo de Nick mientras sus piernas colgaban sobre el vacío. El rugido del helicóptero era estruendoso en los oídos de Nick. Mucha gente gritaba abajo. Pero Nick no les prestaba atención. Lo único que importaba era que se sentía como si le estuvieran arrancando el brazo.

Intentó levantarse, pero solo se deslizó más hacia el borde de la plataforma. Miró a través del enrejado de metal y vio a Rebecca Firestone mirándolo con unos ojos que parecían estar a punto de salirse de sus cuencas y la boca abierta y suelta.

Dios, le dolía la cabeza.

Presionó sus dientes con fuerza e intentó subirla nuevamente, pero la plataforma tembló debajo de ellos. Logró arrodillarse y, justo cuando creía que eso sería suficiente, Rebecca Firestone se resbaló.

Y empezó a caer de nuevo.

Logró sujetar su mano.

Una ola de dolor lo azotó con fuerza justo cuando sintió un crujido húmedo en su hombro. Nick gritó y salió despedido hacia adelante.

De pronto, el peso disminuyó y Rebecca Firestone subió por delante de él, lo que lo hizo caer hacia atrás sobre la plataforma, mientras parpadeaba mirando al cielo oscuro.

—¿Nick? ¡Nick!

Una mano tocó su mejilla.

Alguien se inclinó sobre él. Una máscara cubría su rostro.

—¡Nick!

—Hola —susurró Nick.

Seth suspiró aliviado.

—Hola. —Se acercó y lo ayudó a levantarse. Nick gritó cuando sintió sus dedos sobre su brazo herido—. Lo siento, Nicky. Lo siento. Estás herido. Es…

—Está bien —dijo entre dientes. Usó su brazo sano para sentarse.

Un crujido metálico sonó por detrás y Nick volteó justo a tiempo para ver a Rebecca Firestone desapareciendo por la escalera.

—¡De nada! —gritó Nick—. No te preocupes por nosotros. ¡Estamos bien!

Volteó hacia Seth que estaba delante de él, con su capa colgando sobre la plataforma. La luz del helicóptero cubría su rostro en sombras. Seth se levantó y tocó la mejilla de Nick con una de sus manos enguantadas.

–Cielos, Nick. Creí… Creí que te habías caído. –Se inclinó hacia adelante y presionó su frente contra la de Nick–. No me vuelvas a asustar así.

Nick no sabía si lo que sentía antes era amor, pero creía que se acercaba bastante. Amaba a Seth, sí; lo había amado desde casi el momento en que lo conoció. Pero esto era mucho más grande, más magnífico, y necesitaba que Seth lo entendiera. Nick (siempre y por siempre Nick) dijo:

–Tú me llenas tanto el corazón que creo que moriré.

Seth llevó la cabeza hacia atrás e inhaló con fuerza.

–¿Qué dijiste?

–Yo…

Seth lo besó.

Fue más ardiente de lo que esperaba. Literal. Los labios de Seth estaban tan cálidos que parecían estar ardiendo en su interior. Y también fue un poco extraño sentir la máscara de Seth sobre su piel. Pero no podía importarle menos. Estaba demasiado ocupado intentando comprender el hecho de que estuviera besando a su mejor amigo y se sintiera como estar en casa.

Probablemente fue el momento más ridículo de su vida.

Y quizás el más maravilloso.

Seth apoyó las manos sobre su mejilla y el beso se intensificó. Luego sintió su lengua sobre su labio inferior antes de separarse y mantuvo la frente sobre la suya.

–Guau –dijo Nick, casi sin aliento–. Aunque el brazo me duela como mil demonios, *guau*.

Ah, la sonrisa de Seth.

—Sí, guau.

—Era hora. Solo hizo falta que me secuestrara mi exnovio villano para que tú…

Seth gruñó.

—Momento arruinado. Bien hecho, Nicky.

—Solo *decía*…

—No tienes que decir *nada*. ¡Nos acabamos de dar nuestro primer beso y empiezas a hablar de tu exnovio!

—Pero me *secuestró*. Tengo permitido contar lo obvio. ¿No sabes lo traumatizante que fue para mí este día?

Pero Nick nunca escuchó la respuesta que le habría dado Seth, porque en un momento estaban juntos, *finalmente* juntos y era todo lo que Nick había pensado.

Y al siguiente, la plataforma se separó del puente y las vigas colapsaron a su alrededor cuando una sombra envolvió a Seth y lo empujó hacia el vacío.

Nick no tuvo tiempo para reaccionar, porque él también empezó a caer.

Fue en este momento, al final, que toda su vida pasó delante de sus ojos.

Vio a un niño regordete sentado en los columpios, solo, y Nick quería ser su amigo para siempre.

Vio a una niña llamada Gibby que reía por una broma que había hecho y lo hacía sentir como si pudiera hacer cualquier cosa.

Vio a Jazz que lloraba sobre su hombro luego de haber discutido con su novia. Nick la abrazó con fuerza, apoyando su cara sobre su cabello.

Vio a Owen con una sonrisa siniestra, robando una zanahoria desde el otro lado de la mesa.

Se vio caminando con ellos por las escaleras de la estación de la calle Franklin, chocando sus hombros y riendo.

Vio a Cap que sonreía con su bigote decaído.

Vio a Martha Gray que le besaba la frente antes de apresurarlo a que subiera por las escaleras.

Vio a Bob Gray que le daba una palmada en la espalda mientras volteaba algunas hamburguesas en la parrilla.

Y luego vio el *océano*, y ella estaba ahí, con la cabeza apoyada sobre su hombro. Le decía lo mucho que lo amaba, mientras le esbozaba una sonrisa más brillante que el sol. Y él estaba *feliz*, vaya que sí, estaba *feliz* porque estaba con ella.

Tocó su sonrisa en el retrato en su mesa de noche.

Dio su primer beso.

Y luego, el único primer beso que importaba.

Y vio a un hombre. Un hombre grande y fuerte que lo cargaba sobre sus hombros y le decía que estaba orgulloso de él, por lo valiente y bueno que era. Un hombre que le decía que deseaba que no fuera de esa forma y le preguntaba por qué tenía que ser así. Un hombre que le recordaba que tomara su píldora. Un hombre que se sentaba al borde de la cama con la cabeza hundida entre sus manos, llorando, mientras todo el cuerpo le temblaba, sin soltar una bufanda rosa con flecos. Nick sabía que lo hacía en silencio para que nadie lo escuchara, pero no podía dejarlo solo, por eso lo acompañaba y lo tomaba de la mano, y simplemente se quedaba ahí por todo el tiempo del mundo. Vio los pancitos de canela, porque esa era su forma de pedir disculpas, y recordó el llamado que recibió en medio de la clase, seguido de los sonidos de las máquinas del hospital y los latidos de su corazón en una pantalla.

Pero todo eso se desvaneció cuando oyó la voz de su papá.

No necesito que seas un Extraordinario, Nicky. No cuando ya eres extraordinario para mí.

Había tenido una buena vida.

Había hecho sonreír a su mamá. Había enorgullecido a su papá. Había besado al chico de sus sueños. Y todo lo había logrado sin ser un Extraordinario. Al final del día, quizás ese era su superpoder.

Muy en lo profundo, el dolor lo mordió con sus dientes filosos como si estuviera vivo. Lo estaba desgarrando. No le gustaba. Con la última fuerza que le quedaba, lo hizo a un lado.

Y, por primera vez en su vida, simplemente... desapareció.

Oyó un *crujido* filoso a su alrededor y todo se detuvo.

Abrió los ojos. Estaba parado en el puente.

Las patrullas estaban delante de él con las luces encendidas y un grupo de policías lo miraba con las mismas expresiones de asombro.

Bueno, no *exactamente* a él.

Sino *arriba* de él.

Nick levantó la vista.

Los trozos de metal del puente que habían colapsado a su alrededor flotaban suspendidos en el aire, girando lentamente en círculos.

—Ehm —dijo Nick, mirando las piezas de metal que flotaban sobre él—. Eso... no sé qué está pasando.

—*¡Nick!*

Miró hacia adelante.

Su papá estaba ahí. Cap intentaba mantenerlo alejado, pero estaba perdiendo esa batalla.

Nick empezó a correr hacia él.

Su papá se soltó de Cap y cayó hacia adelante, apoyando un brazo sobre su estómago con una mueca de dolor. Las zapatillas de Nick repiquetearon sobre el pavimento y apenas llegó a donde estaba él, su papá abrió los ojos bien en grande.

—¡Nick! —gritó.

Nick miró hacia arriba. Los restos que estaban flotando en medio del aire comenzaron a vibrar. Nick sintió cómo su corazón empezaba a latir con más fuerza contra su pecho cuando la primera pieza cayó sobre el camino y rompió el concreto.

Enseguida, las demás piezas cayeron a su alrededor. Nick levantó los brazos sobre su cabeza como si fuera suficiente para protegerlo de los miles de trozos de metal. Corría de un lado a otro cuando una viga cayó a un lado y rebotó hacia la valla de contención, haciendo que todo el puente se sacudiera bajo sus pies.

No se detuvo hasta que sintió las manos de su papá sobre sus hombros, mientras le decía que todo iba a estar bien, que estaba a salvo y que se preparara para estar castigado de por vida, ¿en qué rayos estaba *pensando*?

Nick rio, cerrando los ojos con fuerza para contener las lágrimas, mientras tenía la barbilla apoyada sobre su hombro.

—Está bien —logró decir—. Me parece bien. —Le empezó a doler el brazo cuando lo abrazó con fuerza, pero no le importaba. Estaban a salvo. Estaban…

Pero entonces…

Los policías empezaron a advertirles algo.

Nick volteó.

Shadow Star estaba parado en el puente justo donde Nick había aterrizado. Su traje estaba quemado sobre su hombro derecho y en la pierna izquierda. Respiraba con dificultad y tenía la cabeza inclinada hacia abajo, un rastro de sangre brotaba de su boca. Detrás de Owen, varios policías habían desenfundado sus pistolas y las apuntaban a Shadow Star, mientras le gritaban que se *entregara de inmediato*. Estaban resguardados detrás de sus patrullas, algunos cerca del maletero, otros detrás de las puertas abiertas.

Las luces de las sirenas estaban encendidas y cubrían todo con sus destellos azules y rojos mientras giraban en todas direcciones.

Al igual que las patrullas que estaban detrás de Nick.

El reflector del helicóptero lo iluminaba a él mientras sobrevolaba la escena.

Las sombras bailaban entre los escombros del camino.

Shadow Star levantó la cabeza y miró fijo a Nick. Esbozó una sonrisa siniestra. Sus dientes estaban llenos de sangre. Parte de su máscara se había roto, dejando a la vista uno de sus ojos. Era una grieta bastante grande.

—Bueno —dijo, respirando con dificultad—. Esto claramente fue excitante.

—Te ordeno que te entregues —gritó Cap por el megáfono.

Owen sacudió la cabeza.

—Ya llegué hasta aquí, ¿verdad?

Su papá estaba intentando llevar a Nick detrás de la línea de oficiales, pero Nick se apartó.

—Nick, *no*. Debemos irnos.

Nick volteó con una sonrisa tensa.

—Papá, lo sé… es Owen. Yo puedo con él.

Su papá frunció el ceño.

—Owen —luego agregó—: ¿Owen *Burke*? Nick, ¿qué demonios?

Nick volteó hacia Owen y levantó la voz.

—Se acabó, Owen. Nadie más tiene que salir herido.

—Ciudad Nova es *mía*. No dejaré que nadie me la quite.

Nick se quejó.

–Amigo, ese papel ya quedó viejo. Deberías saber lo ridículo que suenas. En serio, amigo. Toma el camino correcto.

–Quizás podrías intentar no hacerlo enfadar más –gruñó su papá desde atrás.

Owen hizo una mueca siniestra.

–Yo soy el héroe. Siempre lo he sido. Solo porque ninguno de ustedes pueda verlo no significa que me puedan quitar eso. Se los mostraré. Se los mostraré a *todos*.

Levantó las manos. Las sombras empezaron a crecer a su alrededor y tomaron forma humana.

Los policías al otro lado del puente le apuntaron. Sin voltear, Nick sabía que los oficiales detrás de él estaban haciendo lo mismo.

Se matarían entre sí.

Su papá lo sujetó del brazo sano para apartar a Nick y ponerlo a salvo.

–*No* –dijo Nick bruscamente, intentando liberarse–. Papá, no lo entiendes, él...

Seth Gray aterrizó entre Nick y Owen. Su capa estaba hecha trizas, al igual que su traje que dejaba a la vista su piel ensangrentada. De algún modo, había perdido una de sus botas y tenía uno de los pies descalzo. Eso impactó mucho a Nick por razones que no comprendía.

Seth dio un paso hacia Owen con cierta dificultad.

–No los lastimarás. No lo permitiré, Shadow Star.

Las sombras giraron alrededor de Owen.

–¿Crees que puedes detenerme? Siempre habrá oscuridad, no importa lo que hagas. No podrás detenerme. No ahora. Es demasiado tarde. Te mostraré lo que realmente soy capaz de hacer.

Seth dio otro paso hacia adelante y las sombras levantaron algunas vigas del suelo para usar como armas gigantescas. Cap no dejaba de gritar por el megáfono, pidiéndoles a los dos Extraordinarios que se *entregaran*. Los policías parecían impacientes, listos para disparar ante el más mínimo movimiento de Owen y Seth.

Esto no terminaría bien para nadie.

Siempre habrá oscuridad.

Así es cómo incendiamos al mundo.

Tienes que quemar las sombras.

Nick abrió los ojos bien en grande.

—Eso es.

Miró al helicóptero. Todavía tenía el reflector encendido sobre ellos. Miró hacia atrás. Todos los vehículos apuntaban en su dirección. Lo mismo del otro lado.

Volteó sobre su talón.

—Papá, tienen que encender las luces. Los faroles, las sirenas. *Todo*.

Su papá frunció el ceño.

—¿De qué estás hablando? Te alejaremos de aquí *ahora mismo*.

Nick sacudió la cabeza.

—Yo sé lo que te digo. Necesito que confíes en mí. Por favor. Dile a Cap. Todas las luces. Todo lo que tengan.

Su papá parecía estar a punto de discutir con él, pero en su lugar movió la cabeza de lado a lado.

—No hagas nada estúpido.

Nick esbozó una sonrisa.

—Oye, ¿con quién crees que estás hablando?

Aaron miró una vez más a su hijo y volteó hacia Cap, con su bata de hospital meciéndose a su alrededor. Nick lo regañaría increíblemente por no llevar ropa interior si sobrevivían a esto.

Owen y Seth se estaban acercando. Las sombras se movían como una pesadilla propia de un relato de Lovecraft. Nick casi se quedó congelado al verlos, pero no había tiempo para tener miedo. Era hora de ser extraordinario. Tenía una ciudad que salvar.

Se acercó corriendo a Seth. Seth abrió la boca, indeciso sobre si pedirle a Nick que retrocediera o no, pero Nick sacudió la cabeza.

—Sé lo que estoy haciendo. Tenemos que atenernos al plan. Quemaremos las sombras hasta que no quede ninguna.

—¡Demasiado tarde! —gritó Owen—. ¡No hay nada que puedan hacer para detenerme!

—¡Maldita sea! —murmuró Nick—. ¿Por qué demonios no lo golpeaste en la garganta todos los días?

—Autocontrol —respondió Seth, frunciendo el ceño—. Cuando quieras, Nicky.

—¿Tienes suficiente energía?

—¿De qué estás hablando?

—Eres Pyro Storm —dijo Nick—. Es hora de que le hagas juicio a tu nombre. Vamos a quemar las sombras. Necesito que te conviertas en un maldito *sol*. La policía hará el resto.

Seth asintió.

—Cúbrete. Es hora de acabar con esto.

—Guau —dijo Nick, sin aliento—. Eso me dio escalofríos, amigo. Voy a treparme hasta tu boca como si fueras un árbol…

—Nick.

—Está bien. Me cubro.

Se paró detrás de Seth y presionó la frente contra su nuca. Un calor sobrenatural emanó de él. Seth levantó los brazos.

—Ahora —susurró Nick.

El aire a su alrededor se encendió. Unas llamas de fuego florecieron exponencialmente desde sus manos hasta convertirse en un *tsunami de fuego* a cada lado del puente. Seth gruñó cuando juntó ambas manos y las olas se presionaron contra las vallas de contención, casi tocando las vigas superiores.

Nick nunca había visto algo tan hermoso.

El puente quedó encerrado por una pared de fuego.

Las sombras crecieron y Owen rio.

—¡No será suficiente! Se acabó. Perdiste.

—Ah, por Dios —murmuró Nick—. No se calla nunca. —Luego volteó hacia su papá—. *¡Ahora!*

Cap dio la orden. Los faroles de las patrullas y las sirenas cobraron vida en cada punta del puente. Golpearon a las sombras y las destruyeron de inmediato.

Owen gritó a medida que los escombros caían a su alrededor.

Seth se lanzó hacia adelante tan rápido que Nick no lo pudo seguir. Logró esquivar las vigas de metal que caían a su alrededor y preparó su puño. Estaba envuelto en fuego.

Owen estaba distraído intentando encender sus brazaletes, pero su destello quedaba perdido con la luz del fuego y las patrullas.

Gritó, frustrado, cuando no pudo encontrar ninguna sombra.

No vio a Seth.

Seth lo sujetó de la muñeca, mientras más fuego se filtraba a través de sus palmas. Los brazaletes brillaron al rojo vivo mientras Owen gritaba del dolor. Se rompieron y cayeron al suelo, donde chisporrotearon sobre el pavimento.

—No deberías haber tocado a Nicky —gruñó Seth. Le dio un puñetazo en la mandíbula, lanzando llamas en todas direcciones. La máscara de Owen quedó completamente quemada cuando salió despedido hacia atrás. Se golpeó la cabeza contra una de las vigas de soporte incrustada en el camino.

Se deslizó por la viga y quedó tendido en el suelo. No se movió.

Las paredes de fuego se extinguieron y las vallas de contención quedaron al rojo vivo.

Seth se acercó lentamente a Owen. Se agachó delante de él. Esperó y, antes de levantarse, volteó hacia Nick.

—Listo.

Nick tragó saliva.

—¿Está muerto?

Seth negó con la cabeza.

Nick ignoró los gritos de su papá. Se acercó a Seth y se detuvo a su lado, desde donde miró a Owen Burke. La máscara de Shadow Star estaba destrozada. Tenía algunas quemaduras en las mejillas y parte de su cabello se había chamuscado. Owen tomó una bocanada de aire con dificultad. Y otra. Y otra más.

—Tienes que irte de aquí —murmuró Nick—. Antes de que intenten arrestarte.

—No me iré sin ti.

Nick definitivamente no quedó embelesado.

—No podemos dejar que te descubran. Ciudad Nova necesita que seas su héroe. No puedes hacer eso si descubren tu identidad secreta. Así es como funciona. Vete.

—Nicky, no puedes…

Nick lo besó.

Fue breve, pero dio todo.

Seth parecía algo confundido cuando Nick lo apartó.

—Voy a hacerte eso muchas veces, para que sepas.

Seth levantó una mano y tocó sus labios.

—Me parece bien.

—Vete. Te llamaré más tarde.

Seth asintió y dio un paso hacia atrás. No apartó los ojos de Nick mientras se elevaba lentamente hacia el cielo. De pronto, hubo una explosión y desapareció en la noche.

Algunos policías lo rodearon, gritando cosas que no comprendía. Sintió una mano sobre su hombro sano. Volteó y encontró a su papá, observando el fuego que Pyro Storm había dejado atrás.

—¿Sabías que puedo ver el futuro?

—No sabía que era parte de tus poderes paternos, no.

—Bueno, puedo. ¿Quieres que te diga lo que te depara el futuro?

Nick suspiró.

Su papá lo ignoró.

—Veo una conversación muy larga y muy interesante sobre muchas, muchas cosas. La menos importante de todas es por qué mi hijo besó al Extraordinario que nos salvó, aunque se supone que sea el malo.

Nick gruñó.

—Guau. Qué lástima que eso haya sonado tenebrosamente acertado.

—¿Y hace falta mencionar cómo se sentirá cierto mejor amigo con todo esto?

Nick necesitaba proteger la identidad secreta de Seth. Él podía. Él *podía* hacerlo.

—Ehm, bueno. Verás. No… ehm… es… ¿así?

Su papá sacudió la cabeza.

—Dile a Seth que no me importa que pueda incendiar cosas con las manos, lo voy a amenazar con todo lo que tengo cuando venga a cenar a casa.

Nick se quedó boquiabierto.

–Eso no… Yo no… ¿Qué estás…?

–El secreto está a salvo conmigo –dijo. Una mirada extraña apareció en su rostro, pero desapareció antes de que Nick descubriera lo que significaba–. Y ahora, otra predicción. –Buscó a alguien y dijo–: Aquí estás. Lleva a Nick a la ambulancia. Parece que se dislocó el hombro. No me hagas repetirlo dos veces. Puedes echarle gas pimienta si se resiste.

El oficial Novato apareció de la nada.

–Entendido.

–¿Qué? –dijo Nick, furioso–. No puedes… Oficial Novato, ¡suéltame! ¡Papá! ¿Cómo te *atreves*? Acabo de salvar a toda la *ciudad* y… Oficial Novato, ¿qué piensas de los sobornos? Qué están bien, espero. Tengo siete dólares con tu nombre. Una pregunta, en las películas, cuando les tienen que poner los hombros en su lugar y gritan, no es porque les duela, ¿verdad? O sea, es mentira, ¿cierto? No me dolerá cuando lo hagan, ¿verdad? ¿Por qué te ríes? ¿Oficial Novato? ¡Oficial Novato!

Epílogo

–... y por eso, le presento mis más sinceras disculpas a Ciudad Nova.
Ser padre es… difícil. Ser padre de un Extraordinario es territorio inex-
plorado. No sé qué impulsó a mi hijo a hacer las cosas que hizo. Es un
niño muy querido en esta familia. Siempre tuvo todo lo que quiso. Mi
esposa y yo estamos muy conmocionados por todo lo acontecido. Puede
sonar trillado decir que nunca lo vimos venir, pero es la verdad. De todas
formas, acepto toda la responsabilidad por lo que hizo Owen Burke, porque soy su padre. Y estoy al tanto de las acusaciones en mi contra sobre
mi rol en el descenso de mi hijo a la oscuridad, pero las refuto por completo. No quiero nada más que lo mejor para mi hijo y los otros como él.
Fue por esa razón que abrí la Torre Burke a los investigadores, quienes no
encontraron ninguna evidencia de alguna conducta indebida.

»Dicho esto, me enorgullece anunciar una nueva iniciativa de las Farmacéuticas Burke. Además de destinar fondos para reparar los daños

por los que mi hijo es responsable, iniciaremos un nuevo estudio para entender qué hace a estos Extraordinarios lo que son. Shadow Star y Pyro Storm no son los únicos Extraordinarios del mundo, así que me pongo a su disposición para ayudarlos con lo que consideren necesario. Hemos creado una junta de asesores para administrar la distribución de los fondos con la máxima transparencia posible. Y reuniré al mejor equipo de científicos que este mundo haya visto jamás para estudiar las consecuencias de los Extraordinarios y ayudarnos a comprender a nuestros hermanos con superpoderes. Durante su investidura presidencial, Franklin Roosevelt dijo que lo único a lo que debemos tenerle miedo es al miedo mismo. La sociedad tiende a temer aquello que no comprende. Por eso, debemos conocer todo lo que podamos para evitar que tales acontecimientos vuelvan a ocurrir.

»Mi hijo recibirá el mejor tratamiento posible con la esperanza de ser rehabilitado. Le pido a Pyro Storm que se entregue para hacer lo mismo. Mi esposa y yo les pedimos privacidad mientras hacemos todo lo posible para asegurar un mundo feliz.

Los reporteros gritaron sus preguntas.

Las cámaras tomaron sus fotografías.

Simon Burke sonrió y abrazó a su esposa, y salieron de escena.

—Y esa fue la escena hoy frente a la Torre Burke —dijo Rebecca Firestone, mirando a la cámara—. Una semana después de los acontecimientos que resultaron en la muerte de dos miembros de *Action news* y, al momento de esta transmisión, en daños incontables, aún tenemos más preguntas que respuestas. Owen Burke, hijo de Simon Burke, resultó ser el hombre detrás de la máscara del Extraordinario conocido como Shadow Star. Fuentes me informan que se encuentra bajo custodia policial, pero nadie parece saber qué cargos enfrentará. Nunca ha habido una situación como esta antes y el departamento de policía de la Ciudad Nueva está trabajando junto con la oficina del fiscal general para decidir cómo proceder de la mejor manera posible.

»Por otro lado, aún no se conoce el paradero de Pyro Storm, el justiciero al que algunos llaman "El héroe de Ciudad Nova", desde la batalla en el puente McManus. Su identidad, al menos por ahora, sigue siendo un misterio. Sin embargo, hay al menos *una* persona que potencialmente conoce su identidad. Nicholas Bell, hijo del oficial Aaron Bell, es una pieza clave en este misterio sin fin. Nicholas, que es menor de edad, fue visto por numerosos testigos besando a Pyro Storm minutos antes de que desapareciera. Nuestro equipo de *Action news* estaba sobrevolando la escena en un helicóptero y grabó las imágenes cuando prácticamente *devoró* al Extraordinario luego de derrotar a Shadow Star. Lamentablemente, en ese momento, no contábamos con la transmisión en vivo y nuestras grabaciones fueron rápidamente tomadas como evidencia para la investigación en curso. Hemos solicitado que se aplique la Ley de Libertad de la Información para recuperar las copias del material. Los abogados de *Action news* esperan una respuesta en los próximos meses.

»Nuestros intentos por contactar a Nicholas Bell a través de su padre no tuvieron mucho éxito. Esto nos lleva a preguntarnos qué sabe el departamento de policía de Ciudad Nova sobre Shadow Star y Pyro Storm, y su relación con Nicholas Bell. Burke era estudiante en la preparatoria Centennial High School, donde el mismo Nicholas también asistía. El distrito educativo de Ciudad Nova emitió un comunicado en el que dejaba en claro que estaban cooperando con las autoridades, pero no emitían declaraciones sobre estudiantes individuales debido a las leyes que protegen su privacidad. Sin embargo, hemos logrado verificar por nuestros medios que Nicholas Bell también es conocido por su alias virtual, ShadowStar744, y ha escrito lo que solo puede ser descrito como un manifiesto interminable disfrazado de *fanfic*. ¿Qué sabía Bell sobre Shadow Star y sus planes para la ciudad? Les traeremos información actualizada sobre este asunto cuando se revelen más detalles.

»Solo el tiempo dirá si finalmente descubrimos la identidad de Pyro Storm y qué será de él y el resto de los Extraordinarios. Aquí Rebecca Firestone para *Action news*. Regresamos al estudio contigo, Steve.

✱✱✱

Nicholas Bell descubrió que reacomodar un hombro dislocado dolía tanto como si le estuvieran arrojando un millón de soles ardientes llenos de cristal fundido.

Definitivamente, no le gustaba.

✱✱✱

Estuvo en el hospital durante dos días. Habría sido más tiempo, pero fue lo suficientemente afortunado como para compartir la habitación con su papá y si había una cosa que los Bell no soportaban era estar encerrados en un mismo lugar por mucho tiempo.

—¡Becky! —chilló Nick—. ¿Podemos por favor ir a casa?

—¡Becky! —gritó Aaron—. Llama al doctor *ahora mismo* antes de que me levante y me lleve a mi hijo. ¡Esta vez no regresaré!

Becky suspiró y murmuró que los hombres eran todos unos bebés.

Les dieron el alta unas horas más tarde.

✱✱✱

Nick apagó el televisor, porque no quería ver a Steve Davis y su sonrisa presumida. Su papá estaba en la cocina, preparando la cena. Nick podía oírlo moviéndose de un lado a otro, entre el sonido de las ollas y las sartenes. Nick hizo una mueca de dolor cuando intentó mover el brazo con el cabestrillo. Lo tendría que usar por al menos cuatro semanas más y ya lo odiaba. Sí, era una medalla de honor, un símbolo de cómo prácticamente había salvado a una ciudad entera de la aniquilación total de las manos de su exnovio supervillano, pero estaba cansado. Ni siquiera era genial como un yeso que podían firmar.

Su teléfono sonó sobre su regazo.

Hola.

Esbozó una sonrisa.

Hola tú.

Vi el informe de Firestone. Te desenmascaró.

LA ODIO TANTO. ¿MANIFIESTO?

¿¿¿Lo viste??? ¿Qué carajos?

Nick sacudió la cabeza.

Sí, ¿qué carajos? Apesta (ಠ^ಠ)

No pasa nada. ¿Listo para volver a la escuela?

Agh. Ni me lo recuerdes.

Tienes tarea para ponerte al día. Mucha, mucha tarea.

Te odio.

Claro que no.

No, no lo odiaba. De hecho: **Te extraño.**

Lo sé. Yo también. Pero es lo mejor. Mi tía y mi tío quieren que mantenga un perfil bajo.

Probablemente sea una buena idea. Te veo mañana, ¿verdad?

Bien tempranito.

Ja. Tengo que irme. Cena. ¿Te escribo después?

Sí, por favor. <3

Nick sonrió en silencio y se sonrojó. Le respondió: <3.

✳ ✳ ✳

Puré de patatas. Salsa. Panecillos calientes y mantecosos. Estofado de carne. Ni un vegetal a la vista.

Nick, de inmediato, tenía sus sospechas.

—Está bien. ¿Qué hiciste?

Su papá puso los ojos en blanco y le señaló a la mesa.

—La cena.

—Sí, pero preparaste todas mis comidas favoritas. La única vez que haces eso es cuando te sientes culpable por algo o estás por soltar una bomba sobre algo mío.

—¿Acaso no puedo hacer algo agradable por mi hijo la noche anterior a que regrese a la escuela?

Nick lo miró con los ojos entrecerrados y se sentó.

—Te estoy vigilando, viejito. Yo veo *todo*. Deberías… Ah, por *Dios*. —Comió una bocanada de su puré—. *Ezto eztá delizioooozo*.

Su papá suspiró.

—Eso veo, aunque no quisiera. Cierra la boca cuando masticas, muchacho. —Movió su silla frente a Nick, haciendo una leve mueca de dolor. Todavía le dolían las costillas, pero ya había dejado de tomar los medicamentos para el dolor hacía algunos días. No le había permitido a Nick tomar los suyos cuando salieron del hospital, cuando le recordó que la crisis de los opioides era un problema muy real y que jamás permitiría que Nick cayera en esa adicción.

Nick no discutió esa lógica, aunque le pareciera algo exagerado. Además, no le había gustado estar drogado en el hospital, aunque le hubiera calmado el dolor. Según Becky, había pasado unas buenas tres horas describiendo el trasero de Seth a todo aquel que se le acercaba a escucharlo y por qué deberían considerarlo un tesoro nacional. No fue uno de sus mejores momentos, aunque fuera verdad.

Su papá cortó un trozo de carne y lo sirvió en el plato de Nick. Nick esbozó una sonrisa con la boca llena de pan y salsa.

Su papá no parecía muy impresionado. Nick tragó y luego le preguntó:

—¿Tienes que irte esta noche?

Su papá negó con la cabeza.

—No. Mañana por la mañana.

Nick parpadeó, sorprendido.

—¿Qué? Pero trabajabas de noche.

Su papá acomodó su tenedor y miró fijo a Nick.

—Hubo algunos cambios. Trabajaré durante el día a partir de ahora.

Ehm. Eso fue… inesperado.

—¿Por qué?

—Quizás porque estoy cansado de pasar tanto tiempo lejos de mi hijo. Dentro de poco, irás a la universidad y quiero pasar la mayor cantidad de tiempo posible contigo. Cap me permitió cambiar de turno.

Nick se sentía absurdamente conmovido por el gesto. Pero como su papá no era muy fanático de las emociones, solo dijo:

—Ah, qué bueno.

—Sí —respondió su papá rápidamente.

Al demonio. Se habían ganado esto.

—Me gusta la idea. Mucho.

Su papá sonrió levemente.

—¿Sí?

—Sí. Bueno, sería agradable ¿lo sabes? Tenerte cerca.

—Eso creí. Además, eso significa que tú y tu novio no tendrán mucho tiempo para toquetearse antes de que vuelva a casa.

Nick se ahogó con la comida.

Su papá bebió un sorbo de agua.

Cuando se las arregló para no morir, agregó:

—Ah, por Dios, ¿por qué *dirías* eso?

—Muchacho, yo también fui adolescente.

—¡Sí, cuando los *mastodontes* caminaban sobre la Tierra!

Su papá rio.

—Sigue repitiéndote eso, Nicky.

—Nosotros no... Nosotros no nos *toqueteamos*. ¡Dios! Ni siquiera lo *veo* desde...

—¿Desde que incendió el puente y le partió la cara a Owen Burke?

Nick se hundió en su silla.

—Está bien, supongo que hablaremos de eso, ¿verdad? Yo *sabía* que esta cena era un soborno. No eres muy sutil, oficial Bell. Para nada.

—Tengo permitido estar preocupado, muchacho. Viene con todo el paquete de ser padre.

Nick suspiró.

—Lo sé. Y si bien aprecio tu preocupación intrusiva, no tienes que preocuparte por mí. *Ni* por Seth. Él no me lastimará.

—Ya lo sé, Nick. Seth Gray se cortaría su propio brazo antes que hacerte daño a ti. No es él quien me preocupa.

Nick estaba confundido.

—Entonces, ¿cuál es el problema?

—Es un Extraordinario. Y uno bastante poderoso. No importa lo que haga, siempre llamará la atención.

—Pero no es su culpa. Él no intenta...

Su papá levantó una mano.

—No digo que lo haga. Pero habrá gente a la que no le guste lo que es. Siempre correrá peligro. Y eso significa que tú también.

Nick ya no tenía tanta hambre.

—Entonces, ¿dices que no debería ser su novio? ¿Y si solo soy su amigo? ¿Me estás diciendo que debo borrarlo de mi vida por completo?

—Claro que no, Nicky. Nunca te pediría eso. Y si lo hiciera, ¿qué me asegura que me hagas caso?

—Lo intentaría —confesó Nick—. Probablemente estaría furioso contigo por mucho tiempo, pero luego aparecería con uno de sus chalecos y decidiría que lo vale. —Su papá lo miró fijo. Nick se encogió de hombros—. ¿Qué? No puedo evitar pensar que es adorable. O sea, tiene un moño que me hace querer... No terminaré esa oración porque eres mi papá y todavía soy virgen.

—Es bueno saberlo —dijo con frialdad—. Mantengámoslo de esa forma durante un tiempo, ¿está bien?

—Trato hecho. —A Nick le parecía bien. No tenía prisa, aunque estuvieran inundándolo ciertas inclinaciones que apuntaban a que su virginidad quedaría destruida de manera espectacular pronto.

—Yo solo... —Su papá bajó la mirada hacia la mesa—. Solo necesito que tengas cuidado, Nick. Es lo único que quiero, ¿está bien? Eres lo suficientemente grande como para tomar tus propias decisiones, pero eso también significa que tienes que pensar en las consecuencias. No puedo dejar que te pase nada. —Respiró profundo y exhaló lentamente—. Y por eso acepté una oferta.

Nick... no sabía qué hacer con eso.

—¿De quién?

—Cap.

—¿Qué clase de oferta?

—Seré el director de una nueva división del departamento de policía de Ciudad Nova.

—¿Para qué?

—Estaré a cargo de investigar la actividad de los Extraordinarios. Los monitorearé, los ayudaré y los detendré si hace falta.

Nick sintió un escalofrío en la espalda.

—¿Perseguirás a Seth?

Su papá abrió los ojos bien en grande.

—No, Nick. *No*. No es eso. Es... una especie de control y equilibrio. Trabajaré *con* Seth, si decide continuar siendo Pyro Storm. Él... Estuve revisando los archivos. Siempre estaba intentando ayudar. Era...

—Owen —terminó Nick con amargura—. Era Owen quien causaba todos los problemas. Intentó llevarse el crédito de todo y nosotros caímos siempre. —Sacudió la cabeza—. Pero no fue todo su culpa. Su padre lo lastimó. Lo obligó a hacer cosas. Y Simon Burke se está saliendo con la suya.

—Pero tú lo descubriste —agregó su papá con un tono de voz suave—. Tú viste la verdad. Y tengo que creer que no siempre fue así para Owen. Si hubiera tenido a alguien que lo guiara, podría haber terminado diferente. Y no quiero que eso le vuelva a ocurrir a nadie. Y es mi trabajo asegurarme de que así sea. Simon Burke no se saldrá con la suya. No por mucho. Lo prometo.

Era un consuelo de tontos, pero Nick decidió dejarlo pasar.

—¿Lo harás solo?

Su papá negó con la cabeza.

—No, tengo oficiales a cargo. Ya le pedí a Cap que me transfiera al oficial Novato. Aceptó, aunque todavía no se lo comunicamos a él.

—Ah, cielos, apuesto que odia que lo llames así.

—Es tu culpa. Él lo entiende.

Nick se mordió la mejilla.

—Tendrás que hablar con Seth —dijo finalmente—. No sé qué querrá hacer. Él... Todo esto le quitó mucho.

—Lo sé. Ya lo hice.

—¿Qué? ¿Cuándo?

—El jueves.

Nick apenas pudo contener su ira.

—Dijiste que tenías una visita al médico. *Mentiroso*.

—Era verdad. No me tomó mucho tiempo, así que fui a la casa de los Gray cuando salí del consultorio.

De todos los engaños, este se llevaba el premio.

—Podrías haberme llevado. Quizás a mí también me hubiera gustado ir.

—Lo sé, pero necesitaba que vieran que lo estaba haciendo solo. No todos los días le dices a un adolescente y sus tutores que sabes que puede crear fuego con las manos y que quieres ayudar.

Okey. Nick ahora sí estaba impresionado.

—Guau. Un maldito amo.

—La boca.

—Pero es *así*.

Su papá parecía contento.

—Sí, ¿verdad?

—¿Qué pasó?

—Empezó a hablar con un tono muy agudo y chillón.

—Sí —dijo Nick con un tono ensoñador—. Es el mejor.

—Ah, hijo. No quiero entrar en detalles —dijo su papá sacudiendo la cabeza—. Me escucharon. Les aseguré que guardaría el secreto, siempre y cuando Seth no hiciera nada que me pusiera en aprietos. Me pidió tiempo para pensarlo, porque no sabía si quería seguir siendo Pyro Storm.

—No puedo creer que no me haya contado nada de esto —murmuró Nick.

—Le dije que no lo hiciera. Quería contártelo yo. Es… importante, Nicky. —Su sonrisa se desvaneció—. Este trabajo, lo que significaría, la gente a la que podríamos ayudar… No voy a mentirte, Nick, me asusta demasiado pensar en que te hagan daño por quién es Seth. —Formó dos puños con las manos—. Yo… *Nosotros* ya perdimos demasiado. No puedo perder a nadie más. Yo sé que no puedo alejarte de Seth, y no quiero hacerlo, pero esto, como mínimo, me pone en una posición en la que debo asegurarme que nunca más te alejen de mí.

Nick no dudó. Se levantó de la silla y caminó hacia el otro lado de la mesa. Extendió una mano y pasó un brazo sobre el hombro de su papá, quien apoyó la cabeza sobre su pecho, justo por encima de su corazón.

—No iré a ningún lado —le aseguró Nick en voz baja—. Lo prometo. Tú y yo, ¿okey? Así será siempre. Es más fácil afrontar las cosas juntos que solos. Y ya sé que estoy creciendo, pero si crees que eso significa que no te necesitaré, estás equivocado. Eres mi padre. No importa a dónde vaya o con quién esté, eso no cambiará nunca.

Su papá rio con cierta aspereza en su voz.

—Ah, ¿sí?

—Sí. O sea, si lo rompes, lo pagas. Me tendrás que soportar por siempre.

—Puedo vivir con eso. —Y luego agregó—: Estaría orgullosa de ti, lo sabes.

Nick contuvo la respiración.

—Ya sé… Ya sé que no hablamos de ella tanto como deberíamos y eso es mi culpa. Yo… debería haber hecho las cosas de otro modo. Me pierdo un poco, supongo. Y lo lamento.

—Está bien…

Su papá sacudió la cabeza y se alejó de Nick para mirarlo.

—No, no está bien. Tú te mereces todo, Nicky. Y un día te lo contaré todo. Pero solo quiero que sepas que ella estaría orgullosa de ti y de todo lo que has hecho, del hombre en el que te has convertido. Lo hiciste bien, muchacho.

Nick resolló.

—¿Sí?

—Sí. Ahora, siéntate y come eso antes de que se enfríe. Y no te olvides de tomar tu píldora antes de ir a la cama.

✳ ✳ ✳

La mañana siguiente, Gibby y Jazz esperaban sentadas en el banco de la estación de la calle Franklin. Las dos se emocionaron mucho cuando lo vieron y se acercaron a él a toda prisa. Jazz le besó las mejillas y le tapó las orejas, y Gibby admiró su cabestrillo.

—Te ves mejor que en el hospital —dijo Gibby, despeinándolo—. Corriste mucho peligro.

Nick puso los ojos en blanco.

—Tenía el hombro dislocado.

—Sí, ya *sabemos* eso, pero tú eras quien gritaba que se lo tendrían que amputar. Probablemente era el efecto de la morfina, pero, aun así.

—No me arrepiento de nada —dijo Nick con grandeza.

—¿Todo bien entonces? —preguntó Jazz.

—Sí. ¿Qué tan malo puede ser?

Gibby esbozó una sonrisa.

—Bastante. Creo que casi todos en la escuela están hablando de cómo engañaste a Seth cuando tuviste un trío con Pyro Storm y Owen.

Nick se quejó. La preparatoria apestaba.

—También escuché un rumor que dice que tú en realidad eres la mente maestra detrás de todo esto —dijo Jazz, moviendo su cabello—. Por tu manifiesto, lo cual es ridículo. Eres tan malvado como un cachorrito.

Rebecca Firestone recibiría su merecido. Nick se aseguraría de eso.

—¡Ey! ¡Yo puedo ser malvado si quiero!

—Sí, sigue repitiéndote eso —dijo Gibby—. También hay un rumor que dice que tú mismo eres un Extraordinario y que lo mantienes en secreto.

Nick resopló.

—Sí, si tan solo supieran todo lo que tuve que atravesar para convertirme en uno. Les juro que todavía siento el olor al agua contaminada del río de vez en cuando.

Jazz se encogió de hombros.

—Tampoco ayuda que hayas caído de la torre de un puente y hayas aterrizado de pie.

Nick frunció el ceño.

—Sí, todavía no entiendo qué pasó. Seth cree que fue suerte. Yo creo que fue Owen. Cap me dijo que yo simplemente… me detuve antes de estrellarme contra el suelo. O sea, tuvo que ser Owen, ¿verdad? Sus sombras. Quizás no es tan malvado después de todo. Sí, es un cretino, pero…

Gibby lo miró con curiosidad.

—¿Qué te dijo tu papá? Él también lo vio, ¿verdad?

—No hablamos de eso. Creo que todavía piensa que es demasiado para mí. Es un blandito.

Gibby levantó su bolso y lo colgó sobre uno de sus hombros.

—Bueno, lo que sea, prepárate para que mucha gente se te quede mirando fijo y susurre cosas a tus espaldas con nada más que especulaciones salvajes.

—Entonces, sigue siendo igual que antes. Genial. Genial, genial, genial.

—Sí, pero piénsalo. Ahora puedes decirles a todos que cierren la boca o enviarás a tus Extraordinarios para que los vayan a buscar.

Esa parecía ser la mejor idea del mundo.

—Ah, ¿se lo imaginan? Les diré que los prenderé fuego si…

—¿A quién prenderás fuego?

—Ups —dijo Nick, volteando.

Ahí, parado con sus pantalones estilo chinos y un chaleco verde agua con un moño rosa, estaba Seth Gray.

—Quiero hundir mi cara en tu cara —dijo Nick, casi sin aliento.

Seth se sonrojó levemente y bajó la vista hacia el suelo mientras movía sus pies de un lado a otro.

—Ah, por Dios —murmuró Gibby por detrás—. La verdad que nunca creí que pudieran ser más incómodos. Me equivoqué.

—Amor adolescente —dijo Jazz con un suspiro—. ¿Recuerdas cuando éramos así?

—Nunca fuimos como ellos —espetó Gibby—. Somos mujeres queer. Tenemos un *poco* de decencia.

Nick las ignoró, su corazón latía agitado por el chico que tenía al frente.

—Hola —murmuró Seth.

—Hola —logró decir Nick—. Ehm. Es… ¿un gusto verte?

—Lo mismo digo.

—Te ves bien.

Seth se sonrojó aún más.

—Gracias. Tú también. —Movió más sus pies y agregó—: Te traje algo.

—¿En serio?

—No es la gran cosa —le advirtió Seth, pasándose la mochila al frente. Abrió el bolsillo lateral y sacó una bolsa de plástico. La soltó en la mano a Nick.

Nick miró el paquete y vio que eran unos Skwinkles Salsagheti sabor sandía. No sabía que un dulce mexicano lo hiciera sentir como si estuviera volando.

—Yo también te traje algo.

Seth estaba entusiasmado.

—¿Qué?

Nick sacudió la cabeza.

—Tienes que cerrar los ojos.

Lo hizo sin dudar.

Nick dio un paso hacia adelante y sus zapatillas se chocaron con los mocasines de Seth. Se inclinó hacia él y le dio un beso en los labios.

Fue breve, apenas rozó sus labios con los de Seth. No fue mucho, pero le puso todo.

Sintió la sonrisa de Seth. Enseguida decidió que sonreír durante un beso era lo mejor del mundo.

Nick fue el primero en separarse. Los ojos de Seth estaban completamente iluminados.

—Gracias.

—De nada —dijo Nick. Quería volver a hacerlo.

Pero justo antes de hacerlo, los interrumpió Gibby.

—Okey, por más asquerosamente dulce que sea todo esto, vamos a llegar tarde. Debemos irnos.

Nick puso los ojos en blanco.

—Sí, sí. Buena forma de arruinar el momento, Lola.

—No me hagas romperte el otro brazo, Nick. ¿Cómo crees que se sentirá Seth cuando no puedas usar *ninguna* de tus manos?

Seth soltó una risita nerviosa.

Sí, Nick estaba bastante seguro de que esto era amor.

Y sin siquiera pensarlo demasiado, tomó a Seth de la mano. Sus dedos se entrelazaron y la sonrisa de Seth se volvió más brillante, casi como si estuviera prendida fuego.

—Vamos —dijo Nick con un tono alegre—. Tengo que llegar a tiempo a la escuela para contarles a todos que algunos de los rumores que andan circulando quizás sean un poco verdad. En especial, el del trío, porque eso me haría sonar increíble.

—Nicky, *no* —gritaron todos a la vez.

—Nicky, *sí* —gritó y llevó al Equipo Pyro Storm hacia la escalinata de la escuela.

✳ ✳ ✳

Título: Un placer para quemar.
Autor: PyroStormPrecioso.
Capítulo 1 de ?
3.164 palabras.
Pareja: Pyro Storm/Personaje masculino original.
Clasificación: PG-13 (la clasificación subirá).
Etiquetas: amor verdadero, anhelo, pyro storm suave, final feliz, primer beso, más que primer beso, suave como una nube, mucha violencia, shadow star malvado, pastelería AU, anti rebecca firestone.

Capítulo 1: Todo estará bien, lo prometo
Nota del autor: ¡Hola y bienvenido a mi fanfic! Probablemente se estén preguntando quién soy. No soy precisamente nuevo en el fandom de los Extraordinarios, pero decidí hacer un comienzo fresco debido a... ciertos eventos de los que no puedo hablar por... razones. Así que, ¡nuevo yo, nuevo nombre de usuario! Trabajé mucho en esto y no puedo esperar

a ver cómo va. Vivo por los comentarios, ¡así que por favor háganme saber qué piensan! A menos que se comporten como unos cretinos, entonces ni se molesten. Y PRÉSTENLE ATENCIÓN A LAS ETIQUETAS. Aquí compartimos mucho odio por Rebecca Firestone y no pediré disculpas por eso. Esto lo revisó mi fantástico novio. ¡¡¡ERES EL MEJOR!!!

Nash Bellin se quejó cuando sonó la alarma. Dado que era dueño de su propia panadería/agencia de detectives, estaba acostumbrado a madrugar, pero había días en los que no era fácil levantarse de la cama a las tres de la mañana, incluso aunque debiera preparar galletas y luchar contra el crimen. No ayudaba que su TDAH no le diera un respiro a su cerebro, pero había aprendido que tener un trastorno no lo convertía en un trastornado. Era parte de él, su propio su-perpoder.

Estiró un brazo y golpeó el despertador con una mano para apagarlo. Bostezó y estiró sus brazos sobre su cabeza. Dejó salir un quejido cuando los huesos de su espalda sonaron deliciosamente. Estaba a punto de levantarse de la cama cuando oyó un ruido abajo.

Nash se levantó enseguida, su corazón latía con fuerza so-bre su pecho. El estruendo había venido de la panadería que también usaba como fachada para encontrar clientes. Había vivido arriba de su negocio desde hacía casi un año y nunca había tenido problemas. Pensó con rapidez mientras se levantaba de la cama e hizo una mueca de dolor cuando sintió el suelo frío bajo sus pies descalzos. Si alguien estaba intentando entrar para robarle, pronto descubriría que se había metido con el detective panadero incorrecto.

Se acercó a la puerta lentamente, tomó el bate de béisbol que su papá le había regalado, aunque fuera el deporte más aburrido jamás creado. Tomó el mango de fresno tal como su papá le había enseñado. Abrió la puerta.

Silencio.

Avanzó rápido y en silencio hacia la escalera. Se detuvo en la parte superior y miró hacia la oscuridad. Creyó escuchar un quejido grave, pero podría haber sido el viento.

Avanzó de un paso a la vez, evitando el último escalón que siempre crujía. Cuando llegó al pasillo que llevaba al frente de la tienda, se apoyó contra la pared y avanzó pegado a ella.

Respiró profundo cuando llegó al final del pasillo. Besó la punta del bate y susurró su asombroso latiguillo: "Es hora de quitar la basura".

Saltó desde el pasillo con el bate levantado sobre su cabeza. Se veía rudo y aterrador.

Y ahí, desplomado contra la vitrina, ensangrentado y magullado, había un hombre disfrazado, su capa estaba hecha trizas.

El hombre lo miró.

—¿Eres Nash Bellin? —preguntó con su voz profunda y sexy. También era muy musculoso y, si bien estaba herido, era muy atractivo.

Nash bajó el bate.

—Sí. ¿Quién rayos eres? ¿Qué haces en mi panadería?

El hombre hizo una mueca de dolor detrás de la máscara.

—No busco al panadero. Busco al detective. Necesito tu ayuda, Nash Bellin. Eres el único en el que puedo confiar, aunque ya me hayan lastimado antes. —Miró hacia la nada, invadido por una fuerza y un dolor silencioso—. Eres el salvador que este mundo necesita.

Nash suspiró.

—Siempre supe que volverían a necesitarme. Era solo cuestión de tiempo.

Y al terminar de decir eso, se acercó a toda prisa al hombre, sin saber que pronto se enamorarían y tendrían sexo en una variedad de posiciones que impresionarían profundamente a cualquiera.

—Será mejor que empieces por el principio. ¿Qué amenaza al mundo esta vez y cómo puedo ayudar?

Remordimiento

Aaron Bell miró el material por octava vez. Si bien nunca cambiaba, tenía que verlo de nuevo.

Era una imagen bastante borrosa y poco clara tomada desde arriba. Lo puso en silencio, porque no quería oír los gritos de la gente del helicóptero.

La cámara enfocó a su hijo.

Sabía cómo terminaba, pero se le hizo un nudo en el estómago cuando la plataforma colapsó debajo de Nick y los restos de metal cayeron a su alrededor.

Nick se desplomó de una altura de veinticinco pisos directo hacia el suelo.

Aaron recordó quedarse parado desconsolado en el puente, mientras gritaba el nombre de su hijo, seguro de que estaba a punto de presenciar su muerte frente a sus ojos.

Debería haber sido así.

Nick debería haber muerto.

Pero…

A unos seis metros del suelo, simplemente se *detuvo*.

Todo se detuvo.

Los soportes.

Las vigas.

Nick.

Quedaron suspendidos en el aire por un segundo, dos segundos, tres…

Y luego bajó lentamente hacia el suelo.

Cap dijo que fueron Shadow Star o Pyro Storm. Ellos tenían que haber hecho algo para salvarlo.

—¿Acaso importa? —le había preguntado Cap—. Nick está bien, Aaron. Está a salvo. Y es un héroe.

Pero eso era lo que más preocupaba a Aaron Bell. Porque él *sabía* lo que les ocurría a los héroes al final.

Lo había visto antes.

Es más fácil afrontar las cosas juntos que solos, su esposa le susurró en su cabeza.

El video terminó.

Tomó el ratón para reproducirlo una vez más, pero antes de que lo hiciera, alguien llamó a la puerta de su pequeño despacho. Cerró el reproductor a toda prisa.

—Sí —dijo con brusquedad.

El oficial Novato asomó la cabeza.

—Señor, quería recordarle que tenemos una reunión en diez minutos. Ya sabe que Cap odia que lleguemos tarde. Quiere hablar sobre el presupuesto para la División de los Extraordinarios.

Sinceramente tenían que hablar sobre el nombre. La DE, que Nick de inmediato había apodado como la Disfunción Eréctil entre carcajadas.

—Te dije que no me llamaras señor.

—Ehm. Okey. Oficial Bell.

Aaron suspiró.

—Gracias, Novato. Iré en un minuto.

El oficial Novato asintió y cerró la puerta. Era un buen muchacho. Demasiado entusiasta, pero Aaron podía lidiar con eso. Su propio hijo era igual. Ya estaba acostumbrado.

Miró un retrato que tenía sobre su escritorio. Jenny Bell sonreía con un Nick pequeño sobre su regazo. Era hermosa, siempre hermosa.

—No sé si estoy haciendo lo correcto —le susurró—. ¿Qué tal si Nick...?

Sonó el teléfono en su escritorio. Lo desconcertó por completo, pero reaccionó rápido.

—Bell —dijo con una voz ronca cuando llevó el auricular a su oreja.

—¿Señor Bell? —preguntó una mujer—. Aguarde un momento al señor Burke.

Aaron cerró los ojos.

—Señor Bell —dijo una voz suave unos segundos más tarde.

—Burke —dijo Aaron entre dientes—. Justo me iba a una reunión. No tengo tiempo para...

—Ah, estoy seguro de que no le molestará hacerse tiempo para mí, señor Bell. —La advertencia sonó fuerte y clara.

—¿Qué quiere?

—Mi equipo de seguridad estuvo revisando las cintas de los acontecimientos en la Torre Burke y encontró algo curioso. ¿Te gustaría saber qué es?

Aaron no mordió el anzuelo.

–Parece que Owen no estaba solo cuando entró a la torre esa noche. Había alguien más con él. Alguien que se parece mucho a su hijo. Sí, no se ve con mucha claridad y quien quiera que haya sido tenía una capucha sobre su cabeza, pero, en un momento, mira a la cámara. Y supongo que se podría decir que es Nick. Extraño, ¿no le parece?

–¿Por qué no le pregunta a Owen?

–Ah, lo hice –dijo Burke–. Pero no quiere hablar mucho conmigo estos días. Me dice que el centro de rehabilitación le parece algo restrictivo. Tiene problemas para dormir, dado que las luces están siempre encendidas. Mejor prevenir que lamentar en caso de que se… manifieste. Cuéntame, Aaron. Si ese *fuera* Nick, y para que quede claro, no estoy diciendo que lo sea, ¿por qué intentaría entrar a mi edificio sin permiso?

–Parece que lo está acusando. Si fuera el caso, me gustaría hacer lo mismo. Podría explicarnos algo sobre esas píldoras….

Burke rio.

–Créeme que te enterarías si así fuera, Aaron. Solíamos ser amigos, ¿lo olvidas? Cuando tú y Jenny…

–No te atrevas a decir su nombre.

–Cuando acudieron a mí porque creían que su hijo había heredado la telekinesis de su madre, ¿acaso no hice todo lo posible para ayudarlos? ¿Para mantenerlo a salvo? ¿Para *suprimir ese poder*? Tuvimos que hacer muchas pruebas para encontrar la dosis correcta. Después de todo, su TDAH combinado con sus habilidades podría terminar en desastre, ¿no crees? Sé que no fue suficiente para mantenerlos alejados de *ella*, pero Nick… Él no tiene idea de lo extraordinario que es, ¿verdad?

Apenas podía respirar.

–Yo no…

–Hablando de píldoras, ¿cómo viene con las dosis de Concentra,

Aaron? ¿Aún tienes suficientes para tu hijo? Avísame si necesitas más, ¿está bien?

Aaron pensó que el auricular estaba a punto de estallar en su mano.

—¿Qué quieres?

—Un favor de un viejo amigo. Me enteré de tu ascenso. Felicitaciones. Ahora, déjame contarte lo que puedes hacer por mí.

Jen, lo siento. Lo siento mucho, pensó Aaron Bell.

Y luego, lo escuchó.

•

¡QUEREMOS SABER QUÉ TE PARECIÓ LA NOVELA!

Nos puedes escribir a vrya@vreditoras.com
con el título de este libro en el asunto.

Encuéntranos en

 facebook.com/VRYA México

 instagram.com/vryamexico

 twitter.com/vreditorasya

COMPARTE
tu experiencia con
este libro con el hashtag
#Losextraordinarios
f 🅞 🐦